Bernard Malamud
Der Fixer

SERIE PIPER
Band 1564

Zu diesem Buch

Das erfolgreichste Buch Malamuds erzählt die Geschichte des Juden Jakow Bok im zaristischen Rußland, einige Jahre vor der Oktoberrevolution. Aus politischem Kalkül wird der Gelegenheitsarbeiter Bok, der »Fixer«, zum Sündenbock gestempelt, als in Kiew, wo er hoffte, sein Glück zu machen, ein totes Kind gefunden wird. Die Krisenstimmung jener Jahre machte die Gesellschaft für einen radikalen Antisemitismus empfänglich, und so geschieht es, daß Bok als Vertreter der verhaßten Minderheit für ein Verbrechen bestraft wird, das er nicht begangen hat. Weil er jedoch an die Macht der Wahrheit glaubt, nimmt er Jahre terroristischer Verhöre, Einzelhaft und Mißhandlungen auf sich und wird so zum Märtyrer moralischer Standhaftigkeit.

Bernard Malamud, geboren 1914 in Brooklyn/New York als Sohn jüdischer Einwanderer aus Rußland, gestorben 1986 ebenda. Unterrichtete nach dem Studium Englisch an Abendschulen, bis er 1949 am Oregon State College eine Professur annahm. Ab 1961 lehrte er in Harvard. 1979 Präsident des PEN der USA. Schrieb zahlreiche Romane und Erzählungen, die vielfach ausgezeichnet wurden. Für »Der Fixer« erhielt er den Pulitzer-Preis und den National Book Award. Weitere Werke Malamuds sind in der Serie Piper in Vorbereitung.

Bernard Malamud

Der Fixer

ROMAN

Aus dem Amerikanischen
von Herta Haas

Piper
München Zürich

Die Originalausgabe erschien 1966 unter dem Titel
»The Fixer«
bei Farrar, Straus & Giroux, New York.

ISBN 3-492-11564-0
August 1992
R. Piper GmbH & Co. KG, München
Lizenzausgabe mit Genehmigung des Verlags
Kiepenheuer & Witsch, Köln

Umschlag: Federico Luci,
unter Verwendung des Gemäldes
»Russisches Dorf bei Nacht« (1919) von
Karl Schmidt-Rottluff

Satz: Butzon & Bercker, Kevelaer
Druck und Bindung: Clausen & Bosse, Leck
Printed in Germany

Für Paul

Wider alle Vernunft beflecken Ströme von Blut die Erde ...

YEATS

O junger Hugo von Lincoln,
der du auch von verfluchten Juden erschlagen wurdest,
wie bekannt ist, denn es ist ja nur eine kurze Weile her –
bitte auch für uns sündige und wankelmütige Leute ...

CHAUCER

I

Von dem kleinen, kreuzförmig unterteilten Fenster seines Zimmers über dem Stall der Ziegelei sah Jakow Bok in der Frühe dieses Morgens etliche Leute in ihren langen Mänteln irgendwohin laufen, alle in dieselbe Richtung. Weh is' mir, dachte er beunruhigt, irgend etwas Schlimmes ist geschehen. Die Russen eilten aus den Straßen der Friedhofsgegend einzeln oder in Gruppen durch den Frühlingsschnee auf die Höhlen in der Bergschlucht zu; einige rannten mitten auf den schlammigen, kopfsteingepflasterten Straßen. Rasch versteckte Jakow die kleine Blechbüchse, in der er Silberrubel sparte, und lief dann schnell in den Hof hinunter, um die Ursache der Aufregung zu ergründen. Er fragte Proschko, den Vorarbeiter, danach, der sich bei den rauchenden Brennöfen herumtrieb, aber Proschko spuckte nur und schwieg. Vor dem Hof erzählte ihm eine Bäuerin mit knochigem Gesicht, die in einen schwarzen Schal gehüllt und dick gekleidet war, man habe die Leiche eines Kindes in der Nähe gefunden. »Wo?« fragte Jakow. »Wie alt war das Kind?« Aber sie sagte, sie wisse es nicht, und eilte davon. Am nächsten Tag berichtete der *Kiewljanin,* daß in einer feuchten Höhle, nicht mehr als anderthalb Werst von der Ziegelei entfernt, die Leiche eines ermordeten zwölfjährigen Knaben namens Schenja Golow von zwei fünfzehnjährigen Jungen, Kasimir Seliwanow und Iwan Schestinski, gefunden worden sei. Schenja, schon über eine Woche tot, sei mit Stichwunden übersät und sein Körper völlig ausgeblutet. Nach der Beisetzung auf dem Friedhof in der Nähe der Ziegelei brachte Richter, einer der Fuhrleute, eine Handvoll Flugblätter, in denen die Juden des Mordes bezichtigt wurden.

Sie waren, wie Jakow sah, als er eines von ihnen genau betrachtete, von der Organisation der »Schwarzen Hundert« gedruckt worden. Die Umschlagseite war mit ihrem Symbol, dem kaiserlichen doppelköpfigen Adler bedruckt; darunter stand: RETTET RUSSLAND VOR DEN JUDEN. Am Abend las Jakow in seinem Zimmer fasziniert, daß man den Knaben aus religiösen Gründen hatte ausbluten lassen, damit die Juden sein Blut sammeln und zur Synagoge bringen konnten, wo es für die Herstellung der Passah-Matzen verwendet werden sollte. Obgleich diese Behauptung lächerlich war, bekam er Angst. Er stand auf, setzte sich, stand wieder auf. Er trat ans Fenster, ging eilends wieder zurück und las weiter in der Zeitung. Er war beunruhigt, denn die Ziegelei, in der er arbeitete, lag im Lukjanowski-Bezirk, in dem Juden nicht wohnen durften. Seit Monaten hatte er dort unter falschem Namen und ohne eine Aufenthaltsgenehmigung gelebt. Und er fürchtete sich vor dem Pogrom, der in der Zeitung angedroht wurde. Sein eigener Vater war, nicht mehr als ein Jahr nach Jakows Geburt, bei einem Zwischenfall umgekommen – es war weniger als ein Pogrom und mehr als sinnlos gewesen: Zwei betrunkene Soldaten hatten die ersten drei Juden erschossen, die ihnen über den Weg gelaufen waren; sein Vater war der zweite gewesen. Aber der Sohn hatte als Schuljunge einen Pogrom miterlebt, einen drei Tage dauernden Kosakenüberfall. Am dritten Morgen, als die Häuser noch schwelten und er mit einem halben Dutzend anderer Kinder aus einem Keller herausgeführt wurde, in dem sie sich versteckt hatten, sah er einen schwarzbärtigen Juden, dem man eine weiße Wurst in den Mund gestopft hatte, auf einem Haufen blutiger Federn in der Straße liegen, und das Schwein eines Bauern fraß seinen Arm auf.

Fünf Monate zuvor, an einem milden Freitag Anfang November, ehe der erste Schnee aufs Stedtl herabgeschneit war, kam Jakows Schwiegervater, ein dürrer, verhärmter Mann in Kleidern, die fast nur noch Fetzen waren – ein Mann, der aussah, als bestünde er nur aus Stöcken und schaumiger Luft –, mit seinem zum Skelett abgemagerten Pferd und seinem wackeligen Wagen angefahren. Sie saßen in dem dünnwandigen kalten Haus – das zwei Monate nach der Flucht von Raisl, der treulosen Frau, verkommen war – und tranken ein letztes Glas Tee zusammen. Schmuel, weit über sechzig, mit einem zerzausten grauen Bart, verschnupften Augen und einer Stirn voll tiefer Falten, suchte in der Tasche seines Kaftans nach einem halben gelben Stück Zucker und bot es Jakow an, der den Kopf schüttelte. Der Hausierer – er war die Mitgift seiner Tochter, hatte nichts zu geben gehabt und tat darum jeden Gefallen, erwies wenn möglich seinen Dienst – saugte den Tee durch Zucker ein, sein Schwiegersohn jedoch trank ihn ungesüßt. Der Tee schmeckte bitter, und Jakow gab dem Leben die Schuld daran. Von Zeit zu Zeit machte der alte Mann eine Bemerkung über das Leben, ohne jemanden anzuklagen, und stellte harmlose Fragen, aber Jakow schwieg oder antwortete nur kurz.

Nachdem er sein Glas Tee in kleinen Schlucken zur Hälfte geleert hatte, seufzte Schmuel und sagte: »Niemand braucht ein Prophet zu sein, um zu wissen, daß du mir die Schuld an dem Verhalten meiner Tochter Raisl gibst.« Er sagte es voll Traurigkeit und trug einen steifen Hut, den er in einer Nachbarstadt in einem Faß gefunden hatte. Wenn er schwitzte, klebte er ihm am Kopf, aber da er ein religiöser Mann war, machte es ihm nichts aus. Außerdem trug er einen geflickten gefütterten Kaftan, aus dem seine knochigen Hände heraushingen. Und keine Stiefel, sondern viel zu große Schuhe, in denen er zwar »schwamm«, aber trotzdem herumlief.

»Wer hat was gesagt? Du gibst dir selbst die Schuld, weil du eine Hure großgezogen hast.« – Wortlos zog Schmuel ein schmutziges Taschentuch heraus und weinte.

»Verzeihung, aber warum hast du denn monatelang nicht mehr mit ihr geschlafen? Behandelt man so eine Frau?«

»Es waren zwar nur Wochen, aber wie lange kann ein Mann mit einer unfruchtbaren Frau schlafen? Ich hatte genug davon, es immer wieder zu versuchen.«

»Warum bist du dann nicht zum Rabbi gegangen, als ich dich darum bat?«

»Er soll sich nicht in meine Angelegenheiten mischen, dann mische ich mich auch nicht in seine. Alles in allem ist er ein unwissender Mensch.«

»An Nächstenliebe hat dir's schon immer gefehlt«, sagte der Hausierer.

Wütend stand Jakow auf. »Sprich mir nicht von Nächstenliebe. Was hab' ich denn mein ganzes Leben lang gehabt? Was hab' ich schon, das ich fortgeben könnte? Ich bin doch praktisch als Waise zur Welt gekommen – meine Mutter ist zehn Minuten später gestorben, und du weißt, wie's meinem armen Vater ergangen ist. Wenn überhaupt jemand für sie Kaddisch* gesagt hat, dann gewiß nicht ich – bis viele Jahre danach. Wenn sie vor dem Himmelstor gewartet haben, mußten sie lange in der Kälte warten, wenn sie's nicht gar jetzt noch tun. Meine ganze jämmerliche Kindheit habe ich in einem stinkenden Waisenhaus verbracht und kaum mein Leben gefristet. Im Traum habe ich gegessen, und von meinen Träumen lebte ich. Von der Thora** erfuhr ich wenig, vom Talmud*** noch weniger, wenn ich auch Hebräisch lernte, denn ich habe ein Ohr für Sprachen. Auf jeden Fall habe ich die Psalmen gelernt. Man hat mir ein Handwerk beigebracht und mich fünf Minuten nach meinem zehnten Geburtstag zum Lehrling gemacht – nicht, daß mir das leid tut. So arbeite ich halt – nennen wir's arbeiten – mit den Händen, und manche Leute sagen, ich sei »gewöhnlich«, aber in Wahrheit wissen nur wenige Menschen, wer wirklich gewöhnlich ist. Und was die angeht, die aussehen, als gehörten sie zur Gesellschaft – sieh sie dir nur richtig an. Wiskower, der wie ein Fürst tut, ist in meinen Augen ein gewöhnlicher Kerl. Er hat weiter nichts als Rubel, und wenn er den Mund auftut, kann man sie klimpern

* Kaddisch Sterbegebet; wird ein Jahr lang täglich von den nächsten Angehörigen gesagt.

** Thora Heilige Schriftrollen, enthaltend die fünf Bücher Mose.

*** Talmud Sammelwerk des nachbiblischen Judentums; erläuternde und kritische Kommentare.

hören. Ganz für mich allein habe ich verschiedene Dinge studiert, und sogar ehe ich in die Armee eintrat, habe ich mir selbst ein anständiges Russisch beigebracht, ein viel besseres als das, was wir von den Bauern aufschnappen. Das bißchen, das ich weiß, habe ich mir selbst angeeignet – ein wenig Geschichte und Erdkunde, etwas Naturwissenschaft und Rechnen und ein oder zwei Bücher von Spinoza, nicht viel, aber besser als gar nichts.«

»Wenn das meiste davon auch trefe* ist, rechne ich dir's doch an«, sagte Schmuel.

»Laß mich ausreden. Ich habe mit den Fingernägeln graben müssen, um mein Leben zu fristen. Was kann man schon tun ohne Kapital? Was die anderen können, kann ich auch, aber viel ist es nicht. Ich mache heil, was kaputt ist – außer im Herzen. Hier im Stedtl geht alles in Stücke – wer kümmert sich schon um ein Leck im Dach, wenn er durch die Ritzen späht, um Gott auszuspionieren? Und wer kann eine Reparatur bezahlen, angenommen, er hat vor, sie machen zu lassen, was ja aber gar nicht der Fall ist. Und wenn er's will, arbeite ich die halbe Zeit umsonst. Wenn ich Glück habe, bekomme ich einen Teller Nudeln. Chancen gibt's hier nicht. Ich geb's offen zu – ich bin in miserabeler Stimmung.«

»Über Chancen brauchst du mir nichts zu sagen . . .«

»Für den Russisch-Japanischen Krieg bin ich eingezogen worden, aber er war vorbei, ehe ich mitmachen konnte. Gott sei Dank. Wie ich krank geworden bin, haben sie mich 'rausgeschmissen. Ein asthmatischer Jude war nicht der Mühe wert. Gott sei Dank. Als ich zurückkam, habe ich wieder mit abgebrochenen Nägeln gekratzt. Nachdem ich schon lange mit deiner Tochter gegangen war – angefangen hatte es gleich nach unserer ersten Begegnung –, heiratete ich sie, eine Frau, die in fünfeinhalb Jahren nicht schwanger werden konnte. Sie hat mir keine Kinder geschenkt – wem konnt' ich da noch in die Augen sehen? Und dann läuft sie mit einem Fremden davon – einem Goi zweifellos. Das reicht – wer braucht noch mehr? Ich will nicht,

* Nicht koscher.

daß die Leute Mitleid mit mir haben oder sich fragen, warum ich so verflucht bin. Ich habe nichts getan. Es war ein Geschenk. Ich bin unschuldig. Ich bin zu lange Waise gewesen. Alles, was mir nach dreißig Jahren auf diesem Friedhof gehört, sind sechzehn Rubel, der Erlös aus dem Verkauf von allem, was ich hatte. Sprich also bitte nicht von Nächstenliebe, denn ich habe keine Nächstenliebe zu vergeben.«

»Nächstenliebe kann man auch geben, wenn man gar nichts hat. Ich mein' damit nicht Geld. Ich meinte, für meine Tochter.«

»Deine Tochter verdient überhaupt nichts.«

»Sie ist von einem Rabbi zum anderen gelaufen, in jeder Stadt, in die ich sie gebracht habe, aber keiner konnte ihr ein Kind versprechen. Und wenn sie einen Rubel hatte, ist sie auch zu den Ärzten gelaufen, aber die haben ihr das gleiche gesagt. Bei den Rabbis war's billiger. Da ist sie davongelaufen. Gott schütze sie. Selbst ein Sünder gehört Ihm. Sie hat gesündigt, aber sie war verzweifelt.«

»Laufen soll sie bis ans Ende der Ewigkeit.«

»Jahrelang war sie dir eine gute Frau. Sie hat all dein Unglück mit dir geteilt.«

»Sie hat geteilt, was sie selbst verschuldet hat. Sie war eine gute Frau bis zur letzten Minute oder bis zum letzten Monat oder dem Monat davor, und das macht sie schlecht, die schwarze Cholera soll über sie kommen!«

»Verhüt's Gott«, rief Schmuel und stand auf. »Über dich!«

Mit aufgeregtem Blick verfluchte er mehrmals hintereinander den Fixer* und floh aus dem Haus.

Jakow hatte alles verkauft, außer der Kleidung, die er auf dem Leibe trug, Bauernkleidung – ein besticktes, mit einem Gürtel zusammengehaltenes Hemd über der Hose, deren Beine in hohe faltige Stiefel gestopft waren, und einen bäurischen, abgetragenen und geflickten braunen Schafpelzmantel, der

* Fixer Ausdruck für einen ungelernten Handwerker, der alle möglichen Ausbesserungsarbeiten macht. Da es im Deutschen kein genau entsprechendes Wort gibt, wurde in Übereinstimmung mit dem Autor der Originalausdruck beibehalten.

manchmal nach Schaf riechen konnte. Sein Werkzeug und ein paar Bücher hatte er behalten: Smirnowskis *Russische Grammatik*, ein einfaches Biologiebuch, eine Auswahl aus Spinozas Werken und einen abgenutzten, mindestens fünfundzwanzig Jahre alten Atlas. Mit einem Stück zusammengeknoteter Schnur hatte er aus den Büchern ein kleines Bündel gemacht. Die Werkzeuge steckten in einem Mehlsack, der oben zusammengebunden war und aus dem das Blatt der Schrotsäge herausragte. Auch etwas Eßbares steckte in einer Tüte aus Zeitungspapier. Er hinterließ ein paar zerbrochene Möbelstücke – ein Trödler hatte Geld für das Abholen verlangt – und zwei Sätze gesprungenes Geschirr – ebenfalls unverkäuflich –, mit denen Schmuel machen konnte, was er wollte – sie benutzen, zerschlagen oder fortwerfen –, denn es war nichts wert. Ihrem Vater zuliebe hatte Raisl zwei Sätze Geschirr gehabt – Milchding und Fleischding* –, ihr selbst war es ziemlich gleichgültig. Aber für das Pferd und den Wagen würde der Hausierer eine noch halbwegs gute Kuh bekommen. Er konnte das kleine Milchgeschäft seiner Tochter übernehmen. Weniger als das Hausieren konnte es auch nicht einbringen. Er war der einzige, den Jakow kannte, der ein Nichts verhökerte und es – in Stücken und Scheiben – für echte Kopeken verkaufte. Manchmal handelte er es für Schweineborsten, Wolle, Korn oder Zuckerrüben ein und verkaufte dann den Bauern getrockneten Fisch, Seife, Tücher und Zuckerwaren in winzigen Mengen. Das war sein Talent, und von ihm lebte er auf wundersame Weise. »Der uns Zähne gab, wird uns auch Brot geben.« Sein Atem jedoch roch nach gar nichts – nicht nach Brot und auch nicht nach etwas anderem.

Jakow, in viel zu weiten Kleidern und Schirmmütze, war ein hochgewachsener nervöser Mann mit großen Ohren, fleckigen kräftigen Händen, einem breiten Rücken und einem zerquälten Gesicht, das von grauen Augen und bräunlichem Haar ein wenig aufgehellt wurde. Seine Nase sah manchmal jüdisch aus, manchmal auch nicht. Er hatte sich – und niemand war darüber er-

* In der jüdischen Religion wird streng zwischen Geschirr für Fleisch- oder Milchprodukte unterschieden.

staunt – nach Raisls Flucht den kurzen rötlichen Bart abrasiert. »Schneid dir den Bart ab, und du siehst nicht länger mehr deinem Schöpfer ähnlich«, hatte Schmuel warnend gesagt. Seither war es ihm von mehr als einem Juden vorgehalten worden, aber das hatte ihn weder traurig noch freudig gestimmt. Er sah jung aus, aber er fühlte sich alt, und daraus machte er niemandem einen Vorwurf, nicht einmal seiner Frau; er gab dem Schicksal die Schuld daran und war milde gegen sich selbst. Seine Nervosität zeigte sich in seinen Bewegungen. Im allgemeinen bewegte er sich rascher als notwendig, wenn man bedenkt, wie wenig es zu tun gab, aber er war immer mit irgend etwas beschäftigt. Schließlich war er von Beruf ein Fixer und mußte seinen Händen etwas zu tun geben.

Als er seine Sachen in den offenen Wagen legte, unter dessen Hinterrädern ein verrosteter Wassereimer hing, ärgerte er sich über das Aussehen des Kleppers, eines nackt erscheinenden Tieres mit spindeldürren Beinen, einem knochigen braunen Körper und großen blöden Augen, das sich sehr gut mit Schmuel vertrug. Sie verlangten wenig voneinander und lebten in Frieden. Das Pferd tat meistens, was es wollte, und Schmuel ließ es gewähren. Was machte schon eine geringe Verzögerung aus in einer verrückten Welt? Morgen wäre er doch nicht reicher. Der Fixer ärgerte sich über sich selbst, weil er sich dieses altersschwache Biest zugelegt hatte, hielt jedoch einen schlechten Tausch mit Schmuel immer noch für besser, als von einem Bauern, der seine Kuh haben wollte, gar nichts für sie zu bekommen. Das Blut eines Schwiegervaters war dicker als Wasser. Wenn es auch in der ganzen Nachbarschaft keine Eisenbahnstation gab und der Kutscher Reisende nur alle vierzehn Tage abholte, hätte Jakow doch nach Kiew gelangen können, ohne Pferd und Wagen zu übernehmen. Schmuel hatte ihm angeboten, ihn die ungefähr dreißig Werst zu fahren, aber der Fixer zog es vor, ihn loszuwerden und allein zu reisen. Er glaubte, er könne nach seiner Ankunft in der Stadt das Tier und den jämmerlichen Karren für ein paar Rubel wenn nicht an einen Metzger, so doch mindestens an einen Altwarenhändler verkaufen.

Dwoira, die Kuh mit dem dunklen Euter, war hinter der Hütte auf dem Feld und weidete unter einer blattlosen Pappel, und Jakow ging zu ihr hinaus. Die weiße Kuh hob den Kopf und beobachtete, wie er näherkam. Der Fixer klopfte ihr auf die magere Flanke. »Leb wohl, Dwoira«, sagte er, »und viel Glück. Gib, was du noch hast, Schmuel, er ist auch ein armer Mann.« Er wollte noch etwas sagen, brachte es jedoch nicht fertig. Er riß eine Handvoll vergilbtes Gras ab und fütterte die Kuh damit, dann ging er zu Pferd und Wagen zurück. Schmuel war wieder da.

Warum tut er so, als sei er derjenige, der mich verlassen hat?

»Ich bin nicht zurückgekommen, um mit irgend jemandem Streit anzufangen«, sagte Schmuel. »Was sie getan hat, will ich nicht verteidigen – sie hat mir ebenso weh getan wie dir. Sogar noch weher, aber wenn der Rabbi sagt, sie sei jetzt tot, gibt ihm nur meine Stimme recht, nicht mein Herz. Erstens ist sie mein einziges Kind, und seit wann brauchen wir noch mehr Tote? Ich habe sie mehr als einmal verflucht, aber ich bitte Gott, mich nicht zu erhören.«

»So, ich geh«, sagte Jakow, »gib auf die Kuh acht.«

»Geh noch nicht«, sagte Schmuel mit traurigem Blick. »Vielleicht kommt Raisl zurück, wenn du bleibst.«

»Und wenn schon – wen interessiert das noch?«

»Wenn du geduldiger gewesen wärest, hätte sie dich nicht verlassen.«

»Fünf, fast sechs Jahre – das ist Geduld genug. Ich habe genug. Vielleicht hätte ich gewartet, bis die vom Gesetz vorgeschriebenen zehn um gewesen wären, aber sie ist mit irgendeinem dreckigen Fremden davongetanzt, da hatte ich die Nase voll, danke.«

»Wer kann dich schon tadeln?« seufzte Schmuel betrübt. Nach einer Weile fragte er: »Hast du Tabak für eine kleine Zigarette, Jakow?«

»Mein Tabaksbeutel ist leer.«

Der Hausierer rieb heftig die trockenen Handflächen aneinander.

»Du hast also keinen, hast also keinen, aber was ich nicht versteh, ist, warum du dir die Mühe mit Kiew machen willst. Es ist eine gefährliche Stadt, voller Kirchen und Antisemiten.«

»Ich bin von Anfang an betrogen worden«, sagte Jakow bitter. »Was ich selbst durchgemacht habe, weißt du schon, ganz zu schweigen davon, daß ich mein ganzes Leben hier verbracht habe, ausgenommen die paar Monate in der Armee. Das Stedtl ist ein Gefängnis, nichts hat sich geändert seit den Tagen Chmelnizkis. Es vermodert, und die Juden drin vermodern mit ihm. Hier sind wir alle Gefangene, das brauche ich dir nicht zu sagen, es ist also Zeit, es woanders zu versuchen, hab' ich endlich beschlossen. Ich will genug zum Leben verdienen, ich will etwas von der Welt kennenlernen. Ich habe in den letzten Jahren ein paar Bücher gelesen, und es ist erstaunlich, was alles geschieht, ohne daß einer von uns eine Ahnung davon hat. Es braucht gar nicht Tibet zu sein, aber was ich in St. Petersburg gesehen habe, hat mich interessiert. Wer hätte je vorher an weiße Nächte gedacht, und doch ist es eine wissenschaftliche Tatsache; dort gibt es sie nämlich. Als ich aus der Armee ausschied, dachte ich, ich ginge so schnell wie möglich hier weg, aber dann hat mich einiges doch festgehalten, einschließlich deiner Tochter.«

»Meine Tochter wollte von dem Augenblick an weg von hier, da ihr verheiratet wart, aber du wolltest nicht gehen.«

»Stimmt«, sagte Jakow, »es ist meine Schuld. Ich glaubte, schlechter könne es gar nicht mehr gehen, also müsse es besser gehen. Beides war falsch, aber genug ist jetzt genug. Endlich bin ich auf dem Weg.«

»Außerhalb des Ansiedlungsgebietes können nur wohlhabende Juden und die aus den freien Berufen eine Aufenthaltserlaubnis bekommen. Der Zar will nicht überall in seinem Land arme Juden haben, und Stolypin, platzen sollen seine Lungen, treibt ihn noch an. Pfui!« Schmuel spuckte zwischen zwei Fingern hindurch.

»Da ich keinen freien Beruf ausüben kann, weil mir dazu die Bildung fehlt, hätte ich nichts dagegen, wohlhabend zu sein.

Wie man so sagt – ich würde mein letztes Hemd verkaufen, um Millionär zu werden. Vielleicht habe ich Glück und bring's draußen in der Welt zu was.«

»Was es in der Welt draußen gibt, gibt's im Stedtl auch – Menschen, ihr Unglück, ihre Sorgen und gegebene Umstände. Aber hier zumindest ist Gott bei uns.«

»Er ist bei uns, bis die Kosaken angaloppiert kommen, dann ist er woanders. Im Nebenhaus ist er, da steckt er.«

Der Hausierer verzog das Gesicht, antwortete jedoch nicht auf die Bemerkung. »Fast fünfzigtausend Juden leben in Kiew«, sagte er, »auf ein paar Stadtviertel beschränkt, und alle sind sie dem ersten Angriff ausgesetzt, wenn es wieder zu einem Pogrom kommen sollte. Und dazu wird's in den großen Städten rascher kommen als hier. Wenn wir sie schreien hören, laufen wir schleunigst davon in die Wälder. Warum solltest du den »Schwarzen Hundert« – an ihren Zungen sollen sie aufgehängt werden – direkt in die Arme laufen?«

»Die Wahrheit ist, daß ich ein Mann mit vielen Bedürfnissen bin, und ich werde sie nie befriedigen können, wenigstens nicht hier. Es ist Zeit, hinauszuziehen und mein Glück zu versuchen. Ortsveränderung ist Schicksalsveränderung, heißt es.«

»Seit ungefähr einem Jahr bist du ein ganz anderer Mensch, Jakow. Was für Bedürfnisse sind denn so wichtig?«

»Die, die nicht schlafen können und mich wach halten, damit ich ihnen Gesellschaft leiste. Ich habe dir gesagt, was für Bedürfnisse es sind: von Zeit zu Zeit einen vollen Bauch haben. Eine Arbeit, die Geld einbringt, nicht Nudeln. Sogar etwas Bildung, falls ich dazu kommen kann, und damit meine ich nicht, daß man als Arbeiter am Feierabend die Thora studiert. Davon habe ich genug. Ich will wissen, was in der Welt vor sich geht.«

»Das steht alles in der Thora, da steht unendlich viel drin. Halt dich fern von den falschen Büchern, Jakow, von den unreinen.«

»Es gibt keine falschen Bücher. Falsch ist nur die Angst vor ihnen.«

Schmuel nahm den klebrigen Hut ab und wischte sich mit dem Taschentuch über die Stirn.

»Jakow, wenn du schon in fremde Länder gehen willst, zu Türken oder Nichttürken, warum dann nicht nach Palästina, wo ein Jude jüdische Bäume und Berge sehen und jüdische Luft atmen kann? Wenn ich nur die geringste Möglichkeit hätte – da ginge ich hin.«

»Alles, was ich in dieser elenden Stadt gehabt habe, ist ein Bettlerleben. Jetzt will ich's mit Kiew versuchen. Wenn ich da anständig leben kann, will ich's tun. Wenn nicht, werde ich Opfer bringen, Geld sparen und nach Amsterdam gehen, um mich dort nach Amerika einzuschiffen. Kurz, ich habe zwar wenig, aber ich habe Pläne.«

»Pläne oder nicht, du bist dabei, in dein Unglück zu rennen.«

»In das habe ich noch nie zu rennen brauchen«, sagte der Fixer. »Also, Schmuel, alles Gute. Der Morgen ist vorbei, ich mache mich besser auf den Weg.«

Er kletterte auf den Wagen und griff nach den Zügeln.

»Ich fahre mit bis zu den Windmühlen.« Schmuel setzte sich neben ihn.

Jakow hieb mit einer Birkengerte auf den Klepper ein, die der alte Mann in einen Halter gesteckt hatte, ein Loch, das ganz am Rande in den Sitz gebohrt war, aber nach einem anfänglichen überraschten Galopp hielt das Pferd an und blieb regungslos auf der Straße stehen.

»Ich persönlich benutz' sie nie«, bemerkte der Hausierer. »Sie ist nur als Warnung da. Wenn das Biest trödelt, erinnere ich's daran, daß sie da ist. Fast scheint's, es hört mich gern davon reden.«

»Wenn das so ist, ist's besser für mich, zu Fuß zu gehen.«

»Geduld.« Schmuel schmatzte mit den Lippen. »Los, los, mein Schöner – es ist sehr eitel. Wann immer du dir's leisten kannst, Jakow, gib ihm Hafer zu fressen. Zuviel Gras – und es kriegt Blähungen.«

»Wenn es Blähungen kriegt, soll's eben furzen.« Er schüttelte die Zügel.

Jakow blickte nicht zurück. Der Klepper trottete auf einer gewundenen Straße dahin zwischen schwarzen gepflügten Feldern, auf denen hier und da runde, schwarze, hoch aufgeschichtete Heuhaufen standen; zur Linken konnte man in der Ferne die Kirche der Bauern sehen; dann ging es langsam bergauf auf der schmalen steinigen Straße zum Friedhof, wo ein paar dünne gelbe Weiden zwischen den Gräbern standen und um einen niedrigen, mit Grabsteinen bedeckten Hügel herum, wo Jakows Eltern begraben lagen – ein Mann und eine Frau, kaum mehr als zwanzig Jahre alt. Er hatte daran gedacht, ihre unkrautüberwachsenen Gräber zu besuchen, aber in der letzten Minute brachte er es nicht übers Herz. Die Vergangenheit war eine Wunde in seinem Kopf. Er dachte an Raisl und fühlte sich niedergeschlagen.

Der Fixer hieb mit der Gerte auf die Rippen des Pferdes ein, aber es bewegte sich trotzdem nicht schneller.

»Ich werde zu Chanukka* in Kiew ankommen.«

»Wenn du nicht hinkommst, dann will Gott es eben nicht. Es wird dir nichts entgehen.«

Ein zerlumpter Schnorrer stand neben einem halb umgefallenen Grabstein und rief dem Fixer etwas zu. »Hallo, Jakow, es ist Freitag. Wie wär's mit einem Zweikopekenstück für einen Sabbath-Segen? Nächstenliebe errettet vom Tod.«

»Der Tod ist das letzte, worüber ich mir Sorgen mache.«

»Leih mir eine oder zwei Kopeken, Jakow«, sagte Schmuel. »Ich habe heute noch keine Kopeke verdient.«

Der Schnorrer, ein Mann mit häßlichen Füßen, nannte ihn einen Goi; dabei verzog er den Mund, und seine Augen blitzten vor Wut.

Schmuel sagte ein Gebet, um Unheil abzuwenden.

Der Klepper fiel in Trott und zog den klapprigen Wagen mit dem hin- und herschwingenden Eimer, der gegen die Achse schlug, am Friedhofshügel vorbei die gewundene Straße hin-

* Chanukka achttägiges Fest (meist im Dezember) zur Erinnerung an die Makkabäerkämpfe und die Wiedereinweihung des Tempels in Jerusalem (165 v. Chr.).

unter. Sie fuhren am Armenhaus vorbei, einem schäbigen Gebäude mit einem Anbau für die Waisen, von dem Jakow die Augen abwandte; dann ging es klapp-klapp über eine Holzbrücke in den dicht bevölkerten Teil der Stadt. Sie kamen an Schmuels Hütte vorbei, aber keiner von beiden sah zu ihr hin. Ein geschwärztes Badehaus mit holzverschalten Fenstern stand neben einem schmalen Fluß, und plötzlich spürte der Fixer, wie es ihn nach einem Bad juckte, und er sah sich schon in dem dichten Dampf stehen und sich den eingeseiften Körper mit einer Bürste aus Zweigen klopfen, während der Gehilfe ihm Wasser über den Kopf goß. Gott segne Wasser und Seife, hatte Raisl immer gesagt. In wenigen Stunden würde das Badehaus aus allen Fugen dampfen und überquellen von Juden, die sich für Freitagabend wuschen.

Sie ratterten eine staubige, ausgefahrene Straße entlang, an deren einer Seite strohgedeckte Häuschen standen und an deren anderer weite von Unkraut überwucherte Felder lagen. Auf der Schwelle ihres Hauses saß eine Jüdin in dicker Perücke* und rupfte eine Henne mit blutigem Hals, die sie zwischen den Knien hielt. Sie fluchte auf die Sau eines Bauern, die in den Überbleibseln ihres Kartoffelgartens wühlte. Eine Blutlache im Graben zeigte den Weg, den der Ritualschlächter genommen hatte. Ein Stück weiter meckerte eine an einen Pfahl gebundene schwarzbärtige Ziege mit verschnörkelten Hörnern das Pferd an und wollte auf es zurennen, aber der Strick um ihren Hals hielt, und obwohl der Pfahl umfiel, wurde die Ziege doch auf den Rücken geworfen. In manchen der kleinen Häuser hingen die Türen lose in den Angeln, und wo es Stufen gab, waren sie ausgetreten. Zäune waren verbogen und drohten ohne vorheriges Anzeichen einzustürzen, was den Fixer ärgerte, denn er hatte es gern, daß jedes Ding an seinem Platz war und funktionierte.

Heute abend würden in den erleuchteten Fenstern die Kerzen strahlen. Für alle anderen.

* Bei den orthodoxen Juden müssen verheiratete Frauen eine Perücke tragen, da nur der eigene Mann ihre Haare sehen darf.

Im Zickzackkurs lief das Pferd auf den Marktplatz zu, und hier wurden die Häuser immer besser, einige waren groß und ansehnlich, mit Gärten, die im Sommer voller Blumen waren.

»Laß das nur den verdammten Reichen«, murmelte der Fixer.

Schmuel hatte nichts zu sagen. Wie er schon oft gesagt hatte, fiel ihm zu diesem Thema nichts mehr ein. Er beneidete die Reichen nicht, er wollte nicht mehr, als ein wenig an ihrem Reichtum teilhaben – genug, um leben zu können, solange er schwer arbeitete, um sich seinen Lebensunterhalt zu verdienen.

Der Markt, ein großer offener Platz mit Holzhäusern an zwei Seiten – manche mit Läden im ersten Stock –, war voller Bauernwagen, die mit Korn, Gemüsen, Holz, Fellen und allerhand anderen Dingen beladen waren. Um die Stände und Kisten drängten sich größtenteils Frauen, die für den Sabbath einkauften. Obwohl der Fixer meistens auf dem Marktplatz herumstand, winkte er niemandem zu, und niemand winkte ihm.

Ich gehe ohne Bedauern, dachte er. Ich hätte schon vor Jahren gehen sollen.

»Wem hast du's erzählt?« fragte Schmuel.

»Wem soll ich's schon erzählen? Es gibt doch praktisch keinen Menschen. Außerdem geht sie's nichts an. Offen gestanden, mein Herz ist schwer – ich will die Wahrheit sagen –, aber ich habe genug von diesem Ort.«

Er hatte Abschied genommen von seinen beiden guten Bekannten Leibisch Polikow und Haskel Dembo. Ersterer hatte die Schultern hochgezogen, letzterer hatte ihn, ohne ein Wort zu sagen, umarmt, und das war alles. Ein Metzger, der eine gackernde, mit den Flügeln schlagende Henne an den dicken gelben Füßen hochhielt, sah den Wagen vorbeifahren und machte eine witzige Bemerkung zu seinen Kundinnen. Eine von ihnen, eine junge Frau, die sich umwandte, um hinzuschauen, rief Jakow etwas zu, aber da war der Wagen schon jenseits des Marktplatzes und scheuchte im Vorbeirattern ein paar Hühner auf, die sich in den Straßenfurchen niedergelassen hatten, sowie eine Schar schnatternder Enten.

Sie näherten sich der von einer Kuppel gekrönten Synagoge mit ihrem eisernen Wetterhahn, einem pockennarbigen Gebäude mit gelben Mauern und einer Eichentür, das im Augenblick in Ruhe und Frieden dastand. Mehr als einmal war es geplündert worden. Der Hof war leer; nur ein Jude in schwarzem Hut saß auf einer Bank und las im Sonnenschein eine gefaltete Zeitung. In den letzten Jahren war Jakow kaum noch in der Synagoge gewesen, aber es kostete ihn keine Mühe, sich an den Innenraum mit der hohen Decke, den Kronleuchtern aus Messing, den ovalen Glasmalereifenstern und den Gebetpulten samt Hockern und hölzernen Kerzenhaltern zu erinnern, in dem er so viele, zumeist vertane, Stunden verbracht hatte.

»Los«, sagte er.

Als sie auf der anderen Seite der Stadt – ein Stedtl war eine Insel, umgeben von Rußland – an einer Windmühle vorbeikamen, deren ausgebesserte Flügel sich mit langsamer, wuchtiger Bewegung drehten, riß der Fixer an den Zügeln, das Klappern der Hufe hörte auf, und das Pferd stand.

»Hier trennen sich unsere Wege«, sagte er zu dem Hausierer.

Schmuel zog einen bestickten Stoffbeutel aus der Tasche.

»Vergiß die nicht«, sagte er verlegen. »Ich habe sie in deiner Schublade gefunden, ehe wir abfuhren.«

In dem Beutel war ein zweiter Beutel, der die Gebetriemen* enthielt. Außerdem ein Gebetschal und ein Gebetbuch. Vor ihrer Heirat hatte Raisl den Beutel aus einem Stück Stoff von ihrem Kleid angefertigt und ihn mit den Gesetzestafeln der Zehn Gebote bestickt.

»Danke.« Jakow warf den Beutel zu den anderen Sachen in den Wagen.

»Jakow«, sagte Schmuel leidenschaftlich, »vergiß nicht deinen Gott!«

»Wer vergißt da wen?« sagte der Fixer ärgerlich. »Was krieg'

* Gebetriemen sie bestehen aus Riemen mit zwei Büchschen. Darin sind enthalten: zwei Miniaturrollen mit dem heiligsten Gebet der Juden, dem »Schma Israel« (»Höre Israel«), 5. Buch Mose, VI, 4–9 und XI, 13–21.

ich denn von ihm außer einem Schlag auf den Kopf und einem Pißstrahl ins Gesicht. Was gibt's da also zu verehren?«

»Red nicht wie ein Meschummed*. Bleib ein Jude, Jakow, gib deinen Gott nicht auf.«

»Ein Meschummed gibt einen Gott auf für einen anderen. Ich will keinen von beiden. Wir leben in einer Welt, in der die Uhr rasch tickt, während er auf seinem zeitlosen Berg sitzt und in den Weltraum starrt. Er sieht uns nicht, und wir sind ihm gleichgültig. Heute will ich mein Stück Brot haben, nicht erst im Paradies.«

»Hör auf mich, Jakow, hör auf meinen Rat. Ich habe länger gelebt als du. Im Podol in Kiew gibt's 'ne Schul**. Geh am Schabbes hin, du wirst dich besser fühlen. ›Gesegnet sind, die auf Gott vertrauen.‹«

»Eher sollt' ich zu den Zusammenkünften des Sozialistischen Bunds gehen, da sollt' ich hingehen, nicht in die Schul. Aber die Wahrheit ist – ich habe nichts übrig für Politik, nur frag mich nicht warum. Was nutzt es schon, wenn man kein Aktivist ist? Vermutlich ist das halt meine Natur. Ich neige mehr zur Philosophie, obwohl ich kaum was von irgend etwas weiß.«

»Sei vorsichtig«, sagte Schmuel erregt, »wir leben mitten unter unseren Feinden. Die beste Art, vorsichtig zu sein, ist, unter Gottes Schutz zu bleiben. Vergiß nicht, wenn ER nicht vollkommen ist, wir sind's auch nicht.«

Rasch umarmten sie sich, und Schmuel kletterte vom Wagen herunter.

»Leb wohl, mein Schatz«, rief er dem Pferd zu. »Leb wohl, Jakow, ich werde an dich denken, wenn ich die achtzehn Segenssprüche hersage. Und wenn Raisl dir je begegnen sollte, sag ihr, daß ihr Vater auf sie wartet.«

Schmuel schleppte sich in Richtung Synagoge davon. Als er schon sehr weit weg war, ging es Jakow wie ein Stich durchs

* Ein Meschummed ist ein getaufter Jude.

** Schule Synagoge, die auch als Versammlungs- und Diskussionsplatz dient.

Herz, daß er vergessen hatte, ihm einen Rubel oder zwei in die Hand zu drücken.

»Los jetzt.« Der Klepper zuckte mit den Ohren, raffte sich zu einem kurzen Trott auf, verlangsamte dann aber sein Tempo zu einem müden Gang.

Das wird 'ne schön lange Reise, dachte der Fixer.

Unvermittelt blieb das Pferd stehen, als eine Feldmaus über die Straße tänzelte.

»He, los, verdammt nochmal«, aber der Klepper blieb regungslos stehen.

Ein Bauer mit einem langhörnigen Ochsen kam vorbei und trieb das Tier mit einem Stock an.

»Ein Pferd versteht die Peitsche«, sagte er über die Straße hinweg auf russisch.

Jakow bearbeitete das Tier mit der Birkengerte, bis es blutete. Der Klepper wieherte, blieb jedoch unbeweglich auf der Straße stehen. Nachdem der Bauer eine Weile zugesehen hatte, ging er weiter.

»Hurensohn, du«, sagte der Fixer zu dem Pferd, »wir werden überhaupt nicht nach Kiew kommen.«

Schon war er der Verzweiflung nahe, als aus einer Schicht verwelkter Blätter unter einem Baum ein brauner Hund hervorraschelte und das Pferd anbellte. Der Klepper stürzte davon, und Jakow hatte kaum die Zeit, die Zügel zu ergreifen. Der Hund jagte ihnen nach und bellte mit aller Kraft die Beine des Pferdes an, verschwand jedoch, als sie an eine Straßenbiegung kamen. Aber der Wagen rollte mit wackelnden Rädern weiter, der Eimer rasselte, und der Klepper trottete, so schnell er konnte.

Sie klapperten auf der harten ungepflasterten Straße dahin, auf der einen Seite, unterhalb eines schrägen Dammes, floß ein sanftes Bächlein dahin; auf der anderen standen verstreut die Holzhütten eines Bauerndorfes, deren Dächer mit faulendem Stroh gedeckt waren. Trotz ihrer Armut und des grotesken Hin und Her viel zu vieler Schweine sahen die Hütten besser aus als die Häuschen des Stedtl. Ein bärtiger Bauer spaltete

Holz, eine Frau pumpte Wasser aus dem Dorfbrunnen. Beide hielten in der Arbeit inne, um ihn anzustarren. Eine Werst von seiner Stadt entfernt – und er war ein Fremdling in der Welt.

Das Pferd trottete weiter; Jakow betrachtete die Felder; einige, auf denen man Hafer, Heu und Zuckerrüben geerntet hatte, waren umgepflügt, Heuhaufen hoben sich dunkel gegen die Wälder ab. Langsam flog eine Krähe über die Stoppeln eines Weizenfeldes. Der Fixer ertappte sich dabei, wie er die Schafe und Ziegen zählte, die unter trägen dicken Wolken auf den Gemeindewiesen weideten. Der Herbst war feuchtkalt und trübe gewesen, und in den Wäldern, die die Felder umgaben, hing die Hälfte der Bäume noch voller toter Blätter. Im vergangenen Jahr hatte es um diese Zeit schon geschneit. Obwohl Jakow sich gewöhnlich am Anblick der Landschaft erfreute, fühlte er sich bedrückt. Das Summen und Glitzern des Sommers war dahin. In der violetten Ferne wirkte die Steppe melancholisch, endlos.

Obgleich die Wunde auf der Flanke des Pferdes eine Kruste gebildet hatte, sonderte sie noch immer rote Tröpfchen ab und zog Flöhe an, die er, ohne das Tier zu berühren, mit der Gerte verscheuchte. Er hatte angenommen, seine Stimmung würde sich bessern, wenn er erst aus dem Stedtl heraus wäre, aber er empfand keine Erleichterung. Den Fixer plagte die Unzufriedenheit; daß ihm keine andere Wahl geblieben war, als zu gehen, war ihm tiefer bewußt, als er sich eingestehen wollte. Seine wenigen Freunde hatte er zurückgelassen. Seine Gewohnheiten, sozusagen seine besten Erinnerungen, waren dort. Aber auch seine Schande. Er ging, weil er weniger verdient hatte – obwohl er nicht Totengräber geworden war – als viele seiner Bekannten, die weniger intelligent und längst nicht so geschickt waren wie er. Er ging, weil er ein kinderloser Ehemann war – »lebendig und doch tot« nannte der Talmud einen solchen Mann – und auch, weil er ein verbitterter verlassener Ehemann war. Und doch – wäre sie ihm treu gewesen, er wäre geblieben. Also besser, daß sie es nicht gewesen war. Er sollte dankbar sein, daß er einem nutzlosen Leben entrinnen konnte. Und doch fürchtete er sich, in eine Stadt voll unbekannter Menschen zu gehen –

Juden und Nichtjuden, Fremde waren eben Fremde –, in eine Stadt, die in einem gewissen Sinn ein verbotener Ort war. Heiliges Kiew, Mutter der russischen Städte! Er kannte die Städte im Umkreis von einem Dutzend Werst, aber er war nur einmal, im Sommer, eine Woche in Kiew gewesen. Er spürte die Unzufriedenheit, die dem Fremdsein entspringt, das Unbehagen, nicht zu wissen, was wo war, die Unfähigkeit, vorauszuschauen und sich die Dinge deutlich vorzustellen. Das einzige, woran er zu denken vermochte, waren die Reihen schäbiger überfüllter Mietskasernen im Podol. Würde er sein Leben in der gleichen nutzlosen Armut, der gleichen grauen Erfahrung unter Massen von Juden verbringen, die genauso arm waren wie er, oder würde es ihm gelingen, besser zu leben? Wie sollte das möglich sein in seinem Alter – er war schon dreißig. Arbeit gab es nur selten für ihn. Wie lange würden ihn die paar Rubel in der Tasche vor dem Verhungern bewahren? Warum sollte das Morgen besser sein als das Heute? Hatte er ein solches Privileg verdient?

Er litt viele Ängste, und da er nur selten weit reiste, hatte er Angst vor dem Reisen. Seine Fußsohlen juckten, und das bedeutete, wie die alten Weiber behaupteten: »Du wirst an einen weit entfernten Ort reisen.« So weit, so gut, aber würde er jemals dorthin gelangen? Das Pferd hatte seinen Gang von neuem verlangsamt, ein schwarzes Jahr soll über seinen blöden Schädel kommen. Angenommen, jene Wolken, die dunkel und schwer geworden waren, platzten an ihrer Unterseite und schütteten Schnee auf die Welt? Käme dann das Pferd noch durch? Er stellte sich vor, wie der Schnee in dicken Flocken fiel und in wenigen Minuten Straße und Felder in solches Weiß hüllte, daß man nicht mehr erkennen konnte, wo das eine endete und das andere begann, stellte sich vor, wie der Wagen sich mit Schnee füllte. Der Klepper würde stehenbleiben, Jakow könnte ihn mit der Gerte schlagen, bis die Knochen durch das Blut hindurchschienen, aber das Tier war von jener Art, die sich lieber ruhig, ihm zum Trotz, in den Schnee legen würde. »Bruder, ich bin müde. Wenn du in diesem Sturm weiterziehen willst, so tu's und laß dir's gut gehen. Aber ohne mich. Ich will schlafen, und wenn es der Schlaf der Ewigkeit ist, um so besser. Der Schnee ist wenigstens warm.« Der Fixer sah sich durch Schneewehen wandern, bis er umkam.

Aber das Pferd sagte nichts, und es sah auch nicht nach Schnee aus – oder nach Regen. Es war ein frischer Tag, der anfing, windig zu werden – der Wind blies die Mähne des Kleppers in die Höhe –, und wenn das Pferd auch gemächlich dahintrabte, kam es doch vorwärts. Als sie jedoch durch ein Wäldchen von schwarzästigen Bäumen kamen, deren blattlose Zweige hoch über Jakows Kopf dunkel ineinander verschlungen waren, wurde es düster, und der Fixer, der noch immer nach den Anzeichen eines Wetterumschwungs Ausschau hielt, wurde von neuem sehr nervös. Er beschattete die Augen in dem sonderbaren Licht, er spähte nach vorn – eine gewundene Straße ohne eine Spur von Schnee. Genug davon, dachte er, ich will lieber etwas essen. Als hätte der Klepper seine Gedanken gelesen, blieb er stehen, noch ehe Jakow an den Zügeln riß. Jakow kletterte vom Sitz herunter und zog das Pferd an den Straßenrand. Das Pferd spreizte die Hinterbeine und spritzte einen gelben Strahl auf die Straße. Jakow urinierte auf ein paar braune Farne. Er fühlte sich wohler, riß ein paar Handvoll trockener Grasbüschel aus und fütterte, da er im Wagen keinen Futtersack finden konnte, den Klepper mit der Hand. Mit wogenden Flanken kaute das Pferd mit seinen abgewetzten gelben Zähnen das Gras, bis es schäumte. Der Magen des Fixers knurrte. Er setzte sich unter einen sonnenbeschienenen Baum, schlug den Lammfellkragen hoch und öffnete sein Eßpaket. Langsam kauend, aß er einen Teil einer kalten Pellkartoffel, dann eine halbe Gurke, die mit grobem Salz bestreut war, und dazu ein Stück saures Schwarzbrot. Ach, wenn ich nur etwas Tee hätte, dachte er, oder doch mindestens ein wenig gesüßtes heißes Wasser. Den Rücken an den Baum gelehnt, schlief Jakow ein, wachte hastig auf und kletterte auf den Wagen.

»Es ist spät, verdammt nochmal, los, los.«

Der Klepper rührte sich nicht. Der Fixer griff nach der Gerte.

Dann überlegte er es sich nochmal, kletterte wieder herunter, nahm den rostigen Eimer vom Haken und begann sich nach Wasser umzusehen. Als er einen kleinen Bach fand, merkte er, daß der Eimer leckte, aber er bot ihn, halbvoll, dem Pferd an, das nicht trinken wollte.

»Da mach' ich nicht mit.« Jakow goß das Wasser aus, befestigte den Eimer an dem Haken unter dem Wagen und kletterte wieder auf den Sitz. Er schwang die Gerte, bis sie pfiff. Der Klepper ließ die Ohren hängen und bewegte sich vorwärts, wenn man es bewegen nennen konnte. Jedenfalls war er nicht mehr da, wo er gestanden hatte. Zum zweitenmal ließ der Fixer die Gerte durch die Luft sausen, und nach einer Minute der Unentschiedenheit begann das Pferd davonzutrotten. Der Wagen ratterte weiter.

Sie waren eine Weile dahingezogen, als sie eine alte Frau einholten, eine Pilgerin, die langsam die Straße entlangging und sich auf einen langen Stab stützte, eine schwere Bauersfrau in Schwarz, die Männerschuhe anhatte, einen Rucksack trug und einen dicken Schal um den Kopf gewickelt hatte.

Er lenkte zur Seite, um an ihr vorbeizufahren, doch als er sie überholte, rief er ihr zu: »Wollen Sie ein Stückchen mitfahren, Großmütterchen?«

»Jesus segne dich.« Sie hatte drei graue Zähne.

Jesus brauchte er nicht. Pech, dachte er. Jakow half ihr auf den Wagensitz und berührte den Klepper mit der Birkengerte. Zu seinem Erstaunen fiel das Pferd wieder in Trott. Aber als sie an eine Straßenbiegung kamen, prallte das rechte Rad gegen einen Stein und brach knirschend auseinander. Der Wagen schaukelte hin und her, sackte nach hinten, und das linke Rad kippte nach innen.

Die alte Frau bekreuzigte sich, kletterte langsam auf die Straße hinunter und ging mit ihrem schweren Stock zu Fuß weiter, ohne sich umzublicken.

Jakow verfluchte Schmuel, der ihm den Wagen aufgehalst hatte. Er sprang auf den Boden und untersuchte das zerbrochene Rad. Der durchgescheuerte Metallreifen hatte sich gelöst. Der

Holzrand war durchgebrochen und hatte zwei Speichen zersplittert. Aus der geborstenen Radnabe tropfte Schmieröl. Er stöhnte.

Nachdem er fünf Minuten ohne einen Gedanken wie betäubt dagestanden hatte, holte er seine Werkzeugtasche aus dem Wagen, öffnete sie und breitete die Werkzeuge auf der Straße aus. Aber mit Beil, Säge, Hobel, Klempnerschere, Winkelmaß, Fensterkitt, Draht, einem spitzen Messer und zwei Ahlen vermochte der Fixer nicht, was zerbrochen war, wieder zu flicken. Unter den günstigsten Umständen würde er einen Tag brauchen, um das Rad zu reparieren. Er dachte daran, einem Bauern ein Rad abzukaufen, falls er eines fände, das paßte oder doch annähernd paßte, aber selbst wenn jener dazu bereit wäre – wo war ein Bauer zu finden? Wenn man sie nicht brauchte, hingen sie einem am Rockzipfel. Jakow warf die Stücke des zerbrochenen Rades in den Wagen. Er steckte sein Werkzeug in die Tasche, band sie zu und wartete verdrossen, daß irgend jemand vorbeikäme. Niemand kam. Er überlegte, ob er ins Stedtl zurückkehren sollte, entsann sich jedoch, daß er genug davon hatte. Der Wind war jetzt kälter und beißender, er blies ihm unter den Mantel und zwischen die Schulterblätter. Die Sonne ging unter, der Himmel verdunkelte sich.

Wenn ich langsam fahre, schaffe ich es vielleicht auf drei Rädern bis zum nächsten Dorf.

Er versuchte es, machte sich leicht, setzte sich so weit links wie möglich auf den Sitz und bat den Klepper, behutsam zu gehen. Zu seiner Erleichterung ging es tatsächlich eine halbe Werst weit vorwärts, wenn auch das Hinterrad quietschte. Schon hatte er die Pilgerin eingeholt und wollte ihr sagen, daß sie nicht mitfahren könne, da brach das andere Hinterrad, das sich knirschend an der Achse rieb, auseinander, und das Hinterteil des Wagens schlug mit einem dumpfen Aufprall auf die Straße, der Eimer wurde zerdrückt. Das Pferd taumelte nach vorne, schnaubte und bäumte sich auf. Der Fixer, dessen Körper sich in einem gefährlichen Winkel zur Seite geneigt hatte, war gelähmt.

Schließlich kletterte er vom Sitz herunter. »Wer hat mein Leben erfunden?« Hinter ihm lag die leere baumlose Steppe, vor ihm war die alte Frau.

Sie war vor einem riesigen hölzernen Kruzifix am Straßenrand stehengeblieben, bekreuzigte sich, sank langsam auf die Knie nieder und begann den Kopf auf den harten Boden aufzuschlagen. Sie schlug ihn so lange auf, bis Jakow Kopfschmerzen bekam. Die in der Dunkelheit versinkende Steppe war hier unbewohnt. Er hatte Angst vor Nebel und tobendem Wind. Jakow machte das Pferd los und zog es unter dem hölzernen Joch heraus, dann nahm er die Zügel in die Hand. Er führte das Pferd rückwärts an den Wagensitz heran, kletterte hinauf und bestieg von dort aus das Tier. Kaum war er aufgesessen, lag er auch schon wieder unten. Der Fixer legte seine Werkzeugtasche, das Bücherbündel und einige Pakete auf den schiefen Sitz, wikkelte sich die Zügel um den Körper und bestieg von neuem das Pferd. Dann hängte er sich die Werkzeugtasche über die Schulter, hielt die übrigen Dinge, die auf dem Rücken des Pferdes lagen, fest und ergriff mit der Rechten die Zügel. Das Pferd galoppierte davon. Zu seiner Überraschung fiel Jakow nicht herunter.

Sie kamen an der alten Frau vorbei, die vor dem Kreuz auf den Knien lag. Er empfand es als verrückt, auf dem Pferd zu sitzen, und fühlte sich unsicher, aber er ließ nicht los. Der Klepper hatte seinen Gang zum Trott verlangsamt, dann zu einem traurigen Schritt. Nun blieb er unbeweglich stehen. Jakow verfluchte ihn bis in alle Ewigkeit, und schließlich erwachte das Pferd wieder zum Leben und bewegte sich ein paar Zentimeter vorwärts. Während sie so dahinritten, träumte der Fixer, der noch nie auf einem Pferd gesessen hatte – er wußte nicht, warum nicht, außer, daß er nie ein Pferd besessen hatte –, von Glück, Erfolg und Reichtum. Er hatte ein bequemes Heim, ein gutes Geschäft – vielleicht irgendeine kleine Fabrik –, eine treue, dunkelhaarige hübsche Frau und drei gesunde Kinder, Gott segne sie. Aber als er, wieder ernüchtert, auf dem Klepper davonzog, dachte er voll Grimm an seinen Schwiegervater, schlug mit der Faust auf das Tier ein und sah eine nutzlose Zukunft vor sich, Jakow flehte das Pferd an, sich zu beeilen – es war dunkel, und der Steppenwind blies eiskalt –, aber von dem Wagen befreit, sah sich das Pferd erst einmal die Welt an. Auch blieb es stehen, um Gras zu fressen, riß es hörbar mit den abgewetzten Zähnen aus dem Boden und wanderte von einer Straßenseite zur anderen. Jakow war außer sich und drohte mit der Gerte, aber beide wußten, daß er keine hatte. In seiner Verzweiflung trat er das Tier mit den Fersen. Der Klepper bockte, und ein paar gefährliche Minuten lang war es wie in einem Ruderboot auf stürmischer See. Da Jakow gerade noch überlebt hatte, hörte er auf, das Tier zu treten. Er dachte daran, seine Sachen wegzuwerfen, in der Hoffnung, eine leichtere Last treibe die Dinge voran, aber er wagte es nicht.

»Ich bin ein verbitterter Mann, du Bastard von einem Pferd. Sei vernünftig, oder du wirst was erleben.«

Es nutzte ihm nichts.

Es war schon völlig dunkel. Der Wind brauste. Die Steppe war eine schwarze See voll seltsamer Stimmen. Hier sprach niemand jiddisch, und der Klepper, der vielleicht das Sonderbare dieser Situation spürte, verfiel jetzt wieder in Trott und stob kurz darauf fluchtartig davon. Zwar war der Fixer kein abergläubischer Mann, aber er war als Knabe abergläubisch gewesen und erinnerte sich an Lilith, die Königin der bösen Geister, und an die Fischhexe, die Reisende zu Tode kitzelte oder sich auf andere Art nützlich machte. In der Ukraine erhoben sich Geister wie Rauch in die Lüfte. Von Zeit zu Zeit hatte er das Gefühl, es sei jemand hinter ihm her, aber er wagte nicht, sich umzudrehen. Dann ging ein gelber Mond auf, einer wachsenden Blume gleich, und erhellte die leere Steppe bis weit in die schattige Ferne. Die Ferne glühte. Das wird eine lange Nacht werden, dachte der Fixer. Sie galoppierten durch ein Bauerndorf; seine Kirche mit dem hohen Turm lag gelb im Mondschein, die niedrigen strohgedeckten Hütten dunkel, nirgendwo Lichter. Obwohl er Holzrauch roch, sah er keinen. Jakow erwog, abzusteigen, an eine fremde Tür zu klopfen und für eine Nacht um Unterkunft zu bitten. Aber er spürte, daß er nie wieder das Pferd besteigen würde, wenn er erst absäße. Er fürchtete, seine paar Rubel könnten ihm gestohlen werden, also blieb er sitzen und kam nur wenig weiter. Der Himmel war übersät mit Sternen, der Wind blies ihm kalt ins Gesicht. Einmal schlief er für einen kurzen Augenblick ein und erwachte zitternd und schwitzend aus einem Alptraum. Er glaubte, er habe sich hoffnungslos verirrt, aber zu seinem Erstaunen erhob sich in der Ferne vor ihm ein großer Berg, der im trüben Mondlicht glitzerte, mit spärlichen Lichtern besprenkelt; an seinem Fuß zog ein breiter dunkler Fluß vorbei, in dem der halbversteckte Mond sich spiegelte. Das Pferd hörte auf zu trotten, und sie brauchten eine fast endlos scheinende Stunde, um die letzte halbe Werst bis zum Wasser zurückzulegen.

Es war so kalt, daß es fror, aber der Wind wehte hinunter auf den Dnjepr. Es gäbe keine Fähre, sagte der Fährmann. »Eingestellt. Fertig. Aus.« Er wedelte mit den Armen, als spräche er mit einem Ausländer, obwohl Jakow ihn auf russisch angeredet hatte. Daß die Fähre nicht mehr übersetzte, ließ den Fixer nur noch mehr wünschen, auf die andere Seite zu gelangen. Er hoffte, in einem Gasthof ein Bett mieten zu können und früh am Morgen aufzuwachen, um sich nach Arbeit umzusehen.

»Für einen Rubel will ich dich hinüberrudern«, sagte der Fährmann.

»Zu viel«, antwortete Jakow, obwohl er todmüde war. »Nach welcher Seite geht's zur Brücke?«

»Sechs oder acht Werst. Ein langer Weg für genau dasselbe.«

»Einen Rubel«, stöhnte der Fixer. »Wer hat schon so viel Geld?«

»Du kannst ja oder nein sagen. Es ist nicht so einfach, in einer pechschwarzen Nacht über einen gefährlichen Fluß zu rudern. Dabei können wir beide ertrinken.«

»Und was soll ich mit meinem Pferd anfangen?« Der Fixer sagte es mehr im Selbstgespräch.

»Das geht mich nichts an.« Der Fährmann, mit Schultern wie ein Baumstamm und einem zottigen Bart, schneuzte erst ein volles Nasenloch, dann das andere gegen einen Stein. Das Weiße seines rechten Auges war blutunterlaufen.

»Schau her, Kamerad, warum machst du mehr Schwierigkeiten, als die Sache wert ist? Selbst wenn ich das Biest 'rüberbringen könnte, was ich aber nicht kann, wird dir's unter der Hand verenden. Man braucht's doch gar nicht lange anzuschauen, um zu sehen, daß es auf dem letzten Loch pfeift. Sieh nur, wie es zittert. Hör nur hin, wie es schnauft – wie ein durchbohrter Stier.«

»Ich hatte gehofft, es in Kiew verkaufen zu können.«

»Welcher Narr würde schon einen Sack voll alter Knochen kaufen?«

»Ich dachte, vielleicht ein Pferdemetzger oder sonst irgend jemand – mindestens das Fell.«

»Ich sage dir, das Pferd ist tot«, bemerkte der Fährmann, »aber wenn du ein gerissener Kerl bist, kannst du einen Rubel sparen. Für das, was die Fahrt kostet, nehme ich's dir ab. Es macht mir nur Arbeit, und ich muß schon Glück haben, um für den Leichnam noch fünfzig Kopeken zu bekommen, aber ich will dir den Gefallen tun, da du offenbar hier fremd bist.«

Mir hat's nur Sorgen eingebracht, dachte der Fixer.

Mit seiner Werkzeugtasche, den Büchern und den anderen Paketen betrat er das Boot. Der Fährmann machte es los, tauchte beide Ruder ins Wasser, und schnell waren sie verschwunden.

An einen Zaun gebunden, beobachtete sie der Klepper vom mondbeschienenen Ufer aus.

Sieht aus wie ein alter Jude, dachte der Fixer.

Das Pferd wieherte, und als das nichts nutzte, gab es einen lauten Furz von sich.

»Ich kenne den Akzent nicht, mit dem du sprichst«, sagte der Fährmann und zog die Ruder an sich heran. »Es ist Russisch, aber aus welcher Provinz?«

»Ich habe in Lettland und auch anderswo gelebt«, murmelte der Fixer.

»Zuerst dachte ich, du seist ein gottverdammter Pole. Pan-wer-weiß-schon, Pani-was-schon.« Der Fährmann lachte, dann kicherte er in sich hinein. »Oder vielleicht ein mutterschänderischer Jude. Aber wenn du auch wie ein Russe angezogen bist – aussehen tust du eher wie ein Deutscher, der Teufel soll sie alle holen, ausgenommen natürlich dich und deine Familie.«

»Lette«, sagte Jakow.

»Wie dem auch sei, Gott errette uns alle vor den verdammten Juden«, sagte der Fährmann beim Rudern, »vor jenen langnäsigen, pockennarbigen, betrügerischen, blutsaugenden Parasiten. Die würden uns noch das Tageslicht stehlen, wenn sie's könnten. Erde und Luft besudeln die mit dem Gestank ihrer Leiber und ihrem Knoblauchatem, und Rußland wird zugrunde gehen an den Krankheiten, die sie verbreiten, wenn wir dem nicht Einhalt gebieten. Ein Jud' ist ein Teufel – das ist eine bekannte Tatsache –, und wenn du jemals siehst, wie einer seinen stinkenden Stiefel auszieht, wirst du einen gespaltenen Huf sehen, das ist die Wahrheit. Ich weiß es, denn so wahr der HERR mein Zeuge ist, so einen hab' ich mit eigenen Augen gesehen. Er glaubte, niemand sähe hin, aber ich habe seinen Huf so deutlich gesehen wie den hellen Tag.«

Er starrte Jakow mit dem blutunterlaufenen Auge an. Den Fixer juckte der Fuß, aber er berührte ihn nicht.

Soll er eben reden, dachte er, und doch zitterte er.

»Tagein, tagaus schneiden sie sich ein Stück von unserem Mutterland ab«, fuhr der Fährmann eintönig fort, »und das einzige, was uns retten kann, ist, sie auszurotten. Ich meine damit nicht, daß man gelegentlich einen Juden mit 'nem Faustschlag oder einem Tritt gegen den Kopf umbringen sollte, sondern man müßte sie mit Stumpf und Stiel ausrotten, wie wir das schon ein paarmal versucht haben, aber nie so, wie es wirklich notwendig ist. Meiner Ansicht nach sollten wir die Männer zusammenrufen, sie mit Gewehren, Messern, Mistgabeln und Knütteln bewaffnen – mit allem, was 'nen Juden umlegen kann –, und wenn die Kirchenglocken zu läuten anfangen, sollten wir zum Judenviertel ziehen, das man an seinem Gestank erkennt, und sie überall 'rausjagen, wo sie sich verstecken – auf Böden, in Kellern und Rattenlöchern –, und ihnen die Schädel einschlagen, ihnen die Messer in den heringsgefüllten Bauch stoßen und ihnen die Rotznasen wegschießen, ohne eine Ausnahme bei jungen oder alten zu machen, denn wenn man auch nur einige ausläßt, pflanzen sie sich wie die Ratten fort, und dann muß die ganze Arbeit von neuem getan werden.«

»Und wenn wir dann den ganzen verfluchten Stamm umgebracht haben – wenn in ganz Rußland, in jeder Provinz, das gleiche geschieht, wo immer wir sie ausräuchern können, obwohl wir die meisten von ihnen im Ansiedlungsgebiet hübsch ordentlich auf einem Haufen zusammen haben –, dann woll'n wir ihre Leichen auftürmen und mit Benzin übergießen und ein Feuerwerk veranstalten, daß die Menschen in der ganzen Welt ihre Freude daran haben. Und wenn das geschehen ist, werden wir mit Wasserschläuchen die stinkende Asche wegspülen und die Rubel und Juwelen, das Silber und die Pelze teilen und auch die ganze sonstige Beute, die sie gestohlen haben, oder wir werden sie den Armen zurückgeben, denen sie sowieso gehört. Du kannst mir's aufs Wort glauben – die Zeit ist nicht mehr fern, wenn wir all das, was ich sage, tun werden, denn unser HERR, den sie gekreuzigt haben, verlangt seine gerechte Rache.«

Er ließ ein Ruder los und bekreuzigte sich.

Jakow kämpfte gegen einen Impuls, das gleiche zu tun. Sein Beutel mit den Gebetsutensilien fiel plumpsend in den Dnjepr und versank wie Blei.

2

Wo geht man hin, wenn man nirgendwo gewesen ist? Er versteckte sich zunächst im Judenviertel, tauchte von Zeit zu Zeit heimlich daraus auf, um zu sehen, was es in der Welt zu sehen gab, erforschte und prüfte die Festigkeit des Bodens. Kiew, »das Jerusalem Rußlands«, erfüllte ihn noch immer mit Schrekken und Unruhe. Er hatte einmal ein paar heiße Sommertage dort verbracht, nachdem er zur Armee eingezogen worden war, und jetzt sah er es wieder mit einer Hälfte seines Ichs – die andere sorgte sich um seine Sorgen. Immerhin, wenn er von Straße zu Straße wanderte, waren die Farben hell und hübsch. Am späten Nachmittag hing ein goldener Dunst in der Luft. Die geschäftigen Alleen waren voller Menschen, darunter ukrainische Bauern in ihrer Heimattracht, Zigeuner, Soldaten und Priester. Nachts glühten die runden weißen Gaslampen in den Straßen, und über dem Fluß lag dichter Nebel. Kiew stand auf drei Hügeln, und er entsann sich des ersten zitternden Blickes, den er von der Nikolausbrücke auf die Stadt geworfen hatte – übersät mit weißen Häusern unter grünen Dächern, Kirchen und Klöstern, deren goldene und silberne Kuppeln über dem grünen Laub schwebten. Es mangelte ihm nicht an Blick für eine hübsche Szenerie, wenn ihm das auch nichts für seinen Lebensunterhalt einbrachte. Aber schließlich war ein Mann mehr als ein Arbeitsgaul, so hieß es jedenfalls.

Auf der anderen Seite, jenseits des glasigen braunen Flusses – da, wo er hergekommen war auf einem sterbenden Pferd – erstreckte sich die Steppe bis weit hinaus in die grüne Ferne. Nur dreißig Werst, und das Stedtl war nicht mehr zu sehen, war weg – puff! –, verloren, vielleicht gar nicht mehr da. Obwohl er Heimweh hatte, wußte er, daß er nie wieder zurückkehren würde, und doch – was sollte nun werden? Mehr als einmal hatte Raisl ihn beschuldigt, Angst vor dem Fortgehen zu haben, und vielleicht stimmte es, aber zuletzt hatte es doch nicht gestimmt. Ich bin also fortgegangen, dachte er, was wird mir's nutzen? Ob sie wohl zurückgekommen war? fragte er sich. Er verfluchte sie, wenn er an sie dachte.

Er ging an Orte, wo er noch nicht gewesen war, und sprach Russisch mit jedem, der ihn ansprach – er prüfte sich selbst, wie er es sich erklärte. Warum sollte ein Mann sich vor der Welt fürchten? Weil er es tat, auch wenn es sonst keinen Grund dafür gab. Starr vor Angst, daß man ihn als Juden erkennen und hinauswerfen könnte, beobachtete er heimlich von der Galerie einer Kirche aus, wie die Bauern, einige mit Rucksäcken auf dem Rücken, am Altar vor einem hohen goldenen Kruzifix und einer juwelenverzierten Ikone der Madonna knieten und beteten, während der Priester, ein riesiger Mann in üppigen dicken Meßgewändern, im Sprechgesang den orthodoxen Gottesdienst abhielt. Während der Fixer zusah, überfiel ihn ein Zittern beim Zusehen, und der seltsame Duft des Weihrauchs verstärkte noch seine Nervosität. Es riß ihn fast aus den Stiefeln, als jemand seinen Arm berührte und er neben sich einen Buckligen mit schwarzem Bart sah, der auf die Bauern unten deutete, die mit den Köpfen gegen die Steinplatten des Fußbodens schlugen und ihn leidenschaftlich küßten. »Gehe und tue desgleichen. Iß gesalzenes Brot und hör auf die Wahrheit!« Rasch machte sich der Fixer davon.

Verblüfft darüber, daß er das Abenteuer wagte, stieg er danach in die Lawra-Katakomben hinab – unter dem alten Kloster auf dem Petscherski-Hügel, von dem aus der Blick weit über den Dnjepr schweifte –, inmitten einer Gruppe verängstigter Bauern mit bleichen, ausdruckslosen Gesichtern, die brennende Kerzen in den Händen hielten. Sie zogen in loser Reihe durch niedrige, modrig riechende Gänge, in denen er durch vergitterte Fenster kurze Blicke auf die Heiligen der orthodoxen Kirche werfen konnte, die, mit schäbigem roten und goldenen Stoff bedeckt, in offenen Särgen lagen. Kleine rote Lampen glühten in den Wänden unter ihren Ikonen. In einer von Kerzen erleuchteten Zelle hielt, während die Schlange sich weiterschob, ein Mönch, mit Haaren, die wie Rattenschwänze auf seine Schultern fielen, den Gläubigen eine Reliquie zum Küssen entgegen – »die Hand des heiligen Andreas« –, und jeder einzelne kniete nieder, um die pergamentene Hand mit den Lippen zu berühren. Aber wenn Jakow auch daran gedacht hatte, einen flüchtigen Kuß auf die knochigen Finger zu drücken, blies er doch, als er an die Reihe kam niederzuknien, seine Kerze aus und tastete sich im Dunkel weiter.

Draußen war eine Schar Bettler – einige arm- und beinlose Krüppel aus dem letzten Krieg. Drei von ihnen waren blind. Einer verdrehte die Augen nach innen. Bei einem anderen traten sie weit aus den Höhlen, so daß sie wie Fischaugen aussahen. Und einer las laut »durch göttliche Eingebung« aus einem Evangelienbuch vor, das er in den Händen hielt. Er starrte Jakow an, und Jakow starrte ihn an.

Er wohnte mitten im Judenviertel im Podol-Bezirk in einer überfüllten Mietskaserne, wo überall Matratzen zum Lüften und zerlumpte Kleidungsstücke zum Trocknen hingen, oberhalb eines Hofes voller Werkstätten aus Holz, in denen alle sehr beschäftigt waren, aber niemand viel mit irgend etwas verdiente. Sie hielten sich am Leben. Der Fixer wollte es besser haben, zumindest besser, als er es gehabt hatte, nämlich zu viel von überhaupt nichts. Eine Zeitlang, während der kalten Regengüsse des Spätherbstes, hielt er sich ausschließlich im Judenviertel auf, aber als in der Stadt der erste Schnee gefallen war – ungefähr einen Monat nach seiner Ankunft –, begann er wieder, sich weiter hinauszuwagen und sah sich nach Arbeit um. Die Werkzeugtasche über die Schulter geschlungen, zog er von Straße zu Straße durch die Podol- und Plosski-Bezirke, jene flachgelegenen

Geschäftsviertel, die sich bis zum Fluß hinzogen, und stieg die Hügel hinauf in Stadtteile, in denen es Juden verboten war zu arbeiten. Er suchte, wie er sich selbst immer wieder sagte, nach Gelegenheiten, obwohl er sich dabei manchmal wie ein Spion hinter den feindlichen Linien vorkam. Das Judenviertel, seit vielen Jahren unverändert, war überfüllt und roch nicht gut. Selbst sein weltlicher Besitz war geistiger Besitz; alles, was ihm fehlte, war Wohlstand. Der Fixer, der das Stedtl verlassen hatte, ärgerte sich über diesen Mangel. Er hatte versucht, für einen Bürstenmacher zu arbeiten, einen Mann mit schäumendem Bart, der ihm versprochen hatte, ihn dieses Handwerk zu lehren. Der Lohn bestand aus Suppe. So war er eben wieder Fixer geworden, und das brachte ihm auch nichts ein, nur manchmal Suppe. Wenn irgendwo ein Fenster zerbrach, stopften es die Leute mit Lumpen zu und sagten einen Segensspruch. Er bot ihnen an, es für eine Kleinigkeit zu reparieren, und wenn er die Arbeit getan hatte, bedankten sie sich, segneten ihn und gaben ihm einen Teller Nudelsuppe. Er lebte bescheiden in einem niedrigen Zimmerchen in der Wohnung eines Druckergehilfen – eines gewissen Aaron Latke – und schlief auf einer mit Sackleinen bedeckten Bank; in der Wohnung wimmelte es von Kindern und übelriechenden Federbetten, und als der Fixer eine Kopeke nach der anderen loswurde, ohne welche zu verdienen, wurde er immer nervöser. Er mußte dahin gehen, wo er seinen Lebensunterhalt verdienen konnte, oder ein anderes Gewerbe ausüben, möglicherweise beides. Vielleicht hätte er bei den Gojim mehr Glück, weniger konnte er jedenfalls nicht haben. Außerdem – welche Wahl hat ein Mann, der gar nicht weiß, welche Möglichkeiten ihm offenstehen? Er meinte damit, in der Welt. So verließ er das Getto, als ihn niemand beobachtete. Im Schnee fühlte er sich anonym, wie ungesehen in seiner russischen Mütze und seinem Mantel – irgendein arbeitsloser Arbeiter. Russen gingen an ihm vorüber, ohne ihn anzusehen, und er ging an ihnen vorbei. Da man ihm gesagt hatte, er sehe nicht jüdisch aus, glaubte er es jetzt selbst. Jakow wanderte im Schnee den Hügel hinauf zur Kreschtschatik, der breiten Hauptstraße, versuchte es bei Kiosken, in Läden und öffentlichen Gebäuden, aber es gab nur wenig zu tun für ihn, ein paar Gelegenheitsarbeiten, die mit grünlichen Kupfermünzen bezahlt wurden. Abends, wenn er in seinem Zimmerchen ein Glas heißen Tee mit den geröteten Händen umschloß und daran dachte, ins Stedtl zurückzukehren, kam ihm nur der Gedanke an den Tod.

Als der Fixer laut davon sprach, sah ihn Latke mit entsetzten Glotzaugen an. Er war ein Mann mit arthritischen Händen und acht halbverhungerten Kindern. Die Schmerzen behinderten seine Arbeit, nicht jedoch seine Anstrengungen.

»Um Gottes willen, Geduld«, sagte er. »Du bist doch nicht dumm, und das ist der erste Schritt zum Weiterkommen. Später wird dein Ochse schon kalben, wie man zu sagen pflegt.«

»Um weiterzukommen, braucht man Glück. Ich habe wenig Glück gehabt.«

»Du bist gerad erst frisch vom Land gekommen, so hab doch zumindest Geduld, bis du weißt, wo du stehst.«

Der Fixer machte sich also auf die Suche nach dem Glück.

Eines hoffnungslosen Abends, als die Gaslaternen einen grünlichen Schimmer über den Schnee warfen, wanderte Jakow in der Dämmerung durch das Plosski-Viertel und fand einen Mann, der mit dem Gesicht in dem zertretenen Schnee lag. Er zögerte eine Sekunde, ehe er ihn umdrehte, denn er fürchtete, in Unannehmlichkeiten verwickelt zu werden. Der Mann war ein ziemlich dicker, kahlköpfiger Russe von ungefähr fünfundsechzig Jahren, dessen Pelzmütze im Schnee lag und dessen grobes Gesicht mit weißlich roten und blauen Flecken besät war; sein Schnurrbart war voller Schnee. Er atmete und stank nach Alkohol. Sogleich bemerkte der Fixer den schwarz-weißen Knopf, der an seinem Mantel steckte, den doppelköpfigen Adler der »Schwarzen Hundert«. Soll er sich doch allein umdrehen, dachte er. Erschrocken lief er bis zur Ecke, dann rannte er zurück. Er packte den Antisemiten unter den Armen und begann ihn zu der Tür des Hauses zu schleifen, wo er hingefallen war, als er plötzlich von weiter unten auf der Straße einen Schrei vernahm. Ein Mädchen, das einen grünen Schal über einem grünen Kleid trug, rannte hinkend auf sie zu. Zunächst hielt er sie für ein verkrüppeltes Kind, aber dann sah er, daß es eine junge Frau war mit einem verkrüppelten Bein.

Sie kniete nieder, wischte den Schnee vom Gesicht des dicken Mannes, schüttelte ihn und sagte atemlos: »Papa, steh auf! Papa, das kann nicht so weitergehen.«

»Ich hätte ihn holen sollen«, sagte sie zu Jakow und schlug sich mit den Fingerknöcheln gegen die Brust. »Das ist schon das zweite Mal in diesem Monat, daß er auf der Straße hingefallen ist. Wenn er im Wirtshaus trinkt, wird es unmöglich. Bitte helfen Sie mir, ihn heimzubringen, mein Herr. Wir wohnen nur wenige Türen von hier entfernt.«

»Nehmen Sie die Beine«, sagte Jakow.

Halb trug, halb schleifte er den dicken Russen mit Hilfe des Mädchens die Straße entlang zu dem dreistöckigen gelben Ziegelhaus mit einem schmiedeeisernen Dach über der Tür. Das Mädchen rief den Pförtner herbei, und er und der Fixer trugen ihren Vater die Treppe hinauf in eine großräumige und gut möblierte Wohnung im ersten Stock, während sie hinterherhumpelte. Sie legten ihn auf ein Ledersofa in der Nähe des Kachelofens im Schlafzimmer. Ein Pekinese fing an zu kläffen und knurrte dann den Fixer an. Das Mädchen hob den Hund hoch, brachte ihn in ein anderes Zimmer und kam sogleich wieder zurück. Der Hund bellte schrill durch die Tür.

Als der Pförtner dem Mann die nassen Schuhe auszog, rührte sich dieser und stöhnte.

»Mit Gottes Hilfe«, murmelte er.

»Papa«, sagte seine Tochter, »wir sind diesem guten Mann zu Dank verpflichtet, denn er hat dir nach dem Unfall geholfen. Er hat dich mit dem Gesicht im Schnee gefunden. Wäre er nicht gewesen, wärest du erstickt.«

Ihr Vater schlug die feuchten Augen auf. »Gott sei gepriesen.« Er bekreuzigte sich und begann lautlos vor sich hinzuweinen. Sie bekreuzigte sich und betupfte ihre Augen mit dem Taschentuch.

Während sie ihrem Vater den Mantel aufknöpfte, verließ Jakow, der geblieben war, um einen letzten tiefen Atemzug in dieser Wärme zu tun, die Wohnung und ging die Treppe hinunter, erleichtert, daß er draußen war.

Mit hoher gepreßter Stimme rief ihm das Mädchen etwas vom Treppenabsatz aus zu und humpelte ihm eilends nach, wobei sie sich am Geländer festhielt. Ihr Gesicht war scharf geschnitten, ihre grünen Augen sahen suchend und hungrig aus. Sie schien etwa fünfundzwanzig Jahre alt zu sein, sie war zart gebaut, mit einem langen Rumpf und hatte dichtes honigfarbenes Haar, das sie lose auf die Schultern fallend trug. Sie war nicht hübsch, aber auch nicht fade, und obwohl sie ihm wegen ihres verkrüppelten Beines leid tat, spürte er für einen Augenblick eine seltsame Abneigung gegen sie.

Ohne ihn direkt anzusehen, fragte sie ihn mit niedergeschlagenen Augen, wer er sei, blickte ihm dann aber voll ins Gesicht. Sie starrte auf die Werkzeugtasche, die ihm über die Schulter hing.

Er antwortete mit wenigen Worten: Er sei fremd am Ort und vor kurzem aus der Provinz gekommen. Dabei fiel ihm ein, die Mütze abzunehmen.

»Bitte kommen Sie morgen wieder«, sagte sie; »Papa sagt, er möchte sich bei Ihnen bedanken, wenn er in besserer Verfassung ist, aber ich will Ihnen ganz offen sagen, daß Sie mehr erwarten dürfen als nur Worte des Dankes. Mein Vater ist Nikolai Maximowitsch Lebedew; er hat sich schon halb zur Ruhe gesetzt; er hatte sich schon völlig zur Ruhe gesetzt, mußte aber, als sein Bruder starb, dessen geschäftliche Angelegenheiten übernehmen; ich bin Sinaida Nikolajewna. Bitte kommen Sie morgen früh vorbei, wenn Papa wieder ganz er selbst ist. Um diese Zeit geht es ihm meistens am besten, obwohl sein Befinden seit dem Tod meiner armen Mutter nicht mehr das beste ist.«

Ohne seinen Namen preiszugeben, sagte Jakow, er käme am Morgen wieder, und ging.

Als er wieder in seinem Zimmerchen in Aaron Latkes Wohnung war, fragte er sich, was »mehr als nur Worte des Dankes« bedeutete. Offenbar meinte das Mädchen irgendeine Belohnung, vielleicht einen oder zwei Rubel und, wenn er Glück hätte, sogar fünf. Aber er war sich nicht im klaren, ob er wieder hingehen sollte. Sollte er eine Belohnung von einem Mann annehmen, der sich offen als Judenhasser ausgab? Keine Minute hatte er sich in seiner Gegenwart wohl gefühlt und auch nicht in der des Mädchens. Es wäre also besser, entweder nicht wieder hinzugehen, oder aber dem alten Mann zu sagen, wem er zu Dank verpflichtet war, und dann zu gehen. Aber das hatte er nicht im Sinn. Der Schweiß brach Jakow aus, als er darüber nachdachte, und der doppelköpfige Adler des Trunkenboldes starrte ihm in beide Augen. Er schlief schlecht und erwachte mit einem neuen Gedanken. Warum nicht ein paar Rubel, wenn das einen Juden am Leben hielt? Gab es einen besseren Dienst, den ihm ein Antisemit erweisen konnte? Er entsann sich eines russischen Sprichworts: »Ein ängstlicher Wolf soll nicht in den Wald gehen«, beschloß jedoch, auf jeden Fall hinzugehen und es zu wagen, denn wie sollte er sonst lernen, was in der Welt vorging?

Er kehrte also ohne seine Werkzeugtasche in das Haus im Plosski-Viertel zurück, konnte sich jedoch nicht besser anziehen und wollte es auch nicht. Sinaida Nikolajewna, die eine bestickte Bauernbluse und einen Rock trug, sich zwei grüne Bänder in die Zöpfe geflochten und eine gelbe Glasperlenkette um den Hals gelegt hatte, führte ihn in das Schlafzimmer ihres Vaters. Nikolai Maximowitsch saß in einem lockeren wattierten Morgenrock mit Pelzkragen an einem Tisch vor einem Fenster, dessen Vorhänge zugezogen waren, und hatte ein riesiges offenes Buch vor sich. Hinter ihm an der Wand hing eine große Karte in Form eines Baumes, auf der weißgedruckte Schlitze in den dicksten schwarzen Ästen die Abstammung Nikolaus' II. von Adam zeigten. Darüber hing ein gerahmtes Porträt des Zaren, neben dem der bleichgesichtige Zarewitsch saß. Das Haus war überheizt. Der kleine Hund knurrte den Fixer an und mußte von der Köchin aus dem Zimmer gebracht werden.

Langsam erhob sich Nikolai Maximowitsch, ein alter Mann mit runzligen, rotgeränderten, feuchten melancholischen Augen, und hieß Jakow ohne eine Spur von Verlegenheit willkommen. Der Fixer, der an das Abzeichen der »Schwarzen Hundert« dachte, empfand ihm gegenüber Verachtung und eine Portion derselben Verachtung auch für sich selbst. Er hatte einen Kloß im Hals. Obwohl er nicht zitterte, spürte er, daß es dazu kommen könnte.

»Nikolai Maximowitsch Lebedew«, sagte der dicke Russe und streckte ihm die weiche fleischige Hand entgegen. Eine dicke goldene Uhrkette hing auf seinem Bauch, und seine Weste war von Schnupftabakskörnchen verstaubt.

Nach kurzem Zögern schüttelte Jakow ihm die Hand und antwortete, wie er es vorgehabt hatte: »Jakow Iwanowitsch Dologuschew.« Seinen richtigen Namen zu nennen hätte vielleicht das Ende der Belohnung bedeutet. Und doch schämte er sich und schwitzte.

Sinaida Nikolajewna machte sich am Samowar zu schaffen.

Ihr Vater bedeutete dem Fixer, auf einem Stuhl Platz zu nehmen.

»Ich bin Ihnen zu großem Dank verpflichtet, Jakow Iwanowitsch«, sagte er und setzte sich wieder. »Ich bin im Schnee ausgerutscht, sicher war er vereist. Es war sehr freundlich von Ihnen, mir beizustehen – nicht jeder hätte das getan. Einmal, unter ganz anderen Umständen – ich habe erst nach dem Tod meiner geliebten Gattin, einer großartigen Frau, angefangen zu trinken, Sinaida kann Ihnen bestätigen, daß ich die Wahrheit sage –, wurde ich, da ich krank war, in der Funduklejewski-Straße vor einer Kaffeestube ohnmächtig und lag unglaublich lang mit einer klaffenden Wunde am Kopf auf dem Pflaster, ehe jemand – in diesem Fall war es eine Frau, die bei Port Arthur einen Sohn verloren hatte – sich die Mühe machte, mir beizustehen. Heutzutage interessieren sich die Menschen viel weniger für ihre Mitmenschen als früher. Das religiöse Empfinden in der Welt hat nachgelassen, und Freundlichkeit ist selten. Wirklich sehr selten.«

Jakow, der darauf wartete, daß er von der Belohnung spräche, saß steif auf dem Stuhl. Nikolai Maximowitsch betrachtete den abgetragenen Schafpelzmantel des Fixers. Er zog eine Tabakdose heraus, stopfte sich eine Prise in jedes Nasenloch, schneuzte die Nase heftig in ein großes weißes Taschentuch, nieste zweimal und brachte es dann nach einigen vergeblichen Versuchen fertig, die Dose wieder in die Tasche seines Morgenrocks zu stecken.

»Meine Tochter hat mir erzählt, Sie hätten gestern eine Werkzeugtasche dabeigehabt. Welches Handwerk betreiben Sie, wenn ich fragen darf?«

»Reparaturen et cetera aller Art«, antwortete Jakow. »Ich mache Tischler-, Maler- und Dachdeckerarbeiten.«

»Wirklich? Sind Sie zur Zeit angestellt?«

Ohne darüber nachzudenken, antwortete der Fixer, daß er keine Anstellung habe.

»Woher kommen Sie, wenn ich fragen darf?« erkundigte sich Nikolai Maximowitsch. »Ich frage danach, weil ich von Natur aus neugierig bin.«

»Aus der Provinz«, antwortete Jakow nach kurzem Zögern.

»Ach – wirklich? Ein Junge vom Lande? Sehr gut, wenn ich so sagen darf. Die Vorzüge der Menschen vom Lande sind unbestreitbar. Ich selbst stamme aus der Gegend von Kursk. In meiner Jugend habe ich die Heugabel geschwungen. Kommen Sie als Pilger nach Kiew?«

»Nein, ich kam, um Arbeit zu suchen.« Er machte eine Pause. »Und auch, um mir etwas Bildung anzueignen, wenn es möglich ist.«

»Ausgezeichnet, Sie sprechen gut, wenn auch mit einem etwas provinziellen Akzent. Aber grammatisch richtig. Sind Sie eine Zeitlang zur Schule gegangen?«

Zum Teufel mit seinen Fragen, dachte der Fixer.

»Ich habe ein wenig für mich gelesen.«

Das Mädchen beobachtete ihn mit gesenkten Lidern.

»Lesen Sie auch in der Heiligen Schrift?« fragte Nikolai Maximowitsch. »Ich darf doch annehmen, daß Sie das tun?«

»Ich kenne die Psalmen.«

»Wundervoll. Hast du gehört, Sina? – die Psalmen, wundervoll. Das Alte Testament ist großartig, die wahre Prophezeihung des Erscheinens Christi und unserer Erlösung durch Seinen Tod.

Trotzdem läßt es sich in keiner Weise mit den Predigten und Parabeln Unseres Herrn im Neuen Testament vergleichen. Ich habe gerade dies hier noch einmal gelesen.« Nikolai Maximowitsch warf einen Blick auf das geöffnete Buch und las vor: »Selig sind, die da geistlich arm sind; denn das Himmelreich ist ihr.«

Jakow, der blaß geworden war, nickte.

Nikolai Maximowitsch hatte feuchte Augen. Er mußte sich noch einmal die Nase schneuzen.

»Er weint immer, wenn er die Bergpredigt liest«, sagte Sinaida Nikolajewna.

»Ich weine immer.« Nikolai Maximowitsch räusperte sich und fuhr fort zu lesen: »Selig sind die Barmherzigen; denn sie werden Barmherzigkeit erlangen.«

Barmherzigkeit, dachte der Fixer, bringt ihn zum Weinen.

»Selig sind, die um der Gerechtigkeit willen verfolgt werden; denn das Himmelreich ist ihr.«

Komm schon endlich zu der Belohnung, dachte Jakow.

»Ach, das ist außerordentlich rührend«, sagte Nikolai Maximowitsch und mußte sich dabei von neuem die Augen trocknen. »Wissen Sie, Jakow Iwanowitsch, in gewisser Weise bin ich ein bedauernswerter Mann, ein Melancholiker, ein schwerer Trinker, und doch noch etwas mehr als das, wenn ich mir auch neulich die Kleider verbrannte, als ich eine Zigarette rauchte und mir heiße Asche auf die Hosen fiel; wenn Sina nicht aufgepaßt und einen Krug Wasser über mich gegossen hätte, wäre ich heute eine verbrannte Leiche. Ich trinke, weil ich nun mal eben sensibler bin als die meisten Menschen – ich leide zu sehr unter den Sorgen des Lebens. Meine Tochter wird Ihnen das bestätigen.«

»Es stimmt«, sagte sie. »Er ist ein Mensch, der tiefer fühlt als die anderen. Als Pascha, unser letzter kleiner Hund, an der Staupe einging, konnte Papa wochenlang nicht essen.«

»Als Sina noch ein Kind war, habe ich nach ihrer schweren Krankheit Nacht für Nacht wegen ihres verkrüppelten Beins geweint.«

»Es stimmt«, sagte sie, und ihre Augen waren feucht.

»Ich erzähle Ihnen das, damit Sie wissen, was für ein Mensch ich bin«, sagte Nikolai Maximowitsch zu Jakow. »Sina, bitte bring den Tee.«

Sie brachte den Tee auf einem schweren silbernen Tablett zu dem Tisch mit der Marmorplatte, dazu zwei irdene Töpfe mit Gelee aus ganzen Früchten – Himbeer- und Pfirsichgelee; dazu Brötchen und Butter.

Es ist verrückt, ich weiß, dachte Jakow. Tee mit reichen Gojim. Und doch aß er gierig.

Nikolai Maximowitsch goß sich etwas Milch in den Tee und aß ein Butterbrötchen. Beim Essen machte er würgende Schluckgeräusche, als tränke er, was er aß. Dann nippte er von neuem an seinem Glas heißen Tee, stellte es wieder hin und betupfte sich die von Tabak verquollenen Lippen mit einer leinenen Serviette.

»Ich möchte Ihnen eine bescheidene Belohnung für Ihre rechtzeitige Hilfe anbieten.«

Rasch stellte Jakow sein Glas auf den Tisch und stand auf.

»Ich verlange nichts. Vielen Dank für den Tee, aber es ist besser, ich gehe.«

»Ein christliches Wort, aber bitte, setzen Sie sich und hören Sie mir zu. Sina, füll Jakow Iwanowitschs Glas und streich recht viel Butter und Gelee auf sein Brötchen. Jakow Iwanowitsch, ich habe Ihnen folgendes zu sagen. Ich besitze einen Stock höher eine leere Wohnung, aus der kürzlich die Mieter ausgezogen sind – sie waren völlig ungeeignet –, vier schöne Zimmer, die gestrichen und tapeziert werden müssen. Wenn Sie diese Aufgabe übernehmen wollen, biete ich Ihnen vierzig Rubel dafür an; das ist mehr, als ich gemeinhin zahlen würde, da ich die Farbe und die anderen Materialien stelle; aber in diesem Fall liegen die Dinge anders. Natürlich geht es dabei um meine Dankbarkeit, aber möchten Sie nicht lieber arbeiten, als nur ein für allemal ein paar Silbermünzen von mir erhalten? Gilt Geld überhaupt etwas, wenn man es sich nicht durch Arbeit verdient hat? Ein Arbeitsangebot ist eine Einschätzung des Wertes. Obwohl Sie mir den größten Dienst erwiesen haben – ich hätte, wie Sina bemerkt, im Schnee ersticken können –, ist doch wohl mein

Arbeitsangebot eine Belohnung, die höher zu schätzen ist als bares Geld, nicht wahr?« Gespannt sah er Jakow an. »Also – wollen Sie annehmen?«

»So, wie Sie es darstellen, ja«, sagte Jakow. Rasch stand er auf, sagte, er müsse gehen, und verließ, nachdem er auf dem Weg hinaus noch in einen Wandschrank gestolpert war, eilends die Wohnung.

Wenngleich er sich Sorgen machte, auf was er sich da einließ, und alle halbe Stunde einen anderen Entschluß faßte, als er in jener Nacht unruhig auf seiner Bettbank lag, ging er am Morgen wieder hin. Er kehrte aus demselben Grund zurück, aus dem er zum erstenmal hingegangen war – um seine Belohnung in Empfang zu nehmen. Die Bezahlung für seine Arbeit wäre in diesem Fall die Belohnung. Wer konnte es sich leisten, zu vierzig Rubel nein zu sagen – eine ungeheure Summe? Warum sollte er sich also darüber beunruhigen, daß er wieder hinging? Geh, tu rasch die Arbeit, steck das Geld ein und verlaß den Ort ein für allemal, wenn du's in der Tasche hast; dann vergiß die Sache. Schließlich ist es nur eine Arbeit, und ich verkaufe nicht meine Seele. Wenn ich damit fertig bin, wasch' ich mich und geh'. Es sind keine schlechten Menschen. Das Mädchen ist auf seine Weise offen und aufrichtig, wenn ich auch ihr gegenüber ein ungutes Gefühl habe, und es kann immerhin sein, daß ich den alten Mann falsch beurteilt habe. Wie viele Gojim habe ich schon gekannt? Vielleicht hat ihm jemand das Abzeichen der »Schwarzen Hundert« an den Mantel gesteckt, als er betrunken in der Schänke saß. Immerhin, wenn es ihm wirklich gehört, möchte ich ihn ohne Umschweife fragen: »Nikolai Maximowitsch, wollen Sie mir bitte erklären, wie es möglich ist, daß Sie über einen toten Hund weinen und doch einer Vereinigung von Fanatikern angehören, die für den Tod von Menschen eintritt, die zufällig Juden sind? Erklären Sie mir die Logik dieser Haltung.« Darauf soll er dann mal antworten.

Und noch etwas beunruhigte den Fixer: der Umstand nämlich, daß er, wenn er die Arbeit annähme (obwohl die »Belohnung« sie von gewöhnlicher Arbeit unterschied, ohne daß sie deshalb weniger Arbeit war), aufgefordert werden könnte, seinen Paß vorzuzeigen, ein Dokument mit dem Stempel: »Religionszugehörigkeit: judäisch«, denn das verriete Nikolai Maximowitsch sofort, was er vor ihm verborgen hielt. Er biß sich auf die Lippen bei diesem Gedanken, beschloß jedoch, falls man seinen Paß verlangte, zu sagen, er liege bei der Polizei des Podol-Bezirkes; sollte Nikolai Maximowitsch aber darauf bestehen, wäre es Zeit, sich davonzumachen, da er sonst mit ernsthaften Schwierigkeiten rechnen mußte. Es war also ein gewagtes Spiel, aber wenn man nicht spielen wollte, durfte man nichts mit Karten zu tun haben. Er nahm an, der Russe war vermutlich zu wirr im Kopfe, als daß er nach seinem Paß fragen würde, obwohl er gesetzlich dazu verpflichtet war. Immerhin, schließlich ging es um eine Belohnung, vielleicht würde er es deshalb nicht tun. Jakow bedauerte nun ein wenig, daß er sich nicht sofort als gebürtiger Jude ausgegeben hatte. Wenn dadurch nichts aus der Belohnung geworden wäre, so wäre ihm doch zumindest die Selbstverachtung erspart geblieben. Je mehr man sich versteckt, desto notwendiger wird es, sich zu verstecken.

Er verrichtete seine Arbeit in der Wohnung wie ein Fachmann – kratzte die Tapete ganz von den Wänden ab und beseitigte alle unebenen und losen Stellen an den Decken. Wo es not tat, gipste er zu und tünchte die Decken mit einer dicken weißen Schicht – nur das Beste war gut genug für Nikolai Maximowitsch. Und er klebte die Tapete sehr genau auf, obwohl er kaum über Erfahrung im Tapezieren verfügte – im Stedtl war nur Wiskower, der »Prinz«, so übertrieben. Jakow arbeitete den ganzen Tag und, bei gelbem Gaslicht, bis in die Nacht hinein, um mit der Arbeit fertig zu werden, seine Rubel einzustecken und zu verschwinden. Der Hauswirt bemühte sich jeden Morgen die Treppe herauf, wobei er von Zeit zu Zeit stehenblieb, um zu verschnaufen, weil er sehen wollte, wie es mit der Arbeit voranging, und erklärte, er sei außerordentlich zufrieden. Nachmittags holte er seine Wodkaflasche heraus, in die er Orangenschalen hineingeschnitten hatte, und wenn die Sonne unterging, war er betrunken. Sina, die sich während des Tages nicht blicken ließ, schickte gegen Mittag die Köchin Lydia mit etwas zu essen hinauf – mit einer Fischpastete, einer Schale Borscht oder ein paar so vorzüglichen Fleischklößen, daß es dem Fixer schien, als hätte er die Arbeit auch für die Speisen allein übernommen.

Eines Abends humpelte Sina die Treppe herauf und war sehr erstaunt, daß er so spät noch arbeitete. Sie fragte Jakow, ob er seit dem Mittagessen etwas zu sich genommen habe, und als er sagte, er sei nicht hungrig, schlug sie, nervös lachend, vor, er solle mit ihr zu Abend essen, denn Papa habe sich schon zurückgezogen, und ihr sei Gesellschaft willkommen. Der Fixer, den diese Aufforderung außerordentlich überraschte, bat, ablehnen zu dürfen. Er erklärte, zu viel zu tun zu haben, und entschuldigte sich wegen seiner Kleidung. Sina erwiderte, darüber solle er sich keine Sorgen machen. »Kleider kann man in einer Minute ablegen, Jakow Iwanowitsch, aber egal, ob das geschieht oder nicht, sie ändern nichts am Charakter eines Menschen. Entweder er ist freundlich, oder er ist es nicht, mit und ohne Kleider. Zudem liegt mir nichts an übertriebener Förmlichkeit.« Er dankte ihr, sagte jedoch, er könne nicht so lange seine Arbeit im Stich lassen. Er habe noch zwei Zimmer fertigzumachen. Am folgenden Abend kam sie wieder herauf und gestand ziemlich erregt, daß sie sich einsam fühle; sie aßen also unten zusammen in der Küche. Sie hatte Lydia fortgeschickt und sprach unaufhörlich während der Mahlzeit, größtenteils von ihrer Kindheit, der Schule für junge Damen, die sie besucht hatte, und den Vergnügungen, die Kiew zur Sommerzeit bot.

»Die Tage sind lang und heiß, aber dieNächte sind schwül unter einem sternklaren Himmel. Die Menschen suchen Erfrischung in ihren Blumengärten, manche gehen im Park spazieren, trinken Kwaß und Limonade und lauschen den Symphoniekonzerten. Haben Sie jemals den *Bajazzo* gehört, Jakob Iwanowitsch? Ich glaube, Sie wären entzückt vom Marinski-Park.«

Er sagte, er habe nichts gegen Parks.

»Der Kontraktjahrmarkt* wird im Frühjahr eröffnet, das ist sehr unterhaltsam. Oder wenn Sie Lust haben, könnte man auf der Kreschtschatik ins Kino gehen.«

Aus ihren Augen schossen Blitze, während sie sprach, und als er sie ansah, schaute sie rasch zur Seite. Nervös von ihrem Geschwätz, entschuldigte sich etwas später der Fixer, er müsse mit seiner Arbeit fortfahren, aber Sina folgte ihm nach oben, um zuzusehen, wie er die Tapete aufklebte, die sie ausgewählt hatte – Sträuße aus blauen Rosen. Sie saß mit übergeschlagenen Beinen auf einem Küchenstuhl, das gesunde Bein über dem verkrüppelten, knackte und aß getrocknete Sonnenblumenkerne und ließ das Bein rhythmisch hin und her schwingen, während sie ihm bei der Arbeit zusah.

Dann zündete sie sich eine Zigarette an und rauchte sie ungeschickt.

»Wissen Sie was, Jakow Iwanowitsch, ich könnte Sie unmöglich wie einen ganz gewöhnlichen Arbeiter behandeln – aus dem einfachen Grund, weil Sie das nicht sind: bestimmt nicht in meinen Augen. In Wirklichkeit sind Sie ein Gast, der zufällig hier arbeitet, Papas exzentrischer Einfälle wegen. Ich hoffe, das ist Ihnen klar.«

»Wenn man nicht arbeitet, hat man nichts zu essen.«

»Das stimmt schon, aber Sie sind klüger, ja, sogar vornehmer – oder zumindest sensibler – als der russische Durchschnittsarbeiter. Ich kann Ihnen gar nicht sagen, wie sehr sie einem auf die Nerven gehen können, besonders die Ukrainer, und wir haben richtig Angst, etwas ausbessern oder verschönern zu lassen. Nein, bitte bestreiten Sie das nicht, jeder kann spüren, daß Sie anders sind. Und Sie haben Papa gesagt, Sie hielten Bildung für notwendig und möchten Ihre eigene vervollkommnen. Ich habe gehört, wie Sie es gesagt haben, und bin ganz Ihrer Ansicht. Ich lese auch sehr gern – und nicht nur Romane. Ich bin sicher, es werden sich noch ausgezeichnete Möglichkeiten für Sie ergeben, und wenn Sie aufpassen, wird es Ihnen eines Tages so gut gehen wie Papa.«

Jakow fuhr fort, die Tapete aufzukleben.

* Zusammenkunft zwischen Bauern und Händlern, bei der die Jahreslieferverträge für Zuckerrüben abgeschlossen wurden und die Bauern ihre Waren in Proben anboten.

»Der arme Papa leidet entsetzlich unter Melancholie. Gegen Abend ist er völlig betrunken und hat keinen nennenswerten Appetit mehr auf das Abendessen. Gewöhnlich schläft er in seinem Sessel ein, Lydia zieht ihm die Schuhe aus, und mit Alexeis Hilfe bringen wir ihn zu Bett. In der Nacht wacht er dann auf und betet. Manchmal zieht er sich selbst aus, und dann ist es fast unmöglich, morgens seine Sachen zu finden. Einmal hat er seine Socken unter dem Teppich versteckt, und seine Unterhose habe ich ganz naß im Klosett gefunden. Meistens wacht er erst am späten Vormittag auf. Das ist natürlich eine Plage für mich, aber ich darf mich nicht beklagen, Papa hat ein schweres Leben gehabt. Und niemand außer Lydia leistet mir Gesellschaft, gelegentlich auch Alexei, wenn er etwas repariert, aber ehrlich gesagt, Jakow Iwanowitsch, keiner von beiden hat auch nur einen Gedanken im Kopf. Alexei schläft im Souterrain, und Lydias Zimmerchen ist hinten in der Wohnung, hinter dem Balkon von Papas Zimmer; und da ich abends lieber lese, als ihrem endlosen Gerede zuzuhören, schicke ich sie früh ins Bett. Manchmal macht es mir Spaß, der einzige Mensch zu sein, der nachts noch auf ist. Es ist sehr gemütlich. Ich zünde den Samowar an, lese, schreibe Briefe an alte Freunde und häkele. Papa sagt, ich mache die ungewöhnlichsten Spitzendeckchen. Er staunt darüber, wie kompliziert die Muster sind. Aber meistens«, seufzte sie, »ist es, um die Wahrheit zu sagen, schrecklich einsam.«

Betrübt kaute sie an einem Sonnenblumenkern und bemerkte dann, daß eine Krankheit in ihrer Kindheit sie zwar zum Krüppel gemacht habe, daß sie aber immer vom anderen Geschlecht für anziehend gehalten worden sei und mehr als einen Bewunderer gehabt habe.

»Ich sage das nicht, um mich groß zu tun oder schamlos zu sein, sondern weil ich nicht möchte, daß Sie glauben, ich sei benachteiligt, wenn es um die normalen Erfahrungen des Lebens geht. Nichts dergleichen. Ich habe eine recht reizvolle Figur, und viele Männer werfen ein Auge auf mich, besonders, wenn ich gut angezogen bin. Einmal hat ein Mann in einem Restaurant so mit mir geliebäugelt, daß Papa zu ihm ging und eine Erklärung dafür forderte. Der Mann entschuldigte sich demütig, und wissen Sie was, Jakow Iwanowitsch, als ich nach Hause kam, brach ich in Schluchzen aus.«

Natürlich, fuhr Sina fort, statteten Herren ihr Besuche ab, aber unglücklicherweise seien es nicht immer die sensibelsten und wertvollsten, eine Situation, mit der sich mehr als eine ihrer Freundinnen abfinden müsse. Sensible, zuverlässige Männer seien selten, obwohl es solche Menschen in allen Klassen gebe und sie nicht unbedingt auf die Vornehmen beschränkt seien.

Er hörte ihr mit halbem Ohr zu und merkte, daß sie jeder seiner Bewegungen mit Blicken folgte. Was kann sie nur an einem Mann finden, dessen Vorzüge alle Nachteile sind, wenn ich es recht betrachte? Ich drücke mich nicht sehr gewandt auf russisch aus, es ist eine schwere Sprache für mich. Und wenn ich das Wort »Jude« laut ausspräche, liefe sie in sechs Richtungen zugleich davon. Und doch schlich sie sich oft in seine Gedanken ein. Er hatte lange keine Frau berührt und fragte sich, wie es wohl wäre, mit ihr im Bett zu liegen. Er hatte noch nie eine Russin gehabt, aber Haskel Dembo hatte mit einem Bauernmädchen geschlafen und gesagt, es sei genau wie mit einer Jüdin. Das verkrüppelte Bein, dachte Jakow, wäre ihm gleichgültig.

An diesem Abend tapezierte er das vierte Zimmer zu Ende und war nun bis auf die Arbeit am Holz mit allem fertig. Zwei Tage später, als praktisch alles getan war, kam Nikolai Maximowitsch schwankend die Treppe herauf, um die Wohnung zu inspizieren. Er ging von einem Zimmer ins andere, befühlte die Tapete und blickte zu den Decken hinauf.

»Außerordentlich«, sagte er. »Ganz außerordentlich. Ein ehrliches, gut ausgeführtes Stück Arbeit, Jakow Iwanowitsch. Meinen Glückwunsch.«

Später sagte er, gleichsam als fiele ihm das jetzt erst ein: »Sie müssen entschuldigen, wenn ich Sie etwas frage, aber wie ist Ihre politische Einstellung? Sie sind doch sicher kein Sozialist? Ich frage Sie es ganz im Vertrauen, ohne Sie aushorchen zu wollen und ohne jede Anklage. Kurz, ich frage, weil ich mich für Ihre Zukunft interessiere.«

»Ich bin kein politischer Mensch«, antwortete Jakow. »Die gibt es massenhaft auf der Welt, aber mir liegt das nicht. Politik ist nichts für mich.«

»Sehr gut, wirklich. Ich bin's auch nicht, und wenn mich jemand fragt – ich bin dadurch viel besser dran. Jakow Iwanowitsch, glauben Sie nicht, daß ich sobald vergessen werde, wie gut Sie gearbeitet haben. Wenn Sie auch weiterhin für mich arbeiten möchten – allerdings auf anderem, ich möchte sagen auf höherem Niveau, wäre ich nur zu glücklich, Sie anzustellen. Es ist nämlich so: Ich bin der Besitzer einer kleinen Ziegelei in der Nähe, allerdings in einem Nachbarbezirk. Ich habe sie von meinem ältesten Bruder geerbt, der sein ganzes Leben lang Junggeselle war. Nach einer unheilbaren Krankheit schließlich verschied er vor eineinhalb Jahren und nahm seinen letzten Lohn entgegen. Ich habe versucht, die Fabrik zu verkaufen, aber die Angebote waren so jämmerlich, daß, obwohl ich wenig Lust dazu oder zu diesem Zeitpunkt meines Lebens wenig Sinn dafür habe, ich sie weiterführe, wenn auch kaum mit Gewinn, wie ich gestehen muß. Mein Vorarbeiter Proschko leitet den Betrieb, ein vorzüglicher Techniker, sonst jedoch ein unwissender Mensch, und, im Vertrauen gesagt, die Fuhrleute, die unter ihm arbeiten, haben nicht über jeden Ziegel, der den Hof verließ, Rechenschaft abgelegt. Mir wäre lieb, wenn Sie die Sache als eine Art Aufseher übernähmen, sich mit der Buchhaltung befaßten und sich überhaupt um meine Interessen kümmerten. Mein Bruder beschäftigte sich mit jeder Phase des Geschäfts, aber ich habe wenig Geduld für Ziegelsteine.«

Obwohl Jakow dem Vorschlag erregt gefolgt war, gestand er, über keinerlei geschäftliche Erfahrung zu verfügen. »Ich verstehe nichts von Buchhaltung.«

»Im Geschäftsleben braucht man gesunden Menschenverstand, wenn die Ehrlichkeit erst garantiert ist«, versicherte Nikolai Maximowitsch. »Was es zu lernen gibt, werden Sie bei der Arbeit lernen. Gewöhnlich begebe ich mich ein- oder zweimal die Woche vormittags für eine Stunde hin, und ich will Ihnen gern helfen, wenn Sie etwas nicht wissen, wenn ich auch offen zugebe, daß ich nur wenig davon verstehe. Sie brauchen gar nicht abzuwehren, Jakow Iwanowitsch. Meine Tochter, vor deren Urteil in diesen Dingen ich die größte Hochachtung habe, ist zutiefst von Ihrer Vortrefflichkeit überzeugt, und Sie dürfen mir glauben – ich bin ganz ihrer Ansicht. Sie hält Sie für einen besonnenen und vernünftigen Mann, und ich bin sicher, daß Sie, sowie Sie die wichtigsten Dinge verstanden haben, vertrauenswürdige und gute Arbeit leisten werden. Während Ihrer – hm –, Ihrer Lehrzeit werde ich Ihnen fünfundvierzig Rubel im Monat zahlen. Ich hoffe, Sie sind damit zufrieden. Aber die Sache hat auch noch einen anderen Vorteil für Sie, den ich nicht unerwähnt lassen darf und der sich gewiß zu unser beider Vorteil auswirken wird. Mein Bruder hat einen Teil des Dachbodens über dem Stall der Ziegelei zu einem bequemen warmen Zimmer umgebaut, und wenn Sie mein Angebot annehmen, können Sie, ohne Miete zu zahlen, darin wohnen.«

Die fünfundvierzig Rubel versetzten den Fixer in Erstaunen und führten ihn in Versuchung.

»Was hat denn ein Aufseher zu tun? Verzeihen Sie die Frage, aber ich bin kein Mann von Welt.«

»Weltlichkeit ist Eitelkeit und macht keinen Eindruck auf mich. Der Aufseher leitet die geschäftliche Seite des Unternehmens. Wir stellen täglich ungefähr zweitausend Ziegelsteine her – viel weniger als früher –, ungefähr tausend mehr während der Bausaison und nicht ganz so viele in dieser Jahreszeit; und in der letzten Zeit waren es noch weniger, obgleich wir einen Vertrag für mehrere tausend Ziegel mit der Kiewer Stadtverwaltung haben. Der Zar selbst hat Verbesserungen in der Stadt angeordnet, ehe das Jubiläum der Romanows stattfindet, und die Behörde reißt holzgepflasterte Fußwege auf und legt ganze Straßen von mit Ziegeln gepflasterten Bürgersteigen an, natürlich nur bei günstigem Wetter und nicht im winterlichen Schnee. Außerdem haben wir einen kleinen Vertrag für Ziegel, die bei der Erneuerung gewisser Festungsteile über dem Dnjepr verwandt werden. Ja, ich würde von Ihnen erwarten, daß Sie über alle eingegangenen Aufträge Bescheid wissen und, um sicherzugehen, auch darüber, wie viele Ziegel hergestellt und dann ausgefahren werden. Diese Zahlen wird Ihnen Proschko liefern, aber es gibt Möglichkeiten, sie zu prüfen. Außerdem müssen Sie Zahlungsforderungen versenden und eingegangene Zahlungen ins Hauptbuch eintragen. Ein- oder zweimal wöchentlich werden Sie mir Wechsel und anderes Geld aushändigen, und während der übrigen Zeit werden Sie das alles sicher in der Kassette aufbewahren. Selbstverständlich wird Proschko auch weiterhin als technischer Vorarbeiter seine Verantwortung behalten, und ich werde ihm sagen, daß er alle Aufträge an Sie weiterzuleiten hat. Sie werden zudem die Lohnlisten aufstellen und am Monatsende die Arbeiter auszahlen.«

Obwohl Zweifel an sich selbst und alle nur möglichen Ängste auf Jakow einstürmten, glaubte er, dies sei seine große Chance. Ein paar Monate Erfahrung auf diesem Gebiet, dann würden sich ihm vielleicht andere Möglichkeiten eröffnen. »Ich werde es mir gründlich überlegen«, sagte er, aber noch ehe Nikolai Maximowitsch am Fuße der Treppe angekommen war, hatte er angenommen.

Der Hauswirt kehrte mit einer Wodkaflasche zurück, um den Handel zu begießen. Jakow trank zwei Gläser voll, und sein Unbehagen verging. Er bereite sich auf eine bessere Zukunft vor, sagte er sich. Er schlief eine Weile auf dem Fußboden und beendete später die Holzarbeit, von neuem von Unbehagen geplagt.

Der Abend brach herein. Als er gekehrt und alles gesäubert, die Pinsel in Terpentin gesteckt und sich gewaschen hatte, hörte er, wie Sina die Treppe heraufhumpelte. Sie trug ein blaues Seidenkleid, hatte das Haar hochgesteckt und mit einem weißen Band umwunden und eine Spur von Rouge auf Wangen und Lippen aufgetragen. Sie forderte Jakow auf, wieder mit ihr zu essen. »Um die Vollendung Ihrer ausgezeichneten Arbeit und vor allem, um Ihr zukünftiges Verhältnis zu Papa zu feiern, obgleich er sich schon zurückgezogen hat und wir allein sein werden.«

Er wiederholte die früheren Entschuldigungen, ja, die Einladung machte ihn sogar etwas reizbar, und er wäre gern entwischt, aber sie wollte nichts davon hören. »Kommen Sie, Jakow Iwanowitsch, das Leben besteht nicht nur aus Arbeit.«

Das war ihm neu. Immerhin, dachte er, die Arbeit ist beendet, und heute sehe ich sie zum letztenmal. Was tut's, wenn wir Abschied nehmen?

Auf dem Küchentisch hatte Sina ein Festessen aufgebaut, sogar einige Speisen, die er noch nie gesehen hatte. Gefüllte Gurken gab es, rohe Donauheringe, fette Würste, eingelegten sauren Stör mit Pilzen, Aufschnitt, Wein, verschiedene Kuchen und Kirschlikör. Überwältigt von diesem Schmaus, fühlte sich der Fixer zunächst befangen. Wenn man gar nichts gehabt hat, fürchtet man sich vor zu viel. Aber er verdrängte den Gedanken und aß mit gutem Appetit die gleichen Dinge, die er auch vorher schon gegessen hatte. Er sog den Rotwein durch köstliche dicke Scheiben Weißbrot ein.

Sina, ungehemmt und glücklich, sah reizvoller aus, als er sie je gesehen hatte; sie nippte hier und da an den Süßigkeiten und den gewürzten Speisen und füllte des öfteren ihr Weinglas nach. Ihr scharfgeschnittenes Gesicht war gerötet, sie sprach von sich und lachte ohne jeden Grund. Obwohl er versuchte, in ihr eine Freundin zu sehen, blieb sie ihm fremd. Er war sich selber fremd. Einmal, als er auf das weiße Tischtuch starrte, dachte er an Raisl, aber er schob den Gedanken von sich. Er beendete das Mahl – nie im Leben hatte er so viel gegessen – mit zwei Glas Cognac, und erst dann begann ihm das »Fest« Spaß zu machen.

Als Sina den Tisch abräumte, atmete sie schwer. Sie holte eine Gitarre, zupfte sie und sang mit hoher dünner Stimme: »Ach, meine Last ist schwer.« Es war ein trauriges Lied, das ihn mit sanfter Melancholie erfüllte. Er hatte vorgehabt, zu gehen, aber die Küche war warm, und es war angenehm, hier zu sitzen und der Gitarre zu lauschen. Dann sang sie: »Komm, komm, mein Engel süß, so komm und tanz mit mir.« Als Sina die Gitarre weglegte, sah sie ihn an, wie sie es noch nie getan hatte. Sogleich begriff Jakow, woran er mit ihr war. Erregung und Vorahnung flossen zu einem einzigen Gefühl zusammen. Nein, dachte er, sie ist eine Russin. Wenn sie mit mir schliefe und herausfände, wer ich bin, würde sie sich die Kehle durchschneiden. Dann dachte er, es ist nicht immer so, es gibt auch Frauen, denen das nichts ausmachen würde. Er selbst war gewillt, jede Erfahrung zu machen, die man machen konnte. Aber er überließ ihr die Initiative.

»Jakow Iwanowitsch«, sagte Sina und goß sich noch ein Glas Wein ein, das sie auf einen Zug austrank, »glauben Sie an die romantische Liebe? Ich frage Sie das, weil Sie sich meiner Ansicht nach dagegen wehren.«

»Egal, ob ich daran glaube oder nicht, leicht kommt sie nicht zu mir.«

»Ich bin ganz Ihrer Meinung – zu leicht sollte sie auch nicht über einen kommen«, sagte Sina, »aber mir scheint, daß diejenigen, die das Leben ernst nehmen – vielleicht zu ernst –, nur langsam auf gewisse Veränderungen in der Gefühlssphäre reagieren. Womit ich sagen will, Jakow Iwanowitsch, daß es möglich ist, die Liebe wie eine Wolke am windgepeitschten Himmel vorbeifliegen zu lassen, wenn man zu zaghaft ist oder vielleicht nicht zu glauben vermag, daß man ein Recht auf Glück hat.«

»Das ist möglich«, sagte er.

»Lieben Sie mich – nur ein klein wenig, Jakow Iwanowitsch?« fragte sie rasch. »Es ist mir ein paarmal aufgefallen, daß Sie mich angesehen haben, als täten Sie's. Sie haben mir zum Beispiel vor ein paar Minuten ganz reizend zugelächelt, und das hat meinem Herzen gut getan. Ich habe den Mut, Ihnen diese Frage zu stellen, weil Sie selbst sehr bescheiden sind und nicht leicht vergessen – zu selten vergessen, möchte ich sagen –, daß wir verschiedenen Klassen angehören, obwohl wir uns meiner Ansicht nach als Menschen sehr ähnlich sind.«

»Nein«, sagte er, »ich kann nicht sagen, daß ich Sie liebe.«

Sina errötete. Ihre Augenlider flatterten. Eine lange Minute verging, dann seufzte sie und sagte leise: »Also gut, aber mögen Sie mich überhaupt?«

»Ja, Sie sind freundlich zu mir gewesen.«

»Und auch ich mag Sie, wirklich, ich mag Sie. Ich halte Sie für einen ernsten und gebildeten Menschen.«

»Nein, ich bin ein halber Ignorant.«

Sie goß sich etwas Kirschlikör ein, nippte am Glas und stellte es auf den Tisch.

»Ach, Jakow Iwanowitsch, so vergessen Sie doch einen Augenblick lang Ihre Ernsthaftigkeit und geben Sie mir einen Kuß. Ich fordere Sie auf, mich zu küssen.«

Sie standen auf und küßten sich. Sie tastete an ihm herum, ihr Körper drängte sich an ihn. Eine Sekunde lang empfand er ein angstvolles Mitleid mit ihr.

»Sollen wir noch hier bleiben?« flüsterte sie schwer atmend, »oder möchten Sie mit in mein Zimmer kommen? Papas haben Sie gesehen, aber meins noch nicht.«

Sie blickte ihm direkt ins Gesicht, ihre grünen Augen glühten dunkel, ihr heißer Leib schmiegte sich noch immer an ihn. Es kam ihm vor, als sei sie schon älter, vielleicht acht- oder neunundzwanzig, eine Frau, die gewöhnt war, ihre eigenen Interessen wahrzunehmen.

»Wie Sie wollen.«

»Und was wollen *Sie,* Jakow Iwanowitsch?«

»Sinaida Nikolajewna«, sagte er, »verzeihen Sie, wenn ich Sie etwas frage, aber ich möchte keinen schweren Fehler machen. Ich habe mein Teil Fehler gemacht – jeder Art, die Sie sich vorstellen können –, aber es gibt Fehler, die ich nicht noch einmal machen möchte. Wenn Sie noch unschuldig sind«, sagte er linkisch, »wäre es besser, nicht weiterzugehen. Ich sage das aus Achtung vor Ihnen.«

Sina errötete, dann zog sie die Schultern hoch und sagte: »Ich bin so unschuldig wie die meisten, weder mehr noch weniger. In dieser Hinsicht brauchen Sie sich keine Sorgen zu machen.« Dann lachte sie befangen: »Ich sehe, daß Sie ein altmodischer Mensch sind, und das habe ich gern, wenn Ihre Frage auch nicht gerade diskret war.«

»Wenn schon eine Frage, warum dann nicht noch eine? Und Ihr Vater? Womit ich sagen will – ist es wahrscheinlich, daß er merkt, wenn wir in Ihr Zimmer gehen?«

»Das hat er noch nie getan«, erwiderte sie. Eine Sekunde lang war er über ihre Antwort erstaunt, dann nahm er sie ohne eine weitere Frage hin. Warum soll man gegen Tatsachen ankämpfen?

Schweigend durchquerten sie den Gang, Sina humpelte, Jakow folgte ihr auf Zehenspitzen in ihr parfümiertes Schlafzimmer. Der Pekinese lag auf dem Bett, sah den Fixer an und gähnte. Sina nahm ihn auf, ging noch einmal über den Vorplatz und sperrte ihn in die Küche ein.

Ihr Zimmer war voll von Nippsachen auf kleinen Tischen, und Bilder von Mädchen in Kopftüchern hingen an der Wand. Pfauenfedern steckten hinter einem Spiegelrahmen. In einer Ecke des Zimmers hing eine Ikone der Heiligen Mutter mit einer kleinen roten Öllampe davor.

Soll ich bleiben oder soll ich gehen? dachte Jakow. Einerseits war es eine lange Jahreszeit ohne Regen. Nicht umsonst ist ein Mann ein Mann. Was sagen die Chassidim? »Versteck dich nicht vor deinem eigenen Fleisch.« Andererseits – was bedeutet es schon für mich? In meinem Alter ist es nichts Neues mehr. Es ist bedeutungslos.

Als sie zurückkam, saß er auf dem Bett. Er hatte Hemd und Unterhemd ausgezogen.

Mit Unbehagen beobachtete Jakow, wie Sina, nachdem sie die Schuhe ausgezogen hatte, vor der Ikone kniete, sich bekreuzigte und einen Augenblick lang betete

»Sind Sie gläubig?« fragte sie.

»Nein.«

»Ich wünschte, Sie wären es, Jakow Iwanowitsch«, seufzte sie.

Dann stand sie auf, bat ihn, sich im Klosett auszuziehen, während sie sich im Schlafzimmer fertigmache.

Wegen ihres Beines, dachte er. Sie wird unter den Decken liegen, wenn ich hereinkomme. Ist auch besser so.

Im Klosett zog er sich aus. Seine Hände stanken noch immer nach Farbe und Terpentin, und er seifte sie zweimal mit ihrem rosa Stück parfümierter Seife ein. Er roch noch einmal an ihnen, aber jetzt stanken sie nach Parfüm. Wenn es einen Fehler zu machen gibt, dann werde ich ihn eben machen, dachte er.

Als er sich nackt im Spiegel sah, fühlte er sich zunächst unbehaglich, dann angewidert von dem, was er vorhatte.

Es ist schon so schlimm genug, warum es also noch schlimmer machen? Das ist nichts für mich, ich bin nicht der Typ dafür, und je eher ich ihr's sage, desto besser. Er ging ins Schlafzimmer und nahm seine Sachen mit.

Sina hatte ihr Haar zu Zöpfen geflochten. Nackt, mit üppigem Busen stand sie im Gaslicht und wusch sich mit einem Schwamm aus einer weißen Schüssel. Er sah ein paar Tröpfchen leuchtend rotes Blut an ihrem verkrüppelten Bein herunterlaufen und sagte erstaunt: »Aber Sie sind ja unrein!«

»Jakow! – Sie haben mich erschreckt.« Sie bedeckte sich mit dem feuchten Tuch. »Ich glaubte, Sie würden warten, bis ich Sie riefe.«

»Ich wußte nichts von Ihrem Zustand. Verzeihen Sie, aber ich hatte keine Ahnung. Sie haben nichts davon erwähnt, aber ich weiß natürlich, daß das Privatsache ist.«

»Aber Sie wissen doch zweifellos, daß das die sicherste Zeit ist?« sagte Sina. »Und von Unannehmlichkeiten kann kaum die Rede sein, sowie wir anfangen, fließt kein Blut mehr.«

»Verzeihen Sie, manche Männer können es, aber ich kann's nicht.«

Er dachte an das keusche Benehmen seiner Frau während ihrer Periode und bis zu ihrer Rückkehr vom Bade, aber das konnte er Sina nicht sagen.

»Verzeihen Sie, aber es ist besser, ich gehe.«

»Ich bin eine einsame Frau, Jakow Iwanowitsch«, rief sie, »haben Sie ein wenig Erbarmen!« Aber schon zog er sich an, und kurz darauf ging er davon.

Eines Nachts, mitten im Winter, in der schweren kalten Dunkelheit morgens um vier Uhr, nachdem die Fuhrleute Serdjuk und Richter sich zwei Pferdegespanne geholt – und sechs Pferde im Stall gelassen – hatten, sprang Jakow, der seit zwei Tagen in der Ziegelei arbeitete, aus dem Bett, zündete eine kurze Kerze an und schlüpfte eilends in die Kleider; er hatte die Fuhrleute aus dem Stall schlurfen und schwerfällig über das schneebedeckte Kopfsteinpflaster klappern hören; verstohlen schlich er sich von seinem Zimmer über dem Stall die Außentreppe hinunter und ging am Bretterzaun entlang, an den abgeplatteten Brennöfen vorbei zum Kühlschuppen. Regungslos beobachtete er in der feuchten Kälte die Fuhrleute und ihre Helfer in dampfenden Schafpelzen – auch die Flanken der Pferde dampften –, die die strohgedeckten langen Wagen mit großen, schweren gelben Ziegeln beluden. Die Arbeit ging nur langsam voran, ein Helfer warf dem anderen einen Ziegel zu, der ihn seinerseits dem Fuhrmann auf dem Wagen zuwarf, und dieser verstaute ihn. Nachdem Jakow eine ihm endlos scheinende Zeit in der Dunkelheit gestanden, in seine Hände geblasen und versucht hatte, die Kälte durch geräuschloses Aufstampfen aus den Stiefeln zu verjagen, hatte er dreihundertundvierzig Ziegel gezählt, die in den einen Wagen, und vierhundertunddrei, die in den anderen Wagen verladen worden waren. Drei weitere Lastwagen im Schuppen wurden nicht benutzt. Als aber Proschko, der Vorarbeiter, ihm am Morgen in der stickigen Bretterbude mit der niedrigen Decke, wo Jakow an einem mit Hauptbüchern und Bündeln uralten nutzlosen Papiers bedeckten Tisch saß, den Ladeschein überreichte, ergaben die schlecht geschriebenen Zahlen, auf ein abgerissenes Stück Packpapier gekritzelt, eine Summe von sechshundertundzehn Ziegeln statt siebenhundertunddreiundvierzig, und der Fixer knirschte vor Wut über die unverschämte, kaltblütige Dieberei mit den Zähnen.

Wenn Jakow auch unter allen Umständen arbeiten wollte, hatte er Nikolai Maximowitschs Angebot doch nur widerstrebend angenommen, hatte in fast panischer Angst im letzten Moment versucht, sich zurückzuziehen, als er erfuhr, daß das Lukjanowski-Viertel, in dem die Ziegelei, seine zukünftige Bleibe, lag – in der Nähe eines Friedhofs mit wenigen, von Bäumen umgebenen Häusern, die eine halbe Werst weiter, da, wo es viele Grabsteine gab, dichter standen –, ein Bezirk war, in dem keine Juden wohnen durften. Er hatte daraufhin dem Besitzer der Ziegelei gesagt, er werde die Stelle nicht antreten, weil er starke Zweifel habe, ob er die Arbeit auch so ausführen könne, wie sie getan werden müsse. Aber Nikolai Maximowitsch riet ihm, nichts zu übereilen, und achtete seine Zweifel gering.

»Unsinn, Sie werden es besser machen, als Sie vermuten. Sie müssen lernen, auf Ihre naturgegebenen Fähigkeiten zu vertrauen, Jakow Iwanowitsch. Übernehmen Sie nur die Methode meines verstorbenen Bruders mit dem Hauptbuch – eine altmodische, aber genaue Methode –, und Sie werden sich im Laufe der Arbeit mit der Methode vertraut machen.« Da er jedoch ein wenig verwundert war, erhöhte er sein Angebot um drei Rubel pro Monat, und Jakow, der aus allen Kräften versuchte, sich zur Annahme der Stelle zu überreden, schlug daraufhin vor, es sei besser, wenn er auch weiterhin im Podol wohnte – er erwähnte jedoch nie, wo in diesem Bezirk – und jeden Morgen in aller Frühe zur Arbeit käme. Es war nicht gar zu weit zu laufen von dem Haus, in dem er wohnte. Die Straßenbahn, die in der Nähe der Ziegelei hielt, fuhr nach Anbruch der Dunkelheit nicht mehr.

»Leider werden Sie mir wenig nützen, wenn Sie im Podol wohnen«, sagte Nikolai Maximowitsch. Sie unterhielten sich darüber im Hof der Ziegelei an einem wolkigen Tag Ende Januar – eine schwarze Rauchwolke hing über den Brennöfen –, und Nikolai Maximowitsch trug noch immer das Abzeichen der »Schwarzen Hundert« am Mantel, das Jakow, wenn er mit ihm sprach – er fühlte sich kaum fähig, den Blick von diesem großen, drohenden Gegenstand zu lösen, sobald er ihn erst einmal angesehen hatte –, ignorieren mußte.

»Nicht das, was während des Tages hier geschieht, macht mir solche Sorge«, sagte der Antisemit, »wenn ich Ihnen auch versichern kann, daß es mich ebenfalls beunruhigt; aber ich mache mir schreckliche Gedanken über das, was hier am frühen Morgen vorgeht, wenn die Wagen für die ersten Lieferungen beladen werden. Das Tageslicht ist zu grell für einen Dieb. Er tut seine schmutzige Arbeit in der Dunkelheit, wenn die Geister fliegen und die anständigen Leute im Bett liegen. Mein von mir sehr betrauerter verstorbener Bruder, dem Schlaf ziemlich gleichgültig war – man darf ihm gegenüber nicht gleichgültig sein, sonst wird er es uns gegenüber –, war bei jedem Wetter um drei Uhr morgens hier, um jede Wagenladung genau zu prüfen. Ich verlange nicht, daß Sie das gleiche tun, Jakow Iwanowitsch. Diese Art Hingabe an ein Geschäft ist fanatisch und hat meiner Überzeugung nach zu dem frühen Tod meines Bruders geführt.« Mit geschlossenen Augen bekreuzigte sich Nikolai Maximowitsch. »Aber wenn Sie in aller Frühe und auch unerwartet zu anderen Zeiten die Leute beim Beladen beobachten und laut zählend möglichst genau die Zahl der Ziegel in den Wagen angeben würden, wären sie vielleicht versucht, es nicht gar zu schlimm zu treiben. Ich rechne zwar mit einem gewissen Maß an Diebstahl – Menschen sind eben Menschen –, aber natürlich muß es eine Grenze dafür geben. Es wäre mir unmöglich, einen vernünftigen und gerechten Preis für die Fabrik zu bekommen, wenn sie Bankrott machte.«

»Wie stehlen sie denn?« hatte der Fixer gefragt.

»Ich nehme an, die Fuhrleute tun es unter Proschkos Aufsicht oder im Einvernehmen mit ihm. Sie laden mehr Ziegel auf, als sie angeben.«

»Warum werfen Sie ihn denn dann nicht hinaus?«

»Das ist leichter gesagt als getan, mein lieber Junge. Wenn ich das täte, müßte ich die Fabrik schließen. Als Techniker ist er ausgezeichnet – einer der besten, pflegte mein Bruder zu sagen. Ich gebe zu – ich habe gar nicht vor, ihn beim Stehlen zu erwischen. Als religiöser Mensch möchte ich ihn davon abhalten. Und stimmen Sie mir nicht zu, daß das nicht nur vernünftiger, sondern auch barmherziger ist? Nein, machen wir es so, wie ich sage. Nehmen Sie das Zimmer über dem Stall, Jakow Iwanowitsch. Es gehört Ihnen, ohne eine einzige Kopeke für Miete.«

Da er den Fixer nicht nach seinen Papieren gefragt hatte – weder nach dem Paß, der für eine neue Anstellung notwendig war, noch nach der Aufenthaltserlaubnis, die er brauchen würde –, ergriff Jakow voll Unbehagen die Gelegenheit und nahm die Stelle an. Eine flüchtige Minute lang hatte er noch einmal überlegt, ob er nicht sagen sollte, daß er Jude war, ob er nicht ohne viel Aufhebens Nikolai Maximowitsch davon in Kenntnis setzen sollte: »Gut, Sie müssen für die Situation Bescheid wissen. Sie sagen, ich sei Ihnen sympathisch; Sie wissen, daß ich ehrliche Arbeit leiste und die Zeit meines Chefs nicht vertrödele, vielleicht wird es Sie da nicht verwundern zu hören, daß ich von Geburt Jude bin und deshalb nicht in diesem Bezirk wohnen kann.« Aber das war natürlich unmöglich. Selbst angenommen – eine phantastische Annahme –, Nikolai Maximowitsch sähe trotz des doppelköpfigen Adlerabzeichens und alles übrigen in seinem eigenen Interesse über das Geständnis hinweg, so bliebe dennoch das Lukjanowski-Viertel für Juden verboten – von einigen ungewöhnlichen Ausnahmen abgesehen –, und wenn es sich herausstellte, daß ein armer Fixer dort wohnte, geriete er in ernsthafte Schwierigkeiten. Das alles war zu kompliziert. Während der ersten Woche war Jakow jeden Tag im Begriff, auf- und davonzugehen und dem Ort zu entfliehen, aber er blieb, weil er von Aaron Latke erfahren hatte, daß es für Reflektanten in einer gewissen Druckerei im Podol die verschiedensten gefälschten Papiere gab, die nicht gar zu viel kosteten, und wenn ihm auch bei dem Gedanken, solche Papiere zu erstehen, der Schweiß aus allen Poren rann, gelangte er doch zu dem Schluß, das nicht vergessen zu dürfen.

Als Proschko am Morgen, nachdem Jakow heimlich die Fuhrleute beim Beladen der Wagen beobachtet hatte, den Ladeschein brachte, erklärte der Fixer trotz heftigen Herzklopfens beim Anblick der gefälschten Zahlen auf dem Papier dem Vorarbeiter, daß Nikolai Maximowitsch ihm befohlen habe, nachts beim Beladen der Wagen anwesend zu sein, und da er die Verantwortung dafür trüge, werde er von jetzt an dabei zugegen sein. Proschko, ein stämmiger Mann mit dicken Ohren und einem ungepflegten Bart, der hohe, von gelbem Lehm verschmutzte Gummistiefel und eine lange schmutzige Lederschürze trug, sah den Fixer durchdringend mit zusammengekniffenen Augen an.

»Was glauben Sie denn, was nachts in den Wagen vorgeht? Liegen die Fuhrleute vielleicht auf den Knien und ficken ihre Mütter?«

»Was vorgeht, geht eben vor«, sagte Jakow nervös, »aber die Anzahl der Ziegel, die Sie letzte Nacht aufluden, und diese Zahl hier auf dem Papier stimmen nicht überein, wenn ich so sagen darf.«

Dann wünschte er, er hätte es anders ausgedrückt, aber wie sollte man es einem Dieb gegenüber anders ausdrücken?

»Wie können Sie denn wissen, wie viele Ziegel aufgeladen wurden?«

»Ich habe letzte Nacht neben dem Schuppen gestanden und sie nach Nikolai Maximowitschs Anordnung gezählt. Mit anderen Worten – ich tat, was er mir befohlen hat.« Seine Stimme war vor Erregung belegt, als gehörten die Ziegel ihm, obwohl das Seltsame dabei war, daß sie einem antisemitischen Russen gehörten.

»Dann haben Sie sich verzählt«, sagte Proschko, »das ist die Zahl, die wir aufgeladen haben.« Er klopfte mit einem dicken Finger auf das Papier, das auf dem Tisch lag. »Ich will Ihnen was sagen, mein Freund, wenn ein Hund seine Nase in Scheiße steckt, macht er sich dreckig. Sie haben eine lange Nase, Dologuschew. Wenn Sie mir nicht glauben, dann betrachten Sie sich im Spiegel. Ein Mann mit so 'ner Nase sollte sich vorsehen, wo er sie 'reinsteckt.«

Er verließ die Bretterbude, kam aber am Nachmittag wieder. »Wie steht's denn mit Ihren Papieren«, sagte er, »haben Sie sie schon eintragen lassen? Wenn das noch nicht geschehen ist, dann geben Sie sie mir, und ich lasse sie bei der Bezirkspolizei abstempeln.«

»Vielen Dank«, sagte Jakow, »aber darum habe ich mich schon gekümmert, und es ist schon geschehen. Das hat Nikolai Maximowitsch erledigt. Sie brauchen sich gar nicht selbst zu bemühen.«

»Sagen Sie mal, Dologuschew«, erwiderte Proschko, »warum sprechen Sie eigentlich russisch wie ein Türke?«

»Und was, wenn ich ein Türke wäre?« Der Fixer lächelte verzerrt.

»Wer zu rasch läuft, hetzt den Wind gegen sich auf.« Proschko hob das Bein und ließ einen Furz.

Danach war Jakow zu unruhig, um zu Abend zu essen. Ich bin nicht der richtige Mann, um den Polizisten zu spielen, dachte er. Das ist eine Arbeit für einen Goi.

Und doch tat er, was von ihm verlangt wurde. Jeden Morgen um vier Uhr erschien er trotz der Kälte im Schuppen und zählte die Ziegel, die in die Wagen verstaut wurden. Und wenn er durch das Fenster seiner Bretterbude blickte und sah, daß die Leute am Tag aufluden, ging er hinaus, um sie zu beobachten. Er tat es ganz offen und hinderte so die Diebe am Stehlen. Wenn Jakow im Schuppen auftauchte, verstummten alle, nur manchmal hielten die Fuhrleute in der Arbeit inne und starrten ihn an.

Proschko brachte nun nicht mehr jeden Morgen die Ladescheine, und deshalb schrieb Jakow sie selbst aus. Die Buchhaltung war nicht so schwierig, wie er angenommen hatte – er hatte das System begriffen, und außerdem ging das Geschäft nicht übermäßig gut. Einmal in der Woche kam Nikolai Maximowitsch, noch düsterer und melancholischer, im Schlitten, um sich die Quittungen abzuholen, die bei seiner Bank deponiert werden sollten, und nach einem Monat erhielt Jakow einen langen Brief von ihm, in dem er ihn beglückwünschte. »Sie sind so tüchtig und fleißig in Ihrer Arbeit, wie ich es vorausgesehen habe, und ich werde Ihnen auch weiterhin das größte Vertrauen entgegenbringen. Sinaida Nikolajewna läßt grüßen. Auch sie lobt Ihre Bemühungen.« Aber niemand sonst tat das. Weder die Fuhrleute noch ihre Helfer beachteten ihn, selbst wenn er versuchte, sich mit ihnen zu unterhalten. Richter, der Deutsche mit den groben Gesichtszügen, spuckte in den Schnee, wenn er sich ihm näherte, und Serdjuk, ein hochgewachsener Ukrainer, der nach Pferdeschweiß und Heu roch, beobachtete ihn mit keuchendem Atem. Wenn Proschko im Hof an dem Fixer vorbeiging, murmelte er: »Verdammter Spitzel!« Jakow tat, als hörte er ihn nicht. Sollte er jedoch »Jude« hören – er würde vor Wut und Schrecken vergehen.

Von diesen Leuten abgesehen, stand er auf mehr oder weniger gutem Fuß mit den übrigen Arbeitern der Ziegelei – er zahlte ihnen pünktlich ihren Lohn aus, ungefähr fünfzig von fast zweihundert Menschen, die einstmals beschäftigt gewesen waren, als die Ziegelei noch sechs- bis siebentausend Ziegel am Tag herstellte –, und dies, obwohl Proschko häßliche Geschichten über ihn verbreitete; eine von ihnen besagte, wie ihm Skobeljew, der Wächter der Ziegelei, erzählt hatte, daß der Fixer einmal als verurteilter Dieb im Gefängnis gesessen habe. Aber niemand suchte seine Freundschaft oder leistete ihm Gesellschaft, wenn die Ziegelei geschlossen war, und so war er meistens allein. Nach der Arbeit blieb Jakow in seinem Zimmer. Jeden Abend las er stundenlang beim Licht einer Petroleumlampe – obwohl Nikolai Maximowitsch versprochen hatte, eine elektrische Birne anbringen zu lassen. Früher hatte er nur gelesen, was ihm zufällig in die Hände fiel; jetzt las er, was er kennenlernen wollte. Er studierte weiterhin Russisch, schrieb lange grammatische Übungen und las sie sich vor. Und täglich verschlang er zwei Zeitungen, obgleich es ihn häufig bei der Lektüre schauderte, sowohl bei den als Tatsachen berichteten als auch bei den nur angedeuteten Dingen; zum Beispiel Rasputin und die Kaiserin, neue Terroristenanschläge, Pogromdrohungen und die Möglichkeit eines Balkankrieges. So vieles war neu für ihn, wie kann man nur alles wissen, was er wissen sollte? Dann begann er in seiner freien Zeit die Buchläden im Podol zu durchstöbern und suchte nach billigen Büchern. Er kaufte ein *Leben Spinozas*, um es an den einsamen Abenden in seinem Stallzimmer zu lesen. War es möglich, aus dem Leben eines anderen zu lernen? Und russische Geschichte faszinierte ihn. Er durchsuchte ganze Stapel von Broschüren auf den Gestellen im hinteren Teil der Läden. Er las etliche über Leibeigenschaft und über den sibirischen Strafvollzug – einen erschreckenden Bericht, den er in einem Haufen fand, auf den ihn der Buchhändler hingewiesen hatte. Er las über die Revolte und die Vernichtung der Dekabristen und fand einen faszinierenden Bericht über die Narodniki, Idealisten der siebziger Jahre des neunzehnten Jahrhunderts, die sich den Bauern verschrieben, aber nach einem impulsiven Versuch, sie zur sozialen Revolution aufzustacheln, von ihnen abgelehnt wurden und sich daraufhin vom Bauernmystizismus ab- und dem Terrorismus zuwandten. Jakow las auch eine kurze Biographie Peters des Großen und danach einen furchterregenden Bericht über die blutige Zerstörung Nowgorods durch Iwan den Schrecklichen. Der Wahnsinnige war auf die Idee gekommen, die Stadt beabsichtige, ihn zu verraten, und deshalb ließ er eine hölzerne Mauer um sie errichten, um jede Flucht zu verhindern. Dann marschierte er mit seinem Heer in die Stadt, und nachdem er seinen Untertanen die entsetzlichsten Foltern angetan hatte, schlachtete er täglich Tausende von ihnen ab. Das ging mit zunehmender Grausamkeit so weiter, der Widerhall des Entsetzens stieg zum Himmel, als schreiende Mütter mit ansahen, wie ihre Kinder bei lebendigem Leibe verbrannt und wilden Hunden vorgeworfen wurden. Nach fünf Wochen lagen sechzigtausend Menschen verstümmelt, zerrissen, zermalmt, tot in den stinkenden Straßen, und Krankheiten breiteten sich aus. Jakow wurde übel. Wie ein Pogrom – wie die schlimmsten Pogrome. Die Russen veranstalteten Pogrome gegen die Russen – das ging durch ihre ganze Geschichte hindurch. Was für ein trauriges Land, dachte er, erstaunt über das Gelesene, jede nur mögliche Kombination von Erfahrungen, bei denen schwarz weiß war und schwarz schwarz; und wenn auch die Russen von ihren eigenen Herrschern massakriert wurden und wie die Fliegen starben, welches war dann das Auserwählte Volk? Von der Geschichte ermüdet, wandte er sich wieder Spinoza zu, las zum zweitenmal einige Kapitel über Bibelkritik, Aberglauben und Wunder, Kapitel, die er fast auswendig konnte. Wenn es einen Gott gab, so hatte er, nachdem er Spinoza gelesen hatte, seinen Laden zugemacht und war zur Idee geworden.

Wenn Jakow nicht las, schrieb er kleine Essays über verschiedene Themen – »Ich bin in der Geschichte«, schrieb er, »und doch nicht in ihr. Ich stehe sozusagen weit außerhalb von ihr, sie geht an mir vorüber. Ist das gut, oder fehlt meinem Charakter etwas? Was für eine Frage! Natürlich fehlt mir etwas, aber was kann ich daran ändern? Außerdem – mache ich mir tatsächlich so große Sorgen darum? Am besten, man bleibt, wie man ist, wenn man nicht gerade der Geschichte etwas zu geben hat wie zum Beispiel Spinoza, wie ich in seiner Lebensbeschreibung gelesen habe. Er verstand die Geschichte, und auch, weil er ihr Gedanken zu geben vermochte. Niemand kann einen Gedanken verbrennen, selbst wenn man den Menschen verbrennt. Andererseits gab es den Aktivisten Jan de Witt, Spinozas Freund und Wohltäter, einen gütigen und bedeutenden Mann, der von einem holländischen Pöbelhaufen in Stücke gerissen wurde, als er den Leuten verdächtig wurde, obgleich er unschuldig war. Wer braucht schon ein solches Schicksal?« Manche dieser kleinen Essays enthielten Kritik an »Gewissen Umständen«, von denen er in den Zeitungen gelesen hatte. Er las sie noch einmal durch und verbrannte sie dann im Ofen. Er verbrannte auch die Broschüren, die er nicht wieder verkaufen konnte.

Was ihm wider alles Erwarten zusetzte war, daß er sein Werkzeug nicht mehr benutzte. Er hatte sich ein Bett, einen Tisch und einen Stuhl gezimmert, auch ein paar Borde an der Wand, aber das hatte er in den ersten Tagen getan, nachdem er in die Ziegelei gekommen war. Er fürchtete zu vergessen, wie die Tischlerarbeiten gemacht würden, wenn er sich nicht mit ihnen befaßte, und hielt es für besser, es nicht so weit kommen zu lassen. Dann erhielt er einen weiteren Brief, diesmal von Sina, und ihre Handschrift war voll erstaunlicher dicker schwarzer Striche, einen Brief, in dem sie ihn aufforderte, sie – mit Erlaubnis ihres Vaters – zu besuchen. »Sie sind ein sensibler Mensch, Jakow Iwanowitsch«, schrieb sie, »und ich achte Ihre Ideale und Ihr Benehmen; aber bitte, machen Sie sich keine Sorgen wegen Ihrer Kleidung, wenn ich auch sicher bin, daß Sie sich mit dem höheren Gehalt, das Sie nun haben, neue kaufen können.« Er hatte sich hingesetzt, um ihr zu antworten, aber es fiel ihm nichts ein, was er ihr hätte sagen können, und so ließ er ihren Brief unbeantwortet.

Im Februar machte er eine Periode schlimmer Nervosität durch. Er schob es auf seine Sorgen. Er hatte den Ort aufgesucht, an dem man gefälschte Papiere bekommen konnte, hatte festgestellt, daß sie nicht unerschwinglich teuer waren, wenn auch nicht billig, und er erwog, sich einen Paß und eine Aufenthaltserlaubnis unter seinem angenommenen Namen ausstellen zu lassen. Wenn er erwachte – Stunden vorher, ehe es nötig war –, um die Zahl der Ziegel in den Wagen zu prüfen, waren seine Muskeln gespannt, er spürte einen Druck auf der Brust, atmete manchmal schwer, und wenn er mit Proschko zu tun hatte, empfand er ein Unbehagen. Selbst die gewöhnlichsten Routinefragen an ihn setzten dem Fixer zu. Den ganzen Tag über war er gereizt und fluchte auf sich wegen nichtiger Fehler in seinen Abrechnungen – Fehler von einer oder zwei Kopeken. Einmal verjagte er gegen Abend zwei Jungen aus der Ziegelei. Er kannte sie schon als Störenfriede; der eine war ein blasser, pickeliger Junge von ungefähr zwölf, der andere sah wie ein Bauer aus, hatte einen Kopf voll heuähnlicher Haare und ungefähr das gleiche Alter. Sie kamen am Spätnachmittag nach der Schule in die Ziegelei, bewarfen sich mit Lehmklumpen, zerbrachen gute Ziegel und schrien die Pferde an. Jakow hatte sie davor gewarnt, den Hof zu betreten. Diesmal entdeckte er sie durch das Fenster der Bretterbude. Sie hatten sich mit ihren Büchermappen in den Hof geschlichen und warfen Steine in den Rauch, der sich aus den Brennöfen in die Höhe ringelte. Dann schleuderten sie Ziegelbrocken gegen die Schornsteine. Jakow war aus der Bretterbude gelaufen und hatte ihnen befohlen, zu gehen, aber sie weigerten sich, die Ziegelei zu verlassen. Er rannte auf sie zu, um ihnen Angst zu machen. Als die Jungen ihn kommen sahen, schrien sie, berührten ihre Geschlechtsorgane, packten ihre Mappen, rasten an den Vorratsschuppen vorbei und kletterten eilends auf einen Haufen zerbrochener Ziegel neben dem Zaun. Sie warfen die Büchermappen über den Zaun und sprangen ihnen nach.

»Kleine Dreckskerle!« schrie Jakow und schüttelte die Faust.

Als er zu der Bretterbude zurückkam, merkte er, daß Skobeljew ihn verschlagen beobachtete. Dann eilte der Wächter mit seinem Stab herbei, um die Gaslampen anzuzünden. Kurz darauf glühten sie in der Dämmerung wie grüne Kerzen.

Auch Proschko, der an der Tür des Kühlschuppens stand,

hatte den Vorgang beobachtet. »Sie laufen wie ein aufgeschlitztes Schwein, Dologuschew.«

Am nächsten Morgen kam ein Polizeiinspektor zu dem Fixer, um ihn zu fragen, ob er irgend jemanden in der Ziegelei politischer Unzuverlässigkeit verdächtige. Der Fixer sagte, das sei bei niemandem der Fall. Der Beamte stellte noch ein paar Fragen und ging. An jenem Abend vermochte Jakow nicht, sich auf seine Lektüre zu konzentrieren.

Da er schlecht schlief, versuchte er, gleich nach dem Essen zu Bett zu gehen. Er schlief auch rasch genug ein, erwachte jedoch vor Mitternacht, war völlig frisch und hatte das Gefühl, in Gefahr zu schweben. In der Dunkelheit hatte er Angst vor Unglücksfällen, an die er gelegentlich am Tage dachte – wie der Stall in Flammen stand und mit ihm selbst, an Händen und Füßen gefesselt und jeder Bewegung unfähig, ausbrannte; und wie die verrückt gewordenen Pferde sich selbst vernichteten. Oder wie er an der Auszehrung starb oder an Syphilis, wie er Blut pißte oder aushustete. Und er fürchtete, was ihn am meisten bedrückte – daß er als versteckter Jude entdeckt würde. »Gewalt!« schrie er und lauschte dann erschrocken auf Geräusche im Stall, die ihm verraten würden, ob die Fuhrleute da waren und ihn hatten schreien hören. Einmal träumte er, daß Richter, mit einem riesigen schwarzen Sack auf dem Rücken, auf der Straße beim Friedhof hinter ihm her lief. Als der Fixer sich umdrehte, um dem Deutschen ins Gesicht zu sehen, und ihn fragte, was er in dem Sack habe, blinzelte der Fuhrmann und sagte: »Dich.« Deshalb bestellte Jakow die falschen Papiere und bezahlte sie auch, aber Wochen vergingen, ohne daß er sie sich holte. Dann begann er, ohne ersichtlichen Grund, sich wieder besser zu fühlen.

Er durchlebte eine Periode größeren Vertrauens, als er zum erstenmal im Leben Geld ausgab, als sei es weiter nichts als Geld. Er kaufte noch mehr Bücher, Schreibpapier, Tabak, ein Paar Schuhe, um sich von den Stiefeln zu befreien, ein köstliches Glas Erdbeermarmelade und ein Kilo Mehl, um damit Brot zu backen. Das Brot ging nicht auf, aber er backte es und aß es als Zwieback. Außerdem erstand er ein Paar Socken, eine Unterhose und ein Unterhemd sowie eine billige Bluse, nur das, was er wirklich brauchte. Als er eines Abends einen unüberwindlichen Hunger auf Süßigkeiten empfand, betrat er einen Süßwarenladen, um Kakao zu trinken und Kuchen zu essen. Und er kaufte sich auch eine dicke Tafel Schokolade. Als er später seine Rubel zählte, hatte er mehr als beabsichtigt ausgegeben, und darüber machte er sich Sorgen. Er kehrte also wieder zu seinem einfachen Leben zurück. Er lebte von Schwarzbrot, saurem Rahm und Pellkartoffeln, einem gelegentlichen Ei und, wenn die Versuchung über ihn kam, einem kleinen Stück Halwa*. Er stopfte seine Socken und flickte seine alten Hemden, bis es keine Stelle mehr gab, an der er nicht einen Stich gemacht hatte. Er sparte jede Kopeke. »Sollen sich die Groschen anhäufen«, flüsterte er. Er hatte ernsthafte Pläne.

Eines Abends im April, als das Eis des Dnjeprs zu bersten begann und Jakow – nachdem er die Bücher, die er kürzlich erstanden, verkauft hatte und danach im Plosski-Bezirk umhergewandert war – spät in die Ziegelei zurückkehrte, fing es wider Erwarten an zu schneien. Als er den Hügel hinaufstieg und sich dem Friedhof näherte, sah er, wie ein paar Jungen sich auf einen alten Mann stürzten, und vertrieb sie mit einem Schrei. Wie aufgescheuchte Kaninchen rannten sie über den Kirchhof. Der alte Mann war ein Jude, ein Chossid*, der einen bis auf die Knöchel reichenden Kaftan trug, einen runden Rabbinerhut mit Pelzrand und lange weiße Strümpfe. Langsam bückte er sich und holte eine kleine schwarze Mappe aus dem Schnee, die mit brauner Schnur umwunden war. Er war an einer Schläfe verletzt, das Blut tropfte seine behaarte Wange hinunter in den dichten geteilten grauen Bart. Seine Augen waren benommen. »Was ist denn mit Ihnen geschehen, Großvater?« fragte der Fixer auf russisch. Der erschrockene Chossid trat zurück, aber Jakow wartete, und der alte Mann erwiderte in unsicherem

* Halwa eine Art türkischer Honig.

** Chossid, Plural Chassidim Anhänger einer religiösen Bewegung, die im 18. Jahrhundert im südlichen Polen entstand und besagt, Gott sei in allem. Die Chassidim huldigen der Lebensfreude und -bejahung.

Russisch, daß er aus Minsk gekommen sei, um einen kranken Bruder im Judenviertel zu besuchen, sich jedoch verirrt habe. Dann hätten ein paar Jungen ihn mit Schneebällen angegriffen, in denen scharfe Steine steckten.

Die Straßenbahnen fuhren nicht mehr, und der Schnee fiel in dichten feuchten Flocken. Jakow war höchst unbehaglich zumute, aber er dachte, er könnte den alten Mann in die Ziegelei mitnehmen, damit dieser sich ausruhe, während er ihm die Wunde mit kaltem Wasser wusch, und er würde ihn wieder wegschicken, ehe die Fuhrleute und ihre Helfer kämen.

»Kommen Sie mit, Großvater.«

»Wohin bringen Sie mich?« fragte der Chossid.

»Wir werden Ihnen das Blut abwaschen, und wenn es aufhört zu schneien, zeige ich Ihnen den Weg zum Judenviertel im Podol.«

Er führte den Chossid in die Ziegelei und brachte ihn die Treppe hinauf in sein Zimmer über dem Stall. Nachdem Jakow die Lampe angezündet hatte, zerriß er sein schäbigstes Hemd, machte es naß und wischte dem alten Mann das Blut aus dem Bart. Die Wunde blutete noch immer, aber das störte den Chossid nicht. Er saß mit geschlossenen Augen auf Jakows Stuhl und sein Atem klang, als flüsterte er. Jakow bot ihm Brot und ein Glas süßen Tee an, aber der Chossid wollte keine Speisen annehmen. Er war ein würdiger Mann mit langen Schläfenlocken und bat den Fixer um etwas Wasser. Nachdem er sich über einer Schüssel ein paar Tropfen davon über die Finger gegossen hatte, holte er ein kleines Paket aus der Tasche seines Kaftans, einige Stückchen Matzen, die er in ein Taschentuch gewickelt hatte. Er sprach den Segensspruch für die Matzen und kaute seufzend an einem Stück. Für den Fixer war es eine Überraschung, daß inzwischen das Passahfest begonnen hatte. Eine heftige Erregung packte ihn, und er mußte sich abwenden, bis sie vergangen war.

Als er zum Fenster hinaussah, schneite es zwar noch immer, aber schon kündigte sich der Mond an, ein Kreis schwachen Lichtes inmitten des fallenden Schnees. Bald wird es aufhören, dachte er, aber es hörte nicht auf. Jakow dachte daran zu warten, bis die Fuhrleute kämen, um dann rasch die Ziegel zu zählen, und wenn es aufhörte zu schneien, wollte er den alten Mann heimlich hinausbringen, sobald die Wagen fort waren, noch ehe Proschko einträfe. Sollte es aber nicht aufhören zu schneien, müßte der alte Mann doch auf jeden Fall gehen.

Der Chossid schlief auf dem Stuhl, wachte auf, starrte zuerst auf die Lampe, dann auf das Fenster und schlief wieder ein. Als die Fuhrleute die Stalltür öffneten, erwachte er und sah Jakow an, aber der Fixer bedeutete ihm durch ein Zeichen, still zu sein, und verließ das Zimmer, um zum Schuppen hinunterzugehen. Er hatte dem Chossid sein Bett angeboten, aber als er zurückkam, war der alte Mann wach und saß auf dem Stuhl. Die Fuhrleute hatten die Wagen beladen und warteten im Schuppen, daß es Tag würde. Sie hatten die Hufe der Pferde mit Ketten umwickelt, aber Serdjuk sagte, sie würden den Hof nicht verlassen, wenn noch mehr Schnee fiele. Jetzt war Jakow beunruhigt.

Eingehüllt in seinen Schafpelzmantel stand er im Zimmer und sah in den Schnee hinaus, dann drehte er sich eine Zigarette, rauchte sie und machte sich ein Glas lauwarmen Tee. Er trank ein paar Schluck, schlief auf seinem Bett ein und träumte, er sei dem Chossid auf dem Friedhof begegnet. Der Chossid hatte ihn gefragt: »Warum verstecken Sie sich hier?«, und der Fixer hatte ihm mit einem Hammer einen heftigen Schlag auf den Kopf versetzt. Es war ein schrecklicher Traum, und er bekam Kopfweh davon.

Er erwachte und sah, daß der alte Mann ihn anstarrte, und von neuem überfiel ihn seine Nervosität.

»Stimmt was nicht?« fragte er.

»Was nicht stimmt, stimmt nicht«, sagte der alte Mann. »Aber jetzt hat es aufgehört zu schneien.«

»Habe ich im Schlaf etwas gesagt?«

»Ich habe nicht hingehört.«

Der Himmel hatte sich aufgehellt, und es war Zeit zu gehen, aber der Chossid tauchte die Fingerspitzen in Wasser, löste die

Schnur von seiner Mappe, öffnete sie und holte einen großen gestreiften Gebetschal heraus. Aus der Tasche seines Kaftans zog er ein Säckchen mit Gebetriemen.

»Wo ist Osten?« fragte der alte Mann.

Ungeduldig zeigte Jakow auf die Wand mit dem Fenster. Während der Chossid den Segensspruch für Gebetriemen sprach, wickelte er einen von ihnen langsam um den linken Arm, den anderen um die Stirn, wobei er den Riemen vorsichtig über der verschorften Wunde band.

Er bedeckte sich den Kopf mit dem breiten Gebetsschal und segnete ihn, dann betete er, das Gesicht zur Wand, und wiegte dabei den Körper vor und zurück. Der Fixer wartete mit geschlossenen Augen. Als der alte Mann seine Morgengebete gesagt hatte, legte er den Schal ab, faltete ihn sorgfältig zusammen und verstaute ihn wieder. Er nahm die Gebetriemen ab, küßte sie und packte sie ein.

»Gott vergelt's Ihnen«, sagte er zu Jakow.

»Vielen Dank, aber lassen Sie uns jetzt gehen.« Der Fixer schwitzte in seinen kalten Kleidern.

Er bat den alten Mann, einen Augenblick zu warten, ging die verschneite Treppe hinunter und schlich um den Stall. Der Hof war weiß und still, die Dächer der Brennöfen waren schneebedeckt. Aber obwohl die Wagen mit Ziegeln beladen waren, hatten sie den Hof noch nicht verlassen, und noch immer waren die Fuhrleute im Schuppen. Jakow eilte die Treppe hinauf und holte den Chossid und seine Mappe. Mit raschen Schritten gingen sie durch den Frühlingsschnee zum Tor. Er führte den alten Chossid zur Straßenbahnhaltestelle, aber während sie warteten, fuhr ein Schlitten mit klingenden Glöckchen vorbei. Jakow hielt ihn an, und der verschlafene Fahrer versprach, den Juden zu seiner Straße im Podol zu bringen. Als Jakow in die Ziegelei zurückkehrte, spürte er, daß er eine lange Nacht hinter sich hatte. Er fühlte sich unpäßlich und grundlos niedergeschlagen. Auf dem Weg zum Stall begegnete er Proschko, der in bester Laune war.

Als Jakow sein Zimmer betrat, hatte er plötzlich das Gefühl, es sei jemand darin gewesen, während er mit dem Chossid draußen war. Er hatte den Eindruck, daß Gegenstände von ihrem Platz genommen, aber nicht wieder genau an ihn zurückgestellt worden waren. Sein Verdacht richtete sich gegen den Vorarbeiter. Aus dem Stall drang der Geruch von Pferdedung und faulendem Heu herauf. Rasch untersuchte er das Wenige, das er besaß, konnte jedoch nicht entdecken, daß irgend etwas fehlte, weder Haushaltgegenstände noch seine paar Bücher oder Rubel in der Blechbüchse. Er war froh, daß er einige der Bücher verkauft und die Broschüren verbrannt hatte; sie handelten von Geschichte, aber manches in der Geschichte war gefährlich. Am nächsten Tag erfuhr er, daß man in einer Höhle in der Nähe einen Leichnam gefunden hatte, und las dann starr vor Entsetzen einen Zeitungsbericht über den schrecklichen Mord an einem zwölfjährigen Jungen, der nicht weit von der Ziegelei in einem der Holzhäuser beim Friedhof gewohnt hatte. Man hatte die Leiche in sitzender Haltung gefunden, die Hände des Knaben waren auf dem Rücken zusammengebunden. Er war nur mit seiner Unterwäsche bekleidet, ohne Schuhe, ein schwarzer Strumpf hing an seinem linken Fuß; rund um ihn verstreut waren eine blutbefleckte Bluse, eine Schulmütze, ein Gürtel und mehrere bleistiftverschmierte Hefte. Sowohl der *Kiewljanin* als die *Kiewskaja Mysl* brachten sein Bild mit den Namen Schenja Golow, und Jakow erkannte in ihm den pickeligen Jungen, den er samt seinem Freund aus dem Hof gejagt hatte. Die eine Zeitung behauptete, der Knabe sei schon seit einer Woche tot gewesen, die andere seit zwei Wochen. Als der Polizeiinspektor sein verquollenes Gesicht und den zusammengeschrumpften verstümmelten Körper untersucht habe, habe er siebenunddreißig Wunden gezählt, die von einem spitzen Gegenstand herrührten. Laut Prof. Y. A. Tscherpunow vom Anatomischen Institut in Kiew sei der Knabe erstochen und ausgeblutet worden, »möglicherweise zu religiösen Zwecken«. Marfa Wladimirowna Golow, die hinterbliebene Mutter des Knaben, eine Witwe, habe die Herausgabe der Leiche ihres Sohnes gefordert. In beiden Zeitungen war ein Bild, auf dem die Mutter den traurigen Kopf ihres Sohnes an die von Kummer schmerzende Brust drückte und verzweifelt ausrief: »Sag mir, Schenjuschka, wer hat meinem armen Baby das angetan?«

In jener Nacht trat der Fluß über seine Ufer und überschwemmte die niedrig gelegenen Stadtteile. Zwei Tage später wurde der Knabe auf dem Friedhof beigesetzt, nur wenige Schritte von seinem Heim entfernt. Vom Fenster seines Stalles aus konnte Jakow die Bäume sehen, auf denen noch immer wie Puder der Aprilschnee lag, und die schwarze Menge, die zwischen ihnen und den schmalen Grabsteinen dahinzog, darunter einige Pilger mit Pilgerstäben. Als der Sarg in die Erde hinabgelassen wurde, stoben Hunderte von Flugblättern in die Luft: DIE JUDEN SIND SCHULD. Eine Woche später errichtete die »Kiewer Vereinigung des Russischen Volkes« zusammen mit Mitgliedern der »Gesellschaft des Doppelköpfigen Adlers« ein riesiges Holzkreuz am Grabe des Jungen – Jakow sah es aus der Ferne – und rief, nach der Darstellung der Zeitungen von jenem Abend, gleichzeitig alle guten Christen dazu auf, einen neuen Kreuzzug gegen die israelitischen Feinde zu predigen. »Sie verlangen nichts weniger als unser Leben und unser Land! Menschen Rußlands! Habt Mitleid mit euren Kindern! Rächt die unglückseligen Märtyrer!« Das ist grauenhaft, dachte Jakow, sie wollen einen Pogrom veranstalten. In der Ziegelei trug Proschko auf seiner Lederschürze ein Abzeichen der »Schwarzen Hundert« zur Schau. In der Frühe des folgenden Morgens eilte der Fixer zur Druckerei, um sich seine falschen Papiere zu holen, aber als er ankam, stellte er fest, daß das Haus abgebrannt war. Er rannte zum Stall zurück und zählte in aller Eile seine Rubel, um zu sehen, ob er genügend Geld für eine Reise nach Amsterdam oder vielleicht New York hätte. Kaum hatte er seine wenigen Habseligkeiten zusammengepackt und sich die Werkzeugtasche über die Schulter geschlungen und war dabei, die Treppe hinunterzugehen, als ein Mann mit rotem Schnurrbart, der sich als Oberst J. P. Bodjanski, Chef der Kiewer Geheimpolizei, ausgab, mit mehreren anderen Beamten – fünfzehn Polizisten mit weißen, über die Vorderseite der Uniformen gespannten verschlungenen Schnüren, mehreren Detektiven in Zivil und zwei Vertretern aus dem Büro des Generalstaatsanwalts beim Obersten Bezirksgericht –, alles in allem ungefähr dreißig Leute, die mit schußbereiten Pistolen und gezogenen Säbeln die Treppe hinaufrannten, sich dem fliehenden Jakow entgegenstellte.

»Im Namen Seiner Majestät Nikolaus II.«, sagte der rothaarige Oberst, »verhafte ich Sie. Leisten Sie Widerstand – und Sie sind ein toter Mann.«

Der Fixer gab bereitwillig zu, daß er Jude war. Aber sonst sei er unschuldig.

3

In einer langen Zelle mit hoher Decke unter dem Gebäude des Bezirksgerichts, einem düsteren, verblichenen Stuckbau im Geschäftsviertel des Plosski-Bezirks, nur wenige Werst von der Ziegelei im Lukjanowski-Viertel entfernt, vermochte Jakow, der sich in einem Zustand tiefer Verzweiflung befand, nicht, die Erinnerung an den Anblick loszuwerden, wie er gefesselt zwischen zwei hohen Reihen berittener Polizei dahinmarschierte; sie jagten ihn mit gezogenen Säbeln und klirrenden Sporen durch die schneebedeckten Straßen, auf denen die Schlitten ihre zu Matsch gewordenen Spuren hinterlassen hatten.

Er hatte den Oberst gebeten, ihn auf dem Bürgersteig gehen zu lassen, um die Peinlichkeit der Situation zu mindern, war aber gezwungen worden, in der Mitte der nassen Straße zu gehen; und die Menschen auf dem Weg zur Arbeit waren stehengeblieben, um zu gaffen. Zunächst starrten sie ihn wortlos an, dann verfielen sie in tiefe Stille, die nur von Geflüster, Gemurmel und ein paar spöttischen Ausrufen unterbrochen wurde. Die meisten schienen sich zu fragen, was es mit dieser Parade auf sich habe, aber dann streckte ein Knabe in einer Schuluniform aus blauer Mütze und einer Jacke mit silbernen Knöpfen die Finger wie Hörner über dem Kopf in die Luft, tanzte im Schnee hinter dem Gefangenen einher und sang »Jidd, Jidd«, und jetzt hörte man lautes Zischen, Hohn- und Spottrufe. Eine kleine Menschenmenge, darunter auch Frauen, lief ihnen nach, verhöhnte den Fixer und rief ihm Schimpfworte nach wie »Mordjude«. Am liebsten wäre er ausgebrochen und davongerannt, aber er wagte es nicht. Irgend jemand warf ein Stück Holz nach ihm, aber es traf nur ein Pferd, das in wilden Galopp verfiel, Schnee aufwirbelte und zwei Häuserblöcke entlangrannte, ehe es wieder gezügelt werden konnte. Daraufhin schwang der Oberst, ein riesiger Mann in einer Pelzmütze, den Säbel, und die Menge zerstreute sich.

Zunächst lieferte er den Gefangenen im Hauptquartier der Geheimpolizei ab, einem einstöckigen braunen Gebäude in einer Seitenstraße; später, nach einem langen, erregten Telephongespräch, von dem der völlig verängstigte Gefangene, während er, von Polizisten umgeben, im Vorraum auf einer Bank saß, ein paar Bruchstücke aufschnappte, brachte der Oberst Jakow direkt zu einer unterirdischen Zelle im Bezirksgericht und hinterließ zwei Polizisten, die mit gezogenen Säbeln im Gang auf und ab patrouillierten. Allein in der Zelle, rang Jakow die Hände und rief: »Mein Gott, was habe ich mir nur angetan? Ich bin in den Händen von Feinden!« Er schlug sich mit der Faust gegen die Brust, beklagte sein Geschick und hatte die Vision von schrecklichen Dingen, die ihm bevorstanden; zuletzt sah er sich von einem Pöbelhaufen in Stücke gerissen. Aber dann erlebte er auch wieder Momente plötzlicher Hoffnung, in denen er das Gefühl hatte, er werde, wenn er nur *erklärte,* warum er das, was er getan hatte, gemacht habe, sofort entlassen. Er war dumm genug gewesen, vorzugeben, er sei jemand, der er gar nicht war, in der Hoffnung, das verschaffe ihm »Möglichkeiten«; er hatte gelernt, daß es so nicht ging – daß er den falschen Möglichkeiten nachgejagt hatte – und daß er nun für diese Lektion bezahlte. Wenn man ihn jetzt gehen ließe, würde er genug gelitten haben. Auch machte er sich Vorwürfe wegen seiner Selbstüberhebung und seines verrückten Ehrgeizes angesichts dessen, was er nun einmal war, und versprach sich, es sollte in Zukunft anders werden. Er hatte seine Lektion gelernt – zum zweitenmal. Dann sprang er auf und schrie laut: »Was für eine Zukunft?«, aber niemand antwortete. Als ein Aufseher Tee und Schwarzbrot hereinbrachte, konnte er nichts essen, obgleich er den ganzen Tag noch nichts zu sich genommen hatte. Im Laufe des Tages stöhnte er häufig, riß sich mit beiden Händen an den Haaren und schlug mehrmals mit dem Kopf gegen die Wand. Ein Polizist sah es und verbot es ihm energisch.

Gegen Abend hörte der Gefangene, der unbeweglich auf einer dünnen Matratze auf dem Boden saß, Schritte im Korridor, die nicht dem gleichmäßigen Tritt des bewaffneten Wärters glichen, der die beiden Polizisten abgelöst hatte. Eilends stand Jakow auf. Ein mittelgroßer Mann in schwarzem Hut und Pelzmantel ging rasch durch den schwach erleuteten Gang auf die Zelle zu. Er befahl dem Wachtposten, die Zellentür zu öffnen, ihn mit dem Gefangenen einzuschließen und dann zu gehen. Der Posten zögerte. Der Mann wartete geduldig.

»Ich habe Befehl, nicht zu gehen, wenn es Ihnen recht ist, Euer Gnaden«, sagte der Posten. »Der Staatsanwalt hat mir befohlen, den Juden nicht aus den Augen zu lassen, weil es sich um einen überaus wichtigen Fall handelt. Das hat mir sein Gehilfe gesagt.«

»Ich bin in einer offiziellen Angelegenheit hier und werde Sie rufen, wenn ich Sie brauche. Warten Sie vor der Zellentür.«

Widerwillig öffnete der Wärter die Zelle, schloß den Mann mit Jakow ein und ging. Der Mann betrachtete ihn, bis er gegangen war, holte dann einen Kerzenstummel aus der Manteltasche, zündete ihn an und setzte ihn in einer Untertasse auf ein paar Tröpfchen flüssiges Wachs. Er hielt die Untertasse in der Hand, warf einen langen prüfenden Blick auf Jakow und stellte sie dann auf den Tisch in der Zelle. Als er im Licht seinen kalten Atem sah, hüllte er sich enger in den Pelzmantel. »Ich bekomme leicht Erkältungen, die ich nicht wieder loswerde.« Er hatte einen dunklen Bart, trug einen Zwicker und einen dicken Schal, den er um den Hals geschlungen hatte. Er sah den Fixer an, der steif, die Hände an der Hosennaht, vor ihm stand, aber innerlich zitterte, und stellte sich mit ruhiger, wohlklingender Stimme vor.

»Ich bin B. A. Bibikow, Untersuchungsrichter für außergewöhnlich wichtige Fälle. Bitte weisen Sie sich aus.«

»Jakow Schepsowitsch Bok, Euer Gnaden, wenn auch nichts an meinem verrückten Fehler außergewöhnlich ist.«

»Sie sind also nicht Jakow Iwanowitsch Dologuschew?«

»Das war ein dummes Täuschungsmanöver, ich gebe es unumwunden zu.«

Bibikow rückte den Zwicker zurecht und sah ihn schweigend an. Er hob die Kerze in die Höhe, um sich eine Zigarette anzuzünden, gab den Entschluß wieder auf, stellte die Kerze auf den Tisch und steckte die Zigarette in die Tasche.

»Sagen Sie mir die Wahrheit«, sagte der Untersuchungsrichter mit strenger Stimme, »haben Sie dieses unglückliche Kind ermordet?«

Ein schwarzer Nebel erhob sich vor Jakows Augen.

»Nie! Niemals!« schrie er heiser. »Warum sollte ich ein unschuldiges Kind umbringen? Wie hätte ich das tun können? Jahrelang habe ich mich nach einem Kind gesehnt, aber ich hatte Pech, und meine Frau konnte keins bekommen. Wenn schon nicht in Wirklichkeit, so bin ich doch im Herzen ein Vater. Und wenn dem so ist, wie hätte ich ein unschuldiges Kind töten können? So etwas kann ich mir gar nicht vorstellen, viel lieber wäre ich tot.«

»Wie lange sind Sie schon verheiratet?«

»Seit fünf Jahren, beinahe sechs, aber ich bin jetzt gar nicht richtig verheiratet, denn meine Frau hat mich verlassen.«

»Wirklich? Warum hat sie Sie verlassen?«

»Um es kurz und einfach zu machen – sie war mir untreu. Sie ist mit einem Unbekannten davongelaufen, und deshalb sitze ich nun im Gefängnis. Hätte sie das nicht getan, wäre ich da geblieben, wo ich hingehörte, das heißt, wo ich geboren bin. Gerade jetzt würde ich mich zum Abendessen niedersetzen, so einfach es auch war, aber es hätte noch schlechter sein können. Bei Sonnenuntergang machte ich mich direkt auf den Weg zu meiner Hütte, egal ob ich eine Kopeke verdient hatte oder nicht. Sie war gar nicht so schlecht, wenn ich an sie zurückdenke.«

»Sie stammen nicht aus Kiew?«

»Nicht aus der Stadt, aus der Provinz. Ein paar Monate nachdem meine Frau davongelaufen war, habe ich mein Dorf verlassen, und seit November bin ich hier. Ich habe mich geschämt, dort zu bleiben, nachdem alles so gekommen war. Es gab auch noch andere Gründe, aber dieser hat mir am meisten zugesetzt.«

»Was für andere Gründe?«

»Ich hatte meine Arbeit satt – den völligen Mangel an Arbeit. Und ich hoffte, mit ein wenig Glück, mir etwas Bildung aneignen zu können. In Amerika soll es Schulen geben, in denen ein erwachsener Mann abends studieren kann.«

»Sie dachten daran, nach Amerika auszuwandern?«

»Unter anderem habe ich auch daran gedacht, Euer Gnaden, ich hatte viele solcher Gedanken, aber sie haben alle zu nichts geführt. Jedoch bin ich im großen und ganzen ein getreuer Untertan des Zaren.«

Der Untersuchungsrichter fand die Zigarette in seiner Tasche und zündete sie sich an. Er rauchte, ohne etwas zu sagen, stand dabei auf der anderen Seite des Tisches und betrachtete noch immer aufmerksam im Licht der Kerze Jakows zerquältes Gesicht.

»Ich habe, als Sie verhaftet wurden, unter Ihrem Eigentum ein paar Bücher gesehen, unter anderem einen Band ausgewählter Kapitel aus dem Werk des Philosophen Spinoza.«

»Das stimmt, Euer Gnaden. Könnte ich sie zurückbekommen? Ich mache mir auch um meine Werkzeuge Sorgen.«

»Zur gegebenen Zeit, falls Sie nicht angeklagt werden. Kennen Sie seine Werke gut?«

»Das nicht gerade«, erwiderte der Fixer, den diese Frage beunruhigte. »Ich habe das Buch zwar gelesen, aber ich verstehe nicht alles.«

»Was finden Sie daran interessant? Aber zunächst möchte ich Sie fragen, wieso Sie auf Spinoza gekommen sind? Weil er Jude war?«

»Nein, Euer Gnaden. Ich wußte gar nicht, wer oder was er war, als ich das Buch zum erstenmal sah – man hat in der Synagoge nicht ausgesprochen viel für ihn übrig, falls Sie seine Lebensgeschichte gelesen haben. Ich habe es in einer Nachbarstadt in einem Trödlerladen gefunden, eine Kopeke dafür bezahlt und mich beim Hinausgehen verflucht, weil ich Geld verschwendet hatte, das schwer zu verdienen ist. Später habe ich dann ein paar Seiten gelesen und konnte gar nicht wieder aufhören, es war, als würde ich von hinten von einem Wirbelwind getrieben. Wie ich schon sagte – ich habe nicht jedes Wort verstanden, aber wenn man sich mit solchen Gedanken beschäftigt, hat man das Gefühl, eine Hexenjagd mitzumachen. Danach war ich ein anderer. Das ist natürlich nur eine Redensart, denn seit meiner Jugend habe ich mich kaum geändert.«

Obwohl der Fixer offen geantwortet hatte, war er darüber erschrocken, daß er sich mit einem russischen Beamten über ein Buch unterhielt. Er prüft mich, dachte er. Immerhin, wenn erst alles vorbei ist, sind Fragen über ein Buch noch besser als solche über ein ermordetes Kind. Ich werde die Wahrheit sagen, aber langsam sprechen.

»Hätten Sie etwas dagegen, mir zu erklären, was Ihrer Ansicht nach Spinozas Werk bedeutet? Mit anderen Worten, wenn es eine Philosophie ist, was sagt sie aus?«

»Das ist nicht so einfach zu sagen«, erwiderte Jakow entschuldigend. »Die Wahrheit ist, daß ich zur Hälfte ein unwissender Mensch bin. Die andere Hälfte ist halbgebildet. Mir entgeht eine Menge, selbst wenn ich mich nach Kräften konzentriere.«

»Ich will Ihnen sagen, warum ich Sie das frage. Ich frage, weil Spinoza einer meiner Lieblingsphilosophen ist und es mich interessiert, wie er auf andere wirkt.«

»In diesem Fall«, sagte der Fixer mit einer gewissen Erleichterung, »will ich Ihnen sagen, daß das Buch je nach den Themen der Kapitel verschiedenes bedeutet, wenn auch im Grunde alles zusammenhängt. Aber was es meiner Meinung nach bedeutet, ist, daß es ihm darauf ankam, einen freien Menschen aus sich zu machen – soweit das nach seiner Philosophie möglich ist, wenn Sie verstehen, was ich damit sagen will –, indem er die Dinge durchdachte und alle miteinander in Verbindung brachte, wenn ich mich verständlich machen kann, Euer Gnaden.«

»Gar keine schlechte Interpretation«, sagte Bibikow, »allerdings mehr des Mannes selbst als seines Werks. Aber Sie sollten mir seine Philosophie ein wenig erklären.«

»Wer weiß, ob ich das fertigbringe«, sagte der Fixer, »vielleicht besagt sie, daß Gott und die Natur ein und dasselbe sind und der Mensch ebenfalls, oder so was Ähnliches, egal, ob er reich ist oder arm. Wenn Sie begreifen, daß der menschliche Geist ein Teil Gottes ist, dann verstehen Sie diese Philosophie so gut wie ich. Frei ist man, wenn man eins ist mit dem Geiste Gottes. Und wenn man es ist, weiß man es. Gleichzeitig liegt die Schwierigkeit darin, daß man durch die Natur gebunden ist, wenn das auch nicht auf Gott zutrifft, der sowieso die Natur ist. Außerdem gibt es etwas, das Notwendigkeit heißt und immer da ist, obwohl niemand sie will und man gegen sie ankämpfen muß. Im Stedtl läuft Gott mit dem Gesetz in beiden Händen herum, aber wenn dieser andere Gott auch mehr Raum ausfüllt, hat er doch im großen und ganzen weniger zu tun. Egal, an welchen man schließlich glaubt, nichts hat sich in der Welt sehr verändert, wenn man keine Arbeit hat. Soviel über die Notwendigkeit. Außerdem glaube ich, sie bedeutet, daß das Leben eben Leben ist und es keinen Sinn hat, es ins Grab zu stoßen. Entweder ist es so, oder ich verstehe es nicht so gut, wie es ausgedrückt ist.«

»Wenn ein Mensch an die Notwendigkeit gebunden ist – woher kommt dann die Freiheit?«

»Die liegt im eigenen Denken, Euer Gnaden, wenn das Denken in Gott ist. Das heißt, wenn man an diese Art Gott glaubt; das heißt, wenn man die Sache genau durchdenkt. Es ist, als flöge ein Mensch auf den Flügeln der Vernunft über seinen eigenen Kopf hinweg – oder so ähnlich. Man vereint sich mit dem All und vergißt die eigenen Sorgen.«

»Glauben Sie, daß man auf diese Weise tatsächlich frei sein kann?«

»Bis zu einem gewissen Grad«, seufzte Jakow. »Es klingt sehr schön, aber meine Erfahrung ist begrenzt. Ich bin nicht oft aus den Kleinstädten herausgekommen.«

Der Richter lächelte.

Jakow kicherte, besann sich jedoch und hielt inne.

»Würden Sie sagen, daß das, was Sie beschreiben, die wahre Freiheit ist, oder kann man ohne politische Freiheit überhaupt frei sein?«

Hier pass' ich besser auf, dachte der Fixer. Politik ist Politik. Es hat keinen Sinn, glühende Kohlen anzufachen, wenn man dann über sie hinwegschreiten muß.

»Das könnte ich nicht mit Sicherheit sagen, Euer Gnaden, Freiheit ist teils so, teils so.«

»Durchaus. Man könnte sagen, für Spinoza gab es mehr als eine Art von Freiheit innerhalb der Notwendigkeit philosophisch gesprochen, und praktisch gesprochen im Staat, das heißt im Bereich der Politik und des politischen Handelns. Spinoza war mit einer gewissen Freiheit der politischen Wahl einverstanden, ähnlich der Wahl der eigenen Gedanken, falls es möglich ist, so zu wählen. Aber zumindest kann man es sich vorstellen. Vielleicht hat er gespürt, daß der Zweck des Staates – der Regierung – die Sicherheit und relative Freiheit des Menschen als eines vernünftigen Wesens ist. Und zwar, um es dem Menschen zu ermöglichen, so gut zu denken, wie er es vermag. Außerdem glaubte er, der Mensch sei freier, wenn er am Leben der Gesellschaft teilnehme, als wenn er in Abgeschlossenheit lebe, wie er selbst es tat. Seiner Ansicht nach hat ein freier Mensch in der Gesellschaft ein positives Interesse daran, das Glück und die intellektuelle Befreiung seiner Mitmenschen zu fördern.«

»Wahrscheinlich stimmt das, Euer Gnaden, wenn Sie es sagen«, erwiderte Jakow, »aber soweit es mich betrifft, ist das, was Sie sagen, etwas, worüber man nachdenken muß; wenn man jedoch arm ist, verbringt man seine Zeit mit anderen Dingen, die ich nicht erst zu erwähnen brauche. Dann überläßt man denen, die es können, die Sorgen um politische Fragen.«

»Ach«, seufzte Bibikow. Wortlos zog er an seiner Zigarette. Einen Augenblick lang herrschte Schweigen in der Zelle.

Habe ich etwas Falsches gesagt? dachte Jakow aufgeregt. Es gibt Zeiten, in denen zahlt es sich nicht aus, den Mund aufzutun.

Als der Richter wieder zu sprechen begann, klang seine Stimme von neuem wie die des Untersuchungsbeamten, sein Ton war trocken und objektiv.

»Haben Sie schon einmal den Ausdruck ›historische Notwendigkeit‹ gehört?«

»Nicht daß ich wüßte. Ich glaube nicht, wenn ich mir auch vielleicht vorstellen kann, was er bedeutet.«

»Sind Sie sicher? Haben Sie nicht Hegel gelesen?«

»Ich kenne seinen Namen nicht.«

»Oder Karl Marx? Der war ebenfalls Jude, wenn er auch darüber nicht gerade glücklich war.«

»Den kenn' ich auch nicht.«

»Würden Sie sagen, Sie hätten Ihre eigene ›Philosophie‹? Und wenn Sie das behaupten – worin besteht sie?«

»Wenn ich überhaupt eine habe, besteht sie nur aus Haut und Knochen. Ich habe gerade erst angefangen, ein wenig zu lesen, Euer Gnaden«, entschuldigte er sich. »Wenn ich überhaupt eine Philosophie habe, falls Sie nichts dagegen haben, daß ich davon spreche, dann die, daß das Leben besser sein könnte, als es ist.«

»Aber wie kann es verbessert werden, außer im Rahmen der Politik oder durch sie?«

Das ist bestimmt eine Falle, dachte Jakow. »Vielleicht durch mehr Arbeitsplätze und mehr Arbeit«, stammelte er. »Und nicht zu vergessen durch guten Willen unter den Menschen. Wir müssen alle vernünftiger sein, sonst wird das, was schlecht ist, noch schlechter.«

»Nun, das ist jedenfalls ein Anfang«, sagte der Richter. »Sie müssen noch mehr lesen und darüber nachdenken.«

»Das will ich auch, sowie ich hier 'rauskomme.«

Bibikow schien verlegen zu sein. Der Fixer hatte das Gefühl, ihn enttäuscht zu haben, ohne jedoch zu wissen wieso. Wahrscheinlich zuviel ungenaues Gerede. Es ist schwer, logisch zu sprechen, wenn man in Schwierigkeiten steckt, besonders, wenn man all die anderen naturgegebenen Nachteile bedenkt.

Nach einer Weile fragte der Richter zerstreut: »Wieso haben Sie denn Beulen am Kopf?«

»Das geschah in der Dunkelheit, aus Verzweiflung.«

Bibikow griff in die Tasche und bot dem Fixer sein Zigarettenetui an. »Nehmen Sie eine, es sind türkische.«

Jakow rauchte, um den Mann nicht zu beleidigen, obwohl ihm die Zigarette nicht schmeckte.

Der Richter holte ein zusammengefaltetes Papier und einen Bleistiftstummel aus der Tasche seines Jacketts, legte beides auf den Tisch und sagte: »Ich lasse Ihnen diesen Fragebogen hier. Wir müssen noch weitere Einzelheiten über Ihr Leben wissen, da Sie kein Vorstrafenregister haben. Wenn Sie alle Fragen beantwortet und mit Ihrem Namen unterschrieben haben, rufen Sie den Wachtposten und geben Sie ihm das Papier. Seien Sie mit allem, was Sie sagen, ganz genau. Ich lasse Ihnen die Kerze da.«

Jakow starrte auf das Papier.

»Ich bin jetzt in Eile. Mein Sohn hat Fieber. Meine Frau regt sich entsetzlich auf.« Der Untersuchungsrichter knöpfte sich den Pelzmantel zu und setzte einen breitkrampigen schwarzen Filzhut auf, der zu groß für seinen Kopf zu sein schien.

Er nickte dem Gefangenen zu und sagte gelassen: »Ganz gleich, was geschieht, Sie müssen Seelenstärke haben.«

»Mein Gott, was kann denn geschehen? Ich bin doch unschuldig.«

Bibikow zuckte mit den Schultern. »Es ist ein heikler Fall.«

»Haben Sie Erbarmen, Euer Gnaden; ich habe wenig gehabt vom Leben.«

»Erbarmen ist Sache Gottes, ich bin ans Gesetz gebunden. Das Gesetz wird Sie beschützen.«

Er rief den Wachtposten herbei und verließ die Zelle. Als die Tür verschlossen wurde, eilte er durch den schwach erleuchteten Korridor davon.

Sogleich hatte der Fixer das Gefühl, einen großen Verlust erlitten zu haben.

»Wann kommen Sie wieder?« rief er ihm nach.

»Morgen.« In der Ferne schloß sich eine Tür. Die Schritte waren verklungen.

»Bis morgen ist's noch lang«, sagte der Posten.

Am nächsten Morgen schloß ein anderer Wachtposten die Zellentür auf, durchsuchte Jakow, seit er aufgewacht war, zum drittenmal von oben bis unten und fesselte ihn eng mit schweren Handschellen, die an einer kurzen, dicken Kette hingen; zusammen mit zwei weiteren bewaffneten Wärtern, von denen der eine den Gefangenen verfluchte und mit der Pistole anrempelte, führte er ihn – eher tot als lebendig – dann zwei enge, knarrende Holztreppen hinauf zum Büro des Untersuchungsrichters. In dem großen Vorzimmer saßen einige Schreiber in Uniform an langen Tischen und kratzten mit angefeuchteten Federn aufs Papier. Sie starrten mit großem Interesse auf ihn, dann sahen sie einander an. Jakow wurde in ein kleineres Büro mit braunen Wänden geführt. Bibikow stand an einem offenen Fenster und bewegte die Hand hin und her, um den dichten Zigarettenrauch zu vertreiben. Als Jakow eintrat, schloß er rasch das Fenster und setzte sich auf einen Stuhl am Kopfende eines langen Tisches. Das Zimmer enthielt einen großen Schreibtisch, mehrere Gestelle voll dicker Bücher, zwei große Lampen mit grünen Lampenschirmen und in der Ecke eine kleine Ikone; an der Wand hing ein großes sepiabraunes Porträt des Zaren Nikolaus II. mit zahlreichen Orden auf der Brust und einem tadellos gepflegten Bart und starrte den Fixer mißbilligend an. Das Bild steigerte noch sein Gefühl des Unbehagens.

Außer Bibikow war nur noch ein Mann im Zimmer, sein Gehilfe, ein Mann in den dreißiger Jahren mit pickeligem Gesicht und einem schütteren Bart, durch den das kleine Kinn hindurchschimmerte. Er saß an der Schmalseite des Tisches neben dem Richter, und Jakow wurde angewiesen, am anderen Ende Platz zu nehmen. Auf Befehl des Richters warteten die drei Begleitposten im Vorzimmer. Nachdem dieser den Gefangenen flüchtig betrachtet hatte – fast angewidert, wie es dem Fixer schien –, fischte er aus einem vor ihm liegenden Haufen offizieller Dokumente ein dickes heraus und blätterte es durch. Er flüsterte seinem Gehilfen etwas zu, worauf dieser einen schweren Füllfederhalter aus einer großen Flasche mit schwarzer Tinte füllte, die Feder mit einem Lappen voller Tintenflecken abrieb und rasch etwas in ein Notizbuch zu schreiben begann.

Bibikow sah unsicher und müde aus, ganz anders als am Abend zuvor, und einen Augenblick lang fragte sich Jakow nervös, ob es überhaupt derselbe Mann war. Sein Kopf war groß, die Stirn breit und von einer Strähne dunklen, ergrauenden Haares bedeckt. Beim Lesen biß er sich auf die schmale Unterlippe; dann legte er das Papier auf den Tisch, blies auf seinen Zwicker, rückte ihn umsichtig zurecht und nippte an einem Glas Wasser. Ohne eine Spur von Wärme in der Stimme wandte er sich über den Tisch hinweg an den Fixer: »Ich werde Ihnen jetzt einen Teil der Aussage von Nikolai Maximowitsch Lebedew, Fabrikbesitzer im Lukjanowsky-Bezirk, vorlesen; das heißt, seine Fabrik liegt im Lukjanowsky-Bezirk...« Dann wandelte sich seine offizielle Stimme, und er sagte ruhig: »Jakow Schepsowitsch Bok, Sie sind in einer schwierigen Situation, und wir müssen die Dinge klären. Hören Sie zunächst, was der Zeuge Lebedew ausgesagt hat. Er behauptet, Sie hätten es von Anfang an darauf abgesehen, ihn zu hintergehen.«

»Das ist nicht wahr, Euer Gnaden!«

»Einen Augenblick. Bitte beherrschen Sie sich.«

Bibikow ergriff das Dokument, schlug eine Seite darin auf und las vor:

»N. Lebedew: ›Der Mann, den ich unter dem Namen Jakow Iwanowitsch Dologuschew kannte, war, obwohl er mir durch Zufall einen nicht unbeträchtlichen persönlichen Dienst erwiesen hat, für den ich ihn großzügig belohnt habe und für den meine Tochter ihn mit großer Achtung behandelte, weniger als ein ehrlicher Mensch – um es genau zu sagen, er war eine hinterlistige Person. Aus klar ersichtlichen Gründen – und er wußte wohl warum, denn nie hätte ich ihn beschäftigt, wäre mir bekannt gewesen, was ich jetzt weiß – hat er mir verhehlt, daß er in Wahrheit, wenn er auch versuchte, es zu verbergen, ein Angehöriger der jüdischen Volksgemeinschaft ist. Ich gebe zu, daß ich eine Sekunde lang einen Verdacht hegte, als ich seine Verlegenheit bei einer Frage über die Heilige Schrift merkte, die ich ihm stellte. Auf meine Frage nämlich, ob er es sich zur Gewohnheit gemacht habe, die Heilige Bibel zu lesen, erwiderte er, er kenne nur das Alte Testament, und wurde ganz blaß, als ich fortfuhr, ihm einige aufschlußreiche Verse aus dem Neuen Testament vorzulesen, besonders aus der Bergpredigt.‹

Untersuchungsrichter: ›Sonst noch etwas?‹

N. Lebedew: ›Mir fiel ein merkwürdiges Zögern auf, eine Art Unsicherheit, als er zum erstenmal seinen Namen nannte, das heißt seinen angenommenen Namen, mit dem er noch nicht vertraut war. Er paßte nicht, das brauche ich wohl nicht extra zu sagen, Euer Gnaden, zu seiner jüdischen Zunge. Außerdem legte er eine für einen offenkundig armen Mann übermäßige Abneigung an den Tag – was vielleicht zu seinen Gunsten spricht –, mein großzügiges Angebot einer Stelle in meiner Ziegelei anzunehmen, und mein Verdacht wurde noch dadurch bestärkt, daß er in Verwirrung zu geraten schien, als ich erwähnte, er solle in dem Zimmer über dem Stall auf dem Fabrikgelände wohnen. Er wollte für mich arbeiten, und doch hatte er Angst davor, was ganz natürlich war. Er war unruhig und nervös, leckte sich dauernd die Lippen und wandte den Blick von mir ab. Da meine Gesundheit nicht die beste ist – meine Leber verursacht mir Beschwerden, und ich bin äußerst kurzatmig –, brauchte ich einen Aufseher, der auf dem Gelände wohnte und dafür sorgte, daß meine Angelegenheiten in Ordnung gehalten wurden. Da der Jude mir jedoch beigestanden hatte, als ich plötzlich erkrankte und im Schnee zusammenbrach, hielt mein Verdacht nicht lange vor, und ich bot ihm die Stelle an. Ich glaube, er wußte sehr wohl, als er mein in Unkenntnis der Dinge ausgesprochenes Angebot annahm, daß der Lukjanowsky-Bezirk heiliges Gebiet ist, in dem keine Juden wohnen dürfen, es sei denn, wenn ich es recht verstanden habe, sie hätten der Krone ungewöhnliche Dienste erwiesen; und ich nehme an, daß er aus diesem Grund gar nicht versuchte, mir seine Papiere auszuhändigen, um sie bei der Bezirkspolizei abzuliefern.

Untersuchungsrichter: ›Haben Sie sie von ihm verlangt?‹

N. Lebedew: ›Nicht direkt. Oder doch, vielleicht habe ich es auch einmal getan, und er gebrauchte irgendeine faule jüdische

Ausrede, und da ich mich nicht wohl fühlte, habe ich ihn nicht wieder daran erinnert. Hätte ich das getan und er hätte sich geweigert, meiner Aufforderung Folge zu leisten, ich hätte ihn sogleich von meinem Besitz fortgejagt. Ich bin großzügig und nachsichtig, Euer Gnaden, aber niemals hätte ich es geduldet, einen Juden als Angestellten zu haben. Haben Sie die Güte, sich das Abzeichen auf dem Revers meines Mantels anzusehen. Ich halte es für ein Zeichen der Unverschämtheit dieses Mannes, daß er sich in meiner Gegenwart nicht davon einschüchtern ließ. Darf ich Sie darüber aufklären, daß ich früher einmal Schriftführer der Gesellschaft des Doppelköpfigen Adlers war.‹«

Der Richter legte das Dokument nieder, nahm den Zwicker ab und rieb sich die Augen.

»Sie haben die Aussage gehört«, sagte er zu Jakow. »Ich habe auch Ihren Fragebogen gelesen und kenne Ihre Antworten, aber ich muß Sie nun ersuchen, sich zu den Bemerkungen des Zeugen Lebedew zu äußern. Stimmt ihr Inhalt im großen und ganzen? Seien Sie vorsichtig in Ihren Antworten. Dies ist zwar kein Prozeß, aber es ist eine polizeiliche Ermittlung, um zu sehen, ob Anklage erhoben werden muß.«

Erregt stand Jakow auf. »Bitte, Euer Gnaden, ich weiß nicht viel über das Gesetz, und es ist nicht immer einfach, an der richtigen Stelle ja und nein zu sagen. Würden Sie mich mit einem Anwalt sprechen lassen, um mir bei ihm Rat zu holen? Es könnte mich sogar ein paar Rubel kosten, wenn mir die Polizei mein Geld zurückgäbe.«

»Ja und nein ergeben sich von selbst, wenn man die Wahrheit sagt. Was einen Anwalt betrifft, so ist es zu diesem Zeitpunkt nicht möglich, einen zu konsultieren. Nach unseren gesetzlichen Vorschriften muß zuerst einmal Anklage erhoben sein. Nach der Voruntersuchung beraten der Untersuchungsrichter und der Staatsanwalt miteinander, und wenn beide glauben, der Verdächtige sei schuldig, wird eine Anklageschrift entworfen und dem Bezirksgericht zugeleitet; dort wird sie entweder von den Richtern bestätigt oder abgelehnt. Die Verteidigung kann erst beginnen, nachdem dem Angeklagten mitgeteilt worden ist, daß sich die Richter für die Anklage ausgesprochen haben; dann erhält er eine Abschrift von ihr. Innerhalb einer Woche etwa – es kann auch etwas länger dauern – wird dem Angeklagten gestattet, sich einen Anwalt zu besorgen und dem Gericht davon Mitteilung zu machen.«

»Euer Gnaden«, sagte Jakow erschrocken, »angenommen, ein Mann ist unschuldig an dem, was ihm zur Last gelegt wird? Ich bin ganz verwirrt von allem, worum es hier geht. Einen Augenblick lang glaubte ich, alles sei so klar wie der helle Tag und das Verbrechen, von dem die Rede ist, sei ganz unbedeutend, sei nicht mehr als ein Versehen, wie man es nennen könnte, und im nächsten Augenblick sagen Sie Dinge, die mich schaudern lassen. Warum sollte mich irgend jemand einer großen Sünde bezichtigen, wo ich doch nur eine kleine begangen habe? Bedeutet es denn, daß Anklage erhoben werden muß, weil ich jemandem einen falschen Namen angegeben habe?«

»Es wird sich schon noch herausstellen, was geschehen muß.«

Schwer seufzend setzte sich der Fixer wieder, und seine gefesselten Hände zuckten auf seinem Schoß.

»Ich habe Sie aufgefordert, sich zu den Bemerkungen des Zeugen Lebedew zu äußern«, sagte Bibikow.

»Euer Gnaden, ich schwöre, ich hatte nichts Böses im Sinn. Was ich falsch gemacht habe – das gibt sogar Nikolai Maximowitsch zu –, habe ich widerstrebend, gegen meinen eigenen Willen getan. Die Wahrheit ist, daß ich ihn betrunken im Schnee gefunden habe. Zur Belohnung bot er mir die Stelle an, um die ich ihn nicht gebeten habe. Ich hätte mich weigern können, sie anzunehmen, und das habe ich auch ein- oder zweimal getan, aber mein Geld schmolz rasch zusammen, und ich mußte Miete zahlen usw. usw. Ich hatte den verzweifelten Wunsch, zu arbeiten – meine Hände beklagen sich, wenn sie nichts zu tun haben –, darum nahm ich schließlich sein Angebot an. Er war zufrieden mit den Maler- und Tapezierarbeiten, die ich zuerst für ihn ausführte, und er hat mir auch gesagt, ich sei ein guter Aufseher in der Ziegelei. Ich bin jede Nacht um halb vier aufgestanden, um das Beladen der Wagen zu kontrollieren. Und er hat es nicht nur einmal gesagt. Fragen Sie ihn nur selbst, Euer Gnaden.«

»Das stimmt, aber haben Sie ihm nicht einen falschen Namen als Ihren eigenen angegeben? Das heißt einen christlichen Namen? Ich darf doch annehmen, daß das kein Zufall war? Das haben Sie doch absichtlich getan, nicht wahr?«

Der Untersuchungsrichter hatte den Kopf heftig vorgestreckt. War das der Mann, der behauptet hatte, er bewundere Spinoza?

»Das ist mein Fehler, ich geb's zu«, sagte Jakow. »Ich habe ihm den ersten Namen genannt, der mir eingefallen ist. Ich habe nicht nachgedacht, Euer Gnaden, und dabei erleidet der Mensch Schaden. Wenn man sich einer beunruhigenden Situation gegenübersieht, ist es gar nicht so einfach, an die Folgen zu denken. Dologuschew ist ein einäugiger Bauer in der Nähe meines Dorfes, der Schweine schlachtet. Aber es stimmt, daß ich tatsächlich nicht auf dem Fabrikgelände wohnen wollte. Es ist dann so gekommen, daß ich vor lauter Sorge nicht schlafen konnte. Nikolai Maximowitsch erwähnt, daß ich Angst hatte, sein Angebot, im Stall zu wohnen, anzunehmen. Das sagt er selbst in diesem Dokument hier, daß Sie mir gerade vorgelesen haben. Ich habe ihn gefragt, ob ich nicht statt dessen im Podol wohnen und zu Fuß zur Arbeit kommen könnte, aber er sagte nein, ich müßte dort wohnen. Mit anderen Worten – ich habe gar nicht als erster daran gedacht. Und er irrt sich, wenn er glaubt, er habe mich um meinen Paß gebeten. Vielleicht glaubte er, er hätte es getan, aber er hat es nicht getan. Er ist ein melancholischer Mensch, und seine Gedanken sind manchmal verschwommen. Ich schwöre, daß er mich nie danach gefragt hat. Hätte er es getan – es wäre das Ende der ganzen Angelegenheit gewesen. Dann hätte ich mir nämlich gedacht, der Tanz sei aus, und ich wäre wieder nach Hause gegangen. Das hätte mir viel Elend erspart.«

»Immerhin, Sie haben im Lukjanowski-Bezirk gewohnt, obwohl Sie genau wußten, daß das für Sie verboten war?«

»Das stimmt, Euer Gnaden, Sie sagen es, aber ich wollte die Stelle nicht verlieren. Ich hoffte auf ein besseres Leben als das, das ich bisher gelebt habe.« Jakows Stimme hatte einen bittenden Ton angenommen, aber da er die zusammengekniffenen Lippen und den strengen Blick des Untersuchungsrichters sah, verstummte er und sah auf seine Hände.

»In dem Fragebogen«, sagte Bibikow, setzte sich dabei rasch den Zwicker auf und las aus einem anderen Dokument vor, »sagen Sie, Sie seien ›von Geburt und Volkszugehörigkeit‹ Jude. Liegt darin, wie ich annehme, ein Vorbehalt, und welcher Art ist er?«

Eine Minute lang schwieg der Fixer, dann blickte er beunruhigt auf. »Damit wollte ich ausdrücken, daß ich kein religiöser Mensch bin. Ich war's zwar in meiner Jugend, aber ich habe meinen Glauben verloren. Ich dachte, ich hätte das gestern abend in unserem Gespräch erwähnt, aber vielleicht habe ich es doch nicht getan. Mehr wollte ich damit nicht sagen.«

»Wie ist es denn dazu gekommen? Ich meine, wieso haben Sie Ihre Religion verloren?«

»Vermutlich gibt es dafür mehrere Gründe, obgleich ich mich nicht auf alle besinnen kann. So, wie sich mein Leben entwickelt hat, habe ich über alle möglichen Dinge nachdenken müssen. Ein Gedanke gebiert den nächsten. Kaum habe ich einen Gedanken gedacht, entsteht innerhalb von zwei Minuten ein weiterer und verdrängt den ersten. Außerdem habe ich einiges gelesen, wie ich Ihnen schon sagte, Euer Gnaden, und so habe ich manches gelernt, wovon ich vorher keine Ahnung hatte. Das kommt alles zusammen.«

Der Richter lehnte sich auf dem Stuhl zurück. »Sie sind nicht zufällig irgendwann einmal getauft worden? Es wäre vielleicht ganz nützlich, wenn das geschehen wäre.«

»O nein, Euer Gnaden, nichts dergleichen. Ich will nur sagen, daß ich ein Freidenker bin.«

»Ich verstehe, obwohl Freidenker zu sein eigentlich voraussetzt, daß man überhaupt denken kann.«

»Ich versuch's, so gut ich kann«, sagte Jakow.

»Was ist denn Ihrer Ansicht nach ein Freidenker?«

»Ein Mann, der selbst darüber entscheidet, ob er an die Religion glauben will. Vielleicht ist es auch dasselbe wie ein Agnostiker. Manche glauben, andere nicht.«

»Meinen Sie, es trägt zu Ihrem Ansehen bei, wenn Sie irreligiös sind?«

Mein Gott, was habe ich da gesagt? dachte der Fixer. Ich halte mich lieber an die einfachen und unbedeutenden Dinge, sonst grabe ich mir selbst mein Grab, und die anderen werden mich hineinbefördern.

Rasch antwortete er: »Sie sagen es, Euer Gnaden, ja und nein ergeben sich von selbst, wenn man die Wahrheit sagt. Und ich sage die Wahrheit.«

»Wir wollen die Dinge nicht unnötig komplizieren.« Bibikow nippte an seinem Wasserglas. »Im juristischen Sinn sind Sie Jude. Die kaiserliche Regierung hält Sie für einen Juden, auch wenn Sie sich krümmen und winden. Es steht in Ihrem Paß. Unsere Judengesetze gelten für Sie. Wenn Sie sich jedoch Ihres Volkes schämen, warum geben Sie dann nicht ganz offiziell Ihren Glauben auf?«

»Ich schäme mich keineswegs, Euer Gnaden. Kann sein, ich mag nicht alles, was ich sehe – es gibt Juden aller Art, wie man so sagt, aber wenn ich mich irgend jemandes schämen soll, kann ich mich gleich meiner selbst schämen.« Bei diesen Worten errötete er.

Bibikow hörte ihm interessiert zu. Er warf einen Blick auf seine Notizen, dann sah er mit zusammengekniffenen Augen auf. Iwan Semjonowitsch, sein Gehilfe, der rasch auf seine Bemerkungen reagierte und oft den gleichen Gesichtsausdruck wie der Untersuchungsrichter annahm und der von seinem Platz aus auf die Notizen hinüberschielte, beugte sich gespannt nach vorne.

»Die unbedingte Wahrheit, bitte«, sagte der Untersuchungsrichter streng. »– Sind Sie als Theoretiker oder als Aktivist Revolutionär?«

Jakow spürte, mit welcher Kraft sein Herz pochte.

»Steht so etwas irgendwo in Ihren Dokumenten, Euer Gnaden?«

»Bitte beantworten Sie meine Frage.«

»Nein, das bin ich nicht. Da sei Gott vor. Das geht über meinen Verstand, wenn Sie wissen, was ich damit sagen will. Das liegt nicht in meiner Natur. Wenn ich etwas bin, dann ein friedliebender Mensch. ›Jakow‹, habe ich mir immer gesagt, ›es gibt zu viel Gewalt in der Welt, und wenn du vernünftig bist, hältst du dich da 'raus.‹ Das liegt mir nicht, Euer Gnaden.«

»Ein Sozialist oder Mitglied einer sozialistischen Partei?«

Der Fixer zögerte. »Nein.«

»Sind Sie ganz sicher?«

»Ich sage es allen Ernstes.«

»Sind Sie Zionist?«

»Nein.«

»Gehören Sie irgendeiner politischen Partei an? Dazu würden auch jüdische Parteien gehören.«

»Keiner einzigen, Euer Gnaden.«

»Also gut. Haben Sie die Antworten aufgeschrieben, Iwan Semjonowitsch?«

»Jedes Wort, Herr. Ich habe alles festgehalten«, erwiderte der picklige Gehilfe.

»Gut«, sagt Bibikow und kratzte sich zerstreut am Bart. »Aber da ist noch etwas, worüber ich Sie verhören möchte. Warten Sie, gleich finde ich das Dokument.«

»Verzeihung, ich will Sie ja nicht unterbrechen«, sagte Jakow, »aber Sie sollten doch wissen, daß mein Paß mit den Worten ›Erlaubnis erteilt‹ gestempelt war, als ich mein Dorf verließ. Und sowie ich in Kiew ankam, sofort am Tag nach meiner Ankunft am späten Abend, habe ich meinen Paß zur Paßabteilung des Polizeireviers im Podol-Bezirk gebracht. Auch dort wurde er abgestempelt, Euer Gnaden.«

»Das haben wir schon festgestellt. Ich habe Ihren Paß geprüft, und was Sie sagen, stimmt im großen und ganzen. Aber davon wollte ich gar nicht sprechen.«

»Ich habe mich nur nicht im Lukjanowski-Bezirk gemeldet, wenn Sie mir das zu sagen gestatten, Euer Gnaden. Da habe ich einen Fehler begangen.«

»Auch das ist verzeichnet.«

»Wenn Sie nichts dagegen haben, möchte ich noch erwähnen, daß ich für kurze Zeit in der russischen Armee gedient habe.«

»Verzeichnet. Eine sehr kurze Zeit – weniger als ein Jahr. Sie wurden krankheitshalber entlassen, nicht wahr?«

»Aber auch, weil der Krieg zu Ende war. Man brauchte damals keine Soldaten mehr.«

»Was hat Ihnen denn gefehlt?«

»Gelegentliche Asthmaanfälle. Ich wußte nie, wann ich den nächsten bekommen würde.«

»Leiden Sie noch immer unter diesen Beschwerden?« fragte der Richter im Konversationston. »Ich frage danach, weil mein Sohn Asthma hat.«

»Es ist so ziemlich vergangen, aber an windigen Tagen kann ich manchmal kaum atmen.«

»Es freut mich, daß es vorbei ist. Gestatten Sie mir nun, zum nächsten Punkt zu kommen. Ich werde Ihnen Teile der Aussage von Sinaida Nikolajewna Lebedew, unverheiratet, dreißig Jahre alt, vorlesen.«

Das ist schrecklich, dachte der Fixer und preßte die Hände gegeneinander. Wo soll das alles enden?

Die Tür öffnete sich. Der Richter und sein Gehilfe blickten auf, als zwei Beamte den Raum betraten. Der eine, in blau-roter Uniform mit goldenen Schulterstücken, war der Offizier, der Jakow verhaftet hatte, Oberst Bodjanski, ein gewichtiger Mann mit gestutztem roten Schnurrbart. Der andere war Staatsanwalt Grubeschow, der Vertreter des Obersten Gerichtshofs von Kiew. Am Morgen dieses Tages war er hinuntergegangen, um den Fixer in seiner Zelle anzustarren, hatte jedoch nicht das Wort an ihn gerichtet. Wie erstarrt hatte Jakow an der Wand gelehnt. Fünf Minuten später war der Staatsanwalt gegangen und hatte ihn in Schweiß gebadet und voller Unruhe zurückgelassen.

Grubeschow legte eine abgenutzte verschnürte Mappe auf den Tisch. Er war ein dicklicher Mann mit fleischigem Gesicht, einem Backenbart, dichten Augenbrauen und den Augen eines Falken. Eine fleischige Rolle an seinem Nacken hing über dem steifen Kragen, dessen Enden sich über dem Knoten einer schwarzen Krawatte bogen. Er trug einen dunklen Anzug mit einer schmutzigen gelben Weste, und er versuchte, seine Erregung zu unterdrücken. Wieder überfiel Jakow die Angst.

Bibikows Gehilfe war sogleich aufgestanden und hatte sich verbeugt. Auf einen mahnenden Blick des Untersuchungsrichters hin erhob sich der Fixer in aller Eile und blieb stehen.

»Guten Morgen, Wladislaw Grigorjewitsch«, sagte Bibikow ein wenig verwirrt. »Guten Morgen, Oberst Bodjanski, ich bin gerade dabei, den Verdächtigen zu verhören. Seien Sie so freundlich und nehmen Sie Platz. Bitte, schließen Sie die Tür, Iwan Semjonowitsch.«

Der Oberst strich sich mit den Fingern über den Backenbart, und der Staatsanwalt, der ein wenig ins blaue hinein lächelte, nickte mit dem Kopf. Auf ein Zeichen des Untersuchungsrichters hin nahm Jakow zitternd wieder Platz. Beide Beamte unterzogen ihn einer genauen Prüfung, der Staatsanwalt zum zweitenmal sehr aufmerksam, als schätzte er die Widerstandskraft, das Gewicht und die Konstitution des Fixers ab, dem es dabei kalt über den Rücken lief; oder so, als sei er ein neues Tier im Zoo. Der Oberst hingegen sah durch ihn hindurch, als existiere er überhaupt nicht.

Ermattet wünschte er, dem wäre so.

Bibikow las einen Teil der maschinengeschriebenen ersten Seite des Dokuments, das er in der Hand hielt, und durchblätterte dann einige weitere Seiten, ehe er aufblickte.

»Aha, hier hab' ich's«, sagte er und räusperte sich. »Das ist die wichtigste Aussage: S. N. Lebedew: ›Ich habe vom ersten Moment an gespürt, daß er irgendwie anders oder merkwürdig war, vermochte jedoch nicht zu erraten, in welcher Hinsicht genau, sonst hätte ich nie etwas mit ihm zu tun gehabt, das dürfen Sie mir glauben. Er kam mir irgendwie fremd vor, aber ich erklärte es mir damit, daß er aus der Provinz kam und es ihm offensichtlich an Erziehung und Bildung gebrach. Ich kann nur sagen, daß es mir im großen und ganzen in seiner Gegenwart nicht wohl zumute war, obwohl ich ihm natürlich sehr dankbar bin, daß er Papa, als er damals im Schnee ausgerutscht war, geholfen hat. Später habe ich ihn gehaßt, weil er versuchte, tätlich zu werden. Ich habe ihm mit aller Bestimmtheit gesagt, ich wünschte ihn nie wiederzusehen . . .‹«

»Das ist nicht wahr, ich bin niemals tätlich geworden«, sagte Jakow und stand dabei halb auf. »Daran ist kein wahres Wort.«

»Bitte«, sagte Bibikow und starrte ihn verwundert an.

»Ruhe!« sagte Oberst Bodjanski und schlug mit der Faust auf den Tisch. »Setzen Sie sich – sofort!«

Grubeschow trommelte mit den Fingerspitzen.

Rasch setzte Jakow sich wieder hin. Verlegen blickte Bibikow den Oberst an und wandte sich energisch an den Fixer: »Sie werden sich bitte beherrschen, dies ist eine gesetzliche Vernehmung. Ich lese weiter: Untersuchungsrichter: ›Beschuldigen Sie ihn sexueller Tätlichkeiten?‹

S. N. Lebedew: ›Ich bin sicher, er beabsichtigte, tätlich zu werden. Zu dem Zeitpunkt hatte ich schon den ersten Verdacht, er könnte Jude sein, aber als ich mich dann vergewisserte, schrie ich aus vollem Halse.‹

Untersuchungsrichter: ›Erklären Sie, was Sie mit ‹vergewisserte› meinen.‹

S. N. Lebedew: ›Er – ich habe gesehen, daß er wie die jüdischen Männer beschnitten war. Ich konnte gar nicht anders, als es zu sehen.‹

Untersuchungsrichter: ›Fahren Sie fort, Sinaida Nikolajewna, wenn Sie sich beruhigt haben. Sie sind vielleicht verlegen, aber es ist immer am besten, die Wahrheit zu sagen.‹

S. N. Lebedew: ›Er merkte, daß ich seine Annäherungsversuche nicht dulden würde und verließ das Zimmer. Danach habe ich ihn nicht mehr gesehen und danke Gott dafür.‹

Untersuchungsrichter: ›Er hat also nicht im wörtlichen Sinne versucht, tätlich zu werden, wenn Sie mir diese Formulierung gestatten? Er hat Sie nicht angerührt oder versucht, Sie anzurühren?‹

S. N. Lebedew: ›Sie können es so ausdrücken, Tatsache aber bleibt, daß er sich entkleidet hat und beabsichtigte, mit einer Russin intime Beziehungen zu haben. Darauf hoffte er, sonst hätte er sich nicht ausgezogen und wäre nackt erschienen. Ich bin sicher, Sie würden das nicht billigen, Euer Gnaden.‹

Untersuchungsrichter: ›Hier gibt es weder eine ausdrückliche noch eine angedeutete Billigung seines oder Ihres Verhaltens, Sinaida Nikolajewna. Haben Sie Ihrem Vater, Nikolai Maximowitsch, nachher etwas von diesem Vorkommnis erzählt?‹

S. N. Lebedew: ›Mein Vater ist seit dem Tod meiner armen Mutter nicht sehr gesund, und auch seelisch ist er in keiner guten Verfassung. Und sein einziger Bruder ist vor einem Jahr an einer schleichenden Krankheit gestorben, deshalb wollte ich ihn nicht noch mehr aufregen. Er hätte den Juden sicher am liebsten mit der Pferdepeitsche behandelt.‹

Es wird festgestellt, daß die Zeugin an dieser Stelle in Tränen ausbrach.«

Bibikow legte das Dokument auf den Tisch.

»Wollen Sie jetzt sagen«, fragte er Jakow, »ob Sie versucht haben, sich mit Gewalt Sinaida Nikolajewna aufzudrängen?«

Iwan Semjonowitsch füllte das Wasserglas des Untersuchungsrichters aus einem Porzellankrug, der auf dem Tisch stand.

»Keinesfalls, Euer Gnaden«, erwider Jakow rasch. »Wir haben, auf ihre Aufforderung hin, zweimal zusammen gegessen, als ich oben in der Wohnung arbeitete, und am letzten Abend – an dem, an dem ich mit den Malerarbeiten fertiggeworden war – hat sie mich nachher aufgefordert, ihr in ihr Schlafzimmer zu folgen. Vielleicht hätte ich das nicht tun sollen – das zeigt sich jetzt deutlich –, aber das ist kein so schwieriges Unterfangen, wenn man die Natur des Mannes in Betracht zieht. Jedenfalls hatte ich meine Zweifel, und sowie ich sah, daß sie unrein war – verzeihen Sie, daß ich das sage, Euer Gnaden –, bin ich gegangen. Das ist die reine Wahrheit, und selbst wenn ich es von jetzt bis zum Tag des Jüngsten Gerichts versuchte – ich könnte es nicht wahrer machen.«

»Was meinen Sie mit ›unrein‹?«

Der Fixer war verwirrt. »Ich bedaure, von so etwas sprechen zu müssen, aber wenn man in Schwierigkeiten steckt, muß man sich klar ausdrücken. Die Wahrheit ist, daß sie ihre Monatsregel hatte.«

Er hob die gefesselten Hände, um sich das Gesicht abzuwischen.

»Jeder Jude, der versucht, sich einer Russin zu nähern, sollte gehängt werden«, sagte Oberst Bodjanski.

»Hat sie gesagt, sie sei in diesem Zustand?« fragte Grubeschow mit leicht belegter Stimme.

»Verzeihen Sie, Euer Gnaden, aber ich habe das Blut gesehen, als sie sich mit einem Lappen wusch.«

»Sie haben das Blut gesehen?« sagte der Staatsanwalt sarkastisch. »Hatte das für Sie als Juden eine religiöse Bedeutung? Wissen Sie, daß man im Mittelalter behauptete, jüdische Männer menstruierten?«

Verwundert und erschrocken sah Jakow ihn an.

»Davon weiß ich nichts, Euer Gnaden, aber ich begreife nicht, wie so etwas möglich sein sollte. Um jedoch wieder auf Sinaida Nikolajewna zurückzukommen – ihr Zustand bedeutete für mich, daß es keinem von uns gut bekäme und ich überhaupt ein Narr war, ihr Zimmer betreten zu haben. Ich hätte nach Hause gehen sollen, sowie ich mit der Arbeit fertig war, anstatt mich von einem Tisch voll allerlei Speisen in Versuchung führen zu lassen.«

»Erzählen Sie, was sich im Schlafzimmer abgespielt hat«, sagte Bibikow. »Und bitte beschränken Sie sich auf die Frage, um die es hier geht.«

»Nichts hat sich abgespielt, Euer Gnaden, ich schwöre es von ganzem Herzen. Es ist so, wie ich schon gesagt habe – und die junge Dame ebenfalls, nach dem Dokument, daß Sie soeben verlesen haben –, ich habe mich, so schnell ich nur konnte, angezogen und bin gegangen. Ich versichere Ihnen, so war's, und seitdem habe ich sie nicht mehr gesehen. Glauben Sie mir, es tut mir leid, daß es überhaupt so gekommen ist.«

»Das glaube ich Ihnen«, sagte Bibikow.

Grubeschow zuckte zusammen und starrte auf den Untersuchungsrichter. Oberst Bodjanski rutschte unruhig auf dem Stuhl hin und her.

Als wollte er sich rechtfertigen, erklärte Bibikow: »Wir haben zwei Briefe gefunden, die die Zeugen als von ihrer Hand geschrieben erkannt haben. In einem, von Nikolai Maximowitsch an Jakow Iwanowitsch Dologuschew gerichtet, lobt der Verfasser dessen Fleiß als Aufseher der Lebedewschen Ziegelei; in dem anderen, auf parfümiertem blauen Briefpapier, bittet Sinaida Nikolajewna, seine Tochter, den Verdächtigen, sie zu Hause zu besuchen und betont ausdrücklich in ihren Zeilen, sie schreibe mit Erlaubnis ihres Vaters. Beide Briefe befinden sich in meinem Dossier. Sie wurden mir von Hauptmann Kromsin von der Kiewer Stadtpolizei ausgehändigt, der sie im Büro der Ziegelei gefunden hat.«

Der Oberst und der Staatsanwalt saßen da wie Statuen.

Der Untersuchungsrichter wandte sich von neuem an Jakow und sagte: »Aus dem Datum schließe ich, daß der Brief der jungen Dame nach dem schon erwähnten Vorkommnis geschrieben wurde. Stimmt das?«

»Das stimmt, Euer Gnaden. Da arbeitete ich schon in der Ziegelei.«

»Sie haben ihr nicht geschrieben, wie sie es von Ihnen erbat?«

»Ich habe den Brief nicht beantwortet. Ich dachte mir, ich hätte sowieso schon mehr Sorgen als notwendig, und darum hätte es keinen Sinn, mir noch weitere zu suchen. Wenn man sich vor der Flut fürchtet, muß man dem Wasser fernbleiben.«

»Was sie später noch zu mir gesagt hat, gehört zwar nicht zur offiziellen Aussage«, fuhr der Untersuchungsrichter fort, »bestätigt jedoch Ihre Worte. In Anbetracht der Umstände – was aber nicht bedeutet, daß ich Ihr Benehmen bewundere, Jakow Bok – werde ich darum dem Staatsanwalt empfehlen, keine Anklage wegen versuchter sexueller Tätlichkeiten gegen Sie zu erheben.«

Er wandte sich zu seinem Gehilfen um, der nickte und eitrig mitschrieb.

Der Staatsanwalt, der unter seinem Backenbart rot wurde, ergriff seine Mappe, stieß den Stuhl zurück und stand geräuschvoll auf. Auch Oberst Bodjanski erhob sich. Bibikow griff nach dem Wasserglas und warf es dabei um. Er sprang in die Höhe und tupfte das über den Tisch verschüttete Wasser mit dem Taschentuch auf, wobei ihm Iwan Semjonowitsch half, der erschrocken in aller Eile die Papiere zusammenraffte und anfing, die naß gewordenen zu trocknen.

Verdrossen und ohne ein Wort zu sagen schlenderten Grubeschow und Oberst Bodjanski aus dem Zimmer.

Nachdem der Untersuchungsrichter das Wasser aufgewischt und gewartet hatte, bis Iwan Semjonowitsch die Papiere getrocknet und wieder geordnet hatte, ergriff er, wenn auch verlegen wegen des Vorfalls, seine Notizen, räusperte sich noch einmal und wandte sich mit seiner klangvollen Stimme von neuem an den Fixer.

»Jakow Bok, wir haben Gesetze«, sagte er grimmig, »gegen alle Angehörigen Ihres Glaubens, egal, ob sie orthodox oder ketzerisch sind, die einen Namen annehmen oder fälschen, der nicht in ihrer offiziellen Geburtsurkunde eingetragen ist, das heißt gegen alle, die darauf abzielen, auf die eine oder andere Weise eine Täuschung zu begehen; da es sich aber in diesem Fall nicht um gefälschte oder unterschobene Dokumente handelt und da es zur Zeit keinen Beweis dafür gibt, daß Sie sich eines solchen Vergehens schon früher schuldig gemacht haben, werde ich diesmal Milde walten lassen und mich nicht auf diesen Punkt der Anklage versteifen, obgleich ich persönlich, wie ich Ihnen schon gesagt habe, ihr Täuschungsmanöver widerlich finde und es nur einem außerordentlichen Glücksfall zuzuschreiben ist, daß sich keine noch tadelnswertere Situation daraus ergeben hat ...«

»Vielen Dank, Euer Gnaden ...« Der Fixer wischte sich mit den Fingern über die Augen.

Der Untersuchungsrichter fuhr fort. »Ich werde jedoch das Gericht ersuchen, Anklage gegen Sie zu erheben, weil Sie Ihren Wohnsitz in einem Bezirk genommen haben, der für Juden verboten ist, wenn nicht besondere Umstände vorliegen, die in Ihrem Fall nicht gegeben sind. In dieser Hinsicht haben Sie gegen das Gesetz verstoßen. Das ist kein Kapitalverbrechen, aber Sie werden wegen eines Vergehens angeklagt und verurteilt werden.«

»Wird man mich ins Gefängnis schicken, Euer Gnaden?«

»Leider ja.«

»Ach. Wie lange muß ich denn im Gefängnis bleiben?«

»Nicht sehr lang – mindestens einen Monat, vielleicht auch kürzer, das hängt von dem Richter ab, der das Urteil spricht. Das wird Sie eine Lektion lehren, deren Sie offensichtlich bedürfen.«

»Muß ich dann Gefängniskleidung tragen?«

»Sie werden genau wie die anderen Gefangenen behandelt werden.«

Jemand klopfte an die Tür, und ein uniformierter Bote trat ein. Er übergab Iwan Semjonowitsch einen Umschlag, den dieser eilends Bibikow reichte.

Der Untersuchungsrichter riß ihn mit leicht zitternder Hand auf, las den handgeschriebenen Brief, reinigte langsam seinen Zwicker und eilte dann aus dem Zimmer.

Wenn Jakow auch wußte, daß er mit einer Strafe zu rechnen hatte – obwohl er halbwegs gehofft hatte, man ließe ihn mit einer Warnung oder einer energischen Strafpredigt laufen und schickte ihn so rasch es ginge ins Judenviertel zurück, ach, mit welchem Vergnügen wäre er dorthin gerannt! –, fühlte er sich doch, nachdem er die erste Enttäuschung überwunden hatte, erleichtert, daß die Sache nicht noch viel schlimmer war. Ein Monat im Gefängnis ist kein ganzes Jahr, und drei Wochen sind noch weniger; außerdem, wenn man es so betrachten wollte, kostete es keine Miete. Nach seinem Marsch in Handschellen durch die verschneiten Straßen, dem Geflüster der Massen und den schrecklichen Fragen des Untersuchungsrichters am Abend zuvor in der Zelle, hatte er mit einem furchtbaren Unglück gerechnet, wenn nicht mit etwas noch Schlimmerem. Jetzt hatten sich die Dinge beruhigt. Praktisch war nur noch dieser eine unbedeutende Anklagepunkt übriggeblieben, und möglicherweise könnte ein Anwalt das Urteil auf vielleicht eine Woche hinunterdrücken oder gar erwirken, daß er überhaupt nicht ins Gefängnis mußte. Das würde natürlich die Trennung von einigen seiner ersparten Rubel bedeuten – die Polizei würde sie ihm doch sicher zurückgeben –, aber einen Rubel könnte er wieder verdienen, und wenn nicht in einem Tag, dann in einer Woche oder einem Monat. Besser sich einen Monat lang dafür zu plagen, als einen Monat im Gefängnis zu sitzen. Es lohnte sich nicht, sich über Rubel Sorgen zu machen. Die Hauptsache war, frei zu sein, und wenn sie ihn erst freigelassen hätten, würde Jakow Bok sich weniger närrisch im Umgang mit dem Gesetz verhalten.

Der Gehilfe des Untersuchungsrichters hatte zögernd die Hand nach dem Briefchen ausgestreckt, das Bibikow zusammengeknüllt auf dem Tisch hatte liegen lassen. Nach einem kurzen Blick darauf lächelte er vage; als jedoch der Fixer seinerseits versuchte, ihn anzulächeln, schneuzte er sich heftig die Nase.

Dann kehrte der Untersuchungsrichter, durch den Mund atmend und mit verbissenem, angespanntem Gesicht, ins Zimmer zurück, gefolgt von Grubeschow und Oberst Bodjanski. Zum zweitenmal nahmen sie am Tisch Platz, und wiederum löste der Staatsanwalt die Schnüre seiner Mappe. Bestürzt betrachtete sie Iwan Semjonowitsch, aber keiner der Beamten sagte ein Wort. Der Gehilfe prüfte die Feder und hielt sie schreibbereit in der Hand. Grubeschows Lächeln war verschwunden, seine Lippen waren zusammengepreßt. Der Oberst hatte eine todernste Miene. Ein Blick auf sie, und eine ungeheure Angst durchflutete Jakow. Kalter Schweiß rann ihm über den Rücken. Wieder erwartete er das Schlimmste. Oder doch beinahe das Schlimmste.

»Der Staatsanwalt wird Ihnen nun ein paar Fragen stellen«, sagte Bibikow mit ruhiger, aber heiserer Stimme. Er lehnte sich zurück und spielte mit der Schnur seines Zwickers.

»Wenn es Ihnen recht ist, stelle ich meine Fragen zuerst«, sagte der Oberst kopfnickend zu Grubeschow, der in die Fächer seiner Mappe spähte. Der Staatsanwalt blickte auf und willigte ein.

»Will der Gefangene angeben«, schallte Oberst Bodjanskis Stimme durch den Raum, »ob er Mitglied gewisser politischer Organisationen ist, die ich jetzt aufzählen werde: der Sozialdemokraten, Sozialrevolutionäre oder irgendwelcher anderer Gruppen einschließlich des Jüdischen Bundes, der Zionisten, egal welcher Schattierung, der Sejmisten oder der Volkspartei?«

»Darüber habe ich ihn schon vernommen«, sagte Bibikow mit einer Spur von Ungeduld.

Der Oberst wandte sich ihm zu. »Herr Untersuchungsrichter, die Aufgabe, die Krone vor ihren Feinden zu schützen, fällt unter die Zuständigkeit der politischen Geheimpolizei. Es hat sowieso schon zu viel Einmischung in unseren Aufgabenbereich gegeben.«

»Durchaus nicht, Oberst, wir ermitteln noch in einem Zivilvergehen ...«

»Selbst ein Zivilvergehen kann eine *lèse majesté* sein. Ich ersuche Sie, sich nicht in meine Fragen einzumischen, dann werde ich mich auch nicht in die Ihren einmischen. Sagen Sie mir«, und damit wandte er sich an Jakow, »sind Sie Mitglied einer jener sogenannten politischen Parteien, die ich soeben aufgezählt habe, oder irgendwelcher geheimen terroristischen oder nihilistischen Organisationen? Sagen Sie die Wahrheit, oder ich werde Sie in die Petropawelski-Festung schicken.«

»Nein, mein Herr, von keiner, von keiner einzigen«, antwortete Jakow rasch. »Ich habe nie einer politischen Partei oder irgendeiner Geheimorganisation wie den soeben von Ihnen genannten angehört. Um die Wahrheit zu sagen – ich kann sie gar nicht voneinander unterscheiden. Wäre ich gebildeter, könnte ich es vielleicht, aber so, wie es nun einmal ist, kann ich Ihnen kaum etwas sagen, was immer Sie mich auch darüber fragen.«

»Sie werden schwer bestraft werden, wenn Sie lügen.«

»Wer lügt denn, Euer Gnaden? Als früherer Soldat schwöre ich, daß ich nicht lüge.«

»Sparen Sie sich Ihre Worte«, sagte der Oberst angewidert, »ich bin noch nie einem Juden begegnet, den ich einen Soldaten nennen könnte.«

Jakows Gesicht wurde glühend rot.

Der Oberst schrieb wütend etwas auf, stopfte den Zettel in die Tasche seines Jacketts und nickte dem Staatsanwalt zu.

Grubeschow hatte ein schwarzes, in Wachstuch gebundenes Heft aus der Mappe geholt und studierte mit gerunzelten Brauen eine seiner eng mit der Hand beschriebenen Seiten. Dann legte er das Heft nieder, und obwohl er den Fixer anstarrte, schien er gut gelaunt zu sein, als er mit trockener, wenn auch leicht belegter Stimme bemerkte: »Nun, bisher haben wir uns amüsiert, Herr Jakow Schepsowitsch Bok alias Dologuschew alias ich weiß nicht wer noch alles, aber jetzt muß ich Ihnen ein paar ernste Fragen stellen, und ich fordere Sie auf, ihnen die größte Aufmerksamkeit zu widmen. Sie haben selbst zugegeben, gewisser offenkundiger Verletzungen des russischen Gesetzes schuldig zu sein. Sie haben gewisse Verbrechen eingestanden, und wir haben guten Grund – ausgezeichneten Grund –, Sie weiter zu verdächtigen; eines davon ist derart schwerwiegend, daß ich es nicht nennen werde, ehe wir das Beweismaterial nicht genauer geprüft haben, und das werde ich, wenn meine Kollegen gestatten, jetzt tun.«

Er beugte sich zu Bibikow hin, der rauchend mit einem ernsten Kopfnicken antwortete.

»O mein Gott«, stöhnte Jakow, »ich schwöre Ihnen, ich bin unschuldig, ich habe kein schweres Verbrechen begangen. Nein, Herr, meine schlimmste Schuld ist meine Dummheit – ist das Vergehen, ohne Erlaubnis im Lukjanowski-Bezirk gewohnt zu haben, wofür ich, wie der Untersuchungsrichter sagt, einen Monat Gefängnis bekommen kann – aber bestimmt habe ich kein schweres Verbrechen begangen.«

Gott verzeih mir, dachte er, zu Tode erschrocken. Es steht schlecht um mich, schlimmer, als wenn ich im Flugsand steckte. Das hat man davon, wenn man zunächst mal nicht weiß, worauf er hinaus will.

»Antworten Sie ganz genau auf diese Frage,« sagte Grubeschow und blickte dabei in sein Notizheft. »Sind Sie ein ›Chossid‹ oder ein orthodoxer Jude, der kein ›Chossid‹ ist? Bitte schreiben Sie die Antworten mit der größten Genauigkeit nieder, Iwan Semjonowitsch.«

»Keins von beiden. Ich bin weder das eine noch das andere«, sagte Jakow. »Wie ich schon Euer Gnaden, dem anderen Herrn, gesagt habe – wenn ich überhaupt etwas bin, dann bin ich ein Freidenker. Ich erwähne das, damit Sie wissen, daß ich nicht religiös bin.«

»Das nutzt Ihnen gar nichts«, sagte der Staatsanwalt, plötzlich reizbar geworden. »Mit so einer Antwort habe ich gerechnet, und natürlich ist sie nichts weiter als ein Versuch, uns von der Vernehmung abzulenken. Antworten Sie mir jetzt direkt, Sie sind doch ein beschnittener Jude, nicht wahr?«

»Ich bin Jude, Euer Gnaden, das gebe ich zu, das übrige ist Privatsache.«

»Ich habe ihn schon nach all diesen Dingen gefragt, Wladislaw Grigorjewitsch«, sagte Bibikow. »Es steht alles in den Aussagenotizen. Lesen Sie es ihm vor, Iwan Semjonowitsch, das spart Zeit.«

»Ich muß den Untersuchungsrichter bitten, mich nicht zu unterbrechen«, sagte Grubeschow eigensinnig. »Zeit hat keinerlei Bedeutung für mich. Bitte lassen Sie mich ohne unnütze Unterbrechungen fortfahren.« – Bibikow hob den Krug hoch, um sich ein Glas Wasser einzuschenken, aber er war leer.

»Soll ich ihn nachfüllen, Euer Gnaden?« flüsterte Iwan Semjonowitsch.

»Nein«, erwiderte Bibikow, »ich bin nicht durstig.«

»Worum handelt es sich bei diesem Freidenkertum?« fragte der Oberst.

»Jetzt nicht, Oberst Bodjansky, bitte«, sagte Grubeschow. »Das ist keine politische Partei.«

Oberst Bodjanski zündete sich eine Zigarette an.

Grubeschow wandte sich an Jakow, las gewisse Worte aus seinem Notizheft vor und sprach sie langsam aus.

»Es gibt unter Ihnen doch Juden – nicht wahr? –, die ›Zaddikim‹* heißen? Wenn ein Jude einem Christen oder, wie Sie ihn nennen, einem ›Gojim‹ Schaden zufügen will, geht er zu einem ›Zaddik‹ und gibt ihm ein ›Pidion‹**, das heißt irgendeine Art

* Ein Zaddik ist der Rabbi der Chassidim; auch ein Wunderrabbi.

** Pidion ist das Lösegeld, das der Vater eines erstgeborenen Sohnes dem Kohen, dem Nachkommen der alten Priester, gibt; da Gott kein Menschenopfer will – siehe die Geschichte von Abraham und Isaak –, wurden früher Tiere als Opfer dargebracht. An ihre Stelle trat dann Geld.

Bezahlung, und dann bedient sich der ›Zaddik‹ in magischen Beschwörungen der Gewalt des Wortes, um Unglück über den Christen zu bringen. Ist das nicht so? Antworten Sie mir.«

»Bitte«, sagte Jakow, »ich verstehe gar nicht, was Sie von mir wollen. Was habe ich denn mit solchen Dingen zu tun?«

»Das werden Sie schon noch früh genug herausfinden, falls Sie es jetzt noch nicht wissen«, sagte Grubeschow und lief rot an. »In der Zwischenzeit antworten Sie mir gefälligst wahrheitsgemäß und ohne mir einen Mundvoll nicht dazugehöriger Fragen entgegenzuspucken. Sagen Sie mir jetzt, was meint Ihr Juden mit ›Afikomen‹***? Ich will die ungeschminkte Wahrheit wissen.«

»Aber was hat denn das mit mir zu tun?« sagte Jakow. »Was weiß ich denn von den Dingen, nach denen Sie mich fragen? Wenn sie Ihnen unbekannt sind – mir sind sie's ebenfalls.«

»Ich möchte Sie noch einmal auffordern, sich auf meine Fragen zu beschränken. Ich erkläre Ihnen mit aller Geduld zum letztenmal, daß mich Ihr persönlicher Kommentar nicht interessiert. Bedenken Sie, daß Ihre Lage schon jetzt höchst ernst ist, und zähmen Sie Ihre Zunge.«

»Genau weiß ich es nicht«, sagte der Fixer entmutigt, »aber es ist irgendeine Art von Matze, die bei der Passah-Zeremonie als Schutz gegen böse Geister und böse Menschen verwandt wird.«

»Schreiben Sie das alles auf, Iwan Semjonowitsch. Hat es Zauberkraft?«

»Meiner Überzeugung nach ist es Aberglauben, Euer Gnaden.«

»Aber Sie sagen, es ist dasselbe wie Matzen?«

»Praktisch dasselbe, glaube ich. Ich bin kein Fachmann in

*** Afikomen ist ein Teil der drei für die Seder-Zeremonie (Beginn des Passahfestes) benötigten Matzen; jede Matze wird, einzeln bedeckt, auf einer Seder-Schüssel auf den Tisch gestellt. Die zweite dient als Nachspeiseersatz und wird für das letzte Gebet benötigt. Daraus entwickelte sich die Sitte, daß die Kinder sie »stehlen« und der Vater sie durch ein Geschenk auslösen muß.

diesen Dingen. Wenn Sie die Wahrheit wissen wollen – ich weiß mit solchen Sachen nicht viel anzufangen. Ich habe nichts gegen diejenigen, die die Gebräuche befolgen wollen, ich selbst jedoch interessiere mich für das Neue in der Welt.«

Er warf einen flüchtigen Blick auf den Untersuchungsrichter, aber Bibikow sah zum Fenster hinaus.

Grubeschow steckte die Finger in die Mappe und holte etwas heraus, das mit einem Taschentuch bedeckt war. Langsam schlug er die vier Ecken des Taschentuches zurück und hielt triumphierend ein Dreieck einer zerbrochenen Matze in die Höhe.

»Das wurde in Ihrer Behausung über dem Stall der Ziegelei gefunden. Was haben Sie jetzt zu sagen?«

»Was kann ich schon sagen, Euer Gnaden? Nichts. Es ist Matze. Aber es gehört nicht mir.«

»Ist es eine ›Matze schmure‹*?«

»Ich könnte nicht sagen, ob es das ist oder nicht.«

»Meines Wissens wird ›Matze schmure‹ von sehr religiösen Juden gegessen.«

»Ich glaube ja.«

»Worin unterscheidet sie sich von gewöhnlicher Matze?«

»Fragen Sie mich nicht danach, Euer Gnaden. Ich weiß es wirklich nicht.«

»Ich frage, was mir beliebt. Ich werde Sie fragen, bis Ihnen die Augen aus dem Kopf springen. Verstehen Sie das?«

»Jawohl, mein Herr.«

»Haben Sie diese Matze gebacken?«

»Nein.«

»Wie ist sie dann in Ihre Behausung gelangt? Denn da hat sie die Polizei gefunden.«

»Ein alter Mann, den ich nicht kenne, hat sie mitgebracht. Ich gebe Ihnen mein Wort darauf. Er hatte sich eines Abends in

* »Matze schmure« die »beobachtete« Matze, vermutlich das »Afikomen«, die Matze zwischen der oberen und der unteren, die die Kinder aufmerksam betrachten, während der Vater sie zwischen den beiden anderen herausholt und für das Schlußgebet nach der Mahlzeit zur Seite legt.

der Nähe des Friedhofs verirrt und ich nahm ihn mit zu mir, bis es aufhörte zu schneien. Ein paar Jungen hatten ihn mit Steinen beworfen und getroffen. Er hatte Angst.«

»Das ist in der Nähe des Friedhofs im Lukjanowsky-Bezirk passiert?«

»Wo die Ziegelei ist.«

»War er ein ›Zaddik‹?«

»Selbst wenn er einer war – was hat das mit mir zu tun?«

»Antworten Sie mit Respekt!« – Der Staatsanwalt schlug mit der Handfläche auf den Tisch. Das Stück Matze fiel zu Boden. Rasch hob Iwan Semjonowitsch es auf. Er hielt es in die Höhe, damit alle sehen konnten, daß es nicht zerbrochen war. Bibikow leckte sich die trockenen Lippen. »Antworten Sie höflich«, sagte er.

Trübselig nickte Jakow.

Wieder verbeugte sich Grubeschow zum Untersuchungsrichter hin. »Besten Dank.« Er machte eine Pause, als wollte er noch etwas sagen, änderte dann aber seine Absicht. »Kam ihr Freund, der ›Zaddik‹, öfters in den Stall?« fragte er Jakow.

»Er kam nur das eine Mal. Ich kannte ihn nicht, und ich habe ihn nie wieder gesehen.«

»Weil Sie kurz nachdem er gegangen war verhaftet wurden.«

Darüber konnte sich Jakow nicht auf eine Diskussion einlassen.

»Stimmt es, daß Sie noch andere Juden im Stall versteckten und mit ihnen Diebesgut handelten?«

»Nein.«

»Haben Sie systematisch Ihren Arbeitgeber Nikolai Maximowitsch bestohlen?«

»So wahr Gott mein Zeuge ist – nie habe ich ihm auch nur eine Kopeke gestohlen.«

»Sind Sie sicher, daß Sie diese Matze nicht selbst gebacken haben? Man hat nämlich einen halben Sack Mehl in Ihrer Behausung gefunden.«

»Mit Respekt, Euer Gnaden, es ist nicht das richtige Mehl dafür. Außerdem bin ich kein Bäcker. Einmal habe ich versucht,

Brot zu backen, um ein paar Kopeken zu sparen, aber es ist nicht aufgegangen und war wie Stein. Das Mehl war vergeudet. Aufs Backen verstehe ich mich nicht. Ich arbeite meistens als Tischler oder Maler – ich hoffe, meinem Werkzeug ist nichts passiert, das ist alles, was ich auf der Welt habe –, aber im allgemeinen bin ich ein Fixer – niemals ein Matzen-Bäcker. Was zu flicken ist, das flicke ich zusammen, wenn es auch wenig einbringt, und im großen und ganzen habe ich wenig Glück gehabt mit der Arbeit. Aber ich bin kein Verbrecher, Euer Gnaden.«

Ungeduldig hörte Grubeschow zu. »Antworten Sie nur auf meine Fragen. Hat der ›Zaddik‹ die Matze gebacken?«

»Wenn er's getan hat, dann nicht in meinem Haus. Wer weiß, ob er's anderswo getan hat, mir hat er's nicht erzählt, aber ich glaube nicht.«

»Dann hat also ein anderer Jude sie gebacken?«

»Das stimmt wahrscheinlich.«

»Es ist mehr als wahrscheinlich«, sagte der Staatsanwalt und sah ihn wütend an. »Es ist die heilige Wahrheit.«

Als Jakow sah, daß er wieder in seine unheilbringende Mappe blickte, rang er die gefesselten Hände unter dem Tisch.

Jetzt zog Grubeschow langsam einen langen, fleckigen Lappen heraus.

»Haben Sie den schon einmal gesehen?« Er ließ den fleckigen Lappen mit den Fingern über den Tisch baumeln.

Bibikow beobachtete den baumelnden Lappen und rieb zerstreut an den Gläsern seines Zwickers; fasziniert starrte hingegen Iwan Semjonowitsch ihn an.

»Ich werde ihn Ihnen beschreiben«, sagte der Staatsanwalt. »Es ist ein Stück von einer Bauernbluse, ähnlich der, die Sie zur Zeit tragen. War dieser Lappen vielleicht zufällig einmal in Ihrem Besitz?«

»Ich weiß es nicht«, sagte Jakow matt.

»Ich rate Ihnen, sorgfältiger nachzudenken, Jakow Bok. Wer keinen Knoblauch gegessen hat, hat keinen stinkenden Atem.«

»Ja, Euer Gnaden«, sagte Jakow verzweifelt, »mehr oder weniger gehört er mir, aber darüber braucht sich niemand Sorgen zu machen. Der alte Mann, von dem ich gesprochen habe, war von einem Stein am Kopf getroffen worden, und ich nahm ein Stück von einem alten Hemd, das ich nicht mehr trug – es fiel mir schon vom Leibe –, um ihm das Blut abzuwischen. Das ist die heilige Wahrheit, mehr steckt nicht dahinter, ich schwöre es.«

»Sie geben also zu, daß Blutflecken drauf sind«, schrie der Staatsanwalt.

Jakow hatte das Gefühl, als zerfiele seine Zunge zu Staub.

»Haben Sie jemals Kinder im Hof der Ziegelei aus der Nähe der Brennöfen verjagt, insbesondere einen zwölfjährigen Jungen namens Schenja Golow?«

Der Fixer vermochte nicht zu antworten.

Nachdem Grubeschow einen Blick auf Bibikow geworfen hatte, überzog ein breites Lächeln sein Gesicht, und in geziertem Ton fragte er den Fixer: »Warum zittern Sie denn, Jud' Jankel?«

Warum zittert ein Mensch?

Als er wieder in seiner Zelle eingeschlossen war, lagen drei schmutzige Strohsäcke auf dem Boden. Der eine von ihnen war für ihn – was für ein Elend, daß er überhaupt einen von ihnen als den seinen betrachten konnte; auf den beiden anderen lagen zwei neue Gefangene. Der eine war ein haariger Mann in Lumpen, der andere ein lebendes Skelett. Beide stanken durch den ganzen Raum nach Dreck und Armut. Obwohl keiner von ihnen den Fixer beachtete, der Zerlumpte die Wand anblinzelte und der andere schnarchte, zog er sich in die entfernteste Ecke der Zelle zurück. Er fühlte sich verlassen, der Welt verloren.

Was wird nun mit mir geschehen? fragte er sich. Und wer wird je etwas davon erfahren, wenn mir was Schlimmes widerfährt? Ich könnte genausogut tot sein. Als er an seinen Schwiegervater und seine Frau dachte, vermochte er nicht, sie sich genau vorzustellen. Besonders nicht die Frau. Er dachte an Vater und Mutter in ihren von Unkraut überwucherten Gräbern, und ihr Schicksal spendete ihm keinen Trost. Daß man ihm in seiner Unschuld so übel mitspielte, empörte ihn. Er stand unter einer ungerechten Anklage, war hilflos und unfähig, seine Unschuld zu beweisen oder sich Glauben zu verschaffen. Welch schrecklicher Dinge würde man ihn als nächstes anklagen? Könnten sie so etwas behaupten, wenn sie mich kennten? Er versuchte zu verstehen, was vor sich ging, und es sich selbst zu erklären. Schließlich war er ein vernunftbegabtes Wesen, und ein Mann muß versuchen, die Dinge zu durchdenken. Aber je mehr er nachdachte, desto weniger begriff er sie. Was ihm vertraut war, hatte sich zum Bösen gewandelt. Was weiterhin geschah, barg schwere Gefahren. Die Tatsache, daß er, willens oder unwillens, Jude war, reichte nicht aus, um sein Geschick zu erklären. Wenn er sein Leben an sich vorüberziehen ließ, erfüllte ihn Haß gegen den Lauf, den die Dinge genommen hatten und noch immer nahmen. Ich bin ein Fixer, aber mein ganzes Leben lang habe ich mehr zerbrochen als zusammengeflickt. Was würde man ihm als nächstes vorwerfen? Wie konnte sich ein Mann gegen so schreckliche Andeutungen, Anspielungen, ja Anschuldigungen verteidigen, wenn niemand ihm glauben wollte? Panik nagte an ihm. Verzweifelt dachte er darüber nach, was er tun könnte – sollte er sich irgendwie aus der Zelle schleichen und im Getto nach dem alten Mann suchen, damit der den Russen sagen könnte, ein Stein habe ihn am Kopf getroffen und er, Jakow, habe ihm das Blut abgewischt?

Der Fixer geht von Haus zu Haus, klopft an jede der dünnen Türen und fragt nach dem Zaddik, aber niemand kennt ihn; dann, im letzten Haus, kennt man ihn doch, den reinsten Heiligen, aber er ist schon längst wieder fortgegangen. Eilends reist der Fixer mit dem Zug nach Minsk, und nach monatelanger Suche begegnet er dem alten Mann, der, während der Mond auf seinen Rabbinerhut scheint, eines Abends von der Synagoge nach Hause geht.

»Bitte, Sie müssen mit mir nach Kiew zurückkommen und meine Unschuld beweisen. Sagen Sie den Beamten, daß ich das, was man mir vorwirft, nicht getan habe.«

Aber der alte Zaddik erkennt den Fixer nicht. Lange sieht er ihn an, dann schüttelt er den Kopf. Die Wunde an seiner Schläfe ist verheilt, und er vermag jetzt nicht, sich der Nacht zu entsinnen, die er nach Jakows Angaben bei ihm in dem Zimmer über dem Stall verbracht hat.

Als der Fixer sich besann, wo er war, grub er sich die Nägel in die Hände und zerkratzte sich das Gesicht.

Der Schnarcher erwachte mit einem keuchenden Atemzug. »Akimitsch«, rief er aus. »Früher Schneider. Ich bin unschuldig«, wimmerte er. »Schlagt mich nicht.«

Der andere kicherte.

»Hast du eine Zigarette, Pozeikin?« fragte der frühere Schneider den Mann auf dem anderen Strohsack. »Ein Stückchen Stummel?«

»Fick dich selbst«, sagte der Blinzler, ein Mann mit blutunterlaufenen Augen.

»Hast du eine Zigarette?« fragte Akimitsch Jakow.

»Meine Tasche ist leer«, sagte der Fixer. Er hielt sie in die Höhe.

»Ich wette, du weißt nicht, warum ich hier bin«, sagte Akimitsch.

»Nein.«

»Ich auch nicht. Sie halten mich für jemand anders. Ich habe nie getan, was ich angeblich getan haben soll, ersticken sollen sie an der Milch ihrer Mütter. Sie haben mich für einen Anarchisten gehalten.«

Er fing an zu weinen.

»Ich bin wegen eines Packens Flugblätter oder wie die Dinger heißen hier«, sagte Pozeikin. »Irgendein armer Lump, ein Mann mit wilden Augen und einem dicken Wintermantel sagt in der Institutskistraße zu mir: ›Bruder‹, sagt er, ›ich muß mal pissen, halt das Bündel hier eine Minute, und wenn ich wiederkomme, stecke ich dir ein Fünf-Kopeken-Stück zu, bei meiner Ehre.‹ Was kann man schon sagen zu einem Mann, der mal pissen muß? Konnte ich dazu nein sagen? Dann hätte er mich vielleicht angepißt. Ich habe also sein Bündel gehalten, und nach zwei

Minuten kommt ein schweinsäugiger Detektiv über die Straße gerannt und stößt mir eine Pistole so heftig in den Bauch, daß er fast geplatzt wäre, und dann führt er mich zur Geheimpolizei ab, ohne auch nur auf ein Wort von dem zu hören, was ich sage. Als wir dort ankommen, verprügeln mich drei hohe Tiere so lange, bis all meine Knochen gebrochen sind, und zeigen mir die Stellen in den Flugblättern, an denen es heißt, man müsse den Zar stürzen. Wer will schon den Zar stürzen? Ich persönlich habe nur die größte Achtung vor Nikolaus II. und der königlichen Familie, besonders vor den jungen Prinzessinnen und dem armen kranken Jungen, den ich so liebhabe wie meinen eigenen. Aber niemand wollte mir glauben, und deshalb bin ich hier. Daran sind nur diese verdammten Flugblätter schuld.«

»Mich hält man für einen anderen«, sagte Akimitsch. »Und was ist mit dir, Kamerad?«

»Das gleiche«, erwiderte Jakow.

»Was sollst du denn getan haben?«

Er dachte, er sollte es ihnen eigentlich nicht verraten, aber es brach aus ihm heraus – eine Anklage gegen die Ankläger.

»Sie behaupten, ich hätte einen Knaben umgebracht – es ist eine schmutzige Lüge.«

Völliges Schweigen herrschte in der Zelle. Jetzt habe ich einen Fehler gemacht, dachte Jakow. Er sah sich nach dem Wachtposten um, aber der war fortgegangen, um den Eimer mit Suppe zu holen.

Die beiden auf ihren Strohsäcken steckten die Köpfe zusammen und flüsterten sich etwas ins Ohr, zuerst flüsterte Akimitsch, dann Pozeikin.

»Hast du's getan?« fragte Akimitsch Jakow.

»Nein, natürlich nicht. Warum sollte ich ein unschuldiges Kind umbringen?«

Von neuem flüsterten sie miteinander, dann sagte Pozeikin mit belegter Stimme: »Sag uns die Wahrheit, bist du ein Jude?«

»Was für einen Unterschied würde das machen?« sagte Jakow, aber als sie wieder miteinander flüsterten, bekam er Angst.

»Versucht nur nichts, oder ich rufe die Wache.«

Der Zerlumpte stand auf und ging mit höhnischem Grinsen auf den Fixer zu. »Du bist also der verdammte Jud', der den Christenjungen umgebracht und ihm das Blut aus den Knochen gesaugt hat? Ich hab's in den Zeitungen gesehen.«

»Laß mich in Frieden«, sagte Jakow. »Ich habe niemandem so etwas angetan, und schon gar nicht einem zwölfjährigen Kind. Das liegt mir nicht.«

»Du bist ein stinkiger Lügenjud'.«

»Denk was du willst, aber laß mich in Ruhe!«

»Wer sonst täte so etwas außer einem mutterschänderischen Jud'?«

Pozeikin stürzte sich auf den Fixer und versuchte ihn mit seinen verfaulten Zähnen in den Nacken zu beißen. Jakow stieß ihn zurück, aber Akimitsch, der Mann mit dem stinkenden Atem, stand hinter ihm und hieb mit seinen feucht-klebrigen knochigen Händen auf Kopf und Gesicht des Fixers ein.

»Christusmörder!«

»Gewalt!« schrie Jakow und schlug wild mit den Händen um sich. Aber wie er sich auch drehte und mit den Fäusten zuschlug, Pozeikin trat ihm mit dem Knie in den Rücken, während Akimitsch beide Fäuste auf seinen Nacken niedersausen ließ. Der Fixer ging zu Boden, vor Schmerzen wurde ihm schwarz vor den Augen. Regungslos lag er da, während sie ihn wild mit Füßen traten, und als er das Bewußtsein verlor, empfand er eine furchtbare Wut.

Später kam er auf seiner Matratze wieder zu sich, und als er sie schnarchen hörte, würgte er, als wollte er sich erbrechen. Eine Ratte huschte über seine Geschlechtsorgane, und entsetzt schoß er in die Höhe. Aber in dem kleinen, hohen, vergitterten Fenster stand ein Stückchen der Mondsichel, und eine Weile betrachtete er es in Ruhe und Frieden.

4

Der Stall sei in wenigen Minuten bis auf die Grundmauern abgebrannt, sagte Proschko und spuckte dem Fixer vor die Füße, und es würde ihn nicht überraschen, wenn dabei jüdische Magie im Spiel gewesen wäre. Er deutete auf die geschwärzten Überreste der Boxen, in denen vier wahnsinnig gewordene, sich aufbäumende trompetende Pferde verendet waren, und auf den wirren Haufen verbrannter und zerbrochener Planken und Balken, die vom Dach heruntergefallen waren.

Die Beamten mit Schnurr- und Vollbärten im Hof der Ziegelei, einige in Stiefeln und Uniformen, ein paar mit Schirmen in der Hand, obwohl es zu regnen aufgehört hatte, und die Gendarmen der Geheimpolizei, die Detektive in Zivil und die Stadtpolizei von Kiew – darunter auch ein kaiserlicher Armeegeneral mit zwei Reihen goldener Knöpfe und einer Reihe Orden quer über der Brust – sahen sich alles schweigend an, während der Vorarbeiter sprach. Grubeschow, mit englischer Melone, Regenumhang und schlammbespritzten Gamaschen, wurde bei Proschkos Aussage rot, flüsterte Oberst Bodjanski, der sich zu ihm niederbeugte, etwas ins Ohr und hielt krampfhaft dessen Hand fest, und dann flüsterte ihm der Oberst seinerseits etwas zu, während Jakow sich die trockenen Lippen leckte. Bibikow, in kleinen, von gelbem Schlamm verschmierten Schuhen, die ihm bis zu den Knöcheln reichten, mit Winterschal und großem Hut, stand hinter zwei Vertretern der »Schwarzen Hundert«, deren Gesichter verbissen waren und die ihre anklagenden Abzeichen trugen, und zündete eine Zigarette an der anderen an; er entnahm sie einem Etui, das er liebenswürdig herumreichte. Nicht weit von ihnen entfernt stand der pickelige Iwan Semjonowitsch in Begleitung eines älteren Priesters der orthodoxen Kirche, des Vaters Anastasius, eines »Spezialisten«, wie Jakow hatte munkeln hören, »für die jüdische Religion«; er war ein Mann mit vorgebeugten Schultern, einem streifigen Bart, dünnen Händen und rastlosen dunklen Augen, in fließenden Gewändern und einem steifen runden Hut, den er mit der Hand nach unten drückte, wenn der Wind wehte. Bis zu welchem Ausmaß er den elenden Zustand von Jakows Angelegenheit noch verschlimmern sollte, wußte der Fixer nicht, und er fürchtete sich, es zu erraten. In Handschellen, die Beine in Ketten, zermürbt und dem körperlichen Zusammenbruch nahe, versuchte Jakow mit aller Kraft, einen klaren Kopf zu behalten; mit fünf bewaffneten Wachen im Rücken, stand er etwas abseits von den übrigen. Obwohl seit seiner Verhaftung fast ein Monat verstrichen war, konnte er immer noch nicht recht glauben, daß dies ihm selbst geschehen sei, einem Menschen, der sich in dem Traum, den er träumte, nicht erkannte; und benommen hörte er Proschko zu, als sei die Anschuldigung des grauenhaften Verbrechens zugleich wahr und völlig unerheblich, als sei das jemandem zugestoßen, den er nur flüchtig kannte, ja, einem ganz Unbekannten, wenn er sich auch deutlich seiner Furcht entsann, ihm selbst könne einmal so etwas widerfahren.

Sonst aber lag die Ziegelei verlassen da an einem graugrün bewölkten Sonntagnachmittag in einem Mai, der kalt gewesen war. Keiner der Arbeiter war anwesend, ausgenommen die Fuhrleute Richter und Serdjuk, die, ohne zu sprechen, zuhörten und gelegentlich ausspuckten; der Ukrainer hielt die Mütze in der großen roten Hand und fühlte sich unbehaglich, der Deutsche starrte düsteren Blicks auf den früheren Aufseher. Man hatte auch Nikolai Maximowitsch erwartet, aber Jakow wußte, daß es zu spät am Tage war, als daß er noch nüchtern aus dem Haus hätte gehen können. Nachdem der Morgennebel sich gelichtet und gehoben hatte, begann es heftig zu regnen; und auch am Nachmittag goß es wieder in Strömen. Die Pferde, die das halbe Dutzend Wagen zogen, die in Abständen vom Bezirksgericht im Plossky-Viertel abgefahren waren und sich erst in der Ziegelei versammelt hatten, hatten spritzend Pfützen durchquert, und das Auto, in dem Jakow, Oberst Bodjanski und die Gendarmen saßen, war im Schlamm auf einer Straße im Lukjanowski-Viertel steckengeblieben, hatte mehrere Leute herbeigelockt und damit den Staatsanwalt verärgert, der dem Chauffeur sagen ließ, er wünsche nicht, »daß die Sache bekannt werde«. Nicht viel war über den Fixer in den Zeitungen erschienen. Sie schienen nicht mehr zu wissen, als daß ein Jude aus dem Podol »als verdächtige Person« verhaftet worden sei, aber wer und warum – davon hatten sie keine Ahnung. Grubeschow hatte weitere Informationen für später versprochen, um im Augenblick die Ermittlung nicht zu behindern. Ehe sie das Gerichtsgebäude verließen, war es Bibikow gelungen, Jakow dies, aber nicht viel mehr mitzuteilen.

»Beginnen Sie am Anfang«, sagte Grubeschow zu Proschko, der seinen Sonntagsanzug trug – dicke Hosen und eine kurze Jacke –, »ich möchte wissen, wann Sie den ersten Verdacht hatten.«

Der Staatsanwalt hatte dies neue Frage- und Antwortspiel geplant; wie er dem Angeklagten sagte, »um Ihnen die unentrinnbare Logik unserer Beschuldigung gegen Sie zu beweisen, damit Sie dementsprechend und zu Ihrem eigenen Vorteil handeln können.«

»Aber wie sollte ich das – zu meinem Vorteil?«

»Das wird Ihnen schon klarwerden.«

Der Vorarbeiter schneuzte sich die Nase, wischte sie sich zweimal ab und steckte das Taschentuch in die Hosentasche.

»Mit einem Blick erkannte ich, daß er Jude war, obwohl er so tat, als sei er Russe. Es ist gar nicht schwer, eine Zwiebel von einem Rettich zu unterscheiden, wenn man nicht farbenblind ist.« Proschko lachte ein wenig aus tiefem Hals. »Jakow Iwanowitsch Dologuschew hat er sich genannt, aber ich merkte am Ton seiner Stimme, daß der Name nicht zu ihm paßte. Ein Name gehört einem rechtmäßig von Geburt an, aber seiner hing an ihm herum wie ein gestohlener Anzug. In meinem Blut hab' ich gespürt, daß er Jude war, wie man im Dunkeln die Anwesenheit eines Geistes spürt. Warte nur, Brüderchen, hab' ich mir gedacht, irgend etwas stinkt hier. Vielleicht riecht er von Natur aus so, oder vielleicht liegt es an seiner Art, russisch zu sprechen, oder an der plattfüßigen Weise, in der er herumläuft, wenn er kleine Jungen davonjagt, aber als ich mit beiden Augen genau hinblickte, sah ich, was ich schon wußte – er war ein Jud', daran gab's gar keinen Zweifel. Aus einer Kröte kann man keinen Gentleman machen, heißt ein Sprichtwort, und wenn einer von Geburt Jude ist, kann sein Gesicht nicht verhehlen, daß er ein Jud' ist. Das ist ein verdammt schlauer Fuchs, dachte ich mir, und er glaubt, er könnt's verheimlichen, weil er einen Schafpelzmantel mit Gürtel trägt und sich den jüdischen Backenbart und die Löckchen abrasiert hat, und jetzt, wo er einmal Nikolai Maximowitsch hinters Licht geführt hat, dauert es wahrscheinlich ein Weilchen, ehe ich ihn aus seinem Loch herausgeräuchert hab', aber ich werd' ihn schon ausräuchern, und mit Gottes Hilfe ist mir das ja auch gelungen.«

»Berichten Sie über die Einzelheiten«, sagte Grubeschow.

»Nicht mehr als eine Viertelstunde nachdem ich ihn zuerst gesehen hatte, bin ich in den Büroschuppen zurückgegangen und habe ihn nach seinen Papieren gefragt, um sie der Bezirkspolizei auszuhändigen, und sogleich zeigte er mir, wer er war. Er log, er hätte sie dem Chef gegeben und der hätte sie bei der Polizei eintragen lassen. Wenn ein Mann was Falsches sagt, ist er auch woanders falsch, dachte ich mir, und ich werd' mal aufpassen, wo er es sonst noch ist. Ich brauchte gar nicht lange zu warten. Als er einmal aus privaten Gründen in der Nähe der Brennöfen herumschnupperte, schlich ich mich in den Schuppen und überprüfte die Zahlen in den Büchern. Seine Abrechnungen stimmten nicht; jeden Tag trug er geringere Summen ein, als er hätte tun sollen, um ein paar Rubel für sich zu behalten – nicht sehr viele, ein Jude ist gewitzt –, vielleicht drei oder vier oder fünf am Tag, so daß Nikolai Maximowitsch keinen Verdacht schöpfte, und in einer Büchse in seinem Zimmer hat er sich einen ganz netten kleinen Haufen zusammengespart.«

»Sie sind ein Lügner«, sagte Jakow zitternd. »Sie sind der Dieb, und Sie schieben es mir in die Schuhe. Sie und Ihre Fuhrleute haben Nikolai Maximowitsch Tausende von Ziegeln gestohlen, und mich haben Sie gehaßt, weil ich Sie beobachtete und Sie dadurch nicht noch mehr stehlen konnten.«

Niemand hörte ihm zu.

»Was hat er denn mit den Rubeln gemacht, die er nach Ihrer Angabe gestohlen hat?« fragte Bibikow den Vorarbeiter. »Wenn ich mich recht entsinne, waren ungefähr neunzig Rubel in der Blechbüchse. Wenn er sagen wir einmal vier Rubel am Tag gestohlen hat, hätten es doch viel mehr sein müssen.«

»Wer weiß schon, was ein Jude mit Geld anfängt. Ich habe gehört, sie nehmen's mit ins Bett und ficken gelegentlich damit. Ich wette, er hat das meiste davon der Judensynagoge im Podol gegeben. Die wissen schon, für was sie 'nen russischen Rubel verwenden können.«

»Die Geheimpolizei hat insgesamt einhundertundfünf Rubel beschlagnahmt«, verkündete Grubeschow, nachdem er mit Oberst Bodjanski gesprochen hatte. »Und halten Sie gefälligst den Mund«, sagte er zu Jakow. »Antworten Sie, wenn Sie gefragt werden.«

»Außerdem«, fuhr Proschko fort, »hat er auch heimlich andere Juden mit in die Ziegelei genommen, und einer war einer von den Chassidim mit 'nem runden Hut, oder wie sie heißen, der da oben im Stall mit dem hier zusammen gebetet hat. Der andere ist gekommen, als sie glaubten, es sei niemand da, der sie beobachten könnte. Beide haben sich Hörner an den Kopf gebunden und zum Judengott gebetet. Ich habe sie durchs Fenster beobachtet und habe gesehen, wie sie gebetet und Matzen gegessen haben. Ich dachte mir, sie hätten sie oben im Ofen gebacken, und recht hatte ich, denn ein halber Sack Mehl, den die Polizei an sich genommen hat, lag unter dem Bett versteckt. Ich bin ihnen nachgegangen, weil ich meinen eigenen Verdacht hatte, wie ich Ihnen schon sagte. Ich hab' gesehen, wie der da hier nachts wie ein Geist herumgeschlichen ist, mit weißem Gesicht und seltsamen Augen, und irgend etwas gesucht hat, und ich habe auch gesehen, wie er die Jungen verjagt hat, von denen ich Ihnen erzählt habe. Ich hatte Angst, er könnte ihnen irgendwas antun, und wußte dabei kaum, wie recht ich hatte. Einmal kamen zwei oder drei Schulkinder mit ihren Büchermappen in den Hof. Ich sah, wie er sie davonjagte, aber sie kletterten über den Zaun und machten sich aus dem Staub. Einmal hab' ich ihn gefragt: ›Jakow Iwanowitsch, warum jagen Sie diese kleinen Schulkinder fort, das sind doch brave Jungen, die weiter nichts wollen als zusehen, wie wir Ziegel machen‹, aber er hat mir geantwortet: ›Wenn sie so unschuldig sind, wird Jesus Christus sie beschützen.‹ Er hat gedacht, Proschko wüßte nicht, was er damit meinte, aber ich hab's doch gewußt.«

Jakow stöhnte.

»Deshalb hab' ich ihn nicht aus den Augen gelassen, und wenn das nicht möglich war, habe ich den Fuhrleuten gesagt, sie sollten ihn beobachten.«

»Stimmt.« Serdjuk, der noch immer nach Heu roch, nickte, und Richter sagte ja.

»Ich habe gesehen, wie sie mit ihren kleinen schwarzen Käppis auf dem Kopf beteten, und ich habe sie ausspioniert, als sie diese Matzen gebacken haben. Und als dann der Junge ermordet wurde und man ihn in der Höhle fand mit all den Wunden, an dem Morgen, als der Schnee fiel – als es im April von neuem schneite –, da habe ich gesehen, wie der da den anderen Juden mit dem runden Hut die Treppe hinunterbrachte, und dann haben sie in aller Eile die Ziegelei verlassen. Ich bin hinaufgegangen und dabei ganz genau in ihre Fußspuren im Schnee getreten, damit er nicht sehen sollte, daß ich dagewesen war, und das war an dem Tag, als ich die Stücke von den Matzen fand, die sie gebacken hatten, einen halben Sack Mehl unter dem Bett, seine Werkzeugtasche und den blutigen Lappen, von dem ich Ihnen berichtet habe. Der Teufel verstreut seinen Dung, wo er auch geht.

Danach wollte er den Stall in Brand setzen, um das Beweismaterial zu verbrennen, aber er sah, daß ich ihn beobachtete. Als ich ihm in der Ziegelei begegnete, wurde er kreideweiß und konnte mir nicht in die Augen sehen. Das war, nachdem sie das Kind umgebracht hatten. Nach der Beisetzung bin ich zur Polizei gegangen, und eine Woche später sind sie gekommen und haben ihn verhaftet. Die haben die Matzen und die anderen Sachen mitgenommen, von denen ich Ihnen erzählt habe, aber ich bin mit Serdjuk und Richter hinaufgegangen, um die Bodenbretter herauszureißen – einige von ihnen hatten gewisse dunkle Flekken, die wir der Polizei zeigen wollten. Genau in dem Moment sehen wir, wie ein alter graubärtiger Jude aus dem Stall rennt, und gleich darauf steht alles in züngelnden Flammen, und der ganze Stall ist in weniger als fünf Minuten abgebrannt, so daß wir Glück hatten, überhaupt Pferde retten zu können. Sechs haben wir gerettet und vier verloren. Wenn es ein gewöhnliches Feuer gewesen wäre, hätten wir alle zehn retten können, aber wie's nun mal war, hat irgendwas die Flammen angefacht, als hätte sich der Wind in ihnen verfangen, und aus dem Feuer kamen Schreie wie von Sterbenden und von Geistern, die ihnen entgegengehen. Die haben irgendwelche Zaubersprüche aus dem Judenbuch gesagt, das schwör' ich bei Gott; und oben, wo der da hier gewohnt hat, ehe man ihn verhaftete, wurden die Flammen ölig grün, wie ich's noch nie gesehen habe, und dann gelb und dann beinahe schwarz, und sie brannten doppelt so rasch wie die Flammen in den Boxen, obwohl der Boden voll Heu war. In den Boxen brannte das Feuer orange und rot und langsamer, mehr wie ein gewöhnliches Feuer, und so haben wir sechs Pferde aus den brennenden Boxen holen können und haben vier verloren.«

Richter schwor, daß jedes Wort wahr sei, und Serdjuk bekreuzigte sich.

Vater Anastasius umarmte steif Marfa Golow, die abgehärmte Mutter des zu Tode gefolterten Knaben, eine ziemlich hochgewachsene Frau mit dünnem Hals, rot geränderten, feuchten, gesprenkelten grauen Augen und dunkler Haut, die sich straff über das Gesicht spannte; sie versuchte einen Knicks zu machen und sank dabei in den Armen des Priesters zusammen.

»Vergib uns unsere Schuld, Vater«, weinte sie.

»Du mußt uns vergeben, mein Kind«, sagte der Priester mit nasaler Stimme. »Die Welt hat an dir gesündigt. Besonders die, die gegen unseren HERRN sündigen.«

Mit einer Hand, die einem Vogel glich, bekreuzigte er sich, und das Gleiche taten einige der Beamten.

Jakow sah Marfa Golow zum erstenmal, als sie auf die Ankunft der Beamten wartete. Zusammen mit einer Nachbarin, die in einen dicken Schal gehüllt war und eilends davonlief, als die Wagen vorfuhren, stand sie auf den durchgetretenen Stufen eines zweistöckigen Holzhauses mit spitzem Wellblechdach. Vom Haus aus sah man zu einem von niedrigen Mauern umgebenen Friedhof hinüber und erkannte in der Ferne die Ziegelei, deren Schornsteine, da es Sonntag war, keinen Rauch ausstießen; Bibikow blieb stehen, um hinüberzublicken. Es war ein kastenartiges Haus, das einstmals weiß angestrichen war, das aber jetzt verwittert und grau aussah und von dem die Farbe abblätterte. Der graslose Vorderhof, vom Regen verschlammt, war von einem hohen, unbemalten Zaun umgeben, der zur Straße hin durch lange, waagrechte, dunkel verwitterte Bretter zusammengehalten wurde. Die Straße vor dem Haus, auf der die Wagen und das Auto warteten, war voller Schlamm und Schlaglöcher, und die Wagen sahen aus, als gehörten sie zu einem Leichenzug – wenn auch kein Leichenwagen zu sehen war. Marfa, laut Zeitungsberichten neununddreißig Jahre alt und ganz hübsch, mit verkrampftem, verstörtem Benehmen und Augen, die nach allen Seiten Blicke schossen, einem unglücklich verzogenen Mund und einem schmalen Kinn, trug der Gelegenheit zu Ehren eine dunkle geblümte Bluse, einen langen grünen Rock und spitze Schuhe mit zweifarbigen Knöpfen. Sie hatte sich eine verblaßte Kamee an den ausgemergelten Hals gesteckt und einen leichten Schal über die Schultern geworfen. Und sie trug einen neuen weißen Hut, auf dem ein Strauß leuchtend roter Kirschen prangte, der einige interessierte Blicke auf sich zog. Als der Fixer durch das Tor in den Hof geführt wurde, brach Marfa in Schluchzen aus. Einer der Beamten aus dem Büro des Staatsanwaltes und ein neben ihm stehender Gendarm fluchten leise auf den Gefangenen, aber immerhin laut genug, daß er es hören konnte.

»Bestimmt ist er das«, keuchte Marfa.

»Welcher denn?« fragte Bibikow, setzte sich rasch den silberumrandeten Zwicker auf und starrte sie an.

»Der Jude, von dem Schenja mir erzählt hat, der, der ihn mit dem langen Messer davongejagt hat.«

»Schreiben Sie auf, daß sie ihn erkennt«, sagte Grubeschow zu Iwan Semjonowitsch. Der Gehilfe hatte sein Notizbuch nicht bei sich, bat jedoch einen Polizisten, es aufzuschreiben.

Im Hof befand sich ein grüner modriger Brunnen; Bibikow spähte in die Tiefe, vermochte jedoch nichts zu sehen.

Er warf einen kleinen Stein in den Brunnen, und nach einiger Zeit hörte man ihn aufklatschen. Die Beamten sahen einander an, aber der Untersuchungsrichter entfernte sich vom Brunnen.

»Das Zimmer ist oben, Euer Gnaden«, sagte Marfa zum Staatsanwalt. »Es ist nur klein, aber Schenja war auch klein für einen Jungen seines Alters. Das hatte er nicht von mir, wie Sie sicher selbst merken, denn ich bin groß genug, sondern von seinem Vater, dem Feigling, der uns im Stich gelassen hat.« Sie lächelte nervös.

Marfa ließ sie eintreten und eilte nach oben, um den Beamten zu zeigen, wo das arme Kind geschlafen hatte. Sie wischten sich die Schuhe auf einer staubigen Fußmatte ab und begaben sich in kleinen, stummen Gruppen hinauf, um in das winzige, dunkle Zimmerchen zu starren; es lag zwischen einem großen, schlampigen Schlafzimmer, in dem ein Messingbett mit zwei Kopfkissen stand, und einem verschlossenen Raum, der nach Marfas Angabe eine Abstellkammer war.

»Was kann eine Witwe mit so vielen Schlafzimmern anfangen? Gewöhnlich hebe ich da Sachen auf. Als meine Tante starb, hinterließ sie mir ihre Möbel, obwohl ich genügend eigene besitze.«

Jakow erhielt den Befehl, hinaufzugehen, nachdem die anderen das Zimmer des Knaben gesehen hatten. Er wollte gar nicht gehen, wußte jedoch, daß man ihn hinaufschleppen würde, wenn er das sagte. Langsam stieg er in seinen klirrenden Beinketten, die ihm die Knöchel wund rieben, die Treppe hinauf, gefolgt von drei gestiefelten Gendarmen, die auf dem Treppenabsatz mit gezückten Pistolen auf ihn warteten. Marfa, Vater Anastasius, Grubeschow, Iwan Semjonowitsch und Oberst Bodjanski standen im Gang, als der Jude einen verstohlenen Blick in das Zimmer des Knaben warf. Sie beobachteten ihn scharf, und Grubeschow spitzte die Lippen. Der Fixer hatte ruhig und würdevoll aussehen wollen, aber er brachte es nicht fertig. Es war, als erwartete er, daß ein wildes Tier im Zimmer sich auf ihn stürzen würde. Angsterfüllt blickte er in das winzige Zimmerchen mit der zerrissenen Tapete und dem ungemachten Kinderbett mit seinen zerknitterten, schmutzigen, grauen Bettüchern und der verblichenen, zerfetzten Wolldecke. Obwohl Zimmer und Bett ihm unbekannt waren, hatte Jakow eine Sekunde lang eine Halluzination und glaubte, sie schon einmal gesehen zu haben. Dann fiel ihm sein Zimmerchen in der Wohnung des Druckers im Podol ein. Daran erinnerte er sich, aber er machte sich Sorgen, daß die anderen glauben könnten, er dächte an etwas, das ihn bestimmt überführen würde, wüßten sie, was es war.

»Mein süßer Schenjuschka hoffte einmal Priester zu werden«, flüsterte Marfa laut Vater Anastasius zu und betupfte sich die geröteten Augen mit einem parfümierten Taschentuch. »Er war ein frommer Junge und hatte eine glühende Verehrung für Gott.«

»Man hat mir berichtet, daß er auf das Seminar vorbereitet wurde«, sagte der Priester. »Einer der Mönche sagte mir, er sei ein lieber Junge gewesen, in mancher Hinsicht sogar wie ein Heiliger. Soviel ich weiß, hatte er schon einmal ein mystisches Erlebnis. Ich habe auch erfahren, daß er unsere Priestergewänder liebte und hoffte, sie eines Tages tragen zu können. Sein Tod ist ein Verlust für Gott.«

Marfa weinte jämmerlich. Iwan Semjonowitschs Augen füllten sich mit Tränen, und er wandte sich ab und trocknete sie am Ärmel seines Mantels. Jakow hatte das Gefühl, weinen zu müssen, vermochte jedoch nicht, es zu tun.

Dann ging Vater Anastasius hinunter, und Bibikow stieg die Treppe hinauf, wobei er sich an den Gendarmen vorbeidrängte. Er ließ den Blick ziellos durch Schenjas kleines Zimmer schweifen, sah sich zerstreut um, ließ sich dann auf die Knie nieder, hob die Bettücher hoch und schaute unter das Bett. Er berührte den Boden und betrachtete seine beschmutzten Fingerspitzen.

»Der Boden ist vielleicht staubig«, sagte Marfa rasch, »aber den Nachttopf leere ich immer aus.«

»Das ist doch ganz egal«, sagte Grubeschow angewidert. »Nun, was haben Sie entdeckt?« fragte er Bibikow.

»Nichts.«

Der Untersuchungsrichter warf einen kurzen Blick in Marfas Schlafzimmer und blieb an der verschlossenen Tür zu dem anderen Raum stehen, als lauschte er auf etwas, versuchte jedoch nicht, den Knauf zu drehen. Dann begab er sich nach unten. Eilends versuchte Marfa nun, das Bett des Knaben zu machen, aber Grubeschow befahl ihr, es in Ruhe zu lassen.

»Es dauert nur eine Minute.«

»Lassen Sie es, wie es ist. Der Polizei ist es so lieber.«

Sie gingen nach unten. Obwohl es draußen nieselte, standen einige Beamte im Hof zusammen. Die anderen, einschließlich des Gefangenen und der Gendarmen, die ihn bewachten, versammelten sich in Marfas staubigem, unordentlichem Wohnzimmer, in dem es nach Tabakrauch, schalem Süßbier und Kohl roch. Auf Grubeschows Anordnung hin öffnete sie die Fensterklappe und wischte mit einem schmutzigen Lappen über die Sitze eines halben Dutzend Stühle, auf denen niemand Platz nahm. Der Gefangene fürchtete sich, sich zu setzen. Marfa versuchte den Fußboden mit einem Besen zu bearbeiten, aber der Staatsanwalt nahm ihn ihr aus der Hand.

»Damit hat es Zeit, Marfa Wladimirowna. Bitte hören Sie uns mit größter Aufmerksamkeit zu.«

»Ich wollte nur ein wenig saubermachen«, erklärte sie rasch. »Um die Wahrheit zu sagen – ich habe gar nicht mit so vielen hohen Beamten gerechnet. Ich glaubte, der Gefangene käme, um sich anzuschauen, was er verbrochen hat, und warum sollte ich für einen Drecksjuden saubermachen?«

»Das reicht«, sagte Grubeschow. »Ihre Haushaltsfragen interessieren uns nicht. Sagen Sie uns jetzt, was Ihrem Sohn zugestoßen ist.«

»Seit er ein kleiner Bub war, wollte er Priester werden«, weinte Marfa, »aber nun ist er eine Leiche in seinem Grab.«

»Ja, das wissen wir alle, und es ist eine tragische Geschichte, aber vielleicht sollten Sie sich auf das beschränken, was Sie über die Einzelheiten wissen, die dem Verbrechen vorausgegangen sind.«

»Sollte ich nicht zuerst Tee machen, Euer Gnaden?« fragte sie zerstreut. »Der Samowar kocht schon.«

»Nein«, sagte er. »Wir sind sehr beschäftigt und haben noch viel zu tun, ehe wir nach Hause gehen können. Bitte erzählen Sie uns die Geschichte und berichten Sie ganz besonders über Schenjas Verschwinden und seinen Tod, zum Beispiel, wie Sie davon erfuhren.«

»Sie«, sagte er zu Jakow, der durch das Fenster auf den Regen in den Kastanienbäumen hinausblickte, »Sie wissen sehr wohl, daß Sie das etwas angeht, also passen Sie auf.« In der Zeit, die der Fixer im Gefängnis verbracht hatte, hatte sich die Stadt mit Grün geschmückt, und überall gab es süß duftenden Flieder, aber wer konnte seine Freude daran haben? Durch das offene Fenster konnte er das feuchte Gras riechen und die neuen Blätter, und am Ende des Friedhofs standen Birken mit silbernen Stämmen. Irgendwo in der Nähe spielte ein Drehorgelmann einen Walzer, den Sinaida Nikolajewna ihm einmal auf der Gitarre vorgespielt hatte: »Der Sommer ist dahin für alle Zeit.«

»Bitte fahren Sie fort«, sagte Grubeschow zu Marfa.

Sie hob beide Hände in die Höhe, um sich den Hut zurechtzurücken, merkte, daß er sie ansah, und ließ sie fallen.

»Er war ein ernster Junge«, begann Marfa rasch, »und hat

mir nie große Schwierigkeiten gemacht, wie es Jungen sonst tun. Ich selbst bin eine Witwe von makellosem Charakter, einfach und anständig. Mein Mann war Telegraphist und hat mich verlassen, wie ich schon erwähnt habe, Euer Gnaden, und zwei Jahre später ist er an der galoppierenden Schwindsucht gestorben, was er auch verdient hat dafür, daß er uns so schlecht behandelt hat. Ich erhalte mich durch schwere Arbeit, und deshalb ist auch mein Haus, in dem Sie sich befinden, keines der saubersten, aber mein Kind hat immer ein Dach über dem Kopf gehabt, und mein Leben war ein Leben voller Arbeit; man hat mir nie etwas vorwerfen können. Wenn man wie ein Pferd schuftet, kann man nicht wie vornehme Leute leben, wenn Sie mir meine Offenheit verzeihen wollen. Wir haben's auch ohne den Fahnenflüchtigen geschafft. Dieses Haus gehört nicht mir, ich habe es gemietet und vermiete manchmal ein oder zwei Zimmer, wenn man sich auch vor Gesindel hüten muß, besonders vor Leuten, die nicht zahlen wollen, was sie anderen schulden. Ich wollte nicht, daß mein Kind etwas mit solchem Pack zu tun hätte, deshalb habe ich nur selten Pensionäre ins Haus genommen – obwohl ich dadurch nur noch schwerer arbeiten mußte – und wenn, dann auch nur feine Leute. Schenja genoß bestimmt nicht nur Vorteile, aber er hatte immer alles, was er brauchte, und hielt es nicht für unter seiner Würde, das auch anzuerkennen, indem er mir half – nicht wie manche Jungen, die ich Ihnen nennen könnte, zum Beispiel Wasja Schiskowski im Nebenhaus. Mein Sohn war ein folgsamer Junge, ein Engel. Einmal fragte er mich, ob er die geistliche Schule verlassen und Metzgerlehrling werden sollte, aber ich riet ihm, ›Schenja, mein Schatz, am besten ist es, du gehst weiter zur Schule. Werde ein gebildeter Mensch, und wenn du eines Tages reich bist, kannst du deine arme Mutter auf ihre alten Tage unterstützen.‹ ›Mamachen‹, hat er geantwortet, ›ich werde immer für dich sorgen, selbst wenn du alt und krank bist.‹ Dieses Kind war der reinste Heilige, und es hat mich nicht im geringsten erstaunt, daß er, als er einmal aus der Bibelstunde heimkam, erklärte, er wolle Priester werden. Meine Augen waren voller Tränen an jenem Tag.«

Nervös sah sie zu Grubeschow hinüber, der ein wenig mit dem Kopf nickte.

»Fahren Sie fort, Marfa Wladimirowna, erzählen Sie uns jetzt, was gegen Ende März passiert ist, wenige kurze Wochen vor dem diesjährigen Passahfest. Und reden Sie langsamer, so daß wir jedes Wort verstehen. Sprechen Sie nicht so undeutlich.«

»Passen Sie auch auf?« fragte er Jakow.

»Angespannt, Euer Gnaden, wenn ich auch ehrlich sagen muß, daß ich nicht weiß, was das mit mir zu tun hat. Alles ist so merkwürdig.«

»Haben Sie nur Geduld«, sagte Grubeschow. »Es wird Ihnen alles so bekannt vorkommen wie die Nase in Ihrem Gesicht.«

Mehrere Beamte, einschließlich des Armeegenerals, lachten.

»An jenem Morgen in der Woche, von der Sie sprechen«, sagte Marfa und warf einen Blick auf den Juden, »es war ein Dienstag, den ich mein Lebtag nicht mehr vergessen werde, wachte Schenja auf und zog die schwarzen Strümpfe an, die ich ihm zum Namenstag gekauft hatte, und ging wie gewöhnlich um sechs Uhr früh zur Schule. Ich mußte an jenem Tag bis lange nach Einbruch der Dunkelheit arbeiten und dann einkaufen, und so kam ich natürlich erst spät nach Hause. Schenja war nicht zu Hause, und nachdem ich mich ein wenig ausgeruht hatte – ich leide seit der Geburt meines Kindes an schmerzhaften Krampfadern –, ging ich zu Sophia Schiskowski, meiner Nachbarin im nächsten Haus ein Stück weiter, deren Wasja in der Schule in Schenjas Klasse ging, und fragte, wo mein Junge sei. Wasja sagte, er wisse es nicht, denn obwohl er Schenja gesehen habe, sei er nicht wie gewöhnlich mit ihm nach Hause gegangen. ›Wo ist er denn hingegangen?‹ fragte ich. ›Ich weiß nicht‹, antwortete er. Ach, dachte ich, er ist bei seiner Großmutter, da brauche ich mir keine Sorgen zu machen. Aber in derselben Nacht bekam ich die Grippe. Ich hatte drei Tage lang Schüttelfrost und blieb dann noch, weil ich so schwach war, drei weitere Tage im Bett und stand nur auf, wenn ich das sagen darf, um zur Toilette zu gehen und mir ein bißchen Wasserreis zu kochen, damit der Durchfall aufhörte. Ungefähr eine Woche lang wurde

Schenja vermißt – sechs oder sieben Tage, um genau zu sein –, und als ich mich entschloß, mich anzuziehen und es der Polizei zu melden, wurde er tot in einer Höhle gefunden mit siebenundvierzig Stichwunden am Körper. Die Nachbarn kamen mit langsamen Schritten und traurigen Gesichtern zu mir ins Haus – sie sahen aus wie Tote und versetzten mich in Schrecken, noch ehe sie den Mund auftaten –, und dann erzählten sie mir, was für ein schreckliches Unglück mir widerfahren sei, und ich rief aus ›Mein Leben ist zu Ende, denn ich weiß nicht, warum ich noch weiterleben soll!‹«

Marfa legte die Hand über die Augen und schwankte. Zwei Beamte traten auf sie zu, aber sie hielt sich an einem Stuhl fest und blieb stehen. Die Männer zogen sich zurück.

»Verzeihung«, sagte Bibikow freundlich, »aber wie ist es nur möglich, daß Sie sechs oder sieben volle Tage gewartet haben, ehe Sie daran dachten, Ihren Sohn als vermißt zu melden? Wäre es mein Sohn, ich hätte es sofort gemeldet – spätestens am Abend, als er nicht zu Hause auftauchte. Sie waren zwar krank, aber man weiß, daß sich in Notlagen sogar Kranke aus dem Bett geschleppt und etwas unternommen haben.«

»Das hängt ganz davon ab, wie krank man ist, Euer Gnaden. Egal, ob es Ihr Sohn ist oder meiner, wenn man hohes Fieber hat und es einem außerdem übel ist, hat man nicht immer die besten Einfälle. Ich machte mir Sorgen um Schenja und hatte zudem gräßliche Alpträume. Ich fürchtete, es sei ihm irgend etwas Schreckliches passiert, aber ich glaubte es zu träumen, weil ich Fieber hatte. Und während ich so krank mit Grippe darniederlag, hatten auch meine Nachbarin Sophia und Wasja die Grippe. Niemand klopfte an meine Tür, wie es sonst zwei- bis dreimal am Tag geschieht. Und daß Sophias Mann, Juri Schiskowski, an anderer Leute Türen klopft, ist ungefähr ebenso wahrscheinlich, wie daß der Weihnachtsmann es tut. Wir vertragen uns überhaupt nicht, aber das ist eine Geschichte für einen langen Winterabend. Wie dem auch sei, wenn irgend jemand in diesen fünf oder sechs Tagen zu mir ins Haus gekommen wäre, hätte ich ihm die Ohren zerrissen mit meinem Angstgeschrei über mein armes Kind, aber niemand kam.«

»Lassen Sie sie die Geschichte weitererzählen«, sagte Grubeschow zu Bibikow. »Wenn nötig, können Sie ihr nachher Fragen stellen.«

Der Untersuchungsrichter nickte seinem Kollegen zu. »Ich versichere Ihnen, daß das notwendig genug ist, Wladislaw Grigorjewitsch, aber wenn Sie wollen, werde ich sie später fragen. Und über das, was sonst noch notwendig ist oder vielleicht nicht so notwendig ist, zum Beispiel über dieses ganze Verfahren während der Ermittlung, sollten wir meiner Ansicht nach auch noch sprechen, zumindest grundsätzlich, wenn schon aus keinem anderen Grund.«

»Morgen«, sagte Grubeschow. »Morgen werden wir über alles sprechen.«

»Kommen Sie nun zum Kern der Sache, Marfa Wladimirowna«, sagte er. »Erzählen Sie uns, was Schenja und Wasja Schiskowski Ihnen vor dem Ereignis, das zum Tode führte, über den Juden berichtet haben.«

Marfa hatte den Wortwechsel zwischen den beiden Männern gespannt verfolgt und zwischen Unbehagen und scheinbarer Langweile geschwankt. Während Bibikow sprach, warf sie nervöse Blicke um sich, schlug jedoch die Augen nieder, sowie jemand sie ansah.

»Wasja hat mir erzählt, was ich von Schenja mehr als einmal gehört habe – daß sie sich vor dem Juden in der Ziegelei fürchteten.«

»Weiter. Wir hören zu.«

»Schenja hat mir erzählt, daß er einmal, als er mit Wasja im Fabrikhof spielte, zwei Juden gesehen hat – es war gegen Abend –, die sich durch das Tor schlichen und zu dem hinaufgingen, der da wohnte.«

Sie sah zu dem Fixer hinüber und wandte dann den Blick ab. Er stand da und hielt den Kopf gesenkt.

»Verzeihen Sie die Unterbrechung«, sagte Bibikow zum Staatsanwalt, »aber ich möchte wissen, wieso die Jungen die beiden Männer als Juden erkannten?«

Oberst Bodjanski lachte laut auf, und Grubeschow lächelte.

»Ganz einfach, Euer Gnaden«, sagte Marfa aufgeregt, »sie trugen jüdische Kleidung und hatten lange ungepflegte Bärte, keine so gut geschnittenen wie die von einigen der anwesenden Herren. Außerdem haben die Jungen durch das Fenster gespäht und dabei gesehen, wie sie beteten. Sie trugen schwarze Hüte und Gewänder. Die Jungen bekamen Angst und rannten hierher nach Hause. Ich forderte Wasja auf, mit Schenja eine Tasse Kakao zu trinken und ein Stück Weißbrot zu essen, aber ihm war schlecht vor Angst, und er sagte, er wolle nach Hause gehen.«

Grubeschow hörte ihr zu – die Daumen auf dem Rücken verschränkt. »Bitte fahren Sie fort.«

»Ich erfuhr von den Jungen, daß der Jud' hier auch noch andere mit in seinen Stall hinaufnahm. Einer von ihnen war ein alter Mann mit einer schwarzen Aktentasche – Gott weiß, was sie damit gemacht haben. Einmal hat Schenja dem da ins Gesicht gesagt, er würde es dem Vorarbeiter melden, wenn er ihn nochmal wegjagte. ›Und wenn du das tust, mache ich dich ein für allemal kalt‹, hat der Jud' gesagt. Einmal hat Schenja gesehen, wie er in der Ziegelei hinter einem anderen Jungen her war, einem Bürschlein von noch nicht mal acht Jahren hier aus der Nachbarschaft; er heißt Andrejuschka Chototow, und sein Vater ist Straßenkehrer. Zum Glück entwischte der Junge durch das offene Tor, Gott sei Dank. Dann hat der Jud' meinen Schenja gesehen und ist ihm nachgerannt, aber mein Schenja ist über den Zaun geklettert und ihm damals entkommen, obwohl er mir erzählt hat, sein Herz habe ihm weh getan, weil er daran zweifelte, ob er es je schaffen würde, über den Zaun zu gelangen, bevor der Jud' ihn zu fassen bekäme. Als Schenja sich einmal in der Nähe der Brennöfen versteckte, sah er, wie zwei Juden versuchten, ein russisches Kind zu erwischen und es in den Stall zu zerren. Aber das war ein gescheiter Bursche – er hat gebissen, gekratzt und so laut geschrien, daß sie Angst bekamen und ihn laufen ließen. Mehr als einmal habe ich Schenja gewarnt und ihn gebeten, nicht wieder dahin zu gehen, weil er entführt und umgebracht werden könnte, und er hat mir auch versprochen, nicht mehr hinzugehen. Ich glaube, er ist auch eine Zeitlang nicht mehr hingegangen, aber dann kam er eines Abends verängstigt und fiebrig nach Hause, und als ich ausrief: ›Aber Schenja, was fehlt dir denn, sag mir rasch, was passiert ist‹, sagte er, der Jude sei ihm im Dunkel mit einem langen Messer zwischen den Grabsteinen des Friedhofes nachgerannt. Ich fiel auf die Knie vor ihm. ›Schenja Golow, im Namen der Heiligen Mutter, versprich mir, dem bösen Juden nie wieder nahezukommen.‹ ›Ja, Mamachen‹, sagte er, ›ich versprech's.‹ Das hat er gesagt, aber dann ist er doch wieder hingegangen. Jungen sind eben Jungen, wie Sie ja wissen, Euer Gnaden. Gott weiß, warum die Gefahr sie lockt, aber wenn ich ihn hinter Schloß und Riegel gehalten hätte, wie ich es manchmal tat, als er noch ein kleiner Junge war, würde er jetzt noch leben und wäre nicht eine Leiche im Sarg.«

Eifrig bekreuzigte sie sich.

»Marfa Wladimirowna, bitte sagen Sie uns, was die beiden Knaben Ihnen sonst noch erzählt haben«, sagte Grubeschow zu ihr.

»Sie haben gesagt, sie hätten eine Flasche mit Blut auf dem Tisch des Juden gesehen.«

Der Armeegeneral rang nach Luft, und die Beamten sahen einander entsetzt an. Mit blutleerem Gesicht starrte Jakow Marfa an, seine Lippen zitterten vor Erregung. »Auf meinem Tisch hat keine Flasche mit Blut gestanden«, rief er aus. »Wenn überhaupt etwas darauf stand, dann ein Glas Erdbeergelee. Gelee ist kein Blut, und Blut ist kein Gelee.«

»Ruhe!« befahl Grubeschow. »Wir werden Ihnen schon sagen, wann Sie an die Reihe kommen zu sprechen.«

Einer der Gendarmen richtete den Revolver auf Jakow.

»Stecken Sie diese lächerliche Pistole ein«, sagte Bibikow. »Der Mann trägt Ketten und Handschellen.«

»Haben Sie ›die Flasche mit Blut‹ mit eigenen Augen gesehen?« fragte er Marfa.

»Nein, aber beide Jungen haben sie gesehen und mir davon erzählt. Sie konnten kaum sprechen und sahen ganz grün aus.«

»Warum haben Sie das denn nicht der Polizei gemeldet? Es

war Ihre Pflicht, das zu tun; und dasselbe gilt für jene anderen Vorkommnisse, von denen Sie eben gesprochen haben – zum Beispiel für die Geschichte, daß der Verdächtige Ihrem Sohn mit einem Messer nachgelaufen sei. Das ist eine kriminelle Handlung. Wir leben in einer zivilisierten Gesellschaft. So etwas muß man doch der Polizei melden.«

Sogleich entgegnete sie: »Weil ich die Nase voll hab' von der Polizei, wenn ich das sagen darf, Euer Gnaden, und ich bitte jene Anwesenden um Verzeihung, die mir niemals zugesetzt haben. Einmal habe ich mich bei der Polizei beklagt, daß mich Juri Schiskowski, aus Gründen, die ich nicht nennen will, mit einem Stück Holz auf den Kopf gehauen hat, und da haben sie mich den ganzen Morgen auf dem Polizeirevier festgehalten, und ich mußte ganz persönliche Fragen beantworten, während sie lange Formulare ausfüllten, als ob ich der Verbrecher sei und nicht jener Verrückte, den sie laufen ließen, obwohl ich eine blutige Wunde am Kopf hatte und sogar ein Idiot gemerkt hätte, wer wen geschlagen hatte. Ich kann mir's nicht leisten, meine Zeit so zu vertrödeln. Ich muß mir meinen Lebensunterhalt verdienen, deshalb habe ich das, was die Jungen mir erzählt haben, nicht gemeldet.«

»Das ist durchaus verständlich«, sagte Grubeschow, zum General gewandt, der mit dem Kopf nickte, »wenn ich auch dem Untersuchungsrichter recht geben muß, daß derartige Vorkommnisse sofort gemeldet werden sollten. Erzählen Sie uns jetzt Ihre Geschichte zu Ende, Marfa Wladimirowna.«

»Ich bin fertig, es gibt nichts mehr zu erzählen.«

»Wenn dem so ist«, sagte der Staatsanwalt zu dem Beamten, »dann gehen wir am besten.«

Er zog eine flache goldene Uhr aus der Tasche seiner gelben Weste und betrachtete sie genau.

»Wladislaw Grigorjewitsch«, sagte Bibikow, »ich muß auf meinem Recht bestehen, der Zeugin Fragen zu stellen.«

Der Ausdruck in Marfas starrem, auf ihn gerichteten Blick wandelte sich von Furcht zu Wut.

»Was habe ich Ihnen denn getan?« rief sie aus.

»Keiner von uns hat dem anderen etwas getan, darum geht es nicht. Marfa Golow, ich möchte Ihnen eine oder zwei Fragen stellen. Bitte, Wladislaw Grigorjewitsch, ich bestehe darauf. Leider kann ich im Augenblick auf gewisse Dinge nicht eingehen, aber ich bestehe darauf, einige Fragen zu stellen, und wünsche, daß sie ehrlich und ohne Abschweifungen beantwortet werden. Ist es zum Beispiel wahr, Marfa Golow, daß sie von einer Diebesbande gestohlene Sachen erhalten und daß ein Mitglied der Bande Ihr Liebhaber war oder ist und häufig in dieses Haus zu Ihnen kam?«

»Darauf brauchen Sie nicht zu antworten«, sagte Grubeschow mit gerötetem Gesicht. »Das hat nichts mit unserem Fall zu tun.«

»Ich bestehe darauf, daß es durchaus nicht so unwichtig ist, Wladislaw Grigorjewitsch.«

»Nein, ich erhalte keine solchen Sachen«, sagte Marfa mit weißen Lippen und düsterem Blick. »Das ist ein schmutziges Gerücht, das meine Feinde in Umlauf gesetzt haben.«

»Ist das Ihre Antwort?«

»Natürlich.«

»Also gut. Stimmt es, daß Sie im Januar vorigen Jahres Ihrem Liebhaber den Inhalt einer Flasche Karbolsäure ins Gesicht geschüttet und ihn für den Rest seines Lebens blind gemacht haben – einem Mann, mit dem Sie sich inzwischen wieder ausgesöhnt haben?«

»Hat der mich etwa verraten?« fragte sie wutentbrannt.

»Sie verraten?«

»Ich meine, hat der Ihnen die dreckigen Lügen erzählt?«

»Boris Alexandrowitsch, als Ihr Vorgesetzter verbiete ich Ihnen solche Fragen«, sagte Grubeschow gereizt. »Wenn Sie solche Fragen stellen wollen, so tun Sie das bitte morgen vormittag in meinem Büro, wenn ich persönlich auch nicht einsehe, wieso derart unbedeutende Dinge von Wichtigkeit sein sollen. Sie ändern nichts an dem Gewicht des bedeutsamen Beweismaterials. Wir müssen jetzt unbedingt fertig werden. Es ist Sonntag, und wir haben alle Verpflichtungen unseren Familien gegenüber.«

»Worin besteht denn das ›bedeutsame Beweismaterial‹, von dem Sie sprechen?«

»In dem Beweismaterial, das wir zusammengetragen haben, und in dem Beweismaterial, das die Geschichte liefert.«

»Geschichte ist nicht gleichbedeutend mit Gesetz.«

»Das werden wir noch sehen.«

»Ich muß auf einer Antwort von Marfa Golow bestehen.«

»Ich habe dem, was ich gesagt habe, nichts hinzuzufügen«, erklärte Marfa von oben herab. »Er hat mich immer geprügelt, und ich habe mich verteidigt. Wo er hinschlug, waren meine Beine und mein Rücken monatelang blau und schwarz, und einmal hat er mich dermaßen aufs Auge geschlagen, daß es drei Wochen lang eiterte.«

»Stimmt es, daß er auch Ihren Sohn geprügelt hat, einmal sogar so heftig, daß der Junge bewußtlos wurde?«

»Ich verbiete Ihnen, zu antworten«, brüllte Grubeschow.

»Seien Sie kein Narr«, sagte Oberst Bodjanski zu Bibikow.

»Der Jude hat mein Kind umgebracht«, rief Marfa aus. »Man sollte ihm die Augen auskratzen.« Sie lief zum Fenster und schrie durch die offene Fensterklappe zu den Grabsteinen auf dem Friedhof hinüber: »Schenja, mein Kindchen, komm heim! Komm heim zu deiner Mutter!«

Sie weinte herzzerreißend.

Sie ist verrückt, dachte Jakow. Genau wie ihr Hut mit den Kirschen.

»Sehen Sie nur, wie bösartig er mich anstarrt, wie ein hungriger Wolf aus dem Wald«, schrie Marfa und wandte sich nach dem Fixer um. »Sagen Sie ihm, er soll damit aufhören!«

Erregung bemächtigte sich der Beamten. Zwei Gendarmen packten den Gefangenen an den Armen.

Marfa warf ihm einen wütenden Blick zu und versuchte dann, ihren Hut abzunehmen. Ihre Augenlider flatterten, und stöhnend sank sie zu Boden. Der Hut rollte ihr vom Kopf, aber ehe sie in Ohnmacht fiel, sah sie sich noch rasch um, wo er gelandet war. Vater Anastasius und Oberst Bodjanski beugten sich zu ihr nieder, um ihr beizustehen.

Als Marfa wieder zu sich kam, waren nur noch die Polizisten und Gendarmen und der Gefangene bei ihr im Zimmer. Zu Jakows Kummer war Bibikow als erster gegangen, und durch das Fenster sah er ihn die schlammige Straße hinuntergehen und dann allein in seinen Wagen steigen. Die Mutter des toten Knaben bat um ihren Hut, pustete auf ihn und legte ihn sorgfältig in eine Schublade des Büfetts.

Sie bedeckte sich den Kopf mit einem groben schwarzen Schal.

In steifem Hut und nassem Regenumhang schwebte Grubeschow mit einem großen schwarzen Regenschirm über Vater Anastasius, während der feuchtlippige Priester auf einem flachen Stein stand und mit nasaler Stimme, die sich manchmal unpassend zum Text hob und senkte, über die Blutschuld des jüdischen Volkes sprach.

Die Gruppe von Beamten und Polizisten hatte die Kutschen und das Auto am Ende einer abfallenden, mit groben Steinen gepflasterten Straße verlassen, auf deren einer Seite sich eine Reihe armseliger, schwarz verräucherter Hütten hinzog; aus Fenstern und Haustüren starrten Menschen sie an, aber niemand trat heraus, um sie zu beobachten. Eine Taubenschar auf der Straße stob auseinander, und zwei kleine weiße Hunde rannten mit schrillem Gebell in die Häuser, als die zahlreichen Beamten näherkamen. Zu Fuß stiegen sie zunächst die Stufen eines terrassierten Hügels hinauf, von dem man in der Ferne den sich dahinschlängelnden Dnjepr sehen konnte, gingen dann hinunter in eine schlammige Schlucht, durchquerten sie, bis sie an den Fuß eines fast senkrecht abfallenden felsigen Hügels gelangten, in dem sich etliche Höhlen befanden; in einer von ihnen hatte man die Leiche Schenja Golows gefunden. Diese Höhle, deren in alle Einzelheiten gehende Beschreibung Jakow an dem Tag in den Zeitungen gelesen hatte, an dem man die Leiche des Knaben entdeckt hatte, gehörte zu jenen, die fromme Einsiedler vor vielen hundert Jahren in den Berg gegraben hatten, und sie lag ungefähr dreieinhalb Meter hoch. Um zu ihr zu gelangen, mußte man die unebenen Stufen hinaufklettern, die in den Stein des Hügels gehauen worden waren. Auf dem Gipfel stand ein spärliches Birkenwäldchen mit dünnen weißen Bäumen voll zwitschernder Schwalben, und dahinter lag ein flacher Teil der zur Stadt gehörenden Randsiedlung, die aus vereinzelten Häusern und unbebauten Grundstücken bestand und ungefähr zwei Werst von Nikolai Maximowitschs Ziegelei entfernt war.

»Hierher führt eine fast schnurgerade Straße von der Ziegelei, in der Schenja vermutlich umgebracht wurde«, sagte Grubeschow.

»Aber gestatten Sie mir, Wladislaw Grigorjewitsch, Sie darauf hinzuweisen, daß die Straße von Marfa Golows Haus hierher beinahe ebenso gerade und etwas kürzer ist«, sagte Bibikow.

»Auf jeden Fall«, erwiderte der Staatsanwalt, »wird der wichtigste Beweis die Aussage der Fachleute sein.«

Der Priester, ein Mann mit langem Haar und großer Nase, dessen Atem nach Knoblauch roch, stand unter Grubeschows Regenschirm vor einem losen Halbkreis von Zuhörern, aber der Staatsanwalt ließ Jakow in seine unmittelbare Nähe bringen, und die Beamten wichen zur Seite, als er, in klirrenden Ketten, von seinen Bewachern nach vorne gestoßen wurde. Bibikow, im Hintergrund, sah zu und rauchte teilnahmslos. Es nieselte noch immer, und der Fixer hatte seine Mütze verloren, was ihn mehr in Verwirrung brachte, als er es in dieser Lage für möglich gehalten hätte. Es ist ja nur meine Mütze und nicht mein Leben; aber das war ein schrecklicher Gedanke, denn zum erstenmal hatte er sich damit eingestanden, daß er um sein Leben bangte. Voller Furcht, irgendeine geheimgehaltene Tatsache zu erfahren, die ihn bestimmt verdammen würde, sobald sie bekannt würde, stand er zentimetertief im Schlamm, atmete schwer und hörte erstarrt zu.

»Meine lieben Kinder«, sagte der Priester zu den Russen und rang die vertrockneten Hände, »wenn sich die Eingeweide der Erde öffneten und die Zahl der Toten seit Anbeginn der Welt preisgäben, Ihr wäret erstaunt zu sehen, wie viele unschuldige christliche Kinder unter ihnen von Christus hassenden Juden zu

Tode gemartert worden sind. Seit Jahrhunderten befiehlt ihnen, wie es in ihren heiligen Büchern und verschiedenen Kommentaren geschrieben steht, die Stimme des semitischen Blutes, Entweihungen, unaussprechliche Greueltaten zu begehen – wie zum Beispiel im Talmud, in dem Blut mit Wasser und Milch gleichgesetzt wird –, und predigt ihnen, die Christen zu hassen, die als nicht menschlicher denn Tiere charakterisiert werden. ›Du sollst nicht töten‹ bezieht sich nicht auf uns, denn steht nicht auch in ihren Büchern geschrieben: ›Töte die Guten unter den Nichtjuden‹? Auch diese Schandtat wird ihnen in ihrer Kabbala vorgeschrieben, jenem Buch jüdischer Magie und Alchimie, in dem der Name des Satans beschworen wird; deshalb hat es Massen von abgeschlachteten unschuldigen Kindern gegeben, deren Tränen ihre Mörder nicht zu Erbarmen rührten.«

Seine Blicke huschten über die Gesichter der Beamten, aber keiner rührte sich.

»Der Ritualmord soll noch einmal die Kreuzigung unseres geliebten HERRN wiederholen. Der Mord an christlichen Kindern und die Austeilung ihres Blutes an Juden sind ein Pfand ihrer ewigen Feindschaft gegen das Christentum, denn indem sie unschuldige Christenkinder morden, wiederholen sie das Martyrium Christi. Durch den Verlust seines eigenen warmen Blutes wurde Schenja Golow für uns zum Symbol für unseren HERRN, der sein kostbares Lebensblut verlor, einen grausamen Tropfen nach dem anderen, wie es geschah, als er in Schmerzen an dem hölzernen Kreuze hing, an den der Antichrist ihn genagelt hatte. Es heißt, daß der Mord an einem Nichtjuden – egal welchem – die Wiederkehr Elias, ihres lang erwarteten Messias, beschleunige, für den sie jederzeit die Tür offen lassen, der sich jedoch seit seinem ersten Erscheinen auf Erden noch nie die Mühe gemacht hat, der Einladung zu folgen, einzutreten und auf dem leeren Stuhl Platz zu nehmen. Seit der Zerstörung ihres Tempels in Jerusalem durch die Legionen des Titus hat es in ihren Synagogen keine Altäre für Tieropfer gegeben, und so kam es, daß sie den Mord an Nichtjuden, besonders an unschuldigen Kindern, als passenden Ersatz anzusehen lernten. Sogar ihr Philosoph Maimonides, dessen Schriften 1844 in unserem Land verboten wurden, befahl den Juden, Christenkinder umzubringen. Habe ich euch nicht gesagt, daß sie uns für Tiere halten?

In der Vergangenheit hat der Jude, soweit es darüber Aufzeichnungen gibt«, sagte Vater Anastasius in seiner nasalen musikalischen Stimme, »vielerlei Verwendung für Christenblut gefunden. Er hat es zu Zauberei und Hexenritual benutzt, zu Liebestränken und zur Brunnenvergiftung, er hat ein tödliches Gift daraus bereitet, das die Pest von einem Land ins andere trug, eine Mischung aus dem Christenblut eines ermordeten Opfers, ihrem eigenen jüdischen Urin, den Köpfen von Giftschlangen und sogar aus verstümmelter gestohlener Hostie – dem blutenden Leib unseres HERRN persönlich. Es steht geschrieben, daß alle Juden Christenblut benötigen, um ihr Leben zu verlängern, denn sonst müssen sie jung sterben. Und in jenen Tagen sahen sie unser Blut – auch das ist überliefert – als das beste Mittel an, um ihre Krankheiten zu heilen. Sie gebrauchen es, wie in ihren alten Medizinbüchern zu lesen steht, um ihre Frauen bei der Entbindung zu heilen, Blutungen zu stillen, die Blindheit von Kindern zu kurieren und die Wunden der Beschneidung zu lindern.«

Hauptmann Korimsin, einer der Kiewer Polizeibeamten, ein Mann in feuchtem Mantel und schlammverschmierten Schuhen, bekreuzigte sich heimlich. Jakow fühlte sich einer Ohnmacht nahe. Der Priester starrte ihn eine Minute lang durchdringend an, dann fuhr er fort, und obwohl seine Stimme ruhig klang, waren seine Bewegungen aufgeregt. Die Russen hörten ihm auch weiterhin mit ernstem Interesse zu.

»Einige unter euch, meine Kinder, werden sagen, das seien abergläubische Geschichten aus längst vergangenen Zeiten, und doch muß man gerade aus der Häufigkeit, mit der solche Anschuldigungen gegen Juden erhoben werden, schließen, daß vieles von dem, was ich euch enthüllt habe, wahr ist – wenn ich auch nicht behaupten will, daß alles wahr ist. Niemand kann für alle Ewigkeit die Wahrheit verbergen. Wenn der Glöckner tot ist, wird der Wind die Glocken läuten. Vielleicht können wir in diesem wissenschaftlichen Zeitalter nicht mehr jede Anschuldigung gegen dieses unglückselige Volk für wahr halten; aber wir müssen uns fragen, wieviel davon wahr ist, auch wenn wir zögern, es zu glauben. Ich will nicht behaupten, daß alle Juden dieser Verbrechen schuldig sind und daß man deshalb Pogrome gegen sie veranstalten sollte, aber es gibt gewisse Sekten unter ihnen, besonders die Chassidim und ihre Führer, die Zaddikim, die insgeheim Verbrechen begehen wie die, die ich euch beschrieben habe, Verbrechen, die die christliche Welt trotz der zahlreichen Erfahrungen, die sie damit gemacht hat, zu vergessen scheint, bis ach!, bis wieder einmal ein armes Kind verschwindet und, so wie dieses hier, tot aufgefunden wird: mit auf dem Rücken gefesselten Händen und einem Körper, der an mehreren Stellen von einem scharfen Gegenstand durchbohrt worden ist, wobei die Zahl der Wunden den magischen Zahlen entspricht: drei, sieben, neun, dreizehn, genau wie es bei solchen Verbrechen in der Vergangenheit der Fall war. Wir wissen, daß ihr Passah-Fest, obwohl sie ihm eine andere Bedeutung beimessen, zugleich auch der Feier der Kreuzigung dient. Wir wissen, daß sie gerade in dieser Zeit Christen für die Zwecke ihrer religiösen Zeremonien entführen. Hier, in unserer heiligen Stadt, wurde während der Polowetzer Überfälle des Jahres 1100 der Mönch Eustratios aus dem Petschera-Kloster entführt und an die Juden von Cherson verkauft, die ihn während des Passah-Festes kreuzigten. Da sie es nicht mehr wagen, solch offenkundige Verbrechen zu begehen, essen sie bei ihrem Seder-Gottesdienst Matzen und ungesäuerten Kuchen und feiern so die Gelegenheit. Aber sogar dahinter verbirgt sich ein Verbrechen, denn die Matzen und Kuchen enthalten das Blut unserer Märtyrer, wenn die Zaddikim das natürlich auch bestreiten. Auf diese Weise verzehren sie durch unser Blut in ihren Passah-Speisen wiederum den gepeinigten Leib unseres lebenden Christus. Ich gebe euch mein Wort darauf, meine lieben Kinder, daß dies der Grund ist, warum Schenja Golow, dieses unschuldige Kind, das einmal Priester werden wollte, vernichtet wurde!«

Der Priester wischte sich mit einem weißen Taschentuch erst

über das eine, dann über das andere Auge. Zwei Wachen, die dem Fixer zunächst standen, rückten von ihm ab.

Aber da rief Jakow aus: »Das ist alles nur ein Märchen, jedes Wort davon. Wer könnte jemals so etwas glauben? Ich gewiß nicht!« Seine Stimme zitterte, und in seinem Gesicht schien kein Tropfen Blut zu fließen.

»Wer es verstehen kann, wird es auch glauben«, sagte der Priester.

»Benehmen Sie sich respektvoll, wenn Sie wissen, was gut für Sie ist«, sagte Grubeschow leise, aber erregt. »Hören Sie zu und lernen Sie daraus!«

»Wie könnte es so sein, wo doch das Gegenteil wahr ist«, schrie der Fixer mit heiserer Stimme. »Man kann wohl über die eine oder andere Tatsache theoretisch diskutieren, aber in nichts von dem, was gesagt worden ist, kann ich einen Funken Wahrheit entdecken. Bitte, Ehrwürden, jedermann weiß doch, daß die Bibel uns den Genuß von Blut verbietet. Überall steht es darin, in den Gesetzen und überhaupt an allen Stellen. Ich habe zwar das meiste von dem, was ich über die heiligen Schriften wußte, vergessen, aber ich habe unter diesen Menschen gelebt und kenne ihre Gebräuche. Wie oft hat nicht meine Frau ein Ei weggeworfen und den Ziegen gegeben, wenn auch nur das winzigste Blutfleckchen im Dotter war. ›Raisl‹, hab' ich gesagt, ›nicht so hastig. Wir können nicht wie die Könige leben‹, aber es war unmöglich, das Ei wieder auf den Tisch zu bekommen, wenn sie es erst weggelegt hatte, selbst wenn jemand es gewollt hätte, was ich nie getan habe – man gewöhnt sich an die Gebräuche. Sie war unerbittlich, Ehrwürden. Nie habe ich gesagt: ›Bring das blutige Ei zurück‹, und wenn ich's getan hätte, hätte sie es mir an den Kopf geworfen. Sie hat auch das bißchen Fleisch und Huhn, das wir aßen, stundenlang in Wasser gelegt, um jedes Bluttröpfchen auszuwaschen, und dann hat sie Salz draufgestreut, um ganz sicher zu sein, daß auch kein Tropfen mehr drin war. Es dauerte endlos lange, bis sie mit dem Ausspülen im Wasser fertig war, ich schwöre es. Ich schwöre, daß ich unschuldig an dem Verbrechen bin, von dem man behauptet, ich hätte es begangen – nicht Sie persönlich, Ehrwürden, aber einige der anwesenden Beamten. Ich bin weder ein Chossid noch ein Zaddik. Mein Handwerk ist das eines Fixers, ein armseligeres Handwerk als die meisten anderen, und früher war ich einmal eine kurze Zeit Soldat in der kaiserlichen Armee. Und um die ganze Wahrheit zu sagen – ich bin kein religiöser Mensch, ich bin Freidenker. Zuerst haben meine Frau und ich uns darüber gestritten, aber ich habe gesagt, die Religion, die man hat, ist Privatsache, und mehr gibt's gar nicht zu sagen, wenn Sie mir diese Worte gestatten, Ehrwürden. Auf jeden Fall habe ich diesen Jungen niemals angerührt und auch sonst keinen. Ich war auch einmal ein Knabe, und es fällt mir schwer, diese Zeit zu vergessen. Ich habe Kinder sehr gern und wäre glücklich gewesen, wenn meine Frau ein Kind geboren hätte. Es liegt nicht in meiner Natur, irgend etwas wie das, was Sie beschrieben haben, zu tun, und wenn jemand es doch glaubt, hält er mich bestimmt für einen Menschen, der ich gar nicht bin.«

Er hatte sich den Beamten zugewandt. Sie hörten ihm höflich zu, sogar die beiden Vertreter der »Schwarzen Hundert«, wenn auch der kleinere von ihnen den Widerwillen, den er dem Fixer gegenüber empfand, nicht verbergen konnte. Der andere entfernte sich nun. Ein Mann in einer runden Stoffmütze lächelte Jakow freundlich zu, sah dann jedoch teilnahmslos in die Ferne, wo die goldenen Kuppeln der Kathedrale über den Bäumen aufragten.

»Es wäre besser für Sie, alles zuzugeben«, sagte Grubeschow, »anstatt so eine unnütze Stänkerei zu machen.« Er entschuldigte sich bei dem Priester für seine Ausdrucksweise.

»Was soll ich denn zugeben, Euer Gnaden, wenn ich es doch, wie ich Ihnen schon sagte, gar nicht getan habe. Ich kann Ihnen einiges zugeben, aber dieses Verbrechen kann ich nicht zugeben. Da müssen Sie mich schon entschuldigen – ich habe es nicht getan. Warum sollte ich so etwas denn auch tun? Sie irren sich, Euer Gnaden. Irgend jemand hat einen schweren Irrtum begangen.«

Aber niemand wollte das eingestehen, und eine tiefe Traurigkeit übermannte ihn.

»Sie sollen gestehen, wie Sie es gemacht haben«, erwiderte

Grubeschow. »Wie Sie den Knaben mit Süßigkeiten in den Stall gelockt haben, wie sich dann zwei oder drei von Ihnen auf ihn stürzten, ihn knebelten, an Händen und Füßen banden und die Treppe zu Ihrer Behausung hinaufschleppten. Da haben Sie dann über ihm gebetet, in Ihren schwarzen Hüten und Gewändern, haben das verängstigte Kind entkleidet und angefangen, an gewissen Stellen auf es einzustechen – zuerst zwölf Stiche, dann noch einen –, dreizehn Wunden im ganzen; je dreizehn in der Herzgegend, am Hals, wo das meiste Blut entnommen wird, und im Gesicht – wie es Ihre kabbalistischen Bücher vorschreiben. Sie haben es gefoltert und geängstigt und haben das schaudernde Entsetzen des kindlichen Opfers und seine kläglichen Bitten um Barmherzigkeit aus vollen Kräften genossen und in der Zwischenzeit sein tropfendes Lebensblut in Flaschen gefüllt, bis Sie es völlig ausgeblutet hatten. Die fünf oder sechs Liter warmes Blut haben Sie in eine schwarze Tasche gesteckt, und wenn ich den Gebrauch recht verstehe, wurde diese Tasche von einem buckligen Juden rechtzeitig in der Synagoge abgegeben zur Herstellung von Matzen und Afikomen. Und als das Herz des armen Schenja Golow vollkommen ausgeblutet war und er tot auf dem Fußboden lag, haben Sie und der Zaddik-Jude mit den weißen Strümpfen ihn aufgehoben und mitten in der Nacht hierher gebracht und seine Leiche in der Höhle gelassen. Dann haben Sie beide Brot und Salz gegessen, damit sein Geist Sie nicht verfolgte, und haben sich noch vor Sonnenaufgang aus dem Staub gemacht. Und da Sie fürchteten, man könne die Blutflecken auf Ihrem Fußboden entdecken, haben Sie später einen Ihrer Juden hingeschickt, um Nikolai Maximowitschs Stall niederzubrennen. Das sollen Sie gestehen.«

Stöhnend rang der Fixer die Hände und schlug sich mit ihnen gegen die Brust. Er sah sich nach Bibikow um, aber der Untersuchungsrichter und sein Gehilfe waren verschwunden.

»Bringen Sie ihn zur Höhle hinauf«, befahl Grubeschow den Wachen.

Er machte den Schirm zu, ging ihnen mit raschen Schritten voraus, lief die Stufen hinauf und betrat die Höhle.

Die Beinketten waren so kurz, daß Jakow nicht die steilen Stufen hinaufzuklettern vermochte, und so packten ihn zwei Gendarmen unter den Armen und zogen und stießen ihn hinauf, während die übrigen Gendarmen ihnen unmittelbar folgten. Dann ging ein Posten in die Höhle, und die anderen schoben den Fixer durch die enge Öffnung im Felsen hinein.

Im Inneren der naßkalten Höhle, in der es nach Tod roch, zog Grubeschow in dem düsteren Licht eines Halbkreises aus tropfenden Kerzen, die an der Wand befestigt waren, Jakows Werkzeugtasche hervor.

»Ist das nicht Ihr Handwerkszeug, Jakow Bok? Der Fuhrmann Richter hat es in Ihrer Behausung im Stall gefunden.«

Im Kerzenlicht erkannte es Jakow und bestätigte, daß es ihm gehörte. »Ja, Euer Gnaden, es gehört seit Jahren mir.«

»Schauen Sie sich nur dieses rostige Messer und diese Ahlen an, von denen das Blut mit diesem Lappen hier weggewischt wurde, und dann leugnen Sie, daß Sie und Ihre Judenbande diese Instrumente benutzt haben, um den Körper eines süßen unschuldigen Christenkindes zu durchbohren und auszubluten!«

Der Fixer zwang sich, hinzusehen. Er starrte auf die blanke Spitze der Ahle und über sie hinweg in die Tiefe der Höhle, die er nun deutlich erkannte; er sah, daß sie alle da waren, auch Marfa Golow, deren Kopf von einem schwarzen Schal umhüllt war, sah, wie sich das Kerzenlicht in ihren feuchten Augen spiegelte, wie sie jammernd auf den Knien lag an der Bahre ihres Schenja, den man der Gelegenheit zuliebe wieder ausgegraben hatte und der nackt und tot dalag, so daß man im Licht zweier langer weißer Kerzen, die an seinem großen Kopf und seinen kleinen Füßen brannten, seinen grauen, zusammengeschrumpften, armseligen Körper sehen konnte.

Eilends zählte Jakow die Wunden in dem aufgedunsenen Gesicht des Kindes und rief aus: »Vierzehn!«

Aber der Staatsanwalt entgegnete, daß dies zweimal die magische Zahl sieben bedeutete, und Vater Anastasius, von dessen Kopf ein Knoblauchgestank ausging, sank auf die Knie und begann mit leisem Stöhnen zu beten.

5

Die Tage vergingen, und die russischen Beamten warteten ungeduldig auf den Beginn seiner Menstruation. Mehr als einmal blickten Grubeschow und der Armeegeneral auf den Kalender. Wenn sie nicht bald begänne, drohten sie ihm, würden sie ihm mit einer Maschine, die sie zu diesem Zweck hätten, Blut aus dem Penis pumpen. Diese Maschine war eine eiserne Pumpe mit einem roten Zeiger, der auswies, wieviel Blut man entnommen hatte. Sie war gefährlich, weil sie nicht immer richtig funktionierte und manchmal jeden Blutstropfen aus dem Körper saugte. Sie wurde nur an Juden verwendet; nur deren Penisse paßten hinein.

Am Morgen kamen die Wachen in die Zelle und weckten Jakow höchst unsanft auf. Er wurde gründlich durchsucht und erhielt Befehl, sich anzukleiden. Handschellen und Ketten wurden ihm angelegt, dann ging es zwei Treppen hoch – wie er hoffte, zu Bibikows Büro, tatsächlich jedoch durch die Eingangshalle hindurch zu dem des Staatsanwalts. Zwei Männer in abgetragenen Anzügen, die im Vorzimmer auf einer Bank an der hinteren Wand saßen, warfen einen flüchtigen Blick auf den Gefangenen, dann schlugen sie die Augen nieder. Das sind Spitzel, dachte er. Grubeschows Büro war ein großer Raum mit hoher Decke und einer langen Ikone, die den gekreuzigten Christus mit einem blauen Heiligenschein darstellte und an der Wand hinter dem Schreibtisch des Staatsanwalts hing; dort saß dieser, las Gerichtsdokumente und zog aufgeschlagene juristische Bücher zu Rate. Der Fixer erhielt Befehl, sich Grubeschow gegenüber auf einen Stuhl zu setzen, und die Wachen stellten sich hinter ihn.

Der Tag war unangenehm warm, die Fenster waren geschlossen, um die Hitze nicht hereinzulassen. Der Staatsanwalt trug einen leichten grünlichen Anzug mit derselben schmutzigen gelben Weste und eine schwarze »Fliege«. Sein Backenbart war gebürstet, er betupfte sich das feuchte Gesicht und die Handflächen mit einem großen Taschentuch, mit dem er sich auch über den ungeschlachten Nacken wischte. Von einem Traum, den er am Morgen gehabt hatte, ganz durcheinander und beinahe unfähig, den Staatsanwalt seit dessen Auftreten in der Höhle anzublikken, hatte Jakow das Gefühl, ersticken zu müssen.

»Ich habe beschlossen, Sie in die Untersuchungszelle des Kiewer Gefängnisses zu schicken, wo Sie auf Ihren Prozeß warten werden«, sagte Grubeschow, schneuzte sich die Nase und säuberte sie gemächlich. »Es ist natürlich nicht leicht, vorauszusagen, wann er beginnen wird, deshalb dachte ich mir, ich wollte erst einmal hören, ob Sie nicht etwas mitteilsamer geworden sind? Da Sie Zeit hatten, über Ihre Lage nachzudenken, wollen Sie vielleicht jetzt doch die Wahrheit sagen? Was halten Sie davon? Weiterer Widerstand wird Ihnen nur Kopfschmerzen einbringen. Wenn Sie sprechen, könnte sich Ihre Lage vielleicht bessern.«

»Was gibt es denn da noch zu sagen, Euer Gnaden?« seufzte der Fixer betrübt. »Ich habe einen Blick auf meinen kleinen Wortschatz geworfen und habe nichts weiter zu sagen, als daß ich unschuldig bin. Es gibt kein Beweismaterial gegen mich, weil ich das, was Sie behaupten, nicht getan habe.«

»Zu dumm. Was Sie mit dem Mord zu tun haben, wußten wir nämlich schon vor Ihrer Verhaftung. Sie waren der einzige Jude im Bezirk, ausgenommen Mandelbaum und Litwinow, Kaufleute der Ersten Zunft, die zur Zeit des Verbrechens nicht in Rußland waren, vielleicht absichtlich nicht. Unser Verdacht richtete sich von Anfang an gegen einen Juden, denn ein Russe könnte unmöglich ein solches Verbrechen begehen. Der könnte einem Mann im Streit die Kehle durchschneiden oder ganz plötzlich jemanden mit zwei oder drei heftigen Schlägen umbringen, aber kein Russe wäre boshaft genug, ein unschuldiges

Kind so zu foltern und seinem Körper siebenundvierzig tödliche Wunden beizubringen.«

»Ich auch nicht«, sagte der Fixer. »Das liegt einfach nicht in meiner Natur, was immer ich tun könnte.«

»Das Gewicht des Beweismaterials spricht gegen Sie.«

»Dann ist vielleicht das Beweismaterial falsch, Euer Gnaden?«

»Beweismaterial ist Beweismaterial, das kann gar nicht falsch sein.«

Grubeschows Stimme nahm einen überredenden Ton an. »Sagen Sie mir offen die Wahrheit, Jakow Bok, hat nicht vielleicht das jüdische Volk Sie zu diesem Verbrechen getrieben? Sie scheinen ein ernster Mensch zu sein – vielleicht wollten Sie es gar nicht tun, aber man hat Sie dazu gedrängt, hat Sie irgendwie bedroht oder Ihnen gewisse Versprechungen gemacht, und Sie haben, wenn auch wider Willen, den Mord für andere ausgeführt? Mit anderen Worten – stammte die Idee nicht eher von jenen anderen als von Ihnen selbst? Ich sage Ihnen ganz offen, wenn Sie das zugeben – ich will es einmal so ausdrücken –, würde es Ihnen das Leben erleichtern. Dann werden wir mit der Anklage nicht so weit gehen, wie wir es können. Vielleicht werden Sie dann nach einer gewissen Zeit auf Ehrenwort entlassen, und das Verfahren wird eingestellt. Mit anderen Worten – es gibt gewisse ›Möglichkeiten‹. Wir verlangen weiter nichts von Ihnen als Ihre Unterschrift – das ist doch nicht so viel.«

Grubeschows Gesicht glänzte – die Anstrengung, die er machte, war offensichtlich größer, als es den Anschein hatte.

»Wie könnte ich so etwas tun, Euer Gnaden? Ich brächte so etwas nicht fertig. Warum sollte ich es unschuldigen Menschen in die Schuhe schieben?«

»Die Geschichte hat erwiesen, daß sie gar nicht so unschuldig sind. Außerdem verstehe ich Ihre falschen Gewissensbisse nicht. Schließlich haben Sie selbst zugegeben, Freidenker zu sein, haben es in meiner eigenen Gegenwart zugegeben. Die Juden bedeuten Ihnen kaum etwas. Meiner Ansicht nach sind Sie ein Mann, dem es nur auf sich ankommt, obgleich ich Sie deshalb nicht tadeln kann. Sie sehen doch selbst, hier bietet sich Ihnen eine Gelegenheit, sich aus dem Netz zu befreien, in dem Sie sich verfangen haben.«

»Warum bin ich denn hier, wenn mir die Juden nichts bedeuten?«

»Sie sind ein Narr, sich für ihre bösen Ziele mißbrauchen zu lassen. Was haben sie denn für Sie getan?«

»Im besten Fall, Euer Gnaden, haben sie mich in Ruhe gelassen. Nein, ich könnte so etwas nicht unterschreiben.«

»Dann bedenken Sie, daß das sehr ernste Folgen für Sie haben kann. Um das Gerichtsurteil brauchen Sie sich dabei am wenigsten Sorgen zu machen.«

»Bitte«, sagte der Fixer mit keuchendem Atem, »glauben Sie wirklich an diese Geschichten von Zauberern, die das Blut eines ermordeten Christenkindes stehlen, um es in den Matzenteig zu mischen? Sie sind doch ein gebildeter Mann und können gewiß solchen Aberglauben nicht für wahr halten.«

Grubeschow lehnte sich zurück und lächelte ein wenig. »Ich glaube, daß Sie den Knaben Schenja Golow zu rituellen Zwekken umgebracht haben. Wenn die Leute erst die wirklichen Tatsachen erfahren, wird ganz Rußland es glauben. Glauben Sie das nicht auch?« fragte er die Wachen.

Die Wachen schworen, sie täten es.

»Natürlich glauben wir es«, sagte Grubeschow. »Ein Jude ist ein Jude, mehr gibt es dazu gar nicht zu sagen. Ihre Geschichte und ihr Charakter sind unveränderlich. Ihre Natur ist unwandelbar. Das haben Gobineau, Chamberlain und andere in wissenschaftlichen Untersuchungen bewiesen. Hier in Rußland sind wir zur Zeit dabei, eine solche Untersuchung über charakteristische Gesichtszüge der Juden vorzubereiten. Unsere Bauern haben ein Sprichwort, das besagt, daß ein Mann, der stiehlt, einen Hut hat, der brennt. Beim Juden ist es die Nase, die brennt und ihn als Verbrecher verrät.«

Er schlug eine Seite mit Tuschzeichnungen in einem kleinen Buch auf und drehte es um, so daß Jakow die gedruckte Überschrift der Seite lesen konnte: »Jüdische Nasen«.

»Hier zum Beispiel ist Ihre Nase.« Grubeschow deutete auf eine schmale Nase mit hohem Rücken und engen Nasenlöchern.

»Und das da ist Ihre«, sagte Jakow heiser und deutete auf eine kurze fleischige Nase mit breiten Nasenflügeln.

Obgleich der Staatsanwalt dunkelrot wurde, stieß er ein dünnes Lachen aus. »Sie sind ziemlich witzig«, sagte er, »aber das nutzt Ihnen nichts. Ihr Schicksal steht fest. Wir leben in einer menschenfreundlichen Gesellschaft, aber es gibt Mittel und Wege, um einen verstockten Verbrecher zu bestrafen. Vielleicht sollte ich Ihnen ins Gedächtnis zurückrufen – um Ihnen zu zeigen, wie gut es Ihnen geht –, wie Ihre Glaubensbrüder in nicht gar zu weit zurückliegender Vergangenheit hingerichtet wurden. Man stülpte ihnen eine Mütze voll heißem Pech über und hängte sie damit auf, und neben ihnen hing ein Hund, um der Welt zu zeigen, wie sehr man sie verachtete.«

»Ein Hund hängt einen Hund, Euer Gnaden.«

»Wenn Sie nicht beißen können, zeigen Sie Ihre Zähne nicht.« Mit hochrotem Nacken versetzte Grubeschow dem Fixer einen Schlag mit dem Lineal über den Kiefer. Jakow schrie auf, als das Holz zerbrach und ein Stück davon an die Wand schlug. Die Wachen fingen an, mit den Fäusten auf seinen Kopf zu hämmern, aber der Staatsanwalt bedeutete ihnen, von ihm abzulassen.

»Sie können von heute bis zum Jüngsten Gericht nach Bibikow schreien«, brüllte er den Fixer an, »aber ich werde dafür sorgen, daß Sie im Gefängnis bleiben, bis Ihnen das Fleisch stückweise an den Knochen verfault. Sie werden mich noch anflehen, Sie gestehen zu lassen, wer Sie dazu gezwungen hat, diesen unschuldigen Knaben zu ermorden!«

Er fürchtete, daß das Gefängnis ihm nur Übles bringen würde, und so war es von Anfang an. Mein Pech, dachte er bitter. Wie heißt es doch noch? »Wenn ich mit Kerzen handelte, ginge die Sonne nicht unter.« Statt dessen bin ich Jakow, der Fixer, und sie geht pünktlich jede Stunde unter. Ich gehöre zu den Menschen, für die es gefährlich ist, zu leben. Eines muß ich lernen – weniger zu sagen, viel weniger, sonst richte ich mich zugrunde.

Wie die Dinge liegen, habe ich mich schon zugrunde gerichtet.

Das Kiewer Gefängnis, ebenfalls im Lukjanowski-Bezirk gelegen, war ein von hohen Mauern umgebenes altes, graues, festungsähnliches Gebäude mit einem großen schlammigen Innenhof; an der Seite, an der das Eisengitter war, lagen überall Haufen von altem Zeug herum – ein zerbrochener Wagen, faulende Matratzen, geschwärzte Bretter, Fässer mit Abfall, Steine und Sandhügel, wo Gefangene manchmal mit Zement arbeiteten. Eine freie Fläche zwischen den Verwaltungsbüros im Westen und dem Hauptblock mit seinen Zellen diente den Gefangenen zum Spazierengehen. Jakow und seine Wächter waren mit der Straßenbahn zum Gefängnis gefahren, eine Fahrt von etlichen Werst vom Bezirksgericht, wo er bis dahin gefangengehalten worden war. Im Gefängnis wurde der Fixer von dem schielenden Direktor begrüßt: »Hallo, Bluttrinker, willkommen im Gelobten Land.« Der stellvertretende Direktor, ein magerer Mann mit schmalem Gesicht und leeren Augen und nur vier Fingern an der rechten Hand, sagte: »Hier werden wir Sie mit Mehl und Blut füttern, bis Sie Matzen scheißen.« Die kleineren Beamten und Angestellten rannten aus ihren Büros, um den Juden zu sehen, aber Direktor Grisizkoi, ein Mann von fünfundsechzig Jahren mit schlaffem, gelblich grauem Bart, einer khakifarbenen Uniform mit goldenen Schulterstücken und einer Schirmmütze, stieß eine Tür auf, führte den Fixer in sein Büro und setzte sich an seinen Schreibtisch.

»Ich will Leute wie Sie nicht hier haben«, sagte er, »aber ich kann mir die Insassen nicht aussuchen. Ich bin ein Diener des Zaren und befolge getreulich seine Anordnungen. Sie sind der Niedrigste aus dem jüdischen Abschaum – ich habe gelesen, was Sie getan haben –, aber trotzdem sind Sie ein Schützling Seiner Kaiserlichen Majestät Nikolaus' II. Also bleiben Sie hier, bis ich anderweitige Befehle erhalte. Es wäre gut für Sie, sich anständig zu benehmen. Folgen Sie den Bestimmungen und Anweisungen und tun Sie, was man Ihnen befiehlt. Am besten rasch. Unter keinen Umständen dürfen Sie versuchen, sich mit irgend jemandem außerhalb dieses Gefängnisses in Verbindung zu setzen, es sei denn, ich gestattete es Ihnen. Wenn Sie Schwierigkeiten machen, werden Sie auf der Stelle erschossen. Verstanden?«

»Wie lange muß ich denn hierbleiben?« konnte Jakow mit Mühe fragen. »Ich meine, weil doch noch kein Prozeß gegen mich stattgefunden hat.«

»So lange es die betreffenden Behörden für notwendig halten. So, jetzt behalten Sie gefälligst Ihre Fragen für sich und folgen Sie dem Wachtmeister. Er wird Ihnen sagen, was Sie zu tun haben.«

Der Wachtmeister, ein Mann mit nach unten gebogenem Schnurrbart, führte den Fixer den Gang entlang, vorbei an einigen schmutzigen Büros, wo die Angestellten in den Türen standen und gafften, zu einem langgestreckten Raum mit einer Theke und mehreren Bänken; dort befahl man ihm, sich zu entkleiden. Jakow zog sich aus und schlüpfte in eine sackähnliche weiße Jacke, die nach menschlichem Schweiß roch, und in eine formlose Leinenhose. Er erhielt ein knopfloses Hemd und einen abgetragenen dicken Mantel, der einmal braun gewesen, aber grau geworden war und in dem er schlafen sollte. Als er seine Stiefel auszog, um ein Paar harte Gefängnisschuhe anzuziehen, überlief ihn eine Welle erdrückender Dunkelheit. Obwohl er sich einer Ohnmacht nahe fühlte, wollte er ihnen diese Befriedigung nicht gewähren.

»Setz dich auf den Stuhl zum Haareschneiden«, befahl der Wachtmeister.

Jakow setzte sich auf einen Stuhl mit gerader Lehne, aber als der Gefängnisbarbier anfangen wollte, ihm mit einer großen Schere die Haare zu schneiden, warf der Wachtmeister einen Blick in seine offiziellen Papiere und gebot ihm Einhalt.

»Nichts damit. Die Befehle besagen, daß er seinen Haarschopf behalten soll.«

»So ist es immer«, sagte der Barbier wütend. »Diese Dreckschweine werden schon mit Sonderrechten geboren.«

»Schneiden Sie's ab«, schrie Jakow, »schneiden Sie mir das Haar ab!«

»Ruhe!« befahl der Wachtmeister. »Lern gefälligst, Befehle zu befolgen! Los, weiter!«

Mit einem großen Schlüssel öffnete er eine Metalltür und folgte dem Fixer einen schwach erleuchteten, naßkalten Gang hinunter zu einer großen, stark belegten Zelle; auf der einen Seite war ein verriegeltes Gitter, auf der anderen eine Mauer mit zwei hohen, schmalen, schmutzigen Fenstern, durch die nur wenig Licht fiel. An der Hinterwand der Zelle entlang verlief ein übelriechendes Pissoir, nicht mehr als eine offene Abflußrinne.

»Das ist die Dreißig-Tage-Zelle«, sagte der Wachtmeister. »Hier bleibt man einen Monat lang, dann hat man entweder seinen Prozeß oder man wird verlegt.«

»Wohin?«

»Das wirst du schon merken.«

Egal wohin – was für einen Unterschied macht es noch? dachte der Fixer bitter.

Als die Tür klirrend aufging, verstummte der Lärm in der Zelle, und als sei eine Steppdecke über die Gefangenen geworfen worden, wurde das Schweigen immer tiefer, während sie Jakows Eintritt beobachteten. Als sich die Tür hinter ihm schloß, bewegten sie sich wieder und begannen zu sprechen. Ungefähr fünfundzwanzig Männer befanden sich in dem Raum, deren durchdringender Gestank in der fast luftlosen Zelle zum Erbrechen reizte. Einige saßen auf dem Boden und spielten Karten, zwei Männer tanzten, eng aneinandergeschmiegt, zusammen, andere rangen oder boxten miteinander, fielen übereinander, wurden getreten und verflucht. Ein alter Fanatiker sprang mehrmals vom Sitz eines zerbrochenen Hockers auf. Ein Mann mit krankem, eingesunkenem Gesicht hämmerte mit dem Absatz eines Schuhes auf den anderen Schuh ein. Ein paar Bänke und Tische standen in der Zelle, aber es gab weder Feldbetten noch Matratzen. Die Gefangenen schliefen auf einer niedrigen Holzplattform, die an der Außenwand einen Zentimeter über dem feuchten, schmutzigen Fußboden entlanglief. Jakow saß allein in der entlegensten Ecke und dachte über sein unglückliches Schicksal nach. Am liebsten hätte er sich bündelweise das Haar ausgerissen, aber er hatte Angst, aufzufallen.

Ein Wärter mit einer Pistole, der vor dem Gitter stand, schrie: »Abendessen«, und zwei andere Wärter öffneten die Zellentür und brachten drei dampfende Holzeimer mit Suppe herein. Brüllend rannten die Gefangenen auf die Eimer zu und scharten sich um jeden von ihnen. Jakow, der den ganzen Tag nichts gegessen hatte, stand langsam auf. Ein Wärter gab einem Gefangenen von jeder um die Eimer versammelten Gruppe einen Holzlöffel. Der Gefangene durfte, während er vor seinem Eimer auf dem Boden saß, zehn Löffel von der wäßrigen, mit ein paar Graupen angedickten Kohlsuppe essen, dann mußte er den Löffel dem nächsten Gefangenen geben. Wer versuchte, einen Extralöffel zu nehmen, wurde von den anderen geschlagen. Wenn jeder Gefangene seine Ration gegessen hatte, fing der erste wieder von vorne an.

Jakow schob sich bis in die Nähe des Eimers heran, aber der Mann, der gerade die Suppe aß, ein Klumpfuß mit narbigem Kopf, hörte auf, den Löffel einzutauchen, griff in den Eimer und holte unter Triumphgeschrei eine tote Maus hervor, der die Eingeweide aus dem Bauch hingen. Der Gefangene hielt die Maus am Schwanz und löffelte in aller Eile die Suppe mit der anderen Hand herunter. Der Klumpfuß hinkte zu den Männern am nächsten Eimer hinüber und ließ ihnen die Maus vor den Gesichtern baumeln, aber wenn sie ihn auch in Grund und Boden verfluchten, so entfernte sich doch keiner vom Eimer. Er tanzte also unbeholfen herum mit seiner toten Maus. Jakow warf einen Blick in den zweiten Eimer, der schon leer war – bis auf ein paar tote Schaben, die auf dem Boden schwammen. In den dritten Eimer sah er gar nicht mehr hinein. Auch den farblosen Tee mochte er nicht, der, ohne Zucker, in Blechbechern ausgegeben wurde. Er hatte auf einen Bissen Brot gehofft, bekam aber keins, da der Wachtmeister seinen Namen nicht auf die Brotliste gesetzt hatte. Während in jener Nacht die Gefangenen nebeneinander auf der Plattform schnarchten, wanderte der Fixer, in seinen dicken Mantel gehüllt, obwohl die Nacht nicht kalt war, in der Zelle bei schwärzester Dunkelheit hin und her, bis ihm die Nägel in den Schuhen in die Füße drangen. Kaum hatte er sich erschöpft niedergelegt und sich das Gesicht mit einem halben Blatt Zeitungspapier, das er in der Zelle gefunden hatte, bedeckt, um sich vor den Fliegen zu schützen, wurde er vom Dingdong der Glocke geweckt.

Zum Frühstück würgte er den schwachen Tee hinunter, der wie faulendes Holz roch, war jedoch nicht imstande, den wäßrigen grauen Brei in den Eimern anzurühren. Er hatte erfahren, daß die Holzeimer im Badehaus benutzt wurden, wenn sie nicht mit Suppe oder Brei gefüllt waren. Er bat um Brot, aber der Posten sagte, er stehe immer noch nicht auf der Liste.

»Wann komme ich denn drauf?«

»Leck mich doch am Arsch«, sagte der Posten. »Mach keine Schwierigkeiten.«

Es fiel dem Fixer auf, daß sich die Einstellung der Gefangenen ihm gegenüber, die zunächst neutral gewesen war, verändert hatte. Die Männer waren ruhiger und weniger wild. Am Vormittag standen sie in Gruppen in der Nähe des Pissoirs, flüsterten und sahen zu Jakow hinüber. Von Zeit zu Zeit schätzte ihn der Klumpfuß mit listigen Blicken ab.

Jakow spürte, wie sich in seinem Blut Eiszapfen bildeten. Irgend etwas ist passiert, dachte er. Vielleicht hat ihnen jemand gesagt, wer ich bin. Wenn sie glauben, daß ich einen christlichen Knaben getötet habe, wollen Sie mich vielleicht umbringen.

Sollte er in diesem Fall nach dem Posten rufen und ihn bitten, in eine andere Zelle verlegt zu werden, ehe sie ihn in dieser hier umbrachten? Und wenn er das täte, würde er noch lange genug leben, um dorthin zu gelangen? Und was wäre, wenn die Gefangenen sich auf ihn stürzten und die Posten nichts unternähmen, um ihn zu verteidigen?

Während des morgendlichen »Spaziergangs«, der zehnminütigen Drillpause, in der die Männer zu zwölft in Doppelreihen um den Hof herummarschierten, zehn Schritte Zwischenraum zwischen je zwei Gruppen lassend, und die bewaffneten Posten, einige von ihnen mit aufgerollten Ochsenziemern, am Fuß der hohen dicken Mauern standen, sagte der Klumpfuß, der sich neben Jakow geschlichen hatte, flüsternd:

»Warum ist denn dein Kopf nicht rasiert wie bei uns?«

»Weiß ich nicht«, flüsterte Jakow. »Ich habe dem Barbier gesagt, er solle sie abschneiden.«

»Bist du ein Spitzel oder ein Petzer? Die Männer haben dich im Verdacht.«

»Nein, nein, sag ihnen, das bin ich nicht.«

»Warum setzt du dich dann so weit weg von uns? Wer zum Teufel glaubst du eigentlich zu sein?«

»Um die Wahrheit zu sagen, die Füße tun mir weh in diesen Schuhen. Außerdem bin ich zum erstenmal im Gefängnis. Ich versuche ja, mich daran zu gewöhnen, aber das ist gar nicht so einfach.«

»Erwartest du Lebensmittelpakete?« fragte der Klumpfuß.

»Wer sollte mir schon ein Paket schicken? Ich habe niemanden, der mir ein Paket schickt. Meine Frau hat mich verlassen. Alle Leute, die ich kenne, sind arm.«

»Na ja, aber wenn du eins bekommst, dann teil's und teil's gleichmäßig mit den anderen, das ist mein Motto. Das ist die Regel hier.«

»Ja, ja.«

Schweigend humpelte der Klumpfuß weiter.

Sie wissen nicht, wer ich bin, dachte Jakow. Von nun an bin ich besser gesellig. Wenn sie es erst herausgefunden haben, wird es Schläge geben statt Fragen.

Als die Gefangenen jedoch in die Zelle zurückmarschiert waren, diskutierten sie im Flüsterton miteinander, und Jakow, der sich erinnerte, wie er in der Zelle des Bezirksgerichts zusammengeschlagen worden war, spürte, wie ihm der kalte Schweiß ausbrach.

Später entfernte sich ein anderer Gefangener, ein hochgewachsener Mann mit feuchten Augen, von einer der Gruppen und ging auf Jakow zu. Er war von schwerem Körperbau, sein Gesicht war blaß und angespannt, sein Hals fast schwarz, und seine Beine waren krumm und dünn. Langsam trat er auf ihn zu, mit seltsamem Gang, als befürchtete er, es fiele ihm irgend etwas aus den Kleidern. Rasch sprang der Fixer, der mit dem Rücken zur Wand auf dem Boden saß, in die Höhe.

»Hör mal zu, Brüderchen«, begann der andere Gefangene, »ich bin Fetjukow. Die Gefangenen haben mich geschickt, um mit dir zu reden.«

»Wenn du Angst hast, ich sei ein Spitzel«, sagte Jakow eilends, »machst du dir falsche Sorgen. Wie alle anderen auch bin ich hier, um auf meinen Prozeß zu warten. Ich habe nicht um irgendwelche Sonderrechte gebeten, ganz davon abgesehen, daß ich sie auch nicht erhielte. Ich bekomme noch nicht einmal eine Brotration. Was mein Haar angeht – ich habe dem Barbier gesagt, er sollte es abschneiden, aber der Wachtmeister hat ihm befohlen, es nicht zu tun; nur frag mich nicht warum.«

»Was wirft man dir denn vor?«

Der Fixer leckte sich mit trockener Zunge die Lippen. »Egal, was man mir vorwirft, ich hab's nicht getan. Die Sache ist zu kompliziert, um sie zu erzählen, ohne eine ermüdende Geschichte daraus zu machen; jedenfalls ist es etwas, das ich selbst nicht verstehe.«

»Ich bin ein Mörder«, sagte Fetjukow. »Ich habe einen Fremden in der Wirtschaft meines Dorfes erstochen. Er hat mich dermaßen provoziert, daß ich ihm zwei Stiche versetzt habe, einen in die Brust und, als er schon zusammenbrach, einen in den Rücken. Das war sein Ende. Ich hatte mehr als einen oder zwei Tropfen getrunken, aber als man mir sagte, was ich getan hatte, war ich höchst überrascht. Ich bin ein friedlicher Mensch und fange nie Streit an, wenn man mich nicht provoziert. Wer hätte je geglaubt, ich könnte jemanden umbringen? Wenn mir jemand so was gesagt hätte, hätte ich ihm ins Gesicht gelacht.«

Der Fixer starrte den Mörder an und schlich sich an der Wand entlang zur Seite. Im selben Moment sah er, wie zwei andere Gefangene auf ihn zuschlichen, einer von jeder Seite. Als er aufschrie, griff Fetjukow hinter sich und zog einen kurzen schweren Stock aus der Hose. Er versetzte Jakow einen harten Schlag auf den Kopf. Der Fixer sank auf eines seiner Knie und hielt sich beide Hände über den von Schmerz gepeinigten, blutenden Kopf, dann fiel er der Länge nach hin.

Als er wieder zu sich kam, lag er auf dem feuchtkalten Holzgestell. Der Kopf tat ihm bis zur Übelkeit weh, und ein brennender Schmerz pochte in der linken Seite seines Schädels. Mit den Fingern suchte er die feuchte, geschwollene Platzwunde am Kopf. Blut tropfte heraus. Er hatte Angst. Sollte er jedesmal, wenn er in eine andere Zelle verlegt würde und mit anderen Gefangenen zusammentraf, verprügelt werden? Mit schwindelndem Kopf setzte sich der Fixer auf, wobei ihm das Blut übers Gesicht tröpfelte.

»Wisch's ab«, riet ihm ein alter Mann mit gesprungener Brille, der auf ihn hinuntersah. Es war der Mann, der die Fäkalieneimer fortbrachte, das Trinkwasser herbeischleppte und gelegentlich den feuchten Boden kehrte. »Benutz den Wassereimer neben der Tür.«

»Warum schlagt ihr einen Mann, der euch nichts getan hat? Was habe ich euch denn getan?«

»Hör auf mich, Kamerad«, flüsterte der alte Mann, »wasch dir das Blut ab, ehe der Wachtposten kommt, sonst bringen dich die Männer um.«

»Dann sollen sie mich eben umbringen«, schrie er.

»Ich habe euch ja gesagt, er ist ein Scheißnasenpetzer«, sagte der Klumpfuß von der anderen Seite der Zelle. »Mach ihn kalt, Fetjukow.«

Ein nervöses Murmeln ging durch die Reihen der Gefangenen.

Zwei Wachtposten kamen durch den Gang herbeigerannt, einer von ihnen mit einer Pistole bewaffnet. Sie spähten durch das Gitter.

»Was geht denn hier vor? Hört mit dem Lärm auf, ihr Schweine, oder ihr werdet eine Woche lang nur halbe Rationen bekommen.«

Der andere Posten starrte durch das verriegelte Gitter in die düstere Zelle. »Wo ist der Jud'?« rief er.

Tödliches Schweigen folgte. Die Gefangenen sahen sich an; einige warfen einen verstohlenen Blick auf Jakow.

Nach einer Weile sagte Jakow, er sei da. Ein leises Gemurmel kam von den Gefangenen. Der Wachtposten richtete die Pistole auf sie, und das Gemurmel verstummte.

»Wo?« sagte der Posten. »Ich kann dich nicht sehen.«

»Hier«, sagte Jakow. »Es gibt auch nichts zu sehen.«

»Der Wachtmeister hat deinen Namen auf die Brotliste gesetzt. Heute abend wirst du deine hundertundfünfzig Gramm bekommen.«

»Bis dahin kannst du von Matzen träumen«, sagte der Posten mit der Pistole. »Und auch vom Blut christlicher Märtyrer, wenn du verstehst, was ich damit sagen will.«

Als der Posten gegangen war, unterhielten sich die Gefangenen aufgeregt miteinander. Wieder packte Jakow die Angst.

Der Mörder Fetjukow kam noch einmal auf ihn zu. Mit gespannten Muskeln stand der Fixer auf und krallte sich an der Wand fest.

»Bist du der Jud', von dem es heißt, er hätte einen russischen Jungen umgebracht?«

»Sie lügen«, sagte Jakow heiser, »ich bin unschuldig.«

Das Gemurmel der Gefangenen erfüllte die Zelle. Einer von ihnen schrie: »Du Judenschwein!«

»Deshalb habe ich dich nicht geschlagen«, sagte Fetjukow. »Dein Kopf war nicht rasiert, und wir hielten dich für einen Spitzel. Wir haben's getan, um zu sehen, ob du uns dem Posten melden würdest. Wenn du das getan hättest, wär's dein Ende gewesen. Der Klumpfuß hätte dich mit dem Messer umgelegt. Wir warten auf unsre Verhandlung und wollen nicht, daß jemand aussagt, was er in dieser Zelle gehört hat. Ich wußte nicht, daß du Jude bist. Wenn ich's gewußt hätte, hätt' ich dich nicht geschlagen. Als Knabe war ich bei einem jüdischen Schmied in der Lehre. Der hätte das, was man dir vorwirft, nicht getan. Wenn der Blut getrunken hätte, hätte er's wieder erbrochen. Und er hätte einem Christenkind nichts getan. Es tut mir leid, daß ich dich geschlagen habe, es war ein Versehen.«

»Es war ein Versehen«, sagte der Klumpfuß.

Schwankenden Schrittes ging Jakow auf den Wassereimer zu. Der Eimer stank, aber er sank auf die Knie und goß sich etwas Wasser über den Kopf.

Danach verloren die Gefangenen das Interesse an ihm und

befaßten sich mit anderen Dingen. Einige legten sich auf die Plattform schlafen, andere spielten Karten.

In jener Nacht weckte Fetjukow den Fixer auf und gab ihm ein Stück Wurst; er hatte es von einem Paket aufgehoben, das seine Schwester ihm geschickt hatte. Jakow verschlang es gierig. Der Mörder gab ihm auch einen feuchten Lappen, den er auf die geschwollene Kopfwunde drücken sollte.

»Sag die Wahrheit«, flüsterte er, »hast du den Jungen umgebracht? Hast du's etwa aus einem anderen Grund getan? Vielleicht warst du betrunken.«

»Aus keinem anderen Grund«, sagte Jakow. »Und ich war auch nicht betrunken. Es ist gar nicht geschehen, ich bin unschuldig.«

»Ich wünschte, ich wäre unschuldig«, sagte Fetjukow. »Ich habe was Schreckliches getan. Ich kannte den Mann gar nicht. Fremdlinge muß man beschützen, heißt es in der Heiligen Schrift. Ich hatte einen Tropfen oder zwei getrunken, weißt du, und das nächste, was mir bewußt wurde, war, daß ich ein Messer ergriff und er tot vor meinen Füßen lag. Gott, der uns das Leben gibt, läßt es an einem Faden hängen. Ein Schlag – und er ist gerissen. Frag mich nicht warum, es sei denn, der Teufel sei der Stärkere. Wenn ich dem Mann sein Leben zurückgeben könnte – ich tät's. Ich würde sagen, nimm dein Leben und komm mir nicht wieder zu nahe. Ich weiß nicht, warum ich's getan hab', aber ich will kein Mörder sein. Es ist alles sowieso schon schlecht genug, wer will denn schon, daß es noch schlechter wird? Jetzt wird man mich in ein Gefangenenlager nach Sibirien verfrachten, und wenn ich meine ganze Strafe absitzen muß, muß ich den Rest meines Lebens dort bleiben.«

»Brüderchen«, sagte er zu Jakow und machte das Zeichen des Kreuzes über ihm, »verlier die Hoffnung nicht. Die Steine der Brücke mögen zerfallen, aber die Wahrheit kommt an den Tag.«

»Und was wird«, seufzte der Fixer, »bis dahin aus meiner vergeudeten Jugend?«

Seine Jugend verrann.

Seit beinahe drei Monaten war er im Gefängnis, dreimal so lange, wie Bibikow vorausgesagt hatte, und Gott allein wußte, wann diese Zeit zu Ende gehen würde. Jakow wurde beinahe verrückt bei dem Versuch, sich vorzustellen, was ihm widerfuhr. Was tat ein armer, harmloser Fixer im Gefängnis? Was hatte er denn getan, um diese furchtbare Gefangenschaft zu verdienen, deren Ende gar nicht abzusehen war? Hatte er vielleicht nicht schon mehr als seinen Anteil Unglück in dieser weniger als gerechten Welt gehabt? Verzweifelt versuchte er, eine verständliche Reihenfolge der Ereignisse zusammenzustellen, die unabwendbar von seiner Abreise aus dem Stedtl in eine Gefängniszelle in Kiew geführt hatte; aber der Gedanke, daß all diese seltsamen und unerwarteten Erlebnisse einen Sinn hätten und von zusammenhängenden Geschehnissen verursacht worden wären, verwirrte ihn. Gewiß, die Welt war so, wie sie nun einmal war. Der Regen löschte Feuer und bewirkte Überschwemmungen. Aber zu vieles war geschehen, das ihm sinnlos vorkam. Er hatte ein paar Fehler gemacht und dafür auf mancherlei Weise bezahlt. In einer dunklen Nacht war ein dichtes schwarzes Netz auf ihn gefallen, nur weil er gerade darunter stand, und obwohl er in alle Richtungen rannte, konnte er sich nicht von seinen klebrigen Windungen befreien. Wer war die Spinne, wenn sie unsichtbar blieb? Manchmal dachte er, Gott bestrafe ihn für seinen Unglauben. Schließlich war er der eifersüchtige Gott. »Du sollst keine anderen Götter neben mir haben«, nicht einmal keine Götter. Auch warf er den Gojim ihren unversiegbaren Haß gegen die Juden vor. In gewissen historischen Augenblicken geht alles schlecht, und so wird es immer sein, mit oder ohne Gott. *Mußte* es so sein? Und er verfluchte sich von neuem. Es hätte einem gläubigeren Juden widerfahren können, aber statt dessen war es einem widerfahren, der seit kurzem Freidenker war, weil er Jakow Bok war. Er schob die Schuld auf die Irrtümer, die er gewöhnlich beging – er vermochte nicht immer, die der fernen Vergangenheit von denen zu unterscheiden, die direkt zu seiner Verhaftung in der Ziegelei geführt hatten. Und doch wußte er, daß es irgendeine Macht außerhalb seiner selbst gab, ein besonderes Schicksal, das ihm sein ganzes Leben lang nachgeschlichen war und ihm gedroht hatte, ihn, wenn er nicht vorsichtig wäre, frühzeitig zu vernichten.

Er hungerte danach, zu erklären, wer er war, Jakow, der Fixer, aus einer Kleinstadt im jüdischen Ansiedlungsgebiet, ein Waisenknabe, der Schmuels Tochter Raisl geheiratet hatte und von ihr verlassen worden war, verflucht sei ihre Seele; der sein Leben lang arm gewesen war, der schwer gearbeitet hatte und auch in anderer Hinsicht ein armer Schlucker war – wenn er dieser Mann war, was tat er dann im Gefängnis? Wen bestrafte man denn, wenn sein Leben sowieso schon eine Strafe war? Warum steckte man einen harmlosen Menschen in ein Gefängnis mit dicken Steinmauern? Er dachte daran, zu bitten, man solle ihn laufen lassen, einfach weil er kein Verbrecher war – das war eine bekannte Tatsache –, man könnte sich im Stedtl erkundigen. Wenn einige der Beamten ihn früher gekannt hätten – Grubeschow, Bodjanski, der Direktor –, hätten sie niemals geglaubt, daß er ein so ungeheuerliches Verbrechen begehen könne. Ein Mann wie er nicht. Wenn seine Unschuld doch nur auf einem Blatt Papier geschrieben stände, dann könnte er es herausziehen und sagen: »Lesen Sie nur, da steht alles«, aber da sie in ihm selbst verborgen lag, könnten sie sie nur erkennen, wenn sie nach ihr suchten, und sie suchten eben nicht. Wie konnte nur irgend jemand Marfa Golow zweimal anschauen, ihr verdächtiges Benehmen wahrnehmen und diese verrückten Kirschen auf ihrem Hut sehen, ohne den Verdacht zu schöpfen, daß sie mehr über den Mord wußte, als sie zugeben wollte? Und was war mit dem Untersuchungsrichter los, den er seit über einem Monat nicht mehr gesehen hatte? Hielt er noch immer dem Gesetz die Treue, oder machte er gemeinsame Sache mit den anderen bei ihrer bösartigen Jagd nach einem schuldigen Juden? Oder hatte er nur einen überflüssigen Mann vergessen?

Während der ersten Tage im Bezirksgerichtsgefängnis war Jakow die Anklage fast wie eine Belanglosigkeit vorgekommen, die kaum etwas mit seinem Leben und Handeln zu tun hatte.

Aber nach dem Besuch in der Höhle hatte er es aufgegeben, über Wichtigkeit, Wahrheit, ja sogar über Beweise nachzudenken. Es gab keinen »Grund«, es gab nur eine Verschwörung gegen einen Juden, irgendeinen Juden; zufällig war er als Opfer auserwählt worden. Man würde gegen ihn verhandeln, weil man ihn angeklagt hatte, eines anderen Grundes bedurfte es nicht. Als Jude geboren zu sein hieß den Schlägen der Geschichte ausgeliefert zu sein – einschließlich ihrer schlimmsten Irrtümer. Zufall und Geschichte hatten Jakow Bok in das Geschehen verwickelt, wie er sich nie hatte träumen lassen, hineinverwickelt werden zu können. Diese Verwicklung war sozusagen unpersönlich, aber die Wirkung, sein Elend und sein Leiden, waren es nicht. Das Leiden war persönlich, schmerzhaft und möglicherweise endlos.

Er fühlte sich in einer Falle gefangen, verlassen, hilflos. Er war aus der Welt verschwunden, und niemand, den er einen Freund hätte nennen können, wußte es. Niemand. Der Fixer schalt sich aus, weil er nicht auf Schmuels Rat gehört hatte und da geblieben war, wo er hingehörte. Er hatte sich selbst in eine furchtbare Situation gebracht – wozu? Um einer Gelegenheit willen? Um einer Gelegenheit willen, sich selbst zu vernichten. Er hatte einen Hering fischen wollen und war von einem Hai gepackt worden. Es war nicht schwer, zu erraten, wer Fleisch essen würde. Und wenn er nun auch endlich das, was geschah, bis zu einem gewissen Grade begriff oder doch glaubte, es zu begreifen, konnte er sich natürlich trotzdem nicht mit dem, was geschehen war, abfinden. Er geriet ins Philosophieren und fluchte auf die Geschichte, den Antisemitismus, das Schicksal und sogar gelegentlich auf die Juden. »Wer wird mir helfen?« rief er im Schlaf, aber die anderen Gefangenen hatten ihre eigenen Ängste, ihre eigenen bösen Träume.

Eines Abends wurde ein neuer Gast in die Zelle eingelassen, ein ziemlich dicker junger Mann mit grobem Gesicht, einem blonden Bart und kleinen Händen und Füßen, der seine eigene Kleidung trug. Zuerst war er verdrießlich und warf jedem, der in seine Richtung sah, verstohlene Blicke zu. Jakow beobachtete ihn von weitem. Der junge Mann war der einzige Dicke in einer Zelle voll abgemagerter Gefangener. Er hatte Geld, bestach die Wachtposten, damit sie ihm allerlei Gefallen taten, lebte gut von Paketen, die er von draußen bekam – in einer Woche zwei große Pakete –, und geizte nicht mit Eßwaren und Zigaretten. »Hier, Jungs, eßt mal tüchtig«, und damit gab er den anderen, was übrig war, sorgte allerdings auch gut für sich selbst. Er ließ sogar grüne Flaschen Mineralwasser die Runde machen. Er schien zu wissen, wie man am besten zurechtkam, und einige der Gefangenen spielten sogar Karten mit ihm. Der Klumpfuß erbot sich, sein Diener zu werden, aber er winkte ab. Zugleich war er ein von Sorgen geplagter Mann, der leise Selbstgespräche führte, den Kopf schüttelte, weil er mit irgend etwas oder irgend jemandem nicht übereinstimmte, und manchmal die schmutzigen Fingernägel in die rundlichen Handgelenke vergrub. Er riß einen Knopf nach dem anderen von seinem Hemd ab. Obwohl Jakow gern mit dem Mann gesprochen hätte, ging er ihm anfänglich aus dem Wege, vielleicht weil er nicht wußte, was er zu Leuten, die Geld hatten, sagen sollte, teilweise aber auch, weil der Mann offensichtlich nicht gestört werden wollte; und zum Teil aus Gründen, die er sich nicht zu erklären vermochte. Der neue Gefangene verteilte seine Gaben mit vorgetäuschter Freundlichkeit, obgleich seine Augen nicht verhehlen konnten, daß er kein freundlicher Mensch war, und zog sich dann zurück. Oft saß er allein und murmelte vor sich hin. Jakow spürte, daß der Mann seine Anwesenheit zur Kenntnis nahm. Doch kümmerten sich beide nur um ihre eigenen Angelegenheiten, und jeder übersah den anderen. Eines Morgens, nach dem Spaziergang im Gefängnishof, begannen sie in einer Ecke der Zelle ein Gespräch miteinander.

»Sie sind Jude?« sagte der dicke Mann auf jiddisch.

Jakow gab es zu.

»Ich auch.«

»Das habe ich mir gedacht«, sagte der Fixer.

»Warum sind Sie denn nicht zu mir 'rübergekommen, wenn Sie sich's gedacht haben?«

»Ich wollte noch ein Weilchen warten.«

»Wie heißen Sie?«

»Jakow Bok, der Fixer.«

»Gronfein, Gregor. Schalom. Warum sind Sie hier?«

»Man behauptet, ich hätte ein Christenkind umgebracht.« Er vermochte noch immer nicht, es mit ruhiger Stimme zu sagen.

Verwundert sah Gronfein ihn an.

»*Sie* sind es also? Mein Gott, warum haben Sie mir das nicht gleich gesagt? Ich bin glücklich, die Zelle mit Ihnen zu teilen.«

»Warum sollten Sie deshalb glücklich sein?«

»Ich habe erfahren, daß man jemanden beschuldigt hat, den russischen Knaben, der in der Höhle gefunden wurde, umgebracht zu haben. Natürlich ist das Ganze ein ausgemachter Schwindel, aber im Podol geht das Gerücht um, man habe einen Juden verhaftet, nur hat niemand Sie gesehen und niemand weiß, wer es ist. Wer immer er sein mag, er ist ein Märtyrer für uns alle. Sind Sie's tatsächlich?«

»Ich bin's, aber ich wünschte, ich wär's nicht.«

»Ich bezweifelte, daß es so jemanden wirklich gäbe.«

»Nur das und weiter nichts«, seufzte der Fixer. »Meine schlimmsten Feinde sollten unter Verhältnissen wie denen hier leben.«

»Seien Sie nicht so niedergeschlagen«, sagte Gronfein. »Gott wird Ihnen helfen.«

»Er wird's tun oder lassen, je nachdem wie's ihm beliebt, aber ich hoffe, wenn er's nicht tut, wird's bald jemand anderes tun, denn sonst kann man mich genausogut in den Boden legen und mit Erde und Gras zudecken.«

»Geduld«, sagte Gronfein geistesabwesend. »Geduld. Wenn's nicht auf die eine Art geht, dann geht's auf die andere.«

»Die andere was?«

»Solange man lebt, kann man nicht sagen, was für Möglichkeiten sich demnächst ergeben können. Aber ein Toter unterschreibt keinen Scheck.«

Er fing an, von sich zu erzählen. »Natürlich geht mir's besser als manchen anderen, die ich kenne«, sagte Gronfein und betrachtete Jakow, um zu sehen, ob er ihm beipflichtete. »Ich habe einen erstklassigen Anwalt, der schon, wie man es nennen könnte, auf inoffizielle Art für mich arbeitet, und es macht mir nichts aus, mich von ein paar hundert Rubel zu trennen, wenn das notwendig ist, denn da, wo sie herkommen, gibt's noch mehr davon. Ich bin nämlich ein Falschmünzer. Nicht ehrenhaft, aber es zahlt sich aus, und was macht es schon, wenn man dadurch Zar Nikolaus was wegnimmt – er hat genug an dem, was er den Juden wegnimmt. Immerhin, wenn mir Bestechung diesmal nicht hilft, weiß ich wirklich nicht, was mir helfen kann. Ich habe eine Frau und fünf Kinder, und allmählich fange ich an, mir Sorgen zu machen. Solange wie diesmal war ich noch nie in einer Zelle. Wie lange sind Sie denn schon hier?«

»Hier seit ungefähr einem Monat. Im ganzen sind es drei Monate, seit ich verhaftet wurde.«

»Uuuh!« Der Falschmünzer gab Jakow zwei Zigaretten und ein Stück Apfelstrudel aus seinem letzten Paket, und der Fixer rauchte und aß voll Dankbarkeit.

Als sie sich das nächste Mal unterhielten, fragte Gronfein Jakow nach seinen Eltern, seiner Familie und seinem Dorf. Er wollte wissen, was er in Kiew getan hatte. Jakow erzählte ihm das eine oder andere, aber nicht zu viel. Er erwähnte jedoch Raisl, und dabei krümmte sich Gronfein.

»Keine sehr gute jüdische Tochter, würde ich sagen. Meine Frau dächte gar nicht an so etwas, jedenfalls nicht mit einem Goi, ganz zu schweigen davon, daß sie's niemals täte.«

Der Fixer zuckte die Schultern. »Einige tun's, andere tun's nicht. Und einige, die's tun, sind Juden.«

Gronfein begann etwas zu fragen, sah sich vorsichtig um und flüsterte dann, es interessiere ihn, zu erfahren, was tatsächlich mit dem Knaben geschehen sei. »Wie ist er denn gestorben?«

»Wie ist wer gestorben?« fragte der Fixer erstaunt.

»Der russische Junge, der ermordet wurde.«

»Wie soll ich das denn wissen?« Er rückte von dem Mann ab. »Was man von mir behauptet, habe ich nicht getan. Wenn ich nicht Jude wäre, gäbe es gar kein Verbrechen.«

»Sind Sie sicher? Warum vertrauen Sie sich mir nicht an? Wir sitzen doch beide im selben Boot.«

»Ich hab' Ihnen nichts anzuvertrauen«, sagte Jakow kühl. »Wenn es kein Huhn gab, kann es auch später keine Federn geben.«

»Wirklich Pech«, sagte der Falschmünzer freundlich, »aber ich werde tun, was ich kann, um Ihnen zu helfen. Wenn man mich erst 'rausläßt, spreche ich mit meinem Anwalt.«

»Dafür werde ich Ihnen dankbar sein.«

Aber Gronfein war jetzt niedergeschlagen, seine Augen verdüsterten sich, und er sprach nicht weiter.

Am folgenden Tag kam er zu Jakow und flüsterte beunruhigt: »Draußen erzählt man sich, daß man zur selben Zeit, da die Regierung Ihnen den Prozeß macht, möglicherweise ein Pogrom veranstalten wird. Die »Schwarzen Hundert« stoßen schreckliche Drohungen aus. Hunderte von Juden verlassen die Stadt, als flöhen sie vor der Pest. Mein Schwiegervater spricht davon, daß er sein Geschäft verkaufen und nach Warschau gehen will.«

Schweigend hörte der Fixer ihm zu.

»Niemand wirft Ihnen was vor, verstehen Sie«, sagte Gronfein.

»Wenn Ihr Schwiegervater davonlaufen will, kann er wenigstens davonlaufen.«

Während dieses Gesprächs warf der Falschmünzer von Zeit zu Zeit einen Blick auf die Zellentür, als hielte er Ausschau nach dem Wachtposten.

»Erwarten Sie ein Paket?« fragte Jakow.

»Nein, nein. Aber wenn man mich nicht bald hier 'rausläßt, werde ich verrückt. Es ist ein verdammter Ort, und ich mache mir Sorgen um meine Familie.«

Er entfernte sich, war aber zwanzig Minuten später mit den Überresten eines Pakets wieder bei Jakow.

»Heben Sie das, was übrig ist, auf«, sagte er zu ihm, »vielleicht bring' ich's doch fertig, daß endlich etwas geschieht.«

Ein Wachtposten öffnete die Tür, und Gronfein verschwand für eine halbe Stunde aus der Zelle. Bei seiner Rückkehr erzählte er dem Fixer, er werde am Abend entlassen. Er schien zufrieden zu sein, aber seine Ohren waren hochrot, und hinterher murmelte er über eine Stunde lang etwas vor sich hin. Später wurde er ruhiger.

So geht's, wenn man Geld hat. Wenn man's hat, hat man Flügel.

»Kann ich irgend etwas für Sie tun, ehe ich geh'?« flüsterte Gronfein und drückte dem Fixer einen Zehnrubelschein in die Hand. »Keine Angst, der ist unter Garantie echt.«

»Vielen Dank. Damit kann ich mir ein paar Sachen kaufen. Man will mir nämlich mein eigenes Geld nicht geben. Vielleicht kann ich einem Gefangenen ein Paar bessere Schuhe abkaufen. Diese hier tun mir weh an den Füßen. Außerdem wäre ich sehr dankbar, wenn Ihr Anwalt mir helfen könnte.«

»Ich dachte, vielleicht wollen Sie mir einen Brief für irgend jemanden geben?« sagte Gronfein. »Schreiben Sie ihn mit diesem Bleistift, und ich werde ihn abschicken. Ich habe Papier und ein paar Umschläge bei meinen Sachen. Marken werde ich draußen draufkleben.«

»Recht herzlichen Dank«, sagte Jakow, »aber wen habe ich schon, dem ich schreiben könnte?«

»Wenn Sie niemanden haben, dem Sie schreiben könnten, kann ich Ihnen auch keinen Korrespondenten aus dem Ärmel schütteln«, sagte Gronfein, »aber wie steht es denn mit Ihrem Schwiegervater, von dem Sie mir erzählt haben?«

»Der war sein Lebtag ein armer Mann. Was kann er schon für mich tun?«

»Er hat aber doch 'nen Mund, nicht wahr? Er soll nur anfangen zu schreiben.«

»Einen Mund und einen Magen, aber da kommt nichts rein.«

»Es heißt, wenn in Pinsk ein Hahn kräht, hört man ihn in Palästina.«

»Vielleicht schreibe ich doch.«

Je mehr er darüber nachdachte, desto größer wurde sein Wunsch zu schreiben. Er sehnte sich verzweifelt danach, sein Schicksal bekanntzumachen. Draußen wußte man, wie Gronfein gesagt hatte, daß jemand im Gefängnis saß, aber nicht wer. Alle sollten wissen, daß es Jakow Bok war. Sie sollten wissen, daß er unschuldig war. Irgend jemand mußte es wissen, sonst würde er nie herauskommen. Vielleicht könnte sich irgendein Ausschuß bilden, um ihm zu helfen? Vielleicht war es möglich, wenn man nur das Gesetz kannte, daß er noch vor der formellen Anklageerhebung mit einem Anwalt sprechen könnte; und wenn das nicht anging, könnte er doch zumindest darauf dringen, daß sie endlich die Anklageschrift verfaßten, damit seine Verteidigung beginnen könnte. In einer Woche würde er dreißig Tage in dieser übelriechenden Gefängniszelle sein, und von keinem Menschen hätte er etwas gehört. Er überlegte, ob er an den Untersuchungsrichter schreiben sollte, wagte es jedoch nicht. Wenn dieser den Brief dem Staatsanwalt gäbe, erginge es ihm vielleicht noch schlimmer. Und wenn er selbst es nicht täte, könnte es vielleicht sein Gehilfe tun, Iwan Semjonowitsch. Jedenfalls war das Risiko zu groß, um es auf sich zu nehmen.

Dann schrieb der Fixer langsam zwei Briefe, einen an Schmuel, den anderen an den Drucker Aaron Latke, der ihm ein Zimmer seiner Wohnung vermietet hatte.

»Lieber Schmuel«, schrieb Jakow. »Wie Du es vorausgesagt hast, bin ich in ernste Schwierigkeiten geraten und zur Zeit im Gefängnis von Kiew in der Dorogoschitzkistraße. Ich weiß zwar, daß es unmöglich ist, aber versuche doch, mir zu helfen, sowie Du kannst. An wen sonst kann ich mich wenden? Dein Schwiegersohn Jakow Bok. P. S. Falls sie zurück ist, möchte ich es lieber nicht wissen.«

An Aaron Latke schrieb er: »Lieber Freund Aaron, Ihr Mieter Jakow Bok, der vor einiger Zeit bei Ihnen wohnte, ist jetzt im Kiewer Gefängnis in der Dreißig-Tage-Zelle. Gott weiß, was nach dreißig Tagen mit mir geschieht. Was bisher geschehen ist, ist schon schlimm genug. Man klagt mich an, ich hätte ein russisches Kind namens Schenja Golow umgebracht, das ich, ich schwöre es, überhaupt nicht angerührt habe. Tun Sie mir den Gefallen und geben Sie diesen Brief einem jüdischen Journalisten oder vielleicht einem wahren Menschenfreund, wenn Sie einen kennen. Sagen Sie ihnen, daß ich mein ganzes Leben lang schwer arbeiten will, um ihnen alles zurückzuerstatten, wenn sie mich hier 'rausholen können. Nur beeilen Sie sich, denn ich bin in einer verzweifelten Lage, und sie wird immer schlimmer. Jakow Bok.«

»Gut«, sagte Gronfein, als er die verschlossenen Briefe entgegennahm, »das sollte ausreichen. Also denn, alles Gute, und machen Sie sich keine Sorgen wegen der zehn Rubel. Sie können sie mir zurückzahlen, wenn Sie frei sind. Wo die herkommen, gibt's noch mehr.«

Der Wachtposten öffnete die Tür, und der Falschmünzer verschwand eilends im Korridor, der Posten ihm auf den Fersen.

Eine Viertelstunde später wurde Jakow in das Büro des Direktors gerufen. Er übergab Fetjukow den Rest aus Gronfeins Paket, damit dieser darauf aufpasse, und versprach, ihn mit ihm zu teilen.

Während Jakow durch die Eingangshalle ging, blieb die Waffe des Postens auf seinen Rücken gerichtet. Vielleicht ist die Anklageschrift da, dachte er aufgeregt.

Außer Direktor Grisizkoi waren in seinem Büro noch der stellvertretende Direktor und ein Inspektor mit strengem Gesicht in einer generalsähnlichen Uniform. In der Ecke saß Gronfein, den Hut auf dem Kopf, mit geschlossenen Augen.

Der Direktor schwang die beiden Briefe, die der Fixer soeben geschrieben hatte, durch die Luft – ohne Umschläge.

»Sind die von Ihnen? Antworten Sie wahrheitsgemäß, Sie Hurensohn.«

Der Fixer erstarrte zu Eis, das Herz sank ihm in die Schuhe. »Ja, Euer Gnaden.«

Der Direktor deutete auf die jiddische Schrift. »Übersetzen Sie diesen Vogelmist«, sagte er zu Gronfein.

Der Falschmünzer öffnete die Augen lange genug, um die Briefe schnell und eintönig auf russisch vorzulesen.

»Sie Jid', Sie Blutsauger!«, sagte der Direktor, »wie können Sie es wagen, die Gefängnisregeln zu brechen? Ich selbst habe Sie davor gewarnt, sich ohne meine ausdrückliche Erlaubnis mit irgend jemand von draußen in Verbindung zu setzen.«

Jakow schwieg und starrte Gronfein an, bis zum Erbrechen angeekelt.

»Er hat sie uns ausgehändigt«, sagte der stellvertretende Direktor zu dem Fixer. »Ein gesetzestreuer Bürger.«

»Erwarten Sie keinen moralischen Menschen«, sagte Gronfein, ohne seine Worte an irgend jemanden direkt zu richten und noch immer mit geschlossenen Augen. »Ich bin nur ein Falschmünzer.«

»Sie verdammter Spitzel, Sie«, schrie Jakow ihn an, »warum haben Sie einen unschuldigen Mann in die Falle gelockt?«

»Passen Sie auf, was Sie sagen«, ermahnte ihn der Direktor. »Schmutziges Herz – schmutzige Zunge.«

»Jeder kämpft für sich allein«, murmelte Gronfein. »Ich habe fünf kleine Kinder und eine nervöse Frau.«

»Und noch dazu«, sagte der stellvertretende Direktor, »– wir haben es schriftlich – haben Sie auch versucht, ihn zu bestechen, damit er den Wächter der Ziegelei vergiften sollte, der gesehen hat, wie Sie versucht haben, den Knaben in der Ziegelei zu entführen, und Marfa Golow Geld zu geben, damit sie nicht gegen Sie aussagt. Stimmt's?« fragte er Gronfein.

Der Falschmünzer, dem der Schweiß unter dem Hut herunter und über die dunklen Augenlider lief, nickte einmal mit dem Kopf.

»Woher sollte ich denn das Geld nehmen für solche Bestechungen?« fragte Jakow.

»Das würde das jüdische Volk schon aufbringen«, erwiderte der Inspektor.

»Raus mit ihm«, sagte der alte Direktor. »Der Staatsanwalt wird Sie holen lassen, wenn er Sie braucht«, sagte er zu Gronfein.

»Lockspitzel!« schrie Jakow, »verdammter Verräter – das ist eine dreckige Lüge!«

Als sei er blind, wurde Gronfein vom stellvertretenden Direktor aus dem Zimmer geführt.

»Das ist die Art von Hilfe, die Sie von Ihren Stammesgenossen erwarten können«, sagte der Inspektor zu Jakow. »Es wäre am besten für Sie, Sie gäben alles zu.«

»Wir werden es nicht dulden, daß Leute wie Sie sich über unsere Vorschriften lustig machen«, sagte der Direktor. »In Einzelhaft kommen Sie, und wenn Sie noch mehr Briefe schreiben wollen, werden Sie sie mit Ihrem eigenen Blut schreiben.«

Er wurde bei lebendigem Leibe gekocht in der drückenden Hitze der kleinen Einzelzelle, in die man ihn gesteckt hatte; der Schweiß lief ihm über den Rücken und strömte ihm aus den Achselhöhlen; aber in der dritten Nacht wurde der Riegel zurückgestoßen, ein Schlüssel kratzte im Schloß, und die Tür ging auf.

Ein Wachtposten befahl ihm, in das Büro des Direktors hinunterzukommen. »Los, los, du Arschlecker, du machst einem mehr Mühe, als du wert bist.«

Dort saß der Untersuchungsrichter auf einem Stuhl und fächelte sich mit einem weich gewordenen gelben Strohhut. Er trug einen zerdrückten Leinenanzug und eine weißseidene Krawatte, und sein blasses Gesicht stach von seinem kurzen dunklen Bart ab; er führte gerade ein kurzes Gespräch mit dem stellvertretenden Direktor, einem Mann mit flackernden Augen, übelriechenden gewichsten Stiefeln und rotem Gesicht; er reagierte bewußt gereizt, als Jakow eintrat. Als der Gefangene, gespensterhaft grau und einem Schock nahe, ins Zimmer humpelte, verstummten die beiden Beamten einen Augenblick lang. Der stellvertretende Direktor biß sich auf die Lippen und bemerkte: »Wenn Sie mich fragen, widerspricht dieses Vorgehen den Vorschriften«; aber Bibikow entgegnete mit viel Geduld: »Ich bin auf Grund meiner offiziellen Pflichten als Untersuchungsrichter hier, Herr stellvertretender Direktor, es ist also nichts zu befürchten.«

»Das sagen Sie, aber warum dann kurz vor Mitternacht, wenn der Direktor auf Urlaub ist und die anderen Beamten schlafen? Eine seltsame Zeit, aus beruflichen Gründen zu kommen, wenn Sie mich fragen.«

»Es ist eine schreckliche Nacht nach einem schrecklich heißen Tag«, sagte der Untersuchungsrichter heiser und hustete in die Faust, »aber um diese Zeit doch wesentlich kühler. Ja, es weht sogar eine regelrechte Brise vom Dnjepr her, sowie man auf der Straße ist. Um ganz offen zu sein, ich lag schon im Bett, aber die Hitze im Haus war unerträglich, und die Bettücher schwitzten noch mehr als ich. Ich drehte und wendete mich hin und her, dann dachte ich, es nutze alles nichts und es sei besser, aufzustehen. Als ich mich angekleidet hatte, kam mir der Gedanke, lieber offizielle Arbeiten zu erledigen, als herumzuliegen und kalte Getränke zu schlucken, die mir Blähungen verursachen. Zum Glück ist meine Frau mit den Kindern auf unserer Datscha am Schwarzen Meer, wo ich im August auch hinfahren werde. Wissen Sie, daß das Thermometer am Nachmittag auf 40,5 Grad im Schatten gestiegen ist und es jetzt ungefähr 34 Grad sein müssen? Ich versichere Ihnen, es war praktisch unmöglich, heute im Büro zu arbeiten. Mein Gehilfe klagte über Übelkeit, und ich mußte ihn nach Hause schicken.«

»Dann machen Sie also weiter, wenn Sie wollen«, sagte der stellvertretende Direktor, »aber ich bestehe darauf, als Zeuge bei Ihren Fragen dazubleiben. Der Gefangene untersteht unserer Gerichtsbarkeit, das ist wohl klar genug.«

»Darf ich Sie daran erinnern, daß Sie Aufsichtsbeamter sind, während ich Ermittlungsbeamter bin? Der Verdächtige hat bisher noch nicht vor Gericht gestanden und ist nicht verurteilt worden. Ja, bis zum gegenwärtigen Augenblick gibt es noch nicht einmal eine Anklageschrift. Auch ist er nicht durch Verwaltungsdekret ins Gefängnis geschickt worden. Er ist nur als Tatzeuge hier. Wenn Sie gestatten – es steht mir rechtmäßig zu, ihn unter vier Augen zu verhören. Die Stunde mag Ihnen unbequem sein, aber nur in einem formalen Sinn; ich ersuche Sie daher, für kurze Zeit hinauszugehen, sagen wir für nicht länger als eine halbe Stunde.«

»Zumindest müßte ich wissen, was Sie ihn fragen werden, für den Fall, daß der Direktor es nach seiner Rückkehr wissen will. Wenn Sie ihn nach seiner Behandlung hier im Gefängnis fragen wollen, mache ich Sie darauf aufmerksam, daß sich der Direktor darüber ärgern wird. Es hat keinerlei Ausnahme für den Juden gegeben. Wenn er sich an die Regeln und Vorschriften hält, wird er behandelt wie alle anderen auch. Tut er das nicht, gibt es Ärger für ihn.«

»Meine Fragen werden nichts mit seiner Behandlung im Gefängnis zu tun haben, wenn ich auch hoffe, sie möge immer menschlich sein. Sie können Direktor Grisizkoi sagen, daß ich gewisse Aussagen geprüft habe, die der Beschuldigte zu einem früheren Zeitpunkt vor mir gemacht hat. Wenn er Genaueres wissen will, soll er mich anrufen.«

Der stellvertretende Direktor zog sich zurück, nicht ohne einen finsteren Blick auf den Gefangenen zu werfen.

Nachdem Bibikow eine Minute lang zwei Finger auf den Mund gedrückt hatte und sitzen geblieben war, ging er rasch zur Tür, lauschte angestrengt, schleppte dann seinen eigenen Stuhl und einen für Jakow in die hinterste, fensterlose Ecke des Büros und bedeutete ihm, Platz zu nehmen.

»Mein Freund«, sagte er eilends mit gedämpfter Stimme, »ich kann an Ihrem Äußeren sehen, was Sie durchgemacht haben, und ich bitte Sie, mich nicht für säumig oder gefühllos zu halten, wenn ich mich nicht dazu äußere. Ich habe dem stellvertretenden Direktor versprochen, mich auf andere Dinge zu beschränken; außerdem ist die Zeit knapp, und ich habe viel zu sagen.«

»Ich habe nichts dagegen, Euer Gnaden«, flüsterte Jakow, der gegen seine Gefühle ankämpfte, »aber ich möchte gern wissen, ob Sie mir nicht ein Paar andere Schuhe verschaffen könnten. Die Nägel in diesen hier tun mir an den Füßen weh, wenn mir's auch kein Mensch glaubt. Entweder soll man mir ein anderes Paar geben oder Hammer und Zange leihen, damit ich sie selbst einschlagen und abzwacken kann.«

Er holte tief Atem und wischte sich mit dem Ärmel über ein Auge. »Verzeihen Sie, daß ich so zerlumpt aussehe, Euer Gnaden.«

»Ich sehe, wir tragen beide ähnliche Leinenanzüge«, scherzte Bibikow und fächelte sich mit seinem weichen Hut Kühlung zu.

Leise setzte er hinzu: »Sagen Sie mir Ihre Nummer, und ich schicke Ihnen ein Paar Schuhe.«

»Vielleicht besser nicht«, flüsterte Jakow, »sonst könnte der stellvertretende Direktor vielleicht merken, daß ich mich bei Ihnen beklagt habe.«

»Sie wissen doch, daß nicht ich, sondern der Staatsanwalt Ihre Inhaftierung angeordnet hat?« – Der Fixer nickte.

»Möchten Sie eine Zigarette? Sie kennen doch meine türkischen Lieblinge.«

Er zündete eine für ihn an, aber nach wenigen Zügen mußte Jakow sie ausmachen. »Verzeihen Sie die Verschwendung«, hustete er, »aber man kann so schwer atmen bei dieser Hitze.«

Der Richter steckte die Zigarettendose ein. Er griff in die Brusttasche, holte seinen Zwicker heraus, hauchte die Gläser an und setzte ihn auf die schwitzende Nase. »Sie sollen wissen, Jakow Schepsowitsch – wenn ich Sie so nennen darf –, daß Ihr Fall für mich von außerordentlichem Interesse ist; erst vorige Woche bin ich in einem schauderhaft schwülen und vollen Zug aus St. Petersburg zurückgekommen, wo ich darüber Beratungen mit dem Justizminister, Graf Odojewski, hatte.«

Er beugte sich vor und sagte leise: »Ich bin hingefahren, um ihm das von mir schon gesammelte Beweismaterial zu unterbreiten und eine Beschränkung der Anklage darauf zu fordern – wie ich es übrigens dem Staatsanwalt schon vorgeschlagen hatte –, daß Sie, entgegen den Vorschriften, im Lukjanowski-Bezirk gewohnt haben, oder aber, daß man überhaupt von einer Anklage absieht, wenn Sie Kiew verließen und in Ihr Heimatdorf zurückkehrten. Statt dessen erhielt ich Befehl, meine Ermittlungen fortzusetzen, bis auch nicht der geringste Schatten eines Zweifels übrig bliebe. Unter dem Siegel der Verschwiegenheit will ich Ihnen verraten, was mich am meisten beunruhigt hat – die Tatsache nämlich, daß mich der Justizminister zwar höflich und mit sichtlichem Interesse anhörte, daß ich jedoch, als ich ging, den deutlichen Eindruck mitnahm, er erwarte, das Beweismaterial werde Ihre Schuld bestätigen.«

»Weh is' mir!«

»Das wurde nicht ausdrücklich so gesagt, müssen Sie verstehen – es war nur ein Eindruck, und vielleicht deute ich es falsch, wenn ich das auch nicht glaube. Ehrlich gesagt, das Ganze schien sich um einen ungenauen Sprachgebrauch zu drehen und wurde noch weiter verwirrt durch Andeutungen, ein gelegentliches Zögern, seltsame Fragen, die ich nicht ganz begriff, dunkle Bemerkungen usw. Selbst jetzt wird noch nichts ganz klar ausgedrückt, und doch stehe ich sozusagen unter dem Druck, Beweise liefern zu sollen, die der Meinung der Mehrheit nahekommen. Auch der Innenminister hat mich in regelmäßigen Abständen angerufen. Ich gebe zu, daß dieser von mehreren Seiten ausgeübte Druck mich nervös gemacht hat. Meine Frau behauptet, es sei noch schwieriger als sonst, mit mir zusammenzuleben, und ich habe gewisse Symptome von Magenstörungen. In dem Brief, den ich heute von ihr erhielt, drängt sie darauf, daß ich zum Arzt gehe. Und heute nacht«, fuhr er fort und dämpfte die Stimme zu einem kaum vernehmbaren Flüstern, »hatte ich den Eindruck, daß ein anderer Wagen dem meinen folgte, als ich auf dem Weg hierher war, wenn ich mir auch sicher in meinem augenblicklichen Nervenzustand leicht so etwas einbilde.«

Er drückte sein blasses Gesicht fast ganz an Jakows und flüsterte weiter: »Aber das ist nicht so wichtig. Um wieder zu den Tatsachen zurückzukommen: Graf Odojewski bot mir an einer Stelle unseres Gespräches an, mich von der ›Last‹ dieses Falles zu befreien, wenn ich mich ›unter Druck oder unwohl‹ fühlte oder mir die Arbeit ›zuwider‹ geworden sei oder gegen das verstieße, was er ›Ihre Überzeugung‹ nannte. Und ich glaube, eine klare Andeutung gehört zu haben, daß der Justiz besser mit einer Anklage wegen Ritualmordes gedient wäre, eine Anschuldigung, die natürlich Unsinn ist.«

»Was den Mord betrifft«, sagte Jakow, »so will ich bis ans Ende meiner Tage als Krüppel in der Hölle leben, wenn ich etwas damit zu tun habe.«

Langsam fächelte sich der Untersuchungsrichter mit dem Hut. Nachdem er noch einmal zur Tür hingesehen hatte, fuhr er fort: »Als ich dem Justizminister sagte – mit direkten Worten sagte, keineswegs nur andeutete oder es durchblicken ließ, denn verschleierte Bemerkungen erklären weder das Gesetz, noch dienen sie ihm –, daß mein Beweismaterial eher in die entgegengesetzte Richtung weise, nämlich auf einen Freispruch von der Hauptanklage, zuckte er die Schultern – der Graf ist ein imposanter, gutaussehender Mann, wortgewandt und diskret parfümiert –, als wollte er vielleicht andeuten, die wahre Weisheit sei mir noch nicht zuteil geworden. Und dabei ist es offenbar geblieben – bei einem Achselzucken, das viel oder wenig bedeuten kann, auf jeden Fall jedoch einen Zweifel. Zu seinen Gunsten kann ich sagen, daß er ein Gentleman ist. Aber ich will ganz offen zu Ihnen sein, bei meinem Kollegen Grubeschow, dem Staatsanwalt, gibt es noch nicht einmal die leisesten Zweifel. Er hat sich, wie ich es ausdrücken möchte, fast schon vor der Tat von ihr überzeugt. Ich sage das nach gründlichem Nachdenken. Grubeschow hat mehr als einmal mit Nachdruck von mir verlangt – ja, er hat sogar darauf bestanden, ohne irgendwie drumherumzureden –, daß ich allen Ernstes Anklage gegen Sie erhebe, Schenja Golow ermordet zu haben; ich habe mich jedoch kategorisch geweigert, das zu tun. Das trägt natürlich zu meiner Nervosität bei. Aber aus praktischen Gründen sollten Sie wissen, daß es nicht viel länger so weitergehen kann. Wenn ich nicht die Anklageschrift aufsetze, wird jemand anderes es tun. Man wird mich, wenn irgend möglich, ausschalten, und dann kann ich Ihnen gar nichts mehr nützen. Ich will deshalb so tun, als arbeitete ich mit ihnen zusammen, während ich meine Ermittlungen fortsetze, bis der Fall narrensicher ist. Dann werde ich dem Justizminister das Beweismaterial ein zweites Mal unterbreiten, und wenn man auf einem Prozeß besteht, werde ich das, was ich herausgefunden habe, vielleicht der Presse enthüllen; das würde bestimmt einen Skandal verursachen. Wenigstens hoffe ich das. Ja, ich plane schon jetzt, einem oder zwei hochgestellten Journalisten ausgewählte Informationen über den wahren Sachverhalt, was die Art des gegen Sie gerichteten Beweismaterials betrifft, zukommen zu lassen, denn bisher besteht es nur aus anonymen Beschuldigungen und provokatorischen Artikeln in der reaktionären Presse. Das habe ich heute nacht, als ich wachlag, beschlossen. Mein Besuch bei Ihnen, zu dem ich mich, einem Impuls folgend, entschlossen habe, bezweckt, Sie über meine Pläne zu unterrichten, damit Sie nicht glauben, Sie hätten keinen Freund auf der Welt. Ich weiß, daß die Anklage gegen Sie ungerechtfertigt ist. Ich bin entschlossen, diese Ermittlung nach besten Kräften und soweit es in meiner Macht steht, fortzuführen, um die ganze Wahrheit herauszufinden und, wenn nötig, auch zu veröffentlichen. Ich tue das sowohl für Rußland als für Sie und mich. Ich ersuche Sie deshalb, Jakow Schepsowitsch, wenn ich mir auch über das Ausmaß der Ihnen auferlegten Prüfungen klar bin, mir Ihr Vertrauen zu schenken und Geduld zu haben.«

»Vielen Dank, Euer Gnaden«, sagte Jakow mit einem Zittern in der Stimme. »Wenn man gewöhnt ist, von Zeit zu Zeit aus der Hütte zu treten, um sich die Lungen mit frischer Luft zu füllen, während man den Himmel betrachtet, um zu sehen, ob es am nächsten Tag regnen wird – nicht, daß das einen Unterschied macht –, ist es schwer, immerzu in einer kleinen dunklen Einzelzelle zu leben; immerhin weiß ich jetzt, daß es jemanden gibt, der weiß, was ich getan und was ich nicht getan habe, und auf den ich vertraue; trotzdem erführe ich gern, was Sie mit ›dem wahren Sachverhalt‹ meinen, den Sie vorhin erwähnten, als Sie von den Journalisten sprachen.«

Bibikow ging noch einmal zur Tür, öffnete sie leise, spähte hinaus, schloß sie sorgfältig und ging wieder zu seinem Stuhl; dann brachte er von neuem das Gesicht ganz nahe an Jakows eigenes heran.

»Nach meiner Theorie wurde der Mord von Marfa Golows Verbrecher- und Einbrecherbande begangen, insbesondere von ihrem erblindeten Liebhaber, einem gewissen Stepan Bulkin, der sich vielleicht auf diese Weise an ihr für den Verlust seines Augenlichts rächte. Der Junge wurde von seiner Mutter furchtbar vernachlässigt. Sie ist eine bösartige Frau, dumm aber schlau, mit der Moral einer eingefleischten Prostituierten. Allem Anschein nach hatte Schenja, möglicherweise mehr als einmal, gedroht, ihre verbrecherischen Handlungen der Bezirkspolizei zu verraten, und es ist nicht ausgeschlossen, daß ihr Liebhaber sie davon überzeugte, daß das Kind beseitigt werden müsse. Vielleicht hat sich der Vorfall ereignet, als sie alle betrunken waren. Ich bin fast ganz sicher, daß der Knabe im Haus seiner Mutter umgebracht wurde und Bulkin die Hauptrolle bei diesem bestialischen Opfer spielte. Offenbar haben sie das arme Kind gefoltert und ihm eine große Zahl von Wunden am Körper beigebracht und dabei das hervorquellende Blut mit Lappen aufgefangen, um keine verräterischen Flecken auf dem Fußboden zu hinterlassen – ich stelle mir vor, daß sie die blutigen Lumpen verbrannt haben –, und schließlich haben sie dem Kind das Messer tief ins Herz gestoßen. Es ist mir nicht gelungen, festzustellen, ob Marfa bei seinem Tod zugegen war oder ob sie so betrunken war, daß sie das Bewußtsein verloren hatte.«

Der Fixer schauderte zusammen. »Wie haben Sie das denn herausgefunden, Euer Gnaden?«

»Ich kann Ihnen nur ganz allgemein sagen, daß Diebe sich streiten, und wie ich schon sagte, ist Marfa dumm, so schlau sie auch ist. Der wahre Sachverhalt wird schon an den Tag kommen, wenn wir geduldig weiterarbeiten. Wir haben Grund, anzunehmen, daß sie die Leiche ihres Sohnes eine Woche lang in der Badewanne liegen ließ, ehe sie in die Höhle gebracht wurde. Wir suchen noch nach einer Nachbarin, von der wir annehmen, daß sie sie dort gesehen hat; aber die Frau hat kurz darauf die Nachbarschaft verlassen, wahrscheinlich, weil sie nach Marfas Drohungen halb wahnsinnig vor Angst war. Um ihren eigenen Kopf zu retten, bleiben die Diebe selbstverständlich bei der gegen Sie erhobenen Beschuldigung des Ritualmords. Wie es dazu kam, wissen wir nicht genau. Wir haben Marfa in Verdacht, selbst den anonymen Brief mit dem Hinweis geschrieben zu haben, daß Juden das böse Werk ausgeführt hätten. Der an die Polizei gerichtete Originalbrief trug die Unterschrift ›Ein Christ‹. Ich weiß es, auch wenn es mir bisher nicht gelungen ist, das Dokument in die Hand zu bekommen. Auf jeden Fall werden die Diebe alles in ihrer Macht Stehende tun, um die Anschuldigung aufrechtzuerhalten, selbst wenn das bedeutet, daß sie als Augenzeugen Ihres ›Verbrechens‹ gegen Sie aussagen müssen. Es sind angsterfüllte gefährliche Leute. Und Iwan Semjonowitsch, mein Gehilfe, hat herausgefunden, daß Proschko und Richter Nikolai Maximowitschs Stall niedergebrannt haben, allerdings ohne die Hilfe jüdischer Dämonen.«

»So steht die Sache also«, seufzte Jakow. »Hinter der Welt liegt noch eine andere Welt. Verzeihen Sie, aber weiß der Staatsanwalt das, was Sie mir soeben gesagt haben, ebenfalls?«

Gemächlich fächerte sich Bibikow mit dem Hut.

»Um ganz ehrlich zu sein – ich habe keine Ahnung, was er weiß und was er nicht weiß. Ich gehöre nicht zu seinen Vertrauensleuten – aber ich habe den Verdacht, daß er mehr weiß, als er zugibt. Außerdem weiß ich, daß er ein ehrgeiziger Opportunist ist, ein ruheloser Karrieremacher. In seiner Jugend war er ausgesprochen ukrainophil, aber seit er ein öffentliches Amt bekleidet, ist er russischer als der Zar. Eines Tages wird er, wenn Gott nicht Erbarmen hat, Richter am höchsten Gerichtshof werden – zweifellos strebt er in erster Linie nach diesem Amt. Wenn das geschieht, wird es eine Justiz ohne Gerechtigkeit geben.« Der Richter besann sich und machte eine Pause. »Ich wäre Ihnen dankbar, Jakow Schepsowitsch, wenn Sie weder das noch was ich sonst gesagt habe irgend jemandem weitersagten. Wie die meisten Russen spreche auch ich zu viel; aber es kam mir besonders darauf an, Ihnen eine gewisse innere Erleichterung zu verschaffen. Ich bitte Sie zu unser beider Schutz darum.«

»Wem sollte ich es denn weitersagen, selbst wenn es hier jemanden gäbe, der nicht mein Feind ist? Aber was ich fragen wollte – glaubt der Staatsanwalt tatsächlich, daß ich den Knaben umgebracht habe, und glaubt er wirklich das, was der Priester in der Höhle gesagt hat?«

»Auch da muß ich gestehen, daß ich nicht weiß, was er tatsächlich glaubt, so oft ich ihn auch in offiziellen Angelegenheiten sehe. Meiner Ansicht nach neigt er dazu, das zu glauben, was die Menschen seiner Umgebung glauben. Ich will nicht behaupten, daß ich genau weiß, wieviel Effekthascherei und Aberglauben in ihm steckt oder was er damit bezweckt. Aber ich versichere Ihnen, er ist kein Dummkopf. Er kennt unsere Geschichte und das Gesetz sehr gut, wenn er dessen Geist auch wenig Verständnis entgegenbringt. Er weiß ganz bestimmt, daß Alexander I. im Jahre 1827 und Nikolaus I. Anno 1835 durch offiziellen Ukas Verleumdungen wegen Ritualmordes gegen Juden, die auf russischem Boden leben, verboten haben, wenn es auch stimmt, daß man in der vorangegangenen Generation derartige Verleumdungen wieder hat aufheben lassen, um zu politischen Zwecken Pogrome zu veranstalten. Ich brauche Ihnen nicht erst zu sagen, daß sich in der letzten Zeit der Fortschritt in enttäuschender Weise auf dem Rückzug befindet, was immer wir Fortschritt nennen; und das ist um so enttäuschender, als er seit der Emanzipation gering genug gewesen ist. Mir scheint, es liegt irgendein Fluch auf einem Land, in dem Menschen andere Menschen als Eigentum besessen haben. Den Gestank dieser Verderbtheit wird die Seele niemals los, und es ist der Gestank künftiger Untaten. Immerhin sind die ursprünglichen Dekrete nicht annulliert worden, und sie sind deshalb Gesetz. Wenn Grubeschow sich überhaupt mit diesem Thema beschäftigt hat, wie ich es in der letzten Zeit getan habe, weiß er zum Beispiel auch, daß gewisse römisch-katholische Päpste, darunter ein Innozenz, ein Paul, ein Gregor und ein Clemens, deren Zahlenbezeichnungen mir entfallen sind, bestimmte Verbote gegen solche Art Beschuldigung erlassen haben. Einer von ihnen hat sie, glaube ich, ›eine grundlose und bösartige Erfindung‹ genannt. Es war mir interessant zu erfahren, daß, so wie die Juden des Ritualmordes beschuldigt werden, im ersten Jahrhundert Christen von Heiden desgleichen beschuldigt wurden, und damit rechtfertigten diese die Unterdrückung und das Abschlachten der Christen. Auch sie nannte man ›Bluttrinker‹, und zwar aus Gründen, die Sie verstehen würden, wenn Sie die katholische Messe kennten. Die Blutmystik entstammt dem Glauben primitiver Menschen, daß Blut eine Wunderkraft enthält. Natürlich ist es in Farbe und Zusammensetzung eine äußerst dramatische Substanz.«

»Warum sagt aber der Priester ja dazu, wenn der Papst nein gesagt hat?«

»Vater Anastasius ist ein Scharlatan. Er hat eine dumme antisemitische Broschüre in lateinischer Sprache verfaßt, durch die die ›Adelsvereinigung‹ auf ihn aufmerksam wurde, und die hat ihn dazu bewogen, gegen Sie auszusagen. Er steht im Mittelpunkt eines großen Teiles der Agitation zugunsten eines Pogroms. Für mich ist es interessant, daß Schenja Golow kurz nach dem Erscheinen seiner Broschüre ermordet wurde. Er ist ein katholischer Priester, der wegen irgendeiner gemeinen Handlung aus der Kirche ausgestoßen wurde; wir glauben wegen einer Veruntreuung von Kirchengeldern; er ist vor nicht sehr langer Zeit aus Polen gekommen und zur orthodoxen Kirche übergetreten; deren Synode unterstützt übrigens die gegen Sie erhobene Beschuldigung nicht, wenn sie ihr auch nicht entgegentritt. Der Metropolit von Kiew hat mich wissen lassen, daß er keine Erklärung dazu abgeben wird.«

»Das wird das Wasser nicht vom Kochen abhalten«, flüsterte der Fixer.

»Leider nicht. Verstehen Sie ein bißchen Französisch, Jakow Schepsowitsch?« fragte Bibikow.

»Nein, kein Wort, Euer Gnaden.«

»Die Franzosen haben ein Sprichwort: ›Je mehr sich die Dinge ändern, desto mehr bleiben sie, wie sie sind.‹ Sie müssen zugeben, daß darin eine gewisse Wahrheit liegt, besonders im Hinblick auf das, was wir ›Gesellschaft‹ nennen. Im Grunde unterscheidet sie sich in wesentlichen Dingen auch heute nicht von dem, was sie in ferner Vergangenheit war, obwohl wir leicht und ohne nachzudenken Zivilisation für Fortschritt halten. Offen gesagt, ich glaube nicht mehr an diese Auffassung. Ich achte den Menschen für all das, was er im Leben durchzumachen hat, und manchmal auch dafür, wie er es tut, aber er hat sich nur wenig verändert, seit er vorgab, zivilisiert zu sein, und das gleiche kann man von unserer Gesellschaft sagen. So empfinde ich, aber nach einem solchen Geständnis lassen Sie mich hinzufügen, daß ich, wie Sie vielleicht erraten haben, so etwas wie ein Weltverbesserer bin.

Das heißt, ich handle wie ein Optimist, da ich finde, daß ich als Pessimist überhaupt nicht zu handeln vermag. Man fühlt sich manchmal so hilflos angesichts der Verwirrung dieser Zeiten, eines solchen Wirrwarrs von anscheinend unkontrollierbaren Ereignissen und Erfahrungen, die man durchleben, zu verstehen versuchen und, wenn irgend möglich, in eine Ordnung bringen muß; aber man darf nicht vor der Aufgabe zurückweichen, wenn man auch nur das Geringste zu geben hat, denn täte man das, so riskierte man dabei seine Menschlichkeit.

Aber sei dem, wie es wolle«, fuhr er fort, »wenn der Staatsanwalt sich nur ein wenig mit der Lektüre des Alten Testaments befaßt hätte, würde er, dessen bin ich sicher, die Verbote aus dem Dritten Buch Mose kennen, in dem nämlich steht, daß Juden keinerlei Blut verzehren dürfen. Ich kann es nicht genau zitieren – meine Notizen liegen zu Hause auf dem Schreibtisch –, aber der HERR hat alle gewarnt, daß er diejenigen – Israeliten und andere –, die Blut verzehrten, aus seinem Volke ausstoßen würde. Auch erlaubte ER später König David nicht, IHM einen Tempel zu errichten, denn er hatte in vielen Kriegen gekämpft und eine Menge Blut vergossen. ER ist ein konsequenter Gott, wenn auch kein freundlicher. Ich habe auch aus gewissen russischen Quellen zum Alten Testament und anderen jüdischen Schriften gelernt, daß in diesen Schriften nichts von irgendeinem Gesetz oder irgendeinem Gebrauch überliefert ist, der den Juden den Gebrauch von Blut, besonders von Christenblut, zu religiösen Zwecken gestattet. Nach den Schriften, die ich studiert habe – natürlich im geheimen –, wurde das Verbot, irgendwelches Blut zu irgendwelchen Zwecken zu verwenden, auch in späteren jüdischen Schriften – juristischen, literarischen und medizinischen – nie zurückgenommen oder geändert. So ist zum Beispiel keine Vorschrift überliefert, daß Blut zum inneren oder äußeren Gebrauch in der Medizin verwendet werden darf. Usw. usf. Es gibt zahlreiche Tatsachen dieser Art, mit denen Grubeschow sich hätte vertraut machen sollen – und ich versichere Ihnen, ich habe allen Ernstes vor, ihm eine Zusammenfassung meiner Untersuchungen vorzulegen, damit er darüber nachdenken kann. Ehrlich gesagt, Jakow Schepsowitsch, es bringt mich in Verlegenheit, einen Kollegen bei Ihnen so herabzusetzen, aber leider bin ich zu dem Schluß gekommen, daß alles, was er weiß oder durch mein Eingreifen wissen könnte und was dazu beizutragen vermöchte, Ihre Unschuld festzustellen, wenn nicht völlig nutzlos, so doch zumindest seinen Zielen und Zwecken entgegengesetzt ist. Denn auch er will, daß Sie verurteilt werden.«

Jakow rang die Hände. »Was soll ich denn dann nur tun, Euer Gnaden? Muß ich verlassen in diesem Gefängnis sterben?«

»Wer hat Sie denn verlassen?« fragte der Untersuchungsrichter und sah ihn freundlich an.

»Sie natürlich nicht, und dafür bin ich dem bißchen Glück, das ich habe, dankbar. Aber wenn Herr Grubeschow von Ihrem Beweismaterial keinen Gebrauch machen will, kann ich vielleicht jahrelang hier verfaulen. Wie lange dauert schließlich ein Menschenleben? Könnten Sie nicht wegen irgendeiner Kleinigkeit Anklage gegen mich erheben, damit ich zumindest mit einem Anwalt sprechen könnte?«

»Nein, das würde gar nichts nutzen. Ich wäre nämlich gezwungen, Sie wegen Mordes anzuklagen. Und ich habe Angst, die Sache so anzufangen. Wenn es an der Zeit ist, wird Ihr Anwalt schon auftreten. Aber im Augenblick kann kein Anwalt so viel für Sie tun wie ich, Jakow Schepsowitsch. Und sowie ein Anwalt etwas tun kann, werde ich dafür sorgen, daß Sie einen guten bekommen. Ich denke schon an einen bestimmten – einen tatkräftigen und mutigen Mann von ausgezeichnetem Ruf. Ich will in nächster Zukunft einmal hören, was er davon hält, und bin sicher, er wird einverstanden sein, Sie zu vertreten.«

Der Fixer bedankte sich bei ihm.

Nachdem Bibikow auf die Uhr gesehen hatte, stand er plötzlich auf. »Jakow Schepsowitsch, was kann ich Ihnen sonst noch sagen? Schöpfen Sie Mut aus der Wahrheit, und nehmen Sie Ihre Prüfungen auf sich. Stützen Sie sich auf Ihre Unschuld.«

»Das ist nicht so einfach, Euer Gnaden. Ich eigne mich nicht für diese Art Leben. Es fällt mir schwer, es einem Hund gleichzutun. Das ist zwar nicht genau das, was ich sagen wollte, aber wenn man es ein wenig dreht und wendet, stimmt es. Was ich eigentlich meine, ist, daß ich das Gefängnis satt habe; außerdem bin ich nicht mutig. Um die Wahrheit zu sagen – mich bedrängen furchtbare Ängste, die mich weder Tag noch Nacht verlassen.«

»Niemand behauptet, daß es einfach sei. Immerhin – Sie sind nicht allein.«

»In meiner Zelle bin ich allein. In meinen Gedanken bin ich allein. Meine Worte sollen Ihnen nicht bitter vorkommen, denn ich bin Ihnen dankbar für Ihre Hilfe ...«

»Mein lieber Freund«, sagte Bibikow ernst. »Ihre Bitterkeit hat nichts Beleidigendes für mich. Meine Sorge ist, Sie nicht im Stich zu lassen.«

»Warum sollten Sie mich im Stich lassen?« sagte der Fixer und stand angsterfüllt auf.

»Wer weiß?« Bibikow setzte den weichen Hut auf. »Zum Teil rühren meine Zweifel von unserer Situation in diesem unglücklichen Land her. Rußland ist eine so komplexe, schon so lange leidende, unwissende, zerrissene und hilflose Nation. In einem gewissen Sinn sind wir alle hier Gefangene.« Er hielt inne, fuhr sich mit den Fingern durch den Bart und sagte dann: »So vieles müßte getan werden, das alle Kräfte unseres Herzens und unserer Seele fordert, aber ach – wo soll man anfangen? Vielleicht werde ich bei Ihnen anfangen? Vergessen Sie nicht, Jakow Schepsowitsch: Wenn Ihr Leben wertlos ist, ist es auch das meine. Wenn das Gesetz Sie nicht schützt, wird es auch schließlich mich nicht schützen. Deswegen wage ich nicht, Sie im Stich zu lassen, und das macht mir solche Angst – daß ich Sie nicht im Stich lassen darf. Und nun lassen Sie mich Ihnen gute Nacht sagen. Wir wollen beide irgendwie versuchen zu schlafen, vielleicht wird es morgen besser sein. Gott sei Dank, daß es ein ›Morgen‹ gibt.«

Jakow ergriff seine Hand und wollte sie an die Lippen drükken, aber schon war Bibikow gegangen.

Ein Gefangener, ein angsterfüllter, verzweifelter Mann, wurde in die Nachbarzelle eingesperrt. Kaum war er eingeschlossen, begann er mit einem Schuh – oder beiden – gegen die Wand zu hämmern. Aus der Ferne drang der Lärm gut hörbar bis zu Jakow, und er hämmerte mit seinem Schuh zurück. Als jedoch der Mann ihm etwas zurief, konnte er ihn wohl hören, doch seine Worte nicht verstehen. Zu verschiedenen Zeiten, am Tag und in der Nacht, schrien sie aus Leibeskräften einander zu – dem Fixer kam es vor, als wollte ihm jemand eine herzzerreißende Geschichte erzählen, und von ganzem Herzen wollte er sie hören und dann seine eigene berichten; aber das Brüllen und Schreien und die Fragen des Mannes klangen gedämpft, unverständlich. Und der Fixer wußte – die seinen klangen ebenso.

Die Einzelzellen waren rechteckige kleine Räume mit Mauern aus Ziegeln und Zement; in der Außenwand war ein einziges, mit drei Stangen verbarrikadiertes Fenster, einen halben Meter über dem Kopf des Gefangenen. Die Tür bestand aus dickem Eisen mit einem Guckloch in Augenhöhe, durch das der Wachtposten, wenn er da war, hineinsah; aber wenn Jakow auch verstehen konnte, was man ihm vom Gang aus zuschrie, konnte doch keiner der Gefangenen verstehen, was der andere ihm durch das Guckloch zubrüllte. Die Öffnungen waren klein, und der Widerhall im Gang dämpfte die Worte und verwandelte sie in Geräusche.

Einmal hörte ein Wärter mit dunklem Gesicht und dummen Augen, der im Zellenblock auftauchte, wie die beiden einander etwas zuschrien, und fluchte auf beide. Er befahl dem anderen Gefangenen, den Mund zu halten, widrigenfalls würde er ihm den Kopf zu Brei schlagen, und sagte zu Jakow: »Keinerlei Lärm mehr von dir, oder ich schieß' dir den Judenpinkel weg.« Als er gegangen war, hämmerten beide Männer von neuem auf die Wand ein. Der Wärter kam einmal am Tag mit einer Schale wäßriger Suppe voller Insekten und einer Scheibe altem Schwarzbrot; außerdem kontrollierte er zu nicht vorherzusehenden Zeiten die Zellen. Jakow schlief entweder gerade auf dem Fußboden, oder er ging in der Enge der Zelle auf und ab, oder er saß da, mit dem Rücken zur Wand und hochgezogenen Knien, in verzweifelte Gedanken verloren, bis er plötzlich merkte, wie ein bösartiges Auge ihn anstarrte und sogleich wieder verschwand. Aus der Zahl der Türen, die morgens geöffnet wurden, wenn der Wärter und sein Gehilfe das Essen brachten, schloß der Fixer, daß sich nur zwei Gefangene in diesem Flügel des Gefängnisses befanden. Der andere Gefangene war links von ihm untergebracht, und auf der rechten Seite gingen die Wachposten fünfzig Schritte zurück zu einer anderen Tür, die sie mit einem Schlüssel öffneten, dann mit einem schrecklichen Knall wieder zumachten und von der anderen Seite zuschlossen. Manchmal in den frühen Morgenstunden, wenn das riesige Gefängnis in Dunkelheit und Stille dalag, obwohl Hunderte, womöglich Tausende von Männern im Schlaf träumten, stöhnten, schnarchten und furzten, wachte der Gefangene in der Nebenzelle auf und fing an, gegen die Wand zu hämmern, die sie trennte. Er tat es mit schnellen, harten Schlägen, dann wieder langsam, als versuchte er, dem Fixer einen Kode beizubringen, und obwohl Jakow die Schläge zählte und versuchte, sie in die Buchstaben des russischen Alphabets zu übersetzen, ergaben die Worte, die er daraus formte, keinen Sinn, und er fluchte auf seine Dummheit. Er hämmerte – aber was bedeutete es? Manchmal hämmerten sie – vergebens – gleichzeitig gegen die Mauer.

In Einzelhaft zu sein war die schlimmste Verzweiflung, die der Fixer je gekannt hatte. Er war, sagte er sich, nicht dazu gemacht, so viel allein zu sein. Als am zwölften Morgen seiner Einzelhaft die Wärter mit seinem Brot und seiner Suppe kamen, bat er sie, ihn davon zu erlösen. Er hätte seine Lektion gelernt und wollte sich an alle Vorschriften halten, wenn sie nur so freundlich wären, ihn in die Gemeinschaftszelle zurückzubringen, wo man doch wenigstens andere menschliche Gesichter sähe und wo Menschen irgend etwas täten. »Wenn Sie das dem Direktor sagen, werde ich Ihnen von ganzem Herzen dankbar sein. Es ist schwer, ohne ein gelegentliches Gespräch zu leben.« Aber keiner der Wärter antwortete auch nur mit einem Wort. Es hätte sie keine Kopeke gekostet, dem Direktor seine Botschaft zu überbringen, aber sie taten es nicht. Jakow versank in Schweigen und stellte sich manchmal vor, er sei im Podol und spräche zufällig mit irgend jemandem. Er stand zum Beispiel unter einem Baum im Hof der Mietskaserne mit Aaron Latke zusammen und erzählte ihm, wie schlecht es ihm ging. (Wie schlecht war schlecht, wenn man frei war?) Nur ein paar einfache Worte, am besten auf jiddisch, aber auch auf russisch gut genug. Oder, da Freiheit im Augenblick sowieso nicht in Frage kam, könnte er, wenn er nur sein Werkzeug hätte und einen Vormittag lang arbeitete, ein kleines Loch durch die Mauer bohren und mit dem anderen Gefangenen sprechen, ja, vielleicht sogar sein Gesicht sehen, falls er ein paar Schritte zurückträte. Sie könnten einander ihre Lebensgeschichten erzählen, könnten sie über Monate ausspinnen und dann, wenn nötig, wieder von vorne anfangen. Aber sei es, daß der andere Gefangene den Mut verloren hatte oder daß er krank war – er hatte aufgehört, gegen die Wand zu hämmern, und keiner von beiden rief dem anderen noch etwas zu.

Falls er den Mann vergessen hatte, erinnerte er sich doch plötzlich wieder an ihn. Eines Nachts drängte sich ein entferntes Stöhnen in seinen Schlaf. Er erwachte, hörte jedoch nichts. Der Fixer hämmerte mit seinem schweren Schuh gegen die Wand, erhielt aber keine Antwort. Er träumte, Schritte im Gang zu hören, dann weckte ihn ein unterdrückter Schrei von neuem und versetzte ihn in Angst. Irgend etwas ist nicht in Ordnung, dachte er; ich muß mich verstecken. Eine Zellentür fiel ins Schloß und er hörte die Schritte von mehreren Männern im Korridor. Angespannt wartete Jakow in der schwarzen Düsternis, bereit, aufzuschreien, sollte sich die Tür bewegen; aber die Schritte gingen an seiner Zelle vorbei. Die schwere Tür am Ende des Ganges wurde zugeschlagen, ein Schlüssel drehte sich im Schloß und das war das Ende des Lärms. In der furchtbaren Stille, die ihm folgte, vermochte er nicht, wieder einzuschlafen. Er schlug mit beiden zerfetzten Schuhen auf die Wand ein, er schrie, bis er heiser war, konnte jedoch keine Antwort erhalten. Am nächsten Morgen brachte man ihm nichts zu essen. Man läßt mich umkommen, dachte er. Aber mittags kam ein betrunkener Wärter mit seiner Suppe und seinem Brot und hielt Selbstgespräche im Flüsterton. Er verschüttete die Hälfte der Suppe über Jakow, ehe dieser sich der Schüssel bemächtigen konnte.

»Hier bringt er ein russisches Kind um und spielt den Herrscher über uns«, murmelte der Wachtposten, der nach Alkohol stank.

Als er gegangen war, fiel dem Fixer ein, während er langsam sein Schwarzbrot kaute, daß der Posten die Tür nicht zugeschlossen und verriegelt hatte. Das Haar in seinem Nacken juckte ihn. Erregt stand er auf, steckte zwei Finger durch das Guckloch und fiel beinahe in Ohnmacht, als sich die Tür langsam nach innen öffnete.

Verwirrt und erschreckt, wußte Jakow nicht, was er tun sollte. Wenn ich hinausgehe, werden sie mich bestimmt umbringen. Sicher wartet draußen schon jemand. Er spähte durch das Loch, vermochte jedoch niemanden zu sehen. Leise machte er die Tür zu und wartete.

Eine Stunde, wenn nicht noch mehr, verging. Zum zweitenmal öffnete er die quietschende Tür, und diesmal warf er rasch einen Blick in die Eingangshalle. Rechts, am Ende des Zellenblocks, war die Betontür halb offen. Hatte der betrunkene Posten auch vergessen, sie abzuschließen? Jakow schlich sich den Korridor entlang, blieb ein paar Meter vor der Tür stehen und kehrte sogleich wieder um. Aber er ging nicht in seine Zelle zurück. Zum zweitenmal näherte er sich der schweren Tür und war im Begriff, sie aufzureißen, als er mit einem Schlage erkannte, daß er rascher handelte, als er denken konnte. Er lief also wieder zu seiner Zelle, trat ein und schlug die Tür hinter sich zu. Dort wartete er, seine Muskeln zu Eis erstarrt, sein Herz ein einziger, immer größer werdender Schmerz. Niemand kam. Aber der Fixer hatte gründlich darüber nachgedacht und war sicher, daß der Aufseher die Tür absichtlich offengelassen hatte. Wenn er durch sie hindurchginge und sich die Treppe hinunterstähle, würde ihm unten ein anderer Posten gegenüberstehen, der mit den dummen Augen. Er würde Jakow ansehen und langsam die Pistole heben. Und der Direktor würde ins Gefängnisjournal eintragen: »Der Gefangene Jakow Bok bei einem Fluchtversuch durch einen Schuß in den Magen umgekommen.«

Aber er schlich sich von neuem in den Gang hinaus, seine Gedanken schwelgten in Freiheit; diesmal jedoch ging er in die entgegengesetzte Richtung, verwundert, daß er nicht früher daran gedacht hatte. Vorsichtig spähte er nach rechts und links, dann durch das Guckloch in die Zelle des anderen Gefangenen. Ein bärtiger Mann, der langsam hin und her pendelte, hing an einem Ledergürtel, der an der mittleren Stange des offenen Fensters befestigt war, und in der Nähe stand ein umgefallener Hocker. Er starrte auf den Fußboden, wo unter seinen kleinen Füßen sein zerbrochener Zwicker lag.

Es dauerte eine Ewigkeit, ehe sich der Fixer eingestand, daß es Bibikow war.

6

In der hellen Dunkelheit erschien der Geist Bibikows mit einem großen weißen Hut auf dem Kopf. Kein Zwicker saß auf seiner Nase, er existierte nicht mehr, und Bibikow rieb sich verlegen den Nasenrücken.

»Etwas Schreckliches ist geschehen, Jakow Schepsowitsch. Diese Leute haben überhaupt keine Moral. Ich fürchte, sie werden Sie auch umbringen.«

»Nein, nein«, schrie Jakow. »Ich glaube nicht an den Aberglauben.«

Der Untersuchungsrichter zündete sich eine rosenfarbige Zigarette an und saß schweigend da; er versuchte etwas zu sagen und begann sich aufzulösen. Langsam verschwand er in der Dunkelheit, immer blasser wurde seine weiße Gestalt, als sei der Abend gekommen und dann die Nacht; und das milde Glühen der Zigarette wurde schwächer und schwächer, bis es ganz erlosch. Alles was von ihm blieb, war die düstere Erinnerung an ihn, wie er vom Fenster herunterhing und seine hervorquellenden Augen auf die zerbrochenen Gläser starrten, die auf dem Boden lagen.

Die ganze Nacht über saß der Fixer zusammengesunken in der Ecke der Zelle, erfüllt von der Angst, sterben zu müssen. Wenn er eine Minute lang schlief, war sein Schlaf durchdrungen von dem Geschmack, dem Geruch und dem Entsetzen des Sterbens. Regungslos lag er auf einem Friedhof, steif, in Todesangst. Am schwarzen Himmel standen schwarze Sterne. Wenn er sich rührte, würde er in ein offenes Grab stürzen, zwischen die verwesenden Toten, ihr totes Fleisch, ihre faulenden Knochen. Aber mehr als den Tod fürchtete er die Folter. Er hatte Angst, in Stücke gerissen und auseinander gebrochen zu werden, ehe er starb. Er sah, wie man schreckliche Instrumente in die Zelle schleppte, riesige Maschinen aus Holz, die den Körper streckten und zermalmten; seine Überreste wurden an einer Gitterstange des Fensters aufgehängt. Im Morgengrauen, als der schmutzige Blick des spähenden Auges auf ihn fiel, das durch das Loch in der Tür starrte, erwachte er aus düsterem Schlaf und flehte um sein Leben. Als die Tür sich quietschend öffnete, schrie er auf; aber die Wärter erdrosselten ihn nicht. Einer von ihnen stieß mit dem Fuß eine Schüssel Brei ohne eine einzige Schabe herein.

Den ganzen Tag über lief der Fixer in seiner Zelle herum, manchmal rannte er, fünf Schritte, drei, fünf, drei, unterbrach den Kreis, um sich gegen die Mauer zu werfen oder unter langgezogenen Schmerzensschreien mit den Fäusten gegen die Metalltür zu hämmern. Er betrauerte Bibikow mit tiefem Kummer und großer Bitterkeit. Wochenlang hatte dieser mögliche Retter seine Gedanken erfüllt, dieser gerechte und liebenswürdige Mann, hatte er sich auf ihn verlassen, daß er ihn aus dem Gefängnis befreite, aus der Falle, die man ihm gestellt hatte, von dem Verbrechen selbst und der entsetzlichen Anklage. Seine Ruhe war einzig dem Gedanken entsprungen, daß ein guter Mensch ihm beistand und daß der Urteilsspruch, wenn der Prozeß stattfände, durch sein Eingreifen »nicht schuldig« lauten würde. Er hatte sich vorgestellt, wie er nach seiner Freilassung ins Stedtl zurückeilen oder, wenn er das Geld auftreiben könnte, nach Amerika entfliehen würde. Aber jetzt war es vorbei mit diesen Hoffnungen, diesen Träumen, von denen er gelebt hatte, ohne Warnung waren sie ihm geraubt worden. Wer würde ihm jetzt helfen, worauf konnte er hoffen? Wo Bibikow in seinen Gedanken gelebt hatte, war nun ein hoffnungsloses Loch. Wer würde nun die Mörderin Marfa Golow und ihre Komplicen entlarven und den Zeitungen seine Unschuld verkünden? Angenommen sie verließe Kiew, flöhe in eine andere Stadt – oder ein anderes Land –, würde man sie dann jemals wiedersehen? Wie sollte die Welt je etwas von der Ungerechtigkeit erfahren, die gegen einen unschuldigen Mann begangen worden war? Wer könnte ihm helfen, wenn niemand außer seinen Kerkermeistern wußte, wo er war? Was auch immer er irgend jemandem bedeutete, Jakow Bok existierte überhaupt nicht. Wenn man ihn nicht direkt umzubringen beabsichtigte, würde man ihn eben langsam umbringen, indem man ihn für immer lebendig im Gefängnis begrub.

»Mama – Papa«, rief er aus, »rettet mich! Schmuel, Raisl – egal wer –, rettet mich! Irgend jemand soll mich retten!« Er lief im Kreise herum, vergaß, daß er lief, erfand phantastische Fluchtpläne, deren jeder sein Herz schmerzen ließ, denn alle waren unausführbar. Den ganzen Tag lief er umher, bis in die Nacht hinein; zuletzt fielen ihm die Schuhe von den Füßen, aber er lief barfuß weiter über den Boden, der ihm die Sohlen zerriß. Er lief in beinahe flüssiger Hitze, ohne ein anderes Ziel als seine kreisrunde Falle, und er schlug auf dieser Reise auf sich ein – schlug sich auf die Brust, ins Gesicht und an den Kopf, grub sich die Nägel ins Fleisch und beklagte sein Leben.

Seine verkrümmten Füße schmerzten unerträglich. Erschöpft legte sich Jakow auf den Boden. Folter durch sein eigenes Werkzeug – Körperqual durch tiefe Depression. Seine zerfetzten Füße, deren Sohlen mit Krätze und roten eiternden Geschwüren bedeckt waren, glichen aufgeblasenen Beuteln, die jeden Moment zu platzen drohten. Als die Schwellungen an seinen Beinen hinaufkrochen, sah man die Knöchel nicht mehr. Der Fixer lag auf dem Rücken und atmete mühsam, geräuschvoll. Wenn es wenigstens kühler wäre! Wie lange kann ich das aushalten? Er hatte das Gefühl, als lägen seine Füße in Ketten und würden in Brand gesteckt. Beide Beine waren bis zu den Knien geschwollen. Er lag auf dem Rücken und sehnte den Tod herbei. Ein kaltes Auge starrte ihn an. Schließlich merkte er, daß es durch das Guckloch blickte – es starrte auf seine eiternden Füße; aber der, der ihn ansah, hatte nichts zu sagen; und sagte kein Wort.

»Helfen Sie meinen armen Füßen«, rief Jakow aus, »die Schmerzen sind grauenhaft.« Wer immer es war, der es vielleicht hörte – er sagte nichts. Dann war das Auge im Guckloch verschwunden. Mit Schüttelfrost, in feuchter Kleidung erlitt der Fixer stöhnend eine weitere Nacht der Schmerzen. Am Morgen drehte sich ein Schlüssel in der Tür, und Direktor Grisizkoi trat ein. Jakow schrak vor ihm zurück; er dachte an Bibikow. Aber der schielende Direktor sah wirklich und sogar menschlich aus, und das, was er in der Nachbarzelle erblickt hatte, war unwirklich und wie ein Traum; manchmal war er nicht ganz sicher, ob er es tatsächlich gesehen hatte. Er wagte nicht, nach dem Untersuchungsrichter zu fragen. Wenn sie wüßten, daß er Bescheid wußte, brächten sie ihn vielleicht sogleich um.

»Was für Tricks haben Sie denn jetzt im Sinn?« fragte der Direktor.

»Bitte«, sagte Jakow, »meine Füße sind durch die Nägel in den Schuhen infiziert. Ich brauche einen Arzt.«

»Für Leute wie Sie gibt's keinen Arzt.«

Ermattet schloß der Fixer die Augen.

Der Direktor ging. Am Nachmittag kam er mit einem Gehilfen von der Krankenstation des Gefängnisses zurück.

»Er hat sich die Füße infiziert«, sagte der Gehilfe.

»Ist es ernst?« fragte der Direktor, »oder wird es von selbst wieder vergehen?«

»Beide Füße sind voll Eiter. Vielleicht entwickelt sich daraus Brand.«

»Geschäh' dem Saukerl recht«, sagte der Direktor.

»Also gut«, sagte er zu Jakow, »geh'n Sie 'runter in die Krankenstation. Ich tät' Sie ja hier verfaulen lassen, aber ich will nicht, daß die Zelle noch mehr stinkt, als sie es sowieso tut, sonst wird sie noch von Ihren Bazillen infiziert. Schnell, 'runter mit Ihnen.«

»Wie kann ich denn laufen?« fragte Jakow. »Könnte mir nicht Fetjukow oder sonst jemand helfen?«

»Beste Gesellschaft für 'nen anderen Mörder«, sagte der Direktor. »Fetjukow ist nicht mehr hier. Der wurde wegen Befehlsverweigerung und Widerstand gegen einen Wachtposten erschossen.«

»Erschossen?« sagte der Fixer bestürzt.

»Wegen Auflehnung. Er hat einen Wachtposten beleidigt. Lassen Sie sich's zur Lehre dienen. Und jetzt rasch fort.«

»Ich kann nicht auftreten. Wie kann ich denn gehen, wenn ich nicht auftreten kann?«

»Wenn Sie nicht auftreten können, kriechen Sie eben. Der Teufel soll Sie holen!«

Wie ein Hund, dachte Jakow. Auf allen vieren kroch er hinaus in den Gang und dann unter Schmerzen auf die Tür zum Treppenhaus zu. Aber wenn er auch nur langsam kroch, so taten ihm doch durch den Druck die Knie weh, und er konnte nicht verhindern, daß seine kranken Füße über den Boden schleiften. Immerhin zwang er sich, nicht laut aufzuschreien. Der Direktor und der Krankengehilfe waren gegangen; ein bewaffneter Wärter folgte dem Fixer, während er auf die Betontür zukroch. Als es die steile Holztreppe hinunter ging, lastete das Gewicht seines Körpers auf seinen zitternden Armen, bei jeder Stufe schlugen seine Füße irgendwo gegen, und mehr als einmal fiel er beinahe kopfüber die Treppe hinunter. Wenn er eine Pause machte, stieß ihn der Posten mit dem Gewehrkolben an. Als Jakow am Fuße der Treppe angelangt war, waren seine Hände bis aufs Fleisch zerkratzt, und seine Knie bluteten. Sein Rücken war schwarz vor Schweiß, und die Venen an seinem Hals standen weit heraus, als er den Korridor entlang und durch die Gefängnistür hinauskroch in den Hof.

Die Krankenstation lag im Verwaltungsgebäude, auf der anderen Seite des quadratischen Hofs, gegenüber den Gefängniszellen. Es war die Zeit des zehnminütigen Nachmittagsspaziergangs, und die Gefangenen öffneten ihre Doppelreihen für den Fixer und sahen zu, wie er zögernd über den ungepflasterten Hof kroch.

»Fünf Kopeken auf den Judenbastard!« brüllte der Klumpfuß. Ein Gefangener in einem zerrissenen Mantel versetzte ihm einen Schlag auf den Mund. Ein Posten schlug auf den Gefangenen ein.

Werde ich's schaffen, wenn ich am Leben bleibe? Übelkeit brachte Jakow einer Ohnmacht nahe. Als er über den halben

Hof gekrochen war, versagten seine zitternden Arme, und er brach zusammen. Mehrere Gefangene brachen aus ihren Reihen aus, aber der Wärter mit der Peitsche brüllte sie an, das sei verboten. Die Wache, die im Hof die Runde machte, richtete ihre Gewehre auf die Gefangenen; sie kehrten in ihre Reihen zurück, nicht jedoch der Fäkalienmann, der Mann mit der zerbrochenen Brille. Er fischte ein paar Leinenlappen aus einem Abfallhaufen in der Ecke des Hofes und rannte auf Jakow zu. In aller Eile wickelte er die Lappen um Hände und Knie des Fixers. Der Wärter fluchte, sah jedoch zu. Als die Lappen festgebunden waren, stieß er Jakow mit dem Fuß.

Der Fixer richtete sich auf seinen wunden Händen und blutenden Knien auf und kroch blindlings weiter über den Hof. Er kletterte die Stufen zur Krankenstation hinauf.

Der Chirurg, ein kahlköpfiger Mann in schmutzigem weißen Leinenmantel, der nach Karbolsäure und Tabak roch, untersuchte Jakows Füße, beschmierte sie mit einer dicken, gelben, beißenden Salbe aus einer Dose und befahl dem Fixer, nachdem er beide Füße mit dreckigen Binden umwunden und seine Hände und Knie mit Alkohol abgetupft hatte, sich ins Bett zu legen. Zum erstenmal seit seiner Verhaftung lag er in einem Bett. Er schlief eineinhalb Tage lang.

Als er aufwachte, löste der Chirurg, eine Zigarre rauchend, die Verbände und operierte seine Füße. Ohne Betäubung schnitt er mit einem Messer in die eiternden Wunden. Der Gefangene, der sich auf die Lippen biß, um still zu sein, schrie bei jedem Schnitt auf.

»Das tut dir gut, Bok«, sagte der Chirurg. »Jetzt weißt du auch, wie dem armen Schenja zumute war, als du ihn durchbohrt und ihm das Blut abgezapft hast um deiner jüdischen Religion willen.«

Als Jakow in jener Nacht in der Krankenstation im Bett lag, fiel ihm das Atmen schwer. Obwohl er lange, gierige, heiße Atemzüge durch den Mund tat, schien die Luft dünn und ungenügend zu sein. Zunächst hatte er nicht die Angst, Asthma zu haben, denn wenn ihn etwas belastete, war ihm das Atmen schon häufig schwergefallen, und doch war er seit Jahren nicht ernsthaft krank gewesen. Aber dann wurde die Luft schwer und verbraucht. Es war, als versuchte er Metall einzuatmen. Seine Brust hob und senkte sich. Seine Lungen wurden schwer wie Steine, sein Atem wurde zu einem mühsamen Röcheln, und es wurde ihm übel. Der Fixer krallte sich an der Matratze fest. »Bitte, wer braucht noch mehr? Ich habe genug.« Er setzte sich, keuchte um Hilfe, aber niemand half. Jakow kroch aus dem Bett, aus seinen verbundenen Füßen sickerte Blut, und wankte zu dem vergitterten Fenster. Er lag darunter und röchelte bei dem Versuch, ein paar Tropfen Luft in die Lungen zu bekommen. Inmitten dieser Anstrengungen versank er in einen erschöpften und gefährlichen Halbschlaf, träumte, er stürbe in einer fensterlosen Zelle, und er sah in seinen erdrückenden Träumen das schäbige Waisenhaus, eine schiefe verfallene Baracke, in der er seine Kindheit verlebt hatte; sah Raisl, die erschrocken vor ihm davonlief, als hätte er sie mit dem Hackmesser bedroht; und seine lebenslängliche Gefangenschaft in Sibirien für die Ermordung eines Knaben, dessen gequältes totes Gesicht ihn noch immer verfolgte. Er träumte, er sei ihm im Wald begegnet, einem Kind mit seinen Schulbüchern, habe ihn dann gepackt und, einem Impuls folgend, bis zur Bewußtlosigkeit gewürgt; darauf versetzte er dem Knaben, der auf der Erde lag und sich noch immer zuckend bewegte, mit Proschkos Hilfe dreizehn Stiche in die Brust und zapfte ihm fünf Liter hellrotes Blut ab, eine wunderbare Flüssigkeit. Die ganze Nacht über stand Grubeschow mit beiden, in gelben Gamaschen steckenden Füßen auf Jakows Brust und hielt seinem Opfer mit belegter Stimme eine Ansprache, und obwohl der Fixer Bibikow wie wild um Hilfe anflehte, wollte oder konnte der Untersuchungsrichter, der in einem anderen Zimmer am Schreibtisch saß, nicht gestört werden.

Der Direktor wies ihn in eine neue Zelle ein; sie war groß und ziemlich feucht und lag im Erdgeschoß des Einzelzellenblocks im Südflügel des Gefängnisses, rechts von der Verwaltungsabteilung und der Krankenstation.

»Nur, um Sie besser im Auge zu haben«, sagte er. »Es heißt, Sie könnten mit Hilfe Ihrer jüdischen Kohorten zu flüchten versuchen, etwas, wovor ich Sie nur energisch warnen kann, denn wenn Sie es probieren, werden Sie mit Sicherheit erschossen werden.«

Er deutete auf einen Anschlag an der Wand:

Befolge ohne zu fragen alle Regeln und Vorschriften. Wenn der Gefangene aufsässig ist oder einen Wärter oder Gefängnisbeamten beleidigt oder wenn er auf irgendeine Art versucht, die Sicherheitsmaßnahmen dieses Gefängnisses zu durchbrechen, wird er auf der Stelle erschossen werden.

»Außerdem«, sagte der alte Direktor, »erhält der Wärter eine finanzielle Belohnung für die Aufrechterhaltung der Vorschriften, also nehmen Sie sich in acht. Ein kluger Hund erkennt die Peitsche und hütet sich vor Hieben.«

Er nahm eine Prise Schnupftabak und nieste zweimal.

Jakow fragte, ob er einen anderen Gefangenen, einen anständigen Menschen, als Gesellschaft haben könnte. »Es ist schwer, Euer Gnaden, zu leben, ohne einen anderen Menschen zu haben, mit dem man sprechen kann. Wie soll man sich das Herz ein wenig erleichtern?«

»Das ist meine geringste Sorge«, entgegnete der Direktor.

»Könnte ich dann vielleicht irgendein Tier halten, eine Katze oder vielleicht einen Vogel?«

»Eine Katze bei Ihren Rationen? – da würden Sie ja beide verhungern. Entweder würde die Sie auffressen oder Sie das Tier. Aber wie dem auch sei, hier sind Sie in einem Gefängnis für Verbrecher und nicht in einer Teestube oder einem Klubhaus. Sie sind weder zu Ihrer Bequemlichkeit hier noch um irgend etwas zu verhätscheln, sondern zur strengen Strafe für den gemeinen Mord an einem harmlosen Kind, den Sie begangen haben. Nur ein jüdischer Gefangener wie Sie kann die Unverfrorenheit haben, so etwas zu fordern. Ich habe genug davon.«

Im Herbst war das Wetter schlecht – regnerisch und kalt, und Jakow konnte in der Zelle seinen Atem sehen. Das Asthma setzte ihm nicht zu, wenn er nicht gerade erkältet war; dann bekam er es wieder und meistens schlimm. An manchen Tagen war morgens die Außenmauer der Zelle, die zum Hof hinausging, an vielen Stellen vom Spitzenmuster des Rauhreifs bedeckt. Die Innenwände, mehr als dreißig Zentimeter dick, aus Ziegeln, zerbrochenen Steinen und Zement, waren räudig und voller Sprünge. Nach schweren Regengüssen war der größte Teil des Fußbodens feucht vom Wasser, das aus der Erde hochsickerte. Durch einen Teil der Decke oberhalb des Fensters regnete es herein. An schönen Tagen ließ das kleine vergitterte Fenster, ungefähr einen Meter hoch über dem Kopf des Fixers, trotz seiner Schmutzschicht etwas Licht ein. Das Licht war düster und verschwand an Regentagen in der Dunkelheit. Nach dem Abendessen bekam Jakow eine kleine stinkende Petroleumlampe ohne Glaszylinder, die bis zum Morgen brannte und dann weggenommen wurde. Aber eines Abends erhielt er die Lampe nicht, denn, sagte der stellvertretende Direktor, Petroleum kostet Geld. Der Fixer bat statt ihrer um eine Kerze, und der stellvertretende Direktor sagte, er wolle sich darum kümmern, aber der Fixer bekam die Kerze nie. Die ganze Nacht über war die Zelle pechschwarz. Ich werde die Kerze bekommen, wenn die Anklageschrift fertig ist, dachte Jakow.

Wenn draußen der Wind heftig blies, drang durch das gesprungene Fenster kalte Luft in die Zelle. Jakow erbot sich, es zu reparieren, wenn man ihm ein wenig Kitt und eine Leiter gäbe, aber niemand interessierte sich dafür. Die Zelle war zwar kalt, aber er hatte wenigstens eine Matratze, einen dünnen klumpigen Strohsack, dessen letzter Besitzer – das erzählte ihm Schitnjak, der Wärter mit den kleinen Augen und schwarzen Fingern – an Gefängnisfieber gestorben war. Der Fixer legte die Matratze auf den trockenen Teil des Bodens. Zwar waren

Wanzen darin, aber es gelang ihm, einige von ihnen herauszuklopfen und zu vernichten. Sein Rücken schmerzte, wenn er auf ihr geschlafen hatte, und das Stroh im Sack stank nach Fäulnis, aber es war besser, darauf zu schlafen als auf dem Steinboden. Im November bekam er eine zerlumpte Decke. Außerdem hatte er einen dreibeinigen Hocker in der Zelle und ein fettiges Holztischchen, dessen eines Bein kürzer war als die drei anderen. In einer Ecke der Zelle hatte er einen Krug Wasser; und in die gegenüberliegende Ecke stellte er die übelriechende Dose, in die er urinierte und abführte, so er überhaupt abführen konnte. Einmal am Tage durfte er diese Fäkaliendose in eine Tonne ausleeren, die ein anderer Gefangener an den Zellen vorbeirollte, ein Gefangener, der nicht mit dem Fixer sprechen und den Jakow nicht anreden durfte. Da der Rollwagen weiter weg von seiner Tür hielt, konnte er schließen, daß die Zellen zu beiden Seiten von ihm leer standen. Es war eine einsame Einzelhaft.

Die verriegelte Zellentür bestand aus drei eisernen Schichten; sie war einmal schwarz angestrichen, jetzt jedoch weitgehend verrostet; in Augenhöhe befand sich ein Guckloch, das durch eine Metallscheibe verdeckt war, die der Posten zur Seite schob, wenn er hineinschauen wollte. Ungefähr einmal in der Stunde schweifte ein Blick aus einem einzigen Auge durch die Zelle. Meistens war Schitnjak am Tage da und Kogin während der Nacht; an manchen Tagen fielen ihre Dienstzeiten zusammen, und gelegentlich tauschten sie die Schichten. Wenn Jakow heimlich die Scheibe zur Seite schob und einen Blick durch das Guckloch warf, konnte er Schitnjak sehen, der auf einem großen Stuhl an der Wand saß, mit dem Taschenmesser an einem Stock herumschnitzte, Bilder in einer Illustrierten betrachtete oder döste. Er war ein breitschultriger Mann mit haarigen Nasenlöchern und kurzen schwarzen Fingern, als ob er einmal mit Wagenschmiere oder Lampenruß gearbeitet hätte, die er nie wieder loswerden konnte. Wenn er die Zelle betrat, roch er nach Schweiß und Kohl. Schitnjak hatte ein pockennarbiges Gesicht und war ungeduldig. Er war finster und launisch und schlug hie und da auf den Fixer ein.

Kogin, der Nachtposten, war ein hochgewachsener Mann mit hagerem Gesicht und wäßrigen, von Sorgen abgespannten Augen. Er sprach mit einer tiefen Stimme, die aus dem Boden zu kommen schien. Selbst sein Flüstern klang tief und schwer. Oft ging er im Gang auf und ab, als wäre er der Gefangene; Jakow konnte das Hin und Her seiner Stiefel auf dem Betonboden hören. Nachts öffnete Kogin das Guckloch, lauschte dem asthmatischen Atem des Fixers und hörte zu, wenn dieser im Schlaf sprach oder schrie. Jakow wußte, daß er da war, denn wenn ihn seine Angstträume und seine Schreie im Schlaf aufweckten, sah er durch das Loch das schwache Licht vom Korridor und die Scheibe, die langsam wieder vorgeschoben wurde. Manchmal erwachte er, wenn Kogin das Licht einer Taschenlampe durch das Guckloch fallen ließ. Manchmal konnte er den schweren Atem des Wärters an der Zellentür hören.

Schitnjak war der gesprächigere von beiden, wenn er auch wenig genug sagte. Zuerst sprach Kogin überhaupt nicht mit dem Fixer, aber nachdem er getrunken hatte, klagte er ihm einmal, daß aus seinem Sohn nichts geworden sei. »Er geht keiner geregelten Arbeit nach«, sagte der Posten mit seiner tiefen Stimme. »Wann wird er sich eine Stelle suchen? Dreißig Jahre habe ich gewartet, daß ein Mann aus ihm würde, und ich warte noch immer. ›Warte‹, sage ich mir, ›er wird sich schon ändern. Er wird ein Mann werden‹, aber er tut es nicht. Er bestiehlt mich sogar, und ich bin doch sein Vater. Meine Frau behauptet, es sei meine Schuld, weil ich ihn nicht geschlagen habe, als er noch ein Kind war und böse Streiche spielte, aber das liegt nicht in meiner Art. Ich habe genug davon von meinem eigenen Vater, verfaulen soll er im Grab. Und was noch schlimmer ist – auch meine Tochter benimmt sich nicht, wie sie sollte, aber darauf will ich nicht eingehen. Mein Sohn wird eines Tages im Gefängnis landen wie Sie, und recht wird's ihm geschehen. Das ist alles, was die Liebe eines Vaters zuwege bringt.«

Im Oktober hatte Jakow die Wachen gebeten, den Ziegelofen in der Zelle anzuzünden, aber der stellvertretende Direktor weigerte sich zunächst, das Holz zur Verfügung zu stellen. Dann öffnete eines Tages im November Schitnjak die Tür, und zwei kahlgeschorene Gefangene, die Jakow verstohlen beobachteten, brachten dem Fixer zwei kleine, zu Bündeln zusammengebundene Ladungen Holz. Er hatte eine Erkältung und Asthma gehabt, und vielleicht hatte einer der Posten es dem Direktor berichtet, der möglicherweise das Gefühl hatte, er müsse den Gefangenen am Leben halten. Der Direktor war in Jakows Augen kein bösartiger Mensch. Im besten Fall hielt er sehr viel von strenger Disziplin, im schlimmsten war er ein Dummkopf. Bei dem stellvertretenden Direktor war es anders. Den Fixer schauderte es vor den unergründlichen Augen dieses Mannes, vor seinem schmalen Gesicht und seiner Hand mit den vier Fingern. Was immer er ansah – er schien ein wenig daran zu nagen. Sein kleiner Mund war verschlagen und zeugte von einem verborgenen Hunger. Seine Stiefel stanken nach Hundedreck, oder was er sonst zum Putzen verwendete. Die Wärter trugen Pistolen im Halfter, aber der stellvertretende Direktor hatte an jeder Hüfte einen Revolver hängen. Er hatte sich Zeit gelassen, ehe er Jakow gestattete, Holz zu erhalten. Der Fixer haßte und fürchtete ihn mehr als irgend jemanden sonst im Gefängnis.

Aus dem hohen gelben Ziegelofen kam oben Rauch aus einem zerbrochenen Ziegel, aber Jakow war der Rauch lieber als die Kälte. Er bat, den Ofen am frühen Morgen anzuzünden, um den Frost aus den Mauern zu vertreiben, obwohl sich, wenn die Zelle warm wurde, eine kleine Pfütze auf dem Boden bildete; und er bat, den Ofen vor dem Abendessen nochmals anzuzünden, um mit Bequemlichkeit essen zu können. Wenn die Zelle zu kalt war, konnte er die paar Stückchen Kohl in der Suppe überhaupt nicht schmecken. War die Zelle warm, konnte er jeden Bissen schmecken. Um Holz zu sparen, ließ er den Ofen am späten Vormittag ausgehen. Nachher kratzte er mit den Fingern die kalte Asche aus dem Kasten unter dem Rost, legte ein wenig Kleinholz und ein paar Holzscheite hinein, und abends vor dem Essen kam dann Schitnjak, um den Ofen von neuem anzuzünden. Es schien ihm nichts auszumachen, das zu tun, wenn er auch manchmal dabei fluchte. Jakows Haar war noch immer nicht kahlgeschoren, nur einmal hatte der Gefängnisbarbier es etwas kürzer geschnitten; er durfte sich nicht rasieren, und sein Bart wurde immer länger.

»Damit du mehr wie ein Jude aussiehst«, sagte Schitnjak durch das Guckloch. »Es heißt, der Direktor will dich in einen Judenkaftan und einen runden Rabbinerhut stecken, und man wird dir aus deinen Haaren Schläfenlocken über den Ohren drehen, damit du koscher aussiehst. Der stellvertretende Direktor hat gesagt, daß man das tun wird.«

Die Gefangenen in den anderen Einzelzellen erhielten ihr armseliges Essen von anderen Gefangenen, die Jakow nicht das seine bringen durften. Statt es dem Fixer selbst zu bringen, mußten sie es Schitnjak oder Kogin geben, der es ihm aushändigte. Das ärgerte Schitnjak, und manchmal sagte er, wenn er Jakow den Brei oder die Kohlsuppe und das Brot brachte: »Hier ist deine Schüssel Christenblut, laß dir's gut schmecken, Kamerad.« Um die Zelle zu betreten, schob der diensthabende Posten, manchmal von einem zweiten, mit einem Gewehr bewaffneten unterstützt, häufiger jedoch allein, die sechs von drei Ringen umschlossenen Riegel zurück, die an dem Tag, da Jakow in diese Zelle gesperrt wurde, angebracht worden waren. Wenn der Fixer vier- oder fünfmal am Tage hörte, wie die sechs Riegel zurückgeschoben wurden, überkam ihn jedesmal eine heftige Erregung.

Während des Spätherbsts bekam Jakow den Direktor nicht zu Gesicht, dann erschien er eines Tages in der Zelle »in einer offiziellen Angelegenheit«.

»Man hat auf Schenjuschkas Gürtelschnalle einen Fingerabdruck gefunden, so wollen wir mal lieber den Ihren abnehmen.«

Ein Detektiv erschien mit Stempelkissen und Papier und machte Fingerabdrücke von Jakow.

Eine Woche später betrat der Direktor mit einer großen Schere die Zelle.

»Man hat ein paar Haare an der Leiche des Knaben gefunden, die wollen wir mit Ihren vergleichen.«

Voll Unbehagen erlaubte Jakow ihm, ein paar von seinen Haaren abzuschneiden.

»Schneiden Sie sie selbst ab«, sagte Direktor Grisizkoi. »Schneiden Sie sich sechs oder acht Haare ab und tun Sie sie in diesen Briefumschlag.« Er gab Jakow die Schere und den Umschlag.

Der Fixer schnippelte sich mehrere Haare ab. »Wie soll ich wissen, ob Sie nicht diese Haare auf die Leiche des Knaben legen und dann behaupten, Sie hätten sie gleich zu Anfang dort gefunden?«

»Sie sind ein argwöhnischer Mensch«, sagte der Direktor, »das ist bei Ihrer ganzen Rasse so.«

»Entschuldigen Sie, aber warum sollte der Direktor eines Gefängnisses nach Beweismaterial für ein Verbrechen suchen? Ist er vielleicht ein Polizist?«

»Verdammt noch mal, das geht Sie überhaupt nichts an«, sagte er. »Wenn Sie so unschuldig sind, beweisen Sie's uns doch!«

Eine Laus fiel mit den Haaren in den Umschlag, aber Jakow ließ sie dort.

Eines Morgens betrat der Direktor die Zelle mit einem Federhalter, einer Flasche schwarzer Tinte und mehreren Blättern Kanzleipapier, um sich Proben von Jakows Handschrift geben zu lassen. Er befahl ihm, auf russisch zu schreiben: »Ich heiße Jakow Schepsowitsch Bok. Es stimmt, daß ich Jude bin.«

Später kam der Direktor noch einmal und verlangte von dem Fixer, dieselben Worte zum zweitenmal, aber auf dem Boden liegend zu schreiben. Dann mußte Schitnjak die Beine des Gefangenen festhalten, während dieser auf dem Kopf stand und seinen Namen schrieb.

»Wozu dient das?« fragte Jakow.

»Um herauszufinden, ob sich Ihre Handschrift je nach Lage ändert. Wir wollen alle nur möglichen Proben haben.«

Und zweimal am Tage gab es, seit der Fixer in dieser Zelle war, Leibesvisitationen: »Durchsuchungen« wurden sie genannt. Die Riegel an der Tür wurden zurückgestoßen, und Schitnjak und der stellvertretende Direktor mit seinen übelriechenden Stiefeln betraten die Zelle; sie befahlen dem Fixer, sich zu entkleiden. Jakow mußte seine Kleidung ablegen – den dicken

Mantel, das Gefängnisjackett, das knopflose Hemd, Stücke, die nie gewaschen wurden, obwohl er um die Erlaubnis gebeten hatte, sie zu waschen; dann ließ er die Hose und die lange Unterhose fallen. Sein fadenscheiniges Unterhemd durfte er anbehalten, möglicherweise, um nicht zu erfrieren. Sie zwangen ihn auch, seine durchlöcherten Socken und die Holzpantinen auszuziehen, die er seit der Zeit trug, da ihm der Chirurg die Wunden an den Füßen aufgeschnitten hatte, und die Zehen zu spreizen, damit Schitnjak die Zwischenräume inspizieren konnte.

»Warum tun Sie das?« hatte Jakow bei der ersten Durchsuchung gefragt.

»Halt die Klappe«, sagte Schitnjak.

»Um nachzusehen, ob Sie nicht irgendeine Waffe im Arsch oder in Ihrer Kleidung versteckt haben«, sagte der stellvertretende Direktor. »Wir müssen Sie schützen.«

»Was für Waffen könnte ich denn verstecken? Man hat mir doch alles abgenommen.«

»Sie sind zwar schlau wie ein Fuchs, aber wir haben schon früher mit Leuten wie Sie zu tun gehabt. Sie könnten kleine Feilen verstecken oder Nägel, Stecknadeln, Streichhölzer oder dergleichen; oder vielleicht sogar Giftpillen, die Ihnen die Juden gegeben haben, um Selbstmord zu verüben.«

»Ich hab' nichts Derartiges.«

»Spreiz den Arsch«, sagte der stellvertretende Direktor.

Zuerst mußte Jakow die Arme hochheben und die Beine spreizen. Der stellvertretende Direktor untersuchte mit seinen vier Fingern Jakows Achselhöhlen und die Hodengegend. Dann mußte der Fixer den Mund aufmachen und die Zunge heben; er zog beide Backen mit den Fingern zur Seite, während Schitnjak ihm in den Mund sah. Zum Schluß mußte er sich vorbeugen und die Hinterbacken auseinanderreißen.

»Nimm mehr Zeitungspapier für den Arsch«, sagte Schitnjak.

»Um's zu nehmen, muß man's erst haben.«

Nachdem seine Kleidung durchsucht war, durfte er sich anziehen. Es war das Schlimmste, was ihm je widerfahren war, und es geschah zweimal am Tage.

Er versank in tiefen Trübsinn. Ich werde für alle Ewigkeit hier sein. Die Anklageschrift wird überhaupt nicht kommen. Auch wenn ich auf beiden zerschundenen Knien darum bitte, wird man sie mir nicht geben. Es wird überhaupt keinen Prozeß gegen mich geben.

Im Dezember waren morgens alle vier Wände bereift. Einmal wachte er auf, und seine Hand war an der Mauer angefroren. Die Luft war von tödlicher eisiger Kälte. Der Fixer ging den ganzen Tag auf und ab, um nicht zu erfrieren. Sein Asthma wurde schlimmer. Nachts lag er im Mantel auf dem Strohsack und deckte sich mit der Decke zu, keuchend, heftig schnarchend und röchelnd, während er verzweifelt kämpfte, um atmen zu können. Der Posten, der am Guckloch horchte, machte es zu und ging. Eines Morgens half Schitnjak Jakow, eine neue Ladung Holzbündel beinahe brusthoch an der Außenwand aufzuschichten. Und am Abend schwammen Fleischstücke in der Kohlsuppe, die runde Fettaugen hatte.

»Was ist denn los?« fragte der Fixer.

Der Posten zuckte die Schultern. »Die da oben wollen nicht, daß du ihnen unter den Händen stirbst. Einen Leichnam kann man nicht bei Gericht verklagen, wie man so sagt.« Er blinzelte und lachte ein wenig.

Vielleicht bedeutet das, daß die Anklageschrift auf dem Weg ist, dachte Jakow aufgeregt. Ich soll vor Gericht nicht wie ein Gerippe aussehen.

Nicht nur war das Essen besser, er bekam auch mehr zu essen. Morgens bekam er zusätzlich fünfzig Gramm Brot, und der Brei war dicker – Graupen mit wäßriger heißer Milch. Und zum Tee gab es ein halbes Stück Zucker, das den fauligen Geschmack etwas milderte. Der Fixer kaute langsam, genoß, was er aß. Eine Schabe in der Schüssel machte ihm nichts mehr aus. Er fischte sie heraus und aß, und nachher leckte er die Schüssel mit der Zunge aus. Schitnjak brachte das Essen in die Zelle und ging sogleich wieder. Aber manchmal beobachtete er Jakow beim Essen durch das Guckloch, obwohl der Gefangene, wenn er aß, meistens mit dem Rücken zur Tür auf dem Hocker saß.

»Wie ist die Suppe?« fragte Schitnjak durch das Loch.

»Ausgezeichnet.«

»Laß dir's schmecken.« Als Jakow fertig war, war der Wärter verschwunden.

Obwohl es mehr zu essen gab, hungerte der Fixer nach mehr. Kaum hatte er gegessen, hatte er schon wieder Hunger. Er hatte Halluzinationen und sah Schitnjak eines Tages mit einem riesigen Teller gut gewürzter Hühnersuppe hereinkommen, mit vielen, vielen breiten gelben Nudeln darin, mit einer großen Schüssel voll Fleischkreppchen* und einem halben »Chale«, einem Zopfbrot, von dem er große, süße, weiche Stücke abriß, die ihm auf der Zunge zergingen. Er träumte von Reis- und Nudelauflauf mit Rosinen und Zimt, wie Raisl sie so köstlich gebacken hatte; und von allem, was zu saurem Rahm paßte – Blintzes**, Käsekreppchen, Pellkartoffeln, Rettich, Schalotten, in Scheiben geschnittenen frischen Gurken. Und auch von saftigen, unerhört großen Tomaten, wie er sie in Wiskowers Küche gesehen hatte. Er sog an einer reifen Tomate, bis ihm der Saft aus dem Mund tropfte, und schließlich, um einschlafen zu können, mußte er sie dick mit Salz bestreut und zusammen mit einem Stück Weißbrot zu Ende essen. Nach solchen Phantasien konnte er es kaum erwarten, daß der Wärter mit seinem Frühstück kam; aber wenn es endlich gebracht wurde, bezwang er sich und aß ganz langsam. Zuerst kaute er das Brot, bis es nicht mehr hart war und den Geschmack von Korn verloren hatte; dann schluckte er ein Stück nach dem anderen hinunter. Meistens hob er einen Teil seiner Ration für die Nacht auf, wenn ihn bei dem Gedanken an Speisen ein richtiger Heißhunger überfiel. Nach dem Brot aß er den Brei und saugte an jedem Graupenkorn, das ihm im Mund zerging. Am Abend ließ er sich jeden Löffel Suppe über die Zunge rinnen, zerdrückte sorgfältig jedes breiige Kohlstückchen und jeden Faden von Fleisch, schluckte nur ganz wenig auf

* Kreppchen mit Fleisch oder Käse gefüllte Täschchen aus Nudelteig, ähnlich wie Ravioli.

** Blintzes Käsetaschen mit Sahnesauce.

einmal und kratzte zuletzt die Schüssel mit seinem schwarz gewordenen Löffel aus. Er war dankbar für die etwas sättigenderen Portionen, die er nun bekam, und obgleich er niemals satt war, war er doch nach diesen etwas besseren und größeren Mahlzeiten weniger hungrig als zuvor.

Aber innerhalb einer Woche war sein Hunger verschwunden. Eines Morgens wachte er mit Übelkeit auf und wartete einen ganzen langen Tag, daß sie verginge; aber es wurde ihm nur noch übler. Er fühlte sich krank – im Mund, in den Augen und tief im Gedärm. Asthma ist es nicht, dachte er, aber was ist dann los mit mir? Es juckte ihn in den Achselhöhlen und zwischen den Beinen, er fror innerlich, und seine Füße waren wie Eis. Außerdem hatte er Durchfall.

»Was geht denn hier vor?« sagte Schitnjak, als er am Morgen die Zelle betrat. »Du hast ja gestern abend deine Suppe nicht gegessen.«

»Ich bin krank«, sagte der Fixer, der im Mantel auf dem Strohsack lag.

»Na«, sagte der Wärter und betrachtete das Gesicht des Gefangenen, »vielleicht hast du Gefängnisfieber.«

»Könnte ich nicht in die Krankenstation gehen?«

»Nein, damit bist du schon dran gewesen, aber vielleicht meld' ich's dem Direktor, wenn ich ihn sehe. Bis dahin ißt du mal besser den Graupenbrei hier. Die Graupen sind mit heißer Milch vermischt, das ist gut, wenn man krank ist.«

»Könnte ich nicht in den Hof gehen, um ein wenig Luft zu schnappen? Die Zelle stinkt, und ich bin schon lange nicht spazierengegangen. Vielleicht würde ich mich draußen wohler fühlen.«

»Die Zelle stinkt, weil du stinkst. Du kannst nicht in den Hof 'rausgehen, weil das gegen die Vorschriften verstößt, wenn man in strenger Einzelhaft ist.«

»Wie lange soll das denn dauern?«

»Halt lieber den Mund mit deinen Fragen. Das ist Sache von denen da oben.«

Jakow aß den Brei und erbrach ihn wieder. Er schwitzte heftig, der Strohsack wurde durch und durch feucht. Am Abend kam ein Arzt in die Zelle, ein junger Mann mit dünnem Bart und einem braunen Filzhut. Er maß die Temperatur des Gefangenen, untersuchte ihn und fühlte ihm den Puls.

»Sie haben kein Fieber«, sagte er. »Es ist irgendeine harmlose Magenstörung. Außerdem haben Sie einen Ausschlag. Trinken Sie Ihren Tee und essen Sie ein bis zwei Tage lang nichts Festes, dann können Sie wieder das normale Essen zu sich nehmen.«

Eilends ging er fort.

Nachdem der Fixer zwei Tage gefastet hatte, fühlte er sich wohler und aß wieder seinen Graupenbrei und die Kohlsuppe, aber nicht das Schwarzbrot. Er hatte nicht die Kraft, es zu kauen. Wenn er sich an den Kopf griff, blieben ihm Haare an den Fingern kleben. Er fühlte sich matt und niedergeschlagen. Schitnjak beobachtete ihn durch das Loch und spähte dabei von der Seite hinein. Immer häufiger hatte Jakow Durchfall, und danach lag er erschöpft und keuchend auf dem Strohsack. Obwohl er sehr schwach war, legte er den ganzen Tag über Holz nach, um das Feuer nicht ausgehen zu lassen, und Schitnjak sagte nichts dagegen. Noch immer fror der Fixer, und nichts schien ihn aufzuwärmen. Das einzig Gute war, daß er in dieser Zeit nicht durchsucht wurde.

Er bat noch einmal darum, in die Krankenstation verlegt zu werden, aber als der stellvertretende Direktor in die Zelle kam, sagte er: »Essen Sie, was Sie bekommen, und hören Sie auf, sich krank zu stellen. Sie sind nur krank, weil Sie nicht essen.«

Jakow zwang sich zum Essen, und nach einigen Löffeln ging es ihm nicht gar zu schlecht. Später übergab er sich. Er übergab sich mehrmals, obgleich sein Magen völlig leer war. Und in der Nacht hatte er gräßliche Träume, Visionen eines Massenschlachtens, die ihn nicht schlafen und ihn stöhnen ließen. Als er wieder eindöste, wurden Menschen von den Kosaken mit Säbeln niedergemäht. Jakow wurde angeschossen, als er in den Wald rannte. Jakow, der sich in seiner Hütte unter dem Tisch versteckte, wurde hervorgezogen und geköpft. Jakow, der auf einer ausgefahrenen Straße davonlief, hatte einen Arm und ein Auge verloren und seine blutigen Hoden; Raisl, die auf einem sandbestreuten Boden lag, war so oft vergewaltigt worden, daß es ihr gleichgültig war, ihre unfruchtbaren Eingeweide hingen ihr aus dem Leib. Mit gebrochenen Gliedern hing Schmuels aufgerissener Leichnam an einem Fenster. Der Fixer erwachte mit einem Gefühl von Übelkeit und fürchtete sich, wieder einzuschlafen, obgleich die drückende, faul riechende Übelkeit im Wachzustand schlimmer zu ertragen war als seine Alpträume. Oft wünschte er, er wäre tot.

Eines Morgens träumte er, Bibikow hinge über seinem Kopf; er erwachte mit einem Schweregefühl im Mund, als hätte sich seine Zunge in Messing verwandelt.

Erschrocken fuhr er auf. »Gift! Mein Gott, sie vergiften mich!«

Eine Zeitlang weinte er.

Am Morgen weigerte er sich, das Essen anzurühren, das Schitnjak gebracht hatte, und den Tee zu trinken.

»Iß«, befahl der Posten, »oder du bleibst krank.«

»Warum erschießen Sie mich nicht?« sagte der Fixer verbittert. »Das wäre einfacher für uns beide als dieses verdammte Gift.«

Schitnjak erblaßte und verließ eilends die Zelle.

Er kehrte mit dem stellvertretenden Direktor zurück.

»Warum muß ich so viel Zeit an einen gottverdammten Juden hängen?« sagte der stellvertretende Direktor.

»Sie vergiften mich«, sagte Jakow heiser. »Sie haben kein wirkliches Beweismaterial gegen mich, und deshalb vergiften Sie mein Essen, um mich umzubringen.«

»Das ist eine Lüge«, sagte der stellvertretende Direktor. »Sie sind von Sinnen.«

»Ich werde das, was Sie mir geben, nicht essen«, rief Jakow. »Ich werde fasten.«

»Fasten Sie sich nur den Arsch ab, das bringt Sie ebensogut um.«

»Dann haben Sie mich ermordet.«

»Da sieh mal an, wer andere des Mordes beschuldigt«, sagte

der stellvertretende Direktor, »der Blutsauger und Mörder eines zwölfjährigen Christenknaben.«

»Du Scheißkopf«, sagte er zu Schitnjak, als sie die Zelle verließen.

Bald kam in aller Eile der Direktor herein. »Worüber beklagen Sie sich denn jetzt, Bok? Es verstößt gegen die Gefängnisvorschriften, das Essen zu verweigern. Ich warne Sie – jedes weitere undisziplinierte Verhalten wird schwer bestraft werden.«

»Sie vergiften mich hier drinnen«, schrie Jakow.

»Ich weiß nichts von Gift«, sagte der Direktor streng. »Sie erfinden diese Geschichte nur, um uns lächerlich zu machen. Der Arzt hat gesagt, Sie hätten eine Magenerkältung.«

»Es ist Gift. Ich kann es in mir spüren. Mein Körper ist krank und eingefallen, und das Haar geht mir aus. Sie versuchen mich umzubringen.«

»Zum Teufel mit Ihnen«, sagte der schielende Direktor, als er die Zelle verließ.

Eine halbe Stunde später war er wieder da. »Ich habe nichts damit zu tun«, sagte er. »Ich habe so etwas niemals angeordnet. Wenn überhaupt eine Vergiftung vorliegt, dann sind Ihre jüdschen Glaubensbrüder daran schuld, die die bekanntesten Brunnenvergifter aller Zeiten sind. Und glauben Sie nur nicht, ich hätte vergessen, daß Sie in diesem Gefängnis versucht haben, Gronfein zu bestechen, damit er Marfa Golow vergiften oder umbringen sollte, so daß sie vor Gericht nicht gegen Sie aussagen kann. Jetzt versuchen Ihre jüdischen Landsleute Sie zu vergiften, aus Angst, daß Sie Ihre wahre Schuld eingestehen und das ganze Volk hineinziehen. Wir haben gerade festgestellt, daß ein Gehilfe des Kochs ein verkleideter Jude war und haben ihn der Polizei übergeben. Er ist es, der Ihr Essen vergiftet hat.«

»Das glaube ich nicht«, sagte Jakow.

»Warum sollten wir Ihren Tod wünschen? Wir wollen Sie zu strenger lebenslänglicher Haft verurteilt sehen, als Lektion für alle, damit sie die jüdische Niedertracht erkennen.«

»Ich werde das, was Sie mir geben, nicht essen. Sie können mich erschießen, aber essen werde ich nicht.«

»Wenn Sie überhaupt essen wollen, dann essen Sie gefälligst, was Sie bekommen. Wenn Sie's nicht tun, werden Sie verhungern.«

Die nächsten fünf Tage hungerte Jakow. Statt an der Übelkeit durch Vergiftung litt er an der durch Hunger. Er lag auf der Matratze und schlief unruhig. Schitnjak drohte, ihn auszupeitschen, aber es geschah nicht. Am sechsten Tag kam der Direktor wieder in die Zelle – sein schielendes Auge tränte, und sein Gesicht war rot vor Wut. »Ich befehle Ihnen, zu essen.«

»Nur aus dem gemeinsamen Topf«, erwiderte Jakow matt. »Was die anderen Gefangenen essen, will ich auch essen. Lassen Sie mich in die Küche gehen und mich meinen Brei und die Suppe aus dem gemeinsamen Topf holen.«

»Das kann nicht gestattet werden«, sagte der Direktor. »Sie dürfen Ihre Zelle nicht verlassen. Sie sind in strenger Einzelhaft. Die anderen Gefangenen dürfen Sie gar nicht ansehen. Das steht alles in den Vorschriften.«

»Sie können sich ja umdrehen, wenn ich mir meine Rationen hole.«

»Nein«, sagte der Direktor. Aber nachdem Jakow noch einen weiteren Tag gefastet hatte, willigte er ein. Zweimal am Tag ging der Fixer in Begleitung von Schitnjak – mit gezogener Pistole – in die Küche, die im Westflügel lag. Jakow nahm morgens seine Brotration in Empfang und füllte seine Schüssel aus dem gemeinsamen Topf, während die Gefangenen, die in der Küche arbeiteten, einen Augenblick lang mit dem Gesicht zur Wand standen. Er machte die Schüssel nicht zu voll, denn wenn er das tat, goß Schitnjak etwas davon zurück.

Es war wieder wie vorher auch – ein Halbverhungern.

Er bat, etwas tun zu dürfen. Die Hände schmerzten ihm vor Leere, aber er bekam keine Arbeit. Der Fixer erbot sich, Möbel zu reparieren, Tische zu zimmern, Stühle, andere Möbelstücke, die man vielleicht brauchte – er bat um nichts anderes als ein paar Holzbretter und seine Werkzeugtasche. Er sehnte sich nach seiner Schrotsäge mit dem umwickelten Griff, seinem kleinen deutschen Hobel, dem Hammer und dem Winkelmaß. Er konnte noch immer jedes Werkzeug mit den Fingern fühlen und erinnerte sich, wie jedes von ihnen funktionierte. Die scharfe Säge konnte in zehn Sekunden ein fünfzehn Zentimeter dickes Brett zerteilen. Er hatte gern Holzspäne in der Hand und liebte ihren Geruch. Es gab Augenblicke, da er in Gedanken das doppeltönige Summen der Schrotsäge und das antwortende Klopfen des Hammers hörte. Er erinnerte sich an Dinge, die er mit seinem Handwerkszeug zusammengebaut hatte, und gelegentlich fertigte er sie in Gedanken noch einmal an. Wenn er das Handwerkszeug hätte – und wenn es nicht sein eigenes wäre, dann irgendwelches Handwerkszeug – und ein paar Stücke Holz, könnte er vielleicht ein paar Kopeken verdienen, um sich Unterhosen zu kaufen, ein wollenes Unterhemd, ein paar warme Socken – und andere Dinge, die er brauchte. Er hoffte, wenn er etwas Geld verdiente, irgend jemanden bezahlen zu können, damit er einen Brief für ihn hinausschmuggelte; und wenn schon keinen Brief, dann doch eine Botschaft an Aaron Latke. Aber man verweigerte ihm das Handwerkszeug und das Holz, und er knackte dauernd mit den Fingergelenken, um seine Hände zu beschäftigen.

Er bat um eine Zeitung, ein Buch, irgend etwas zum Lesen, um die Langeweile zu vergessen. Schitnjak erklärte, der stellvertretende Direktor habe ihm gesagt, für Gefangene, die gegen die Vorschriften verstoßen hatten, sei Lesestoff verboten. Dasselbe galt für Papier und Bleistift. »Wenn du nicht heimlich die Briefe verfaßt hättest, die du geschrieben hast, wärest du jetzt nicht in Einzelhaft.« »Und wo wäre ich dann?« fragte Jakow. »Dann ging dir's besser. Vielleicht wärst du dann immer noch in der Gemeinschaftszelle.« »Wissen Sie, wann meine Anklageschrift kommen soll?« »Nein, und das weiß auch sonst kein Mensch, also frag mich nicht.« Einmal sagte Jakow: »Warum haben Sie versucht, mich zu vergiften, Schitnjak, was habe ich Ihnen denn getan?« »Niemand hat gesagt, daß das Essen vergiftet war«, erwiderte der Wärter verlegen. »Mir hat man nur gesagt, ich sollte dir's bringen.« Später sagte er: »Es war nicht meine Schuld. Niemand wollte dir was tun. Der stellvertretende Direktor meinte, du würdest vielleicht eher gestehen, wenn du krank wärest. Der Direktor hat ihm 'ne Standpauke gehalten.« Am nächsten Morgen brachte Schitnjak dem Gefangenen einen Besen aus Birkenzweigen. »Wenn du ihn hierbehalten willst, dann halt von nun an den Mund. Der stellvertretende Direktor sagt, ihm reicht's jetzt, daß du mit mir sprichst. Ich soll überhaupt nicht mehr hinhören.«

Der Besen bestand aus einem Stock, an dem mit einer Schnur ein Bund dünner Birkenzweige befestigt war. Jakow benutzte ihn, um jeden Morgen die Zelle auszukehren; dabei arbeitete er zunächst nicht zu angestrengt, denn er fühlte sich noch immer schwach von seiner Krankheit; aber er brauchte Bewegung, um sich seine Kraft zu erhalten. Er hatte noch einmal darum gebeten, gelegentlich in den Hof gelassen zu werden, aber wie erwartet wurde ihm diese Bitte abgeschlagen. Jeden Tag kehrte er den Steinfußboden gründlich – die feuchten wie die trockenen Stellen. Er kehrte die Ecken der Zelle aus, hob die Matratze hoch und kehrte darunter. Er kehrte die Spalten zwischen den Steinen aus und entdeckte dabei eines Tages einen Tausendfüßler. Er sah, wie er unter der Tür hindurch davonlief, und der Gedanke daran verursachte ihm Kopfschmerzen. Er benutzte den Besenstiel auch zum Ausklopfen der Matratze, deren Hülle zerschlissen und auf beiden Seiten zerrissen war und das verfärbte Stroh sehen ließ, so daß er mit dem Klopfen wieder aufhörte, damit sie nicht ganz entzwei ginge. Und wenn er die Matratze klopfte, verbreitete sie Gestank. Jeden Morgen klopfte Jakow sie leicht mit den Händen, gleichsam um sie aufzufrischen.

Soweit er es vermochte, versuchte er alles so einzurichten, daß die Eintönigkeit langer Zeiträume unterbrochen wurde. Wenn um fünf Uhr morgens im Gang die Glocke ertönte, stand er in der kalten Dunkelheit auf, säuberte rasch mit den Händen den Ofen von der Asche, wobei es so staubte, daß er es riechen konnte, und kehrte dann das Aschenhäufchen in eine Schachtel, die man ihm dafür gegeben hatte. Dann füllte er den Ofen mit Kleinholz, trockenen Zweigen und ein paar großen Holzscheiten und wartete, bis Schitnjak – oder manchmal Kogin – hereinkam und Feuer machte. Zuerst hatte der Wärter den Ofen angezündet, wenn er dem Gefangenen das Frühstück brachte, aber nun, da Jakow es sich in der Küche holte, machte er Feuer, wenn der Fixer mit dem Essen zurückkam. Zweimal am Tag durfte Jakow in die Küche gehen, denn er weigerte sich, den Vorschlag des Direktors anzunehmen, auf sein Privileg zu verzichten, die Zelle für ein paar Minuten zu verlassen, obgleich dieser ihm persönlich versicherte, daß das Essen »völlig zuträglich« sein würde, wenn die Gefangenen es wieder aus der Küche holten, um es an die Wärter weiterzugeben.

»Sie haben nichts von uns zu befürchten, Bok«, sagte er. »Ich kann Ihnen versichern, daß es sowohl dem Staatsanwalt wie auch allen anderen Beamten außerordentlich wichtig ist, Sie vor Gericht zu sehen. Niemand hätte ein Interesse daran, Sie umzubringen. Wir haben andere Pläne.«

»Wann wird mein Prozeß stattfinden?«

»Ich kann's nicht sagen«, antwortete Grisizkoi. »Man sammelt immer noch Beweismaterial. Das dauert seine Zeit.«

»Dann will ich lieber auch weiterhin in die Küche gehen, wenn Sie nichts dagegen haben.«

So lange ich es kann, dachte er. Ich habe für das Vorrecht bezahlt. Er glaubte, man ließe ihn nur deshalb nach wie vor hingehen, weil bekannt war, daß er wußte, sie hatten versucht, ihn zu vergiften.

Danach wurde die Zahl der Durchsuchungen von Jakows Körper auf drei erhöht. Sein Herz pochte zum Zerspringen, wenn er das mitgemacht hatte, es schwoll an vor Haß, und es dauerte eine Zeitlang, ehe er sich beruhigte. Manchmal kehrte er nach einer Durchsuchung die Zelle ein zweites und drittes Mal, um den widerlichen Geschmack der Sache loszuwerden. Oder er holte die Asche aus dem Aschenkasten und bereitete das Holz zum Feueranzünden vor, lange ehe Schitnjak kam, um ihn zur Küche zu bringen, damit er sich sein Abendessen holte.

Obwohl der Ofen rauchte, setzte sich der Fixer zum Essen neben ihn, und wenn er seinen Tee getrunken hatte, legte er ein bis zwei Scheite Holz nach und streckte sich seufzend auf der Matratze aus in der Hoffnung, einschlafen zu können, ehe der Ofen ausging und die Zelle eiskalt wurde. Manchmal war sein Trinkwasser morgens hart gefroren, und er mußte es auftauen.

Wasser lassen war auch eine Art, die Zeit totzuschlagen. Er urinierte häufig und lauschte dem Geräusch, während das Wasser in der Blechbüchse stieg. Manchmal hielt er das Wasser an, bis es so heiß und mit solcher Gewalt herauskam, daß ihm die Zähne schmerzten. Wenn die Büchse geholt wurde, war das wiederum eine kurze Abwechslung. Und jeden zweiten Tag füllte einer der Wärter den Wasserkrug auf, aus dem er trank und sich wusch. Handtücher gab es nicht, und er wischte sich die Hände an seinem zerlumpten Mantel ab oder ließ sie am Ofen trocknen, wo er sie aneinander rieb, bis sie trocken waren. Fetjukow hatte dem Fixer einen zerbrochenen Kamm gegeben, mit dem er sich Haar und Bart kämmte. Zweimal hatte man ihm bisher erlaubt, ins Badehaus zu gehen, wo er in Anwesenheit eines Wärters, wenn keiner der anderen Gefangenen zugegen war, seinen nackten Körper mit lauwarmem Wasser aus einem Holzeimer waschen durfte. Er machte sich Sorgen, als er sah, wie dünn er geworden war. Sein Haar wollte man nicht anrühren, aber als es einmal stark verlaust war, übergoß der Gefängnisbarbier es mit Petroleum und erlaubte ihm, die toten Läuse mit einem engen Kamm auszukämmen. Sein Bart blieb ungeschnitten, wenn auch niemand etwas dagegen hatte, daß er ihn kämmte. Gelegentlich schnitt Schitnjak Jakow die Nägel, wenn dieser sich beklagte, daß sie zu lang seien. Aber er gestattete dem Fixer nicht, selbst die Schere zu halten. Hinterher sammelte der Wärter die abgeschnittenen Nagelsplitter ein und tat sie in einen Wachstuchbeutel.

»Wozu denn das?« fragte Jakow.

»Für eine Analyse, die man machen will«, antwortete der Wärter.

Eines Morgens gab es etwas Neues in Jakows Zelle. Jemand

hatte einen alten Gebetschal und ein Paar Gebetriemen dort gelassen, nachdem er sich auf den Weg zur Küche gemacht hatte, um sich sein Essen zu holen. Er besah sich die Gebetriemen und legte sie dann zur Seite, den Gebetschal jedoch trug er unter dem Mantel – als zusätzlichen Wärmespender. Er trug nun einen wärmeren Gefängnisanzug als den, den man ihm zuerst gegeben hatte, aber auch er war schon früher viel von anderen Gefangenen getragen worden und fiel fast auseinander. Außerdem hatte er eine kleine Mütze, die ihm nicht paßte und die er mit herabgelassenen Ohrenschützern trug. Die Nähte seines Mantels waren an etlichen Stellen geplatzt. Schitnjak lieh ihm eine Stopfnadel und etwas Garn, um sie zusammenzunähen; und Jakow erhielt eine Ohrfeige von dem Wärter, als er ihm hinterher sagte, er habe die Nadel verloren. Das stimmte allerdings nicht; er hatte sie im Ofen versteckt. Aber die Mantelnähte platzten von neuem, und er bekam keinen Faden mehr. Man hatte ihm die Holzpantinen weggenommen, und er trug nun Bastschuhe ohne Schnürsenkel; er durfte keinen Gürtel haben. Wenn Jakow den Gebetschal umlegte, beobachtete ihn Schitnjak durch das Guckloch; häufig spähte er ganz unvermittelt in die Zelle, als hoffte er, den Fixer beim Gebet zu überraschen. Es gelang ihm kein einziges Mal.

Jakow verbrachte viele Stunden damit, in der Zelle auf und ab zu gehen. Er ging bis nach Sibirien und wieder zurück. Sechs- oder achtmal am Tag las er die Gefängnisvorschriften. Manchmal setzte er sich an den wackligen Tisch. Er konnte am Tisch lesen, aber es fiel ihm nichts ein, was er sonst noch hätte tun können. Wenn er nur etwas Papier und einen Bleistift hätte, könnte er etwas aufschreiben. Mit einem Messer könnte er aus einem Stück Brennholz etwas schnitzen, aber wer sollte ihm ein Messer geben? Immerzu blies er sich in die Hände. Er hatte Angst, vom Nichtstun verrückt zu werden. Wenn er doch nur ein Buch zum Lesen hätte. Er entsann sich, wie er in seinem Stallzimmer in der Ziegelei an dem Tisch, den er sich selbst mit seinem Werkzeug gezimmert hatte, studiert und geschrieben hatte. Einmal, unmittelbar nachdem Schitnjak hineingespäht hatte, schichtete der Fixer das lose Holz an der Wand auf und kletterte auf den Haufen, um zu sehen, ob er durch das Fenster einen Blick in den Gefängnishof werfen könnte. Er glaubte, die Gefangenen machten dort gerade ihren Spaziergang. Er fragte sich, ob irgendeiner von denen, die er kannte, noch im Gefängnis war oder ob sie alle schon freigelassen worden waren. Aber seine Hände reichten nicht bis zum Fenstergitter, und alles, was er sah, war ein Stück bleigrauen Himmels.

Obgleich Schitnjak Jakow verbot, die Zeitungsstreifen, die er erhielt, um sich zu säubern, zu lesen, brachte er es fertig, wenigstens einige von ihnen zu lesen.

»Das geschieht, weil du ein Staatsfeind bist«, sagte der Posten durch das Guckloch. »Die dürfen nichts lesen.«

Um sein Elend zu vergessen, versuchte der Fixer während der endlosen leeren Tage, sich an das zu erinnern, was er früher einmal gelesen hatte. Er erinnerte sich an Ereignisse aus Spinozas Leben: wie die Juden ihn in der Synagoge verflucht hatten; wie ein Mörder versucht hatte, ihn seiner Gedanken wegen auf der Straße umzubringen; wie er in seinem winzigen Zimmer gelebt hatte und auch gestorben war – studierend, schreibend und Linsen schleifend, um sich den Lebensunterhalt zu verdienen, bis seine Lungen zu Glas geworden waren. Er war jung, arm und als ein Verfolgter gestorben und war dennoch einer der freiesten aller Menschen gewesen. Er war frei in seinen Gedanken, in seinem Verständnis für die Notwendigkeit und in seinem philosophischen System. Die Gedanken des Fixers trugen nichts dazu bei, ihn freier werden zu lassen; Freiheit gab es nicht für ihn. Er war in seine Zelle eingesperrt und sogar in sein Gedächtnis, denn so vieles, was ihm in einem Leben widerfahren war, das vielleicht manchmal den Anschein von Freiheit gehabt hatte, schien jetzt dazu bestimmt gewesen zu sein, ihn in diese Gefangenschaft zu führen. Die Notwendigkeit machte Spinoza frei, Jakow jedoch hielt sie in Gefangenschaft. Spinoza versetzte sich in Gedanken ins Universum, aber Jakows armselige Gedanken waren in eine Zelle eingesperrt.

Wer bin ich, daß ich mich mit ihm vergleiche?

Er versuchte sich an die Biologie zu erinnern, die er studiert hatte, und dachte über all die Vorgänge aus der Geschichte nach, auf die er sich besinnen konnte. Es heißt, Gott habe sich in der Geschichte gezeigt und habe sie zu seinen Zwecken benutzt, aber wenn es so war, hatte er kein Mitleid übrig für die Menschen. Gott predigte Barmherzigkeit und schlug sich gegen die Brust, aber es gab keine Barmherzigkeit, weil es kein Mitleid gab. Mitleid im Blitz? Man könnte für nichts Mitleid haben, wenn man kein Mensch wäre; Mitleid war eine Überraschung für Gott. Es war nicht seine Erfindung. Und Jakow entsann sich auch einiger Erzählungen von Pérez und einiger Geschichten von Scholem Alejchem, die er in den Zeitungen gelesen hatte, sowie einiger Kurzgeschichten von Tschechow, die er auf russisch gelesen hatte. Er besann sich auf manches aus der Heiligen Schrift, besonders auf Bruchstücke aus den Psalmen, die er auf hebräisch in alten Pergamenten gelesen hatte. In einem gewissen Sinn konnte er die Psalmen nicht nur hören, sondern auch riechen. Sie wurden jede Woche in der Synagoge gesungen, um Gott zu preisen und das Stedtl vor Unheil zu schützen, was sie jedoch niemals taten. Jakow hatte sie oft gesungen oder singen hören, und jetzt, in einer Zeit des Erinnerns, sprach er Verse und Stanzen, von denen er nicht geglaubt hätte, daß er sie auswendig könne. Er vermochte sich nicht an einen ganzen Psalm zu erinnern, aber aus Bruchstücken setzte er einen zusammen und sagte ihn laut in der Zelle auf, um ihn nicht zu vergessen, damit er ihm zum Aufsagen gegenwärtig bliebe. Morgens sagte er ihn auf hebräisch auf, und wenn er in der Dunkelheit auf seiner Matratze lag, versuchte er die Verse ins Russische zu übersetzen. Er wußte, daß Kogin zuhörte, wenn er sie abends laut vor sich hinsprach:

»Siehe, er hat Böses im Sinn;
mit Unglück ist er schwanger und wird Lüge gebären.

Er hat eine Grube gegraben und ausgehöhlt
und ist in die Grube gefallen, die er gemacht hat.

Ich bin so müde vom Seufzen;
ich schwemme mein Bett die ganze Nacht
und netze mit meinen Tränen mein Lager.

Denn meine Tage sind vergangen wie ein Rauch,
und meine Gebeine sind verbrannt wie ein Brand.
Mein Herz ist geschlagen und verdorrt wie Gras,
daß ich auch vergesse, mein Brot zu essen.

Es treten frevle Zeugen auf;
die zeihen mich, des ich nicht schuldig bin.

Denn ich höre, wie mich viele schelten,
Schrecken ist um und um;
sie ratschlagen miteinander über mich
und denken, mir das Leben zu nehmen.

Stehe auf, Herr; Gott, erhebe deine Hand;
vergiß der Elenden nicht.

Zerbrich den Arm des Gottlosen.

Du wirst sie machen wie einen Feuerofen,
wenn du dreinsehen wirst.

Er neigte den Himmel und fuhr herab,
und Dunkel war unter seinen Füßen.

Er schoß seine Strahlen und zerstreute sie;
Er ließ sehr blitzen und schreckte sie.

Ich will meinen Feinden nachjagen und sie ergreifen
und nicht umkehren, bis ich sie umgebracht habe.«

Er stellte sich vor, wie er seine Feinde verfolgte, mit Gott an seiner Seite, aber wenn er Gott anblickte, hörte er nichts als ein lautes Haha. Es war sein eigenes eingekerkertes Lachen.

Ich kratze an den Erinnerungen. Ich denke an Raisl. Ich bin im Gefängnis – was für einen Unterschied macht es also? Als ich sie zum erstenmal sah, fuhr sie in dem wackeligen Wagen ihres Vaters, den der knochige Klepper aus vergangenen Zeiten zog. Sie saß neben ihrer kranken Mutter zwischen den ärmlichen Habseligkeiten ihres Hausrats. Schmuel saß auf dem Bock und sprach mit sich selbst oder mit dem Pferdeschwanz oder Gott; er ging dahin, wo der Klepper ihn hinzog, aber wo er auch hinging, es ging immer rückwärts mit ihm. Sie kamen von irgendwoher, von wo, weiß ich nicht. Woher kann man im Ansiedlungsgebiet schon kommen, von welchem Ort, der ganz anders ist als der, zu dem man geht? Überall versuchte er mehr zu verdienen, und überall brachte er es nicht fertig, also versuchte er es anderswo. Er kam in unsere Stadt, und die Mutter, die die Abenteuer satt hatte, starb sogleich. Danach hielt ihn ihr Grab an einem Ort fest. Aber was für eine Tochter konnte man schon erwarten von einem Vater, der so viel Pech hatte? Also hielt ich mich von ihr fern. Natürlich blieb ich ihr in den Monaten fern, in denen ich in der Armee war, aber ich hielt mich auch von ihr fern, als ich zurückkam, allerdings nicht für lange. (Sie hätte mir einen Gefallen getan, wenn sie während meiner Abwesenheit geheiratet hätte.) Wie dem auch sei, sie war ein hübsches Mädchen, klug und unzufrieden, mit einem schon damals traurigen Gesicht. Zumindest war ihr rechtes Auge traurig; das linke war neutral, es spiegelte mich wider. Ich hatte sie oft auf dem Markt gesehen, bevor ich genug Mut faßte, um sie anzusprechen. Sie machte mir Angst, ich war nicht sicher, ob ich das hätte, was sie suchte. Ich fürchtete, daß sie mich in Zukunft kleinkriegen würde. Jedenfalls merkte ich, daß die anderen jungen Männer sie betrachteten, und so betrachtete ich sie ebenfalls. Sie war ein dünnes, schmächtiges Mädchen mit kleinen Brüsten. Ich entsinne mich ihrer dunklen Zöpfe, ihrer tiefen Augen und ihres langen Halses. Am Morgen trug sie, was sie abends ausgewaschen hatte; manchmal war ihre Kleidung noch feucht. Ihr Vater wünschte, sie sollte als Dienstmädchen arbeiten, aber sie tat es nicht. Sie kaufte einer Bäuerin ein paar Eier ab und eröffnete einen kleinen Stand auf dem Markt. Wann immer ich konnte, kaufte ich ein Ei bei ihr. Sie wohnte mit Schmuel in einer Hütte hinter der Straße in der Nähe des Flüßchens, das das Badehaus mit Wasser versorgte. Wenn ich sie besuchte, schienen sie sich zu freuen, besonders der Vater. Er suchte einen Mann für sie, und eine Mitgift gab es nicht. Und wenn sie existierte, war sie nicht größer als ein Kirschkern. Aber er wußte, was für eine Art Mensch ich war – daß ich keine Fragen stellen und er nicht davon sprechen würde.

Wir gingen zusammen im Wald, am Wasser entlang spazieren, sie und ich. Ich zeigte ihr mein Handwerkszeug, und einmal fällte ich einen kleinen Baum mit meiner Säge. Ich besserte ihre kleine Hütte etwas aus, zimmerte eine Bank, einen Schrank und ein paar Borte aus einigen Brettern, die ich sammelte. Wenn es ein Stückchen Huhn zu essen gab, ging ich auch am Freitagabend zu ihnen. Raisl segnete die Kerzen und teilte das Essen aus, es war sehr hübsch. Wir mochten uns gern, hatten aber beide Bedenken. Ich glaube, sie dachte, er wird nicht von hier weggehen, er ist nicht ehrgeizig, er wird für immer hierbleiben. Was für eine Zukunft ist das? Ich dachte mir, sie ist ein kompliziertes Mädchen, und es wird nicht leicht sein, sie zufriedenzustellen. Sie wird mich zur Raserei bringen, um ihren Willen durchzusetzen. Immerhin – ich war gern mit ihr zusammen. Eines Tages wurden wir im Wald Mann und Frau. Sie sagte zwar nein, wagte es aber trotzdem. Später machte sie sich Sorgen darüber. Sie fürchtete für ihr Kind, falls sie eins bekäme, hatte Angst, es könnte verkrüppelt oder mit sieben Fingern geboren werden. »Sei nicht abergläubisch«, sagte ich. »Wenn du frei sein willst, mußt du zunächst in deinem Denken frei sein.« Statt dessen begann sie zu weinen. Nach einer Weile sagte ich: »Gut denn, du hast genug geweint, heiraten wir also, ehe es nochmal passiert. Ich brauche eine Frau, und du brauchst einen Mann.« Da riß sie die Augen weit auf, und sogleich füllten sie sich wieder mit Tränen. Sie antwortete mir nicht. »Warum sagst du nichts?« fragte ich. »Sag ja oder nein.« »Warum sprichst du nicht von Liebe?« sagte sie. »Wer spricht schon von Liebe im Stedtl?«

fragte ich sie. »Was sind wir denn – vielleicht Millionäre?« Ich hab's ihr nicht gesagt, aber es ist ein Wort, das mich nervös macht. Was weiß ein Mann wie ich schon von Liebe? »Wenn du mich nicht liebst, kann ich dich nicht heiraten«, antwortete sie mir. Aber da hatte mir der Vater schon in den Ohren gelegen. »Sie ist 'ne Zuckerpuppe, ein wundervolles Mädchen, du kannst gar nichts falsch machen. Sie wird hart arbeiten, und zusammen könnt ihr ordentlich verdienen.« Da habe ich eben von Liebe gesprochen, und sie hat ja gesagt. Vielleicht sah meine jämmerliche Zukunft besser aus als die ihre.

Als wir verheiratet waren, sprach sie nur noch davon, daß wir – auch ihr Vater – aus Rußland auswandern müßten, weil es immer schlimmer statt besser würde. Schlimmer für uns und schlimmer für die Russen. »Laß uns alles verkaufen und fortgehen, solange wir's noch können.« Ich antwortete ihr: »Selbst wenn wir alles verkaufen, werden wir nichts haben. Glaube mir, es fehlt nicht an Orten in dieser großen Welt, an die man gehen könnte, aber zunächst einmal will ich schwer arbeiten und ein paar Rubel sparen, und wer weiß, wohin wir dann gehen werden. Vielleicht brauchen wir noch ein oder zwei Jahre, und dann gehen wir.« Sie sah mich hart an. »Noch ein Jahr, und du wirst überhaupt nicht gehen; du hast Angst, wegzugehen.« Vielleicht hatte sie recht, aber ich sagte: »Dein Vater ist mit jedem Atemzug an einen anderen Ort gezogen, aber er hat nichts als Luft zusammengebracht. Ich bleibe an einem Ort und bringe ein kleines Kapital zusammen, und dann denke ich ans Fortgehen.« Das entsprach nicht ganz der Wahrheit. Es eilte mir nicht, in ein anderes Land davonzulaufen. Manche Männer sind von Natur aus Entdecker; meine Natur ist es, unter demselben Mond und denselben Sternen zu verweilen und, wenn es naß ist, unter demselben Dach. Es ist eine fremde Welt – warum sie noch fremder machen? Als ich in der Armee des Zaren diente, hatte ich weniger Angst vor der Welt, aber sowie ich wieder nach Hause kam, hatte ich genug von diesem Hin und Her. Mit anderen Worten – damals mußte mich jemand drängen, damit ich ging. Also drängte sie mich. Aber wir vertrugen uns gar nicht so schlecht, bis noch ein oder zwei Jahre vergangen waren und wir noch immer kein Kapital und keine Kinder hatten. Raisl war niedergeschlagen und schwieg oder weinte und beklagte sich unaufhörlich. Unsere Hütte war in zwei kleine Zimmer unterteilt. Nachts lag sie im Bett, während ich in der Küche saß. Zu jener Zeit fing ich an mehr zu lesen. Ich kaufte hier und da Bücher, stahl ein paar und las bei dem Licht einer Petroleumlampe. Oft schlief ich auf der Küchenbank, nachdem ich gelesen hatte. Als ich Spinoza las, blieb ich Nacht für Nacht auf. Ich war damals so weit, daß mich Gedanken aufregten, und versuchte, einige von meinen eigenen zu sammeln. Es war der Anfang eines anderen Jakow. Ich dachte an Dinge, an die ich nie zuvor gedacht hatte, und als ich anfing, ein wenig Geschichte und eine Broschüre über Nikolaus I., den Vater des Zaren, zu lesen, sagte ich mir: »Recht hat sie, wir sollten weggehen von hier, und je eher, desto besser.«

Aber wo kann man hingehen, wenn man nichts verdient? Wir sind nirgends hingegangen. Jetzt waren wir schon beinahe sechs Jahre verheiratet, aber noch immer hatten wir keine Kinder. Ich sagte nichts, aber im Herzen war ich ein enttäuschter Mann. Wem konnte ich ins Gesicht sehen? Raisl war in ihrem Herzen außer sich. Sie gab ihren Sünden die Schuld daran. Vielleicht auch meinen Sünden. In ihrer großen Perücke lief sie von neuem zu den Rabbis, die ihr noch nie geholfen hatten, und wenn sie es nicht in unserer Stadt tat, dann in den anderen Städten. Sie versuchte es mit Magie und Zaubersprüchen. Sie sagte Verse aus der Heiligen Schrift auf und schluckte Tränke, die sie aus Teilen von Fischen und Hasen gebraut hatte. Ich glaube nicht an solche Sachen. Jedenfalls geschah gar nichts – wie zu erwarten war. »Warum hat Gott mich verflucht?« weinte sie. »Was für ein Gott?« sagte ich. Sie war eine verzweifelte Frau. »Werde ich genauso sein wie mein Vater, werde ich allezeit *gar nichts* haben? Werde ich weniger haben als mein Vater?« Zu jener Zeit war ich erschöpft davon, in einem Sturm zu leben. Sie lief hierhin und dorthin, weinte, verfluchte ihr Leben. Ich sprach weniger und las mehr, obwohl mir die Bücher keine Kopeke einbrachten, es sei denn, ich verkaufte sie. Ich dachte daran, sie zu einem berühmten Arzt nach Kiew zu bringen, aber wer sollte das bezahlen? Also geschah gar nichts. Sie blieb unfruchtbar, und ich blieb arm. Jeden Tag bat sie mich, fortzugehen, damit wir mehr Glück hätten. »Fortgehen?« sagte ich, »auf wessen Flügeln?« Dann sagte ich: »So wie sich das Glück deines Vaters gewandelt hat.« Da sah sie mich haßerfüllt an. Ich fing an, mich dem Haus fernzuhalten. Wenn ich abends nach Hause kam, schlief ich in der Küche. Als nächstes erfuhr ich, daß man in den Schänken über sie redete. Und dann war sie eines Tages fort. Ich öffnete die Tür, und das Haus war leer. Zuerst verfluchte ich sie wie ein Mann in der Bibel, der seine verhurte Frau verfluchte. »Möge ihr Leib unfruchtbar bleiben und ihre Brüste trocken.« Aber nun sehe ich es so an: Sie hatte sich an die falsche Zukunft gehängt.

Man wartet. Man wartet während der Minuten der Hoffnung und der Tage der Hoffnungslosigkeit. Manchmal tut man nichts als warten – es gibt keine größere Beleidigung. Man versinkt in seine eigenen Gedanken und versucht die Gefängniszelle auszulöschen. Wenn man Glück hat, löst sie sich auf, und man verbringt eine halbe Stunde im Freien, jenseits der Türen und Mauern und des Hasses auf das eigene Ich. Wenn man kein Glück hat, können einen die eigenen Gedanken vergiften. Wenn man Glück hat, hinausgelangt ist und ins Stedtl kommt, kann man vielleicht einen Freund besuchen oder, falls er nicht zu Hause ist, allein auf einer Bank vor seiner Hütte sitzen. Man kann das Gras und die Blumen riechen und den Mädchen nachschauen, wenn zufällig das eine oder andere auf der Straße vorbeigeht. Man kann auch einen Tag lang arbeiten, so es Arbeit gibt. Heute gibt es eine kleine Tischlerarbeit. Man arbeitet sich in Schweiß, wenn man Holz sägt und es zusammenhämmert. Wenn die Essenszeit kommt, macht man sein Eßpaket auf – gar nicht schlecht. Das wichtige am Essen ist, etwas davon zu haben, wenn man darauf Lust hat. Ein hartes Ei mit einer Prise Salz schmeckt köstlich. Ebenso ein wenig saurer Rahm mit Kartoffelstücken. Wenn man Brot in frische Milch taucht und daran lutscht, ehe man es schluckt, schmeckt es wie ein Festessen. Und heißer Tee mit Zitrone und einem Stück Zucker. Am Abend geht man durch das feuchte Gras zum Waldrand. Man starrt hinauf zum Mond in der Milchstraße. Man atmet die frische Luft ein. Der Ehrgeiz hält einen zum besten – es gibt ja noch die Zukunft. Schließlich lebt man und ist frei. Selbst wenn man nicht so frei ist, glaubt man doch, man sei's. Das schlimmste an solchen Gedanken ist der Augenblick, in dem sie einen verlassen und man wieder in der Zelle ist. Die Zelle – das ist dein Wald und dein Himmel.

Jakow zählte. Er zählte die Zeit, obwohl er versuchte, es nicht zu tun. Zählen setzt ein Ende des Zählens voraus, zumindest, wenn man es nur mit kleinen Zahlen tat. Wie oft im Leben hatte er bis hundert gezählt? Wer könnte bis in alle Ewigkeit zählen? – es war eine Anhäufung von Zeit. Der Fixer hatte ein paar Splitter von den Brennholzscheiten abgerissen. Die langen Splitter bedeuteten Monate, die kurzen Tage. Ein Tag war schon eine Last von Zeit, die schwer genug wog, aber innerhalb eines Tages konnten sogar Minuten von Unheil sein, wenn sich eine auf die andere häufte. Wenn man nichts zu tun hatte, war das Schlimmste, das einem geschehen konnte, ein endloser Vorrat an Minuten. Es war, als gösse man Nichts in eine Million kleiner Flaschen.

Um fünf Uhr morgens begann der Tag und nahm überhaupt kein Ende. In der frühen Dunkelheit des Abends lag er schon auf seiner Matratze und versuchte zu schlafen. Manchmal versuchte er es die ganze Nacht hindurch. Während des Tages gab es die regelmäßigen Kontrollen durch das Guckloch und drei deprimierende Durchsuchungen seines Körpers. Die Asche mußte ausgeräumt, der Ofen vorbereitet und angezündet werden. Die Zelle mußte gekehrt werden, man mußte in die Büchse urinieren und hin- und herlaufen, bis man zu zählen anfing; oder man mußte am Tisch sitzen, ohne etwas zu tun zu haben. Er mußte sich seine armseligen Mahlzeiten holen und sie verzehren. Mußte versuchen, sich zu erinnern und zu vergessen. Jeder Tag mußte gezählt werden; er mußte die Psalmen aufsagen, die er zusammengesetzt hatte. Auch beobachtete er den Wechsel von Licht und Dunkelheit. Die Dunkelheit des Morgens war anders als die des Abends. In der Dunkelheit des Morgens lag ein wenig Frische, etwas Hoffnungsvolles, wenn er auch nicht hätte sagen können, worauf er hoffte. Die Dunkelheit des Abends wog schwer von dichten zusammengeballten Schatten. Am Morgen lösten die Schatten sich auf, bis nur noch ein einziger da war, der den ganzen Tag in der Zelle verweilte. Ungefähr gegen elf Uhr verschwand er für eine Minute, wenn an Tagen, an denen die Sonne sich zeigte, ein Sonnenstrahl auf die zerfressene Innenwand fiel, knapp einen viertel Meter über seiner Matratze, ein Strahl goldenen Lichtes, der schon nach wenigen Minuten nicht mehr da war. Einmal küßte er ihn auf der Mauer. Einmal leckte er mit der Zunge an ihm. Nachdem die Sonne verschwunden war, fiel dunkleres Licht durch das Fenster. Wenn er einen Streifen Zeitungspapier stahl, um ihn zu lesen, lag Dunkelheit über dem Papier. Im Dezember war es nachmittags um halb vier dunkel. Jakow legte Holz in den Ofen, und wenn er mit Schitnjak das Abendessen geholt hatte, zündete dieser den Ofen an. Er aß im Dunkeln oder bei dem Licht, das aus dem Ofen fiel, wenn er die Tür halb offen ließ. Noch immer hatte er keine Lampe, keine Kerze. Der Fixer legte einen kleinen Splitter zur Seite, um den verlorenen Tag zu kennzeichnen, und kroch auf seine Matratze.

Die langen Splitter bedeuteten Monate. Er dachte, es sei Januar. Schitnjak wollte es ihm nicht sagen, auch Kogin nicht. Sie sagten, es sei ihnen verboten, solche Fragen zu beantworten. Er war Mitte April in der Ziegelei verhaftet worden und hatte zwei Monate im Gefängnis des Bezirksgerichts abgesessen. Er glaubte weitere sieben Monate in diesem Gefängnis verbracht zu haben, also neun Monate insgesamt, wenn nicht noch mehr. Bald – bald? – säße er ein ganzes Jahr im Gefängnis. Er dachte nicht über ein Jahr hinaus, konnte nicht weiter denken. Er vermochte keine Zukunft in der Zukunft zu erkennen. Wenn er an die Zukunft dachte, dachte er an nichts als an die Anklageschrift. Er stellte sich vor, wie der Direktor die sechs Riegel zur Seite schöbe und die Anklageschrift in einem braunen Umschlag hereinbrächte. Aber nachdem der Direktor weg war, so malte er sich weiter aus, war die Anklageschrift noch immer nicht gekommen, und er zählte nach wie vor die Zeit. Wie lange würde er warten? Er wartete mit den Monaten, Tagen und Minuten, die auf seinem schweren Kopf lasteten, und mit dem sich immer wiederholenden Kreislauf von Licht und Dunkelheit, die sich auf den langen und kurzen Stücken Zeit aufhäuften. Er wartete, und die Langeweile setzte ihm ihre Krallen an den Hals. Er wartete, eine unbekannte Zeit, die anders war als alle Zeit, die er bisher erduldet hatte. Es war ein endloses Warten auf etwas, das vielleicht nie geschehen würde. Im Winter fiel die Zeit unablässig wie zischender Schnee durch den Sprung in dem vergitterten Fenster. Er stand mittendrin, rings um ihn häufte sich der Schnee, und des Versinkens war kein Ende.

An einem winterlichen Tag, als ihm schlecht war vor Zeit, riß er sich die Kleider vom Leib. Die Lumpen zerfielen ihm in den Händen.

»Hunde!« schrie er durch das Guckloch gegen die Wachtposten, die Gefängnisbeamten, Grubeschow und die »Schwarzen Hundert«. »Antisemiten! Mörder!«

Sie überließen ihn seiner Nacktheit. Schitnjak weigerte sich, den Ofen anzuzünden. Der Körper des Fixers wurde blau, als er wie wild in der eiskalten Zelle hin und her lief. Er zitterte auf der Matratze, schüttelte sich in dem Gebetsschal und der zerlumpten Decke, in die er sich eingewickelt hatte.

»Morgen früh«, sagte der stellvertretende Direktor, als er mit dem Posten zur letzten Durchsuchung an diesem Tag hereinkam, »werden Sie keine Kleidung mehr brauchen. Dann werden Sie steif gefroren sein. Spreizen Sie Ihr'n dreckigen Arsch!«

Der Direktor kam jedoch vor Einbruch der Nacht und erklärte, es sei schamlos, daß ein nackter Jude in der Zelle hin und her liefe. »Man hätte Sie für weniger erschießen können.«

Er warf Jakow einen anderen zerschlissenen Gefängnisanzug und einen anderen zerlumpten Mantel zu. Dann machte Schitnjak Feuer, aber es dauerte eine Woche, ehe der Fixer das Eis in der Wirbelsäule nicht mehr spürte, und die Kälte schmerzte ihn nun noch mehr als zuvor.

Dann begann er wieder zu warten.

Er wartet.

In voller Uniform überbrachte der Direktor Jakow in seiner Einzelzelle eine Botschaft von Staatsanwalt Grubeschow.

»Sie sollen Ihre Straßenkleidung anziehen und ins Plosski-Gerichtsgebäude gehen. Ihre Anklageschrift ist fertig.«

Betäubt schloß der Fixer die Augen. Als er sie wieder öffnete, war der Direktor immer noch da.

»Wie soll ich denn hingehen, Euer Gnaden?« Die Stimme versagte ihm.

»Ein Detektiv wird Sie begleiten. Da es nicht weit ist, können Sie mit der Straßenbahn fahren. Sie dürfen nicht mehr als eineinhalb Stunden fortbleiben. Das ist die Zeit, die der Staatsanwalt für Sie angefordert hat.«

»Muß ich wieder Ketten an den Beinen tragen?«

Der Direktor kratzte sich den Bart. »Nein, aber Sie werden mit Handschellen gefesselt werden, und Ihr Begleiter wird den strikten Befehl haben, Sie zu erschießen, falls Sie versuchen, sich auch nur den geringsten Verstoß gegen die Vorschriften herauszunehmen. Außerdem werden zwei Geheimpolizisten Ihnen und dem Detektiv folgen für den Fall, daß Ihre Kohorten versuchen sollten, Verbindung mit Ihnen aufzunehmen.«

Eine halbe Stunde später stand Jakow vor dem Gefängnis und wartete mit dem Detektiv auf eine Straßenbahn. Obwohl der Tag trüb und kalt war, die Straßen nach allen Seiten hin weiß und die kahlen Bäume sich schwarz gegen den gefrorenen Himmel abhoben, füllten sich die Augen des Fixers mit Tränen. Es schien ihm, als sähe er zum erstenmal, wie die Welt zusammengefügt war.

In der Straßenbahn beobachtete er die Läden und die Vorübergehenden auf der Straße, als sei er in einem fremden Land. Wie ergreifend war es doch, daß ein Bauer ein Geschäft betrat. Der Detektiv saß neben ihm, eine Hand in der Manteltasche. Er war ein Mann mit dickem Bauch, einer Brille und einer grauen Pelzmütze und saß stumm da. Auf dem ganzen Weg zum Gerichtsgebäude machte sich der Fixer Sorgen, was wohl in der Anklageschrift stünde. Würden sie ihn nur des einfachen Mordes bezichtigen oder des Mordes »zu rituellen Zwecken«? Beweismaterial gab es nicht, allenfalls »Indizienbeweise«, aber er fürchtete ihre Findigkeit. Wenn das Ziel ein abgekartetes Spiel war, ließ sich das Beweismaterial »frisieren«. Aber egal, was in der Anklageschrift stand, für ihn war jetzt nur wichtig, sie überhaupt zu erhalten, damit er mit einem Anwalt sprechen konnte. Wenn er das erst getan hätte, würde man ihn vielleicht nicht mehr in Einzelhaft halten. Selbst wenn man ihn mit einem Mörder zusammensperrte, wäre das besser, als so verzweifelt allein zu sein. Der Anwalt würde allen sagen, wer er war. Er würde sagen: »Das ist ein anständiger Mann, niemals hätte er ein Kind umbringen können.« Der Fixer sorgte sich, ob er auch den richtigen Anwalt bekäme, und fragte sich, an wen Bibikow gedacht hatte, an »einen starken mutigen Mann von ausgezeichnetem Ruf«. Würde Iwan Semjonowitsch es wissen, falls er ihn fragen dürfte? War der Anwalt Russe oder Jude? Was war besser? Und wie sollte er ihn bezahlen? Könnte ein Anwalt ihn beraten, wenn er ihm kein Geld geben könnte? Aber selbst wenn er einen guten Anwalt hätte, könnte ihn der verteidigen, wenn Bibikows Akten den »Schwarzen Hundert« in die Hände gefallen waren?

Trotz seiner Sorgen und obwohl er mit Handschellen gefesselt war, ein Gefangener, der nur für wenige Minuten das Gefängnis verlassen hatte, machte Jakow die Straßenbahnfahrt Freude. Die Menschen um ihn und die Bewegung der Bahn gaben ihm eine Illusion von Freiheit.

An der nächsten Haltestelle bestiegen zwei Männer die Straßenbahn, gingen an dem Fixer vorbei und sahen seine Handschellen. Sie flüsterten miteinander, und als sie sich setzten, flüsterten sie anderen Leuten etwas zu. Einige der Mitfahrenden wandten den Kopf und starrten ihn an. Als er es merkte, schloß er die Augen.

»Das ist der verdammte Mörder, der ein Christenkind umgebracht hat«, sagte ein Mann mit gestrickter Wollmütze. »Ich habe ihn einmal im Auto vor Marfa Golows Haus gesehen, nachdem man ihn verhaftet hatte.«

Einige der Männer in der Bahn begannen leise miteinander zu sprechen.

Dann sagte der Detektiv mit ruhiger Stimme: »Alles ist völlig in Ordnung, Freunde. Regen Sie sich nicht grundlos auf. Ich begleite den Gefangenen zum Gerichtsgebäude, wo er wegen seines Verbrechens angeklagt werden wird.«

Zwei bärtige Juden mit großen Hüten stiegen eilends an der nächsten Haltestelle aus. Ein dritter versuchte mit dem Gefangenen zu sprechen, aber der Detektiv untersagte es ihm mit einer Handbewegung.

»Wenn Sie dich verurteilen«, schrie der Jude Jakow zu, »ruf ›Schma Israel – höre Israel –, der HERR unser Gott, der HERR ist einzig!‹« Er sprang aus der fahrenden Bahn, und die beiden Geheimpolizisten, die aufgestanden waren, setzten sich wieder.

Als eine Frau mit einem mit Samtblumen geschmückten Hut an dem Fixer vorbeiging, spuckte sie ihn an. Ihr Speichel tröpfelte aus seinem Bart. Bald darauf stieß ihn der Detektiv heimlich an, und an der nächsten Haltestelle stiegen sie aus. Sie gingen den verschneiten Bürgersteig entlang, als der Detektiv stehenblieb, um einem Straßenverkäufer einen Apfel abzukaufen. Er gab ihn dem Fixer, der ihn mit drei Bissen verschlang.

Im Gerichtsgebäude war Grubeschow in ein größeres Büro umgezogen, in dessen Vorzimmer drei Schreibtische standen. Jakow wartete mit dem Detektiv, nervös und ungeduldig, die Anklageschrift zu sehen. Seltsam, dachte er, daß eine Anklageschrift wegen Mordes so kostbar sein soll, und doch konnte er ohne sie nicht den ersten Schritt zu seiner Verteidigung tun.

Er wurde in das Büro befohlen. Der Detektiv, den Hut in

der Hand, stellte sich stramm hinter dem Gefangenen auf, aber mit einem Kopfnicken schickte Grubeschow ihn hinaus. Der Staatsanwalt saß unbeweglich an einem neuen Schreibtisch und betrachtete den Gefangenen mit schielenden Augen. Abgesehen von seinem Äußeren hatte sich wenig verändert. Er sah älter aus, und wenn dem so war – um wieviel älter sah Jakow dann aus? Er sah sich selbst mit buschigem Haar, bärtig, in seinem Anzug schwimmend, zu Tode verängstigt.

Grubeschow hustete ernst und wandte den Blick ab. Jakow sah keine Papiere auf seinem Schreibtisch. Obwohl er fest entschlossen war, sich vor diesem Erzantisemiten zusammenzunehmen, konnte er es nicht ändern – er begann zu zittern. Innerlich hatte er schon gezittert, hatte es jedoch unterdrückt, aber als er an das dachte, was mit Bibikow geschehen und wie er selbst behandelt worden war und was er durch Grubeschows Schuld hatte durchmachen müssen, schnürte ihm ein Gefühl des Hasses die Kehle zu, und sein Körper schüttelte sich. Er zitterte so heftig, als versuchte er einen Giftstoff auszustoßen. Und wenn er sich auch schämte, vor diesem Mann so zu zittern, als hätte er Fieber oder fröre – er konnte nicht aufhören.

Eine Minute lang sah ihn der Staatsanwalt verwundert an. »Sind Sie erkältet, Bok?« Die etwas belegte Stimme versuchte mitleidig zu klingen.

Noch immer unfähig, das Zittern zu unterdrücken, sagte der Fixer, es sei so.

»Sind Sie krank gewesen?«

Jakow nickte und versuchte seine Verachtung für diesen Mann zu verbergen.

»Traurig«, sagte der Staatsanwalt. »Nun, setzen Sie sich, und versuchen Sie sich zusammenzunehmen. Wir wollen uns mit anderen Dingen befassen.«

Er schloß seine Schreibtischschublade auf und entnahm ihr einen Packen langer, mit enger Maschinenschrift bedeckter Blätter blauen Papiers. Es waren ungefähr zwanzig Seiten.

Mein Gott, so viele? dachte Jakow. Er hörte auf zu zittern und beugte sich gespannt nach vorne.

»Sie sind also«, sagte Grubeschow und lächelte, als begriffe er die ganze Angelegenheit zum erstenmal, »wegen der Anklageschrift gekommen?« Er durchblätterte die Seiten.

Der Fixer starrte ihn an und leckte sich die Lippen.

»Ich nehme an, Sie halten den Aufenthalt im Gefängnis nicht für eine sehr angenehme Erfahrung?«

Obgleich er das Gefühl hatte, schreien zu müssen, nickte Jakow.

»Hat sich Ihre Einstellung dadurch geändert?«

»Nicht was meine Unschuld angeht.«

Grubeschow lachte ein wenig und schob den Stuhl vom Schreibtisch weg. »Ein verstockter Mensch geht mit zusammengebundenen Füßen. Ich bin erstaunt über Sie, Bok. Ich hätte Sie nicht eigentlich für dumm gehalten. Meiner Ansicht nach wissen Sie, daß es keine Zukunft für Sie gibt, wenn Sie so verstockt bleiben.«

»Bitte, wann kann ich einen Anwalt sehen?«

»Ein Anwalt nutzt Ihnen überhaupt nichts. Das können Sie mir glauben.«

Angespannt saß der Fixer da, stumm, aber aufmerksam.

Grubeschow fing an, auf seinem Orientteppich auf und ab zu gehen. »Selbst mit sechs oder sieben Anwälten werden Sie überführt und zu völliger Einzelhaft auf Lebenszeit verurteilt werden. Meinen Sie wirklich, eine Jury von patriotischen Russen werde glauben, was irgendein Winkeladvokat zusammenbraut, damit Sie es nachplappern?«

»Ich werde ihnen die Wahrheit sagen.«

»Wenn die ›Wahrheit‹ das ist, was Sie uns gesagt haben, wird kein vernünftiger Russe sie Ihnen glauben.«

»Ich dachte, Sie täten es vielleicht, Euer Gnaden, denn Sie kennen ja das Beweismaterial.«

Grubeschow blieb stehen, um sich zu räuspern. »Ich am wenigsten von allen, obwohl ich an die Möglichkeit gedacht habe, daß Sie einmal ein anständiger Mann gewesen sind, der zum Sühneopfer für seine Glaubensbrüder geworden ist. Würde es Sie interessieren, zu erfahren, daß selbst der Zar der Überzeugung ist, Sie hätten das Verbrechen begangen?«

»Der Zar?« sagte Jakow verwundert. »Weiß er denn etwas von mir? Wie könnte er so etwas glauben?« Das Herz wurde ihm schwer.

»Seine Majestät hat sich sehr für diesen Fall interessiert, seit er in den Zeitungen von Schenjas Ermordung gelesen hat. Sogleich hat er sich an den Schreibtisch gesetzt und mir eigenhändig Folgendes geschrieben: ›Ich hoffe, Sie werden keine Mühe scheuen, den gemeinen Mörder dieses Jungen aufzufinden und ihn der Justiz zu überantworten.‹ Ich zitiere aus dem Gedächtnis. Seine Majestät ist ein sehr sensibler Mensch, der manchmal ganz ungewöhnliche Intuitionen hat. Seitdem habe ich ihn über den Fortgang der Ermittlung auf dem laufenden gehalten. Sie wird mit seiner genauen Kenntnis und Billigung geführt.«

Ach, das ist Pech, dachte der Fixer. Gleich darauf sagte er: »Aber warum sollte der Zar glauben, was doch gar nicht wahr ist?«

Rasch ging Grubeschow zum Schreibtisch zurück und setzte sich. »Er wie wir alle ist von dem sich anhäufenden Beweismaterial überzeugt, das die Aussagen der Zeugen liefern.«

»Welcher Zeugen?«

»Sie wissen sehr wohl, welcher Zeugen«, sagte Grubeschow ungeduldig. »Zum Beispiel Nikolai Maximowitsch Lebedews und seiner Tochter, gebildete, vornehme Menschen. Marfa Golows, der langmütigen Mutter eines unglückseligen Sohnes, einer tragischen, aber aufrichtigen Frau. Des Vorarbeiters Proschko und der beiden Fuhrleute sowie der des Wächters Skobeljew, der gesehen hat, wie Sie Schenja Süßigkeiten anboten, und der vor Gericht aussagen wird, daß Sie den Knaben mehrmals aus der Ziegelei gejagt haben. Wie Nikolai Maximowitsch uns sagt, hat der Mann durch Ihre Einmischung seine Stelle verloren.

»Ich habe nie gewußt, daß er entlassen wurde.«

»Es gibt eine ganze Menge Dinge, die Sie nicht wissen, aber herausfinden werden.«

Grubeschow fuhr fort, Zeugen mit Namen zu nennen. »Ich werde auch Ihren jüdischen Zellengenossen Gronfein aufrufen, den Sie, um der jüdischen Gemeinde einen Gefallen zu erweisen, dringend gebeten haben, Marfa Wladimirowna zu bestechen, damit sie nicht gegen Sie aussagt. Ich werde eine Bettlerin benennen, die Sie einmal um ein Almosen bat, das Sie ihr verweigerten, und die gesehen hat, wie Sie einen Laden betraten, in dem Messer geschärft werden. Ebenso den Besitzer dieses Unternehmens und seinen Gehilfen, die aussagen werden, daß zwei Ihnen gehörende Messer so scharf wie möglich geschliffen und Ihnen dann wieder ausgehändigt wurden. Außerdem werde ich gewisse Personen aus dem religiösen Leben hinzuziehen, Wissenschaftler auf dem Gebiete der jüdischen Geschichte und Theologie, sowie Psychiater, die Experten in Fragen der jüdischen Mentalität sind. Wir haben schon mehr als dreißig zuverlässige Zeugen zusammengebracht. Seine Majestät hat alle Zeugenaussagen zu dem Fall gelesen. Als er zum letzten Mal in Kiew war, kurz nach Ihrer Verhaftung, hatte ich die Ehre, ihn zu informieren: ›Sire, ich bin glücklich, Ihnen mitteilen zu können, daß der Schuldige an der Ermordung Schenja Golows festgenommen wurde und jetzt im Gefängnis sitzt. Es handelt sich um Jakow Bok, Mitglied einer der jüdischen Fanatikergruppen, nämlich der Chassidim.‹ Ich versichere Ihnen, daß Seine Majestät trotz des Regens den Hut abnahm und sich bekreuzigte, um dem HERRN für Ihre Festnahme zu danken.«

Der Fixer konnte sehen, wie sich der Zar, barhäuptig im Regen, bekreuzigte. Zum erstenmal fragte er sich, ob man ihn nicht mit jemandem verwechselte. War es möglich, daß man ihn für einen anderen hielt?

Der Staatsanwalt öffnete seine Seitenschublade eines Schreibtischs und entnahm ihr ein Heft mit Zeitungsausschnitten. Aus einem las er vor: »›Seine Majestät erklärte sich zu der Annahme berechtigt, daß das Verbrechen das feige Werk eines jüdischen Verbrechers ist, der für seine barbarische Tat angemessen bestraft werden muß. Wir werden alles, was notwendig ist, tun, um unsere unschuldigen russischen Kinder und ihre verängstigten Mütter zu beschützen. Wenn ich an meine eigene Frau und meine eigenen Kinder denke, denke ich an sie.‹ Wie sollte Ihrer Ansicht nach das Urteil auf ›nicht schuldig‹ lauten, wenn der Herrscher des russischen Staates und seines Volkes aufrichtig von Ihrer Schuld überzeugt ist? Eine solche Möglichkeit besteht gar nicht. Kein russisches Schwurgericht wird Sie freisprechen.«

»Immerhin«, sagte der Fixer und seufzte matt, »die Frage hat den Wert des Beweismaterials.«

»Dessen Wert bezweifle ich nicht. Verfügen Sie über besseres?«

»Was wäre, wenn gewisse antisemitische Gruppen den Mord begangen hätten, um den Verdacht auf die Juden zu lenken?«

Grubeschow schlug mit der Faust auf den Tisch. »Was für eine monströse Unterstellung! Man muß schon Jude sein, um die Schuld an dem eigenen Verbrechen auf seine Ankläger zu schieben. Offenbar wissen Sie gar nicht, daß Sie Ihre Schuld selbst zugegeben, ja eingestanden haben.« Er hatte angefangen zu schwitzen, und sein Atem pfiff ihm in der Nase.

»Ich?« sagte Jakow, einer Panik nahe. »Was soll ich zugegeben haben? Nichts habe ich zugegeben.«

»Sie glauben vielleicht, es nicht getan zu haben, aber mehr als ein Eingeständnis, das Sie im Schlaf gemacht haben, ist schon aufgeschrieben. Der Wachtposten Kogin hat sie in seinem Notizbuch zusammengestellt, und der stellvertretende Direktor hat Sie ebenfalls gehört, wenn er nachts an Ihrer Zellentür lauschte. Es ist ganz klar, daß Ihr Gewissen schwer belastet ist, Jakow Bok, und das mit gutem und ausreichendem Grund. Oft rufen Sie laut etwas über den abscheulichen Charakter Ihres Verbrechens, Sie seufzen, schreien, stöhnen, ja Sie schluchzen vor Gewissensbissen. Weil Sie offenbar einen gewissen Kummer über Ihre Tat empfinden, bin ich gewillt, so freundlich mit Ihnen zu sprechen.«

Von neuem tastete sich Jakows Blick nach den Papieren auf dem Schreibtisch vor.

»Dürfte ich wohl die Anklageschrift sehen, Euer Gnaden?«

»Ich rate Ihnen«, sagte Grubeschow und wischte sich den Nacken mit einem Taschentuch, »ein Geständnis zu unterschreiben, in dem Sie erklären, den Mord wider Willen unter dem Einfluß Ihrer religiösen Kohorten begangen zu haben. Wenn das geschehen ist, läßt sich vielleicht, wie ich Ihnen schon bei unserem letzten Gespräch sagte, etwas zu Ihren Gunsten tun.«

»Ich habe nichts zu gestehen. Was kann ich Ihnen gestehen? Ich kann nur gestehen, daß es mir jämmerlich schlecht geht. Den Mord an Schenja Golow kann ich nicht gestehen.«

»Bok, so hören Sie doch, ich spreche zu Ihrem eigenen Besten mit Ihnen. Andernfalls ist Ihre Lage hoffnungslos. Ihr Geständnis wird mehr als eine günstige Wirkung haben. Für Ihre jüdischen Glaubensbrüder kann es sogar Repressalien verhüten. Wissen Sie eigentlich, daß Kiew zur Zeit Ihrer Verhaftung am Rande eines großen Pogroms stand? Nur dadurch, daß zufällig der Zar hierher kam, um ein Denkmal für einen seiner Vorfahren zu enthüllen, wurde es verhindert. Ich versichere Ihnen – zum zweitenmal wird das nicht geschehen. Denken Sie darüber nach; ein Geständnis brächte Ihnen große Vorteile. Ich bin bereit, dafür zu sorgen, daß Sie heimlich aus dem Gefängnis befreit und nach Podowolschtschisk an der österreichischen Grenze gebracht werden. Sie werden einen russischen Paß und das Reisegeld für ein außereuropäisches Land in der Tasche haben. Einschließlich Palästina, Amerika oder sogar Australien, wenn Sie dahin gehen wollen. Ich rate Ihnen, diesen Vorschlag sorgfältigst zu erwägen. Die Alternative dazu ist ein lebenslänglicher Gefängnisaufenthalt unter weit ungünstigeren als den gegenwärtigen Bedingungen.«

»Verzeihung, aber wie wollen Sie in diesem Fall dem Zaren erklären, daß Sie den geständigen Mörder eines christlichen Kindes freigelassen haben?«

»Das geht Sie nichts an«, entgegnete Grubeschow.

Der Fixer glaubte ihm nicht. Er wußte, daß ein Geständnis ihn für alle Zeiten verurteilen würde. Er war schon jetzt dem Untergang geweiht.

»Der Direktor sagte, Sie würden mir die Anklageschrift geben.«

Verlegen studierte Grubeschow das oberste Blatt der Papiere, dann legte er es fort. »Für die Anklageschrift ist die Unterschrift des Untersuchungsrichters erforderlich. Er ist auf einer Dienstreise und noch nicht wieder ins Büro zurückgekehrt. In der Zwischenzeit möchte ich wissen, was Sie von meinem mehr als vernünftigen Vorschlag halten?«

»Ich habe genug zu gestehen, aber nicht dieses Verbrechen.«

»Ach, Sie sind ein blöder Jude.«

Jakow pflichtete ihm sogleich bei.

»Wenn Sie auf das Mitgefühl und vielleicht die Hilfe von Richter Bibikow hoffen, geben Sie diese Hoffnung besser auf. Er ist durch einen anderen Beamten abgelöst worden.«

Der Fixer biß die Zähne zusammen, um nicht wieder ins Zittern zu verfallen.

»Wo ist Herr Bibikow?«

Grubeschow antwortete mit unruhiger Stimme. »Er ist wegen Unterschlagung öffentlicher Gelder verhaftet worden. Als ihn, während er auf seinen Prozeß wartete, die Schande übermannte, hat er Selbstmord begangen.«

Der Fixer schloß die Augen.

Als er sie wieder öffnete, sagte er: »Könnte ich vielleicht mit seinem Gehilfen, Herrn Iwan Semjonowitsch sprechen?«

»Iwan Semjonowitsch Kusminski«, sagte der Staatsanwalt kühl, »ist im vergangenen September auf der Landwirtschaftsmesse verhaftet worden. Er hat nämlich, als die Kapelle ›Gott erhalte uns den Zaren‹ spielte, den Hut nicht abgenommen. Wenn mich mein Gedächtnis nicht trügt, wurde er zu einjähriger Haft in der Petropawelski-Festung verurteilt.«

Wortlos stöhnte der Fixer auf.

»Verstehen Sie jetzt?« Grubeschows Gesicht war gespannt und schweißbedeckt.

»Ich bin unschuldig«, schrie der Fixer heiser.

»Kein Jude ist unschuldig, am wenigsten ein Ritualmörder. Außerdem wissen wir, daß Sie ein Agent des Kahal* sind, der internationalen jüdischen Regierung, die zusammen mit der zionistischen Weltorganisation, dem Herzl-Bund und den russischen Freimaurern eine Untergrundverschwörung schmiedet. Und wir haben guten Grund anzunehmen, daß Ihre Oberherren Geschäfte mit den Briten machen, um die legitime russische Regierung zu stürzen und sich selbst zu den Herren über unser Land und unser Volk zu machen. Wir sind nicht gerade naiv. Wir

* Kahal autonome jüdische Gemeinde

wissen, worauf Sie hinaus wollen. Wir haben die ›Protokolle der Weisen von Zion‹ und das ›Kommunistische Manifest‹ gelesen und kennen Ihre revolutionären Absichten durch und durch!«

»Ich bin kein Revolutionär. Ich bin ein unerfahrener Mensch. Wer weiß schon was von solchen Dingen? Ich bin ein Fixer.«

»Sie können es bestreiten, so lange Sie wollen, wir kennen die Wahrheit«, schrie Grubeschow. »Die Juden beherrschen die Welt und wir fühlen uns unter ihrem Joch. Ich selbst habe den Eindruck, unter der Macht der Juden zu stehen; unter der Macht jüdischen Denkens, unter der Macht der jüdischen Presse. Wenn man die Stimme gegen die Verbrechen der Juden erhebt, wird man beschuldigt, man gehöre entweder zu den »Schwarzen Hundert« oder sei ein Dunkelmann oder ein Reaktionär. Ich bin nichts von alledem. Ich bin ein russischer Patriot und liebe den russischen Zaren!«

Jakow starrte unglücklich auf die Anklagepapiere.

Grubeschow ergriff sie und verschloß sie in der Schublade.

»Lassen Sie mich durch den Direktor wissen, wenn Sie zur Vernunft kommen. Bis dahin werden Sie weiter Ihren Gestank im Gefängnis von sich geben.«

Ehe Jakow das Büro verlassen durfte, las der Staatsanwalt mit dunkelrotem Gesicht etwas in seinem Notizbuch und fragte den Gefangenen, ob er mit Baal Schem Tow und Rabbi Salman Schneur aus Ladi verwandt sei und ob es in seiner Familie jemals einen Schochet* gegeben habe. Jakow, der sein Zittern nicht beherrschen konnte, beantwortete jede dieser Fragen mit nein, und Grubeschow schrieb sorgfältig seine Antworten nieder.

Er saß in seiner Gefängniskleidung in der dunklen Zelle, mit zerrauftem Bart, geröteten Augen und brennendem Kopf, und die scharfe Kälte sprengte ihm fast die Knochen. Der Schnee zischte gegen das Fenster. Der Wind, der durch das gesprungene

* Schochet Schlächter, der die rituellen Schlachtungen vornimmt.

Glas eindrang, fiel über ihn her wie ein böser Vogel und nagte an seinem Kopf und seinen Händen. Er rannte in der Zelle hin und her und sah seinen eigenen Atem, er schlug sich gegen die Brust, ließ die Arme kreisen, schlug die blauen Hände gegeneinander und schrie seine Qual hinaus. Er seufzte und jammerte, er rief den Himmel um Hilfe an, bis Schitnjak, ein unruhiges Auge ans Guckloch gepreßt, ihm befahl, den Mund zu halten. Als der Wärter am Abend das Feuer anmachte, saß der Fixer vor dem rauchenden Ofen, dessen Tür geöffnet war, den Mantelkragen bis über die Ohren hochgeschlagen, und das Licht der Flammen fiel, ohne Wärme zu spenden, auf sein Gesicht. Abgesehen von dem glühenden, knisternden, ächzenden Feuer war die Zelle dunkel, naßkalt, drückend von feuchtem Gestank. In dem Dauergestank all jener Gefangenen, die in dieser elenden Zelle gelebt und den Tod gefunden hatten, konnte er seinen eigenen fauligen Geruch riechen.

Stundenlang zitterte der Fixer, versunken in tiefste Schwermut. Wer würde es glauben? Selbst der Zar wußte von ihm. Der Zar war von seiner Schuld überzeugt. Der Zar wollte, daß er verurteilt und bestraft wurde. Jakow sah sich in einen Kampf mit dem russischen Kaiser verstrickt. Sie rangen miteinander im Dunkeln, Bart an Bart, bis Nikolaus erklärte, er sei ein Engel Gottes, und in den Himmel aufstieg.

»Das ist alles nur Phantasie«, murmelte der Fixer. »Er braucht mich nicht, und ich brauche ihn nicht. Warum lassen sie mich nicht in Ruhe? Was habe ich ihnen denn getan?«

Sein Schicksal widerte ihn an. Kaum war er dem Ansiedlungsgebiet entronnen, war er in die Falle des Gefängnisses geraten. Seit seiner Geburt war ihm ein schwarzes Pferd gefolgt, ein jüdischer Alptraum. Was anderes bedeutete Jude sein als einen ewigen Fluch? Er hatte genug von ihrer Geschichte, ihrem Schicksal, ihrer Blutschuld.

7

Er wartet.

Der Schnee wurde zu Regen. Nichts geschah.

Nichts außer dem langen Winter; aber keine Anklageschrift.

Er spürte den Wetterumschlag im Kopf. Der Frühling kam – aber er drang nicht durch das Gitter. Durch das Fenster hörte er das Zwitschern der Schwalben.

Die Jahreszeiten kamen schneller als die Anklageschrift. Die Anklageschrift ließ lange auf sich warten. Der Gedanke, daß sie vielleicht eines Tages käme, zögerte ihr Kommen so lange hinaus.

Im Frühjahr regnete es heftig. Er lauschte dem Geräusch des Regens und dachte gern an die Feuchtigkeit draußen, aber er mochte die Feuchtigkeit in der Zelle nicht. Wasser sickerte durch die Mauer auf der Seite zum Gefängnishof. Nasse Linien bildeten sich auf dem Zement zwischen den freiliegenden Ziegeln. Von einer beschädigten Stelle oberhalb des Fensters tropfte Wasser herunter, wenn es schon aufgehört hatte zu regnen. Wenn es geregnet hatte, bildete sich immer eine Pfütze auf dem Boden. Manchmal tropfte es tagelang. Nachts erwachte er und lauschte. Manchmal hörte es ein paar Minuten lang auf, und er schlief ein. Wenn es wieder anfing zu tropfen, erwachte er von neuem.

Früher schlief ich durch, selbst wenn es donnerte.

Er war so nervös und reizbar und so bedrückt von der Haft, daß er Angst hatte, verrückt zu werden. Was werde ich ihnen gestehen, wenn ich wahnsinnig werde? Die niederdrückende Langeweile eines jeden Tages versetzte ihn in Schrecken. Langweile und Nervosität ließen ihn glauben, er könne verrückt werden.

Vor Hunger nach irgendeiner Tätigkeit, nach einem Wort, das er lesen könnte, zerbrach er eines Tages einen der Gebetsriemen, die man in der Zelle gelassen hatte. Er hielt den Riemen fest und schlug das Kästchen gegen die Wand, bis es in einer Staubwolke aufbrach. Das Innere des Kästchens roch nach altem Pergament und Leder, und doch hatte es einen seltsam menschlichen Geruch. Es roch ein wenig nach Körperschweiß. Der Fixer hielt das zerbrochene Kästchen an die Nase und sog gierig den Geruch ein. Das schwarze Kästchen war in vier Fächer unterteilt; jedes Fach enthielt ein eng zusammengewickeltes Röllchen, zwei mit Versen aus dem zweiten und zwei mit solchen aus dem fünften Buch Mose. Jakow entzifferte mit Mühe die Schrift und entsann sich der Worte schneller, als er sie zu lesen vermochte. Die Knechtschaft in Ägypten war vorüber, und in einer kleinen Rolle verkündete Moses die Feier des Passah-Festes. Eine andere Rolle enthielt das Schma Israel. Eine weitere zählte die Belohnungen auf für die, die Gott liebten und ihm dienten, und die Strafen für jene, die es nicht taten: den Verlust des Himmels, des Regens und der Früchte dieses Regens; sogar den des Lebens. In jeder der vier Rollen wurde den Menschen befohlen, Gott zu gehorchen und seine Worte zu verkünden. »Und diese Worte, die ich dir heute gebiete, sollst du zu Herzen nehmen und sollst sie binden zum Zeichen auf deine Hand und sollen dir ein Denkmal vor deinen Augen sein.« Dieses Zeichen war der Gebetriemen mit dem Kästchen, das Jakow aufgebrochen hatte. Erregt und traurig las er die Rollen und versteckte sie tief im Stroh seiner Matratze. Aber eines Tages überraschte Schitnjak, dessen Auge unruhig durch das Guckloch blinkte, den Fixer, als er in die Lektüre versunken war. Er betrat die Zelle und zwang ihn, ihm die Rollen auszuhändigen. Der Anblick der vier Rollen verwirrte den Wärter, obwohl Jakow ihm das zerbrochene Kästchen zeigte; und Schitnjak übergab sie dem stellvertretenden Direktor, der sehr aufgeregt über dieses »neue Beweisstück« war.

Ein paar Wochen später steckte Schitnjak, als er in der Zelle war, dem Fixer ein kleines, grünes broschiertes Neues Testament in Russisch zu. Die Seiten waren abgenutzt und schmutzig. »Von meiner Alten«, flüsterte Schitnjak. »Sie hat gesagt, ich sollt's dir geben, damit du das Unrecht, das du begangen hast, bereuen kannst. Außerdem beklagst du dich sowieso immer, daß du nichts zu lesen hast. Nimm's, aber sag' niemand, wer dir's gegeben hat, sonst hau' ich dir den Arsch kaputt. Wenn man dich fragt, sag, daß ein Gefangener in der Küche dir's ohne dein Wissen in die Tasche gesteckt hat oder vielleicht einer von denen, die die Scheißdosen ausleeren.«

»Aber warum das Neue Testament und nicht das Alte?« fragte Jakow.

»Das Alte wird dir überhaupt nichts nutzen«, sagte Schitnjak. »Das kann man schon längst nicht mehr gebrauchen; es ist voll von alten graubärtigen Juden, die von einer Schweinerei zur andern kriechen. Außerdem wird im Alten Testament schrecklich viel gefickt – und wie soll das denn was Religiöses sein? Wenn du das wahre Wort Gottes lesen willst, lies die Evangelien. Meine Alte hat mir aufgetragen, dir das zu sagen.«

Zuerst wollte Jakow das Buch gar nicht aufschlagen, denn seit seiner Kindheit hatte er sich vor Jesus Christus gefürchtet, vor dem Fremdling und Abtrünnigen, dem geheimnisvollen Feind der Juden. Aber als das Buch nun da war, wurde seine Langweile immer größer und seine Neugier immer stärker. Schließlich schlug er es auf und begann zu lesen. Er saß an seinem Tisch und las durch die Dunkelheit hindurch, aber nicht lange, denn es fiel ihm schwer, sich zu konzentrieren. Aber die Geschichte Jesu faszinierte ihn, und er las sie in den vier Evangelien. Er war ein merkwürdiger Jude, ein humorloser Fanatiker, doch seine Lehren gefielen dem Fixer, und mit Vergnügen las er über die Heilungen der Lahmen und Blinden und der Epileptiker, die ins Feuer und Wasser fielen. An den Brotlaiben und Fischen und an der Auferweckung der Toten hatte er seine Freude. Zuletzt war er tief ergriffen, als er las, wie die Menschen ihn anspuckten und mit Stöcken schlugen und wie er nachts am Kreuze hing. Jesus schrie zu Gott um Hilfe, aber Gott half nicht. Da war ein Mann, der in Dunkelheit und tiefer Qual aufschrie, aber Gott war auf der anderen Seite seines Berges. Er hörte, aber er hatte schon alles gehört. Was konnte er hören, das er nicht schon früher gehört hatte? Christus starb, und man nahm ihn vom Kreuze ab. Der Fixer wischte sich die Augen. Später dachte er, wenn das alles so war und zur christlichen Religion gehört und sie es glauben, wie können sie mich dann im Gefängnis festhalten, wo sie doch wissen, daß ich unschuldig bin? Warum haben sie kein Mitleid und lassen mich frei?

Obwohl sein Gedächtnis ihm zu schaffen machte, versuchte er einige der Verse auswendig zu lernen, die ihm in den Evangelien gefallen hatten. Es war ein Mittel, seinen Geist zu beschäftigen und sein Gedächtnis beweglich zu halten. Dann sagte er das, was er gelernt hatte, auf. Eines Tages begann er Verse laut durch das Guckloch zu sprechen. Schitnjak, der im Gang auf seinem Stuhl saß und mit einem Messer an einem Stock schnitzte, hörte dem Fixer, der die Seligsprechungen aufsagte, bis zum Ende zu und befahl ihm dann, den Mund zu halten. Wenn Jakow nachts nicht schlafen konnte, oder wenn er eine Weile geschlafen hatte und von einem Traum oder einem Geräusch aufgeweckt wurde, verbrachte er, während er wachlag, einen Teil der Zeit damit, in der Zelle zu rezitieren, und Kogin legte wie üblich das Ohr an das Guckloch und atmete hörbar. Eines Nachts fragte der Wärter, der in der letzten Zeit vor Sorgen mürrisch war, durch die Tür: »Wie kann das angehen, daß ein Jude, der ein Christenkind umgebracht hat, herumläuft und die Worte Christi aufsagt?«

»Ich habe den Jungen noch nicht mal angerührt«, sagte der Fixer.

»Alle sagen, daß du's getan hast. Es heißt, du hättest einen Geheimdispens von einem Rabbi gehabt; du solltest nur losgehen und es tun, nachher hättest du keine Gewissensbisse. Ich habe gehört, du seist ein Mann gewesen, der schwer gearbeitet hat, Jakow Bok; trotzdem hättest du aber das Verbrechen begehen können, denn wenn jemand denkt wie du, ist es ja kein Verbrechen, einen Christen zu ermorden. Diese ganze Blut- und Matzen-Geschichte gehört von alters her zu deiner Religion.

Davon habe ich immer wieder gehört, seit ich ein kleiner Junge war.«

»Nach dem Alten Testament dürfen wir kein Blut essen. Es ist verboten«, sagte Jakow. »Aber was sagst du zu diesen Worten: ›Wahrlich, wahrlich, ich sage euch: werdet ihr nicht essen das Fleisch des Menschensohnes und trinken sein Blut, so habt ihr kein Leben in euch. Wer mein Fleisch isset und trinket mein Blut, der hat das ewige Leben, und ich werde ihn am Jüngsten Tag auferwecken. Denn mein Fleisch ist die rechte Speise, und mein Blut ist der rechte Trank. Wer mein Fleisch isset und trinket mein Blut, der bleibt in mir und ich in ihm.‹«

»Ach, das ist doch was ganz anderes«, sagte Kogin. »Das bedeutet das Brot und den Wein und nicht das wirkliche Fleisch und Blut. Außerdem – wieso kennst du denn die Worte, die du eben gesagt hast? Wenn der Teufel einem Juden die Heilige Schrift beibringt, verstehen beide sie falsch.«

»Blut ist Blut. Ich hab's gesagt, wie's geschrieben steht.«

»Wieso kennst du's denn?«

»Ich hab's im Johannesevangelium gelesen.«

»Wie kommt es denn, daß ein Jude die Evangelien liest?«

»Ich lese sie, um herauszufinden, was ein Christ ist.«

»Ein Christ ist ein Mensch, der Christus liebt.«

»Wie kann irgend jemand Christus lieben und einen unschuldigen Mann im Gefängnis leiden lassen?«

»Es gibt keinen unschuldigen Christenmörder«, sagte Kogin und schloß die Scheibe über dem Guckloch.

Aber als in der folgenden Nacht der Regen ununterbrochen auf den Gefängnishof herunterprasselte und Wassertropfen von der Decke fielen, kam der Wärter wieder, um zu hören, was Jakow sonst noch auswendig gelernt hatte.

»Ich war seit Jahren nicht in einer Kirche«, sagte Kogin. »Ich habe nicht viel übrig für Weihrauch und Priester, aber die Worte Christi hör' ich gern.«

»›Welcher unter euch kann mich einer Sünde zeihen?‹« sagte Jakow. »›So ich euch aber die Wahrheit sage, warum glaubet ihr mir nicht?‹«

»Hat er das gesagt?«

»Ja.«

»Sag noch was.«

»›Denn ich sage euch wahrlich: Bis daß Himmel und Erde zergehe, wird nicht zergehen der kleinste Buchstaben noch ein Tüttel vom Gesetz, bis daß es alles geschehe.‹«

»Wenn du die Worte sagst, klingen sie anders als in meiner Erinnerung.«

»Es sind dieselben Worte.«

»Sag noch was.«

»›Richtet nicht, so werdet ihr auch nicht gerichtet. Denn eben mit dem Maß, mit dem ihr messet, wird man euch wieder messen.‹«

»Das reicht«, sagte Kogin. »Ich habe genug davon.«

Aber am nächsten Abend brachte er einen Kerzenstummel und ein Streichholz.

»Jakow Bok, ich weiß doch, daß du ein Buch mit den Evangelien in der Zelle versteckst. Wie hast du das denn bekommen?«

Jakow sagte, irgend jemand hätte es ihm in die Tasche gesteckt, als er in die Küche gegangen sei, um seine Rationen zu holen.

»Na ja, vielleicht war's so, vielleicht auch nicht«, sagte Kogin, »aber da du nun mal das Buch da drin hast, kannst du mir auch was draus vorlesen. Ich langweile mich nämlich bis in den Arsch, wenn ich jede Nacht so allein dasitzen muß. Eigentlich bin ich ein Familienmensch.«

Jakow zündete die Kerze an und las Kogin durch das Loch in der Tür vor. Während sich die gelbe Kerzenflamme in der feuchten Zelle bog und knisterte, las er ihm über den Prozeß und die Leiden Christi vor. Als er an die Stelle kam, an der die Soldaten Jesus eine Dornenkrone aufs Haupt drückten, seufzte der Wärter.

Dann sagte der Fixer in ängstlichem Flüsterton: »Kogin, kann ich Sie um einen kleinen Gefallen bitten? Keinen großen. Ich möchte ein Stück Papier und einen Bleistiftstummel haben, um einem Bekannten ein paar Worte zu schreiben. Könnten Sie sie mir leihen?«

»Besser du fickst dich selbst, Bok«, erwiderte Kogin. »Ich komm' dir schon auf deine Judenschliche.«

Er nahm die Kerze, blies sie aus und kam nicht wieder, um die Worte der Evangelien zu hören.

Manchmal spürte er den Duft des Frühlings durch das gesprungene Fenster, wenn eine Brise, die durch blühende Bäume und Sträucher geweht hatte, ihn mit der Erinnerung an all das Grün zurückließ, das auf der Erde wuchs, und das Herz schmerzte ihm bis zum Wahnsinn.

Eines Nachmittags im Mai, es kann auch Juni gewesen sein – der Fixer war schon seit über einem Jahr im Gefängnis –, erschien ein Priester in grauem Gewand und schwarzem Hut in der dunklen Zelle, ein blasser junger Mann mit klebrigem Haar, feuchten Lippen und dunklen fanatischen Augen.

Jakow, der an eine Halluzination glaubte, zog sich bis zur Mauer zurück.

»Wer sind sie? Wo kommen Sie her?«

»Ihr Wärter hat mir die Tür geöffnet«, sagte der Priester, nickte mit dem Kopf und blinzelte. Er hustete – ein Anfall in mehreren Stadien, den zu überwinden ihn geraume Zeit kostete. »Ich war krank«, sagte er, »und einmal, als ich mit Fieber im Bett lag, hatte ich die ungewöhnliche Vision, daß ein Mann hier im Gefängnis litt. Wer kann das sein? fragte ich mich, und sofort kam mir der Gedanke, es müsse der Jude sein, den man wegen des Mordes an einem Christenkind verhaftet hatte. In Schweiß gebadet lag ich da und rief aus: ›Himmlischer Vater, ich danke dir für dieses Zeichen, denn ich verstehe, daß dein Wille mir befiehlt, dem gefangenen Juden zu dienen.‹ Als ich von meiner Krankheit genesen war, schrieb ich sogleich an Ihren Direktor und bat ihn, mir zu gestatten, Sie zu besuchen. Das schien zunächst unmöglich zu sein, aber nachdem ich gebetet und gefastet hatte, wurde es mir mit Hilfe des Metropoliten gestattet.«

Als der Priester den zerlumpten bärtigen Fixer sah, der in

der Dunkelheit mit dem Rücken zu der schwitzenden Wand stand, fiel er auf die Knie.

»Lieber HERR«, betete er, »vergib diesem armen Hebräer seine Sünden und laß ihn uns vergeben für unsere Sünden wider ihn. ›Denn so ihr den Menschen ihre Fehler vergebet, so wird euch euer himmlischer Vater auch vergeben; wo ihr aber den Menschen ihre Fehler nicht vergebet, so wird euch euer himmlischer Vater eure Fehler auch nicht vergeben.‹«

»Ich vergebe niemandem.«

Als der Priester, der auf den Knien auf den Gefangenen zurutschte, versuchte, ihm die Hand zu küssen, entzog der Fixer sie ihm und verkroch sich in die dunkelste Ecke der Zelle.

Stöhnend und schwer atmend erhob sich der Priester.

»Ich bitte dich, höre mir zu, Jakow Schepsowitsch Bok«, keuchte er. »Der Wärter Schitnjak hat mir erzählt, daß du andächtig die Evangelien liest. Und der Wärter Kogin sagt, du hättest viele Stellen der Worte des wahren Christus auswendig gelernt. Das ist ein vorzügliches Zeichen, denn wenn du die Lehre Christi annimmst, wirst du wahrhaftig bereut haben. ER wir dich vor der Verdammnis retten. Und wenn du dich zum orthodoxen Glauben bekehrst, müssen deine Häscher ihre Anklage überdenken und dich schließlich als einen unserer Brüder freilassen. Glaube mir, kein Mensch ist dem Auge Gottes so teuer wie ein Jude, der seinen Irrtum gesteht und der sich aus eigenem Willen dem wahren Glauben zuwendet. Wenn es dir recht ist, will ich beginnen, dich in der orthodoxen Lehre zu unterrichten. Der Direktor hat es erlaubt. Er ist ein weitherziger Mann.«

Der Fixer blieb wortlos stehen.

»Bist du da?« fragte der Priester und spähte in die Dunkelheit. »Wo bist du?« rief er und blinzelte ängstlich. Er hustete mit einem heftigen Rasseln.

In dem schwachen Licht stand Jakow regungslos am Tisch, den Gebetschal um den Kopf gewickelt, den Gebetriemen um die Stirn gebunden.

Der Geistliche hustete verschleimt, hielt sich das Taschentuch vor den Mund, ging rückwärts auf die Metalltür zu und schlug mit der Faust dagegen. Rasch wurde sie geöffnet, und er eilte hinaus.

»Du wirst dein Fett schon kriegen«, sagte Schitnjak vom Gang aus zu dem Fixer.

Später wurde eine Lampe in die Zelle gebracht, und Jakow wurde entkleidet und zum viertenmal an diesem Tag durchsucht. Äußerst mißgelaunt gab der stellvertretende Direktor der Matratze einen Fußtritt und fand das Neue Testament im Stroh.

»Woher zum Teufel haben Sie das?«

»Irgend jemand muß es ihm in der Küche zugesteckt haben«, sagte Schitnjak.

Mit einem Faustschlag schmetterte der stellvertretende Direktor den Fixer zu Boden.

Er beschlagnahmte die Gebetriemen und Schitnjaks Neues Testament, kam aber am nächsten Morgen wieder und warf Jakow eine Handvoll Seiten zu, die durch die ganze Zelle flogen. Es waren Seiten aus dem Alten Testament auf hebräisch, und Jakow sammelte sie auf und setzte sie geduldig zusammen. Die Hälfte des Buches fehlte, und einige der Seiten waren voll schlammig brauner Flecken, die wie Blut aussahen.

Der Besen aus Birkenzweigen zerfiel. Monatelang hatte er ihn benutzt, und die Zweige hatten sich auf dem Steinfußboden verbraucht. Einige waren beim Kehren abgebrochen, und man hatte ihm nichts gegeben, womit er sie hätte ersetzen können. Schließlich riß die durchgescheuerte Schnur, die die Zweige zusammengehalten hatte, und das war das Ende des Besens. Schitnjak weigerte sich, Zweige und eine neue Schnur herauszurücken. Jakow hatte ihn darum gebeten, aber statt dessen nahm er ihm den Besen fort.

»Das geschieht, damit du dir nicht weh tust, Bok, oder deine dreckigen Streiche an jemand anders ausprobierst. Es heißt nämlich, du hättest den armen Jungen bewußtlos geschlagen, ehe du mit dem Messer auf ihn eingedrungen bist.«

Der Fixer sprach weniger mit den Wärtern; es war weniger

ermüdend; sie sagten kaum ein Wort zu ihm, gaben ihm hin und wieder einen mürrischen Befehl oder fluchten auf ihn, wenn er etwas zu langsam tat. Ohne den Besen fing die armselige Routine seines Tagesablaufs an zusammenzubrechen. Er versuchte sich weiter an sie zu klammern, aber jetzt brauchte kein Ofen gerichtet oder nachgesehen zu werden, nun brauchte er nicht darauf zu warten, daß Feuer gemacht würde, und er durfte auch nicht mehr in die Küche gehen, um sich seine Rationen zu holen. Das Essen wurde ihm wieder wie zuvor in die Zelle gebracht. Es hieß, er habe in der Küche gestohlen – das Neue Testament zum Beispiel. Und bei einer Inspektion habe man ein Messer in der Zelle »gefunden«. Das war das Ende der Ausflüge, auf die er sich zweimal am Tage, manchmal voller Erregung und Sehnsucht, gefreut hatte. »Das ist ganz richtig so«, sagte der Direktor. »Wir können nicht dulden, daß ein Jude herumläuft und gegen die Vorschriften verstößt. Die übrigen Gefangenen haben schon dagegen gemurrt.« Was von der Routine übrigblieb, war das morgendliche Wecken durch die Gefängnisglocke, die schäbigen Mahlzeiten, nicht einmal, sondern zweimal am Tag, und die dreimalige tägliche Durchsuchung, die ihn zur Verzweiflung brachte.

Er hatte es aufgegeben, den Ablauf der Zeit mit den langen und kurzen Holzsplittern zu verfolgen. Auf mehr als ein Jahr konnte er es nicht bringen. Es war jetzt Sommer, die heiße Zelle stank entsetzlich, und die Mauern schwitzten. Schnaken und andere Insekten stießen gegen die Wände. Und doch – besser Sommer: Er fürchtete sich vor einem weiteren Winter. Und wenn es nach dem Winter wieder Frühling würde, wäre er seit zwei Jahren im Gefängnis. Und danach? Die Zeit blies wie ein Steppenwind in eine leere Zukunft. Es gab kein Ende, kein Ereignis, keine Anklageschrift, keinen Prozeß. Das Warten dörrte ihn aus. Er war ausgehöhlt vom Kampf des Wartens, von dem Bewußtsein, unschuldig, eingekerkert zu sein; davon, daß in einem ganzen Jahr nichts getan worden war, um ihn zu befreien. Er war über seine völlige Einsamkeit verzweifelt. Niedergedrückt von der Hitze, aufgezehrt von der feuchten Kälte, innerlich leer vom Warten auf eine Anklageschrift, die niemals kam – schienen nicht seine grauen Knochen schon durch die Haut hindurch? Seine Nerven waren Fäden, gespannt bis zum Zerreißen. Aus der tiefsten Tiefe seines Ichs, einem engen Loch, schrie er auf, aber niemand kam oder antwortete, niemand sah ihn an oder sprach zu ihm, weder ein Freund noch ein Unbekannter. Nichts veränderte sich außer seinem Alter. Wenn gegen ihn verhandelt, wenn er verurteilt und nach Sibirien deportiert würde – das gäbe ihm doch wenigstens etwas zu tun. Er kämmte Haar und Bart, bis die Zinken aus dem Kamm fielen. Niemand wollte ihm einen anderen geben, obwohl er darum bat und flehte; also kämmte er sich mit den Fingern. Wie besessen bohrte er in der Nase. Sein Fleisch, in dem Mädchen lebten, die niemals Frauen geworden waren, führte ihn in Versuchung, aber davon bekam er Magenbeschwerden. Vergebens versuchte er sich sauber zu halten.

Jakow las das Alte Testament auf den verfleckten, schmutzigen Seiten, ein bruchstückhaftes Kapitel nach dem anderen. Er las jeden der dicken Buchstaben mit Sorgfalt, wenn ihm die Worte auch oft unverständlich blieben. Viele, die er einst gekannt hatte, hatte er vergessen, aber beim Lesen und Immer-wieder-Lesen fielen ihm einige wieder ein; andere waren ihm für immer entfallen. Die Sätze, die er nicht verstehen konnte, und die fehlenden Seiten des Buches störten ihn nicht; er kannte den Sinn der Geschichte. Was nicht da war, erriet er, oder er besann sich später darauf. Zuerst las er nur ein paar Minuten hintereinander. Das Licht war schlecht. Die Augen tränten ihm, und es schwindelte ihn. Dann las er mehr und rascher, gepackt von der Erzählung der vergnügten und leidenschaftlichen Hebräer, die Geschäfte tätigten, Kriege führten, sündigten und Gottesdienste abhielten und bei allem, was sie taten, mit jenem polternden, fauchenden Gott sprachen, der versuchte – vielleicht aus Neid –, wie ein menschliches Wesen zu klingen.

Gott spricht. Er hat, sagt er, die Hebräer erwählt, damit sie ihn erhalten. Er schließt Verträge, also existiert er. Er macht Angebote, und Israel akzeptiert, oder wo sonst wird die Geschichte beginnen? Abraham, Moses, Noah, Jeremias, Hosea, Esra, sogar Hiob schließen ihren persönlichen Bund mit dem sprechenden Gott. Aber Israel nimmt den Vertrag nur an, um ihn zu brechen. Das ist der geheimnisvolle Zweck: Sie brauchen die Erfahrung. Deshalb beten sie falsche Götter an; und das treibt Jehova von seinem goldenen Thron hoch, ein flammendes Schwert in beiden Händen. Wenn er laut spricht, kocht die Geschichte. Assyrien, Babylonien, Griechenland und Rom werden zur Zuchtrute seines Zorns, der Zuchtrute, die dem erwählten Volk den Schädel einschlägt. Da sie den mit Gott geschlossenen Bund verraten haben, müssen sie bezahlen: Krieg, Zerstörung, Tod, Verbannung – und sie nehmen auf sich, was damit verbunden ist. Leiden, sagen sie, erweckt Reue, zumindest in denen, die bereuen können. So also büßt das Volk des Bundes seine Sünden wider den HERRN. Dann vergibt er ihnen und bietet einen neuen Bund an. Warum auch nicht? Das ist seine Natur, alles muß von neuem beginnen, man frage nicht warum. Israel, verändert und doch immer gleich, nimmt den neuen Bund an, um ihn durch die Anbetung falscher Götter zu brechen, so daß es schließlich wieder leiden und bereuen wird, und das tut es ohne Ende. Zweck des Bundes, denkt Jakow, ist es, menschliche Erfahrung zu schaffen, obwohl menschliche Erfahrung Gott verwirrt. Gott ist schließlich Gott; was er ist, ist, was er ist: Gott. Was weiß er schon von solchen Dingen? Hat er je Gott angebetet? Hat er je gelitten? Wieviel Erfahrung hat er schließlich gesammelt? Gott beneidet die Juden: Ihr Leben ist ein reiches Leben. Vielleicht möchte er Mensch sein, möglich ist es, aber niemand weiß es. Das ist dieser Gott, Jehova, der Eine, der in Wolken, Zyklonen und brennenden Büschen erscheint: und spricht. Bei Spinozas Gott ist es anders. Er ist die ewige, unendliche Idee Gottes, wie sie in der Gesamtheit der Natur erkennbar ist. Dieser Gott spricht überhaupt nicht; entweder kann er nicht sprechen, oder er hat es nicht nötig. Was kann man auch sagen, wenn man eine Idee ist? Man muß ihn in den eigenen Denkprozessen suchen. Spinoza hatte ihn bis zum Ende durchdacht, aber Jakow Bok kann es nicht. Schließlich ist er kein Philosoph.

So aber leidet er ohne die intellektuelle Idee eines Gottes wie auch ohne den Gott des Bundes; er hatte das Kästchen des Gebetriemens aufgebrochen. Niemand leidet um seinetwillen, und er leidet um niemanden, außer um seiner selbst willen. Die Zuchtrute von Gottes Zorn auf den Fixer ist Nikolaus II., der russische Zar. Er bestraft den leidenden Diener für seine Gottlosigkeit.

Schitnjak beobachtete ihn, wenn er las. »Schaukel vor und zurück, wie sie's in der Synagoge tun«, sagte er durch das Guckloch. Der Fixer schaukelte vor und zurück. Der stellvertretende Direktor wurde geholt, um es zu sehen. »Was sollte man auch sonst erwarten?« sagte er und spuckte aus.

Manchmal sah Jakow die Worte nicht mehr. Sie waren schwarze Vögel mit weißen Flügeln, weiße Vögel mit schwarzen Flügeln. Er verfiel in gedankenloses Sinnen, in eine betäubende Weiße. Der Fixer wußte nicht mehr, wo er war, ein Vergessen von solcher Tiefe, daß das Auftauchen daraus schmerzte. Das kam jetzt häufig vor und dauerte Stunden. Einmal verfiel er am Morgen in diesen Zustand, als er am Tisch saß und das Alte Testament las, und kehrte erst am späten Nachmittag wieder in die Gegenwart zurück, als er nackt in der Zelle stand und vom stellvertretenden Direktor und Schitnjak durchsucht wurde. Und manchmal wanderte er zu Fuß durch Rußland, ohne es zu wissen. Das war grausam für seine Füße und mußte in Grenzen gehalten werden, denn er nutzte die Sohlen seiner Bastschuhe ab, und niemand wollte ihm ein anderes Paar geben. Barfuß zog er über die lange steinige Straße und merkte später, daß seine beiden Füße zerschunden und voller Blasen waren. Er erwachte und merkte, daß er auf und ab ging, und er bekam Angst, als er sich an die Schmerzen erinnerte, die ihm das Messer des Chirurgen zugefügt hatte. Er zwang sich mit seinem Willen, aufzupassen, wenn er anfing hin und her zu gehen. Er machte ein bis zwei Schritte auf der langen Straße und wachte erschrokken auf.

Jakow träumte von der Vergangenheit; vom Stedtl, den Irrtümern und den Mißerfolgen seines Lebens. Eines Nachts – der

Mond schien weiß – hatte Raisl nach einem bitteren Streit über irgend etwas, auf das er sich nicht besinnen konnte, die Hütte verlassen und war in der Dunkelheit zu ihrem Vater gelaufen. Der Fixer, der allein saß und über seine Verbitterung und die Unwahrheit seiner Anschuldigungen nachdachte, hatte sich überlegt, ihr nachzugehen, aber statt dessen war er eingeschlafen. Schließlich war er todmüde vom Nichtstun. Im folgenden Jahr war der Vorwurf, den er ihr gemacht hatte, zur Wahrheit geworden, aber damals noch nicht. Wer hatte ihn wahr werden lassen? Würde er jetzt hier sitzen, wenn er ihr damals nachgelaufen wäre?

Häufig nahm er sich die Seiten aus Hosea vor und las mit größtem Interesse die Geschichte dieses Mannes, dem Gott befohlen hatte, eine Dirne zu heiraten. Die Dirne, hatte er sagen hören, war Israel, aber die Eifersucht und die Qual, die Hosea empfand, waren die eines Mannes, dessen Frau sein Bett und seinen Tisch verlassen hatte und mit Fremden hurte.

»... heißt sie ihre Hurerei von ihrem Angesicht
wegtun und ihre Ehebrecherei von ihren Brüsten,
auf daß ich sie nicht nackt ausziehe und darstelle,
wie sie war, da sie geboren ward, und ich sie
nicht mache wie eine Wüste
und wie ein dürres Land,
daß ich sie nicht Durstes sterben lasse
und mich ihrer Kinder nicht erbarme,
denn sie sind Hurenkinder;
denn ihre Mutter ist eine Hure,
und die sie getragen hat, hält sich schändlich
und spricht: ›Ich will meinen Buhlen nachlaufen,
die mir geben Brot, Wasser, Wolle,
Flachs, Öl und Trinken!‹
Darum siehe, ich will deinen Weg mit Dornen vermachen
und eine Wand davorziehen,
daß sie ihren Steig nicht finden soll;
und wenn sie ihren Buhlen nachläuft,

daß sie die nicht ergreifen,
und wenn sie die sucht,
sie nicht finden könne und sagen müsse:
›Ich will wiederum zu meinem vorigen Mann gehen,
da mir besser war, als mir jetzt ist.‹«

Eines Morgens brachte Schitnjak dem Gefangenen einen dicken Brief in einem schmutzigen weißen Umschlag mit einer langen Reihe roter Briefmarken. Die Marken stellten das Porträt des Zaren dar, in militärischer Uniform, auf der er ein Medaillon mit dem königlichen Wappen trug – einem doppelköpfigen Adler. Der Brief war vom Zensor geöffnet und mit einem Streifen Klebepapier wieder verschlossen worden. Er war »An den Mörder von Schenja Golow« adressiert und für ihn an den Staatsanwalt beim Obersten Gericht, Plosski-Bezirk, Kiew, gesandt worden.

Jakows Herz pochte, als er den Brief entgegennahm. »Von wem ist er denn?«

»Von der Königin von Saba«, erwiderte der Posten. »Mach ihn auf und sieh nach.«

Der Fixer wartete, bis der Aufseher gegangen war. Er legte den Brief auf den Tisch, um ihn loszuwerden. Fünf Minuten lang starrte er ihn an. Konnte es die Anklageschrift sein? Würde man sie so adressieren? Ungeschickt riß Jakow den Umschlag auf – und mittendurch – und fand darin einen sechzehnseitigen russisch geschriebenen Brief in einer krakeligen Frauenhandschrift. Auf jeder Seite waren Tintenkleckse, viele Worte waren falsch buchstabiert und einige ausgestrichen und neu geschrieben worden.

»Mein Herr«, begann der Brief, »ich bin die hinterbliebene unglückliche Mutter des gemarterten Schenja Golow, und ich greife zur Feder, um Sie zu bitten, das zu tun, was richtig und anständig ist. Im Namen Gottes – hören Sie auf die Bitte einer

Mutter. Ich bin erledigt von den schändlichen Beschimpfungen und Anspielungen, die, zu Unrecht und völlig unbewiesen, von gewissen nichtswürdigen Leuten gegen mich erhoben werden – auch von Nachbarn, zu denen ich jetzt alle Beziehungen abgebrochen habe. *Im Gegensatz* zu all den Beweisen, die gegen Sie sprechen, und ich bitte Sie, die Luft durch ein völliges und aufrichtiges Geständnis zu reinigen. Wenn ich auch zugebe, daß Ihr Gesicht, als ich es in meiner Wohnung erblickte, nicht gar zu jüdisch aussah und Sie vielleicht wirklich kein so furchtbares Verbrechen wie den Mord an einem Kind begehen und ihm sein kostbares Lebensblut wegnehmen könnten, wenn Sie nicht von fanatischen Juden dazu getrieben worden wären – Sie wissen schon, welche Sorte ich meine. Immerhin haben Sie's wahrscheinlich getan, weil die Sie mit dem Tod bedroht haben, obwohl Sie's vielleicht gar nicht wollten, das weiß ich nicht. Aber jetzt weiß ich bestimmt, daß es diese alten Juden in den langen Mänteln mit den scheußlichen Bärten waren, die Ihnen befohlen haben, den Mord zu begehen, und sie würden dann den Leichnam meines Kindes in die Höhle bringen, wenn Sie's getan hätten. Ausgerechnet in der Nacht, ehe Schenjuschka verschwand, träumte ich von einem von ihnen, der eine Mappe trug, einem Mann mit wilden, starren Augen und leuchtend roten Stellen im Bart, und meine frühere Nachbarin Sophia Schiskowski hat mir erzählt, daß sie in derselben Nacht wie ich denselben Traum gehabt hat.

Ich bitte Sie, zu gestehen, weil alles Beweismaterial gegen Sie spricht. Etwas, was Sie vielleicht nicht wissen, ist, daß ich Sie, nachdem mir Schenjuschka anvertraut hatte, daß Sie ihm auf dem Friedhof mit einem Messer nachgelaufen waren, von einem Freund von mir, einem Herrn, beschatten ließ, um herauszufinden, was für andere verbrecherische Dinge Sie sonst noch täten. Es ist eine bekannte Tatsache, daß Sie auch bei gewissen illegalen Vorgängen dabei waren, als Sie's insgeheim mit anderen Juden in der Ziegelei zu tun hatten, die vorgaben, sie seien keine Juden, und auch im Keller der Synagoge, wo Sie sich alle im Podol-Bezirk trafen. Sie haben geschmuggelt, gestohlen und mit Sachen gehandelt, die Ihnen gar nicht gehörten. Schenjuschka hat alles darüber und über Ihre anderen ungesetzlichen Handlungen 'rausgefunden, und das ist ein weiterer Grund für Ihren wütenden Haß auf ihn und dafür, daß Sie sogleich an ihn dachten, als man Sie ausgesucht hatte, ein Opfer zu finden und ihm Blut für das jüdische Ostern abzuzapfen. Außerdem haben Sie sich dazu hergegeben, dieser Bande von Juden als Hehler zu dienen, die sowohl in die Wohnungen der vornehmen Leute einbrachen wie auch in gewisse Geschäfte und in Häuser im Lipki-Bezirk, in dem die Häuser der Aristokraten liegen und wo sie allerhand Beute an Geld, Pelzen und Juwelen mitnahmen, ganz zu schweigen von verschiedenen anderen Wertsachen. Außerdem haben Sie Ihrer Bande nur einen Teil des Preises bezahlt, den diese Sachen wert waren, weil, wie man so sagt, jeder Jude den anderen betrügt. Was für niemand was Neues ist, weil ja die ganze Welt weiß, daß die Juden von Geburt an Verbrecher sind. Ein Jude wollte einer Freundin von mir Geld zum Bauen von einem Haus leihen, aber sie ist zum Priester gegangen und hat ihn um Rat gebeten, und der fing an zu zittern und riet ihr im Namen von Christus, nichts von einem verdammten Jud' zu nehmen, weil sie einen übervorteilen und betrügen, weil das eben ihre Natur ist und sie gar nicht anders können. Dieser Priester hat gesagt, daß sie ihr jüdisches Blut juckt, wenn sie was Böses tun. Wenn's nicht so wäre, hätten Sie sich vielleicht gegen den Mord an einem frommen Knaben gewehrt, als die anderen Sie dazu trieben. Und ich nehme an, Sie wissen, daß man versucht hat, mich zu bestechen, damit ich bei Ihrem Prozeß nicht gegen Sie aussage. Ein fetter Jude in seidener Kleidung hat mir die Summe von 40 000 Rubeln angeboten, wenn ich Rußland verlassen würde, und er wollte mir noch 10 000 Rubel mehr geben, sowie ich in Österreich angekommen wäre, aber selbst wenn der und Ihre anderen Juden mir 400 000 Rubel angeboten hätten, würde ich ihnen doch ins Gesicht spucken und *keinesfalls* sagen, weil mir nämlich die Ehre meines guten Namens lieber ist als 400 000 Rubel jüdisches Blutgeld.

Jener Herr, mein Freund, hat auch gesehen, wie Sie einmal auf den Boden gespuckt haben, als Sie um die Sophienkathedrale 'rumgingen, nachdem Sie die Schule im Hof ausspioniert hatten, in die Schenja gegangen ist. Er hat gesehen, wie Sie den Kopf 'rumgedreht haben, als ob Sie blind werden könnten, wenn Sie's nicht tun würden, als Sie 'raufsahen zu den goldenen Kreuzen oben auf den grünen Kuppeln, und Sie haben ganz schnell gespuckt, damit niemand Sie sehen sollte, aber mein Freund hat Sie doch gesehen. Ich hab' auch gehört, daß Sie sich bei religiösen Zeremonien mit schwarzer Magie und auch mit gewissen kabbalistischen Dingen abgeben.

Außerdem glauben Sie bloß nicht, daß ich den schmutzigen Teil der Geschichte nicht weiß. Schenja hat mir erzählt, daß Sie ihn mehrmals verlockt haben, mit Ihnen in Ihr Zimmer im Stall zu kommen, wo Sie ihn mit dem Versprechen, ihm Bonbons und Süßigkeiten zu geben, dazu brachten, die Hose aufzuknöpfen, und wo Sie ihn mit Ihrer Hand in große Erregung versetzt haben. Und andere unzüchtige Sachen haben Sie auch gemacht, aber von denen kann ich nicht mal was schreiben, weil mir dabei ganz schlecht wird. Er hat mir erzählt, daß Sie ihm immer, wenn Sie diese schrecklichen Dinge getan hatten, aus Angst, er könnt' mir's erzählen und ich würde Sie bei der Polizei anzeigen, zehn Kopeken gegeben haben, damit er niemand nichts davon sagen würde. Damals, als das alles geschah, hat er mir nichts davon gesagt, obwohl er mir einmal erzählt hat, was da oben vor sich ging, weil er sich Sorgen machte und Angst hatte, aber ich habe niemand kein Wort davon gesagt, nicht mal meiner nächsten Nachbarin, weil ich mich geschämt habe, was zu sagen, und auch, weil Ihr mörderisches Verbrechen genug ist, wofür Sie sich verantworten müssen, und Sie werden wahrscheinlich dafür allein die Qualen der Verdammten erleiden. Aber ich will Ihnen offen und ehrlich sagen, daß ich, wenn die Leute fortfahren, hinter meinem Rücken böse und argwöhnische Bemerkungen über mich zu machen, daß ich dann, egal, ob ich dabei rot werde oder nicht, alle Tatsachen des Falles dem Staatsanwalt sagen werde, der in erster Linie ein vornehmer Herr ist. Und ich werde auch allen Leuten erzählen, was für dreckige Sachen Sie mit meinem Kind gemacht haben.

Ich werde eine Bittschrift an den Zaren schicken, damit er meinen guten Namen verteidigt. Abgesehen davon, daß ich mein Kind verloren habe, habe ich ein untadeliges, arbeitsreiches Leben geführt. Ich bin immer ein ehrlicher Mensch und eine anständige Frau gewesen. Ich bin eine ausgezeichnete Mutter gewesen, obwohl ich eine Frau war, die arbeiten mußte, keine Zeit für sich selbst hatte und zwei Menschen zu erhalten hatte. Die Leute, die behaupten, ich hätte bei der Beerdigung nicht um meinen armen Jungen geweint, sagen eine schmutzige Lüge, und eines Tages werde ich irgend jemand wegen Verleumdung und Rufmord anklagen. Ich habe für meinen Schenja gesorgt, als ob er ein Prinz wäre. Ich habe mich um seine Kleider und um alles gekümmert, was er sonst noch brauchte. Ich habe extra Sachen für ihn gemacht, die er besonders gern gegessen hat, allerhand Kuchen und teure Sachen zum Essen. Ich war ihm eine Mutter und ein Vater, seit sein Vater, dieser Schwächling, mich verlassen hat. Ich habe ihm bei den Aufgaben geholfen, wo ich nur konnte, und habe ihm Mut gemacht und ja gesagt, als er Priester werden wollte. Er war schon in einer kirchlichen Vorbereitungsschule, um sich auf das Priestertum vorzubereiten, als er ermordet wurde. Er hat für mich dasselbe gefühlt wie ich für ihn – er hat mich leidenschaftlich geliebt. Das können Sie mir glauben. Mamaschka, hat er gesagt, ich lieb' nur dich. Bitte, Schenjuschka, habe ich ihn gebeten, halt dich fern von diesen bösen Juden. Leider hat er den Rat seiner Mutter nicht befolgt. Sie sind der Mörder meines Sohnes. Ich bitte Sie, ich, die gemarterte Mutter eines gemarterten Kindes, gestehen Sie *die ganze Wahrheit* und reinigen Sie die Luft von allem Bösen, damit wir wieder atmen können. Wenn Sie das tun, werden Sie zumindest in der nächsten Welt nicht so viel zu leiden haben.

Marfa Wladimirowna Golow.«

Jakows Erregung darüber, daß er den Brief erhalten hatte, war beim Lesen immer stärker geworden und sein Kopf pochte vor lauter Fragen, die ihm durch den Kopf jagten. Würde es tatsächlich bald zu der Verhandlung kommen, die sie erwähnte, oder nahm sie das nur an? Wahrscheinlich vermutete sie das nur, aber wie konnte er sicher sein? Auf jeden Fall müßte die Anklageschrift erst noch kommen, und wo war die Anklageschrift? Was hatte sie veranlaßt, den Brief zu schreiben? Worin bestanden die »schändlichen Beschimpfungen und Anspielungen« und die »argwöhnischen und bösen Bemerkungen«, die sie erwähnte? Und wer machte sie? War es möglich, daß gegen sie ermittelt wurde, aber von wem, wenn nicht von Bibikow? Bestimmt nicht von Grubeschow, und doch – warum hatte er den Brief, so verrückt er auch war, durchgehen und an ihn gelangen lassen? Hatte sie ihn mit seiner Hilfe geschrieben? Um Jakow zu zeigen, was für eine Art Zeugin sie war, gegen welche Widerstände er zu kämpfen hatte und um ihn auf diese Weise noch einmal zu warnen oder zu bedrohen? Um ihm zu sagen, wir versichern dir, daß sie diese Dinge aussagen wird und noch andere dazu, die du niemals erraten kannst, und daß sie eine Jury von Leuten wie sie selbst überzeugen wird; warum also nicht jetzt ein Geständnis ablegen? Sie erfanden mehr und mehr Anklagepunkte, mehr und mehr ekelhafte Motive und würden keine Ruhe geben, bis sie ihn wie eine Fliege im Leimtopf in der Falle hätten; es sei also besser für ihn, zu gestehen, ehe es keine andere Möglichkeit mehr gäbe, zu entkommen.

Ganz gleich, was für Gründe sie gehabt hatte, den Brief abzuschicken, er schien beinahe einem Geständnis von ihr gleichzukommen, war möglicherweise ein Zeichen dafür, daß irgend etwas im Gange war. Würde er je erfahren, was? Der Fixer spürte, wie ihm das Herz bis zu den Ohren klopfte. Er sah sich nach einem Platz um, an dem er den Brief verstecken könnte, in der Hoffnung, ihn dem Anwalt zu geben, wenn er jemals einen bekäme. Aber als er am folgenden Morgen fertig gegessen hatte, war der Brief aus seiner Manteltasche verschwunden, und er hatte den Verdacht, daß er betäubt worden war oder daß man ihn ihm auf irgendeine andere Art weggenommen hatte, vielleicht bei der Durchsuchung. Auf jeden Fall war der Brief nicht mehr da.

»Kann ich ihr nicht eine Antwort schicken?« fragte er den

stellvertretenden Direktor vor der nächsten Durchsuchung, und der stellvertretende Direktor erwiderte, er könne es, wenn er gewillt sei, sein Unrecht zuzugeben.

In dieser Nacht sah der Fixer, wie Marfa, eine ziemlich hochgewachsene Frau mit dünnem Hals und einer Figur, die der Raisls etwas ähnlich sah, die Zelle betrat und ohne ein Wort zu sagen anfing, sich zu entkleiden – wie sie den weißen Hut mit den Kirschen abnahm, den rosenroten Schal ablegte, den grünen Rock auszog, die geblümte Bluse, den Baumwollunterrock, die spitzen Knopfschuhe, die roten Strumpfbänder, die schwarzen Strümpfe und die schmutzigen, mit einer Krause versehenen Hosen. Als sie nackt mit gespreizten Beinen auf der Matratze des Fixers lag, versprach sie ihm viele gojimsche Wonnen, wenn er nur dem Priester durch das Guckloch beichtete.

Eines Nachts hörte er, wie jemand in der Zelle sang, und als er, bis zum äußersten angespannt, lauschte, erklang der Gesang in einer süßen hohen Knabenstimme. Jakow stand auf, um nachzusehen, woher das Singen kam. Das bleiche, eingeschrumpfte, knochige Gesicht des Kindes, geätztes Kupfer und schwarz, leuchtete aus einem Loch in der Zellenecke hervor. Es war tot, und dennoch sang es davon, wie es von einem schwarzbärtigen Juden ermordet worden war. Es hatte etwas für seine Mutter besorgt und war auf dem Heimweg durch das Judenviertel, als dieser haarige, bucklige Rabbi es einholte und ihm ein Bonbon anbot. In dem Augenblick, da der Junge die Süßigkeit in den Mund steckte, sank er zu Boden. Der Jude lud ihn sich auf die Schulter und eilte zur Ziegelei. Dort wurde der Knabe auf den Stallboden gelegt, festgebunden und durchbohrt, bis ihm das Blut aus den Körperöffnungen spritzte. Jakow hörte zu bis zum Ende des Liedes und rief: »Nochmal! Sing's nochmal!« Und wieder hörte er diesen süßen Gesang, den das tote Kind im Grabe sang.

Nachher erschien ihm der Junge, nackt, mit hell blutenden Stigmata und bat: »Bitte, gib mir meine Kleider wieder.«

Sie versuchen mir den Verstand zu zerrütten, dachte der Fixer, und dann werden sie sagen, ich sei verrückt geworden, weil ich das Verbrechen begangen habe. Er hatte Angst vor dem, was er vielleicht eingestände, wenn er wahnsinnig würde; all sein Leiden, um seine Unschuld zu verteidigen, bliebe wirkungslos, wenn er seine Schuld und die Blutschuld derer, die ihn dazu getrieben hätten, herunterlallen würde. Er kämpfte mit sich, rang mit sich, schrie sich an, um sich an seinen gesunden Verstand zu klammern, um in der wirren, dunklen Mitte seines Geistes eine Kerze am Brennen zu halten.

Ein blutiges Pferd mit wilden Augen erschien: Schmuels Klepper.

»Mörder!« wieherte das Pferd. »Pferdemörder! Kindermörder! Du verdienst, so behandelt zu werden!«

Er schlug mit einem Holzscheit auf den Pferdekopf ein.

Jakow schlief häufig am Tage, aber schlecht. Wenn er geschlafen hatte, war er matt und niedergeschlagen. Viele Augen beobachteten ihn durch das Guckloch, um den Augenblick zu erleben, da er wahnsinnig würde. Die Luft zitterte von Stimmen, die aus der Ferne zu ihm drangen. Es gab eine Verschwörung, um ihn zu retten. Er hatte Visionen von erfolgreichen Rettungsmanövern durch die internationale jüdische Armee. Sie belagerte die Außenmauern. Unter den vertrauten Gesichtern erkannte er Berele Margolis, Leib Rosenbach, Dadje Bont, Itzik Schulmann, Kalman Kohler, Schloime Pinkus, Jose-Moische Magadow, Pinje Apfelbaum und Benja Merpetz, alle aus dem Waisenhaus, obwohl es ihm vorkam, als seien sie alle schon lange nicht mehr da, einige tot, andere geflohen – er hätte mit ihnen gehen sollen.

»Wartet!« schrie er, »wartet!«

Dann waren die Straßen rings um das Gefängnis voll Lärm, die Menschenmassen tobten, sangen und jammerten; Tiere muhten, gackerten und grunzten. Jeder lief hierhin und dorthin, Federn wirbelten durch die Luft, *Gewalt*, sie brachten die Juden um! Eine Horde Schwerter schwingender Kosaken in schweren Stiefeln und weiten Pluderhosen kam auf kleinen wilden Ponys angaloppiert. Im Hof wurden die Fahnen mit dem Doppeladler aufgerollt und flatterten im Wind. Nikolaus II. fuhr in einer von sechs weißen Pferden gezogenen Kutsche vor und grüßte nach beiden Seiten Hunderte der »Schwarzen Hundert«, die darauf brannten, an den Gefangenen heranzukommen und ihm Nägel in den Kopf zu hämmern. Jakow, mit Schmerzen in der Brust und Sodbrennen, versteckte sich in seiner Zelle. Die Wärter hatten vor, ihn mit Rattengift umzubringen. Ein Jud' scheißt auf Schitnjak. Kot auf Kogin. Er verbarrikadierte die Tür mit Tisch und Stuhl, zerschmetterte dann beide an der Wand. Während sie die Tür einschlugen, um ihn zu packen, saß er mit gekreuzten Beinen auf dem Boden und vermischte Blut mit ungesäuertem Mehl. Wild trat er um sich, als die Aufseher ihn durch den Korridor schleiften und seinen Kopf mit den Fäusten bearbeiteten.

Der Fixer kauerte an einer dunklen Stelle und versuchte seinen Verstand mit einem Stück Schnur zusammenzuhalten, um nicht zu gestehen. Aber er explodierte in einem Springbrunnen aus faulem Obst, einäugigen Heringen und Paradiesvögeln. Er explodierte in einer Million stinkender Wörter, aber als er gestand, gestand er auf jiddisch, so daß die Gojim ihn nicht verstehen konnten. Auf hebräisch rezitierte er Psalmen. Auf russisch schwieg er. Er schlief voll Angst und erwachte voll Schrecken. In seinen Träumen hörte er die Stimmen schreiender Kinder. Angetan mit einem langen Kaftan und einem runden Pelzhut versteckte er sich hinter Bäumen, und wenn ein Christenkind auftauchte, konnte er nicht anders, als es vor sich herzujagen. Ein Knabe mit kleinem Gesicht, der Typ eines tuberkulösen Kindes, rannte aus Leibeskräften davon und rollte die Augen vor Angst.

»Bleib stehen, ich habe dich lieb«, rief ihm der Fixer nach, aber das Kind blickte nicht mehr zurück.

»Einmal ist genug, Jakow Bok.«

Nikolaus II. erschien in der weißen Uniform eines Admirals der russischen Flotte.

»Väterchen«, sagte der Fixer auf beiden Knien, »nie wirst du einem patriotischeren Juden begegnen. Tränen füllen meine Augen, wenn ich die Fahne sehe. Außerdem interessiere ich mich nicht für Politik, ich will mir meinen Lebensunterhalt verdienen. Entweder sind all diese Anklagen falsch, oder du hast den falschen Mann erwischt. Lebe und laß andere leben, wenn ich das mal sagen darf. Das Leben ist kurz, wenn du's recht bedenkst.«

»Mein lieber Mann«, sagte der blauäugige, blasse Zar mit freundlicher Stimme, »beneide mich nicht um meinen Thron. Schwer ruht das Haupt usw. Die Juden täten gut daran, das zu verstehen, und aufzuhören, mit Jammerstimme zu klagen. Die einfache Tatsache ist, daß es zu viele Juden gibt – mein Gott, wie ihr euch vermehrt! Warum soll Rußland mit wimmelnden Millionen von euch belastet sein? Ihr selbst seid schuld an euren Leiden, und die Pogrome von 1905–06, *außerhalb* des Ansiedlungsgebietes wohl bemerkt, waren ein unwiderleglicher Beweis, so es überhaupt eines Beweises bedarf, daß ihr nicht da geblieben seid, wo man euch angesiedelt hat. Rußland ist durch das Eindringen dieses Volkes vergiftet worden. Wer hat das je gewollt? Als unser verehrter Ahne Peter der Große gebeten wurde, sie nach Rußland hereinzulassen, hat er gesagt: ›Sie sind Spitzbuben und Schwindler. Ich versuche das Böse auszurotten, nicht, es zu vermehren.‹ Unsere verehrte Ahnin, die Zarin Elisabeth Petrowna, sagte: ›Von den Feinden Christi begehre ich weder Gewinn noch Profit.‹ Scharen von Juden wurden 1727, 1739 und 1742 aus dem einen oder anderen Teil des Mutterlandes ausgewiesen, und doch krochen sie zurück, und es ist uns nicht möglich gewesen, uns von ihnen zu entlausen. Das Schlimmste aber – unser größter Fehler – geschah, als Katharina die Große mehr als die Hälfte von Polen übernahm und den ganzen Dreckhaufen erbte, eine Million Brunnenvergifter, Spitzel gegen uns alle, feige Verräter. Ich habe von jeher gesagt, daß das eine Verschwörung der Polen war, um Rußland zu vernichten.«

»Haben Sie Erbarmen mit mir, Majestät. Was mich angeht – ich bin ein unschuldiger Mann. Was habe ich schon von der Welt gesehen? Bitte, haben Sie Erbarmen.«

»Das Herz des Zaren ist in Gottes Hand.« Er betrat sein weißes Segelboot und segelte davon auf dem Schwarzen Meer.

Nikolaus Maximowitsch hatte Gewicht verloren, das Mädchen humpelte stark und wollte den Fixer nicht ansehen. Proschko, Serdjuk und Richter kamen auf drei scheuen Pferden herbeigeritten; ihre Roßäpfel waren voller Hafer, und nur zu gern hätte er ihn sich geholt. Vater Anastasius versuchte ihn zum Katholizismus zu bekehren. Marfa Golow, verhärmt und mit vom Weinen trockenen Augen, bot ihm eine Bestechung an, damit er gegen sich selbst aussage; und der stellvertretende Direktor, in der Uniform eines Marineoffiziers, bestand aus persönlichen Gründen darauf, daß die Durchsuchungen fortgeführt wurden. Die Wärter versprachen dem Fixer alles, was er haben wollte, wenn er nur den Mund auftun und Namen nennen wolle, und Jakow sagte, er tue es vielleicht für eine geheizte Zelle im Winter und täglich eine Schüssel voll Nudeln mit Käse und eine harte saubere Roßhaarmatratze.

Schüsse wurden abgefeuert.

Er bewegte sich durch eine Zeit, an die er sich nicht erinnerte, und erwachte eines Tages und fand sich in derselben Zelle – nicht in einer neuen mit sechs Türen und Fenstern, von der er geträumt hatte. Es war noch immer heiß, aber er konnte nicht sicher sein, daß es derselbe Sommer war. Die Zelle schien dieselbe zu sein, war vielleicht eine Spur enger, mit denselben schäbigen schwitzenden Wänden. Derselbe feuchte Steinboden. Derselbe stinkende Strohsack; nie hatte sein Geruch die Wanzen umgebracht. Der Tisch und der dreibeinige Hocker waren nicht mehr da. Auf dem Boden lagen verstreut die Seiten des Alten Testaments, fleckig und schlammverschmiert. Die Gebetriemen konnte er nicht finden, aber er trug noch immer den zerrissenen Gebetschal. Und das letzte Stück Feuerholz war weggenommen, die Zelle ausgespritzt worden, als hätte man sie so herrichten wollen, daß er sie für immer bewohnen konnte.

»Wie lange war ich nicht bei Besinnung?« fragte er Schitnjak.

»Du warst gar nicht besinnungslos. Wer sagt denn, daß du nicht bei Besinnung warst?«

»Dann war ich also krank?«

»Es heißt, du hättest Fieber gehabt.«

»Was habe ich denn gesagt, während ich tobte und phantasierte?«

»Wer zum Teufel soll das schon wissen«, sagte der Wärter ungeduldig. »Ich habe meine eignen Sorgen. Versuch nur mal von dem lausigen Lohn zu leben, den man hier zahlt. Der stellvertretende Direktor hat zweimal am Tag bei dir gelauscht, aber er hat keinen Sinn 'reinbekommen. Er sagt, du hättest 'ne dreckige Phantasie, aber niemand hätte was anderes erwartet.«

»Geht's mir jetzt besser?«

»Das hängt von dir ab, aber wenn du noch ein einziges Mal ein Möbelstück zerbrichst, schlagen wir dir den Schädel ein.«

Obwohl ihm die Beine zitterten, stand er am Guckloch und sah hinaus. Er schob die Scheibe mit dem Finger zur Seite und starrte hinaus in den Gang. Eine gelbe Birne erhellte die fensterlose Wand. Die Zellen zu beiden Seiten, fiel ihm ein, waren leer. Mehr als einmal hatte er einen Holzscheit gegen die Wand geschleudert, aber nie eine Antwort erhalten. Einmal ging ein Beamter vorbei und sah das Auge, das hinausstarrte, und er befahl ihm, das Loch zu schließen und sich von der Tür zu entfernen. Als der Mann gegangen war, blickte Jakow von neuem hinaus. Alles, was er zur Linken zu sehen vermochte, war der Stuhl, auf dem die Aufseher saßen, Schitnjak, der an einem Stock schnitzte, und Kogin, der seufzte und sich Sorgen machte. Auf der anderen Seite beleuchtete eine staubige Birne ein zerbrochenes Faß, das an der Wand stand. Stundenlang stand der Fixer da und starrte hinaus in den Gang. Wenn Schitnjak herüberkam, um einen Blick in die Zelle zu werfen, sah er das Auge des Fixers, das hinausstarrte.

Eines Nachts zur Zeit der Sonnenwende im Sommer, lange nach Mitternacht, starrte Jakow, schon zu lange im Gefängnis, um schlafen zu können, durch das Guckloch, und sein Auge zitterte, als habe es jemand berührt, und füllte sich langsam mit dem schmerzlichen Anblick von Schmuel.

Der Fixer fluchte auf sich, entfernte das Auge und versuchte es mit dem anderen. Egal, ob die Gestalt eine Vision oder ein Besucher war, sie sah aus wie Schmuel, nur älter, mehr in sich zusammengesunken, grauer – eine Vogelscheuche mit wild zerzaustem Bart.

Ohne es glauben zu können, vernahm der Gefangene ein Flüstern. »Jakow, bist du's? Hier ist Schmuel, dein Schwiegervater.«

Zuerst der Zar und nun Schmuel. Entweder bin ich noch immer nicht bei Sinnen, oder es ist wieder einmal ein verrückter Traum. Demnächst werden noch der Prophet Elias und Jesus Christus auftauchen.

Aber die Gestalt des zerbrechlichen alten Mannes in Hemdsärmeln und einem steifen Hut, der da im gelben Licht stand, während der mit Fransen besetzte Gebetschal ihm aus dem Hemd heraushing, verschwand nicht.

»Schmuel, lüg nicht, bist du 's wirklich?«

»Wer sonst schon?« sagte der Hausierer heiser.

»Gott verhüt's – du bist doch nicht etwa ein Gefangener?« fragte der Fixer erschrocken.

»Gott verhüte. Ich bin gekommen, um dich zu besuchen, aber beinahe hätte ich's nicht fertiggebracht. Es ist Erew Schabbes*, aber Gott wird mir verzeihen.«

Jakow rieb sich die Augen. »Ich habe von allen möglichen Leuten geträumt, warum also nicht auch von dir? Aber wie bist du nur hereingekommen? Wie bist du hierher gelangt?«

Der alte Mann zuckte mit den schmalen Schultern.

»Wir sind auf Umwegen gekommen. Ich habe getan, was man mir gesagt hat. Jakow, über ein Jahr habe ich versucht, dich zu finden, aber niemand wußte wo. Ich dachte mir, er ist auf immer weggegangen, ich werde ihn nie mehr wiedersehen. Dann habe ich eines Tages für ein paar Kopeken einen Berg halbverfaulter Zuckerrüben von einem kranken Russen gekauft. Frag nicht warum, aber zum erstenmal im Leben war das, was ich als faul

* Erew Schabbes Vorabend des Sabbath.

gekauft hatte, nicht durch und durch faul. Mehr als die Hälfte der Rüben erwiesen sich als gut – ein Geschenk Gottes für einen armen Mann. Die Zuckerfabrik schickte ein paar Wagen und holte sie ab. Jedenfalls habe ich die Rüben für vierzig Rubel verkauft – den größten Profit, den ich je gemacht habe, seit ich einen Handel betreibe. Außerdem bin ich Fjodor Schitnjak begegnet – dem Bruder von dem Schitnjak hier –, der verhökert Sachen auf dem Markt. Wir kamen ins Gespräch, und er kannte deinen Namen. Er hat mir gesagt, für vierzig Rubel ließe es sich machen, daß ich mit dir sprechen könnte. Er hat mit seinem Bruder gesprochen, und der Bruder hat ja gesagt, wenn ich spät nachts käme und nicht zu viel wollte. Wer will schon viel – da bin ich also. Für vierzig Rubel lassen sie mich hier zehn Minuten stehen, wir müssen also rasch zusammen sprechen. Zeit habe ich mein ganzes Leben lang so viel gehabt wie Dreck, aber jetzt ist sie Geld wert. Schitnjak, der Bruder, der hier Aufseher ist, hat mit einem anderen die Schicht getauscht; der hat sich die Nacht freigenommen, weil sein Sohn verhaftet wurde. So geht's nun mal, ich wünsch' ihm alles Gute. Jedenfalls wird Schitnjak zehn Minuten lang unten in der Eingangshalle an der Tür nach draußen warten, aber er hat mich darauf aufmerksam gemacht, daß er vielleicht schießen müßte, wenn jemand käme. Von mir aus – denn wenn man mich sieht, bin ich sowieso verloren.«

»Schmuel, eh' ich vor Aufregung ohnmächtig werde – wie hast du überhaupt erfahren, daß ich im Gefängnis bin?«

Schmuel trat unruhig von einem Fuß auf den anderen. Es war zwar kein Tanz, sah jedoch aus wie einer.

»Wieso ich das weiß, fragt er. Ich hab's gewußt, weil ich's gewußt hab'. Ich weiß es eben. Als letztes Jahr in der jüdischen Zeitung stand, daß man in Kiew einen Juden wegen Mordes an einem Christenkind festgenommen hatte, dachte ich mir, wer kann der arme Jude sein, es muß mein Schwiegersohn Jakow sein. Und ein Jahr später habe ich deinen Namen in der Zeitung gesehen. Ein Falschmünzer namens Gronfein ist nervenkrank geworden und hat überall erzählt, daß Jakow Bok wegen Mordes an einem russischen Kind im Gefängnis von Kiew säße. Er hätte ihn dort gesehen. Ich habe versucht, diesen Mann ausfindig zu machen, aber er ist verschwunden, und die, die überhaupt hoffen, hoffen, daß er noch lebt. Vielleicht ist er nach Amerika gegangen, jedenfalls hoffen sie's. Jakow, du weißt's vielleicht gar nicht, zur Zeit gärt es überall in Rußland, und um die Wahrheit zu sagen – die Juden fürchten sich halbtot. Nur wenige Leute wissen, wer du bist, und manche sagen, es sei alles erfunden, und es gebe überhaupt niemanden, der so heißt, die Gojim hätten das nur behauptet, um den Verdacht auf die Juden zu lenken. Die Leute, die dich nie gemocht haben im Stedtl, sagen, es geschieht dir recht. Ein paar haben Mitleid mit dir und möchten dir helfen, aber wir können nichts tun, ehe man dir nicht eine Anklageschrift gibt. Als ich deinen Namen in der jüdischen Zeitung las, habe ich dir sofort geschrieben, aber der Brief kam zurück – mit dem Vermerk: ›Kein Gefangener dieses Namens vorhanden.‹ Ich habe dir auch ein Paketchen geschickt, es war nicht viel drin, nur ein paar Kleinigkeiten, aber hast du's je bekommen?«

»Gift habe ich bekommen, aber kein Paket.«

»Ich habe versucht, hier 'reinzukommen, um dich zu sprechen, aber niemand wollte mich 'reinlassen, bis ich das Geld an den Zuckerrüben verdient und den Bruder Schitnjak getroffen habe.«

»Schmuel, es tut mir leid um deine vierzig Rubel. Es ist ein Haufen Geld, und was kriegst du dafür?«

»Geld zählt überhaupt nicht. Ich bin gekommen, um dich zu sehen, aber wenn's mir auch nur ein Stücken den Weg ins Paradies bahnt, hab' ich's großartig angelegt.«

»Lauf weg, Schmuel«, sagte der Fixer aufgeregt, »mach, daß du fortkommst, solange du kannst, sonst erschießen sie dich kaltblütig und behaupten, es sei eine jüdische Verschwörung gewesen. Wenn das geschieht, ist mein Schicksal besiegelt.«

»Ich geh' ja schon«, sagte Schmuel und klopfte sich mit den Fingergelenken gegen die knochige Brust, »aber sag mir erst noch, warum man dir dieses schreckliche Verbrechen in die Schuhe schiebt?«

»Warum man mir's in die Schuhe schiebt? Weil ich ein blöder

Esel war. Ich habe in einem verbotenen Bezirk für einen russischen Fabrikbesitzer gearbeitet. Außerdem habe ich dort gewohnt, ohne ihm zu sagen, daß ich jüdische Papiere habe.«

»Siehst du jetzt, Jakow, was passiert, wenn man sich den Bart abrasiert und seinen Gott vergißt?«

»Sprich mir nicht von Gott«, sagte Jakow bitter. »Ich will nichts mit Gott zu tun haben. Wenn man ihn am nötigsten braucht, ist er am weitesten weg. Genug ist genug. Über die Vergangenheit brauche ich dir nichts zu sagen, aber wenn du wüßtest, was ich durchgemacht habe, seit ich dich zum letztenmal gesehen habe.« Er fing an, es zu erzählen, aber ihm brach die Stimme.

»Jakow«, sagte Schmuel und drückte immer wieder die nervösen Hände zusammen, »wir sind nicht umsonst Juden. Ohne Gott können wir nicht leben. Ohne den Bund wären wir aus der Geschichte verschwunden. Laß dir das als Lehre dienen. ER ist alles, was wir haben, aber wer will schon mehr?«

»Ich. Ich will mich ja mit dem Elend abfinden, aber nicht für immer.«

»Schieb das Elend nicht auf Gott. Er gibt die Nahrung, aber wir kochen sie.«

»Ich werfe ihm nur vor, daß er gar nicht existiert. Oder wenn er's tut, dann tut er's auf dem Mond oder auf den Sternen, aber nicht hier. Man darf nicht glauben, sonst wird das Warten unerträglich. Ich kann seine Stimme nicht hören und habe sie auch nie gehört. Ich brauche ihn nicht, wenn er mir nicht erscheint.«

»Wer bist du denn, Jakow – Moses persönlich? Wenn du schon SEINE Stimme nicht hörst, laß IHN wenigstens deine hören. ›Wenn Gebete zum Himmel steigen, fällt Segen herab.‹«

»Skorpione fallen herunter, Hagel, Feuer, scharfe Steine und Exkremente. Dafür brauche ich nicht die Hilfe Gottes, dafür reichen die Russen. Schön, früher habe ich zu ihm gesprochen und mir selbst geantwortet, aber was nutzt das schon, wenn ich sowieso so wenig weiß? Gelegentlich habe ich ihm gesagt, wie schlecht mir's ging – habe von meinen Kämpfen, meinem Mißgeschick und meinen Irrtümern gesprochen. Ein paarmal habe ich ihm was Gutes berichtet, aber egal, was ich sagte – er hat mir nie geantwortet. Jetzt gebe ich ihm sein Schweigen zurück.«

»Ein Stolzer ist blind und taub. Wie kann er Gott hören? Wie kann er IHN sehen?«

»Wer ist stolz, wenn ich's je war? Worauf soll ich denn stolz sein? Daß ich elternlos zur Welt gekommen bin? Daß ich nie genug zum Leben hatte? Daß meine unfruchtbare Frau mit 'nem Goi davongelaufen ist? Daß man unter drei Millionen Juden in Rußland ausgerechnet mich verhaftet hat, als ein Junge ermordet wurde? Ich bin also nicht stolz. Wenn Gott existiert, will ich ihm gern zuhören. Wenn er keine Lust hat zu sprechen, soll er die Tür öffnen, damit ich hinausgehen kann. Ich habe nichts. Für nichts kriegt man nichts. Wenn er was von mir will, muß er mir zuerst was geben. Wenn schon keine Gunstbezeugung, so doch ein Zeichen.«

»Bitte nicht um Zeichen, bitte um Erbarmen.«

»Ich habe um alles gebeten, aber nichts erhalten.« Der Fixer seufzte und sagte dann ganz nahe am Guckloch: »›Am Anfang war das Wort‹, aber es war nicht SEIN Wort. So sehe ich's jetzt. Die Natur hat sich selbst erfunden und auch den Menschen. Was immer da gewesen ist, war von Anfang an da. Das hat Spinoza gesagt. Es klingt phantastisch, muß aber wahr sein. Wenn man der Sache auf den Grund geht, ist Gott entweder unsere Erfindung und kann daran nichts ändern, oder er ist eine Kraft in der Natur, aber nicht in der Geschichte. Eine Kraft ist kein Vater. Er ist ein kalter Wind, und da muß man versuchen, sich warm zu halten! Um die Wahrheit zu sagen – ich habe ihn völlig abgeschrieben.«

»Jakow«, sagte Schmuel und preßte die Hände zusammen, »sprich nicht so unbedacht. Such nicht am falschen Ort nach Gott, such in der Thora, such im Gesetz. Da soll man IHN suchen, nicht in schlechten Büchern, die deine Gedanken vergiften.«

»Was das Gesetz angeht – das haben die Menschen erfunden, und es ist weit entfernt von Vollkommenheit; und was nutzt es mir, wenn der Zar nicht weiß, was er damit anfangen soll? Wenn Gott mir nicht die einfachste Achtung erweisen kann, entscheide ich mich für die Gerechtigkeit. Achte das Gesetz! Vernichte den Zaren mit einem Donnerschlag! Und befreie mich aus dem Gefängnis!«

»Gottes Gerechtigkeit ist dem Ende der Zeit vorbehalten.«

»Ich bin nicht mehr so jung, so lange kann ich nicht warten. Und die Juden auch nicht, die vor den Pogromen davonlaufen. Heutzutage werden zahllose Menschen abgeschlachtet, und es wird immer schlimmer. Gott rechnet in astronomischen Zahlen, aber wenn's um Menschen geht, kenne ich nur eins plus eins. Schmuel, sprechen wir nicht mehr über dieses nutzlose Thema. Was für einen Sinn hat es, durch ein kleines Loch zu diskutieren, durch das du in der Dunkelheit kaum einen Teil meines Gesichts sehen kannst? Außerdem ist dein Besuch nur kurz, und wir vertrödeln die Zeit.«

»Jakow«, sagte Schmuel, »ER hat das Licht erfunden. ER hat die Welt erschaffen. ER hat uns beide gemacht. Das wahre Wunder ist der Glaube. Ich glaube an IHN. Hiob hat gesagt: ›Siehe, ER wird mich doch erwürgen, und ich habe nichts zu hoffen; doch will ich meine Wege vor ihm verantworten!‹ Er hat noch mehr gesagt, aber das reicht.«

»Um eine elende Wette mit dem Teufel zu gewinnen, hat er sämtliche Diener und Kinder Hiobs umgebracht. Dafür allein schon hasse ich IHN, ganz zu schweigen von zehntausend Pogromen. Ach, warum bringst du mich dazu, Märchen zu erzählen? Hiob ist eine Erfindung und Gott ebenfalls. Laß uns damit aufhören.« Mit einem Auge starrte er auf den Hausierer. »Es tut mir leid, Schmuel, daß ich dich unglücklich mache, wo deine Zeit so teuer ist, aber du kannst mir glauben, es ist nicht leicht, in dieser schrecklichen Zelle Freidenker zu sein. Das sage ich ohne Stolz oder Vergnügen. Immerhin, wieviel Verstand ein Mann auch hat, er muß sich auf ihn verlassen.«

»Jakow«, sagte Schmuel und wischte sich das Gesicht mit seinem blauen Taschentuch ab, »tu mir den Gefallen und verschließ dein Herz nicht. Kein Mensch ist für Gott verloren, wenn sein Herz IHM offensteht.«

»Was von meinem Herzen übrig ist, ist nichts als Stein.«

»Und vergiß nicht, zu bereuen«, sagte Schmuel. »Das ist das wichtigste.«

Schitnjak kam in aller Eile herbeigelaufen. »Genug jetzt, Zeit, zu gehen. Die zehn Minuten sind vorbei, aber ihr habt sogar länger gesprochen.«

»Mir kam's vor wie zwei«, sagte Schmuel. »Ich wollte gerade sagen, was ich auf dem Herzen habe.«

»Lauf, Schmuel«, drängte Jakow und preßte den Mund an das Guckloch. »Tu, was du kannst, um mir zu helfen. Geh zu den Zeitungen und sag ihnen, die Polizei hätte einen Unschuldigen ins Gefängnis gesperrt. Geh zu den reichen Juden, wenn nötig zu den Rothschilds. Bitte um Hilfe, um Geld, um Erbarmen und um einen guten Anwalt, um mich zu verteidigen. Befrei mich von hier, ehe man mich ins Grab legt.«

Schmuel zog eine Gurke aus der Hosentasche. »Hier ist was Scharfes, das habe ich dir mitgebracht.« Er versuchte sie durch das Guckloch zu werfen, aber Schitnjak nahm sie ihm fort.

»Nichts davon«, flüsterte der Wärter laut. »Probier bloß keine jüdischen Tricks an mir aus. Und du hältst auch die Klappe«, sagte er zu Jakow. »Du hast genug gesagt, jetzt reicht's.«

Er packte Schmuel am Arm. »Los, beeil dich, bald ist's Morgen.«

»Leb wohl, Jakow, vergiß nicht, was ich dir gesagt habe.«

»Raisl«, rief Jakow ihm nach. »Ich habe vergessen, nach ihr zu fragen. Was ist aus ihr geworden?«

»Ich geh' schon«, sagte Schmuel und hielt den Hut fest.

8

Schmuels Besuch ließ den Fixer mit einer schweren Last von Erregung zurück. Irgend etwas muß jetzt geschehen, dachte er. Er wird meinetwegen zu den Leuten rennen. Er wird sagen, das ist mein Schwiegersohn Jakow – seht nur, was ihm zugestoßen ist. Er wird ihnen erzählen, daß und warum ich in Kiew im Gefängnis bin. Er wird meine Unschuld in die Welt hinausschreien und um Hilfe bitten. Vielleicht geht dann ein Anwalt zu Grubeschow und bittet um die Anklageschrift. Er wird sagen: »Sie müssen sie uns geben, ehe dieser Mann in seiner Zelle stirbt.« Vielleicht wird er auch eine Bittschrift an den Justizminister schicken. Wenn der Anwalt gut ist, wird ihm auch noch etwas anderes einfallen, das er tun kann. Er würde mich nicht vernachlässigen.

Statt dessen jedoch erschien der Direktor in der Zelle – nervös und aufgeregt. Seine Augen blitzten. Vor Ärger vermochte er seine Worte nicht unter Kontrolle zu halten. »Wir werden dich lehren, zu entwischen, du verdammter Hund. Wir werden Ihnen beibringen, was es heißt, eine Verschwörung anzuzetteln.«

Ein Gefangener, der in der Nähe in einer Einzelzelle saß, hatte in jener Nacht Stimmen gehört und Schitnjak verraten. Der Wärter wurde verhaftet und gestand bald darauf, daß er einen alten Juden eingelassen hatte, der mit dem Mörder sprechen wollte.

»Diesmal haben Sie sich vergriffen, Bok. Sie werden sich noch wünschen, Sie hätten den anderen Verschwörer nie gesehen. Wir werden Ihnen schon zeigen, wie gut Ihnen ein Aufruhr draußen tun wird. Sie werden noch wünschen, Sie wären nie geboren worden.«

Er wollte wissen, wer der Verschwörer war, und der Fixer antwortete erregt: »Niemand. Ich kenne ihn gar nicht. Er hat mir nicht gesagt, wie er heißt. Ein armer Mann. Er ist Schitnjak durch Zufall begegnet.«

»Was hat er Ihnen gesagt? Los, 'raus mit der Sprache.«

»Er hat mich gefragt, ob ich Hunger hätte.«

»Und was haben Sie geantwortet?«

»Ich habe ja gesagt.«

»Wir werden Ihnen zeigen, was Hunger ist«, brüllte der Direktor.

Am nächsten Morgen betraten in aller Frühe zwei Arbeiter die Zelle mit Kästen voll Handwerkszeug, und nachdem sie den ganzen Vormittag mit eisernen Hämmern und langen Eisennägeln gearbeitet hatten, bohrten sie vier tiefe Löcher in die Innenwand, in die sie schwere Riegel einzementierten, an denen Ringe befestigt waren. Außerdem bauten die Arbeiter eine Platte von der Größe eines Bettes mit vier kurzen Holzbeinen darunter. Das Fußende des »Bettes« war ein Block, dazu bestimmt, die Beine des Gefangenen zu umschließen, die während der Nacht mit Vorhängeschlössern angeschlossen werden sollten. Das Fenstergitter wurde verstärkt; zwei weitere Stangen wurden davor befestigt, so daß nun noch weniger Licht in die Zelle eindrang. Aber das gesprungene Fenster blieb gesprungen, und sechs zusätzliche Riegel wurden an der Außenseite der Eisentür angebracht, so daß sie nun mit zwölf Riegeln versehen war; dazu kam das Schloß, das mit einem Schlüssel geöffnet werden mußte. Der stellvertretende Direktor sagte, es gehe das Gerücht, die Juden heckten einen Plan zu seiner Befreiung aus. Er machte den Fixer darauf aufmerksam, daß auf einer hohen Mauer unmittelbar gegenüber seiner Zelle ein Wachtturm im Bau sei und daß die Zahl der Wachtposten, die im Hof patrouillierten, verstärkt worden sei.

»Wenn Sie versuchen, aus diesem Gefängnis auszubrechen, werden wir die ganze verdammte Judenbande umbringen. Wir werden auch noch den letzten zu fassen kriegen.«

An Schitnjaks Stelle wurde am Tag ein anderer Wärter vor

die Tür gesetzt, Bereschinski, ein früherer Soldat, ein Mann mit düsterem Gesicht, vorquellenden ausdruckslosen Augen und einer gebrochenen Nase. Selbst nach dem Rasieren hatte er noch haarige Stellen auf den Backenknochen und am Hals. Manchmal steckte er aus Langweile einen Gewehrlauf durch das Guckloch und zielte auf das Herz des Gefangenen.

»Bang!«

Den ganzen Tag über war der Fixer an die Wand gekettet, und nachts lag er auf dem Bettbrett, und seine Beine waren in den Block eingeschlossen. Die Beinlöcher waren eng und rieben sich an seiner Haut, wenn er versuchte, seine Lage ein wenig zu ändern. Den Strohsack hatte man aus der Zelle entfernt. Zumindest war dieser Geruch vergangen, und auch die Wanzen waren nicht mehr da, wenn auch noch einige in seinen Kleidern hausten. Da der Fixer auf der Seite schlief, wenn er überhaupt schlief, dauerte es eine Zeitlang, ehe er sich daran gewöhnte, auf dem Rücken einzuschlafen. Er lag wach, bis er es nicht mehr ertragen konnte, und schien dann in eine Ohnmacht zu fallen, in der er einschlief. Ein oder zwei Stunden schlief er tief, dann wachte er wieder auf. Schlief er dann wieder ein, riß ihn selbst die geringste Bewegung seines Körpers aus dem Schlaf.

Da er nun in Ketten lag, glaubte er, die Durchsuchungen seines Körpers fänden vielleicht nicht mehr statt; hingegen wurde ihre Zahl auf sechs erhöht – drei am Vormittag und drei am Nachmittag. Wenn der stellvertretende Direktor den Dienst früher als sonst verließ, fanden die sechs Durchsuchungen am Vormittag statt. Anstelle von Schitnjak begleitete ihn Bereschinski. Sechsmal am Tage kratzte der Schlüssel im Schloß, und ein Riegel nach dem anderen wurde zurückgeschoben, jeder mit einem Geräusch wie ein Pistolenschuß. Jakow drückte die Hände an den Kopf, besessen von dem Gedanken, es schlage jemand mehrmals auf ihn ein. Wenn die Durchsucher erschienen, wurde er losgekettet und erhielt Befehl, sich eilends auszuziehen. Obwohl er sich bemühte, es rasch zu tun, waren seine Finger wie Blei; er vermochte nicht, sich die wenigen Knöpfe aufzumachen, und der Wärter versetzte ihm Fußtritte, weil er sich nicht schnell genug bewegte. Er bat sie, nur eine Hälfte seines Körpers auf einmal zu durchsuchen, Jacke und Hemd anbehalten zu dürfen und nur die Hose ausziehen zu müssen; dann, in Hosen, die anderen Kleidungsstücke ablegen zu dürfen; aber sie erlaubten es nicht. Nur sein Unterhemd durfte er anbehalten. Es war, als könne die Durchsuchung, wenn er das anbehalten durfte, nicht gar zu schlimm sein, egal, was sie ihm sonst antaten. Während der Durchsuchung packte Bereschinski den Bart des Fixers und zog an ihm. Wenn Jakow sich beklagte, riß er an seinem Penis.

»Ding-dong, wuppdiwupp; 'n Judenpinkel is' in 'nem Teufelsschinken.«

Der stellvertretende Direktor wurde röter und röter. Er lachte keuchend, und während der Durchsuchung lag ein Lächeln auf seinen Lippen.

Nach jeder Durchsuchung verfiel Jakow, erschöpft und durchgefroren, in tiefe Niedergeschlagenheit. Zuerst hatte er hoffnungsvoll darauf gewartet, daß Schmuels Besuch *auf jeden Fall* irgendein Ergebnis haben werde. Dann begann er zu fürchten, der Hausierer sei verhaftet worden. Manchmal fragte er sich, ob Schmuel tatsächlich dagewesen sei, und wenn er ihn wirklich besucht hatte, wünschte er, er wäre nicht gekommen. Wenn er nicht gekommen wäre, läge er jetzt nicht in Ketten. Wegen der Ketten verfluchte er ihn.

Der zweite Winter im Gefängnis war schlimmer als der erste. Draußen war das Wetter schlimmer, es gab zwar weniger Schnee und Hagel, aber mehr klare Frosttage, und sie waren besonders kalt, wenn der Wind blies. Der Wind bellte das Fenster an wie hungrige Wölfe. Und drinnen war das Wetter ebenfalls schlimmer. Die Kälte glühte in der Zelle. Manchmal verursachte sie ihm Schmerzen und drückte so auf seine Brust, daß ihm das Atmen weh tat. Er trug die Mütze mit den Ohrenschützern, hatte den zerlumpten Gebetschal doppelt um sie geschlungen und oben auf dem Kopf geknotet. Er trug ihn, bis er völlig zerrissen war, und hob ein Stück davon als Taschentuch auf. Er versuchte die Mantelärmel unter die Handschellen zu stopfen, aber es gelang ihm nicht. Die eisigen Fesseln umschlossen seine nackten Beine. Man warf ihm eine Pferdedecke zu, die er in der schlimmsten Winterzeit über Kopf und Schultern trug, denn wenn er nun auch ein paar Bündel Holz in der Zelle hatte – Bereschinski eilte es nie, den Ofen anzuzünden, und den größten Teil des Tages waren die Glieder des Fixers wie eisbedeckte Zweige eines Baumes im Winter. Die Durchsuchungen in der eisigen Kälte waren furchtbar; die Kälte stieß ihm Messer in die Brust, die Achselhöhlen und den After. Sein Körper schrumpfte zusammen, und er schnatterte mit den Zähnen. Aber wenn Kogin am späten Nachmittag hereinkam, machte er Feuer. Manchmal zündete er auch spätnachts noch eins an. Seit der Verhaftung seines Sohnes waren die Augen des Wachtpostens fast glasig. Gewöhnlich sprach er kein Wort und sog an einem erloschenen Zigarettenstummel. Wenn Jakow seine Schüssel nach dem Abendessen gesäubert und sich niedergelegt hatte, schloß Kogin seine Füße in den Bettklotz und ging.

Am Tage saß der Fixer angekettet auf einem niedrigen Hokker, den man ihm gegeben hatte. Die Seiten des Alten Testaments hatte man an dem Tag, an dem er an die Wand gekettet wurde, aus der Zelle entfernt, und der stellvertretende Direktor hatte gesagt, sie seien verbrannt worden. »Sie gingen hoch wie ein Furz im Wind.« Jakow hatte nichts zu tun, als dazusitzen, ohne zu denken. Oft stand er auf, damit sein Blut nicht zu Eis würde, und tat einen Schritt nach rechts und dann zwei nach links; oder einen nach links und zwei nach rechts. Er konnte auch einen Schritt nach hinten zu der eiskalten Wand machen und dann einen nach vorne. So weit vermochte er zu gehen, aber in welche Richtung er auch ging – immer zog er die klirrenden Ketten nach. Stundenlang tat er das während des Tages. Manchmal schluchzte er, wenn er sich abmühte, die Ketten aus den Fassungen zu reißen.

Er durfte nichts selbst tun. Wollte er Wasser lassen, mußte er den Aufseher rufen und um die Dose bitten. Wenn Bereschinski nicht an der Tür oder zu faul war, um ihn zu hören, oder wenn Jakow das Geräusch der Riegel, das ihm im Kopf dröhnte, nicht ertragen konnte, hielt er das Wasser an, bis es wie ein

Messerstich schmerzte. Wenn er es nicht mehr halten konnte, pißte er auf den Boden. Einmal hielt er es so lange an, daß der Strahl mit Gewalt hervorbrach und ihm Hosen und Schuhe durchnäßte. Als Bereschinski hereinkam und sah, was geschehen war, gab er dem Fixer zuerst eine Ohrfeige mit der einen Hand und dann eine mit der anderen, bis ihm schwarz vor den Augen wurde.

»Verdammter Pinkelsauger-Jud, ich sollte dich zwingen, es mit der Zunge aufzulecken.«

Wenn Bereschinski ihm den Brei brachte, bat ihn Jakow oft, ihm während des Essens die Handschellen für ein paar Minuten abzunehmen, aber der Wärter lehnte ab. Als er einmal hinausgegangen war, drehte sich Jakow nach dem Essen zur Seite und bohrte mit dem Löffelstiel ein wenig an dem Zement, in den die Riegel eingelassen waren. Aber der Wärter sah es durch das Guckloch, kam in die Zelle und schlug dem Gefangenen den Mund blutig. Danach ließ Bereschinski die Zelle von einer Abteilung Wachen durchsuchen – fünf an der Zahl. Zunächst fanden sie nichts, aber in derselben Woche kamen sie dann noch einmal und fanden die geschwärzte Nadel, die Jakow vor langer Zeit von Schitnjak ausgeliehen und sorgfältig in einer Ofenspalte versteckt hatte. Um den Fixer zu bestrafen, wurde ihm eine Woche lang der Hocker weggenommen. Den ganzen Tag über stand er angekettet da, und nachts schlief er den Schlaf der Toten.

So vergingen die Tage. Jeder Tag verging allein. Er schleppte sich dahin wie etwas, das im Sterben lag. Manchmal, wenn er daran dachte, vergingen drei Tage, aber der dritte glich dem ersten aufs Haar. Er war der erste Tag, weil er nicht sagen konnte, daß drei einzelne, gezählte Tage etwas anderes ausmachten, als wenn man sie nicht zählte. Ein Tag kroch dahin. Dann wieder ein Tag. Dann noch ein Tag. Niemals drei Tage. Und auch weder fünf noch sieben Tage. Etwas wie eine Woche gab es nicht, wenn seiner Zeit im Gefängnis nie ein Ende gesetzt war. Wenn er in Sibirien wäre und zwanzig Jahre Zwangsarbeit zu leisten hätte, könnte eine Woche etwas bedeuten. Dann wären es zwanzig Jahre weniger eine Woche. Aber für einen Mann, der vielleicht für ungezählte Tage im Gefängnis war, gab es nur erste Tage, die einander folgten. Der dritte war der erste, der vierte war der erste, der einundsiebzigste war der erste. Der erste Tag war der dreitausendste.

Jakow dachte daran, wie es war, ehe man ihn an die Wand gekettet hatte. Er entsann sich, daß er den Boden mit dem Besen aus Birkenzweigen gekehrt hatte. Er erinnerte sich, daß er Schitnjaks Evangelien und die Seiten des Alten Testaments gelesen hatte. Er hatte die Holzsplitter aufgehoben und gezählt und war den Tagen und Monaten auf der Spur geblieben, als es ihm wie eine Belohnung erschienen war, die Zeit zu addieren. Er dachte an die Minuten, in denen das Licht auf die räudige Wand fiel. Er dachte an den Tisch, den er einmal gehabt hatte, an dem er sitzen und lesen konnte, ehe er ihn in einem Anfall von Wahnsinn zerschmettert hatte. Er dachte daran, wie es ihm freigestanden hatte, in der Zelle auf und ab oder im Kreis herumzugehen, bis er zu müde war, um noch zu denken. Er dachte daran, wie er hatte Wasser lassen können, ohne den Posten zu rufen, und an die Zeit, da er nur zweimal am Tag durchsucht worden war – anstatt der schrecklichen sechs Male. Er dachte daran, daß er sich, wann immer er wollte, auf den Strohsack hatte legen können; jetzt hingegen konnte er sich noch nicht einmal auf das Holzbett legen, wenn man ihn nicht dazu loskettete. Und er dachte auch an die Zeit, da er in die Küche hatte gehen dürfen, um seine Schüssel zu füllen, und daran, wie er sich im Winter mit dem Ofen befaßt hatte und wie Schitnjak, der gar nicht so schlimm gewesen war, zweimal am Tag gekommen war, um Feuer zu machen. Der Aufseher hatte ihm ein ordentliches Feuer gestattet. Er hatte Jakow erlaubt, tüchtig Holz aufzulegen; und ehe er die Zelle verließ, hatte er es mit einem Streichholz angezündet und es beobachtet, bis es richtig brannte. Jakow dachte, er wäre froh, wenn alles wieder so wäre wie zuvor. Er wünschte, er hätte das bißchen Bequemlichkeit, das er damals gehabt und das in gewisser Weise Freiheit bedeutet hatte, genossen. Jetzt, da er in Ketten lag, war der einzige Rest von

Freiheit, der ihm blieb, das Leben, die nackte Existenz; aber leben, ohne eine Wahl zu haben, war gleichbedeutend mit Tod.

Er hegte geheime, beinahe angenehme Gedanken an den Tod, hatte sie schon seit jener Zeit, da er Schitnjak die Nadel gestohlen hatte. Er hatte gedacht, wenn ich einmal sterben will, kann ich die Nadel dazu benutzen, mir die Adern zu durchstechen. Er könnte es tun, wenn Kogin gegangen war, und die ganze Nacht hindurch bluten. Am Morgen fände man eine Leiche. Jetzt wurden diese Gedanken immer drängender. Nach einer Weile dachte er nur noch an den Tod. Er war furchtbar erschöpft und hungerte danach, sich von den Ketten und der teuflisch kalten Zelle zu befreien. Er hoffte, er könnte schnell sterben, um seinen Leiden ein für allemal ein Ende zu machen, alles loszuwerden, was er war und je gewesen war. Sein Tod würde bedeuten, daß es eine einzige letzte Wahl gab, wie es sie immer gibt, und daß er von ihr Gebrauch gemacht hatte. Er hätte sein Schicksal in seine eigenen Hände genommen. Wie werde ich's tun? Er dachte an einen Hungerstreik, aber es würde zu lange dauern, allmählich zu verhungern. Er hatte zwar keinen Gürtel, aber er könnte seine Kleidung und die Decke zerreißen, die Streifen zusammenknüpfen und sich, falls er nicht vorher erfröre, an den Gitterstäben des Fensters erhängen. Aber er konnte nicht an das Fenstergitter hinaufreichen, und selbst wenn er einen Weg fände, um das Seil um die Gitterstäbe zu schlingen und zu sich herunterzulassen – sich aufhängen war nicht, was er wollte. Damit hätten die anderen nichts zu tun. Er wollte aber, daß sie etwas damit zu tun hätten. Er dachte an Fetjukow, den der Aufseher erschossen hatte. So muß ich's machen. Sie wollen, daß ich sterbe, aber nicht direkt durch ihre Hand. Sie werden mich in Ketten halten und durchsuchen, bis mein Herz versagt. Dann können sie sagen, ich sei eines natürlichen Todes gestorben, während ich »auf meinen Prozeß wartete«. Ich werde es zu einem unnatürlichen Tod machen. Ich werde es so anstellen, daß es durch ihre Hand geschieht. Ich werde sie provozieren, mich umzubringen. Er plante, es am folgenden Tag zu tun, bei der sechsten Durchsuchung, wenn sie am reizbarsten wären, so daß sie ohne jeden Gedanken mechanisch sofort reagieren würden. Er würde sich weigern, sich zu entkleiden, und wenn sie es ihm befählen, dem stellvertretenden Direktor ins Auge spucken. Wenn man ihn nicht auf der Stelle erschösse, würde er versuchen, ihm eine Pistole aus einer seiner Pistolentaschen zu reißen. Ehe es soweit käme, hätte ihm Bereschinski eine Kugel durch den Kopf gejagt. In wenigen Minuten wäre alles vorbei, und später würde der Posten fünf oder zehn Rubel für gute Dienste erhalten. Der Zar würde es in den St. Petersburger Zeitungen lesen und sich sogleich an den Schreibtisch setzen, um ein Telegramm an Grubeschow zu entwerfen. »Ich gratuliere Ihnen von Herzen, daß Sie dem jüdischen Mörder von Schenja Golow mit gleicher Münze heimgezahlt haben. Sie werden in Bälde von mir über Ihre Beförderung hören. Nikolaus.« Aber in diesem Fall müßten die Beamten eine Erklärung für seinen Tod finden, und egal, was sie sagen würden, nie könnten sie behaupten, daß sie ihm seine Schuld bewiesen hätten. Wer würde ihnen das glauben? Es könnte sogar draußen einen Aufruhr zur Folge haben.

Soll doch der Zar auf seinem gewachsten Boden tanzen. Ich scheiß' ihm meinen Tod ins Gesicht.

Es ist spät am Nachmittag. Hinter den kalten Baumkronen geht die Sonne unter. Ein schwarzer Wagen erscheint in der Ferne (aus welcher Stadt mag er kommen?), von vier Rappen gezogen. Er verliert ihn aus den Augen im Verkehr auf der Kreschtschatik, zwischen den anderen Wagen, Droschken, Straßenbahnen, Lastwagen und ein paar Autos. Die Bäume sind jetzt schwarz. Es ist wieder Nacht. Ruhelos geht Kogin auf dem Gang hin und her. Oft hat er an Jakows Zellentür gestanden und durch das geöffnete Guckloch seinem lauten Keuchen gelauscht, und man kann den Atem des Postens hören, wenn er den Bleistift anfeuchtet und in sein Notizbuch schreibt, was Jakow im Schlaf herausschreit. Aber heute nacht, einer Nacht, in der ein Schneesturm braust und der Schnee in dicken Flocken ums Gefängnis wirbelt, bleibt der Wärter, nachdem er stundenlang, vorbei an Jakows Zellentür, hin und her gelaufen ist, stehen, weiß er doch, daß der Gefangene wachliegt, und seufzt durch das Guckloch hindurch: »Ach, Jakow Bok, glaub nur nicht, daß du der einzige bist, der Sorgen hat. Auf meinem Kopf häufen sie sich wie der Schnee auf einem Berggipfel.«

Er geht weiter und kommt wieder zurück, um zu sagen, daß sein Sohn Trofim bei einem Einbruch in ein Haus im Podol-Bezirk einen alten Mann ermordet habe. »Siehst du, dahin mußte es kommen.«

Nach langem Schweigen sagt er: »Ich habe schon Sorgen genug gehabt mit meiner Tochter, die sich von einem Mann meines Alters hat schwängern lassen, einem gottverdammten Trunkenbold, aber kaum hatte ich sie mit jemand verheiratet«, sagte Kogin durchs Guckloch, »da raubt der Junge ein Haus aus, etwas, was ihm früher gar nicht in den Sinn gekommen wäre. Mich hat er bestohlen, aber doch sonst niemanden, bis zu jener Nacht, als er in ein Haus am Dnjepr einbrach und, als er drinnen war, den alten Mann umbrachte, der es bewohnte. Es war ein harmloser alter Mann, und jeder, der seine Sinne beisammen hat, hätte schon von außen sehen können, daß wahrscheinlich gar nichts Wertvolles in dem Haus war, nichts, aber auch gar nichts. Das wußte er auch, aber warum hat er's dann getan, Jakow Bok? Hat er an irgend etwas anderes gedacht, außer als mir mit Sorge die Jahre zurückzuzahlen, in denen ich ihn mit Liebe umsorgt habe? Als der alte Mann in seinem Haus Trofim zu fassen bekam, packte er ihn am Mantel und ließ ihn nicht wieder los, und vor Schrecken, wie er sagt, hat er dem alten Mann so lange mit den Fäusten auf den Kopf geschlagen, bis er ihn losließ; aber da war's schon zu spät – der alte Mann hatte irgendeine Art Schlaganfall erlitten und starb. Das war sein Ende. Trofim kam, wie man es nennen könnte, um sein Gast zu sein, und er blieb da, um die Totenkerzen anzuzünden und vielleicht ein Gebet über seinen sterblichen Resten zu sagen. Am Morgen kam er nach Hause zurück, gerade als ich mir nach meiner Nachtschicht die Stiefel auszog, und erzählte mir, was er getan hatte. Ich zog mir also die Stiefel wieder an, und wir gingen zur Bezirkspolizei und ließen ihn wegen Mordes aufschreiben. Vor ein paar Monaten kam er vor Gericht und wurde zur Höchststrafe verurteilt – zwanzig Jahre Zwangsarbeit in Sibirien. Jetzt ist er auf dem Wege dorthin. An einem eisigen Dezembertag marschierten sie los über die Nikolausbrücke, und Gott allein weiß, wo sie jetzt sind bei all dem Schnee und Wind. Stell dir nur vor – zwanzig Jahre! Das heißt lebenslänglich.«

»Es sind nur zwanzig Jahre«, erwiderte Jakow.

»Ich werde ihn nicht wiedersehen, wenn wir beide überhaupt so lange leben, bevor er zweiundfünfzig ist – so alt wie ich jetzt.«

Die Stimme des Postens dröhnt in der Zelle, also spricht er laut flüsternd weiter.

»Ich habe ihn gefragt, warum er das getan hätte, und er hat gesagt, er hätte keinen besonderen Grund dafür gehabt. Kannst du dir eine lächerlichere Behauptung vorstellen, Bok? Er ist dahin gekommen, wo er hinkommen mußte. Ich hab's immer vorausgesagt, und die ganze Liebe eines Vaters war umsonst. So geht's nun mal. Man plant etwas und bekommt etwas ganz anderes. Das Leben hat keine Lieblinge, was nutzt es also, darauf zu hoffen? Die Kinder sind von ihrer Mutter verdorben worden, einer Frau von unstetem Charakter und laxer Moral. Es war schon immer schwierig mit meinem Sohn, das kommt von der Art, wie sie ihn behandelt hat, und eine Zeitlang hab' ich geglaubt, er würde trotz all der Liebe, die ich ihm entgegenbrachte, einen von uns umbringen, aber dann stellt sich heraus, daß er jemand anders umgebracht hat.«

Kogin seufzt, schweigt eine Minute und fragt Jakow dann, ob er eine Zigarette möchte.

Jakow sagt nein. Er atmet so tief, daß der Wärter das Keuchen in seiner Brust hören kann. Von einer Zigarette würde ihm übel werden.

»Aber wenn Sie die Klötze für einen Augenblick aufmachen könnten«, sagte er, »wäre es eine Wohltat für meine steifen Beine.«

Kogin sagte, das könne er nicht tun. Ein paar Minuten lang steht er wortlos am Guckloch, dann flüstert er mit belegter Stimme: »Glaub nur nicht, daß ich nicht sehe, wie schlecht es dir geht, Bok; ich seh's wohl. Es ist schrecklich, einen Mann in Ketten zu sehen und jeden Abend seine Füße in Klötze einschließen zu müssen, aber, um offen zu sein, ich erlaube mir nicht, viel darüber nachzudenken. Ich versuche, nicht daran zu denken, daß du den ganzen Tag angekettet bist. Die Nerven können nur ein gewisses Maß aushalten, und ich habe schon all die Sorgen, die ich gerade ertragen kann. Ich glaube, du weißt, was ich damit meine.«

Jakow sagt, daß er es wisse.

»Bist du sicher – mit der Zigarette? Es ist ein unbedeutender Verstoß gegen die Vorschriften. Ein paar Aufseher verkaufen sie sogar den Gefangenen, und wenn du mich fragst – der Direktor weiß es auch. Aber wenn ich deine Klötze aufschließen würde, würde ich riskieren, erschossen zu werden.«

Nach einiger Zeit glaubt Jakow, der Posten sei gegangen, aber er ist noch da.

»Hast du noch immer die Evangelien da drinnen?« fragt Kogin.

»Nein, sie sind weg.«

»Wie steht's denn mit den Sprüchen, die du immer aufgesagt hast? Warum sagst du denn keine mehr auf?«

»Ich habe sie vergessen.«

»An den da erinnere ich mich noch«, sagte der Aufseher. »›Wer aber bis an das Ende beharrt, der wird selig.‹ Der stammt entweder aus Matthäus oder aus Lukas, aus dem einen oder dem anderen.«

Jakow ist so ergriffen, daß er lacht.

Der Posten entfernt sich. Heute nacht ist er unruhig, und eine halbe Stunde später kehrt er zur Zellentür zurück, hält eine Lampe an das Loch und späht über sie hinweg, um zu sehen, was er sehen kann. Das Licht fällt auf die eingeschlossenen Füße des Fixers und weckt ihn wieder auf. Kogin will etwas sagen, tut es aber nicht. Das Licht geht aus. Unruhig bewegt sich

Jakow, liegt wach und lauscht auf den Posten, der im Korridor auf und ab geht, als ginge er zu Fuß mit seinem Sohn nach Sibirien. Der Gefangene lauscht, bis ihn Erschöpfung übermannt, dann träumt er den Traum weiter, den er vorher gehabt hatte.

Er findet den Wagen wieder, nur ist es diesmal ein wackeliger Wagen, der aus der Provinz kommt: Er trägt einen Sarg aus verwitterten Kiefernbrettern. Für mich oder wen sonst? denkt er. Aus Angst, Namen zu nennen, kämpft er darum, aufzuwachen, aber statt dessen befindet er sich in einem leeren Zimmer, wo er neben einem kleinen schwarzen Sarg steht, der wie ein Baumstamm mit Ketten umwickelt ist.

Das ist Schenjas Sarg, denkt er. Marfa Golow hat ihn mir als Geschenk geschickt. Aber als er die rostigen Ketten löst und den Sargdeckel hochhebt, liegt Schmuel darin, sein Schwiegervater, mit einem Gebetsschal, der seinen Kopf bedeckt, und einem blauroten Loch in der Stirn, das eine Auge noch feucht von Blut.

»Schmuel, bist du tot?« ruft der Fixer, und wenn der alte Mann auch nicht in Frieden ruht, so liegt er doch ganz ruhig da und hat diesmal nichts zu sagen.

Der Fixer erwacht bedrückt, sein Bart ist feucht von salzigen Tränen.

»Leb, Schmuel«, seufzt er, »leb. Laß mich für dich sterben.«

Dann denkt er in der Dunkelheit, wie kann ich für ihn sterben, wenn ich mir das Leben nehme? Wenn ich sterbe, sterbe ich, um ihnen den Spaß zu versalzen und um meinem Leiden ein Ende zu machen. Und Schmuel – der ist schon draußen in der Kälte. Vielleicht muß er sogar für mich sterben, wenn sie einen Pogrom anzetteln, um meinen Tod zu feiern. Und was gewinne ich schon in diesem Fall, wenn ich sterbe, außer Befreiung von meinen Schmerzen? Was habe ich gewonnen, wenn auch nur ein einziger Jude stirbt, weil ich gestorben bin? Ich kann sehr gut ohne Leiden leben, ich hasse den Geschmack des Leidens, aber wenn ich schon leiden muß, soll's doch wenigstens für etwas sein. Es soll für Schmuel sein.

Am folgenden Tag wird er sechsmal in der eiskalten Zelle

durchsucht, steht barfuß auf dem Boden, und jeder Stein ist wie ein Eisblock, während ihre schmutzigen Finger seine intimsten Stellen betasten. Die sechste Durchsuchung, bei der er hatte sterben wollen, ist die schrecklichste von allen. Er kämpft mit sich, um dem stellvertretenden Direktor nicht an die Kehle zu springen, ihn ein klein wenig mit den nackten Händen zu ermorden, ehe er erschossen wird.

Er sagt sich, daß er nicht sterben darf. Warum sollte ich mir selbst nehmen, was sie vernichten wollen, um es mir zu nehmen? Warum sollte ich ihnen helfen, mich umzubringen?

Wer würde es zum Beispiel erfahren, wenn er jetzt stürbe? Sie würden seine Überreste von dem blutigen Fußboden aufkehren und in ein feuchtes Loch werfen. Ein bis zwei Jahre später würden sie sagen, er sei bei einem Fluchtversuch umgekommen. Wer würde nach ein bis zwei Jahren schon danach fragen? Es war ganz natürlich, daß Gefangene im Gefängnis starben. Wie die Fliegen starben sie in allen Teilen Rußlands. Es war ein riesiges Land, und es gab viele Gefängnisse. Es gab mehr Gefangene als Juden. Und welchen Unterschied würde es machen, wenn die Juden sagten, sie glaubten nicht, daß er eines natürlichen Todes gestorben sei? Sie würden dann andere Sorgen haben.

Nicht, daß er Angst hat zu sterben, weil er sich vor dem Selbstmord fürchtet, aber es gibt keine Möglichkeit, die Folgen seines Todes auf ihn zu beschränken. Für die Gojim ist ein Jude wie alle anderen. Wenn man den Fixer anklagt, eines ihrer Kinder ermordet zu haben, steht der ganze Stamm unter dieser Anklage. Seit der Kreuzigung ist das Verbrechen des Christusmörders das Verbrechen aller Juden. »Sein Blut komme über uns und unsere Kinder.«

Er hat Mitleid mit ihrem historischen Schicksal. Nach einer kurzen Spanne Sonnenlicht erwacht man in einer schwarzen, blutigen Welt. Über Nacht wird ein Wahnsinniger geboren, der glaubt, jüdisches Blut sei Wasser. Über Nacht verliert das Leben seinen Wert. Die Unschuldigen werden ohne Unschuld geboren. Der menschliche Körper ist weniger wert als das, woraus er besteht. Ein Mensch ist Scheiße. Die Juden, die mit dem Leben davonkommen, leben im Andenken an die ewige Qual. Was kann also Jakow Bok daran ändern? Alles, was er tun kann, ist, die Dinge nicht noch schlimmer zu machen. Er ist selbst ein halber Jude, aber Jude genug, um sie zu schützen. Schließlich kennt er diese Leute; und er glaubt an ihr Recht, Juden zu sein und in der Welt wie Menschen zu leben. Er wird sie schützen, so gut er kann. Das ist der Bund, den er mit sich selbst schließt. Wenn Gott kein Mann ist – er muß es sein. Deshalb muß er ausharren bis zum Prozeß und ihnen Gelegenheit geben, seine Unschuld durch ihre Lügen zu bestätigen. Für ihn gibt es keine andere Zukunft, als auszuharren, bis zur Entscheidung zu warten.

Er brennt vor Wut über das, was ihm widerfahren ist – eine ganze Gesellschaft hat sich Jakow Bok entgegengestemmt, einem armen Mann mit wenig Bildung, aber auf jeden Fall unschuldig an dem Verbrechen, dessen man ihn beschuldigt. Wie seltsam und ungewöhnlich ist es doch für einen Menschen wie ihn, einen Fixer von Beruf, der dieser Gesellschaft nie im Leben etwas getan hat, außer daß er ein paar Monate in einem verbotenen Bezirk gewohnt hat, den russischen Staat – in Gestalt seiner Beamten und des Zaren – zu seinem geschworenen und bitteren Feind zu haben, aus keinem anderen Grund als dem, daß er als Jude geboren und daher ihr erklärter Feind wurde, obwohl er in Wirklichkeit in seinem Herzen niemandes, sondern nur sein eigener Feind ist.

Wo ist Vernunft? Wo ist Gerechtigkeit? Was sagt doch Spinoza – daß es der Zweck des Staates sei, den Frieden und die Sicherheit eines Mannes zu bewahren, auf daß er sein Tagewerk verrichten kann. Auf daß er seine wenigen armseligen Jahre durchlebe, trotz widriger Umstände, Krankheit und den Schrecken des Universums. Also macht es zumindest nicht schlimmer, als es sowieso schon ist. Aber der russische Staat verweigert Jakow Bok die elementarste Gerechtigkeit, und um zu zeigen, wie sehr er das Menschengeschlecht fürchtet und verachtet, hat er ihn wie ein Tier an die Wand gekettet.

»Hunde!« schreit er auf.

Er schlägt mit den Ketten gegen die Wand, die Sehnen seines Nackens treten heraus. Er tobt vor Freiheitsdrang, hat von Zeit zu Zeit den Schimmer einer Hoffnung, als schüfe allein der Gedanke Freiheit, oder er stellt sich vor, sie sei ganz nahe, komme auf ihn zu, wenn er nur richtig atmete oder den einen richtigen Gedanken dächte. Vielleicht wird eine Mauer einstürzen, oder die aufgehende Sonne wird sie durchbrennen und eine Öffnung machen, die so groß ist wie der Körper eines Mannes. Oder es wird ihm einfallen, wo er ein Buch versteckt hat, das ihm sagen wird, wie man ohne Schwierigkeiten eine verschlossene und zwölfmal verriegelte Tür durchschreiten kann.

»Ich werde leben!« brüllt er in seiner Zelle. »Ich werde warten, ich werde zu meiner Verhandlung kommen.«

Bereschinski öffnet das Guckloch, legt das Gewehr an, zielt am Lauf entlang auf die Geschlechtsorgane des Fixers.

Jakow sitzt in dem Loch. Eine engelsgleiche Stimme ruft seinen Namen, so kommt es ihm wengistens vor, aber er ist nicht sicher, richtig gehört zu haben; sein Gehör auf dem rechten Ohr hat nachgelassen, seit Bereschinski ihn darauf geschlagen hat. Der Himmel regnet und schneit auf ihn. Oder vielleicht sind es Holzstückchen oder gefrorene Zeit. Er antwortet nicht. Sein Haar ist lang und verfilzt. Seine Nägel wachsen, bis sie abbrechen. Er hat die Ruhr, beschmutzt sich, stinkt.

Bereschinski übergießt ihn mit einem Eimer kalten Wassers. »Es ist kein Geheimnis, warum Juden kein Schweinefleisch essen. Ihr seid Blutsbrüder und lebt beide von Scheiße.«

Er sitzt auf dem Gras unter einem belaubten Baum. Die Felder sind voller Blumen. Er führt Selbstgespräche, um die Sprache nicht zu vergessen. Einiges, an das er sich erinnert, versetzt ihn in Erstaunen. Sind es Erinnerungen oder Gedanken an Dinge, die er vorgehabt hatte? Er ist eingehüllt in dicke Wolken aus gelbem Nebel. Manchmal auch in schmerzhafte Lichtbündel. Die Erinnerungen werden spärlicher und verflüchtigen sich. Es fällt ihm schwer, sich auf Ereignisse aus der Vergangenheit zu besinnen. Er erinnert sich, daß er einmal wahnsinnig geworden ist. Wohin blickt man, wenn man den Verstand verliert? Das ist das Ende. Er würde im Geist für alle Zeiten im Gefängnis eingesperrt sein und nicht mehr wissen, warum und wo man ihn eingesperrt hat. Eingesperrt in sein endgültiges Schicksal, das letzte Nichtwissen.

»Stirb«, sagte Bereschinski. »Um Gottes willen – so stirb doch!«

Er stirbt. Er stirbt.

Kogin sagt, er habe einen Brief bekommen, daß sein Sohn tot sei. Er habe sich in Irkutsk in einem Fluß ertränkt, auf dem Weg nach Noworossijsk.

»Nehmen Sie die Mütze ab«, sagte der Direktor, der in der Zelle stand.

Er nahm die Mütze ab, und der Direktor überreichte ihm ein Bündel Papiere.

»Es ist Ihre Anklageschrift, Bok, aber das muß nicht unbedingt heißen, daß Ihr Prozeß bald stattfindet.«

Später, als Jakow sich in Ketten auf seinen Hocker kauerte, las er ganz langsam die Papiere. Sein Herz klopfte wie rasend beim Lesen; aber sein Verstand lief dem Herzen davon; der Jude, von dem da die Rede war, hatte ein furchtbares Verbrechen begangen und war dann in eine Falle gegangen, und sogleich sah der Gefangene ihn vor sich – tot und in einem engen Grab beigesetzt. Manchmal wurden die Worte auf dem Papier undeutlich und verschwammen unter Wasser. Wenn sie wieder auftauchten, las er eines nach dem anderen und sprach jedes laut aus. Als er drei Seiten gelesen hatte, besaß er nicht mehr die Kraft, sich noch länger zu konzentrieren. Die Papiere wogen schwer wie Eichenholz, und er mußte sie weglegen. Schon bald war es zu dunkel zum Lesen, obwohl das vergitterte Fenster noch hell war. In der Nacht wachte er auf, ausgehungert danach, die Worte zu verschlingen. Schon wollte er Kogin um eine Kerze bitten, da hatte er die Vision, das Papier könne Feuer fangen und verbrennen. Er wartete also, bis es Morgen wurde, und träumte einmal, er versuche die Anklageschrift zu lesen, aber sie war in türkischer Sprache abgefaßt. Dann erwachte er und fühlte angstvoll nach den Papieren. Sie waren in seiner Manteltasche. Ungeduldig wartete er auf das Tageslicht. Als es am Morgen hell genug war, las der Fixer gierig das ganze Dokument durch. Im Vergleich zu dem, was er gestern gelesen hatte, schien der Bericht sich verändert zu haben, aber dann wurde ihm klar, daß er sich dem, was er wußte, gegenüber verändert hatte, so, wie er sich die Geschichte aus den Fragen, die man ihm gestellt, und aus den Beschuldigungen, die man gegen ihn erhoben hatte, zusammengesetzt hatte. Das Verbrechen selbst war unverändert geblieben, aber man hatte Einzelheiten, zum Teil phantastische Einzelheiten, hinzugefügt, von denen er noch nie etwas gehört hatte; und einige der alten waren nicht mehr dieselben, und man hatte ein neues Geheimnis aus ihnen gemacht. Jakow las und bemühte sich, die Tatsachen so zu kombinieren, daß sie durch diese neue Anordnung der Wahrheit näher kamen als zu jener Zeit, da er zum erstenmal von ihnen gehört hatte; oder als ob er, wenn er sie nur auf eine Art begriffe, die anderen unverständlich war, sogleich seine Unschuld beweisen könnte. Und wenn er sie erst bewiesen hätte, müßten sie seine Ketten lösen und die Gefängnistüren öffnen.

Diese »Gerichtliche Anklageschrift«, maschinengeschrieben auf langen blauen Bögen, gab den Mord an Schenja Golow ziemlich genau so wieder, wie er Jakow bekannt war, aber aus unerklärlichen Gründen war die Zahl der Wunden jetzt mit fünfundvierzig angegeben, »drei Gruppen von dreizehn, plus zwei zusätzlichen Gruppen von dreien«. Wunden existierten, hieß es in dem Papier, auf der Brust des Knaben, am Hals, im Gesicht und am Kopf – »in der Ohrengegend«; und die Autopsie, die Prof. M. Sagreb von der medizinischen Fakultät der Universität Kiew ausgeführt hatte, ergab, daß all diese Wunden dem Körper beigebracht worden waren, als das Herz des Knaben noch Kraft besaß. »Diejenigen in den Hauptvenen des Nackens hingegen sind zugefügt worden, als das Herz schon schwächer wurde.«

An dem Tag, an dem man den Knaben ermordet in der Höhle

fand, war seine Mutter, als sie die Nachricht empfing, ohnmächtig geworden. Das stand im Polizeibericht über den Fall. Dann folgten verschiedene Einzelheiten, die Jakow in Eile durchlas, auf die er aber noch einmal zurückkommen und die er langsam durchlesen mußte. Der Zusammenbruch von Marfa Golow, hieß es in der Anklageschrift, »wurde hier mit besonderem Interesse festgestellt«, da man später beobachtet hatte, daß sie während der Beisetzung gefaßt war und beim Begräbnis ihres Sohnes nicht weinte, während andere Leute, »die ihn gar nicht gekannt hatten«, ungehemmt weinten. Einige »wohlmeinende Zuschauer« und andere, die »vielleicht nicht so wohlmeinend waren«, hatte das gestört, und sogleich seien »törichte Gerüchte« in Umlauf gekommen, »daß möglicherweise diese gute Frau mittels eines früheren, schwer körperbehinderten Freundes etwas mit dem Mord an ihrem eigenen Kind zu tun habe«. Wegen dieses grundlosen Gerüchts, aber auch, um die Wahrheit festzustellen, sei sie verhaftet worden, und die Polizei habe gründlich gegen sie ermittelt. Sie hatte mehr als eine Haussuchung vorgenommen, aber nichts, »was auch nur im geringsten auf ein Verbrechen ihrerseits hindeutete«, gefunden. Sie war daher nach einer gewissenhaften Ermittlung von mehreren Tagen und nachdem sich die Polizei und andere Beamte bei ihr entschuldigt hatten, freigelassen worden. Der Polizeichef schloß, daß die vorher erwähnten Gerüchte falsch und unbegründet seien – »vermutlich die Erfindung von Feinden der Marfa Golow oder möglicherweise gewisser finsterer Kräfte«, denn Marfa Golow, eine liebende Mutter, sei »völlig schuldlos an jedwedem Verbrechen an ihrem Kinde«. Ein derartiger Verdacht sei verachtungswert. Ihr gefaßtes Benehmen bei der Beisetzung ihres Sohnes, hieß es, »sei das Benehmen eines würdevollen Menschen gewesen, der seine Gefühle beherrscht, obgleich er einen schweren persönlichen Verlust erlitten hat«. Denn »nicht alle, die betrübt sind, weinen«, und »Schuld ist keine Sache des Gesichtsausdrucks, sondern des Beweismaterials«. »Niemand hat untersucht, wie sehr diese unglückliche Frau *vor* der Beerdigung ihres Kindes getrauert und wieviel sie gelitten hat.« Hingegen hätten Zeugen ausgesagt, daß Marfa Golow eine überdurchschnittlich gewissenhafte Mutter gewesen sei und »eine schwer arbeitende anständige Frau von untadeligem Charakter, die ohne nennenswerte Hilfe ihr Kind durchgebracht habe, seit der verantwortungslose Vater davongelaufen und dann gestorben sei«. Man sei daher zu dem Schluß gelangt, daß die Versuche, ihren guten Ruf zu zerstören »das Werk unbekannter aufrührerischer fremder Gruppen sei«, das bezweckte, »die Schuld eines ihrer Mitglieder, des wahren Mörders an Schenja Golow, zu verheimlichen, nämlich die des sich in allen obskuren Tätigkeiten auskennenden Jakow Bok.«

»Weh is' mir«, sagte Jakow.

Der Fixer hatte von Anfang an unter Verdacht gestanden. Schon vor der Beisetzung hatte es in der Stadt die ersten Gerüchte gegeben, daß »der wahre Schuldige, der für den Tod des Knaben Verantwortliche, ein Anhänger des hebräischen Glaubens sei«. Es folgte eine Zusammenfassung der Gründe, weswegen die Polizei auf Bok »als eine verdächtige Person« aufmerksam geworden sei: erstens, weil herauskam, daß er ein Hebräer war, der sich eines falschen Namens bediente und im Lukjanowski-Bezirk wohnte, einem Bezirk, der durch Sondergesetz für all seine Glaubensbrüder verboten war, mit Ausnahme der Kaufleute der Ersten Zunft und einiger freiberuflich Tätigen. Zweitens, weil derselbe Jakow Bok, der sich als Russe ausgab (und zwar als ein gewisser Jakow Iwanowitsch Dologuschew), sich der Tochter seines Arbeitgebers Nikolai Maximowitsch Lebedew, Sinaida Nikolajewna, unsittlich genähert und sogar tätlich gegen sie zu werden versucht hatte. »Zum Glück hat sie dieses schändliche Vorhaben vereitelt.« Drittens wurde Jakow Bok von einigen Mitarbeitern in der Ziegelei, besonders »von dem aufmerksamen Vorarbeiter Proschko« verdächtigt, systematisch Gelder unterschlagen zu haben, die dem Unternehmen des Nikolai Maximowitsch Lebedew gehörten. Viertens sahen bei gewissen Anlässen der Hofwärter Skobeljew, der Vorarbeiter Proschko und »andere Zeugen«, wie er in der Ziegelei, in der Nähe der Brennöfen, Knaben verjagte. Es handelte sich dabei um Wasja Schiskówski, Andrej Chototow, den verstorbenen Schenja Golow und andere, noch jüngere Kinder, alles Knaben. Und fünftens war Schenja Golow eines Abends zwischen den Grabsteinen des in der Nähe der Ziegelei gelegenen Friedhofs von demselben Jakow Bok verfolgt worden, »der ein langes dünnes Tischlermesser in der Hand hielt«. Das hatte der verängstigte Junge seiner Mutter erzählt. In Boks Behausung über dem Stall hatte die Polizei seine Werkzeugtasche gefunden, in der sich unter anderem »gewisse blutverschmierte Ahlen und Messer« befanden. Außerdem hatte man in diesem Raum einige blutige Lappen sichergestellt.

Der Fixer seufzte und las weiter.

»Zu dem schon erwähnten Beweismaterial kommt noch die Zeugenaussage der Marfa Golow hinzu, daß Schenja ihr geklagt habe, Jakow Bok habe sich sexuell an ihm vergangen und gefürchtet, der Junge werde ihn den Behörden anzeigen. Schenja, ein aufgeweckter und intelligenter Junge«, war »bei gewissen Gelegenheiten« Jakow Bok gefolgt und hatte entdeckt, daß er sich manchmal im Keller der Synagoge »mit einer Gruppe anderer Hebräer traf, Leuten, die des Schmuggels verdächtig sind, Einbrechern und anderen verbrecherischen Elementen«. Laut Aussage der Mutter drohte ihr Sohn, die Polizei über diese gesetzeswidrigen Vorgänge zu informieren. Außerdem hatten Wasja Schiskowski und Schenja Golow ein- oder zweimal »nach Knabenart« Bok geärgert, indem sie ihm Steine nachwarfen und ihn wegen seiner Rasse verspotteten, und er war entschlossen, sich zu rächen. »Schenja Golow hatte das große Pech, derjenige zu sein, der Bok in die bösen Hände fiel, aber zum großen Glück ist Wasja Schiskowski dem Schicksal seines armen Freundes entronnen.«

Rasch las er den Teil durch, in dem er den Knaben umgebracht hatte. (»Skobeljew hat als Zeuge ausgesagt, er habe gesehen, wie Bok in beiden Armen etwas Schweres, irgendein großes, sich lebhaft bewegendes Paket, das einer menschlichen Gestalt glich, in seine Behausung hinauftrug. Dort wurde der Knabe, wie deutlich aus dem Beweismaterial hervorgeht, von Jakow Bok gefoltert und später ermordet, vermutlich unter

Mithilfe von einem oder zwei seiner Glaubensbrüder.«) »Während seiner Haft«, hieß es weiter in der Anklageschrift, »hat besagter Jakow Bok versucht, den Falschmünzer Gronfein, seinen Freund und Glaubensgenossen, zu bestechen, damit er Marfa Golow beeinflussen sollte, nicht gegen ihn auszusagen. Die zu diesem Zweck erforderliche Geldsumme sollte durch Subskription innerhalb der jüdischen Gemeinde des Ansiedelungsgebietes aufgebracht werden. Eine weitere Bestechung wurde später Marfa Golow direkt angetragen, nämlich die beträchtliche Summe von 40 000 Rubeln, falls sie über die österreichische Grenze flöhe; sie hat jedoch dieses Angebot empört zurückgewiesen.«

Der letzte Absatz lautete: »Es ist daher die wohldurchdachte Ansicht des Untersuchungsrichters, des Staatsanwaltes und des Präsidenten des Obersten Gerichtshofs der Provinz Kiew, bei dem am heutigen Tag gerichtliche Anklage erhoben wurde, daß Jakow Bok, zugegebenermaßen ein Hebräer, mit Vorbedacht und mit der Absicht zu foltern und zu morden, Jewgeni Golow, zwölf Jahre alt, den geliebten Sohn von Marfa Wladimirowna Golow, aus den obenerwähnten Gründen erstochen hat; alles in allem ein anmaßender und anomaler Wunsch nach Rache an einem unschuldigen Kind, das seine Teilnahme an verbrecherischen Handlungen entdeckt hatte. Jedoch war dieses Verbrechen dermaßen bösartig und gemein, daß man wohl behaupten darf, es habe noch ein zusätzliches Element dabei mitgewirkt. Nur ein Verbrecher mit den schlimmsten sadistischen Instinkten könnte einen derart unnatürlichen Akt unprovozierter Feindseligkeit und niederträchtiger Bestialität begehen.«

Die Anklageschrift war unterzeichnet von Jefim Balik, dem Untersuchungsrichter; V. G. Grubeschow, dem Staatsanwalt, und P. F. Furmanow, dem Präsidenten des Obersten Gerichtshofs.

Jakow preßte die Hände an den klopfenden Kopf, als er die Papiere zu Ende gelesen hatte. Obgleich ihm die Augen schmerzten – er hatte das Gefühl, er hätte die Worte durch Sand und Leim hindurch gelesen –, las er sie sogleich noch einmal durch, mit wachsendem Erstaunen und Unglauben. Was war mit der

Beschuldigung eines Ritualmordes geschehen? Er hielt jedes Blatt in die Höhe, um besseres Licht zu haben, und suchte vergebens danach. Keine derartige Beschuldigung wurde erhoben. Man hatte jede Erwähnung eines religiösen Verbrechens, auf das zwar angespielt und hingewiesen wurde, schließlich fallenlassen. Aus Juden waren Hebräer geworden. Warum? Der einzige Grund, den er sich vorstellen konnte, war, daß sie eine Anklage wegen Ritualmordes nicht beweisen konnten. Und was konnten sie beweisen, wenn sie den nicht zu beweisen vermochten? Doch nicht diese blöden und lächerlichen Lügen, von denen einige direkt aus Marfas verrücktem Brief herausgeschnitten waren. Nichts können sie beweisen, dachte er, und deshalb haben sie mich seit fast zwei Jahren in Einzelhaft gehalten. Sie wissen, daß die Mutter und ihr Liebhaber den Jungen ermordet haben. Er kämpfte gegen eine wachsende Niedergeschlagenheit an. Mit diesem »Beweismaterial« werden sie niemals den Prozeß gegen mich eröffnen. Die Schwäche der Anklageschrift zeigte, daß sie das gar nicht beabsichtigten.

Immerhin war es eine Anklageschrift, und er fragte sich, ob man ihm nun erlauben würde, einen Anwalt zu sehen, als der Direktor wieder in der Zelle erschien und ihm befahl, ihm die Papiere auszuhändigen.

»Sie werden es vielleicht nicht glauben, Bok, aber sie sind Ihnen dank eines Verwaltungsirrtums übergeben worden. Ich hätte sie durchsehen, Ihnen aber nicht geben sollen.«

Sie haben Angst vor dem Prozeß, dachte der Fixer verbittert, als der Direktor gegangen war. Vielleicht fragen die Leute, wann er beginnen wird. Vielleicht sind sie darüber beunruhigt. Wenn ich's erlebe, müssen sie früher oder später gegen mich verhandeln. Und wenn Nikolaus II. es nicht tut, wird es Nikolaus III. tun.

Als seine Ketten gelöst wurden und er, von den Klötzen befreit, so lange er wollte auf seiner Bettplanke liegen oder umherlaufen durfte, konnte er nicht begreifen, was geschehen war, und litt eine Zeitlang unter großer Erregung. Jakow humpelte in seiner Zelle umher, lag jedoch meistens, durch den Mund atmend, auf dem Holzbett. »Verfaßt man eine neue Anklageschrift, oder ist man dabei, den Prozeß gegen mich zu beginnen?« fragte er Bereschinski, aber der Wärter verweigerte die Antwort. Eines Tages wurde das Haar des Fixers ein wenig geschnitten und sein Bart gekämmt. Der Barbier, der heimlich eine vergilbte Photographie betrachtete, die er in der Tasche seiner Bluse trug, kämmte ihm Locken über den Ohren aus. Dann erhielt er einen anderen Gefängnisanzug, durfte sich Gesicht und Hände mit Seife waschen und wurde in das Büro des Direktors gerufen.

Bereschinski stieß ihn in die Eingangshalle hinaus und befahl ihm, sich in Bewegung zu setzen, aber der Gefangene humpelte langsam und blieb häufig stehen, um wieder zu Atem zu kommen. Der Wärter stieß ihn mit dem Gewehrkolben vorwärts; dann rannte der Fixer einen Schritt und humpelte die nächsten beiden. Er machte sich Sorgen, wie er den Rückweg zur Zelle schaffen sollte.

»Ihre Frau ist hier«, sagte Direktor Grisizkoi in seinem Büro. »Sie können sie im Besuchszimmer sprechen. Ein Aufseher wird anwesend sein, also nehmen Sie sich nichts heraus.«

Von Staunen überwältigt, hatte er das Gefühl, das könnte gar nicht wahr sein, sie täuschten ihn nur, um seine Qual zu vergrößern. Und als der Fixer, der den Direktor und den Wärter beobachtet hatte, es glaubte, rang er nach Luft, als hätte ihm Feuer die Lungen verbrannt. Als er wieder atmen konnte, bekam er Angst.

»Meine Frau?«

»Raisl Bok?«

»Stimmt.«

»Sie dürfen einige Minuten lang im Besuchszimmer mit ihr sprechen, aber seien Sie vorsichtig.«

»Bitte nicht jetzt«, sagte Jakow matt. »Ein andermal.«

»Nun ist's genug«, sagte der Direktor.

Erschüttert und aus der Fassung gebracht, wurde der Fixer, dessen Gedanken in Aufruhr waren, von Bereschinski im Humpeltrott durch eine Reihe enger Gänge zum Gefangenenkäfig im Besuchszimmer gebracht. An der Tür versuchte Jakow sich gerade aufzurichten, trat ein und wurde eingesperrt. Das ist ein Trick, dachte er, sie ist's gar nicht, es ist ein Spitzel. Ich muß aufpassen.

Sie saß auf einer Bank und war durch ein dichtes Drahtgitter von ihm getrennt. Auf der entgegengesetzten Seite des kahlen schachtelähnlichen Raumes stand ein uniformierter Posten hinter ihr, das Gewehr an die Wand gelehnt, und drehte sich langsam eine Zigarette.

Steif saß Jakow ihr gegenüber, vor Kälte zusammengekrümmt, mit schmerzender Kehle und feuchtkalten Handflächen. Er hatte Angst, vor ihr zusammenzubrechen, wahnsinnig zu werden – fürchtete, sein Wille ließe ihn im Stich, sowie sie miteinander sprachen, und wie sollte er dann noch weiterleben?

»Sagt euch, was ihr euch zu sagen habt«, befahl der Posten auf russisch.

Obwohl das Besuchszimmer nur schwach erleuchtet war, war es heller als seine Zelle, und seine Augen schmerzten in dem Licht, bis er sich daran gewöhnt hatte. Regungslos saß die Frau da in ihrem abgetragenen Mantel; ein Wollschal bedeckte ihren Kopf, wie lange Nägel ineinander verschränkt, lagen ihre Finger auf ihrem Schoß. Wortlos beobachtete sie ihn, Schmerz spiegelte sich in ihren Augen. Er hatte ein häßliches altes Weib erwartet, aber obwohl sie abgehärmt war und schrecklich verlegen und die Perücke nicht mehr trug, die sie nie gern getragen hatte, sah sie sonst unverändert aus und erstaunlich jung – wenn er auch wußte, daß sie dreißig war – und als Frau durchaus nicht unansehnlich. Auf meine Kosten, dachte er verbittert.

»Jakow?«

»Raisl?«

»Ja.«

Als sie den Schal zurückschlug – ihr eigenes dunkles Haar war kurz geschnitten, der Haaransatz feucht – und er ihr direkt ins Gesicht blickte, auf den langen bloßen Hals und in die traurigen Augen, starrte sie in Schrecken und Mitgefühl auf ihn. Zweimal versuchte er zu sprechen und brachte es nicht fertig. Sein Gesicht schmerzte, und sein Mund zitterte.

»Ich weiß, Jakow«, sagte Raisl. »Was kann ich sonst noch sagen? Ich weiß.«

Sein Gefühl machte ihn blind.

Mein Gott, was habe ich vergessen? Nichts habe ich vergessen. Ihn überwältigte einen Augenblick ein tiefes Gefühl der Verlassenheit und Scham; unfaßlich, daß die Empfindungen der Vergangenheit nach einer langen und so furchtbaren Haft noch lebendig sein konnten. Die tiefsten Wunden heilen nie.

»Jakow, bist du's wirklich?«

Er wehrte sich gegen die aufsteigenden Tränen und hielt ihr sein gutes Ohr hin.

»Ich bin's. Wer sollte es denn sonst sein?«

»Wie seltsam du aussiehst in Schläfenlocken und mit langem Bart.«

»Das ist ihr Beweismaterial gegen mich.«

»Wie dünn du bist, wie ausgemergelt.«

»Ich bin dünn«, sagte er, »ich bin ausgemergelt. Was willst du von mir?«

»Man hat mir verboten, dich zu fragen, wie es dir hier im Gefängnis geht«, sagte Raisl auf jiddisch, »und ich habe versprochen, es nicht zu tun; aber wer braucht da noch zu fragen? Ich habe Augen und kann sehen. Ich wünschte, ich könnte es nicht. Ach, Jakow, was hat man dir angetan? Was hast du dir selbst angetan? Wieso konnte etwas so Schreckliches geschehen?«

»Du stinkende Hure, was hast *du* mir angetan? Es war wohl nicht genug, daß wir so arm wie Dreck waren und keine Kinder hatten. Du mußtest auch noch zur Hure werden.«

Tonlos sagte sie: »Es geht nicht darum, was ich allein getan habe, sondern um das, was wir einander angetan haben. Hast du mich geliebt? Habe ich dich geliebt? Ich sage ja, und ich sage nein. Und eine Hure – wenn ich es jemals war, ich bin es nicht mehr. Auch mir ist's manchmal gut und manchmal schlecht gegangen, genau wie dir, Jakow, aber wenn du über mich urteilen willst, mußt du mich so beurteilen, wie ich bin.«

»Was bist du denn?«

»Was immer ich bin, ich bin nicht, was ich war.«

»Warum hast du mich geheiratet? Das möchte ich wissen. ›Liebe‹, sagt sie. Warum hast du mich nicht in Frieden gelassen, wenn du mich nicht geliebt hast?«

»Du kannst mir glauben, daß ich Angst hatte, dich zu heiraten, aber damals warst du zärtlich, und wenn man einsam ist, ist es leicht, auf ein liebevolles Wort zu hören. Außerdem glaubte ich, du liebtest mich, wenn es dir auch schwerfiel, es zu sagen.«

»Was kann ein Mann schon sagen, wenn er sich vor einer Falle fürchtet? Ich hatte Angst vor dir. Nie war ich einem so unzufriedenen Menschen begegnet. Ich bin ein Mann mit begrenzten Möglichkeiten. Was konnte ich dir versprechen? Außerdem hat mich dein Vater dazu getrieben und mich mit beiden Händen angestoßen: Wenn ich dich heiratete, würde sich die Welt verändern, jeden Tag gäb's einen Regenbogen. Und dann hast du mich geschnappt – an jenem Tag im Wald.«

»Wir waren mehr als einmal im Wald. Du wolltest, was ich auch wollte. Es gehören zwei dazu, um sich hinzulegen – einer auf dem anderen.«

»Da haben wir also geheiratet«, sagte er verbittert. »Immerhin, wir hatten eine Chance. Nachdem wir verheiratet waren, hättest du mir treubleiben sollen. Ein Vertrag ist ein Vertrag. Ein Eheweib ist ein Eheweib. Verheiratet ist verheiratet.«

»Warst du so ein großartiger Ehemann?« sagte Raisl. »Ja, du hast immer versucht, Geld zu verdienen, dagegen kann ich nichts sagen, auch wenn du's nie geschafft hast. Und wenn du die ganze Nacht aufbleiben und Spinoza lesen wolltest, hatte ich auch nichts dagegen, wenn's auch nicht die Thora war, nur wenn's auf meine Kosten geschah, und du weißt schon, was ich damit meine. Was mir am meisten zusetzte, waren deine Flüche und Schimpfworte. Weil ich vor unserer Heirat mit dir geschlafen habe, warst du überzeugt, ich hätte mit der ganzen Welt geschlafen.

Ich habe mit niemandem außer dir geschlafen, bis du aufgehört hast, mit mir zu schlafen. Mit achtundzwanzig war ich zu jung fürs Grab. Deshalb folgte ich deinem Rat, gab den Aberglauben auf und wagte es schließlich. Sonst wäre ich sehr bald tot gewesen. Ich war unfruchtbar. Ich lief überall hin. Ich rannte gegen Bäume. Ich riß an meinen trockenen Brüsten und verfluchte meinen leeren Leib. Für dich war ich nutzlos, egal, ob ich blieb oder ging, deshalb beschloß ich, fortzugehen. Du wolltest nicht weg, deshalb mußte ich fort. In meiner Verzweiflung ging ich weg, um ein anderes Leben zu führen. Ich habe mich auf die einzig mögliche Art davongemacht. Für mich hieß es, entweder so – oder sterben, eine Sünde oder noch Schlimmeres. Ich habe mich für die geringere Sünde entschieden. Wenn du die Wahrheit wissen willst, Jakow, ein Grund, warum ich ging, war, dich zum Fortgehen zu bewegen. Wer hätte je gedacht, daß das zu diesen Folgen führen würde?«

Sie schlug sich mit den weißen Fingergelenken an die Brust. »Jakow, ich bin nicht hergekommen, um mit dir über die Vergangenheit zu streiten. Vergib mir, vergib der Vergangenheit.«

»Warum bist du dann hergekommen?«

»Papa hat gesagt, er hätte dich im Gefängnis besucht; er spricht nur noch davon. Im vergangenen November bin ich ins Stedtl zurückgekehrt. Ich war zuerst in Charkow und dann in Moskau, aber ich brachte mich nicht mehr durch, und deshalb mußte ich zurückkommen. Als ich herausgefunden hatte, daß du in Kiew im Gefängnis warst, bin ich gekommen, um dich zu besuchen, aber man hat mich nicht hereingelassen. Dann bin ich zum Staatsanwalt gegangen und habe ihm meine Papiere gezeigt, in denen steht, daß ich deine Frau bin. Er sagte, ich könnte dich nicht besuchen, es sei denn, unter ganz ungewöhnlichen Umständen, und ich sagte, die Umstände seien ungewöhnlich genug, wenn man einen Unschuldigen im Gefängnis halte. Ich bin mindestens fünfmal zu ihm gegangen, und schließlich hat er gesagt, er würde mich hineinlassen, wenn ich dir ein Dokument brächte, das du unterschreiben sollst. Er hat mir gesagt, ich sollte dir zureden, es zu unterschreiben.«

»Ein schwarzes Jahr über sein Papier, das ich unterschreiben soll. Ein schwarzes Jahr über dich, weil du mir's bringst.«

»Jakow, wenn du unterschreibst, kannst du morgen frei sein. Darüber kann man doch mindestens nachdenken.«

»Ich habe nachgedacht«, schrie er. »Darüber brauche ich nicht mehr nachzudenken. Ich bin unschuldig.«

Stumm starrte Raisl ihn an.

Der Wärter kam mit dem Gewehr herüber. »Hier darf niemand jiddisch sprechen«, sagte er. »Ihr müßt russisch sprechen. Dieses Gefängnis ist eine russische Institution.«

»Auf russisch dauert's länger«, sagte sie. »Russisch spreche ich nur sehr langsam.«

»Beeil dich mit dem Papier, das du ihm geben sollst.«

»Das Papier muß erklärt werden. Damit sind Vorteile, aber auch Nachteile verbunden. Ich muß ihm berichten, was der Staatsanwalt gesagt hat.«

»Dann sag's ihm in Gottes Namen und mach Schluß damit.«

Er holte einen kleinen Schlüssel aus der Hosentasche und schloß damit das Drahttürchen im Gitter auf.

»Versuch nur nicht, ihm außer dem Papier sonst noch was zuzustecken, oder ich werd's euch beiden schon zeigen. Ich halte die Augen weit offen.«

Raisl öffnete eine grau gewordene Stofftasche und entnahm ihr einen zusammengefalteten Umschlag.

»Das ist das Papier, das ich dir zu geben versprach«, sagte sie auf russisch zu Jakow. »Der Staatsanwalt sagt, es sei deine letzte Chance.«

»Deswegen bist du also gekommen«, sagte er aufgeregt auf jiddisch, »damit ich Lügen gestehe, gegen die ich mich seit zwei Jahren gewehrt habe. Um mich noch einmal zu verraten.«

»Es war die einzige Möglichkeit hereinzukommen«, sagte Raisl. »Aber deswegen bin ich nicht gekommen; ich kam, um zu weinen.« Sie keuchte ein wenig. Ihr Mund öffnete sich, die Lippen verzerrten sich, sie weinte. Tränen flossen ihr zwischen den Fingern hindurch, als sie sie an die Augen drückte. Ihre Schultern zuckten.

Während er sie beobachtete, spürte er das Gewicht des Blutes im Herzen.

Der Wachtposten drehte sich eine zweite Zigarette, zündete sie an und rauchte gemächlich.

So weit waren wir, als wir uns trennten, dachte Jakow. Als ich sie das letzte Mal sah, weinte sie genauso, und hier ist sie nun und weint immer noch. In der Zwischenzeit habe ich zwei Jahre grundlos im Gefängnis gesessen, in Einzelhaft und in Ketten. Ich habe eisige Kälte ertragen, Dreck, Läuse und die Entwürdigung dieser Durchsuchungen, und sie weint immer noch.

»Warum weinst du?« fragte er.

»Um dich, um mich, um die Welt.«

Als sie weinte, war sie eine zerbrechliche Frau, schmächtig, mit kleinen Brüsten, ausgemergelt und traurig. Wer hätte sie für so zerbrechlich gehalten? Als sie weinte, rührte sie ihn. Er hatte gelernt, was Tränen bedeuten.

»Was konnte ich hier schon tun, außer nachdenken, also habe ich nachgedacht«, sagte Jakow nach einer Weile. »Ich habe über unser gemeinsames Leben nachgedacht – von Anfang bis Ende –, und ich kann dir nicht mehr vorwerfen als mir selbst. Wenn man wenig gibt, bekommt man noch weniger, obgleich ich von manchem mehr bekommen habe, als ich verdiente. Außerdem dauert es lange, bis ich etwas lerne. Manche Leute müssen denselben Fehler siebenmal begehen, ehe sie merken, daß sie ihn begangen haben. Zu denen gehöre ich, und es tut mir leid. Und es tut mir auch leid, daß ich nicht mehr mit dir geschlafen habe. Ich wollte mir selbst weh tun, also habe ich dir weh getan. Immerhin, ich habe in diesem Gefängnis gelitten und bin nicht mehr derselbe wie früher. Was kann ich sonst noch sagen, Raisl? Wenn ich mein Leben noch einmal leben könnte, hättest du weniger Grund zum Weinen, also höre auf zu weinen.«

»Jakow«, sagte sie, nachdem sie sich mit den Fingern die Augen trockengewischt hatte, »ich habe dir das Papier hier gebracht, damit man mich mit dir sprechen ließ, nicht, weil du's unterschreiben sollst. Das will ich gar nicht. Immerhin – was könnte ich sagen, wenn du's tun wolltest? Sollte ich vielleicht sagen, bleibe im Gefängnis? Was ich dir sonst noch sagen wollte, ist vielleicht keine so gute Nachricht. Ich bin gekommen, um dir zu sagen, daß ich ein Kind geboren habe. Nachdem ich fortgelaufen war, merkte ich, daß ich schwanger war. Ich schämte mich und hatte Angst, aber gleichzeitig war ich auch glücklich, daß ich nicht mehr unfruchtbar war und ein Baby haben konnte.«

Meine Bitternis ist abgrundtief, dachte er.

Mit beiden Händen hämmerte er auf die Holzwände des Käfigs ein. Der Posten befahl ihm energisch, damit aufzuhören, also schlug er sich selbst statt dessen, schlug sich auf Gesicht und Kopf. Mit geschlossenen Augen sah sie zu.

Als es vorbei war, abgesehen von dem Rest seiner Qual, sagte er: »Was war denn also los, da du nicht unfruchtbar warst?«

Sie blickte zur Seite, dann sah sie ihn an. »Wer weiß das schon? Es gibt Frauen, die erst spät empfangen. Man muß Glück haben, um zu empfangen.«

Glück habe ich kaum gehabt, dachte er, also habe ich's auf sie geschoben.

»Junge oder Mädchen?« fragte Jakow.

Sie lächelte ihre Hände an. »Ein Junge, Chaiml, nach meinem Großvater.«

»Wie alt jetzt?«

»Fast anderthalb.«

»Es könnte nicht mein Junge sein?«

»Wieso denn?«

»Zu arg«, seufzte er. »Wo ist er denn jetzt?«

»Bei Papa. Deshalb bin ich zurückgegangen, ich konnte ihn nicht mehr allein versorgen. Ach, Jakow, es ist nicht nur Mandeln und Rosinen. Ich bin ins Stedtl zurückgekehrt, aber man macht mich für dein Schicksal verantwortlich. Ich habe versucht, mein kleines Milchgeschäft wiederaufzunehmen, aber ich könnte genausogut Schweinefleisch verkaufen. Der Rabbi sagt mir ins Gesicht, ich sei ein Paria. Das Kind wird glauben, sein Name sei Bastard.«

»Also was willst du von mir?«

»Jakow«, sagte sie, »mir tut es leid, was du durchmachst. Als ich erfuhr, daß du es warst, habe ich mir die Haare ausgerissen; aber ich stellte mir vor, auch ich täte dir leid. Bitte, es würde vielleicht alles leichter machen, wenn du sagen würdest, du seist der Vater meines Sohnes. Aber wenn du's nicht kannst, kannst du's nicht. Ich will deine Last nicht noch vergrößern.«

»Wer ist denn der Vater? Ich wette, irgendein Goj.«

»Wenn es dir lieber ist – er war Jude, ein Musiker. Er kam und ging, ich habe ihn vergessen. Er hat das Kind gezeugt, aber er ist nicht sein Vater. Wer wie ein Vater handelt, der ist der Vater. Mein Vater ist sein Vater, aber er steht nur zwei Schritte vor dem Tor des Todes. Wenn der anklopft, werd' ich zum zweitenmal Witwe.«

»Was fehlt ihm denn?«

»Zucker, wenn er sich auch herumschleppt. Er macht sich Sorgen um dich, um mich und um das Kind. Er wacht auf und verflucht sich, weil er nicht mit Reichtümern geboren wurde. Jedesmal, wenn er daran denkt, betet er. Ich versorge ihn, so gut ich kann. Er schläft auf einem Lumpensack, der an die Wand geschoben ist. Er braucht gutes Essen, Ruhe und Arznei. Das Wenige, das wir erhalten, kommt von der Wohltätigkeit. Ein paar reiche Leute schicken uns ihre Dienstboten mit dem einen oder anderen, aber wenn sie mich sehen, halten sie sich die Nase zu.«

»Hat er irgend jemandem von mir erzählt?«

»Allen. Er läuft überall hin, so krank er auch ist.«

»Was sagen sie?«

»Sie reißen sich die Haare aus. Sie schlagen sich an die Brust. Sie danken Gott, daß sie es nicht sind. Einige sammeln Geld. Andere sagen, sie würden protestieren. Einige haben Angst, irgend etwas zu tun, weil die Christen sich darüber ärgern könnten und das alles noch schlimmer machen würde. Einige sind pessimistisch, aber ein paar sind hoffnungsvoll. Auf jeden Fall tut sich mehr, als ich weiß.«

»Wenn's nicht rascher geht, werde ich gar nicht mehr dasein, um herauszufinden, was sich tut.«

»Sag das nicht, Jakow. Ich bin selbst zu ein paar Anwälten in Kiew gegangen. Zwei von ihnen schwören, sie werden dir helfen, aber niemand kann etwas tun ohne Anklageschrift.«

»Da werde ich also warten«, sagte Jakow. Vor ihren Augen wurde er kleiner und kleiner.

»Ich habe dir ein bißchen Chaleh und Käse und einen Apfel in einem Paketchen mitgebracht«, sagte Raisl, »aber man hat mich gezwungen, es im Büro des Direktors zu lassen. Vergiß nicht, danach zu fragen. Es ist zwar Ziegenkäse, aber ich glaube nicht, daß du's merkst.«

»Danke«, sagte Jakow erschöpft. Und nach einem Seufzer fügte er hinzu: »Raisl, hör zu, ich werde dir ein Papier ausschreiben, daß es mein Kind ist.«

Ihre Augen glänzten. »Gott wird dich segnen.«

»Laß Gott aus dem Spiel. Hast du ein Stück Papier? Ich schreibe etwas auf. Zeig's dem Vater des Rabbi, dem alten Melamed*. Der kennt meine Handschrift und ist freundlicher als sein Sohn.«

»Ich habe zwar Papier und Bleistift«, flüsterte sie nervös, »aber ich habe Angst, es dir zu geben, solange dieser Wärter im Raum ist. Sie haben mich davor gewarnt, dir irgend etwas außer dem Geständnis zu geben oder etwas von dir anzunehmen, sonst würden sie mich wegen Versuches, dir zur Flucht zu verhelfen, verhaften.«

Der Posten wurde unruhig und trat wieder auf sie zu. »Es gibt nichts mehr zu besprechen. Entweder du unterschreibst das Geständnis, oder du gehst in deine Zelle zurück.«

»Haben Sie einen Bleistift?« fragte der Fixer.

Der Posten zog einen dicken Füllfederhalter aus der Tasche seiner Bluse und reichte ihn ihm durch die Gitteröffnung.

Er blieb stehen, um zuzusehen, aber Jakow wartete, bis er sich zurückgezogen hatte.

»Gib mir das Geständnis«, sagte er auf russisch zu Raisl.

Raisl gab ihm den Umschlag. Jakow zog das Papier heraus,

* Melamed Kleinkinderlehrer.

faltete es auseinander und las: »Ich, Jakow Bok, gestehe, daß ich Zeuge der Ermordung von Schenja Golow, Sohn der Marfa Golow, durch meine jüdischen Glaubensgenossen war. Sie haben ihn in der Nacht des 20. März 1911 über dem Stall in der Ziegelei umgebracht, die Nikolai Maximowitsch Lebedew gehört, einem Kaufmann aus dem Lukjanowski-Bezirk.«

Darunter war ein dicker Strich gezogen, auf den er seinen Namen setzen sollte.

Jakow legte das Papier auf das Brett, das vor ihm war, und schrieb in russischer Sprache auf den Strich, der für seinen Namen gezogen war: »Jedes Wort ist eine Lüge.«

Auf den Umschlag schrieb er auf jiddisch, wobei er zwischen den einzelnen Wörtern anhielt, um sich auf die Buchstaben für das nächste Wort zu besinnen: »Ich erkläre, daß ich der Vater von Chaim bin, dem Söhnchen meiner Frau Raisl Bok. Sie hat ihn empfangen, ehe sie mich verließ. Bitte helfen Sie Mutter und Kind; dafür werde ich trotz all meiner Sorgen dankbar sein. Jakow Bok.«

Sie sagte ihm das Datum, und er schrieb es nieder: »27. Februar 1913.« Jakow reichte es ihr durch die Gitteröffnung.

Raisl steckte den Umschlag in den Mantelärmel und überreichte dem Wärter das Papier. Er faltete es sogleich zusammen und steckte es in seine Blusentasche. Nachdem er den Inhalt von Raisls Handtasche untersucht und ihr auf die Manteltaschen geklopft hatte, befahl er ihr, zu gehen.

»Jakow«, weinte sie, »komm heim.«

9

Er wurde wieder an die Wand gekettet. Es stand schlecht um ihn. Es wäre besser gewesen, nicht losgekettet zu werden, dahin zurückzukommen, war so schrecklich. Er schlug mit den Ketten gegen die Wand, bis sie weiße Schrammen hatte, wo er stand. Sie ließen ihn gegen die Wand schlagen. Sonst schlief er. Wären nicht die Durchsuchungen gewesen, er hätte den ganzen Tag geschlafen. Er schlief den Schlaf der Toten, mit den Füßen in den Klötzen. Er schlief bis zum Ende des Winters und weiter in den Frühling hinein. Kogin sagte, es sei April. Zwei Jahre. Die Durchsuchungen gingen weiter, außer wenn er an Ruhr litt. In diesen Zeiten kam der stellvertretende Direktor gar nicht in seine Nähe, wenn Bereschinski ihn gelegentlich auch allein durchsuchte. Einmal wurde die Zelle, nachdem der Fixer erbrochen hatte, ausgespritzt, und im Ofen wurde Feuer gemacht. Ein alter Mann mit rosigem Gesicht und in Winterkleidung kam in die Zelle. Er trug eine schwarze Mütze und schwarze Gamaschen und hielt einen knorrigen Stock in der Hand. Bereschinski folgte ihm und brachte einen leichten Stuhl mit zerbrechlicher Lehne, und der alte Mann nahm hochaufgerichtet darauf Platz – ziemlich weit von dem Fixer entfernt – und hielt mit grau behandschuhten Händen den Stock umklammert. Seine wäßrigen Augen wanderten hin und her. Er sagte Jakow, er sei früher Jurist von ausgezeichnetem Ruf gewesen und mit guten Nachrichten gekommen. Eine solche Erregung stieg in dem Fixer auf, daß es ihm fast übel wurde. Er fragte, was für gute Nachrichten es seien. Der ehemalige Jurist erwiderte, in dieses Jahr falle der dreihundertste Jahrestag der Herrschaft des Hauses Romanow, und zu seiner Feier gebe der Zar einen Ukas heraus, durch den gewisse Arten von Verbrechern amnestiert würden. Jakows Name sollte dazu gehören. Man wolle ihn begnadigen und ihm gestatten, in sein Dorf zurückzukehren. Das Gesicht des alten Mannes wurde rot vor Vergnügen. Der Gefangene hielt sich an der Wand fest, zu überwältigt, um zu sprechen. Dann fragte er, begnadigt als ein Verbrecher oder begnadigt als ein Unschuldiger? Der ehemalige Jurist fragte mürrisch, was das für einen Unterschied ausmache, solange er nur überhaupt aus dem Gefängnis entlassen würde. Zwar sei es unmöglich, die Sünden der Vergangenheit ungeschehen zu machen, aber für einen humanen Herrscher, einen christlichen Gentleman, sei es nicht unmöglich, eine böse Tat zu verzeihen. Der alte Mann nieste ohne Schnupftabak und warf einen Blick auf die Uhr. Jakow erklärte, er verlange einen gerechten Prozeß, keine Begnadigung. Sollte man ihm befehlen, das Gefängnis ohne Prozeß zu verlassen, müsse man ihn zuerst erschießen. »Seien Sie doch kein Narr«, sagte der ehemalige Jurist, »wie können Sie denn so weiter leiden, so völlig verschmutzt?« Unruhig klirrte der Fixer mit den Ketten. »Ich habe keine Wahl«, sagte er. »Ich habe Ihnen soeben eine angeboten.« »Das ist keine Wahl«, sagte Jakow. Der ehemalige Jurist versuchte den Fixer zu überzeugen, dann gab er es gereizt auf. »Es ist leichter, mit einem Bauern zu diskutieren.« Er stand auf und schüttelte den Stock vor dem Fixer. »Wie können wir Ihnen helfen«, schrie er, »wenn Sie so starrköpfig sind?« Bereschinski, der am Guckloch gelauscht hatte, öffnete die Tür, und der alte Mann verließ die Zelle. Der Wärter kam herein, um den Stuhl abzuholen, aber ehe er ihn wegnahm, ließ er Jakow in die Büchse urinieren; dann goß er ihm den Inhalt über den Kopf. In jener Nacht ließ man den Fixer angekettet. Er dachte, daß, immer wenn er glaubte, das Schlimmste durchgemacht zu haben, noch Schlimmeres kam.

Eines Tages, es war der dritte Sommer, den Jakow im Gefängnis verbrachte, wurden seine Handschellen und Fußfesseln aufgeschlossen. Sogleich begann sein Herz heftig zu pochen, und als er mit der Hand hinfühlte, klopfte die Hand so erregt wie das

Herz. Eine Stunde später brachte ihm der Direktor, der gealtert war, seit der Fixer ihn das letzte Mal gesehen hatte, eine neue Anklageschrift in einem braunen Umschlag, ein Bündel Papiere, das doppelt so dick war wie das vorige. Der Fixer nahm die Papiere entgegen und las sie langsam und gierig durch, erfüllt von der Angst, nie ans Ende zu gelangen; aber er hatte sogleich entdeckt, was er erwartet hatte: daß nämlich die Ritualmordbeschuldigung mit aller Energie wieder aufgenommen worden war. Jetzt meinen sie es wieder ernst, dachte er. Jede Erwähnung sexueller Erfahrungen mit dem Jungen und seiner Beteiligung an den Handlungen jüdischer Einbrecher und Schmuggler, die ihr Hauptquartier im Keller der Kiewer Synagoge hätten – die ganzen verrückten Lügen aus Marfa Golows Brief –, hatte man fallenlassen. Wieder wurde Jakow Bok angeklagt, den unschuldigen Knaben ermordet zu haben, um seiner Leiche das Blut abzuzapfen, das zum Backen der Matzen und Kuchen für das Passahfest benötigt wurde.

Das wurde von Prof. Manilius Sagreb bestätigt, der, zusammen mit seinem hervorragenden Kollegen, dem Chirurgen Dr. Serge Bul, zweimal eine Autopsie an Schenjas sterblichen Resten vorgenommen hatte. Beide behaupteten kategorisch, daß die skandalösen Wunden in vorbestimmten Gruppen zugefügt worden seien, und zwischen jede Gruppe sei eine Pause eingeschoben worden, um die Folter zu verlängern und das Ausbluten zu erleichtern. Nach ihrer Schätzung wurde jeder Gruppe von Wunden ein Liter Blut entnommen, und im ganzen wurden fünf Liter Blut in Flaschen gefüllt. Zu demselben Schluß war auch Vater Anastasius gekommen, der bekannte Experte in jüdischen Fragen, der den Talmud genau studiert hatte und der die Gründe dafür in allen Einzelheiten auf acht eng beschriebenen Seiten darlegte. Und auch Jefim Balik, der Untersuchungsrichter, war zu diesem Schluß gelangt. Er hatte das gesamte Beweismaterial sorgfältig durchgearbeitet und stimmte mit dessen »Anordnung und Ergebnissen« völlig überein.

Wie das blutrünstige Verbrechen geschehen war, wurde in dieser Anklageschrift ziemlich genauso beschrieben, wie Grubeschow es vor mehr als zwei Jahren in der Höhle dargestellt hatte, »wobei man sorgfältig die Anwesenheit des fanatischen chassidischen Zaddik verzeichnete, den der Vorarbeiter Proschko in der Ziegelei gesehen und der zweifellos dem Angeklagten geholfen hatte, dem noch lebenden Körper des Knaben das notwendige Blut abzuzapfen, und der auch mit ihm zusammen die Leiche in die Höhle geschafft hatte, wo zwei entsetzte Jungen sie gefunden hatten«. Außerdem enthielt diese Anklageschrift damit zusammenhängendes Beweismaterial, das in der vorigen nicht vorhanden gewesen war. Es hieß, daß ein Sack Matzenmehl, der in Jakow Boks Stallzimmer »versteckt« war, gefunden worden sei, zusammen mit gewissen harten Stücken schon gebackener Matzen, die zweifellos das unschuldige Blut enthielten und die die beiden Juden »mit größter Wahrscheinlichkeit« verzehrt hatten. Und man hatte auch den unvermeidlichen blutverschmierten Lappen, »von dem der Angeklagte zugegeben hatte, er sei ein Stück von einem seiner Hemden« im selben Raum entdeckt. Laut Aussage von Wasja Schiskowski hatten er und Schenja eine Flasche hellrotes Blut auf einem Tisch in Boks Stallzimmer gesehen, aber als die Polizei danach suchte, war sie verschwunden. Außerdem hatte man am selben Ort nach der Verhaftung des Fixers eine Tasche mit Tischlerhandwerkszeug gefunden, die blutbefleckte Ahlen und Messer enthielt, »trotz eines später von jüdischen Mitverschwörern ausgeführten Planes, dieses und andere wichtige Beweisstücke durch das Abbrennen des Ziegeleistalles zu vernichten, ein Plan, der bis zum letzten gelang«.

Gegen Ende dieses qualvoll langen, angsterregenden Dokumentes wurde ein neues Thema angeschlagen, »die Sache mit Jakow Boks von ihm selbst vorgebrachten Atheismus'«. Es hieß, daß der Angeklagte zwar bei seiner ersten behördlichen Vernehmung gestanden hatte, er sei »von Geburt und Volkszugehörigkeit Jude«, daß er jedoch für sich »den Status eines Atheisten in Anspruch genommen, das heißt behauptet hatte, er sei Freidenker und kein religiöser Jude«. Warum er »eine solch widerliche Selbstbeschreibung« geben sollte, mußte jeder begreifen, der einen Augenblick über diesen Fall nachdachte. Das geschah, um »mildernde Umstände« zu erreichen und »verwirrende Einzelheiten« hineinzubringen, mit dem Ziel, »durch Verdeckung des Motivs für dieses feige Verbrechen die gesetzliche Ermittlung auf Irrwege zu leiten«. Jedoch ließ sich seine Behauptung, Atheist zu sein, nicht aufrechterhalten, da zuverlässige Beobachter, Gefängniswärter und Beamte inbegriffen, beobachtet hatten, daß Jakow Bok während seiner Haft und des Wartens auf einen Prozeß, »obwohl er bei seiner Behauptung, religionslos zu sein, beharrte, täglich in seiner Zelle nach Art orthodoxer Juden gebetet hatte, eingehüllt in einen Gebetschal und mit schwarzen Gebetriemen, die er an Stirn und linkem Arm befestigte«. Außerdem hatte man gesehen, wie er andächtig in einem Alten Testament gelesen hatte, »das, wie die erwähnten orthodoxreligiösen Gegenstände, von anderen Juden der Synagoge in seine Zelle eingeschmuggelt worden war«. Allen, die ihn beobachteten, war klar, daß er einen frommen religiösen Brauch eingehalten hatte. Er hatte den Gebetschal benutzt, bis er völlig zerfetzt war, und »hat sogar jetzt noch einen Rest dieses geheiligten Kleidungsstückes in seiner Manteltasche«.

Nach Ansicht der mit der Ermittlung Beauftragten und anderen Beamten war diese Selbstbezichtigung des Atheismus »eine Erfindung Jakow Boks, um den Gerichtsbehörden zu verheimlichen, daß er den gemeinen religiösen Mord an einem Kind einzig und allein mit dem schändlichen Ziel begangen hatte, seine chassidischen Glaubensgenossen mit dem unverdorbenen Menschenblut zu versorgen, das zum Backen der Passah-Matzen und der ungesäuerten Kuchen erforderlich ist«.

Als der Fixer das Dokument zu Ende gelesen hatte, dachte er erschöpft, von dem Blut ist nicht mehr loszukommen. Es hat jedes Wort der Anklageschrift befleckt und kann nicht mehr weggewaschen werden. Wenn sie mir den Prozeß machen, werden sie's tun, um mich zu kreuzigen.

Der Fixer machte sich immer größere Sorgen. Würde man dieses Papier, jetzt, da er es hatte, zurückziehen und später ein anderes anfertigen? War dies die neueste Tortur? Würden sie ihm während der nächsten zwanzig Jahre eine Anklageschrift nach der anderen geben? Sollte er sie lesen, bis er an den wiederholten Enttäuschungen zugrunde ging oder sein ausgetrocknetes Gehirn in Stücke sprang? Oder würde es nach dieser Anklageschrift oder nach der dritten, siebten oder dreizehnten *endlich* zu einem Prozeß kommen? Würde es ihnen gelingen, auf Grund der Indizien eine genügend überzeugende Anklage gegen ihn zustande zu bringen? Er hoffte, daß es ihnen gelänge. Jedenfalls so ungefähr. Und würden sie ihn für immer in Ketten halten, wenn sie es nicht fertigbrächten? Oder hatten sie etwas noch Schlimmeres vor? Als er sich eines Tages mit einem Stückchen Zeitungspapier säubern wollte, las er darauf: »DER JUDE SO GUT WIE VERURTEILT.« Gierig las Jakow weiter, um herauszufinden, warum, aber dieser Teil war abgerissen.

Man hatte ihm gesagt, ein Anwalt sei auf dem Weg zum Gefängnis, aber als an einem heißen Juliabend die Zellentür geöffnet wurde, trat nicht der Anwalt ein, sondern Grubeschow im Abendanzug. Der Fixer erwachte, als Kogin, in der Hand eine tropfende Kerze, seine Fußfesseln aufschloß. »Wach auf«, sagte der Wärter und rüttelte ihn, »Seine Gnaden sind hier.« Jakow erwachte, als tauchte er aus tiefem schmutzigem Wasser auf. Er nahm Grubeschows feuchtes fleischiges Gesicht wahr, seinen schlaffen Backenbart, seine blutunterlaufenen, brennenden, unruhigen Augen. Die Brust des Staatsanwaltes hob und senkte sich. Er fing an, unsicher in der Zelle auf und ab zu gehen, setzte sich dann auf den Hocker, mit einer Hand auf dem Tisch, und warf einen riesigen Schatten auf die Wand hinter ihm. Einen Augenblick lang starrte er auf die Kerze, blinzelte sie an und sah dann zu Jakow hinüber. Als er sprach, trug sein Atem dem Fixer den Gestank von üppigen Speisen und Alkohol zu; ihm wurde übel.

»Ich bin auf dem Heimweg von einem städtischen Bankett zu Ehren des Zaren«, sagte Grubeschow mit pfeifendem Atem zu dem Gefangenen. »Da sich mein Automobil gerade in dieser

Gegend befand, befahl ich dem Chauffeur, zum Gefängnis zu fahren. Ich wollte mit Ihnen sprechen. Sie sind ein halsstarriger Mensch, Bok, aber vielleicht noch nicht ganz von Sinnen. Ich wollte ein letztes Mal mit Ihnen sprechen. Bitte stehen Sie auf, während ich mit Ihnen rede.«

Jakow, der auf dem Holzbett saß, mit den knochigen nackten Füßen auf dem feuchtkalten Boden, erhob sich langsam. Grubeschow, der sein Gesicht betrachtete, schauderte. Der Fixer empfand einen wütenden Haß auf ihn.

»Zunächst einmal«, sagte Grubeschow und betupfte sich den roten Nacken mit einem großen, feuchten Taschentuch, »sollten Sie Ihre Erwartungen nicht zu hoch schrauben, Jakow Bok. Tun Sie das, werden Sie enttäuscht werden. Denken Sie nicht, daß Ihre Sorgen zu Ende sind, nur weil die Anklageschrift fertiggestellt wurde. Im Gegenteil – jetzt fangen Ihre schlimmsten Sorgen erst an. Ich mache Sie darauf aufmerksam – man wird Ihnen in aller Öffentlichkeit die Maske herunterreißen, und dann wird man sehen, wer Sie sind.«

»Was wollen Sie hier von mir, Herr Grubeschow? Es ist spät in der Nacht. Ich brauche mein bißchen Ruhe für die Ketten am Morgen.«

»Was die Ketten angeht – die haben Sie sich selbst zuzuschreiben; lernen Sie, Befehle zu befolgen. Das geht mich nichts an, ich bin aus anderen Gründen gekommen. Heute war Marfa Golow, die Mutter des Opfers, bei mir im Büro. Sie kniete vor mir nieder und schwor bei Gott unter heiligen Tränen, die ihren Augen entströmten, daß sie über Schenja und seine Erlebnisse mit Ihnen, die dann zu dem Mord führten, die reine Wahrheit gesagt habe. Sie ist eine durch und durch aufrichtige Frau, und ich war tief beeindruckt von ihr. Mehr denn je bin ich überzeugt, daß eine Jury ihr glauben wird, und das ist dann um so schlimmer für Sie. Ihre Aussage und die Aufrichtigkeit in ihrem Auftreten werden alles, was auch immer Sie sich von der Verhandlung versprechen, zunichte machen.«

»Dann lassen Sie sie doch aussagen«, erklärte Jakow. »Warum beginnen Sie nicht mit dem Prozeß?«

Grubeschow, der sich auf dem Hocker krümmte, als säße er auf einem heißen Ofen, erwiderte: »Ich beabsichtige nicht, mich auf eine Diskussion mit einem Verbrecher einzulassen. Ich bin gekommen, um Ihnen folgendes zu sagen: Sie sollten wissen, welche Gefahren Sie für sich heraufbeschwören, wenn Sie und Ihre jüdischen Glaubensgenossen nicht aufhören, mich weiter zu bedrängen, daß ich Ihren Prozeß beginne, ehe ich nicht auch die letzten und winzigsten Körnchen Beweismaterial zusammengebracht oder alle Möglichkeiten des Vorgehens genauestens durchdacht habe. Man kann auch des Guten zu viel tun, Bok, wenn Sie verstehen, was ich sagen will. Der Kessel mag dampfen, aber wundern Sie sich nicht, wenn das Wasser verkocht.«

»Herr Grubeschow«, sagte Jakow, »ich kann nicht mehr länger stehen. Ich bin müde und muß mich setzen. Wenn Sie mich erschießen wollen, rufen Sie den Aufseher, er hat eine Pistole.«

Jakow setzte sich auf die Bettplanke.

»Sie sind mir ziemlich keck«, sagte Grubeschow, und seine Stimme klang erregt. »Das russische Volk hat die Tricks und Täuschungsmanöver von euch Juden mehr als satt. Und das gilt auch für eure Nachforschungen, eure Beschwerden, eure Verleumdungen, die von allen Seiten kommen. Was da vor sich geht, Bok, bringt an den Tag, wie sehr im Untergrund eine jüdische Verschwörung sich in russische Angelegenheiten mischt, und ich rate Ihnen, seien Sie vernünftig und nehmen Sie zur Kenntnis, daß energische Vergeltungsmaßnahmen gegen die Staatsfeinde unvermeidlich sind. Selbst wenn es Ihnen gelänge, eine Jury durch irgendeinen Trick derart zu beeinflussen, daß sie ein Urteil gegen das Gewicht des Beweismaterials fällen sollte, können Sie mir doch glauben, daß das russische Volk in gerechtem Zorn Rache nehmen wird für diesen armen Schenja, dem Sie Qualen und Schmerzen zugefügt haben. Sie wünschen sich vielleicht jetzt, daß es zu einem Prozeß kommt, aber vergessen Sie nicht: selbst das Urteil, daß Sie schuldig sind, wird in dieser Stadt ein Blutbad zur Folge haben, das an Grausamkeit die sogenannten Kischinew-Massaker noch übertreffen wird. Ein Prozeß wird weder Sie noch Ihre jüdischen Glaubensgenossen retten. Es wäre besser für Sie, zu gestehen, und wenn sich die Öffentlichkeit nach einer Weile beruhigt hat, könnten wir verkünden, Sie seien im Gefängnis gestorben oder so etwas, und Sie heimlich aus Rußland hinausschaffen. Wenn Sie auf dem Prozeß bestehen, brauchen Sie sich nicht zu wundern, wenn bärtige Köpfe durch die Straßen rollen, wenn Federn fliegen werden und Kosakenstahl sich in das zarte Fleisch junger Jüdinnen bohren wird.«

Grubeschow hatte sich von dem heißen Hocker erhoben und ging wieder auf und ab, und sein Schatten an der Wand bewegte sich in die eine Richtung, wenn er in die entgegengesetzte wanderte.

»Wenn eine Regierung nicht zu überzeugen vermag, muß sie sich mit Gewalt gegen subversive Tätigkeit schützen.«

Jakow starrte auf seine verkrümmten weißen Füße.

Von seiner Erregung gepackt, fuhr der Staatsanwalt fort: »Mein Vater hat mir einmal ein Ereignis beschrieben, bei dem es unter anderem um einen Synagogenkeller voller Juden ging, Männer und Frauen, die versuchten, sich während eines Kosakenangriffs auf ihr Dorf dort zu verstecken. Der Feldwebel befahl ihnen, einer nach dem anderen nach oben zu kommen; zuerst rührte sich niemand von ihnen, dann jedoch kamen ein paar die Treppe herauf und hielten die Arme über dem Kopf. Das hat ihnen aber gar nichts genutzt, denn sie wurden mit Gewehrkolben totgeschlagen. Die übrigen drängten sich wie die Heringe in einem stinkenden Faß zusammen und wollten sich nicht rühren, obgleich man sie darauf hingewiesen hatte, daß es ihnen noch schlimmer ergehen würde. Und so geschah es denn auch. Die ungeduldigen Kosaken stürzten sich in den Keller und erschossen und durchbohrten den letzten Rest Juden mit dem Bajonett. Diejenigen, die man noch lebend herauszog, wurden später aus fahrenden Zügen geworfen. Einigen wenigen zündete man zuerst die benzingetränkten Bärte an und verbrannte sie dann bei lebendigem Leibe, und ein paar Frauen wurden in der Unterwäsche in Brunnen geworfen, um zu ertrinken. Sie können mir glauben, in weniger als einer Woche nach Ihrem Prozeß wird es eine Viertelmillion weniger Juden im Siedlungsgebiet geben.«

Er machte eine Pause, um Luft zu holen, und fuhr dann heiser fort: »Glauben Sie nur nicht, daß wir nicht wissen, daß es Ihnen gerade darauf ankommt, einen solchen Pogrom zu provozieren. Aus Berichten der Geheimpolizei wissen wir, daß ihr vorhabt, andere um revolutionärer Ziele willen zu einer heftigen Reaktion gegen euch selbst aufzustacheln – um eine aktive Umsturzbewegung unter den sozialistischen Revolutionären anzuheizen. Sie können sich darauf verlassen, daß der Zar darüber Bescheid weiß und bereit ist, Ihnen noch größere Dosen der von mir beschriebenen Medizin zu geben, sollten Sie darauf beharren, seine Autorität zu untergraben. Ich warne Sie – schon jetzt liegt eine Abteilung Ural-Kosaken in der Garnison von Kiew.«

Jakow spuckte auf den Boden. Entweder bemerkte Grubeschow es nicht, oder er tat, als sähe er es nicht.

Und als sei seine Wut erloschen, wurde seine Stimme nun ruhig. »Ich bin hier, um Ihnen das zu Ihrem eigenen Besten und letztlich auch zum Besten Ihrer jüdischen Glaubensgenossen zu sagen, Jakow Bok. Das ist alles, was ich im Augenblick sagen will, absolut alles. Was es sonst noch zu sagen gäbe, überlasse ich Ihrer eigenen Denkkraft und Ihrem eigenen Urteil. Können Sie mir einen Vorschlag machen, wie man eine so grauenhafte, katastrophale und – ich sage es ganz offen – nutzlose Tragödie vermeiden könnte? Ich wende mich an Ihr humanitäres Empfinden. Man kann sich allerlei Kompromisse vorstellen, zu denen ein Mann in Ihrer Lage bereit sein könnte, damit die Waage gegen ein Unglück ausschlägt. Ich meine es ganz ernst. Haben Sie etwas zu sagen? Wenn ja, sprechen Sie.«

»Herr Grubeschow, eröffnen Sie den Prozeß gegen mich. Ich werde auf den Prozeß warten, und wenn ich es bis zu meinem Tode tun muß.«

»Und der Tod ist Ihnen sicher. Er schwebt über Ihrem Kopf, Bok.«

»Über Ihrem«, erwiderte Jakow. »Und für das, was Sie Bibikow angetan haben.«

Mit weißen Augen starrte Grubeschow den Fixer an. Der Schatten eines riesigen Vogels löste sich von der Wand und flog davon. Die Lampen gingen aus, und die Zellentür fiel ins Schloß.

Übelgelaunt ließ Kogin heftig die Klötze auf die Füße des Fixers fallen.

Der Anwalt war gekommen und gegangen, Julius Ostrowski.

Er war eines Tages erschienen, ein paar Wochen nach dem Besuch des Staatsanwalts, hatte eine Stunde mit dem Gefangenen geflüstert und ihm die Ohren gefüllt mit Berichten über das, was vor sich ging; einiges hatte der Fixer schon vermutet, vieles überraschte ihn. Er war erstaunt, daß Fremde mehr als er selbst über die allgemeine Ursache seiner Leiden wußten und daß die Verwicklungen so phantastisch und endlos waren.

»Sagen Sie mir das Schlimmste«, bat Jakow, »glauben Sie, daß ich jemals hier herauskommen werde?«

»Das schlimmste ist, daß wir das Schlimmste gar nicht wissen«, hatte Ostrowski geantwortet. »Wir wissen, daß Sie es nicht getan haben, das schlimmste ist, daß sie es auch wissen, jedoch behaupten, Sie hätten es getan. Das ist das Schlimmste.«

»Haben Sie eine Ahnung, wann es zu meinem Prozeß kommt – wenn es je dazu kommt?«

»Was kann ich Ihnen da antworten? Sie sagen uns nicht einmal, was heute geschieht, wie können wir da etwas über morgen herausfinden? Sie verheimlichen uns auch das Morgen. Sie verheimlichen sogar die elementarsten Tatsachen. Sie befürchten, daß auch das Geringste, das wir vielleicht wissen, ein jüdischer Streich ist. Was kann man auch sonst erwarten, wenn man in einem tödlichen Krieg kämpft und alle vorgeben – wer kämpft denn überhaupt? –, es sei doch Frieden. Aber es ist Krieg, glauben Sie mir's.«

Der Anwalt war aufgestanden, als Jakow ins Zimmer humpelte. Diesmal war keine Trennwand zwischen dem Gefangenen und seinem Besucher. Ostrowski hatte ihn sogleich mit einer

Geste zur Vorsicht ermahnt und ihm dann ins Ohr geflüstert: »Sprechen Sie leise – zum Fußboden hin. Angeblich steht kein Wärter vor der Tür, aber sprechen Sie so, als stünde Grubeschow davor – wenn nicht gar der Teufel in Person.«

Er war über sechzig, ein untersetzter Mann mit zerfurchtem Gesicht und einem ziemlich kahlen Kopf, auf dem ein paar graue Haare wie Stoppeln in die Höhe standen. Er hatte krumme Beine und trug zweifarbige Knöpfschuhe, eine schwarze Krawatte und einen kurzen Bart. Als Jakow erschien, hatte er ihn angestarrt, als könne er nicht glauben, daß er es tatsächlich sei. Schließlich glaubte er es doch, und sein Blick war nun nicht mehr länger erstaunt, sondern besorgt. Er sprach in leidenschaftlich geflüstertem Jiddisch, wobei mehr als nur eine einzige Empfindung zum Ausdruck kam. »Ich möchte mich Ihnen vorstellen, Herr Bok: Julius Ostrowski, beim Gericht von Kiew zugelassen. Ich bin froh, endlich hier zu sein, aber freuen Sie sich nicht zu früh, der Weg vor uns ist lang. Auf jeden Fall haben einige Freunde mich hergeschickt.«

»Ich bin Ihnen sehr dankbar.«

»Sie haben Freunde, wenn auch nicht alle Juden, wie ich Ihnen leider sagen muß, Ihre Freunde sind. Womit ich sagen will – wenn ein Mann den Kopf in den Sand steckt, wessen Freund ist er dann? Zu meinem größten Bedauern zittern manche von unseren Leuten bei jedem Wetter vor Kälte. Wir haben zwar einen Ausschuß gebildet, um Ihnen zu helfen, aber seine Mitglieder sind ungewöhnlich vorsichtig. Sie haben Angst, sich ›einzumischen‹, da es sonst zu einem weiteren Unglück kommen könnte. Das ist an sich schon ein Unglück. Sie schießen mit Knallbüchsen und laufen vor dem Lärm davon. Immerhin, wer hat nur Freunde?«

»Wer sind denn dann meine Freunde?«

»Ich bin einer von ihnen, und es gibt noch andere. Glauben Sie mir, Sie sind nicht allein.«

»Können Sie etwas für mich tun? Ich habe das Gefängnis satt.«

»Wir werden tun, was wir können. Es ist ein langer Kampf,

das brauche ich Ihnen nicht erst zu sagen, und er steht nicht günstig für uns. Immerhin und auf jeden Fall – Ruhe, Ruhe und nochmals Ruhe. Es gibt immer zwei Möglichkeiten, wie die Weisen sagen. Die eine kennen wir – aus viel zu langer Erfahrung –, auf die andere, das Wunder, wollen wir hoffen. Hoffen ist leicht, aber das Warten macht die Hoffnung zunichte. Aber zwei Möglichkeiten ergeben schließlich doch eine Chance. Genug der Philosophie. Im Augenblick kann ich Ihnen kaum etwas Günstiges sagen; wir haben ihnen schließlich doch eine Anklageschrift abgerungen, was bedeutet, daß sie jetzt den Fall zur Verhandlung bringen müssen, aber wann – das überlasse ich Raschi*. Aber wenn Sie gestatten, werde ich Ihnen zunächst die schlechte Nachricht mitteilen.« Ostrowski seufzte. »Es tut mir leid, daß Ihr Schwiegervater, Schmuel Rabinowitsch, den ich zu meiner Freude im letzten Sommer kennengelernt habe – ein begabter Mann –, inzwischen, wie ich Ihnen zu meinem Bedauern mitteilen muß, an Zucker gestorben ist. Das hat mir Ihre Frau in einem Brief geschrieben.«

»Ach«, sagte Jakow.

Der Tod war zu rasch gekommen. Der arme Schmuel, dachte der Fixer, ich werde ihn nie wiedersehen. Das kommt davon, wenn man von einem Freund Abschied nimmt und in die Welt hinausfährt.

Er legte die Hände aufs Gesicht und weinte.

»Er war ein guter Mann, der versucht hat, mich zu erziehen.«

»Das Wesentliche am Leben ist, es vergeht rasch«, sagte Ostrowski.

»Noch rascher.«

»Sie leiden für uns alle«, sagte der Anwalt heiser. »Ich empfände es als eine Ehre, an Ihrer Stelle zu sein.«

»Ich tu's ohne Ehre«, sagte Jakow, wischte sich mit den Fingern über die Augen und rieb die Hände gegeneinander. »Es ist ein schmutziges Leiden.«

* Raschi Abkürzung für Rabbi Schelomo Jizchaki, 1040–1105, bedeutender jüdischer Bibel- und Talmudkommentator.

»Ihnen gehört all meine Hochachtung.«

»Wenn Sie nichts dagegen haben, sagen Sie mir, wie's um meinen Fall steht. Sagen Sie mir die Wahrheit.«

»Die Wahrheit ist, daß es schlimm genug damit steht, wenn ich auch selbst nicht weiß, wie schlimm. Der Fall ist klar genug – er ist ein schlechter Scherz von A bis Z, aber er ist aufs ärgste in die politische Situation verwickelt. Sie wissen ja – Kiew ist eine mittelalterliche Stadt voll wilden Aberglaubens und Mystizismus'. Von jeher ist es das Herz der russischen Reaktion gewesen. Die »Schwarzen Hundert«, ins Grab sollen sie sinken, haben die unwissendsten und brutalsten Massen gegen Sie aufgewiegelt. Sie fürchten sich zu Tode vor Juden und ängstigen sie doch gleichzeitig zu Tode. Das zeigt Ihnen ein wenig, wie es um die menschliche Lebensbedingungen steht. Diejenigen von unseren Brüdern, die davonlaufen können – ob reich oder arm –, laufen davon. Einige, die es nicht können, sind schon jetzt in Trauer. Sie schnuppern an der Luft – und sie stinkt nach Pogrom. Wie ich schon erwähnte – niemand kann genau sagen, was eigentlich vorgeht. Einerseits kursiert das Gerücht, daß alles, was geschieht – Ihre Anklageschrift inbegriffen –, eine weitere Verzögerung bedeutet und der Prozeß gegen Sie, wenn ich so sagen darf, überhaupt nicht stattfinden wird; andererseits hören wir, daß er womöglich gleich nach den Duma-Wahlen im September beginnen wird. Egal, ob das stimmt oder nicht, sie haben keine Handhabe gegen Sie. Die zivilisierte Welt weiß das, auch der Papst und seine Kardinäle. Wenn Grubeschow überhaupt etwas ›beweist‹, dann nur durch die Lügen der ›Fachleute‹. Aber wir können ihnen unsere eigenen Fachleute entgegenstellen, zum Beispiel einen russischen Theologieprofessor, und ich habe an Pawlow, den Chirurgen des Zaren, geschrieben und ihn gebeten, zu dem medizinischen Bericht über die Autopsie an dem Knaben Stellung zu nehmen, und bisher hat er das noch nicht abgelehnt. Grubeschow weiß, wer die wirklichen Mörder sind, aber er drückt beide Augen zu und starrt auf Sie. Er hat mit meinem ältesten Sohn zusammen an der juristischen Fakultät studiert und war wegen seiner Socken und Westen berühmt. Jetzt ist er wegen seiner antisemitischen Socken und Westen berühmt. Er versucht, aus Marfa Golow, diesem Stück Mist, wenn nicht eine neue Heilige, so doch zumindest eine verfolgte Heldin zu machen. Letzte Woche hat ihr blinder Liebhaber versucht, sich das Leben zu nehmen, aber Gott sei Dank lebt er noch. Außerdem hat ein intelligenter Journalist namens Pitirim Mirski – Gott gebe uns mehr von dieser Sorte! – kürzlich herausgefunden, daß Schenjas Vater ihm als Vermächtnis eine Lebensversicherung von fünftausend Rubeln hinterlassen hat, die die beiden Mörder für sich begehrten, erhielten und sofort durchgebracht haben. Zwei Dreckskerle sind, wie man so sagt, schlimmer als einer. Mirski hat das letzte Woche in den *Poslednje Nowosti* veröffentlicht, und dafür wurde der Verleger bestraft und die Zeitung für drei Monate polizeilich verboten. Jetzt dürfen sie überhaupt nichts mehr über die Golow bringen. Das ist schwarze Reaktion, aber ich bin nicht hier, um Sie zu ängstigen. Sie haben sowieso schon Grund genug, sich Sorgen zu machen.«

»Was kann mich sonst noch ängstigen?«

»Wenn Sie niedergeschlagen sind, denken Sie an Dreyfus. Er hat das gleiche durchgemacht – nur auf französisch. Wir werden in den zivilisiertesten Sprachen verfolgt.«

»Ich habe an ihn gedacht, aber es hilft nicht.«

»Er war viele Jahre im Gefängnis, wesentlich länger als Sie.«

»Bis jetzt.«

Ostrowski nickte zerstreut und dämpfte, während er auf die Tür blickte, sein Flüstern noch mehr. »Außerdem haben wir eine schriftliche eidesstattliche Aussage von Sophia Schiskowski. Eines Abends ist sie in Marfas Haus zur Toilette gegangen, um ein Bedürfnis zu verrichten, und da lag der nackte, mit Wunden bedeckte Leichnam in der Badewanne. Sie schrie und rannte aus dem Haus. Marfa, die einen Augenblick nach oben gegangen war, um einen Brief zu holen, der eine Lüge beweisen sollte, lief ihr nach und holte sie auf der Straße ein. Dieses Weib – eine Verrückte ersten Grades – drohte, die ganze Familie Schiskowski umzubringen, wenn sie irgend jemandem auch nur ein Sterbenswörtchen davon sagten. Sie bekamen Angst um Wasja, packten ihre Möbel zusammen und zogen fort. Als wir sie schließlich in einer Holzhütte in einer Seitenstraße von Moskau ausfindig machten, drohte sie, sich umzubringen, wenn wir uns in ihre Angelegenheiten einmischten, aber mit etwas Glück bekamen wir wenigstens eine kurze schriftliche eidesstattliche Aussage. Sie hat uns nicht erlaubt, Wasja auszufragen, aber wir werden versuchen, beide vor Gericht zu bekommen, wenn der Prozeß beginnt, so sie bis dahin nicht in Asien sind. Das ist ein weiterer Grund, warum die Staatsanwaltschaft das Verfahren in die Länge zieht: Sie können zwar einen Ritualmord nicht beweisen, hören jedoch nicht auf, es zu versuchen, und je länger es dauert, desto gefährlicher wird die Lage. Gefährlich ist sie, weil sie irrational, komplex und voller Geheimnisse ist. Und je verzweifelter sie sind, desto gefährlicher wird die Situation.«

»Was soll ich denn dann tun?« fragte Jakow verzweifelt. »Wieviel kann ich noch aushalten, wenn ich jetzt schon halbtot bin?«.

»Geduld, Ruhe, Ruhe, Ruhe«, riet Ostrowski, legte die Hände zusammen und preßte sie aneinander. Dann sah er den Fixer in einem anderen Licht und schlug sich mit der Handfläche an den Kopf. »Um Gottes willen, warum stehen wir denn noch immer? Bitte, setzen Sie sich doch. Verzeihen Sie, ich bin wirklich auf beiden Augen blind.«

Sie setzten sich also auf eine schmale Bank, die in einer Ecke weitab von der Tür stand; der Anwalt flüsterte noch immer. »Ihr Fall hat etwas mit den Niederlagen der jüngsten russischen Geschichte zu tun. Der Russisch-Japanische Krieg, das brauche ich Ihnen wohl nicht erst zu sagen, war ein furchtbares Unglück, aber er hatte die Revolution von 1905 zur Folge, die auf jeden Fall gekommen wäre. ›Krieg‹ ist, wie Marx sagt, ›die Lokomotive der Geschichte.‹ Das war zwar gut für Rußland, aber schlimm für die Juden. Wie gewöhnlich hat die Regierung ihre Schwierigkeiten uns in die Schuhe geschoben, und nur einen Tag nach den Konzessionen des Zaren haben in dreihundert Städten gleichzeitig Pogrome begonnen. Das wissen Sie natürlich, welcher Jude wüßte es nicht?«

»Sagen Sie mir's trotzdem, was kann's schon schaden?«

»Der Zar bekam Angst vor der wachsenden Unruhe – Streiks, Aufruhr, Mord. Das Land war gelähmt. Nach dem Massaker vor dem Winterpalais erließ er – widerwillig – einen Ukas, in dem er die Grundrechte versprach. Er gewährte eine Verfassung, die Kaiserliche Duma wurde ins Leben gerufen, und während einer kurzen Zeit sah es so aus – für Rußland natürlich –, als hätte eine liberale Periode begonnen. Die Juden riefen hurra für den Zaren und wünschten ihm alles Gute. Stellen Sie sich nur vor – in der ersten Duma hatten wir zwölf Abgeordnete! Sogleich stellten sie das Problem der Gleichberechtigung für alle zur Diskussion sowie das der Abschaffung der Ansiedlungsbeschränkungen. Wie eine neue Welt, nicht wahr?«

»Ja, aber sprechen Sie weiter.«

»Ich will ja weiterreden, aber was kann ich Ihnen schon sagen? In einem kranken Land ist jeder Schritt zur Gesundung eine Beleidigung derer, die von seiner Krankheit leben. Die kaiserlichen Absolutisten, die rechtsstehenden Elemente, wiesen den Zaren darauf hin, daß ihm die Krone entglitte. Er bedauerte schon, daß er die Konzessionen gemacht hatte, und begann, sie wieder aufzuheben. Mit anderen Worten: Für zehn Minuten hat er die Lampen angezündet, und was er da sah, hat ihn in solchen Schrecken versetzt, daß er sie seitdem eine nach der anderen wieder ausgelöscht hat, damit niemand es sehen sollte. So weit es ihm möglich war, kehrte er wieder zu einem autokratischen Regime zurück. Die reaktionären Gruppen – der »Bund des Russischen Volkes«, die »Gesellschaft des Doppelköpfigen Adlers«, der »Erzengel-Michael-Bund« – sind Gegner der Arbeiter- und Bauernbewegungen, des Liberalismus, Sozialismus und jeder Art von Reform, und das heißt natürlich auch des gemeinsamen Feindes, der Juden. Beim Gedanken an einen konstitutionellen Monarchen klapperten sie mit den Knochen. Organisiert wurden sie zu den »Schwarzen Hundert«, das heißt Banden von je hundert Leuten – und ich brauche Ihnen wohl nicht zu sagen, was für scheußliche Ziele sie sich setzten. Sie nagen wie die Ratten, um die Unabhängigkeit der Gerichte, der liberalen

Presse und das Ansehen der Duma zu zerstören. Um die Aufmerksamkeit der Massen von den Verfassungsbrüchen in Rußland abzulenken, schüren sie den Nationalismus gegen nichtorthodoxe Russen. Sie verfolgen alle Minderheiten – Polen, Finnen und Deutsche –, aber besonders uns. Die Unzufriedenheit der Bevölkerung dirigieren sie so, daß sie sich in antisemitischen Ausbrüchen äußert. Eine einfache Lösung für ihre Probleme. Zudem haben sie ihren Spaß dabei, denn mit Hilfe der Regierung bringen sie die Juden um, und das ist gut fürs Geschäft.«

»Ich bin nur ein einzelner – was wollen sie denn von mir?«

»Mehr als einen einzelnen brauchen sie auch nicht, solange sie ihn als Beispiel für jüdischen Blutdurst und jüdische Kriminalität vorzeigen können. Wenn man etwas beweisen soll, ist es am besten, ein Opfer zu haben. 1905 und 1906 wurden Tausende von unschuldigen Menschen abgeschlachtet, wurde Besitz im Werte von mehreren Millionen Rubeln vernichtet. Diese Pogrome wurden im Büro des Innenministers geplant. Wir wissen, daß die antijüdischen Proklamationen auf den Maschinen der Polizei gedruckt wurden. Und Gerüchte besagen, daß der Zar persönlich Geld aus der königlichen Schatzkammer für antisemitische Bücher und Druckschriften gibt. Wir haben alles, was wir brauchen, um Angst zu bekommen, aber wir fürchten uns auch vor Gerüchten.«

»Vor dem Wind«, sagte Jakow.

»Wenn man Angst hat, hat man vor allem Angst«, sagte Ostrowski. »Jedenfalls ist es eine lange Geschichte, aber ich mach's kurz. Und jetzt direkt zu Ihnen selbst. Als Ministerpräsident Stolypin – kein Freund von uns – vor der Wahl zur Zweiten Duma den Juden ein paar Knochen zuwerfen wollte, ein paar geringe Rechte, um ihre großen Beschwerden zum Verstummen zu bringen, liefen die Reaktionäre zum Zaren, und sogleich änderte er das Wahlgesetz und entzog einem großen Teil der Bevölkerung das Wahlrecht, um weniger jüdische und liberale Abgeordnete in der Duma zu haben und die Opposition gegen die Regierung zu verringern. Jetzt haben wir ungefähr drei Abgeordnete für dreieinhalb Millionen Juden, und auch die möchte man loswerden. Vor einem Jahr wurde einer von ihnen mitten auf der Straße ermordet. Aber jetzt zu Ihnen. Überall im Land hat sich eine hysterische Atmosphäre entwikkelt. Immerhin war ein gewisser Fortschritt nicht zu leugnen, fragen Sie mich nicht, welchen, und von neuem wurde in der kaiserlichen Duma darüber diskutiert, ob man das Ansiedlungsgebiet abschaffen sollte oder nicht; und genau in dem Augenblick, als die »Schwarzen Hundert« außer sich waren, wurde eines Tages ein christlicher Junge tot in einer Höhle gefunden, und Jakow Bok betrat die Bühne.«

Betäubt saß der Fixer da. Er wartete darauf, daß Ostrowski ausspucken würde, aber der Anwalt seufzte tief und fuhr fort zu sprechen. »Woher Sie kamen oder wer Sie waren, wußte kein Mensch, aber Sie kamen gerade im richtigen Augenblick. Soviel ich weiß, sind Sie auf einem Pferd gekommen. Als man Sie sah, stürzte man sich auf Sie, und deshalb sitzen wir jetzt hier. Aber seien Sie nicht zu unglücklich – wenn Sie's nicht wären, wär's jemand anderes.«

»Ja«, sagte Jakow. »Jemand wie ich. Das habe ich alles schon überlegt.«

»Das ist Ihr Sack Geschichte«, sagte Ostrowski.

»In dem Fall, was macht es dann für einen Unterschied aus, ob mein Prozeß stattfindet oder nicht?«

Ostrowski stand auf, schlich auf Zehenspitzen zur Tür und riß sie unvermittelt auf. Dann kehrte er zu der Bank zurück. »Niemand da, aber so wissen sie wenigstens, daß wir aufpassen. Ich habe Ihnen das Schlimmste gesagt«, erklärte er, als er sich setzte, »jetzt werde ich Ihnen das Beste sagen: Sie haben eine Chance. Was für eine Chance? Eine Chance. Eine Chance ist eine Chance, und das ist besser als gar keine Chance. Hören Sie mir jedenfalls bis zum Ende zu, damit ich aufhören kann zu reden. Erstens – nicht jeder Russe ist Ihr Feind. Da sei Gott vor. Die Intellektuellen sind über diesen Fall beunruhigt. Viele Leuchten der Literatur, der Wissenschaft und der freien Berufe haben gegen die Beschuldigung des Ritualmords protestiert. Vor gar nicht langer Zeit hat die Medizinische Gesellschaft von Charkow eine Resolution gebilligt, die einen Protest gegen Ihre Inhaftierung enthielt; und das nächste, was geschah, war, daß die Regierungsbehörden die Gesellschaft auflösten. Von den *Poslednje Nowosti* habe ich Ihnen schon erzählt. Andere Zeitungen wurden für Aufsätze und Leitartikel bestraft, in denen sie den Fall untersuchten. Ich kenne bei Gericht zugelassene Anwälte, die offen sagen, Marfa Golow und ihr Liebhaber hätten den Mord begangen. Einige von ihnen behaupten, sie habe den Brief an die »Schwarzen Hundert« geschrieben, in dem die Juden dieses Verbrechens bezichtigt wurden. Nach meiner Theorie sind sie zu ihr gekommen und haben sie veranlaßt, einen solchen Brief zu schreiben. Jedenfalls – es gibt eine Opposition, und das ist gut und schlecht zugleich. Wo die Reaktion auf Widerstand stößt, gibt es Unterdrückung; aber immer noch besser Unterdrückung als öffentliche Billigung der Ungerechtigkeit. Sie haben also eine Chance.«

»Nicht mehr?«

»Mehr. In den Rissen des Staatsgefüges existiert die Freiheit. Selbst in Rußland gibt es ein bißchen Gerechtigkeit. Es ist eine seltsame Welt. Einerseits herrscht bei uns rigoroseste Autokratie; andererseits nähern wir uns der Anarchie; dazwischen gibt es Gerichtshöfe, und Gerechtigkeit ist möglich. Das Recht lebt in den Köpfen der Menschen. Wenn ein Richter ehrlich ist, wird das Recht geschützt. Wenn das der Fall ist, werden auch Sie geschützt werden. Außerdem ist eine Jury eine Jury – Menschen –, und sie könnte Sie innerhalb von fünf Minuten freisetzen.«

»Soll ich hoffen?« fragte der Fixer.

»Wenn's Ihnen nicht weh tut, hoffen Sie. Aber da ich Ihnen schon die Wahrheit sage, will ich Ihnen auch die ganze Wahrheit sagen. Wenn der Prozeß erst begonnen hat, werden einige Zeugen lügen, weil sie Angst haben, und andere, weil sie Lügner sind. Außerdem müssen Sie damit rechnen, daß der Justizminister einen Vorsitzenden ernennen wird, der auf seiten der Staatsanwaltschaft steht. Wenn das Urteil auf ›schuldig‹ lautet, wird er in seiner Karriere weiterkommen. Wir erwarten auch, daß man Intellektuelle und Liberale von der Geschworenenliste streichen wird, und dagegen sind wir machtlos. Mit denen, die übrigbleiben, werden wir kämpfen müssen. Wenn Sie also hoffen müssen, hoffen Sie. Ich bin sicher, Grubeschow hat kein Zutrauen zu dem Fall. Und was noch wichtiger ist – er traut sich selbst nicht. Er ist ehrgeizig, aber beschränkt. Zum Schluß wird er besseres Beweismaterial brauchen, als er im Augenblick besitzt. Die Schwierigkeit, Ihren Fall auf den Gutachten von Fachleuten aufzubauen, liegt darin, daß es noch andere Fachleute gibt. Ich komme also nochmal auf die Jury zurück. Für uns spricht der Umstand, daß sie zwar unwissende Bauern und Ladeninhaber sein mögen, einfache Leute, daß sie aber normalerweise keine große Zuneigung für Staatsbeamte haben und, wenn es um Tatsachen geht, riechen können, wenn sie stinken. Sie wissen zum Beispiel, daß jüdische Hähne keine Eier legen. Wenn Grubeschow sich aufs äußerste anstrengt, wird er ernsthafte Fehler machen, und Ihr Anwalt wird schon wissen, wie er die zu Ihren Gunsten ausnutzen soll. Er ist ein außergewöhnlicher Mann aus Moskau namens Suslow-Smirnow, ein gebürtiger Ukrainer.«

»Nicht Sie?« sagte Jakow erstaunt. »Sind Sie denn nicht mein Anwalt?«

»Das war ich«, sagte Ostrowski mit einem Lächeln der Entschuldigung, »aber ich bin's nicht mehr. Jetzt bin ich ein Zeuge.«

»Was für eine Art Zeuge?«

»Man beschuldigt mich, versucht zu haben, Marfa Golow zu bestechen, damit sie nicht gegen Sie aussagt. Selbstverständlich beschwört sie das. Ich habe natürlich mit ihr gesprochen, aber die Beschuldigung ist lächerlich, man erhebt sie nur, um mich an Ihrer Verteidigung zu hindern. Ich weiß nicht, ob Sie je meinen Namen gehört haben, Herr Bok? Vermutlich nicht«, seufzte er, »aber ich habe immerhin einen ganz guten Ruf in Strafrechtsfällen. Aber ich will Ihnen keine Sorgen bereiten. Ich nähme Suslow-Smirnow selbst, wenn ich an Ihrer Stelle wäre. Er wird Ihr Hauptverteidiger sein. In seiner Jugend war er ein

Antisemit, aber inzwischen ist er zu einem nachdrücklichen Verteidiger für die Rechte der Juden geworden.«

Jakow stöhnte. »Wer braucht schon einen ehemaligen Antisemiten?«

»Sie können mir's glauben«, sagte Ostrowski rasch. »Er ist ein glänzender Anwalt und hat sich aufrichtig bekehrt. Wenn ich wieder zu Ihnen komme, werde ich ihn mitbringen. Glauben Sie mir, er wird wissen, wie man diese Leute behandelt.«

Er warf einen Blick auf seine tickende Uhr, steckte sie in die Westentasche, eilte zur Tür und öffnete sie. Ein Wärter mit einem Gewehr stand davor. Ohne Überraschung schloß der Anwalt die Tür und ging zu dem Gefangenen zurück.

»Ich werde Ihnen sagen, was ich auf dem Herzen habe«, sagte er auf russisch. »Ich sage es unfreiwillig, Herr Bok, und schweren Herzens. Sie haben viel durchgemacht, und ich will Ihre Sorgen nicht noch vergrößern, aber die Staatsanwaltschaft setzt aufs Ganze, und darum fürchte ich für Ihr Leben. Sollten Sie sterben, wird natürlich ein unbewiesener Fall der Regierung mehr nützen als ein gegen Sie gefälltes Urteil, egal, wie sehr man sie verdächtigt, an Ihrem Tode schuld zu sein oder ihn ihr vorwirft. Ich glaube, Sie wissen, was ich damit meine. Deshalb sage ich Ihnen nur – seien Sie vorsichtig. Lassen Sie sich nicht provozieren. Vergessen Sie nicht – Geduld, Ruhe, Sie haben ein paar Freunde.

Jakow sagte, er wolle leben. »Bitte«, sagte Ostrowski.

Als man ihn in die Zelle zurückbrachte, wurde er nicht wieder in Ketten gelegt. Sie waren aus der Mauer gerissen und die Löcher mit Zement verschlossen worden. Fast gewichtslos saß der Fixer auf dem Rand seines Holzbetts, mit dem Kopf in dünner Luft und einem Kö.per, der vor Erregung tobte. Eine halbe Stunde lang lauschte er dem Lärm, ehe er erkannte, daß er seinen wild schwärmenden und klirrenden Gedanken lauschte. Schmuel war tot – in Frieden soll er ruhen. Er hatte ein besseres Leben verdient als das, was ihm zuteil geworden war. Ein Anwalt namens Ostrowski war bei ihm gewesen. Er hatte von dem Prozeß gesprochen; es gab eine Chance. Ein anderer Anwalt, ein bekehrter ukrainischer Antisemit, würde ihn vor Gericht verteidigen – vor einem voreingenommenen Richter und einer unwissenden Jury. Aber das alles lag noch in der Zukunft, und niemand konnte sagen, wann es dazu käme. Jetzt endlich war er kein Anonymus mehr, außer für seine Verfolger und Kerkermeister. Er war nicht unbekannt. Von irgendwoher hatte sich eine öffentliche Meinung erhoben. Nicht alle Russen hielten ihn für schuldig. Der Nebel wurde ein wenig dünner. Zeitungen druckten Artikel, in denen Zweifel an der Beschuldigung aufklangen. Einige Anwälte bezichtigten offen Marfa Golow. Eine Vereinigung von Ärzten hatte gegen seine Haft protestiert. Er war – wer hätte das je gedacht? – zu einer allgemein bekannten Persönlichkeit geworden. Jakow lachte und weinte ein wenig. Es war phantastisch, das zu glauben. Er versuchte zu hoffen, versank jedoch in den Ängsten vor allem, was es noch durchzumachen hieß.

Warum mir? fragte er sich zum zehntausendsten Mal. Warum mußte das einem armen, halb unwissenden Fixer widerfahren? Wer brauchte eine solche Bildung? Er wäre zufrieden gewesen, seine Bildung aus Büchern zu beziehen. Jedesmal, wenn er sich eine Antwort auf seine Frage gab, lautete sie anders. Er sah es zum Teil als persönliches Schicksal an – seine verschiedenen Unzulänglichkeiten und Irrtümer –, aber auch als die Macht der Umstände, und doch ging es über sein Begriffsvermögen, wie man das eine von dem anderen trennen konnte, so man es überhaupt trennen konnte. Wer *mußte* zum Beispiel Nikolai Maximowitsch finden, als er betrunken im Schnee lag, und ihn nach Hause schleppen, um damit den Anfang einer endlosen Reihe schrecklicher Ereignisse heraufzubeschwören? War das das Wort Gottes, die unerbittliche Notwendigkeit? Geh, such dir dein eigenes Schicksal – versuch's erst mal mit dem dicken Russen, der mit dem Gesicht im Schnee liegt. Sei hilfsbereit zu einem Antisemiten und leide dadurch. Und von ihm zu seiner Tochter mit dem verkrüppelten Bein war es nur ein einziger verkrüppelter Schritt und dann noch ein weiterer bis in die Ziegelei. Und ein verkrüppelter Sprung ins Gefängnis. Wäre er im Stedtl geblieben, wäre es niemals geschehen. Zumindest dieses nicht. Irgend etwas anderes wäre geschehen, besser gar nicht daran denken, was.

Bricht man einmal auf, ist man draußen unter freiem Himmel; es regnet und schneit. Es schneit Geschichte, und das heißt, was irgend jemandem widerfährt, hat seinen Anfang in einem Netz von Ereignissen außerhalb des persönlichen Lebens. Es beginnt natürlich, bevor man selbst an diese Stelle gelangt. Wir sind alle in die Geschichte verstrickt, das ist sicher, aber einige sind es mehr als andere, und Juden mehr als viele andere. Wenn es schneit, ist nicht jeder draußen und wird naß. Er war naß geworden. Zu seiner schmerzlichen Überraschung war er tiefer in die Geschichte eingetreten als andere – so hatte es sich nun mal ergeben. Warum, würde er nie erfahren. Weil er Spinoza gelesen hatte? Eine Idee macht einen zum Abenteurer? Vielleicht, wer weiß? Auf jeden Fall – wäre es nicht Jakow Bok, ein gebürtiger Jude gewesen, wäre er zunächst einmal im Lukjanowski-Bezirk kein Gesetzesbrecher gewesen, als man nach einem Ausschau hielt; er wäre nie verhaftet worden. Vielleicht würden sie noch immer nach einem suchen. Man konnte sagen, das Wirken der Geschichte war daran schuld; sie war voll von allerlei Hürden und Schranken, als seien gewisse Türen in einem Haus mit Brettern vernagelt, so daß man, wollte man ins Freie gelangen, aus dem Fenster springen mußte. Wenn man sprang, konnte man dabei auf dem Kopf landen. In der Geschichte, in der sich zu manchen Zeiten die Ereignisse rascher drängen als in anderen, geschieht zu viel. Das hatte Ostrowski ihm erklärt. Wenn die Umstände reif waren, warteten die Dinge, die geschehen sollten, auf einen, um sich ereignen zu können. Gäbe es weniger Geschichte, könnte man vielleicht an den Ereignissen vorbei- oder durch sie hindurchgehen: Es sah aus wie Regen, aber die Sonne schien. Im Schnee war er einmal auf Nikolai Maximowitsch Lebedew gestoßen, der sein Abzeichen der »Schwarzen Hundert« trug. Kein Mensch lebt mehr im Paradies.

Aber obwohl seine jungen Eltern ihr ganzes Leben lang im Stedtl geblieben waren, war das Unheil der Geschichte dorthin galoppiert, um sie zu ermorden. Das »Draußen«, dachte er, gab es also überall. Drinnen oder draußen – was zählte, war die Geschichte, das schlechte Gedächtnis der Welt. Es behielt das Falsche. Für einen Juden war es daher ganz gleich, wo er hinging, immer schleppte er einen Packen Erinnerungen auf seinem Rücken, an einen ewigen Zustand der Knechtschaft, geringere Möglichkeiten und der Verwundbarkeit. Nein, es war gar nicht notwendig, nach Kiew oder Moskau oder sonst irgendwohin zu gehen. Man konnte im Stedtl bleiben und mit Luft oder Bohnen handeln, auf Hochzeiten oder bei Begräbnissen tanzen, man konnte sein Leben in der Synagoge verbringen, im Bett sterben und so tun, als sei man in Frieden gestorben, aber ein Jude war nicht frei. Weil die Regierung seine Freiheit dadurch zerstörte, daß sie ihn in seinem Wert herabsetzte. Deshalb war alles gefährlich – wo er war und wohin er ging und was geschah. Eine Tür öffnete sich, wenn er ihr nahte. Eine Hand streckte sich aus und packte ihn an seinem Judenbart – Jakow Bok, einen jüdischen Freidenker in einer Kiewer Ziegelei, aber auch jeden anderen Juden, überhaupt jeden, der möglicherweise Jude war – und machte ihn zum Gegner des Zaren und zu seinem Opfer; zu einem, der erwählt war, einen zu ermorden, den Seine Majestät zur Verfügung gestellt hatte; um eingekerkert, dem Hunger überlassen, gedemütigt und wie ein Tier an die Wand gekettet zu werden, obwohl er unschuldig war. Warum? Weil kein Jude unschuldig war in einem verderbten Staat, weil es das sichtbarste Zeichen seiner Verderbtheit und seiner Furcht war, seines Hasses auf diejenigen, die er verfolgte. Ostrowski hatte ihn daran erinnert, daß in Rußland noch viel mehr nicht stimmte als nur sein Antisemitismus. Diejenigen, die die Unschuldigen verfolgen, waren selbst niemals frei. Aber anstatt ihm Befriedigung zu geben, erfüllte ihn dieser Gedanke mit Wut.

Es war geschehen – wieder mußte er daran denken –, weil er Jakow Bok war und noch außerordentlich viel zu lernen hatte. Er hatte gelernt, und es war ihm nicht leichtgefallen; er selbst hatte die Erfahrung gemacht; aber es war noch schlimmer – er war es selbst. Die Erfahrung, das war er selbst. Das hieß aber auch, daß er jetzt ein anderer Mensch war als vorher, wer hätte das gedacht? Ich habe also etwas gelernt, dachte er, das habe ich gelernt, aber was wird es mir nutzen? Wird es die Gefängnistüren öffnen? Wird es mir erlauben, hinauszugehen und mein armseliges Leben wiederaufzunehmen? Wird es mir ein wenig Freiheit bringen, wenn ich wieder frei sein werde? Oder habe ich nur gelernt, um zu erkennen, wie meine Lage ist – daß der Ozean salzig ist, wenn man ertrinkt, daß man aber ertrinkt, obwohl man das gewußt hat? Immerhin, es war besser, als es nicht zu wissen. Ein Mensch muß lernen, das liegt in seiner Natur.

Was konnte er mit sich anfangen, da er nun ohne Ketten war und dies seine Ungeduld steigerte? Die Zeit setzte sich wieder in Bewegung wie eine Lokomotive mit zwei Wagen, drei Wagen, vier Wagen, ein Tag folgte dem anderen, dann waren schon zwei Wochen vergangen und, zu seinem Entsetzen, eine weitere Jahreszeit. Es war Herbst, und er zitterte bei dem Gedanken an den Winter. Allein der Gedanke ließ seinen Kopf schmerzen. Suslow-Smirnow, ein nervöser, schlaksiger Mann mit dicken Brillengläsern auf einer schmalen Nase und mit einem dichten blonden Haarschopf war viermal dagewesen, um Fragen zu stellen und umfangreiche Notizen auf dünne Papierblätter zu machen – Ostrowski hatte nicht wiederkommen dürfen. Der Anwalt hatte den Gefangenen umarmt und ihm versprochen – »Wenn wir auch durch dumme Beamte behindert werden, die die Dinge in die Länge ziehen« –, die Sache so rasch wie möglich vorwärtszutreiben. »In der Zwischenzeit müssen Sie jedoch auf jeden Schritt achtgeben. Gehen Sie auf Eiern, wie man so sagt, Herr Bok. Auf Eiern.« Er nickte, blinzelte mit beiden Augen und drückte vier Finger auf die Lippen.

»Wissen Sie«, sagte Jakow, »daß sie Bibikow umgebracht haben?«

»Wir wissen es«, flüsterte Suslow-Smirnow und sah sich erschrocken um, »aber wir können es nicht beweisen. Sagen Sie nur nichts davon, sonst verschlimmern Sie Ihre Lage noch.«

»Ich habe es schon gesagt«, erklärte der Fixer, »ich hab's Grubeschow gesagt.«

Rasch schrieb Suslow-Smirnow es auf, strich es dann aber wieder aus und ging. Er sagte, er komme wieder, aber er tat es nicht, und niemand wollte dem Fixer sagen, warum. Habe ich noch einen Fehler gemacht? Hat man die Anklageschrift wieder zurückgezogen? Langsam grub Jakow sich die Nägel ins Fleisch. Der Rest eines weiteren Monats ging dahin. Er zählte wieder die Tage mit Papierfetzchen, die er von den Streifen Toilettenpapier abriß. Er wog, dachte er, eine Tonne – eine Tonne voll Kummer. Sein bißchen Hoffnung – jene Hoffnung, zu der er verrückt genug gewesen war, sich hinreißen zu lassen – flackerte, schwand dahin, erlosch. Seine Beine waren geschwollen, seine Backenzähne lose. Er war an dem tiefsten Tiefpunkt seines Lebens angelangt, als der Direktor mit einem blütenweißen Papier erschien, grüßte und sagte, sein Prozeß könne beginnen.

Die ganze Nacht über drängten sich in der Zelle Gefangene, die in ihr gelebt hatten und gestorben waren. Es waren graugrüne Männer mit verhärmten Gesichtern, verstörten Augen, narbenreichen geschorenen Schädeln und geschwächten, in Lumpen gehüllten Leibern, von denen die Zelle überquoll. Viele starrten stumm auf den Fixer, und aus ihren Augen leuchtete die Sehnsucht nach dem Leben. Wenn einer verschwand, erschienen zwei neue an seiner Stelle. So viele Gefangene, dachte der Gefangene, es ist ein Land der Gefangenen. Die Leibeigenen hat man befreit, heißt es, aber nicht die unschuldigen Gefangenen. Er sah lange Reihen von ihnen, Männer mit finsteren Blicken und hungernden Mündern, Reihen, die sich durch die dicken Mauern hindurch bis in verarmte Städte erstreckten, zu der riesigen leeren Steppe, den großen schneebedeckten Urwäldern, hin bis zu den schäbigen Holzbauten der Arbeitslager in Sibirien. Trofim Kogin war einer von ihnen. Er hatte ein Bein gebrochen und lag im Schnee, während die langen Reihen sich langsam an ihm vorbeischoben. Er lag mit geschlossenen Augen und zuckendem Munde da, aber er rief nicht um Hilfe.

»Hilfe!« schrie Jakow in der Dunkelheit.

In dieser Nacht vor dem Prozeß lastete Todesfurcht auf dem Fixer, und wenn er auch todmüde war, wollte er doch nicht schlafen. Wenn seine schweren Augenlider sich für einen Moment schlossen, sah er jemanden über sich stehen, der ein Messer schwang, um ihm die Kehle durchzuschneiden. Darum zwang sich der Fixer, wach zu bleiben. Er stieß die Decke zur Seite, damit es zu kalt zum Schlafen wäre. Jakow kniff sich in Arme und Schenkel. Falls sich jemand hereinschliche, würde er schreien, sowie sich die Tür öffnete. Schreien war seine einzige Verteidigung. Vielleicht würde es die Mörder erschrecken, wenn sie überlegten, daß die Gefangenen am Ende des Korridors es hören und erraten könnten, der Jude sollte ermordet werden. Falls sie es hörten, würde es nach einer Weile nach draußen dringen, daß die Beamten ihn ermordet hätten, anstatt ihn vor Gericht zu stellen.

Stumm klagte der Wind im Gefängnishof. Sein Herz war wie eine rostige Kette, seine Muskeln waren steif, als sei jeder einzelne mit Draht umwunden. Obwohl die Luft kalt war, schwitzte er. Zwischen den dunkel schimmernden Gefangenen sah er Spitzel, die darauf warteten, ihn umzubringen. Einer von ihnen war der grauhaarige Direktor mit einer blitzenden Doppelaxt. Er versuchte sein Schielauge hinter der Hand zu verbergen, aber es leuchtete zwischen seinen Fingern hindurch wie ein Juwel. Der stellvertretende Direktor, mit offener Hose, versteckte einen schwarzen Ochsenziemer hinter dem Rücken. Und wenn der Zar auch eine weiße Maske über dem Gesicht trug und eine schwarze über dem Hinterkopf, erkannte Jakow ihn doch, wie er in der entferntesten Ecke der Zelle stand und grüne Tropfen in ein Glas heiße Milch fallen ließ.

»Darauf werden Sie schlafen, Jakow Schepsowitsch.«

»Nach Ihnen, Majestät.«

Der Zar verblaßte in der Dunkelheit. Die Spitzel verschwanden, aber die Reihen der Gefangenen waren endlos.

Was kommt jetzt, dachte der Fixer, und wann wird es geschehen? Wird der Prozeß beginnen, oder wird man ihn im letzten Moment abblasen? Angenommen, sie ziehen die Anklageschrift am Morgen zurück, in der Hoffnung, daß ich zusammenbreche oder wahnsinnig werde, ehe sie mir eine neue geben? Viele Menschen haben länger und unter schlimmeren Bedingungen im Gefängnis gelebt, aber wenn ich es noch ein Jahr in dieser Zelle aushalten soll, will ich lieber sterben. Die Gefangenen mit den traurigen Augen, die sich in der Zelle drängten, begannen zu verschwinden. Zuerst diejenigen, die das Holzbett umstanden, dann die, die sich in der Mitte aneinanderdrückten, darauf die an den Wänden und zuletzt die langen Reihen von Männern mit eingefallenen Gesichtern, von stöhnenden Frauen und gespenstigen Kindern mit ihren glasigen Augen in purpurnen Augenhöhlen, die sich durch die Gefängnismauern hinaus in die schneebedeckte Ferne erstreckten.

»Seid ihr Juden oder Russen?« fragte sie der Fixer.

»Wir sind russische Gefangene.«

»Ihr seht aus wie Juden«, sagte er.

Jakow schlief ein. Als er merkte, daß das geschehen war, mühte er sich aus allen Kräften, aufzuwachen, und hörte sich selbst im Schlafe schluchzen, aber es wurde heller in der Zelle, und bald erblickte er Bibikow, der in seinem weißen Sommeranzug an einem Tisch saß und einen Löffel voll Erdbeergelee in seinen Tee rührte.

»Das wäre wohl kaum der richtige Moment für sie, Sie umzubringen, Jakow Schepsowitsch«, sagte er. »Alle wüßten, daß es ein abgekartetes Spiel wäre, und das würde einen Aufschrei hervorrufen. Wovor Sie sich hüten müssen, das ist die plötzliche und unerwartete Gefahr, das, was scheinbar zufällig ist. Also schlafen Sie jetzt, und wenn es Ihnen je gelingen sollte, aus dem Gefängnis herauszukommen, bedenken Sie, daß es der Zweck der Freiheit ist, sie anderen zu verschaffen.«

»Euer Gnaden«, sagte Jakow, »eine ungewöhnliche Einsicht ist über mich gekommen.«

»Wirklich? Welche denn?«

»Etwas in mir hat sich verändert. Ich bin nicht mehr derselbe Mensch. Ich habe weniger Angst und hasse mehr.«

Vor Tagesanbruch kam Schenja mit seinem zerstochenen Gesicht und seiner blutenden Brust zu ihm und bat ihn, ihm sein Leben zurückzugeben. Jakow legte dem Knaben beide Hände auf und versuchte ihn von den Toten zu erwecken, aber es gelang nicht.

Am Morgen lebte der Fixer immer noch. Voll Erstaunen war er aufgewacht, seine Stimmung schwankte – eine Mischung aus Erwartung und Niedergeschlagenheit. Es war Ende Oktober – zweieinhalb Jahre nach seiner Verhaftung in der Ziegelei Nikolai Maximowitschs. Kogin sagte ihm das Datum, als er mit dem Frühstück des Gefangenen hereinkam. An diesem Morgen bestand es aus heißem Milchreis, fast einem halben Pfund Schwarzbrot, einem gelben Stück Butter und einem Emailletopf mit süß duftendem Tee, dazu einem Stück Zitrone und zwei Stückchen Zucker. Außerdem bekam er ein Stück Gurke und eine kleine Zwiebel zum Kauen, um seine Zähne zu kräftigen und dem Anschwellen seiner Beine abzuhelfen. Kogin fühlte sich nicht wohl. Seine Hände zitterten, als er das Essen hinstellte. Er hatte einen roten Kopf und sagte, er wolle nach Hause gehen und sich ins Bett legen, aber der Direktor habe ihm befohlen zu bleiben, bis der Gefangene auf dem Wege zum Gericht sei.

»Strikte Sicherheitsmaßnahmen, hat der Direktor gesagt.«

Jakow rührte das Essen nicht an.

»Besser, du ißt's«, sagte Kogin.

»Ich habe keinen Hunger.«

»Iß trotzdem; du hast einen langen Tag beim Gericht vor dir.«

»Ich bin zu nervös. Wenn ich jetzt äße, müßte ich erbrechen.«

Bereschinski betrat die Zelle. Er schien sich nicht wohl in seiner Haut zu fühlen und wußte nicht, ob er lächeln oder traurig aussehen sollte. Er lächelte unbehaglich.

»Na, dein Tag ist da. Jetzt geht's zum Prozeß.«

»Und meine Kleidung?« fragte Jakow. »Muß ich Gefängniskleidung tragen oder kann ich meine eigenen Sachen bekommen?«

Er fragte sich, ob man ihm einen seidenen Kaftan und einen runden chassidischen Pelzhut geben würde.

»Das wirst du schon 'rausfinden«, sagte Bereschinski.

Beide Wächter begleiteten den Gefangenen zum Badehaus. Er entkleidete sich und durfte sich aus einem Eimer mit warmem Wasser waschen und abseifen. Die Wärme des Wassers trieb ihm verstohlene Tränen in die Augen. Er wusch sich langsam, nahm eine Handvoll Wasser nach der anderen aus dem Eimer. Er wusch die Gerüche und den Schmutz hinweg.

Jakow erhielt einen Kamm und kämmte sich sorgfältig das lange Haar und den Bart, aber dann erschien der Gefängnisbarbier und sagte, er müsse ihm den Kopf rasieren.

»Nein«, brüllte der Fixer. »Warum soll ich denn jetzt wie ein Gefangener aussehen, wenn ich's vorher nicht tat?«

»Weil du ein Gefangener bist«, sagte Bereschinski. »Noch ist das Tor nicht offen.«

»Warum denn jetzt und vorher nicht?«

»Befehle«, sagte der Gefängnisbarbier, »also sitz still und halt den Mund.«

»Warum schneidet er mir das Haar?« fragte Jakow Kogin wütend. In diesem Augenblick spürte er, wie sein Magen sich vor Hunger zusammenkrampfte.

»Befehle müssen befolgt werden«, sagte der Wärter. »Es soll zeigen, daß du keine besonderen Vorrechte hattest und wie die anderen behandelt worden bist.«

»Ich bin schlechter behandelt worden als die anderen.«

»Wenn du alle Antworten kennst, stell keine Fragen«, sagte Kogin gereizt.

»Richtig«, sagte Bereschinski. »Halt den Mund.«

Als das Haar geschnitten war, ging Kogin hinaus, kehrte mit den eigenen Kleidern des Fixers zurück und befahl ihm, sie anzuziehen.

Jakow zog sich im Badehaus an. Er segnete seine Kleider, obwohl sie ihm schlaff und lose um den knochigen Körper hingen. Eine dünne Schnur hielt die um ihn schlotternden Hosen fest. Der naßkalte Schafspelzmantel hing ihm fast bis auf die

Knöchel herunter. Aber wenn die Stiefel auch hart waren, so waren sie doch bequem.

Als er wieder in der Zelle war, die seltsam vom Licht zweier Kerzen erhellt wurde, sagte Kogin: »Bok, hör zu, ich rate dir, iß. Ich gebe dir mein Wort – du brauchst keine Angst zu haben, daß irgend etwas im Essen ist. Es ist besser für dich, zu essen.«

»Stimmt«, sagte Bereschinski. »Tu, was man dir sagt.«

»Ich will aber nicht essen«, sagte der Fixer. »Ich will fasten.«

»Wozu denn, zum Teufel?« sagte Kogin.

»Für Gottes Welt.«

»Ich dachte, du glaubst nicht an Gott.«

»Tu ich auch nicht.«

»Zum Teufel mit dir«, sagte Kogin.

»Also denn – Glück auf und keinen Groll«, sagte Bereschinski mit Unbehagen. »Pflicht ist Pflicht. Der Gefangene ist der Gefangene, und der Wärter ist eben der Wärter.«

Vom Fenster her kam das Geräusch einer Reiterschar, die klappernd in den Gefängnishof einritt.

»Das sind die Kosaken«, sagte Bereschinski.

»Muß ich zu Fuß mitten auf der Straße gehen?«

»Das wirst du schon merken. Der Direktor wartet, also beeil dich, sonst wirst du's ausbaden müssen.«

Als Jakow die Zelle verließ, stand eine Eskorte von sechs Kosakenwachen mit gekreuzten Bandelieren im Korridor. Der Hauptmann, ein stämmiger Mann mit schwarzem Schnurrbart, befahl der Wachabteilung, den Gefangenen zu umstellen.

»Vorwärts, los«, befahl der Hauptmann der Eskorte.

Die Kosaken trieben den Gefangenen den Gang entlang zum Büro des Direktors. Obwohl Jakow versuchte, die Beine gerade zu halten, humpelte er. Er ging, so schnell er konnte, um mit der Wachabteilung Schritt zu halten. Kogin und Bereschinski blieben zurück.

Im Büro des Direktors durchsuchte der Hauptmann den Gefangenen sorgfältig; er schrieb dann eine Quittung aus und reichte sie dem Direktor.

»Einen Augenblick, junger Mann«, sagte der Direktor. »Ich möchte noch ein Wort mit dem Gefangenen sprechen.«

Der Hauptmann salutierte. »Wir verlassen das Gebäude um acht Uhr.« Er zog sich ins Vorzimmer zurück, um zu warten.

Der alte Mann wischte sich die Mundwinkel mit einem Taschentuch ab. Sein Auge tränte, also wischte er es ebenfalls ab. Er zog die Tabaksdose heraus, steckte sie jedoch wieder ein.

Jakow beobachtete ihn nervös. Wenn er jetzt die Anklageschrift zurücknimmt, erdrossele ich ihn.

»Na, Bok«, sagte Direktor Grisizkoi, »wenn Sie vernünftig gewesen wären und den Rat des Staatsanwalts befolgt hätten, wären Sie heute ein freier Mann und außerhalb des Landes. Wie die Dinge jetzt stehen, werden Sie wahrscheinlich auf Grund des Beweismaterials verurteilt werden und müssen den Rest Ihres natürlichen Lebens in härtester Einzelhaft verbringen.«

Der Fixer kratzte sich die Handflächen.

Der Direktor holte seine Brille aus einer Schublade, rückte sie auf der Nase zurecht und las etwas aus einer Zeitung vor, die auf seinem Schreibtisch lag. Der Bericht handelte von einem Schneider in Odessa, einem Juden namens Markowitsch, Vater von fünf Kindern, den die Polizei beschuldigte, spät nachts in einer Straße nahe der Küste einen neunjährigen Knaben ermordet zu haben. Danach hatte er die Leiche des Kindes in seine Schneiderwerkstatt gebracht und dem noch warmen Leichnam das Lebensblut abgezapft. Die Polizei, deren Verdacht der Schneider erregt hatte, weil er nachts allein durch die Straßen ging, hatte auf dem Fußboden Blutspuren entdeckt und ihn sogleich verhaftet.

Der Direktor legte die Zeitung fort und nahm die Brille ab.

»Das will ich Ihnen sagen, Bok: Wenn wir den einen von Ihnen nicht verurteilen, verurteilen wir den anderen. Wir werden Ihnen allen schon eine Lektion beibringen.«

Der Fixer blieb stumm.

Der Direktor, dessen Mund vor Wut feucht war, riß die Tür auf und gab dem Hauptmann der Eskorte ein Zeichen.

Aber in diesem Augenblick kam der stellvertretende Direktor aus der Vorhalle herein. Er war in Eile und beachtete den Hauptmann der Eskorte überhaupt nicht.

»Herr Direktor«, sagte er, »hier habe ich ein Telegramm, in dem untersagt wird, daß dem jüdischen Gefangenen Bok besondere Vorrechte gewährt werden dürfen, nur weil er auf dem Wege zum Prozeß ist. Er ist heute morgen nicht durchsucht worden, aber das ist nicht meine Schuld. Bitte lassen Sie ihn zu der normalen Durchsuchung in die Zelle zurückbringen.«

Ein Druck von Übelkeit legte sich dem Fixer auf die Brust.

»Warum soll ich Jetzt durchsucht werden? Was können Sie denn finden, wenn Sie mich jetzt durchsuchen? Nur mein Elend. Dieser Mann weiß wirklich nicht, wann's genug ist.«

»Ich habe ihn schon durchsucht«, sagte der Kosakenhauptmann zum stellvertretenden Direktor. »Der Gefangene befindet sich in meiner Obhut. Ich habe dem Direktor selbst eine Quittung darüber ausgestellt.«

»Sie liegt auf meinem Schreibtisch«, sagte der Direktor.

Der stellvertretende Direktor zog ein zusammengefaltetes weißes Papier aus der Tasche seiner Bluse. »Dieses Telegramm kommt von Seiner Kaiserlichen Majestät in Petersburg. Es befiehlt uns, den Juden so sorgfältig wie möglich zu durchsuchen, um mögliche gefährliche Zwischenfälle zu vermeiden.«

»Warum ist dieses Telegramm nicht an mich geschickt worden?« fragte der Direktor.

»Ich habe Sie darauf hingewiesen, daß es kommen könnte«, entgegnete der stellvertretende Direktor.

»Stimmt«, sagte der Direktor verwirrt.

»Warum will man mich denn schon wieder beleidigen?« schrie Jakow, dem das Blut im Gesicht brannte. »Die Wärter haben mich im Badehaus nackt gesehen und waren dabei, als ich mich anzog. Und dieser Hauptmann hier hat mich vor dem Direktor durchsucht. Warum soll ich am Tag meines Prozesses noch weiter gedemütigt werden?«

Der Direktor schlug mit der Faust auf den Tisch. »Schluß damit. Ich warne Sie – still jetzt.«

»Niemand interessiert sich für Ihre Ansicht«, sagte der Hauptmann mit dem schwarzen Schnurrbart kühl. »Vorwärts – los. Zurück in die Zelle.«

Dahinter steckt mehr, als in dem Telegramm steht, dachte Jakow. Ich bin lieber vorsichtig, falls sie mich provozieren wollen.

Bis in die Tiefen seines Herzens unglücklich, wurde er von der Kosakenwache wieder zur Zelle gebracht.

»Willkommen zu Hause«, lachte Bereschinski.

Voll Schrecken und Erstaunen starrte Kogin den Fixer an.

»Rasch, beeilen Sie sich«, sagte der Kosakenhauptmann zu dem stellvertretenden Direktor.

»Bitte, mein Freund, lehren Sie mich nicht, meine Arbeit zu tun, und ich werde Sie nicht über die Ihre belehren«, sagte der stellvertretende Direktor kalt. Seine Stiefel rochen, als sei er soeben in Kot getreten.

»Hinein und ausgezogen«, befahl er Jakow.

Der Gefangene, der stellvertretende Direktor und die beiden Aufseher betraten die Zelle und ließen den Hauptmann und die Eskorte im Gang warten. Mit einem Knall schlug der stellvertretende Direktor die Türe zu.

In der Zelle bekreuzigte sich Kogin.

Langsam, zitternd entkleidete sich Jakow. Nackt, nur mit dem Unterhemd auf dem Körper, stand er da. Ich muß vorsichtig sein, dachte er, oder es wird mir schlecht ergehen. Ostrowski hat mich gewarnt. Und doch spürte er, während er sich das sagte, wie seine Wut immer größer wurde. Das Blut dröhnte ihm in den Ohren. Es war, als hätte er ein Loch gegraben und dann die Schaufel zur Seite gelegt, aber das Loch wurde immer größer. Es wuchs und wuchs, bis es ein Grab wurde. Er stellte sich vor, wie er dem stellvertretenden Direktor das Gesicht zerfleischte und ihn zu Tode trat.

»Mund auf!« Bereschinski fühlte ihm mit einem schmutzigen Finger unter die Zunge.

»Jetzt spreiz deinen Arsch.« Kogin starrte auf die Wand.

»Weg mit dem stinkenden Unterhemd«, befahl der stellvertretende Direktor.

Ich muß meinen Zorn unterdrücken und ruhig werden, dachte der Fixer und sah die Welt in Schwarz. Statt dessen wurde sein Zorn immer wilder.

»Warum denn?« brüllte er. »Ich hab's doch noch nie ausgezogen. Warum soll ich's denn jetzt ausziehen? Warum beleidigen Sie mich?«

»Runter damit, ehe ich's Ihnen wegreiße.«

Jakow hatte das Gefühl, als zitterte die Zelle und neigte sich zu einer Seite. Ich hätte doch essen sollen, dachte er. Es war falsch, nichts zu essen. Er sah, wie ein kahlköpfiger, dünner nackter Mann in einer eiskalten Gefängniszelle sich sein Unterhemd vom Leib riß und beobachtete zu seinem Entsetzen, wie er es dem stellvertretenden Direktor ins Gesicht schleuderte.

Eine feierliche Stille erfüllte die Zelle.

Obwohl die feuchten Augen des stellvertretenden Direktors todbringend funkelten, sagte er ruhig: »Es steht mir zu, Sie zu bestrafen, weil Sie einen Gefängnisbeamten beleidigt und ihn an der Ausführung seiner Pflicht zu hindern versucht haben.«

Er zog seinen Revolver.

Pech für mich. Jakow dachte daran, wie sein Leben verlaufen war. Jetzt ist Schmuel tot, und Raisl hat nichts zu essen. Ich habe noch nie jemandem Nutzen gebracht und werde es auch nicht tun.

»Einen Augenblick, Euer Gnaden«, sagte Kogin zu dem stellvertretenden Direktor. Die tiefe Stimme versagte ihm. »Nacht für Nacht habe ich diesem Mann zugehört, ich kenne seine Sorgen. Genug ist genug, und auf jeden Fall ist es Zeit, daß sein Prozeß beginnt.«

»Geh mir aus dem Weg, oder ich melde dich wegen Auflehnung, du Hurensohn.«

Kogin preßte die Mündung seines Revolvers auf den Nacken des stellvertretenden Direktors.

Bereschinski griff nach seiner Pistole, aber noch ehe er sie packen konnte, drückte Kogin ab.

Er schoß zur Decke, und nach ein paar Sekunden regnete es Staub auf den Boden.

Im Gang erklang eine schrille Pfeife. Die Gefängnisglocke ertönte. Die eiserne Zellentür wurde aufgerissen, und mit weißem Gesicht stürmte der Hauptmann mit seiner Kosakenwache in die Zelle.

»Ich habe selbst eine Quittung ausgestellt«, schrie er.

»Mein Kopf tut mir weh«, murmelte Kogin. Mit blutverschmiertem Gesicht sank er in die Knie. Der stellvertretende Direktor hatte ihn erschossen.

Eine Kirchenglocke läutete.

Ein schwarzer Vogel löste sich vom Himmel. Eine Krähe? Oder ein Habicht? Oder das schwarze Ei eines schwarzen Adlers, das im Begriff war, auf den Wagen zu fallen? Wenn es das nicht ist, was ist es dann? Was kann ich dagegen tun, dachte Jakow, wenn es eine Bombe ist? Ich werde mich ducken, was sonst kann ich tun? Und wenn's eine Bombe ist – warum bin ich je geboren worden?

Während eine stumme Schar von Beamten, Gästen und den berittenen Kosaken ihn im Hof beobachteten, war der Gefangene, von Wachtposten umgeben, von der Gefängnistür zu dem massiven schwarzen Panzerwagen gehumpelt, den vier Pferde mit dicken Hälsen und schweren Rümpfen zum Tor gezogen hatten. Auf dem Bock saß ein Kutscher mit Falkenaugen, hatte eine Peitsche in der Hand und trug einen langen Mantel und eine Schirmmütze.

Der Fixer wurde von zwei Kosaken die Metallstufen hinaufgeschoben und vom Polizeidirektor und seinem Gehilfen in den großrädrigen Wagen eingeschlossen. Im Inneren war es dunkel und muffig. Eine Lampe, die nicht brannte, hing in der Ecke; die Fenster waren rund und klein. Jakow blickte durch eines von ihnen hinaus, sah nichts, was er sehen wollte – Direktor Grisizkoi in Militärmütze und -jacke, der sich ein blutunterlaufenes Auge rieb –, und lehnte sich in der Dunkelheit zurück.

Der Kutscher rief den Pferden etwas zu; eine Peitsche sauste durch die Luft, und der riesige Wagen mit seiner Eskorte von berittenen Kosaken in Pelzmützen und grauen Mänteln – ein Zug mit funkelnden Lanzen vor ihm, ein anderer mit gezogenen Schwertern hinter ihm – rumpelte durch das Tor und ratterte hinaus auf das Kopfsteinpflaster der Straße. Rasch fuhr der Wagen die Straße hinauf, bog um eine Ecke und folgte dann einer Allee; auf der einen Seite lagen Felder, und auf der anderen standen hier und da Fabrikgebäude und Häuser.

Ich bin auf dem Wege, dachte der Fixer, zum Guten oder zum Schlechten, und wenn's zum Schlechten ist, wird es noch schlimmer werden als bisher.

Eine Zeitlang saß er in seine Einsamkeit versunken da, dann erblickte er durch ein Fenster einen Vogel am Himmel und beobachtete ihn gerührt, bis er ihn nicht mehr sehen konnte. Die schwache Sonne färbte die ziehenden Wolken, und eine Minute lang stob der Schnee in verschiedene Richtungen auseinander. In einem Wald in der Nähe der Straße hatten die Eichen noch ihre bronzefarbenen Blätter, aber die großen Kastanienbäume waren schwarz und kahl. Jakow, der sich entsann, sie in voller Blüte gesehen zu haben, trauerte um die Jahreszeiten, die er versäumt, und um die Jahre seiner Jugend, die er im Gefängnis verloren hatte.

Obwohl er durch Kogins Tod noch immer wie benommen war, fühlte er sich schließlich doch erleichtert, daß etwas im Gange war – aber welchem Schicksal trieb er entgegen, wer konnte es sagen? Doch er war endlich auf dem Weg zum Gerichtsgebäude, und der Prozeß gegen ihn sollte, wie es hieß, beginnen – volle drei Jahre, nachdem er das Stedtl verlassen hatte und nach Kiew gefahren war. Als es dann an der Ziegelmauer einer Fabrik vorbeiging, deren Schornsteine Kohlenrauch ausstießen, den der Wind in den Himmel trieb, sah er eine Sekunde lang im runden Fenster das widergespiegelte Bild eines verwelkten, zusammengeschrumpften Juden; er versteckte sich davor, vermochte jedoch einen Augenblick später nicht, es auch vor der Erinnerung zu verbergen – der Erinnerung an sein hageres Gesicht, seinen dunkel gewordenen, faserigen Bart, weiß um den verbitterten Mund herum; und obgleich er eigentlich nicht um sich selbst weinen wollte, waren seine Handflächen feucht, als er sich die Augen rieb.

Am Fabriktor hatten sich fünf oder sechs Arbeiter umgedreht, um die Prozession zu beobachten; aber als sie eine Werst weiter in das Geschäftsviertel kamen, blickte der Fixer erstaunt auf die Menschenmenge, die beide Seiten der Straße säumte. Obwohl es früh am Morgen war, standen die Leute in Fünfer- und Sechserreihen da – Arbeiter und Beamte auf dem Weg zur Arbeit, Ladenbesitzer, Bauern in Schafpelzen, Frauen in Schals und ein paar von ihnen in Hüten, einige Kadetten der Militärschule und Soldaten und hier und da ein Mönch oder Priester in grauem Gewand – und starrten auf den Wagen. Die Straßenbahnen hielten, Fahrgäste erhoben sich von ihren Plätzen, um einen Blick aus dem Fenster zu werfen, als die berittenen Kosaken und der rumpelnde Wagen vorbeikamen. In den Nebenstraßen stoppte die Polizei Wagen und Autos und die Ochsenkarren aus der Provinz, die hoch mit Gemüse und Korn und mit Milchkannen beladen waren. Berittene Polizei war in gewissen Abständen an der Straße zum Gerichtsgebäude stationiert, um die Ordnung aufrechtzuerhalten. Jakow ging von einem Fenster zum anderen, um die Menge zu betrachten.

»Jakow Bok!« rief er aus. »Jakow Bok!«

Der Kosake, der links vom Wagen ritt, ein breitschultriger Mann mit buschigen Augenbrauen und graumeliertem Schnurrbart, blickte starr vor sich hin; aber der Reiter, der auf der Seite der Tür galoppierte, ein junger Mann von ungefähr zwanzig Jahren, auf einer grauen Stute, warf von Zeit zu Zeit einen verstohlenen Blick auf Jakow, wenn er aus dem Fenster starrte, als versuchte er, seine Schuld oder Unschuld abzuwägen.

»Unschuldig!« rief der Fixer zu ihm hinaus. »Unschuldig!«

Und obgleich er keinen Grund dazu hatte, lächelte er dem Kosaken ein wenig zu, weil er so jung war und so gut aussah und weil er, wie das Leben so spielt, ein mehr oder weniger freier Mann war. Dann ritt der Kosake vorwärts, die Stute hob den Schwanz und ließ dampfende Roßäpfel fallen, auf die ein Schuljunge zeigte.

In der Menge standen ein paar Juden, die voll Mitleid und Angst zusahen. Die meisten russischen Gesichter waren ausdruckslos, nur einige sahen feindselig oder haßerfüllt aus. Ein Ladenbesitzer in einem Kittel spuckte den Wagen an. Zwei

Knaben schrien ihm etwas nach. Manche Männer in der Menge trugen das Abzeichen der »Schwarzen Hundert«, und als Jakow erst aus einem Fenster und dann in aller Eile aus einem anderen blickte und sah, wie viele von ihnen an diesem Ort versammelt waren, bekam er Angst. Wo einer war, gab es hundert von ihnen. Ein Mann mit angespanntem Gesicht und furchterregenden Augen schleuderte die Hand in die Luft, als hätte sie Feuer gefangen. Der Hodensack des Flickers zog sich schmerzhaft zusammen, er schlug sich mit den Fingern an die Brust, als ein schwarzer Vogel aus der weißen Hand zu fliegen schien, die die Luft umkrallte.

Eilends duckte sich Jakow. Wenn das mein Tod ist, habe ich umsonst gelitten.

»Sie hätten auch ein wenig warten können«, sagte der Vorsitzende der Jury. »Niemand von uns gehört zu den höheren Ständen oder den gebildeten Leuten, aber es mangelt uns auch nicht völlig an Lebenserfahrung. Ein Mensch lernt selbst dann die Wahrheit zu erkennen, wenn er nicht immer ihren Geboten gemäß lebt. Und es gibt Zeiten, in denen er es tut, wenn er sich dazu aufgelegt fühlt. Kann sein, die Beamten wollen nicht, daß wir die Wahrheit wissen, aber sie drängt sich, wie man es ausdrücken könnte, durch die Mauerritzen hindurch. Vielleicht versuchen sie, uns zu täuschen, wie es oft genug vorkommt, aber wir werden das Beweismaterial sichten, und wenn die Tatsachen nicht so sind, wie sie behaupten, mögen sie sich mit ihrem Gewissen auseinandersetzen.«

»Sie haben keins.«

»Um so schlimmer für sie in diesem Fall. Nicht umsonst kommt man als Mensch zur Welt.«

»Ich bin unschuldig«, sagte Jakow. »Sie können mich betrachten und es selbst sehen. Schauen Sie mir ins Gesicht und sagen Sie, ob ein Mann wie ich, egal, was er sonst tun könnte, es fertigbrächte, einen Knaben umzubringen und seinem Leichnam das Blut abzuzapfen. Wenn auch nur ein Funken Menschlichkeit in meinem Herzen ist und Sie Männer sind, müssen Sie das wissen. Sagen Sie – sehe ich wie ein Mörder aus?«

Gerade wollte der Vorsitzende darauf antworten, da gab es eine heftige Explosion, und der Wagen schwankte hin und her.

Jakow wartete auf den Tod. Eine Weile wanderte er über einen Friedhof und las die Namen auf den Grabsteinen. Dann rannte er von einem Grab zum anderen und suchte wie wahnsinnig auf jedem von ihnen, konnte jedoch seinen Namen nicht finden. Nach einiger Zeit hörte er auf hinzusehen. Er hatte lange gewartet, aber vielleicht mußte er noch länger warten. Wenn man zu einer gewissen Art von Menschen gehörte, hielt sich der Tod von einem fern. Dann rührten die Leiden vom Leben her – von der Armut, den Irrtümern anderen gegenüber, den Schicksalsschlägen. Man lebte, man litt – aber man lebte.

Er hörte Schreien und Brüllen, Tumult, das erschrockene Wiehern von Pferden. Der Wagen ratterte und schien in die Höhe zu springen, schlug dann auf den Boden auf und blieb stehen, zitterte, fiel jedoch nicht um. Der Gestank von Schießpulver bohrte sich in seine Nasenlöcher. Ein Türschloß sprang auf, und die Tür öffnete sich einen Spalt. Er fühlte eine überwältigende Sehnsucht, wieder zu Hause zu sein, Raisl zu sehen und alles in Ordnung zu bringen und zu entscheiden, was er tun sollte. »Raisl«, sagte er, »zieh den Jungen an und pack die paar Sachen, die wir brauchen, wir werden uns verstecken müssen.« Er war im Begriff, die Tür mit dem Fuß aufzustoßen, sagte sich jedoch, daß er das nicht tun dürfe. Durch das gesprungene Fenster auf der rechten Seite sah er, wie die Menschen davonliefen. Eine Abteilung Kosaken mit erhobenen Lanzen galoppierte vom Wagen weg. Eine Abteilung mit gezückten Säbeln galoppierte, im Sattel stehend, auf ihn zu. Die graue Stute lag tot auf den Pflastersteinen. Drei Polizisten hoben den jungen berittenen Kosaken auf. Die Bombe hatte ihm einen Fuß weggerissen. Der Stiefel war davongeflogen, und sein blutendes Bein war zerschmettert. Als man ihn am Wagen vorbeitrug, öffnete er die Augen und blickte voll Entsetzen und Angst auf Jakow, als wollte er sagen: »Was hat mein Fuß damit zu tun?«

Der Fixer schrak vor dem Anblick zurück. Der Kosake war ohnmächtig geworden, aber sein zerfetztes Bein schüttelte sich und bespritzte die Polizisten mit Blut. Dann galoppierte ein Kosakenoberst mit gezücktem Schwert zum Wagen hin und schrie dem Kutscher zu: »Weiter, weiter!« Er saß ab und versuchte die Tür zuzuschlagen, aber sie wollte nicht ins Schloß fallen. »Weiter! Weiter!« schrie er. Der Wagen rumpelte davon, die Pferde liefen schneller und schneller und verfielen in einen raschen Trab. Auf einem Schimmel galoppierte der Oberst anstelle des verwundeten Kosaken neben dem Wagen her.

Jakow saß in der dunklen Kutsche, von einem so wilden Haß übermannt, daß seine Brust sich hob und senkte, als gebe es keine Luft im Wagen. Eine Weile später sah er sich irgendwo an einem Tisch sitzen, ihm gegenüber der Zar, eine brennende Kerze zwischen ihnen, in einer Zelle oder einem Keller, was immer es war. Nikolaus II., mittelgroß, mit offenen blauen Augen und einem gutgeschnittenen Bart, der etwas zu breit war für sein Gesicht, war nackt und hielt eine kleine silberne Ikone der Jungfrau Maria in der Hand. Obgleich er blaß und zerstreut war und seit kurzer Zeit an einem bösen Husten litt, sprach er mit freundlicher Stimme und rührender Beredsamkeit.

»Wenn ich Ihnen gegenüber auch im Nachteil bin, Jakow Schepsowitsch, werde ich Ihnen doch die Wahrheit sagen. Es geht nicht nur darum, daß die Juden Freimaurer und Revolutionäre sind, die unsere Gesetze zerstören und unsere Polizei durch systematische Bestechung demoralisieren, um gesellschaftliche Ausnahmerechte zu erhalten – das kann ich beinahe noch verzeihen, nicht jedoch die anderen Dinge, besonders nicht das schreckliche Verbrechen, dessen man Sie anklagt, ein Verbrechen, das mir persönlich so gegen die Natur geht. Ich meine damit das Abzapfen des Blutes aus dem Leichnam von Schenja Golow. Ich weiß nicht, ob Ihnen bekannt ist, daß mein eigenes Kind, der Zarewitsch Alexis, ein Bluter ist? Aus Höflichkeit der königlichen Familie und besonders der Zarin gegenüber erwähnen die Zeitungen das natürlich nicht. Wir haben das Glück, vier gesunde Töchter zu besitzen, die Prinzessinnen Olga – die sehr lernbegierig ist; Tatjana – die hübscheste, ziemlich kokette (das sage ich mit Vergnügen); Maria – die schüchterne, sanfte; und

Anastasia, die jüngste und lebhafteste; aber als uns nach vielen Gebeten schließlich ein Thronfolger geboren wurde, war es Gottes Wille, diese Freude zu unserer schwersten Prüfung zu machen, denn leider fehlt seinem Blut jener Stoff, der zum Gerinnen und Heilen notwendig ist. Ein kleiner Schnitt – eine ganz belanglose Sache –, und er kann verbluten. Wir umhegen ihn, wie Sie sich denken können, mit der größten Sorgfalt und sitzen immer wie auf glühenden Kohlen, denn selbst ein ganz gewöhnlicher Fall kann äußerst gefährlich sein. Alexis' Venen sind zart und zerbrechlich, und beim geringsten Mißgeschick verursachen ihm innere Blutungen unerträgliche Schmerzen und Qualen. Meine teure Frau und ich – und ich darf wohl sagen auch die Mädchen – leiden Todesangst um dieses arme Kind. Darf ich Sie fragen, Jakow Schepsowitsch, sind Sie Vater?«

»Mit ganzem Herzen.«

»Dann können Sie sich unsere Angst vorstellen«, sagte der Zar mit den traurigen Augen.

Seine Hände zitterten ein wenig, als er sich eine türkische Zigarette anzündete, die er einer Emailledose auf dem Tisch entnahm. Er bot Jakow die Dose an, aber der Fixer schüttelte den Kopf.

»Ich habe die Krone nie gewollt, sie hat verhindert, daß ich nach meiner wahren Natur leben konnte. Herrschen heißt, ein schweres Kreuz tragen. Ich habe Fehler begangen, aber ich versichere Ihnen, ich habe es nicht aus Bosheit getan. Von Natur aus bin ich nicht beherzt, ich bin nicht wie mein verstorbener Vater – wir lebten in furchtbarer Angst vor ihm –, aber was kann ein Mann noch tun, wenn er schon sein Bestes tut? Man wird eben geboren, wie man geboren wird, mehr ist dazu nicht zu sagen. Ich danke Gott für meine guten Eigenschaften. Um Ihnen die Wahrheit zu sagen, Jakow Schepsowitsch – ich spreche nicht gern über diese Dinge. Aber ich bin – das darf ich offen sagen – ein freundlicher Mensch und liebe mein Volk. Wenn uns die Juden auch eine Menge Schwierigkeiten verursachen und wir sie manchmal unterdrücken müssen, um die Ordnung aufrechtzuerhalten, wünsche ich ihnen doch, das können Sie mir glauben, alles Gute. Was Sie persönlich angeht, so halte ich Sie, wenn ich Ihnen das sagen darf, für einen anständigen Mann, der jedoch Fehler begangen hat – ich bestehe auf dem Wort anständig –, und ich muß Sie bitten, von meinen Verpflichtungen und Belastungen Kenntnis zu nehmen. Schließlich ist es ja nicht so, als wüßten Sie nicht selbst, was Leiden bedeutet. Es hat Sie doch sicher die Bedeutung von Barmherzigkeit gelehrt?«

Er hustete nun heftig, und als er die letzten Worte sagte, war seine Stimme unsicher geworden.

Jakow rutschte unbehaglich auf dem Stuhl hin und her. »Verzeihen Sie, Majestät, aber was mich das Leiden gelehrt hat, ist die Nutzlosigkeit des Leidens, wenn ich das sagen darf. Auf jeden Fall gibt es schon so genug davon im Leben, daß man nicht noch einen ganzen Berg von Ungerechtigkeit darauf häufen muß. Rachmones nennen wir es auf hebräisch – Erbarmen: Man darf es nicht vergessen, aber man muß auch bedenken, wie unterdrückt, unwissend und elend die meisten von uns in diesem Lande, unter Ihrer Regierung und Ihren Ministern sind – Christen wie Juden. Schließlich läuft es doch darauf hinaus, Väterchen: ob Sie es gewollt haben oder nicht, Sie hatten Ihre Chance; ja, sogar viele Chancen, aber das Beste, das Sie uns bei allen guten Absichten haben geben können, ist der ärmste und reaktionärste Staat in Europa. Mit anderen Worten – Sie haben aus diesem Land ein Tal voller Knochen gemacht. Sie hatten Ihre Chancen und haben sie weggepißt. Das läßt sich nicht bestreiten. Es ist nicht einfach, das Pferd vom Schwanz aufzuzäumen, aber Sie hätten etwas tun können, um uns allen ein besseres Leben zu bescheren – für die Zukunft Rußlands, könnte man sagen, aber Sie haben es nicht getan.«

Der Zar stand auf, sein Phallus war dünn, er hustete noch immer und war beunruhigt und verärgert. »Ich bin nur ein einzelner Mensch, auch wenn ich ein Herrscher bin, und doch werfen Sie mir die ganze Geschichte vor.«

»Weil Sie so vieles nicht wissen, Majestät, und es auch nicht gelernt haben. Ihr armer Junge ist ein Bluter, irgend etwas fehlt seinem Blut. Bei Ihnen fehlt etwas an anderer Stelle, trotz

Ihrer sentimentalen Gefühle: nämlich jene Art von Erkenntnis, wie man es nennen könnte, die in einem Mann Nächstenliebe erweckt und die Achtung noch vor dem Elendsten. Sie sagen, Sie seien freundlich, und Sie beweisen es durch Pogrome.«

»Die«, sagte der Zar, »dürfen Sie mir nicht zur Last legen. Man kann das Wasser nicht am Fließen hindern. Die sind der wahre Ausdruck des Volkswillens.«

»Wenn dem so ist, gibt es nichts mehr zu sagen.« Auf dem Tisch, neben der Hand des Fixers, lag ein Revolver. Jakow legte eine Kugel in die rostige Trommel.

Der Zar setzte sich und beobachtete alles ohne sichtbare Erregung, obwohl sein Gesicht weiß und sein Bart dunkler geworden waren. »Ich bin das Opfer, ich leide für mein armes Volk. Was geschehen wird, wird geschehen.« Er drückte den Zigarettenstummel auf dem Kerzenuntersatz aus. Das Licht flackerte, ging jedoch nicht aus.

»Erwarten Sie nicht, daß ich um Gnade flehe.«

»Das ist auch für das Gefängnis, das Gift, die sechs täglichen Durchsuchungen. Es ist für Bibikow und Kogin und für vieles, vieles andere, das ich nicht einmal erwähnen will.«

Jakow zielte mit dem Revolver auf das Herz des Zaren (obwohl Bibikow mit weißen Armen um sich schlug und nein, nein, nein, nein rief) und drückte ab. Nikolaus, der sich bekreuzigte, stieß den Stuhl um und fiel zu seiner Überraschung zu Boden, und der Flecken auf seiner Brust wurde immer größer.

Die Pferde klapperten über das Kopfsteinpflaster.

Die Geschichte, dachte Jakow, kann man umstoßen. Was der Zar verdient, ist eine Kugel in den Bauch. Besser er als wir.

Das linke Hinterrad des Wagens schien zu wackeln.

Eines, dachte er, habe ich gelernt – kein Mensch kann unpolitisch sein, am wenigsten ein Jude. Man kann nicht das eine ohne das andere sein, das ist deutlich genug. Man kann nicht stillsitzen und zusehen, wie man vernichtet wird.

Später dachte er: Wo es keinen Kampf um Freiheit gibt, gibt es auch keine Freiheit. Was sagt Spinoza? Wenn der Staat Dinge tut, die gegen die menschliche Natur verstoßen, ist es das geringere Übel, ihn zu vernichten. Tod den Antisemiten! Lang lebe die Revolution! Lang lebe die Freiheit!

Die Menschenmengen zu beiden Seiten der Straße waren wieder riesengroß und drängten sich zwischen Kantstein und Häuserfassaden eng zusammen. An allen Fenstern zeigten sich Gesichter, und den ganzen Weg entlang standen Menschen auf den Dächern. Unter denen, die auf der Straße standen, waren auch Juden aus dem Plosski-Bezirk. Als der Wagen vorbeiratterte und sie einen kurzen Blick auf den Fixer warfen, weinten einige von ihnen ungeniert und rangen die Hände. Ein Mann mit dünnem Bart zerkratzte sich das Gesicht. Der eine oder andere winkte Jakow zu. Und einige riefen seinen Namen.

Jewgenia Ginsburg

Marschroute eines Lebens

Aus dem Russischen von Swetlana Geier.
383 Seiten. Serie Piper 462

»›Die Marschroute‹ – das ist der Anfang eines neuen Kapitels unseres gesellschaftlichen Denkens und unserer Literatur«, schrieb Lew Kopelew über dieses erschütternde Dokument, den ersten Bericht, in dem eine russische Frau – »ein weiblicher Hiob« (Heinrich Böll) – Zeugnis über ihren Leidensweg während der Stalinzeit ablegt. Jewgenia Ginsburg schildert die zwei Jahre dauernde Tortur des Parteiverfahrens, den Ausschluß aus der Partei, die Verurteilung zu zehn Jahren Haft (insgesamt wird sie 18 Jahre im Gefängnis und im Lager verbringen). Nach langer Einzelhaft wird sie 1940 in die Eiswüste von Kolyma verschickt. Hier schließt »Gratwanderung« an.

Gratwanderung

Aus dem Russischen von Nena Schawina.
Vorwort von Heinrich Böll. Nachwort von Lew Kopelew und Raissa Orlowa. 512 Seiten. Serie Piper 293

»Ich tauche auf aus einer Lektüre, die mich für Tage in einen weit entfernten Archipel entführt hat, in den Archipel Gulag von Kolyma, am Ochotskischen Meer im nordöstlichen Sibirien gelegen, eine Strafkolonie, furchtbarer noch als sie ein Kafka beschreiben konnte, in der zeitweilig mehrere hunderttausend politische Häftlinge gelebt, geschuftet, gelitten haben und Zehntausende umgekommen sind, hauptsächlich bei der Arbeit in Goldbergwerken. Tauche auf aus dem Kreis der Hölle, der hier in Prosa und in seiner ganzen Furchtbarkeit beschworen wird, begleitet von den Bildern des Schreckens, aber auch angerührt von den Gesten der Menschlichkeit, des Trostes, des Überlebens. Das ist kein Buch, das man einfach liest, sondern ein Stück Geschichte, in die man hineingezogen wird.« Horst Bienek, Die Zeit

Piper 12/2d

PIPER

Saul Bellow
Bellarosa Connection
Novelle

Titel der Originalausgabe: *The Bellarosa Connection*
Aus dem Amerikanischen von Helga Pfetsch
Leinen

Das Wort »Bellarosa« war für den Juden Harry Fonstein der Schlüssel zur Freiheit, als ihm unbekannte Retter während des Krieges die Flucht nach Amerika ermöglichten. In seiner brillanten Novelle schildert Saul Bellow Fonsteins lebenslange Suche nach diesem geheimnisvollen Retter.

»Bellow, jetzt Mitte Siebzig, hat nie knapper und prägnanter geschrieben, nie griffiger und anschaulicher.«
Frankfurter Allgemeine Zeitung